IDAHO

Comme Natalie, son personnage principal, Andria Williams est l'épouse d'un militaire, actuellement basé dans le Colorado. Elle s'est lancée dans l'écriture après des études littéraires. *Idaho*, basé sur un fait divers peu connu mais bien réel, est son premier roman.

ANDRIA WILLIAMS

Idaho

TRADUIT DE L'ANGLAIS (ÉTATS-UNIS) PAR CHRISTEL PARIS

KERO

Titre original :

THE LONGEST NIGHT

ISBN : 978-2-253-06978-2 – 1re publication LGF

Pour Dave Johanson

Rien de plus admirable, pour un mari qui rentre de mission, que de se rendre compte, comme il l'avait espéré, que son épouse a parfaitement accompli ses devoirs en son absence.

Le Guide des officiers de l'armée,
20e édition (1954)

Paul

Idaho Falls
Le 3 janvier 1961

Cette nuit-là, au volant de sa voiture, Paul était perdu dans ses pensées. Il ne vit pas tout de suite l'ambulance qui arrivait au loin. Ce ne fut d'abord rien d'autre qu'un arc de cercle lumineux projeté sur le ciel noir, jusqu'à ce qu'il croise le véhicule, silencieux, gyrophare allumé. Une minute plus tard, l'ambulance fut rejointe par deux camions de pompiers et le break du capitaine, qui avançaient groupés, en un tourbillon de lumières jaunes, blanches et rouges.

Le cœur de Paul se serra. Il essaya de se convaincre que cette procession ne signifiait rien, que les véhicules pouvaient tout aussi bien se diriger vers n'importe quel autre réacteur du centre de recherche nucléaire ; mais c'étaient des foutaises, et il le savait. Des foutaises comme celles que leur avaient rabâchées leurs superviseurs pendant un an : que tous les pépins techniques du réacteur CR-1 étaient mineurs, que, lorsque le réacteur tombait en rade, il suffisait de le redémarrer et que, lorsqu'il chauffait trop, il suffisait de le refroidir : *Utilisez vos méninges, les gars, et faites fonctionner ce fichu truc. Gardez-le en état de marche jusqu'au printemps, à l'arrivée du nouveau cœur de réacteur. Cet engin fonctionnera alors sans accroc, au point que vous regretterez de vous être plaints.*

Ils avaient donc tenu bon tout l'automne, dans l'attente du printemps. Mais nous étions maintenant au cœur de l'hiver. Janvier en Idaho, la nuit la plus froide : – 17 °C, et tous les camions de pompiers filaient vers l'est, en direction du réacteur CR-1.

Paul se rabattit sur le bas-côté et fit demi-tour, les pneus crissant sur le gravier. Il ne savait pas à quoi s'attendre en arrivant sur place. S'il vous plaît, faites qu'ils aient de la chance, s'il vous plaît, faites en sorte que ce ne soit qu'une fausse alerte et que le capitaine des pompiers, lassé de ces problèmes de réacteur, puisse leur passer un savon. Mais c'était la nuit du redémarrage, quand il s'agit de relancer le réacteur inactif pour le faire tourner de nouveau à plein régime. Il pria en silence pour les gars de l'équipe de nuit. Il pensait à sa femme, Nat, qu'il avait laissée seule à la maison après lui avoir dit des choses horribles. S'il n'avait pas la possibilité de lui demander pardon, elle se souviendrait de lui comme d'un homme intraitable, cruel, parti avec des vêtements jetés en tas sur le siège arrière de la voiture. Tandis que cette même voiture cahotait sur le chemin de terre battue qui menait au réacteur, la peur embrouillait son esprit. Les gyrophares de l'ambulance et des camions de pompiers, la vapeur qui s'échappait des réacteurs sous forme d'un gros nuage blanc, Nat qui le regardait partir, ses filles dans leurs lits, le capitaine des pompiers qui faisait de grands gestes à son intention et lui criait quelque chose. Le cœur serré, il avait l'impression d'arriver trop tard – trop tard pour Nat, pour les gars de l'équipe de nuit, pour ses filles, pour tout le monde –, et ce qui se passait confirmait ses craintes : le moment venu, il ne s'en rendrait pas compte, il ne serait pas là ; bien qu'il ait toujours tout fait pour être prêt, il arriverait trop tard.

I

CADILLAC COUPE DE VILLE

Nat

Juin 1959

Nat fut la première à sortir de la voiture. Elle avança sur l'aire de stationnement en terre battue, les talons plats de ses chaussures laissant des empreintes en forme de chevrons dans la poussière rouge. Devant eux, le bleu du lac scintillait, miroitant sous le soleil. Ils se trouvaient quelque part dans le nord de l'Utah, à une journée d'Idaho Falls, leur destination finale, et il leur tardait d'arriver.

Ils étaient sur les routes depuis plus de deux semaines : partis de Virginie pour l'Idaho dans la DeSoto Fireflite 1955 que son mari, Paul, avait achetée d'occasion deux ans plus tôt. Paul commençait sa nouvelle mission pour l'armée, à Idaho Falls, en tant qu'opérateur sur un petit réacteur nucléaire. L'Oncle Sam t'oblige à déménager, avait-il déclaré à Nat, en revanche, c'est à toi de te débrouiller pour le transport. Ainsi donc, avec leurs deux filles sur la banquette arrière, ils avaient filé vers l'Ouest, dormant dans des hôtels, des fermes et même, lors de deux nuits regrettables, dans la voiture. Nat finissait par croire qu'ils seraient d'éternels vagabonds, des nomades errant à travers les États austères de l'Ouest, se nourrissant de crackers, assis au bord des chemins balayés par un vent chaud, traînant aux abords des terres agricoles d'honnêtes fermiers, courant après les chats de gouttière, utilisant les toilettes des stations-service.

Paul ouvrit sa portière et descendit du véhicule. Il se pencha pour aider Liddie à s'extirper de la banquette arrière, des marques de sueur apparaissant au bas de son dos. Liddie avait un an et demi. À peine eut-elle posé le pied par terre qu'elle se mit à courir en direction de la plage avec la détermination de l'enfant qui sait à peine marcher : pleine d'audace, de témérité, dépourvue d'hésitation – ou de bon sens –, son petit ventre se dessinant sous sa salopette rose en coton. Samantha, trois ans, détala après avoir escaladé le siège du passager, le tissu de sa robe bleu pâle froissée lui battant les jambes. Nat leur emboîta le pas, se protégeant les yeux du reflet aveuglant de l'eau et du trop-plein d'énergie qui émanait des petits corps de leurs filles.

Devant eux, le lac cristallin était encerclé par des montagnes, comme blotti au creux d'une main. L'air printanier sentait si bon ; soudain, un nouvel espoir la gagna.

Elle regarda Paul en souriant : « On a peut-être une chance d'y arriver », dit-elle.

Les yeux marron de Paul étaient rougis par la fatigue. Il se gratta la tête d'un geste brusque à travers ses cheveux tondus ras. « Espérons », répondit-il. Il lui sourit en retour. « Tu tiens le coup ?

— Ça va. » Ils suivirent les filles. Paul roula ses manches de chemise, Nat tenait ses chaussures à la main.

Ils entendirent au loin un *floc* suivi d'applaudissements et de sifflements assourdis par la distance. Nat tourna la tête. Elle repéra un rocher en surplomb du lac et découvrit avec surprise quelques silhouettes debout à son sommet. L'instant d'après, l'une d'elles s'élança de là-haut, décrivit une légère courbe en plongeant, et pénétra dans l'eau.

« Des plongeurs », dit Nat, au moment où l'un d'eux refaisait surface. Elle chercha ses filles du regard – elles étaient encore à une distance rassurante de l'eau, leurs deux têtes aux cheveux bruns se confondant tandis qu'elles se penchaient pour ramasser des cailloux –, puis elle reporta son attention sur les plongeurs. L'éclat éblouissant du lac, le plongeon et les gerbes d'eau lui étaient si familiers que son cœur se serra : elle avait grandi à San Diego, et elle n'aimait rien tant que nager et plonger. Sauter du haut des Sunset Cliffs à Point Loma, surplombant l'écume blanche tout en bas, faisait partie de ses souvenirs les plus marquants.

Paul la regardait du coin de l'œil.

« J'y vais, dit-elle.

— Tu vas où ? » demanda-t-il. Le soupçon dans sa voix montrait qu'il la connaissait bien.

« Là-haut. Je veux sauter. »

Le front de Paul se plissa d'inquiétude et un sentiment de culpabilité envahit Nat. « C'est de la folie, lança-t-il. Tu seras trempée pendant tout le trajet.

— Par cette chaleur ? Je vais sécher en trente secondes. Tiens, prends mes chaussures. » Avant qu'il n'ait pu protester, elle les lui tendit et courut en s'enfonçant dans le sable grossier qui lui collait aux mollets, et en faisant voler de petits galets autour d'elle.

« Les gens là-haut, tu ne les connais pas », cria-t-il.

Elle se retourna et agita la main. « Ne t'inquiète pas. Je reviens tout de suite. »

Au côté de leur père, les filles sautillaient et poussaient des cris de joie tandis que Nat grimpait jusqu'au rocher. Même de loin, elle pouvait lire la désapprobation sur le visage de Paul, elle sentait la tension dans ses épaules et voyait sa bouche pincée. Mais à ce moment-là, elle n'en avait que faire.

Arrivée au sommet, elle vit les plongeurs, deux hommes et deux femmes. Ils se prélassaient, sereins, profitant du soleil. Ils paraissaient avoir à peu près le même âge que Nat, vingt-quatre ans, et elle se demanda ce qu'ils faisaient dans la vie et ce qui les avait amenés à se retrouver là, en plein milieu de journée, libres de toutes les responsabilités qui rythmaient son propre emploi du temps : les enfants, les repas, le ménage et le repassage. Elle avait été comme eux, il n'y avait encore pas si longtemps, et elle s'arrêta un instant comme pour regarder défiler devant elle l'extrait d'un vieux film muet sur sa vie passée.

« Salut », fit l'un des hommes. Elle reprit ses esprits et lui répondit. Maintenant qu'elle était si proche d'eux, elle se sentait légèrement mal à l'aise et déclara : « L'eau a l'air si attrayante. » À peine eut-elle prononcé l'adjectif « attrayante » qu'elle en regretta la sonorité sérieuse et quelque peu affectée, et qu'elle s'en voulut de ne pas avoir utilisé un mot plus simple.

« C'est une merveille », dit l'une des deux femmes, en tirant sur la jupette de son maillot de bain rouge très ajusté. Elle leva les yeux vers Nat, haussant les sourcils : « Mais vous y allez dans cette tenue ?

— J'en ai bien l'impression », répondit Nat en souriant. Elle s'approcha du bord et recroquevilla ses doigts de pied. Sa robe lui arrivait aux mollets. En bas, rien à voir avec un océan déchaîné ; ce n'était qu'un lac, calme, un vrai miroir, et l'eau était claire et bleue. Elle tendit les bras devant elle, sentit les tendons derrière ses genoux s'étirer, son dos s'allonger jusqu'au bout de ses doigts, et elle plongea. Son cœur battit à tout rompre pendant trois longues secondes, le temps de la descente – un… deux… trois – avant de fendre l'eau. Elle se rendit compte que ce n'était pas un plongeon parfait, ses pieds remontaient un peu trop haut au-dessus de sa tête, mais peu lui importait. Le froid pur et violent lui coupa le souffle et elle refit surface en étouffant un cri. Puis elle éclata de rire et nagea pour rejoindre sa famille. Elle n'avait pas fait une chose pareille depuis des années. Comment ne pas aimer une telle sensation ? C'était comme de recevoir une gifle et de s'entendre crier : *Tu es vivante !*

« Formidable ! » lança un des hommes au-dessus d'elle.

Ses pieds touchèrent le sable et elle pataugea jusqu'à la rive. Cependant, en apercevant Paul et les filles qui l'attendaient, son excitation commença à retomber. Soudain, elle se sentit ridicule. Sa robe lui collait au corps, et elle fut obligée de marcher à petits pas maladroits. Le temps qu'elle arrive à leur hauteur, Paul fulminait, ses chaussures encore à la main.

« Pourquoi tu as fait ça ? » cria-t-il.

Elle essora ses cheveux, évitant son regard. « Pour m'amuser », répondit-elle d'une petite voix.

Paul secoua la tête. « Tu ne savais même pas ce qu'il y avait sous l'eau. Et que se serait-il passé si, en plongeant, tu avais heurté quelque chose et que tu n'étais jamais remontée à la surface ? Juste là, sous les yeux de tes filles ?

— Je savais que c'était sans danger », dit-elle. Et bien qu'elle ne l'eût jamais admis devant Paul, le soulagement de ne rien avoir heurté – le moment où elle avait plongé dans l'eau, le sentiment de se laisser couler sans entrave, un sentiment de liberté, le froid qui avait giflé son visage, puis son cou et enfin son corps jusqu'à ce que son souffle la remonte à la surface – faisaient partie du plaisir. Pour que cela en vaille le coup, il avait bien fallu qu'elle ait un peu peur.

Elle se souvint que pour Paul c'était une tout autre histoire ; il avait grandi dans la pauvreté et n'avait jamais appris à nager avant d'arriver au camp d'entraînement des nouvelles recrues, où il s'était exercé à la natation, tous les soirs, dans un étang près de Fort Dix, lui avait-il dit. C'était là l'un des rares détails qu'il lui avait confiés sur sa jeunesse ; une image curieuse et poignante : ce frêle adolescent qu'était alors Paul se coulant dans la pénombre, puis se laissant glisser dans l'eau, pour barboter sans bruit près du rivage, jusqu'à ce qu'il parvienne à faire deux, puis trois, puis quatre brasses, tout seul. Il réussit néanmoins son examen d'entrée dans l'armée de justesse, à temps pour enfiler une paire de bottes en partance pour la Corée. Il n'était donc pas étonnant que les risques mineurs que Nat aimait prendre suffisent à l'effrayer : nager pendant des heures pour se rafraîchir les idées, sauter des falaises, plonger. Mais il réagissait comme si elle le faisait simplement pour le contrarier quand, en vérité, cela n'avait rien à voir avec lui. Ce qui, du point de vue de Paul, était peut-être encore pire.

Et si tu n'étais jamais remontée à la surface ? Elle remontait toujours.

Il attrapa ses filles, les prit dans ses bras et partit devant à grandes enjambées. Elle le suivit, penaude, regrettant de l'avoir ainsi défié et de s'être montrée aussi sotte. Et pourtant, elle savait qu'il ne s'agissait pas seulement d'inquiétude de la part de Paul : s'être ainsi donnée en spectacle aggravait la situation. Il avait été contraint de regarder des inconnus l'encourager pour une chose qu'il ne cautionnait pas, comme si leur approbation avait plus d'importance que sa propre appréhension.

Quand elle revint à la voiture, il ne lui adressa pas la parole. Ses chaussures l'attendaient, bien sèches, l'une à côté de l'autre sur son siège.

Paul

Le lendemain, après deux semaines et demie sur les routes, Paul, Nat et leurs deux filles arrivèrent enfin à Idaho Falls, où on leur avait alloué une petite maison jaune dans un quartier proche du centre-ville. Il n'y avait pas de logements de fonction sur le site du réacteur et les militaires vivaient au milieu des civils. Paul fut en formation tout de suite après leur arrivée pendant que Nat restait seule à la maison avec les filles, qui ne tenaient pas en place. Il s'en voulait de lui laisser autant de travail mais, d'un autre côté, il était soulagé à l'idée de pouvoir s'échapper, quand bien même il était nerveux à l'idée de prendre ses nouvelles fonctions.

Il fallut attendre une semaine pour que leurs caisses de déménagement soient livrées, avec toutes leurs affaires dans le désordre le plus complet. Chaque jour, quand Paul rentrait du travail, il lui semblait qu'un ou deux nouveaux objets avaient trouvé leur place – des serviettes dans le cabinet de toilette, encore vide le matin même, le mixeur posé sur le plan de travail – mais le rangement prenait plus de temps qu'il ne l'aurait souhaité. Il essayait d'être patient. Il savait que Nat était accaparée par les filles.

Il eut trois semaines de préparation théorique et d'observation avant de travailler à proprement dit sur le réacteur. Le CR-1 était aussi petit et rudimentaire qu'on le disait, un réacteur que trois simples soldats suffisaient à faire fonctionner. Paul commença en faisant partie de l'équipe de nuit, avec deux autres gars : un chef d'équipe, Franks, et un jeune soldat, Webb, aussi novice que Paul. Ils transpiraient dans l'enceinte surchauffée du réacteur qui grondait et dégageait de la vapeur, puis prenaient quelques minutes de pause à l'extérieur dans un monde plus silencieux que l'aube des temps. La nuit, le désert semblait s'étendre à l'infini, un trou noir sans fond surmonté d'un ciel strié par des nuées d'étoiles claires.

Ce jour-là, Paul en avait terminé avec sa première semaine de travail de nuit quand il sortit dans le froid du petit matin, respirant tout à la fois des effluves d'armoise et la vapeur amère du café qui s'échappait de son gobelet en carton. Le week-end l'attendait, telle une humble promesse, deux jours sans rien faire. Il prenait plaisir à y penser alors que la sueur sur son front, après une nuit de labeur, n'avait pas encore eu le temps de sécher. Il planta une cigarette entre ses lèvres et tâta ses poches à la recherche de son Zippo. Le bus bleu de l'armée qui devait passer le prendre, d'un instant à l'autre, pour faire les quatre-vingts kilomètres qui le ramèneraient en ville, n'était pas encore en vue. Derrière lui, le CR-1 rejetait des nuages de vapeur dans un ciel calme, signes d'une vie puissante sous son apparence inanimée ; devant lui, sur deux mille cinq cents kilomètres carrés de désert, étaient implantés une trentaine d'autres réacteurs du centre de recherche. Il apercevait les lumières de certains d'entre eux mais ne les avait jamais visités (pas plus qu'il ne connaissait les membres des autres équipes). Tous étaient plus gros, plus performants, plus prestigieux que le réacteur sur lequel il intervenait.

Le CR-1 était le prototype d'unités portatives que l'armée construisait en Arctique et que seuls deux ou trois hommes suffisaient à faire fonctionner. Son apparence extérieure était décevante : on aurait dit un silo. Haut de trois étages, avec des parois en acier poli, sans fenêtres ; s'il n'avait pas été construit sur un site de recherche nucléaire, personne n'aurait pu dire qu'il abritait un réacteur. Ce qui, d'un point de vue stratégique, était un plus. Les réacteurs construits sur ce modèle seraient de petites unités, peu onéreuses, faciles à assembler directement sur place, en Arctique, là où les soldats américains attendraient, capables de frapper à peu près n'importe où en Russie au cas où les Soviétiques commettraient un acte insensé.

« Ça ne te met pas mal à l'aise ? lui avait demandé Nat, lors de leur périple pour l'Idaho. Tous ces missiles pointés en direction des Russes alors qu'ils ne nous ont jamais rien fait ? »

Il n'avait pas su quoi répondre. C'était Nat tout craché de se mettre à la place des autres : adorable mais avec un manque certain d'esprit pratique. Il voyait encore l'inquiétude qui se lisait dans ses yeux noirs, et son front creusé par une ride quand elle lui avait posé la question. Nat qui n'avait presque jamais quitté San Diego, une ville si belle, si fleurie qu'elle semblait à peine réelle ; Nat dont la peau portait des traces de bronzage permanent après avoir passé une bonne partie de son adolescence sur la plage ; Nat qui était intelligente et drôle, mais qui n'avait aucune conscience politique. L'idée des missiles américains avait dû l'attrister, sinon elle n'en aurait pas parlé. La question lui était restée en travers de la gorge, c'était une question qui ressemblait un peu trop à un jugement mais qui, en même temps, et paradoxalement, réveillerait en lui un violent sentiment amoureux à son égard quand cet épisode lui reviendrait en mémoire.

Il ne pensait que rarement aux *Soviétiques*. Les discours à leur sujet fleurissaient : des mots durs, un ton ferme, des menaces en rafales. Il supposait que la plupart des Soviétiques étaient probablement des gens bien, le problème venait de leur gouvernement : les dirigeants affamaient le peuple, l'économie partait à vau-l'eau. Mais ce n'était pas son boulot de réfléchir à des choses pareilles. Son boulot était de se déplacer dans l'enceinte du réacteur, de garder la machine en état de marche, de régler les soupapes d'alimentation en eau, de vérifier l'étanchéité des barres de contrôle et de surveiller la pression, afin qu'elle ne soit ni trop forte ni trop basse.

Lors des cours théoriques, ils avaient appris que le terrain sur lequel le centre de recherche nucléaire avait été implanté avait autrefois appartenu aux Indiens, puis aux mormons qui avaient construit Idaho Falls, et qu'il avait abrité, pendant la guerre, le camp d'internement de Minidoka pour les Américains d'origine japonaise. L'endroit fut, par la suite, transformé en terrain d'essai pour les tirs d'artillerie de tous les corps d'armée, avec des munitions de toute sorte qui explosaient un peu partout dans les broussailles. Parfois, les opérateurs attrapaient des gosses de mormons audacieux qui se faufilaient par-dessus la clôture grillagée, à la recherche des cartouches perdues.

Entre deux bouffées de cigarette qui lui brûlaient les poumons et une gorgée réconfortante de café, Paul pensait à Nat, restée à la maison, sans lui, dormant sur un matelas à même le sol car leur fichu lit n'avait toujours pas été livré. Traverser le pays et commencer un nouveau travail n'avait pas contribué à leur rendre la vie facile. Il avait l'impression qu'ils avaient réalisé un exploit, comme de grimper ensemble au sommet de l'Everest, pour finir par rouler en bas de la pente sur l'autre versant, et atterrir sur un tas d'affaires poussiéreuses. Sa nouvelle carrière en tant qu'opérateur nucléaire, après huit années d'ennui et de frustration sur des sites d'approvisionnement en pétrole, était censée offrir de nombreux avantages : plus de prestige, des primes, et d'infinies opportunités. Mais, jusqu'à maintenant, aucune de ces promesses ne s'était matérialisée et, surtout, il n'avait pas le sentiment que Nat et lui s'étaient rapprochés. Il ne savait pas si, sur le plan personnel, il gagnerait son énorme pari et, maintenant qu'il était dans l'Idaho et qu'il en avait terminé avec les cours théoriques, avec sa famille à charge, sans possibilité de revenir en arrière, l'importance des risques courus lui apparut brutalement.

Du coin de l'œil, Paul aperçut un nuage de poussière, mais qui ne ressemblait en rien au lent panache que le bus de l'armée laissait derrière lui ; c'était un nuage qui courait rapidement au ras du sol et, tandis qu'il se rapprochait, Paul vit qu'il avançait dans le sillage d'une voiture tape-à-l'œil de couleur crème. Dans ce désert si aride, on aurait presque dit un mirage tant elle étincelait en filant le long de la grand-route.

La porte de l'enceinte du réacteur s'ouvrit et le chef d'équipe, Franks, officier technicien, sortit. Il vint se poster à côté de Paul et alluma lui aussi une cigarette tout en regardant par-dessous ses épais sourcils la voiture qui avançait vers eux.

« Qui est-ce ? » demanda Paul en pointant sa cigarette en direction de l'automobile.

Franks eut l'air surpris. « Tu n'as pas encore rencontré le sergent-chef Richards ? C'est le superviseur de l'équipe de jour.

— Je n'ai travaillé que de nuit, jusqu'à maintenant », précisa Paul. Le vrombissement du moteur s'intensifiait tandis que la voiture approchait. C'était donc lui, le sergent-chef, l'homme au volant de ce petit bijou ? Paul avait entendu dire que Richards travaillait dans le bâtiment administratif, juste à côté, où il passait la plupart de son temps à boire, enfermé dans son bureau. Les superviseurs, affectés sur des lieux aussi isolés que celui où était implanté le CR-1, étaient connus pour picoler à longueur de journée ; être nommé chef lors d'une telle mission s'apparentait à une punition.

Mais cette voiture était sensationnelle, une Cadillac Coupe de Ville métallisée, 1957 ou 1958. Richards l'arrêta devant la grille, le capot pointé vers eux, aussi immaculé que la robe d'un palomino. Le sergent-chef n'avait pas l'air d'être à plaindre.

Paul dit : « Je croyais que nous étions tous censés faire le trajet en bus ?

— C'est le cas, répondit Franks. Ce qui n'empêche pas le sergent-chef Richards de prendre sa voiture quand bon lui semble. Il ne s'en cache pas, comme tu peux le voir, et il n'en est pas peu fier.

— Sans blague ! »

Franks courut ouvrir la grille. Et Paul essaya de ne pas trahir sa curiosité, pendant que Richards se garait puis descendait de voiture, jetant son calot de toile kaki sur sa tête. Il avait des yeux bleus au regard plein d'assurance et des cheveux prématurément grisonnants qui lui conféraient une autorité supérieure à son rang.

Tandis qu'il s'approchait d'eux, Paul et Franks se redressèrent légèrement, le saluant en chœur : « Bonjour, sergent », « Sergent ».

« Bonjour », répondit Richards, en levant les yeux vers le nuage de vapeur qui s'échappait du réacteur dans l'air frais du petit matin. « Comment ça s'est passé cette nuit, les gars ? Est-ce qu'en entrant, je vais trouver un journal de bord conforme à mes attentes ?

— Oui, sergent. Rien à signaler, répondit Franks.

— Tant mieux. Où est le petit jeune ?

— Webb ? Aux latrines, je suppose. »

Au même instant, la porte derrière eux s'ouvrit et l'opérateur Webb, le troisième coéquipier, vint les rejoindre en courant presque. Il était grand, dégingandé, et paraissait très jeune ; un trou laissé par une dent manquante lui creusait la joue d'un côté. Il aperçut Richards et s'arrêta net : « Bonjour, chef.

— Y a le feu aux chiottes, fiston ?

— Non, chef. Y a pas le feu. J'ai cru que je ratais le bus. »

Richards éclata de rire : « Bon, te mets pas dans tous tes états pour ça.

— Non, chef.

— Dites-moi, Collier, fit Richards avec un petit sourire en coin, venez donc avec moi à l'intérieur. Je n'ai pas encore eu l'occasion de vous souhaiter bienvenue à bord. »

Paul hésita. Il apercevait le bus à l'horizon, un petit point bleu qui avançait vers eux. Il était huit heures du matin. Le bus suivant ne passerait qu'au prochain changement d'équipe, huit heures plus tard. Et le sergent-chef le savait parfaitement. Mais c'était la première fois qu'ils se rencontraient, et Paul pensait ne pas avoir d'autre choix que de dire : « Oui, chef » et de suivre Richards à l'intérieur du bâtiment administratif.

Il s'en dégageait un sentiment de réclusion encore plus grand que dans l'enceinte du CR-1. C'était un long bâtiment en bois, démontable, bas de plafond, un reste des constructions de la Seconde Guerre mondiale, aux murs percés de hautes et étroites fenêtres. Un long couloir séparait deux rangées de bureaux aux cloisons peu épaisses, cinq de chaque côté. Le nom et le grade de Richards étaient inscrits sur une petite carte de papier kraft punaisée sur l'une des portes ; elle s'ouvrait sur un modeste bureau qui croulait sous des tas de papiers en désordre et derrière lequel se trouvaient un meuble de classement et un drapeau américain poussiéreux qui pendait le long du mur. Richards prit place derrière le bureau sur une petite chaise pliante noire qui craqua sous son poids. Il croisa les mains derrière sa tête et se laissa aller en arrière, tout en observant Paul qui s'installait sur une chaise identique, face à lui.

« Bon, nous avons enfin l'occasion de faire connaissance, dit Richards, comme si, depuis plusieurs jours, il avait cherché à rencontrer Paul sans y parvenir. Que pensez-vous de cet endroit ? Le CR-1 ressemble à ce que vous espériez ?

— Plus ou moins. Tout se passe bien. Merci.

— Bien. Et comment va votre famille ? Votre femme se plaît, ici ?

— On dirait.

— Parfait ! Il faut rendre votre femme heureuse, vous savez. »

Un peu embarrassé, Paul hocha la tête. Sur le bureau de Richards, il aperçut la photo encadrée d'une femme rousse, élégante, qui tenait un enfant dans les bras. Les cheveux bouclés, les boucles d'oreilles avec des perles, le sourire, doux et étudié, semblaient tout droit sortis d'un magazine ; mais le bébé sur ses genoux arborait le regard flou et les sourcils irréguliers d'une enfant qui n'avait rien d'un top-model. « C'est votre famille ? » demanda Paul en désignant la photo.

Richards lui lança un large sourire suffisant. « Il paraît.

— C'est une belle photo.

— Merci. » Le sergent s'étira. « Alors, est-ce que vous rentrez chez vous en vous vantant auprès de votre femme de travailler sur le plus petit réacteur de l'armée ?

— Peu m'importe », répondit Paul, ne comprenant pas pourquoi Richards, qui n'avait jamais rencontré sa femme, ne cessait d'y faire allusion. La taille du CR-1 lui était égale. Il préférait travailler dans une petite unité, au calme, plutôt que sur un site avec de plus gros enjeux, plus connu, où des laborantins et des scientifiques demandent aux opérateurs de leur préparer le café et les traitent comme des larbins.

Richards se pencha en avant : « Un peu plus de notoriété ne serait pas pour me déplaire. » Il glissa son bras dans le tiroir du bureau et en sortit deux verres et une bouteille de bourbon qu'il servit pur ; il tendit un verre à Paul avec un sourire tout à la fois amical et provocateur. « Qu'est-ce qui vous intéresse, Collier ? Vous skiez ? C'est l'environnement idéal, par ici, pour skier.

— Je n'ai jamais skié, avoua Paul.

— Jamais skié... » Richards se frappa le genou, incrédule. « Ça alors, c'est quelque chose. Bon, vous pêchez à la mouche ?

— J'ai... j'ai pêché. Mais pas à la mouche.

— Qu'est-ce qui vous intéresse, alors ? Les voitures ? Le sport ? »

Paul le regarda, incapable de répondre, soudain atterré – rien. Il ne s'intéressait à rien. À quoi aurait-il pu s'intéresser, d'ailleurs ? Il travaillait, rentrait à la maison, faisait quelques réparations, et s'asseyait avec sa femme pour écouter la radio. Il n'avait jamais eu beaucoup de temps ni d'argent. Cette constatation sembla l'accabler tout autant que Richards.

« Qui êtes-vous, Collier ? Un plouc ? » Richards riait à gorge déployée. Il leva la main. « Non, non. Ça n'a pas d'importance, ne vous en faites pas.

— Je…

— On s'en fout. Vous êtes du genre calme et besogneux ; je m'en suis douté dès que je vous ai vu. » Il regarda ailleurs comme s'il relâchait déjà son attention : les pauvres loisirs de Paul n'étaient guère fascinants.

Paul gigota sur son siège et se tourna de nouveau vers la femme en photo sur le bureau de Richards. À cet instant, il lui sembla qu'elle aussi le regardait avec condescendance.

Richards vida son verre, il s'ennuyait. Puis une pensée lui traversa l'esprit et il se pencha en avant : « Bon, écoutez-moi, dit-il, presque excité. Ici, nous avons une manière bien à nous de voir les choses et de faire notre travail, vous vous en êtes sûrement rendu compte.

— Tout à fait, fit Paul, soulagé de changer de sujet, même s'il ne savait pas exactement de quoi parlait Richards.

— Deke Harbaugh, vous allez le rencontrer, est notre supérieur hiérarchique de chez Combustion Engineering[1], commença à expliquer Richards. C'est un civil, mais il comprend qui nous sommes mieux que tous

1. Combustion Engineering (CE) était une entreprise d'ingénierie américaine leader dans le domaine des systèmes d'énergie. *(N.d.T.)*

ces autres connards. Excusez-moi. » Richards leva de nouveau la main et sourit. « Bon, quoi qu'il en soit, Harbaugh, en cas de problème, est de notre côté. »

Paul assimila ces informations en se demandant à quel *problème* il faisait allusion.

« Ce que nous essayons de faire, continua Richards, c'est de garder le secret absolu sur tout ce qui se passe ici, secret militaire. J'aime dire que les choses s'arrêtent à notre porte. Nous sommes des *opérateurs.* » Il regarda Paul dans les yeux pour vérifier qu'il comprenait ce qu'il racontait. « En cas d'irrégularité ou d'inquiétude, vous pouvez m'en parler avant même de le consigner dans le journal de bord. C'est ce que j'appelle une attitude positive. Si nous réglons le problème avant même de le mentionner sur le papier, c'est encore mieux. Sinon, nous devons chaque fois aller voir les gars de Combustion Engineering pour leur demander la moindre autorisation, comme des gamins avec leur baby-sitter. »

Paul hocha la tête. Ce n'était pas ce qu'on lui avait appris lors de sa formation ; au contraire, on leur avait demandé de consigner tous les incidents, petits ou grands, sans exception, quitte à paraître faire du zèle. Mais Richards était son nouveau chef, et Paul avait compris qu'il était préférable d'écouter avant de parler, ce qu'il fit.

« Parfait ! s'exclama Richards, comme si Paul avait acquiescé après une explication très compliquée. Ici, on reste positifs. Et je savais que vous étiez exactement le genre de type fait pour ça. »

Paul aurait eu envie de demander ce que signifiait, *exactement*, *le genre de type fait pour ça*, mais il décida de prendre le compliment pour argent comptant. Il se leva ; ils se serrèrent la main. Paul espérait que Richards rentrerait chez lui vers midi, comme sa réputation suggérait qu'il aimait à le faire, et qu'il lui proposerait de le raccompagner afin de le dédommager pour lui avoir fait rater le bus. Richards pourrait même se servir de Paul comme d'une excuse pour partir plus tôt – *J'ai fait attendre ce pauvre type, je ferais mieux de le raccompagner chez lui maintenant.*

Mais si c'est ce que Richards avait en tête, il n'en dit rien. « Vous pouvez y aller, Collier. Bonne journée, dit-il. Et fermez la porte derrière vous, voulez-vous ? » Il posa les pieds sur son bureau, bascula sa chaise en arrière et ferma les yeux. Paul hésita puis tira la porte derrière lui.

Il avait déjà rencontré des sergents-chefs comme Richards ; ils étaient faciles à cerner : des hommes mûrs aux tempes grisonnantes, qui aimaient séduire les femmes et commander les hommes, qui gardaient une allure athlétique malgré la petite bedaine qui tirait sur les boutons du bas de leur chemise, et qui pouvaient encore vous battre à plate couture au lancer de fer à cheval ou au black-jack au cours d'un barbecue organisé par leur division en riant de bon cœur. Des hommes qu'en général Paul n'appréciait pas beaucoup.

Il se traîna jusqu'à la salle de repos et s'installa sur le petit canapé à l'assise dure en remontant les genoux ; autant qu'il se mette à l'aise. Il se demanda s'il devait se féliciter de ne pas avoir fait remarquer qu'il avait raté le bus ou si, au contraire, il ne s'était pas fait avoir. Probablement un peu des deux.

Il avait dû piquer du nez car, tout à coup, il perçut le doux ronronnement d'un moteur : le bruit caractéristique d'une voiture de luxe au démarrage.

Il se leva pour aller jusqu'à la fenêtre. Il n'en crut pas ses yeux quand il comprit que Richards partait sans lui. Avant même d'avoir le temps d'ouvrir la porte, il entendit les pneus crisser sur le gravier.

« Et merde ! » cria-t-il. Il courut jusqu'à l'aire de stationnement, agitant les mains au-dessus de sa tête. « Sergent ! »

Il était impossible que Richards puisse l'entendre ; la voiture avait passé la grille et fonçait déjà vers la grand-route.

Richards allait sûrement s'arrêter. Il se souviendrait qu'il avait laissé Paul en rade dans le désert, à plus de quatre-vingts kilomètres de chez lui, et ferait demi-tour. Paul chercha de nouveau à attirer son attention en criant, il fit même un petit saut, pathétique, en espérant que Richards l'apercevrait dans le rétroviseur. Mais la voiture s'éloignait tranquillement, flambant neuve sous le soleil de midi. Richard rentrait chez lui pour y trouver le repos, sa famille et le confort de ses pantoufles, en laissant Paul à l'extérieur de l'enceinte du réacteur, debout dans son uniforme.

Ne cours pas après la voiture de ton chef. Ne va pas te ridiculiser.

Il repartit en sens inverse, traînant des pieds. Était-ce là un jeu de pouvoir ? Est-ce que Richards était ivre, est-ce qu'il s'en moquait, tout simplement ? Nat allait lui demander pourquoi il avait huit heures de retard, mais, s'il lui racontait ce triste épisode, elle le harcèlerait avec d'autres questions. Il ferait mieux de garder ça pour lui. Pourtant, rien que d'y penser, il se faisait l'impression d'être un pauvre idiot, solitaire. Il donna un coup de pied dans le chambranle de la porte et, le temps que la poussière laissée dans le sillage de la voiture de Richards se redépose au sol et sur les rochers, il se réfugia à l'intérieur pour attendre le prochain bus.

De retour dans la salle de repos, il fit les cent pas, agité, se sentant humilié plus que de raison. Être obligé de rester huit heures de plus pour à peine dix minutes de rendez-vous était la preuve soit d'un manque de considération exaspérant, soit d'une franche hostilité. Richards s'était montré irrespectueux sachant que Paul serait contraint de rester là, et plus encore si l'on envisageait qu'il l'avait peut-être laissé là volontairement, sans moyen de transport.

Les questions que lui avait posées Richards d'un air suffisant l'obsédaient : *Qu'est-ce qui vous intéresse ? Le ski ? La pêche à la mouche ? Je savais que vous étiez exactement le genre de type fait pour ça.* Il avait l'impression que Richards l'avait en quelque sorte percé à jour, et en avait conclu, en quelques minutes, que Paul était un homme qui pouvait être congédié sans conséquences graves.

Paul avait l'habitude d'essuyer des rebuffades ; il venait d'une famille pauvre et avait vite compris que pour cette raison il était facile de le mépriser. Tous les signes et les symboles dont il s'était paré – son uniforme, son insigne d'opérateur, son alliance – ne signifiaient rien aux yeux de Richards, qui les avait balayés en un instant ; ce qui humilia Paul et lui donna le sentiment d'être un bon à rien. Il ne voulait pas laisser libre cours à sa colère ni à des pensées pessimistes qu'il ressasserait pendant des heures mais, une fois qu'il était dans un tel état d'esprit, il n'avait jamais su refréner cette tendance.

Il avait grandi dans une cabane, au fin fond du Maine, un environnement aussi silencieux qu'un paysage recouvert d'une épaisse couche de neige, mais ponctué d'explosions de violence inattendues et embarrassantes. Plus d'une fois, il s'était revu debout, s'aplatir contre le mur en rondins, se faisant tout petit et retenant sa respiration, pour éviter de se faire remarquer tandis que son père, ivre mort, rugissait sous l'emprise d'une rage incontrôlable comme un animal en cage. Quand son père s'adressait à Paul, c'était toujours pour se moquer de lui ; Paul bredouillait, voulait disparaître, étouffait sa haine. Sa mère n'était pas mieux. Elle avait commencé à boire depuis longtemps et, dans l'un de ses premiers souvenirs d'enfance, Paul, assis à côté du lit de sa mère, jouait avec ses doigts, inertes, tandis qu'elle ronflait.

Les gens qui perdaient le contrôle d'eux-mêmes le dégoûtaient. Ils se mettaient eux-mêmes dans le pétrin, et il était impossible de les plaindre. Il ne fut pas surpris quand sa mère partit chercher du réconfort dans les bars et auprès des hommes ; pas plus qu'il ne le fut quand on la ramena un matin d'hiver à la maison, sur une luge en bois, le crâne enfoncé, et qu'on la laissa dans la remise en attendant la floraison des sorbiers qui annonçait le dégel.

À seize ans, il vola les bottes de son père, fit de l'auto-stop jusqu'à Portland, et s'enrôla dans l'armée. Au début, il faisait confiance à tout le monde, tous ces gens qui le faisaient rêver depuis des années, qui avaient choisi de vivre une vie honnête et utile, au service des autres. Finalement, ce pouvait être là sa vraie famille ! Mais, à sa grande déception, il s'aperçut que, le plus souvent, ils étaient aussi imparfaits que les membres de sa propre famille et que, malgré tout ce que l'armée faisait pour les aider à s'élever au-dessus de leur condition, ils se complaisaient dans leurs défauts et s'installaient dans cette vie médiocre qui était la leur comme un chien se couchant en boule dans son panier.

Ce premier printemps loin de chez lui, encore en camp d'entraînement, il avait reçu d'autres nouvelles qui ne le surprirent pas le moins du monde : des chasseurs avaient découvert le corps de son père, à quelques kilomètres de la maison. Il était passé à travers la glace en rentrant de l'une de ses virées en ville. Paul était orphelin et en fut soulagé.

Cependant, il apparut que la mort de ses parents n'avait ni amélioré ni aggravé les choses. Paul s'était donc lancé dans un programme pour apprendre à se maîtriser et à se corriger. Dans son casier, il affichait une citation de Robert E. Lee : *Je ne peux pas faire confiance à un homme qui veut contrôler les autres sans être lui-même capable de se contrôler.* Étonnamment, les années passant, il obtint un travail, se fit aimer d'une fille, et on lui accorda du respect, ni trop ni trop peu, juste ce qu'il faut. Mais, comme pour la plupart des choses gagnées de haute lutte, ce vernis était fragile, et Paul prit conscience qu'il était facilement déstabilisé. Il s'était tellement battu pour obtenir ce qu'il avait qu'il pouvait imaginer un nombre incalculable de manières de le perdre.

Ce qui le ramena au sergent Richards, à ce jour-là précisément, à cette pièce. À cette situation désastreuse, à cette mise à l'écart ridicule, amère. Peut-être que Richards n'était qu'un sale connard qui aurait laissé n'importe qui d'autre en rade ; peut-être qu'il était resté dans son bureau à s'enivrer et que Paul lui était sorti de la tête comme n'importe quelle autre corvée. Mais Paul ne pouvait s'empêcher de fulminer. Il y avait quelque chose de satisfaisant dans la manière dont une obsession embrasait chaque recoin de son cerveau : douleur, plaisir, colère, désir, témérité. Merde à tous ceux qui, autrefois, l'avaient traité comme un moins que rien ; merde à Richards qui le traitait, encore maintenant, comme un moins que rien. Il allait se délecter de ce supplice, son esprit oscillant entre la complaisance et la résistance, la colère et l'acceptation, jusqu'à l'épuisement.

Il savait qu'il était inutile de lutter. La seule chose qui l'apaiserait serait de franchir le seuil de chez lui où, pareil à un violent archange solitaire, la lumière dorée de la cuisine le calmerait. Nat lui sourirait, elle qui savait exactement qui il était, l'homme qu'il était devenu, capable de subvenir aux besoins de sa famille, un bon mari et le père de deux petites filles qui lui sauteraient au cou, l'embrasseraient, leurs visages couverts de miettes : tout ce qu'il avait réussi de bien à partir de rien, reléguant son ancien moi là d'où il venait.

Jeannie

Jeannie Richards examinait la table de salle à manger et mit les mains sur ses hanches en un geste de dégoût. Les marguerites paraissaient trop grosses et vulgaires, la gypsophile trop délicate en comparaison. La nappe à petits carreaux rouges et blancs était trop voyante, comme pour un pique-nique de péquenots.

Elle attrapa le vase et l'emporta dans la cuisine, le faisant disparaître dans la huche à pain ; elle s'en occuperait plus tard. Elle replia la nappe et la rangea dans le placard à linge, bien qu'elle eût envie de s'en débarrasser définitivement. Ce qui était impossible ; c'était un cadeau de famille, certes de mauvais goût, mais reçu en héritage de la grand-mère de son mari. Mitch vénérait, presque de manière inconvenante, les familles nombreuses. Lui-même s'était vu en patriarche : il aurait voulu une douzaine d'enfants, mais ils n'en avaient eu qu'un seul, conçu après plus de quinze années de vaines tentatives, quand Jeannie avait déjà trente-sept ans.

Elle regarda la montre en or à son poignet si fin. Ce soir, elle recevait à dîner quelques opérateurs avec lesquels travaillait Mitch, accompagnés de leurs épouses. En tant que femme du sergent-chef, elle se devait de les réunir, mais elle avait perdu de son entrain. Elle était fatiguée de dispenser des recommandations, elle en avait assez de jouer les mères protectrices à l'égard des épouses sérieuses et désemparées qui la serinaient pour recevoir ses conseils (*Pensez-vous que nous devrions nous inscrire pour voter ici dans l'Idaho ? Quand puis-je espérer une promotion pour mon mari ? Dans quelles boutiques d'Idaho Falls les dames font-elles leurs achats ?*).

« Mais tu as tellement à leur offrir, Jean, lui avait dit son amie Patty ce matin-là, quand Jeannie avait avoué qu'elle avait perdu son enthousiasme de mentor. Tu es femme de militaire depuis seize ans. Tu as vécu tellement de choses, tu as tellement d'expérience.

— Oui, enfin, ça, je n'en suis pas si sûre, avait répondu Jeannie, contrariée à l'idée que l'expérience était forcément liée à l'âge.

— La Seconde Guerre mondiale, la Corée, énuméra Patty. Les femmes qui arrivent n'ont pas ton passé. Tu es *aguerrie*, une *vieille routière.* »

Jeannie y avait repensé toute la journée, à son expérience admirable. Mitch avait servi dans l'armée pendant la Seconde Guerre mondiale, mais avait été affecté sur l'île lointaine de Nanumea où il avait passé la plupart de son temps à jouer au volley-ball sur la plage, à déverser du matériel américain hors d'usage dans l'océan, et à avaler les noix de coco, le taro[1] et les poulets que ne cessaient de lui offrir les habitants de l'île. Lors de la plus importante attaque dont l'île

1. Le taro, aussi appelé songe, madère, chou chine, est un tubercule alimentaire des régions tropicales. *(N.d.T.)*

avait été victime et dans laquelle sept Américains et un autochtone furent tués, il était en permission à Brisbane avec ses copains.

De retour aux États-Unis, il s'était contenté de piètres promotions et d'une médiocre carrière. Au fil du temps, Jeannie avait compris que son fringant militaire de mari était dépourvu de principes et d'intelligence, mais qu'il restait quand même dans la course, obtenant peu à peu des postes mineurs de petit chef. Il s'était lui-même octroyé quelques aventures *mineures* : avec une dactylo en Alabama, ou encore une secrétaire médicale au Nebraska. Aucune n'avait donné naissance à un enfant, Dieu soit loué ; l'idée que sa propre fertilité n'était pas en cause dans leur mariage peu fécond la consolait, même si, bien sûr, le sujet n'avait jamais été abordé en ces termes.

La seule chose à laquelle Jeannie aspirait était que Mitch s'accroche encore pendant quatre ans, aussi obstiné et stupide qu'une bernicle sur son rocher, jusqu'à boucler ses vingt ans de carrière. À ce moment-là, il toucherait une bonne pension, et aurait une assurance maladie correcte pour toute la famille. Mais sa carrière, elle le craignait, était pratiquement au point mort, et ce, juste avant la dernière ligne droite. Lors de chacune de ses dernières affectations, il avait paru stagner, comme s'il était parqué quelque part, dans un espace réservé, telle une relique. Le CR-1 était la cerise sur le gâteau, ce réacteur isolé, ridicule, à peine un prototype, dans un centre de recherche nucléaire rempli de pionniers prestigieux. Personne ne contrôlait les activités de Mitch, ce qui lui plaisait, mais ce qui signifiait aussi que personne ne s'y intéressait. Il était tombé dans l'oubli.

D'où cette soirée, avec Jeannie qui sortirait le grand jeu, déployant tous ses charmes. Ses cheveux étaient fraîchement permanentés, ses mèches grises retouchées de la veille. Sa tenue l'attendait posée sur le lit : une robe en organdi couleur abricot, des talons hauts, des bas en soie, un soutien-gorge qui rehausserait ses petits seins et les gonflerait tels des obus. Pour l'occasion, il y aurait un rôti de bœuf exceptionnel, des couverts en argent, une nappe blanche en dentelle (oui, il était évident que c'était beaucoup mieux que celle à carreaux rouges et blancs).

Elle épousseta une des photos de Mitch qui datait de la Seconde Guerre mondiale et la posa près du bar, à côté de la cantine qui avait servi en Corée et d'une boîte en nacre qu'il avait ramenée de Busan. C'était le Musée Hautement Sélectif de Mitch Richards dont Jeannie était le conservateur et le gardien ; elle n'en pouvait plus. Leur vie de militaires ressemblait à un défilé qui n'en finissait pas, avec Mitch dans le rôle d'un char qui avançait lentement, et Jeannie dans le rôle de tous les figurants, courant à ses côtés, l'acclamant, lançant des confettis, agitant les banderoles et les drapeaux, attirant l'attention sur chacun de ses mouvements comme si c'était formidable, excitant et exceptionnel. Elle se demandait si c'était efficace et si les gens y croyaient, s'ils voyaient ce qu'elle voulait leur montrer ou bien s'ils n'étaient que les témoins ennuyés de ses efforts harassants.

De la paume de sa main, elle lissa la nappe, elle remit en place la saucière, organisa le plan de table avec les petits cartons, et arrangea les nouveaux bouquets de fleurs (des roses rouges, roses et blanches). Elle ouvrit la huche à pain et attrapa les marguerites qui pendaient mollement, l'air de clowns idiots, puis les porta à la poubelle où elle leur coupa la tête une par une.

Les invités commencèrent à arriver vers dix-huit heures. La maison sentait le jus de viande et le rôti de bœuf ; son tablier de cuisine avait fait place à un tablier blanc de réception qu'elle lissa sur ses hanches. Angela, le bébé, était dans la chambre d'enfant avec les nounous – Martha, qu'ils connaissaient déjà, et la sœur de Martha, Lupe, qui aiderait à surveiller les enfants des invités pendant le dîner – et Mitch venait juste de rentrer, après avoir passé la journée à jouer au golf. Jeannie pouvait l'entendre se rafraîchir dans la salle de bains, ce qu'il faisait sans prêter aucunement attention à la quantité d'eau dont il éclaboussait le lavabo et le miroir. Quand il eut fini, on aurait dit qu'il avait aspergé la pièce avec un tuyau d'arrosage ; il éteignit la lumière d'un geste désinvolte. Dieu merci, il s'agissait de leur salle de bains privative, où il pouvait s'ébrouer comme une grosse otarie joyeuse, sans que les invités soient témoins du désordre.

La sonnette retentit et Jeannie sursauta. Elle vérifia sa coiffure et son rouge à lèvres une dernière fois, lissa de nouveau son tablier et alla ouvrir, arborant un large sourire avant même que ses doigts ne se posent sur la poignée de porte.

C'était Lennart et Kath Enzinger, les champions du Bunco. « Entrez ! » Jeannie leur adressa un sourire radieux, bien que la défaite des Richards, mercredi dernier, fût encore présente à son esprit.

Les Enzinger la saluèrent en retour : Lennart, comme toujours, d'une bonne humeur exagérée, tandis que Kath était sérieuse comme un pape. Quand la Seconde Guerre mondiale avait éclaté, Len, d'origine allemande, avait été interné dans un camp américain. Mais personne ne lui en tenait rigueur désormais, puisque seule sa nationalité était en cause et qu'il s'en était sorti dignement. Il s'était marié récemment avec Kath qui, pour Jeannie, restait un mystère. Kath ne se maquillait jamais et, le week-end, mettait les chemises de Len – ce que Jeannie avait découvert en s'arrêtant chez eux un samedi pour déposer le pull que Kath avait oublié au Bunco. Kath portait les chemises de son mari non pas de façon négligée et séduisante, mais les pans bien rentrés dans son pantalon comme si c'était sa tenue de rigueur ce jour-là.

Lupe passa la tête dans l'entrebâillement de la porte au fond du couloir, mais Jeannie la renvoya d'un signe de la main ; les Enzinger, sans enfants, n'avaient pas besoin de nounou.

Les Franks arrivèrent – un couple peu élégant mais sympathique, habillé dans les mêmes tons de marron –, suivis par les Kinney, Patty, très chic avec ses cheveux noirs, son mari et leurs trois enfants. Puis ce fut le tour de Minnie et Deke Harbaugh : Deke, le superviseur de Combustion Engineering qui, d'après Mitch, était affreusement malade depuis qu'il avait travaillé avec des produits isolants, des années plus tôt, et qui passait son temps à cracher dans un mouchoir ; Minnie, quant à elle, se réjouissait que son mari, bien qu'affaibli par la maladie, soit le chef de tout le monde. Ensuite entra cet homme déplaisant, Slocum, qui précédait le très jeune Webb, l'air d'être plein d'une bonne volonté maladroite, et qui resta près du bar, une de ses joues légèrement creusée. Franks l'interpella et lui fit la conversation. Très vite, les invités se mélangèrent et les hommes se servirent un verre, ainsi qu'à leurs épouses. Mitch fit son apparition après s'être longuement rafraîchi, le visage rouge et les joues luisantes ; il paraissait sortir d'un bain de vapeur. Les cheveux sur ses tempes étaient mouillés et il arborait un large sourire. Chaque fois, en prévision d'une réception organisée par Jeannie, il râlait pendant des semaines, mais, le soir même, il s'amusait comme un fou.

Les hommes se regroupèrent pour parler base-ball : les White Sox qui avaient fait une bonne saison grâce à Early Wynn ; l'intégration récente des Boston Red Sox, la dernière équipe professionnelle à accepter des joueurs de couleur. Peu de choses intéressaient aussi peu Jeannie que le base-ball ou l'intégration des gens de couleur. Elle retourna donc vers le canapé et la causeuse sur lesquels les femmes s'étaient installées.

Brownie Franks, malheureusement, infligeait aux autres une discussion qui tournait autour de sa passion pour les kits de peinture par numéros. Cette femme était obsédée par les loisirs créatifs. Elle avait probablement réalisé elle-même le collier en bois qu'elle portait et qui ressemblait aux anneaux de dentition pour bébé. Quoi qu'il en soit, voir Brownie essayer d'entraîner Kath Enzinger dans une discussion autour de la peinture par numéros pouvait s'avérer amusant.

C'était comme de la regarder tenter de vendre des biscuits à un poteau téléphonique.

Patty Kinney se pencha vers Jeannie, ses yeux verts lançant des éclairs à travers une mèche de cheveux teints en noir. « Tu es superbe, Jeannie ! Une vraie dame, jusqu'au bout des ongles. Tous les invités sont là ? »

Jeannie jeta un coup d'œil autour d'elle en sirotant son Mai Tai. « Il ne manque plus que le couple nouvellement installé. Collier et son épouse.

— Tu les as déjà rencontrés ?

— Non, pas encore.

— Je vois », conclut Patty comme si cette réponse était une information en soi. De toute l'assistance, elle était la plus proche amie de Jeannie ; leurs maris avaient été en poste à Fort Belvoir[1] à la même époque.

On sonna à la porte. « Ce doit être eux », dit Jeannie.

Patty leva ses sourcils soulignés de noir en un signe manifeste d'intérêt. « Toi, tu restes là ! » lui intima Jeannie en riant. Patty fit une grimace.

Jeannie s'extirpa habilement de l'enchevêtrement de jambes des femmes assises autour d'elle pour se diriger vers le groupe d'hommes debout, leur verre à la main.

« Mitch », chuchota-t-elle. Il détourna son attention de la conversation amusante à laquelle il participait et la regarda, sans comprendre. « La porte, dit-elle en lui prenant le bras.

1. Fort Belvoir, en Virginie, est la plus importante base militaire des États-Unis. *(N.d.T.)*

— Oh ! » Il soupira et l'accompagna dans l'entrée. Un jour, il lui avait dit qu'il ne comprenait pas pourquoi ils devaient aller ouvrir la porte ensemble, bras dessus bras dessous comme de jeunes amoureux se promenant au clair de lune, mais elle lui avait alors expliqué que c'était juste pour donner le ton de la soirée et de leur famille. Jeannie tenait aux apparences et aux bonnes manières. Chaque chose, chaque geste faisait impression, et la première impression importait plus que tout le reste. C'était la raison pour laquelle les essuie-mains étaient repassés, les porte-savons astiqués, les marques de l'aspirateur régulières et bien visibles sur la moquette comme les chemins qui mènent à la vertu. Devant le miroir de l'entrée, elle tapota ses cheveux – qui ne pouvaient que rester en place tant elle les avait aspergés de laque – et alla ouvrir.

« Vous devez être les Collier », dit-elle, avec un grand sourire, tandis qu'elle jaugeait le couple devant elle. M. Collier avait les cheveux bruns, les yeux marron et une allure tranquille. Sa femme n'était pas d'une grande beauté – le visage étroit et légèrement asymétrique – mais, malgré tout, elle était jolie. Elle portait une robe chemisier bleu marine (à peine assez habillée pour une soirée) rehaussée d'un collier de perles (mieux) et avait les cheveux coiffés en chignon. Elle tenait un large plat avec un pain de viande enveloppé de cellophane. Jeannie se surprit à le fixer des yeux avant de détourner le regard. Cette soirée n'était pas un dîner à la bonne franquette ; Mme Collier avait dû se tromper. Jeannie en fut tout à la fois agacée (l'invitation était claire) et affligée, mais elle resterait courtoise.

« Sergent », fit Paul, en serrant la main de Mitch.

Mitch s'adressa à la femme de Collier, avec un large sourire. « Et *madame* Collier, je suis très heureux que vous ayez pu vous joindre à nous.

— Je vous en prie, appelez-moi Nat, dit-elle. Et voilà nos deux filles, Samantha et Liddie. » Elle poussa en avant les enfants d'un geste de la main. C'étaient deux fillettes très mignonnes, aux cheveux bruns, la plus petite au visage rond et aux yeux vifs, la plus grande, élancée, avec des cheveux longs, le portrait tout craché de Nat. « Dites bonjour.

— Bonjour », murmura l'aînée. La plus jeune semblait figée.

Lupe arriva à point nommé. « Les filles, venez avec moi », dit-elle en souriant et en leur tendant la main. Les nounous avaient été largement pourvues en popcorn, en disques et en poupées.

Pendant un court instant, la plus jeune des filles de Nat sembla sur le point d'éclater en sanglots mais, voyant sa sœur filer, elle courut à sa suite, jetant un seul coup d'œil en arrière. Nat lui fit un petit signe de la main pour l'encourager et se tourna de nouveau vers Jeannie, redressant le plat qu'elle tenait à bout de bras. « Où puis-je le poser ? » demanda-t-elle.

Mitch regarda le plateau. « Eh bien, qu'est-ce qu'on a là ? demanda-t-il, sur un ton jovial comme s'il s'adressait à une enfant.

— Un pain de viande.

— Comme c'est gentil à vous d'avoir apporté quelque chose, dit Jeannie. Venez. »

Nat la suivit dans la cuisine et s'arrêta un instant. Jeannie la vit qui embrassait du regard le buffet disposé sur le plan de travail – un rôti enveloppé de papier aluminium, avec des carottes, un aspic de tomate, et en dessert une gelée rouge, truffée de marshmallows et de bretzels, tel un océan à la surface duquel flottaient des restes de naufragés après une attaque de requins, le tout dans des plats orange en Pyrex, assortis.

« Oh ! fit Nat. Je croyais que nous devions apporter quelque chose. »

Jeannie sourit. « Ne vous en faites pas », répondit-elle, l'incitant à se débarrasser de son fardeau sur le plan de travail. Pendant quelques secondes, les deux femmes contemplèrent le pain huileux, parsemé d'olives.

« J'étais persuadée que c'était un repas à la bonne franquette, dit Nat. Je suis confuse. »

Jeannie posa une main manucurée sur le bras de Nat. « C'est toujours bien d'avoir le choix. Venez, je vais vous présenter à tout le monde. » Elle entraîna Nat vers le bar, passa devant la panthère en pierre que Mitch avait rapportée de Corée, pour atteindre le canapé et la causeuse où les femmes s'étaient réunies.

« Je vous présente Nat Collier », dit Jeannie. Elle recula d'un pas, les mains croisées devant elle.

« Elle ressemble à la chanteuse June Carter ! » s'exclama Minnie Harbaugh en éclatant de rire.

Jeannie voyait en effet la ressemblance : les cheveux noirs de Nat et son air aimable, de jolis traits mais les dents légèrement trop grandes ; une allure de garçon manqué dans sa robe chemisier rehaussée d'une ceinture.

« Eh bien, j'aimerais savoir chanter moi aussi », dit Nat.

Les femmes firent preuve de curiosité à son égard : d'où venait-elle, depuis quand était-elle à Idaho Falls, pensait-elle avoir d'autres enfants ? Cette question, posée à brûle-pourpoint, la déconcerta, elle bredouilla ; mais c'était légitime, puisqu'elles étaient des femmes et que les bébés étaient d'une certaine manière leur métier.

Nat répondit que deux lui suffisaient, pour le moment.

« Je me suis arrêtée à trois », avoua Patty, et les autres poussèrent un soupir de déception.

« Moi, j'en ai quatre, dit Brownie, mais si Dieu me laissait faire j'en aurais un million ! »

Sur ce sujet, Jeannie ne prenait pas part à la conversation (sa seule enfant, arrivée sur le tard, semblait évoquer des années de ressentiment ou un mariage sans sexe, ce qui, dans les deux cas, n'encourageait pas les questions) et il en allait de même pour Kath Enzinger (simplement parce qu'elle était bizarre). En vérité, l'histoire personnelle de Jeannie était bel et bien faite de ressentiment : il lui avait fallu seize ans pour tomber enceinte d'Angela. Amère, elle avait fini par faire son deuil de la maternité et se résigner à une vie sans enfants, s'impliquant dans des associations et des œuvres de charité. Puis, un soir d'hiver, après avoir profité d'un bon repas entre amis, un véritable festin bien arrosé, elle était rentrée et avait passé la nuit à vomir, tandis que Mitch avait dormi sur le canapé. Huit mois plus tard, Angela était née : un gros bébé aux cheveux noirs qui suça son pouce gauche jusqu'à ce qu'il ressemble à la surface striée d'une lointaine planète. Jeannie l'aimait d'une manière déconcertante ; parfois, elle craignait que son désir d'enfant n'ait été si fort qu'il ait épuisé toute autre forme de désir ou de passion. Et son esprit, depuis longtemps envieux, continuait de s'embraser à la vue de femmes enceintes, de femmes promenant un landau, de femmes avec des jumeaux, de femmes avec des bambins qui dégringolaient des Caddie, les preuves d'une fécondité qui lui avait fait défaut. Avoir tellement voulu quelque chose pendant si longtemps avait déclenché en elle une réaction étrange, et elle avait l'impression qu'elle ne serait jamais tout à fait normale.

Elle s'éclaircit la voix. « Nat, vous avez des passe-temps ?

— En dehors des enfants ? demanda Nat en riant. Non, pas vraiment. » Elle réfléchit et son visage s'éclaira : « Oh, j'adore aller à la plage. Et j'aimais beaucoup la randonnée. Est-ce que ça compte ?

— Avez-vous rencontré d'autres femmes, ici ? s'enquit Patty.

— Non, pas vraiment. Je ne sors pas beaucoup, les filles sont encore petites. »

Nat regarda son verre en hochant timidement la tête, et Jeannie se demanda si cette humilité était feinte.

« Peut-être que les gens n'ont pas autant besoin d'amis qu'ils le croient », fit remarquer Kath Enzinger.

Ce qui parut étrangement mystique et personne ne rebondit.

« Inscrivez-vous à un club de bridge », suggéra Patty.

Brownie en profita pour reprendre sa discussion sur les kits de peinture par numéros. « J'ai commencé avec celui que j'avais acheté pour ma fille, dit-elle. Puis j'en ai commandé de plus sophistiqués. Nat, ça vous plairait beaucoup, ajouta-t-elle, assertion quelque peu présomptueuse.

— Elle vient de dire qu'elle aimait la randonnée, protesta Kath.

— Mais il y a des scènes de nature, dit Brownie. Des scènes de plage. Je préfère les natures mortes et les poupées, ou les oursons. Il est presque impossible de se tromper. Vous pourriez vous y mettre, quand les filles dorment, dit-elle en s'adressant à Nat.

— Ce n'est pas comme ça qu'elle va se faire des amies, fit remarquer Patty.

— Jean, c'est tout simplement *parfait* ! » s'écria Minnie, avec son accent du Sud traînant. D'un grand geste, elle embrassa le salon, les boissons, les napperons et les fleurs. « Comment fais-tu ? Quel est ton secret ? »

Jeannie riait, mais elles la regardaient toutes, pleines d'espoir, comme si elle était censée répondre. « Je fais, c'est tout, dit-elle finalement.

— Certaines personnes sont plus douées que d'autres, dit Minnie en soupirant.

— Certaines personnes sont parfaites », ajouta Brownie. Elle sortit un mouchoir de sa poche de poitrine pour se tamponner le front et le menton.

Jeannie se rassit, regardant les femmes discuter. Elle prit son verre, le sirota en quelques gorgées rapides et sentit l'alcool lui chatouiller les narines. Tout se passait bien. Brownie, Patty et Kath étaient arrivées à Idaho Falls il y avait un peu plus d'un an et, en tant qu'épouses de militaires, c'était presque comme si elles étaient du coin ; elles se sentaient à l'aise, ce qui rendait la conversation facile.

Finalement, elle se souvint du rôti qui refroidissait, même sous sa couche de papier aluminium, et elle invita tout le monde à passer à table. Elle avait distribué les cartons avec les noms de manière à disperser les couples, afin de briser plus facilement la glace entre voisins de table, comme elle l'avait lu dans le magazine *Woman's Day*. Si certains des invités blêmirent en voyant cette disposition avant-gardiste, ils s'y plièrent sans faire d'histoire. Nat Collier était assise tout au bout de la table, trois places plus loin que son mari, Paul, qui regardait fixement son assiette vide.

Mitch s'installa à côté de Nat. La jeune femme lui adressa un grand sourire, ce qui sembla provoquer un déclic dans son cerveau et, très vite, il se pencha vers elle, pérorant avec une animation fébrile.

Attends voir une minute, se dit Jeannie. Avait-elle vraiment placé Mitch à côté de Nat ? Elle réfléchit. Non, elle avait plus probablement placé Mitch à côté de Kath Enzinger, une petite blague dont elle se réjouissait, et installé Nat à l'autre bout de la table. Comment les places avaient-elles pu être interverties ? C'était forcément Mitch qui avait permuté les cartons pour être assis près de la jeune femme.

Jeannie était embarrassée, et profondément irritée. Mitch, cet idiot, pensait qu'il était si malin qu'elle ne s'apercevrait de rien. Eh bien, il ne lui avait pas fallu longtemps pour découvrir son manège, mais elle était coincée car tout le monde était déjà installé. Il était inconcevable de les faire se lever pour qu'ils changent de place.

Patty se tourna vers elle et lui tapota le bras. « Tout va bien ? » demanda-t-elle.

Jeannie se ressaisit et sourit : « Oui. Merci. J'étais perdue dans mes pensées. » Elle s'éclaircit la voix. « Mitch, le rôti. »

Sans même lui jeter un regard, Mitch leva un doigt tandis qu'il finissait de parler avec Nat. Elle lissa son tablier, grinçant des dents. Nat opinait du chef et reculait légèrement sur sa chaise à mesure que Mitch se penchait vers elle, la main posée sur le haut de son dossier.

Finalement, Mitch boucla la conversation que Nat avait eu la chance d'entendre jusqu'au bout, agita les mains en direction de Jeannie toujours sans la regarder et se leva pour aller chercher le rôti dans la cuisine. Quand ils avaient des invités, il était chargé de découper la viande, mais ne se souvenait jamais qu'il devait s'acquitter de cette tâche ; sans un rappel, il serait resté assis à table, souriant et clignant des yeux en se demandant où était le rôti. Oh, elle était dure avec lui, elle le savait. Il était si séduisant, en revenant avec le plat. Grand, le torse puissant, des mèches de cheveux argentées ; toutes les femmes le regardaient en souriant. Tout le monde hochait la tête et jacassait tandis que Mitch brandissait le couteau comme s'il avait abattu la bête avant de la dépecer et de la cuisiner lui-même.

Jeannie alla chercher les accompagnements et le vulgaire pain de viande préparé par Mme Collier. D'une certaine façon, elle savait qu'elle se servait de Nat comme faire-valoir pour ses qualités de cuisinière. Mais bon, Nat avait apporté ce truc-là ! Il aurait été grossier de le laisser en plan dans la cuisine. Elle arrangea la disposition des plats sur la table, posant les cuillères selon le bon angle pour faciliter le service. Le repas représentait des heures de travail, mais serait avalé en quelques minutes.

« Je vous en prie, fit-elle en faisant le tour de la table des yeux, servez-vous. Bon appétit. »

Tout le monde mangeait et buvait, entretenant la conversation. C'était le moment que Jeannie appréciait : regarder les plats passer, écouter les murmures de satisfaction et le bruit des couverts contre la porcelaine. La lumière des bougies qui se consumaient tout doucement vacillait. On entendait les voix étouffées des enfants, à l'arrière de la maison, qui accompagnaient le disque de comptines que les nounous avaient apporté.

Les fillettes reprirent en chœur la chanson du pauvre rouge-gorge dans la neige, d'une voix si innocente – en zézayant et en trébuchant sur les mots – que Jeannie en fut presque attendrie. La nuit tombait, les crapauds dehors coassaient. Si tout se passait bien, elle organiserait un autre dîner, dans le jardin cette fois, plus tard dans la saison. Le temps était si clément ici, pas comme à Saint-Louis où elle avait grandi et où, les soirs d'été, vous aviez l'impression de respirer à travers un tissu humide.

« Tout est délicieux, madame », dit Webb. De l'autre côté de la table, Brownie Franks éclata de rire à ce que venait de raconter Kinney. Tout se passait vraiment bien. Mais, soudain, Slocum, qui se faisait toujours la mouche du coche, lâcha brutalement : « Vous avez entendu parler du cirque qu'ils ont encore monté au labo dans le Nord ?

— Ne commence pas avec ça », dit Deke Harbaugh en levant les mains. Jeannie détourna les yeux du bout de ses doigts déformés, qui ressemblaient à des bougies fondues. Elle supposa que c'était une autre conséquence de sa maladie.

« J'y suis allé faire un tour ce matin, dit Slocum. J'ai un vieux pote là-bas que j'ai connu à Fort Belvoir et qui a quitté l'armée pour travailler chez General Electric. Il m'y a emmené pour me faire visiter. General Electric et l'armée de l'air construisent un hangar pour un avion atomique de huit millions de dollars. Ils n'ont pas encore vu le moindre écrou ou boulon mais, pour ce qui est des plans, ils ont ce qu'il faut.

— Tout ça, c'est bidon, rétorqua Harbaugh.

— Bien », fit Jeannie.

Len essaya de calmer le jeu : « Cet avion ne décollera jamais. Eisenhower lui-même dit que ce sont des foutaises.

— C'est encore pire, car ce sera de l'argent gaspillé pour rien ! Ça me rend dingue, maugréa Harbaugh d'une voix sifflante. Nous avons de vrais réacteurs dans l'armée et il nous faut quémander le moindre sou. Le CR-1 tombe en ruine…

— Ho, ho ! firent plusieurs personnes autour de la table, les femmes se tournant vers leurs époux l'air effaré.

— Deke, avec tout le respect que je te dois, commença Mitch.

— Je suis désolé. Je suis vraiment désolé. » Harbaugh s'évertua à réprimer sa toux. Sous l'effort, ses yeux se remplirent de larmes. « Je prends ça trop à cœur. C'est juste que tout cet argent jeté par les fenêtres depuis dix ans ! Pour construire un avion qui sera trop lourd pour voler ! L'armée est au courant, mais il nous faut quand même quémander. Notre réacteur aurait besoin d'être assisté, mais nous devons faire comme si tout allait bien, croire que tout est parfait, et attendre qu'ils nous accordent au compte-gouttes de maigres moyens pour réparer une chose à la fois. »

Brownie Franks se tourna vers son mari. « Y a-t-il un problème avec votre réacteur ? s'écria-t-elle.

— Non, non, répondit Franks.

— Mais M. Harbaugh avait l'air de laisser entendre que…

— Certaines choses pourraient être améliorées. Il est un peu énervé, c'est tout.

— J'aimerais boire un autre scotch, voilà ce que j'aimerais, dit Harbaugh en tapant du poing sur la table. Avec de la glace… » Mais avant d'avoir pu ajouter quoi que ce soit, il fut pris d'une quinte de toux et chercha son mouchoir, qu'il ouvrit de ses doigts de grenouille. Jeannie, horrifiée, vit que le tissu était couvert de crachats. D'ailleurs, il se retourna et cracha.

« Monsieur Harbaugh, dit-elle, je peux vous offrir quelque chose ? Une pastille pour la toux ou du sirop antitussif ? Un verre d'eau ? »

Il leva la main. « Non, non. Ça va aller. Merci. Je ne voulais pas m'emporter. Minnie me dit que je m'énerve trop ces jours-ci... merde ! » dit-il, comme pour s'excuser, tandis qu'une nouvelle quinte de toux le reprenait. Il se leva et fila en direction de la galerie à l'arrière de la maison. La porte claqua derrière lui.

Mentalement, Jeannie lança des appels au secours. Dans sa tête, les signaux de détresse s'étaient allumés. De sérieuses obscénités avaient été proférées *à sa table, au cours de son dîner* ! Comment avait-elle pu laisser les choses dégénérer de la sorte ? Tout avait été si soudain ; un grand merci à cet imbécile de Slocum. Elle ne savait pas si elle devait rester à table pour calmer le jeu ou aller chercher Harbaugh. Mais Minnie secoua la tête. « Laissez-le, dit-elle. Ça lui arrive de plus en plus souvent. Je suis désolée, fit-elle en s'adressant à l'assemblée. N'écoutez pas un mot de ce qu'il dit. C'est humiliant. » Elle mit la main devant sa bouche et laissa échapper un sanglot.

« Oh, mon Dieu, fit doucement Kath Enzinger.

— Minnie, s'empressa Patty, c'est bon. Ce n'est rien. Il a juste son franc-parler.

— Et ne vous inquiétez pas, mesdames », dit Mitch. Pour une fois, Jeannie lui en fut reconnaissante. « Je peux vous affirmer que tout va bien avec le réacteur. Je contrôle personnellement tout ce qui se passe durant la journée, je lis chaque ligne du livre de bord. L'effervescence autour de cette histoire d'avion atomique ne signifie pas que les choses ne se passent pas bien avec le CR-1.

— D'accord, fit Brownie, en hochant la tête, ses yeux emplis d'inquiétude.

— Bon, intervint Jeannie. C'est une belle soirée d'été, pourquoi ne pas en profiter et s'amuser ? » Elle alla vers le bar pour prendre une autre bouteille de vin. « Et parlons de choses moins sérieuses, voulez-vous ? N'oubliez pas que nous sommes une assemblée mixte.

— Je suis désolé. Les femmes s'ennuient avec moi, fit Slocum avec un grand sourire, comme s'il se croyait séduisant.

— Je suis impressionnée que M. Harbaugh réagisse avec autant d'ardeur », lança Nat Collier à l'autre bout de la table. Elle n'avait encore rien dit et tous les regards se tournèrent vers elle. Ce qui la fit immédiatement rougir et se recroqueviller sur sa chaise, comme si elle ne s'attendait pas à ce qu'on l'entende. Obligée de continuer, elle bredouilla : « Heu... on aurait dit qu'il parlait devant le Congrès, plaidant la cause de ce pauvre petit CR-1 !

— Le pauvre petit CR-1 ? » Patty riait. Elle jeta un regard en direction de Jeannie comme pour dire : *Tu y crois !* Jeannie se raidit. Nat pensait-elle que c'était drôle de ridiculiser le réacteur sur lequel les hommes présents autour de cette table travaillaient ? Même si *le pauvre petit CR-1* ne méritait pas vraiment le détour, c'était complètement déplacé, pour une femme qui venait à peine d'arriver, de s'en moquer.

Et qu'en savait Nat Collier, de toute façon ? Son mari était un plouc.

« Bien sûr, je ne suis pas allée voir, ajouta Nat comme si elle lisait dans les pensées de Jeannie. Je répète juste ce que mon mari m'a raconté. »

À l'autre bout de la table, Paul s'agitait sur sa chaise, mal à l'aise. Nat parut comprendre qu'elle en avait trop dit et baissa les yeux.

« Quelqu'un voudrait-il se resservir en pommes de terre ? finit par lancer Jeannie. Et nous avons aussi ce pain de viande que Nat a *si* gentiment apporté, mais personne n'y a encore goûté. » Elle souleva le plat ; une olive pleine d'huile s'était échappée et se dressait tel un téton rebelle.

« Je vais reprendre des pommes de terre », s'exclama Franks avec enthousiasme.

Jeannie entendait toujours Deke tousser dehors, et elle pensa qu'en tant qu'hôtesse elle devait lui apporter quelque chose. Pourquoi ne buvait-il pas tout simplement un verre d'eau ? Quand la conversation redevint normale et que la soirée sembla reprendre son cours, elle s'éclipsa – en adressant un sourire à la tablée au cas où quelqu'un le remarquerait, mais elle ne rencontra que le regard inexpressif de Webb – et sortit par-derrière.

Deke lui tournait le dos ; il serrait son mouchoir dans sa main en regardant le coucher de soleil avec obstination comme dans un élan de sentimentalisme. *Cet homme est mourant.* Elle se rappela ce qu'avait dit Mitch. *Combustion Engineering le garde pour qu'il ne fasse pas d'histoire ; c'est quand il travaillait pour eux, il y a des années, dans les canalisations, qu'il est tombé malade. Avec tous ses honoraires médicaux, il va mourir indigent.*

« Deke, je peux vous offrir quelque chose ? » demanda-t-elle.

Il se retourna brusquement. Elle détourna le regard du mouchoir ensanglanté dans lequel il avait craché – dessinant un grotesque motif cachemire. Il secoua la tête jusqu'à ce que son visage se détende et qu'il soit capable de lui sourire, les yeux humides. « C'est une très belle soirée, dit-il. Je regrette de m'être emporté à table.

— Je vous en prie, n'y pensez plus.

— C'est une soirée très réussie. Y a pas à dire, vous savez recevoir.

— Merci, répondit-elle, sincèrement touchée. Je suis ravie que vous et Minnie ayez pu venir.

— Eh bien, je suis content que Mitch se soit senti d'attaque pour ça. »

Elle le regarda d'un air interrogateur.

« Je veux dire, qu'il n'y ait pas de rancune.

— Rancune ? Bien sûr que non. » Elle ressentit un pincement au cœur qui ne lui était pas inconnu, associé à une curiosité presque malsaine : dans quoi Mitch s'était-il fourré, cette fois ? *Je vous en prie, faites que ce ne soit pas avec la femme d'un autre opérateur. Que ce soit avec une femme du coin qu'aucun de nous ne connaît.* Ses mains tremblaient.

« Je suis désolé d'avoir mis ça sur le tapis. J'imagine que vous voudriez oublier tout ça, tout au moins le temps d'une soirée.

— Non, je vous assure, ça va. » Elle ouvrit son étui en or pour attraper une cigarette et lui en tendit une.

« Ce sont des Virginia Slim, ajouta-t-elle en utilisant son briquet.

— Je ne suis pas difficile », fit-il en souriant et en la laissant lui allumer sa cigarette. Puis il inhala, grimaçant, en trois aspirations sifflantes – cela ne semblait pas agréable –, et finalement exhala avec un soulagement incontestable. « C'est toujours dur de passer à côté d'une promotion, dit-il. Mais vous savez, rien n'est perdu pour l'année prochaine. »

Jeannie hocha la tête tandis que, en proie à l'angoisse, le sang bourdonnait à ses oreilles. Ce n'était donc pas une femme ; c'était pire. Deke la regarda curieusement. Elle bredouilla : « Oui, l'année prochaine, c'est ce que je me dis.

— Je pense qu'il n'en était pas loin, mais le réacteur n'a pas été bien entretenu. Ce n'était pas entièrement sa faute. Mais ce genre de réputation vous colle aux basques. Et puis, la dernière fois, il y a eu cet avertissement pour consommation d'alcool sur le lieu de travail, et c'est ce qui l'a mis dedans. »

En imagination, Jeannie se vit poser sa main blanche comme neige sur sa poitrine, en suffoquant, et dire *consommation d'alcool sur le lieu de travail* ? Mais elle n'avait plus vingt ans. Elle tira sur sa cigarette, essayant d'empêcher ses doigts de trembler. « Il vient de dire que le réacteur n'avait pas de problème, dit-elle. Juste à l'instant, pendant que nous étions à table ; il a dit qu'il contrôlait le livre de bord lui-même.

— En effet.

— Donc…

— Écoutez, Jeannie. Quelques avertissements pour consommation d'alcool ne sont pas la mer à boire…

— *Vous voulez dire qu'il y en a eu plusieurs ?* »

Pendant un instant, Deke parut surpris. « Nous aimons tous boire un verre, dit-il, mais pas quand on est sur le site d'un réacteur, n'est-ce pas ? » Il haussa les épaules et essaya de sourire. Ses dents ressemblaient à des grains de maïs, mais son regard aux yeux noisette était séduisant ; et Jeannie se surprit à penser qu'un jour il avait été jeune et en bonne santé. « Mais si ça se reproduit, ajouta-t-il plus sérieusement, Mitch risque d'être rétrogradé ou de perdre son habilitation de sécurité. »

Le visage de Jeannie s'empourpra. Elle était capable de faire face aux quolibets sur ce vieux réacteur. Et à ceux sur la consommation d'alcool de Mitch sur son lieu de travail, après tout, cela avait quelque chose de viril, un côté cow-boy, même si c'était ridicule. Mais penser que Mitch puisse être rétrogradé ou perdre son habilitation de sécurité, ça non. C'en était trop.

« Je suis désolé, dit-il. Ce n'est pas le bon moment pour en parler. Quoi qu'il en soit, ça ne rejaillit pas sur vous. Tout le monde le sait. »

Elle prit une grande respiration et rejeta l'air aussi lentement qu'elle le put, pour se calmer. C'était impossible que cela ne rejaillisse pas sur elle. Mais elle était l'hôtesse, elle avait une soirée à gérer. Elle castrerait son mari plus tard. « Merci, dit-elle. C'est une consolation. » Elle écrasa sa cigarette dans le cendrier qu'elle gardait sur la galerie. « Bon, je ferais mieux de ne pas les laisser sans surveillance », dit-elle. Et il ne faisait aucun doute que le sourire qu'elle lança par-dessus son épaule illumina la soirée de Deke. Elle repartit à l'intérieur, en faisant claquer ses talons et en tordant son tablier entre ses mains.

De retour dans la salle à manger, elle trouva les plats vides et la conversation qui avait repris ici et là. Patty Kinney et Minnie Harbaugh riaient ensemble en se tapotant l'une l'autre le bras. Franks et Kinney se servaient un verre. Brownie chantait ce qui ressemblait à une rengaine à une Kath Enzinger indifférente ; Webb, bouche ouverte, contemplait le plafond ; Paul Collier essayait de mettre le feu à la nappe en la regardant fixement. Jeannie n'osa jeter un coup d'œil ni à son mari ni à Nat avant de s'être ressaisie.

Elle se glissa à sa place. Elle avait l'appétit coupé et les restes dans son assiette étaient écœurants. Les bretzels dans la gelée avaient doublé de volume ; l'aspic de tomate ressemblait au résultat d'une opération chirurgicale ratée.

« Comment va M. Harbaugh ? demanda Patty

— Il va bien, lui assura Jeannie. Il sera là dans une minute. »

On entendit un bruit sourd, celui d'un verre qui rencontre la moquette, et un « Désolé » de la part de Webb, qui disparut sous la table. « Il était presque vide, de toute façon », marmonna-t-il.

« Webb est ivre, chuchota Patty.

— Je sais », répondit Jeannie. Pourquoi Mitch n'avait-il pas gardé un œil sur lui ? Et d'ailleurs, pourquoi Webb était-il là ? Elle n'aimait pas que des hommes célibataires viennent à ses dîners. Prenez Slocum, c'était lui qui avait mis cette histoire d'avion atomique sur le tapis et qui avait failli gâcher la soirée.

Elle tourna son regard vers Mitch qui souriait à Nat d'un air excessivement sentimental, avec une insistance déplacée. Jeannie avait envie de lui faire mal, d'une façon ou d'une autre, là, sous la table. Un petit coup sec sur le tibia, une épingle de sûreté enfoncée dans la cuisse.

« Je vais m'occuper des desserts », annonça-t-elle. Elle repoussa sa chaise et se sauva dans la cuisine où elle se servit une vodka ; elle leva son verre, renversa la tête en arrière et avala l'alcool en trois gorgées *un*, *deux*, *trois*, puis coinça une cigarette entre ses lèvres et posa ses yeux emplis de colère sur les desserts. Un *angel cake* avec un glaçage blanc ; elle saisit une petite boîte de garniture de myrtilles et en renversa le contenu au milieu du gâteau. Quelques gouttes bleues éclaboussèrent le plan de travail et le haut de sa robe, mais elle poursuivit sa tâche : elle saisit une autre boîte, l'attaqua à coups d'ouvre-boîte, et ne ralentit le rythme que lorsqu'elle sentit le bord dentelé du couvercle lui entailler le doigt.

« Oh, bordel de *merde* ! » s'écria-t-elle. Du sang suinta à la surface de la peau et coula le long de sa main. Elle mit son doigt tremblant sous le robinet pour le rincer ; puis, se penchant pour examiner la coupure, elle en rapprocha et en écarta les bords, telle une bouche de poisson qui cherche de l'air, et jura de nouveau. Elle secoua son doigt pour le sécher. C'était répugnant d'avoir la peau déchirée ! Ça faisait mal, et la sensation de la peau qui s'étire en s'ouvrant et en se refermant, comme un baiser invisible, lui donnait la chair de poule. Après avoir enveloppé son doigt de papier essuie-tout qui le fit ressembler à un club de golf, elle se servit un autre verre de vodka, coinça de nouveau la cigarette entre ses lèvres, et reporta son attention sur l'*angel cake* ; cette fois-ci, elle tint la boîte ouverte avec précaution et versa le reste des boulettes gélatineuses par-dessus le jus qui s'était dispersé. De la cendre tomba, elle essaya de l'attraper de son index gauche mais n'y parvint pas et finit par la mélanger au reste. Elle tira un autre morceau d'essuie-tout du dévidoir, en fit un tampon, et tapota les gouttelettes bleues qui parsemaient le haut de sa robe : elles s'atténuèrent sans pour autant disparaître.

« Est-ce que ça va ? » demanda une voix derrière elle. Elle sursauta en voyant Nat Collier s'approcher d'elle, les sourcils froncés. « Vous vous êtes blessée.

— Oui, mais ça va. Une petite mésaventure en cuisine. Ça arrive à tout le monde, même aux meilleures », fit Jeannie qui gloussa en haussant exagérément les épaules. Nat la regarda un moment et hocha la tête.

« J'allais juste jeter un coup d'œil aux enfants, dit-elle en indiquant du doigt l'arrière de la maison.

— Oh, je suis sûre qu'elles vont bien. Les avez-vous entendues chanter ? Adorable.

— Oui, vous avez raison, je ne devrais probablement pas aller les distraire. Je peux vous aider à couper cette tarte ? »

Jeannie hésita, puis poussa la tarte au citron vert vers Nat qui s'attela à la tâche, avec application et maladresse.

« Commencez par la couper en quatre, lui recommanda Jeannie, incapable de s'en empêcher. Si vous coupez de petites parts, elles seront inégales. Bon, ça ira. Ce sera très bien.

— Je n'ai pas vos talents de cuisinière », s'excusa Nat. Jeannie répondit à ce compliment par un silence. « Merci de nous avoir invités ce soir, continua Nat. Vous êtes une hôtesse merveilleuse.

— Je pense qu'après ça, je vais avoir besoin de dormir pendant trois jours. » Jeannie lui sourit pour montrer que c'était une boutade et que, bien sûr, elle se lèverait demain aux aurores, pour épousseter les petites figurines Hummel et astiquer les boutons de porte. Elle sirota sa vodka. « Comment ça se passe pour votre mari, avec son nouveau travail ? » *Avec le petit et vieux CR-1.*

« Oh, ça va.

— Je pense que vous serez très heureux, tous les deux, à Idaho Falls.

— Je l'espère ! Nous rencontrons plus de gens maintenant.

— La clé du bonheur, ce sont les amies. Des femmes », dit Jeannie en pointant sa cigarette vers Nat. Elle sentait le sang affluer dans son doigt comme un petit cœur qui bat. « Des femmes sur lesquelles vous pouvez compter dans les moments critiques.

— Oui, acquiesça Nat, avec emphase. C'est si vrai. Je n'ai pas eu d'amies depuis le lycée et ça me manque beaucoup. Il y a certaines choses que seule une amie peut comprendre, n'est-ce pas ?

— Je vais organiser une soirée rien que pour vous », dit Jeannie. Elle chancela et se retint d'une main au comptoir. « Ici même. Vous serez l'invitée d'honneur. Ce sera comme votre bal de débutante.

— Oh, mon Dieu, merci, fit Nat, nerveuse.

— Je pourrais vous prêter l'une de mes robes. J'en ai une verte qui sera parfaite pour vous. Bien sûr, il faudra la reprendre à la taille. Tout le monde ne peut pas faire du 34, n'est-ce pas ? »

Nat jeta un coup d'œil à sa taille comme si elle pouvait avoir changé sans qu'elle s'en aperçoive. « Je n'ai certainement pas la taille aussi fine ! dit-elle.

— Vous pourriez aller vous faire coiffer.

— Ce serait amusant. Je ne l'ai jamais fait.

— Vraiment ? fit Jeannie en feignant de ne pas y croire. Vous ne vous êtes jamais fait coiffer par un professionnel ?

— Pas une seule fois, non. Oh, je me suis déjà fait couper les cheveux, c'est tout. Ça va les parts ? demanda-t-elle en montrant la tarte.

— Oh, oui, ça va. » Jeannie préféra ne pas regarder. Elle se pencha vers Nat. « Puisque nous sommes entre filles, je peux vous poser une question ? Une question un peu délicate ? »

Nat hocha la tête, les yeux ronds.

« Ce soir, juste avant le dîner, avez-vous remarqué si mon mari a changé les cartons de place sur la table de la salle à manger ? »

Nat se figea. Jeannie aperçut l'ombre d'un mensonge passer sur son visage. « Je… euh… je n'ai pas vraiment fait attention. »

Jeannie pencha la tête et sourit. « Vous êtes trop gentille pour mentir.

— Mais je ne comprends pas pourquoi il aurait fait une chose pareille.

— Vraiment ?

— Peut-être… je l'ai peut-être vu y toucher. Je ne suis pas sûre. Peut-être qu'il les avait fait tomber et qu'il voulait les redresser ?

— Oui, je n'en doute pas. Ce doit être ça. Mitch redresse toujours les choses.

— J'ai l'impression de moucharder, dit Nat. Je vous en prie, ne racontez pas à votre mari que j'ai dit quoi que ce soit.

— Bien sûr que non. Ça reste entre nous. Je vous promets que Mitch n'en entendra pas parler. »

Nat parut soulagée. « Merci, dit-elle. Attendez, laissez-moi emporter les desserts. »

Jeannie agita son gros doigt blessé. « Non, non. Allez vous asseoir. Je vais d'abord demander à chacun ce qu'il veut et j'apporterai ce dont nous avons besoin. »

Nat acquiesça d'un signe de tête, sourit timidement, et repartit dans la salle à manger. Jeannie s'appuya le long du plan de travail, elle observa son doigt à travers les couches de papier et remarqua, soulagée, que le sang se diffusait plus lentement. Elle enveloppa de nouveau son doigt, sans grande précision, légèrement ivre. *Assez de vodka, madame !*

Le jus de myrtilles sur le haut de sa robe détourna son attention, et elle alla chercher dans sa chambre une petite veste boléro bordée de perles qu'elle enfila en protégeant son doigt blessé. Changer de robe aurait été trop ostentatoire, même pour cette bande de clowns. Elle devenait d'une humeur massacrante. Elle attrapa une feuille du bloc-notes et un crayon, puis elle retourna dans la salle à manger pour prendre les commandes de desserts.

Ses invités bavardaient, détendus, et ils réajustèrent leurs serviettes de table. Brownie Franks la regardait, les yeux brillants, comme si Jeannie était sur le point de leur donner une longue et laborieuse explication sur la marche à suivre.

Elle s'obligea à se tourner vers son mari et vit, surprise, que Mitch avait de nouveau reporté toute son attention sur Nat. Il s'appuyait contre la pauvre femme en lui disant qu'il y avait quelque chose sur son chemisier tandis qu'il enlevait une peluche imaginaire sur sa clavicule. « C'est mieux », lança-t-il. Il gloussa et ajouta : « Rentrons ça là » en attrapant deux coins de la serviette de table sur les genoux de Nat et, tel un maître d'hôtel pervers, il la reposa plus haut, la glissant de chaque côté de sa cuisse comme s'il s'agissait d'un petit enfant endormi qu'il fallait border. Nat devint toute rouge ; elle regarda autour d'elle et, comble du ridicule, d'une voix étouffée, elle le remercia.

À l'autre bout de la table, Paul Collier observait la scène d'un air horrifié, prêt à s'étrangler. Il bondit.

Dieu merci, Jeannie maîtrisait la situation. Elle fit le tour de la table et vint se poster derrière Nat, une main sur chacune de ses épaules. Nat sursauta légèrement, et Jeannie lui donna de petites tapes rassurantes, tandis qu'elle souriait aux autres convives ; son doigt surdimensionné pointait de manière obscène vers le mur opposé. « S'il vous plaît, tout le monde, dit-elle de sa voix la plus distinguée, nous avons le choix entre deux desserts. »

Les invités se tournèrent vers elle ; frottant leurs ventres pleins, se préparant pour un autre tour. Nat, sous les mains de Jeannie, resta tranquillement à sa place, silencieuse, et Paul se rassit.

« Nous avons un *angel cake* avec une garniture de myrtilles et une tarte au citron vert. Bien sûr, ajouta-t-elle en adressant un sourire à Mitch, vous pouvez toujours avoir une part de chaque. »

Nat

Il était près de vingt-trois heures quand les Collier rentrèrent chez eux à pied, à trois pâtés de maisons de chez les Richards. Sam était perchée sur les épaules de Paul, tandis que Nat portait Liddie dans les bras. Elle regardait Paul : son silence la rendait nerveuse.

Quelle étrange soirée. La maison, le dîner et les invités (enfin, la plupart d'entre eux) étaient si plaisants. Cependant, Nat avait l'impression qu'elle aurait dû apporter une matraque pour se défendre, et de Mitch et de Jeannie, et ce qui s'était passé semblait avoir enrayé les rouages internes de Paul et l'avoir laissé sans voix.

En revanche, les filles étaient aux anges. Sam n'arrêtait pas de parler des autres enfants, de Martha, la nounou, et des tonnes de pop-corn qui les avaient surexcitées. Elles serraient dans leurs mains des tas de babioles en plastique : un poulet, un petit soldat, un pistolet, une bague.

Dans l'allée, qui traversait une petite pelouse et se terminait par trois marches en ciment menant à la porte d'entrée, l'inquiétude de Nat fit place au réconfort, à un sentiment de sécurité et de familiarité. Ils venaient d'un lieu inconnu, empli d'objets et de mobilier qui ne renvoyaient à aucun souvenir, pour retourner chez eux et, bien que la maison soit nouvelle, elle leur ressemblait déjà plus que celle où ils avaient passé la soirée. Ce qui était un début. Mais dès que Paul alluma la lumière et qu'ils se retrouvèrent dans l'entrée, Nat flancha de nouveau. Des cartons jonchaient leur petite salle de séjour, tels des animaux en train de paître. Par ailleurs, la maison était presque vide, les murs nus étaient abîmés et présentaient des défauts : la peinture écaillée, des douilles sans ampoule et de mystérieuses traces sombres. Ils avaient emménagé depuis un mois déjà et pourtant la maison semblait toujours inhabitée, il s'en dégageait une atmosphère d'incertitude, d'instabilité.

Nat savait qu'elle aurait déjà dû tout ranger, mais avec les filles, c'était impossible. Quelques jours plus tôt, elle s'était attaquée à l'un des cartons et, tout occupée à sa tâche, avait perdu de vue Liddie pendant une minute ; Liddie qui avait ouvert la porte de derrière, avait raté une marche, était tombée, s'était cassé une dent et fendu la lèvre. Comment font les autres femmes au foyer ? se demandait Nat. N'était-elle pas capable de s'occuper de deux choses à la fois ?

« Il est très tard, les filles, dit-elle. Ce soir, pas d'histoire. Vous allez tout de suite mettre vos chemises de nuit. » Traversant la salle de séjour, elle chancela, le bénéfice des deux gin-fizz et du verre de vin qu'elle avait bus au cours de la soirée. Elle se ressaisit et arriva sans encombre jusqu'à la chambre des filles.

Sous l'effet d'un taux de sucre trop élevé, les pupilles de Sam étaient étrangement dilatées. Elle passa sa chemise de nuit par la tête. « Je ne suis pas fatiguée, maman. Je peux rester debout pour toujours, je n'ai pas du tout envie de me coucher.

— Je n'en doute pas, dit Nat en lui enfilant les manches de la chemise de nuit, mais il faut essayer de dormir.

— On peut laisser la lumière allumée ?

— Non. Allonge-toi à côté de Liddie.

— Elle m'a pris mon avion, dit Sam en regardant sa sœur d'un air de reproche.

— On réglera ça demain matin. Sam, rentre ta langue.

— Quand est-ce qu'on aura nos lits ? » demanda Sam en pleurnichant.

Les déménageurs avaient, on ne sait comment, perdu les lits de Sam et Liddie entre la Virginie et l'Idaho. Bêtement, Nat avait signé le bon de livraison avant de vérifier que les lits étaient là, quelque part, dans l'une des caisses et, maintenant, il allait falloir les remplacer. Paul et elle n'avaient pas de lit non plus ; ils avaient prévu d'en acheter un – probablement d'occasion car les lits deux places coûtaient cher –, mais Paul avait tellement travaillé depuis un mois qu'ils n'avaient pas encore trouvé le temps de s'en occuper.

Nat tapota le sol, en signe d'encouragement et, finalement, Sam se laissa tomber à côté d'elle. « Nous irons lundi chez J. C. Penney's et nous vous trouverons quelque chose. Je sais que vous en avez marre de dormir par terre. »

Évidemment, dès que Sam s'allongea, Liddie commença à s'agiter en tous sens, titubant comme le font les bambins fatigués. Elle courait en rond, désorientée, de plus en plus vite, tel un derviche tourneur, jusqu'à ce qu'elle s'emmêle les pieds et tombe sur les fesses en pleurant. « Chérie », commença Nat. Mais l'enfant était de nouveau debout. Elle voulait profiter de la soirée jusqu'au bout, dans cette nouvelle maison, mettre les doigts dans les prises, manger une mouche morte sur l'appui de la fenêtre, escalader le lavabo de la salle de bains.

« Maman, je veux que tu viennes sous mes couvertures, disait Sam. Sous mes couvertures avec moi ! »

Liddie se tenait enfin tranquille, elle commença à hoqueter. Elle regardait Nat de ses grands yeux accusateurs.

« Allez, les filles, protesta Nat, refrénant son exaspération.

— Qu'est-ce qui se passe ? » demanda Paul, dans l'encadrement de la porte. Tout le monde se tut. Le ton de sa voix laissait percer son agacement. Elles attendirent de voir ce qu'il dirait. Il se contenta de soupirer, entra dans la pièce et s'assit près de Sam ; il enveloppa Liddie dans sa couverture rose en crochet et massa son petit dos pour lui faire passer le hoquet. La moquette, contre le nez de Nat, avait cette odeur réconfortante, légèrement chimique, de neuf. Elle ferma les yeux tandis que Paul tapotait le dos de leurs filles tout en fredonnant *Un foyer dans la prairie* jusqu'à ce que tout le monde s'endorme.

Il faisait encore nuit quand Nat se réveilla. Des poils de moquette lui chatouillaient les lèvres. Elle s'assit, attendit quelques secondes que sa vue s'accommode à la pénombre, et essaya de jauger le sommeil de ses filles à l'aune de leur respiration, calme, par la bouche.

Elle erra dans la pièce, calmement, pour éviter de trébucher sur les cartons de déménagement. N'ayant pas trouvé Paul, elle revint sur ses pas jusqu'à leur chambre. Les couvertures étaient jetées par terre, mais il n'y était pas. Elle n'avait aucune idée de l'heure. Dehors, les crapauds coassaient.

Elle suivit leur chant jusque dans la cour à l'arrière de la maison où elle découvrit Paul assis sur le sol en ciment du petit patio éclairé par la lune. Chevilles croisées, il regardait au loin.

Le patio s'arrêtait brusquement à ses pieds et la cour n'était plus que de l'herbe plongée dans le noir, que vous pouviez traverser en trois ou quatre enjambées avant d'arriver à celles des voisins, séparées par des palissades marron à hauteur de la taille. Toutes les fenêtres des maisons voisines étaient éteintes et, au-delà, ses yeux s'habituant à l'obscurité, elle apercevait l'espace vide entre les maisons que ne venait gâcher aucun panneau publicitaire ni réverbère. Seules les silhouettes arrondies des montagnes étaient visibles, noires sur fond noir, des ombres fantômes.

Idaho Falls n'était certes pas San Diego, mais ce n'était pas non plus la pire des villes. C'était un endroit isolé, c'est tout, un petit avant-poste au nom qui attire l'attention : en référence aux chutes d'eau artificielles qui marquaient l'entrée de la ville. Nat repensa à leur arrivée, quelques semaines plus tôt. Comme la ville elle-même, les chutes étaient claires, bien aménagées, sans danger. Elles zigzaguaient en suivant le cours de la rivière, en angles droits, et retombaient sur les rochers quelques mètres plus bas, l'eau glissant si tranquillement que c'est à peine si elle écumait ; on aurait dit de la soie. Et même les gros rochers en bas semblaient avoir été posés là, un par un, par les méticuleux pères fondateurs de la ville.

Au-dessus de la cascade se dressait le temple mormon, tout en haut, construit en couches successives, en étages rectangulaires, une sorte d'interprétation masculine d'un gâteau de mariage. Au sommet, le temple s'ornait d'un archange doré portant un petit instrument à ses lèvres, comme un souffleur de verre. Les chutes et le temple : il était difficile d'imaginer l'un sans l'autre. Ils étaient si parfaits, si ostentatoires, et si exubérants comparés à cette petite ville tranquille, endormie, avec pour seul horizon le désert, qu'ils en étaient presque déconcertants.

Une fois passé les chutes et le temple, vous arriviez à un minuscule centre-ville, une rue principale étroite avec un salon de coiffure pour hommes, une confiserie, un *diner* et un magasin J. C. Penney flambant neuf. Après quoi, vous aviez vite fait le tour. Vous étiez de nouveau entouré de champs – les terres cultivées des mormons, essentiellement des pommes de terre – et, pour finir, le désert à l'infini, semblait-il, à l'aspect aussi brut que du papier de verre. À quatre-vingts kilomètres à l'est de la ville, au milieu du désert, se trouvait le Laboratoire national de l'Idaho, le centre de recherche nucléaire où travaillait Paul.

Elle se demandait s'il aimait vraiment son nouveau travail. Quand elle lui posait la question, il répondait « ça va » ou, parfois, « ça peut aller ». Il n'était pas du genre à se plaindre, et les autres épouses lui disaient qu'elle devait s'en réjouir, mais elle aurait quand même aimé en savoir un peu plus.

En le regardant, une certaine appréhension lui serra la gorge. Le mois qui venait de s'écouler n'avait été qu'une succession d'épreuves, de dissensions. Juste avant d'arriver à Idaho Falls, il y avait eu cet incident ridicule au bord du lac quand elle s'était donnée en spectacle en plongeant alors même qu'il lui avait demandé de ne pas le faire. Cela lui paraissait si loin déjà. Avant que cette dispute ne soit oubliée, il avait dû prendre son nouveau poste et, quand il rentrait à la maison, soit il dormait comme un loir, soit il était là à fouiller dans les cartons mal étiquetés, fatigué de chercher en vain un objet ou un autre. *Paul, où est le batteur électrique ? Tu sais où se trouve le carton avec le linge de maison ? Tu n'aurais pas vu mon fait-tout, par hasard ?* Ils avaient passé des journées entières sans vraiment se regarder, à se gêner dans la cuisine, et à se repasser les filles dans les bras l'un de l'autre, comme des sacs de sable.

Et il y avait eu cette fois où il était rentré à la maison avec huit heures de retard – huit heures ! – en prétendant que le bus était tombé en panne. Plus elle y pensait et plus cette histoire lui semblait bizarre ; mais il est vrai que le centre de recherche était au milieu de nulle part, à quatre-vingts kilomètres de la maison. Il était possible qu'il n'y ait aucun autre moyen de transport. Ce soir-là, il avait bu plus d'une bière et était allé directement se coucher. Nat avait jugé préférable de ne pas trop poser de questions.

L'attitude de Paul, son stoïcisme passif – bien qu'il ait probablement dû se rendre compte lui aussi de la distance qui s'était installée entre eux – la frustraient. Mais elle savait qu'il était fatigué et qu'il craignait qu'elle et les filles ne se plaisent pas à Idaho Falls. Son inquiétude se manifestait par de délicates attentions. La semaine dernière, elle avait emmené les filles, qui s'étaient réveillées tôt, au parc, pour qu'il puisse dormir tranquillement et, quand elles étaient revenues sans faire de bruit, elle s'était attendue à ce qu'il dorme à poings fermés. Au lieu de quoi, elles l'avaient trouvé à la table de la cuisine, en maillot de corps et pantalon, occupé à fabriquer un petit jouet astucieux pour les filles. Nat l'avait observé, surprise : il avait passé une ficelle dans les deux trous d'un gros bouton ; après en avoir attrapé les deux extrémités, il en fit une torsade. Quand il tira d'un coup sec, le bouton tournoya rapidement sur lui-même. Nat était fascinée ; on aurait dit un tour de passe-passe d'un autre temps, d'un autre lieu. Les filles étaient ravies. Elles détalèrent dans la cour pour jouer avec. En les regardant partir, un bref sourire de satisfaction avait éclairé le regard de Paul.

« Salut », murmura-t-elle, avançant dans le patio pour le rejoindre.

Il se racla la gorge. « Les filles se sont endormies ?

— Oui, enfin. » Elle s'assit sur le ciment et étendit les jambes devant elle. Elle avait envie de prendre sa main et d'en sentir le poids sur ses genoux, mais, s'il était en colère contre elle, elle craignait une rebuffade. Elle attendit. Elle recouvrit ses genoux avec sa robe en coton en se demandant vaguement comment les femmes comme Jeannie Richards se débrouillaient pour garder leurs bigoudis et leurs talons hauts avec des enfants qui couraient partout. Une femme au foyer pouvait certes rester confinée toute la journée chez elle, épiant à travers les stores, mais elle avait quand même besoin de porter une jolie robe cintrée à la taille et des talons qui affinaient le mollet.

Elle tenta de suivre le regard de Paul : les lignes à haute tension, les montagnes. Son visage était indéchiffrable ; il avait les mains croisées sur les genoux. Il ressemblait à une statue d'Abraham Lincoln jeune.

« Eh bien, nous avons survécu au dîner chez les Richards, dit-elle.

— Je suppose.

— Tu t'es bien amusé ? »

Il se tourna vers elle. « Et toi ? » Il avait la bouche pincée, et les battements de cœur de Nat s'accélèrent légèrement.

« Ça va, dit-elle. Leur maison est magnifique, Mme Richards a le chic pour la décoration. » Elle sourit. « Ce qu'il y a, c'est qu'ils ont des meubles.

— Nous aussi. Il faut juste que nous les trouvions.

— Je sais. Oui, je sais. » C'était comme si elle ne pouvait pas s'empêcher de parler de ces fichus meubles.

Il hocha la tête, et elle vit qu'il réfléchissait, comme s'il cherchait ses mots. « Mon chef avait l'air de t'apprécier, finit-il par dire.

— Oh, lui. » Nat voulut se débarrasser de cette idée. « Il avait trop bu.

— Et moi, j'aurais peut-être dû boire plus », grommela Paul.

Nat se tut et le regarda. Si elle la jouait fine, il était encore temps de rendre la conversation plus légère. Elle essaya d'imiter Richards en se moquant de sa grosse voix. « "*Je ne bois que des boissons démodées. Je vous sers un Moscow Mule ? Il faut le boire dans une chope en étain. Vous avez vu ma voiture, c'est la nouvelle Cadillac Coupe de Ville ? Regardez mes chaussures, c'est de l'alligator, un modèle norvégien, fabriqué par Stetson.*" Quoi que ça veuille dire ! » Elle lui sourit.

« C'était embarrassant de le voir te tripoter, dit Paul, comme pour désamorcer la tentative de paix offerte par Nat.

— Il ne m'a pas tripotée.

— Comme si je n'avais pas été là pour le voir.

— Je ne l'aurais pas laissé me tripoter, que tu sois là ou pas.

— Il t'a mangée des yeux toute la soirée.

— Il était ivre.

— D'accord, acquiesça Paul. Il avait bu. Mais tu aurais pu t'éloigner de lui. Tu aurais pu venir à l'autre bout de la table et t'asseoir à côté de moi.

— Je me suis assise là où était posé le carton avec mon nom. C'était écrit "Mme Collier". C'est *lui* qui s'est assis à côté de moi.

— Est-ce qu'un carton avec un nom fait autorité ?

— Je ne pouvais décemment pas offenser Mme Richards. C'est elle qui avait fait le plan de table. Et si je m'étais levée au moment où il s'asseyait, pour changer de place et intervertir mon carton avec celui de quelqu'un d'autre, ça aurait fait toute une histoire et je me serais fait remarquer. »

Paul regarda ailleurs. « Résultat, vous vous êtes fait remarquer tous les deux », dit-il.

Elle pouvait deviner le mur qu'il était en train de dresser entre eux ; et c'était son rôle à elle de l'abattre pendant qu'il en était encore temps. Elle oublia toute prudence, prit la main de Paul dans les siennes et entrelaça ses doigts à ses épaisses phalanges noueuses pour l'inciter à la regarder dans les yeux. « Écoute, fit-elle. Je suis désolée. Je ne savais pas qu'il deviendrait aussi... collant. Je n'avais aucune envie de me retrouver près de lui.

— Et pourquoi as-tu dit une chose pareille à propos de ce *pauvre petit CR-1* ? Tu as laissé entendre que je rentrais à la maison en disant à quel point il est petit et sans importance. »

En vérité, c'est ce qui s'était passé, le premier jour, mais Nat savait qu'il était préférable de ne pas insister. « Je suis désolée. J'essayais juste d'arranger les choses après l'éclat de M. Harbaugh et j'ai mis les pieds dans le plat.

— Ce n'était pas à toi d'arranger les choses. Il fallait le laisser se ridiculiser et garder ton sang-froid.

— C'est plus fort que nous, les femmes, une sorte d'instinct, nous détestons que les hommes se rendent ridicules. Je ne sais pas comment l'expliquer. Je t'en prie, ne m'en veux pas.

— Je ne t'en veux pas.

— Tant mieux », fit-elle, calmement. Elle leva la main pour lui caresser la tête, et sentit ses cheveux coupés très court, drus, sous ses doigts. Elle l'avait toujours connu dans l'armée et n'avait donc aucune idée de comment seraient ses cheveux s'ils étaient plus longs. Épais, bouclés ? Elle ne les avait jamais vus qu'ainsi, bruns et aussi raides qu'une étrille.

« Je crois que j'ai fait une erreur, dit-il. En venant ici. En changeant de poste. Et en vous obligeant, toi et les filles, à déménager au milieu de nulle part.

— Ce n'est pas au milieu de nulle part. Et il y a un J. C. Penney's.

— Et rien d'autre à plusieurs centaines de kilomètres à la ronde », fit-il.

Elle haussa les épaules. C'était vrai. Malgré ses aspirations à ressembler à une ville de banlieue, Idaho Falls était avant tout un grand espace de roches volcaniques, sans relief, avec des vautours décrivant de grands cercles dans le ciel, en vous donnant une impression de fin du monde comme si c'était là la dernière chose que vous verriez avant de mourir.

« Ça va aller, dit-elle. C'est une mission de deux ans. Après ça, tu pourras aller ailleurs si tu veux. »

Ses yeux lancèrent des éclairs. « Tu veux dire que *nous* pourrons aller ailleurs.

— Oui, c'est ce que je voulais dire.

— Très bien. » Il ferma les yeux. « Rien ne se passe comme je l'espérais. Je croyais… je croyais que ce serait mieux ici. Les gens, le réacteur. J'attendais ça avec impatience, et maintenant, je me dis que si nous nous en sortons vivants, ce sera déjà ça. »

Nat eut une montée d'angoisse. « Tu n'es pas en train de dire que M. Harbaugh avait raison, à propos du réacteur, n'est-ce pas ?

— Tu n'as pas à t'inquiéter.

— Ce qu'il racontait était vrai ? »

Paul fit une grimace. « Le réacteur n'est pas vraiment un modèle dernier cri, il n'a pas tort. Et la supervision n'est pas faite… attentivement.

— Paul, je ne veux rien savoir de tout ça ! Ça me fait peur.

— Mais nous ferons en sorte que tout se passe bien. Comme toujours. T'inquiéter ne servira à rien.

— Mais c'est maintenant que je vais commencer à m'inquiéter.

— Deux ans. Nous tiendrons le coup. »

Elle hocha la tête.

« Je te demande juste de m'aider en te tenant à l'écart de mon chef, d'accord ?

— Tu n'as même pas besoin de me le demander. »

Il l'observait de ce regard indéchiffrable qui lui était si familier. Mais elle vit une lueur d'affection vaciller dans ses yeux, il s'attendrissait, ce qui, Dieu merci, signifiait qu'elle avait gagné. Pas de retour en arrière possible, maintenant ; plus de rancune. Elle avait abattu le mur qu'il essayait de construire.

Il lui sourit et dit : « Tu ne me rends pas la vie facile, tu sais. »

L'inverse était tout aussi vrai, songeait-elle, mais ce n'était pas le moment de chipoter. Elle sourit, se mit à genoux, et l'embrassa. « Est-ce que j'en vaux la peine, est-ce que le jeu en vaut la chandelle ? » demanda-t-elle.

Son baiser fut une réponse suffisante. Elle se lova sur ses genoux et il passa la main derrière sa tête pour lui détacher les cheveux. Puis il dénoua sa ceinture de coton, la fit glisser, et commença à déboutonner le devant de sa robe, maudissant gaiement tous ces boutons qui lui donnaient du fil à retordre. Le monde extérieur semblait avoir disparu derrière le rideau des cheveux de Nat, comme caché derrière des volets, mais ils étaient bien sûr dans le patio, dans leur petite arrière-cour qui donnait innocemment sur les autres petites arrière-cours où l'on supposait que les voisins ne retiraient pas leurs vêtements pour se rouler par terre les nuits d'été.

« Les gens peuvent nous voir, dit Paul.

— Où ça ? demanda-t-elle, jetant un coup d'œil autour d'elle. Il n'y a personne. Tout le monde dort.

— Espérons-le. » Il la regarda et se mit à rire. Elle s'allongea, les bras autour du cou de Paul, l'entraînant avec elle. Elle savoura le moment. Elle adorait quand Paul était heureux. Elle ne s'était pas rendu compte, jusqu'à ce qu'ils se marient et vivent ensemble, à quel point il était réservé. Il pouvait passer des heures dans la maison silencieuse sans tourner le bouton de la radio ou poser une question. Mais sa réserve lui avait toujours donné le sentiment qu'il était son trésor caché : un message secret, un diamant précieux. Dont elle seule connaissait la valeur.

Un bruissement se fit entendre et il s'interrompit un instant, mais Nat attira de nouveau son attention en faisant claquer l'attache de son soutien-gorge. C'était toujours elle qui l'enlevait pour lui ; chaque fois, c'était comme s'il n'avait jamais rien connu de plus mystérieux.

Être seins nus, caressée par le vent, procurait un frisson inattendu ; elle était revigorée et aida Paul à passer sa chemise par-dessus sa tête et à enlever son pantalon. Il semblait presque étourdi tant il était agité et heureux.

« Est-ce que j'en vaux la peine ? demanda-t-elle de nouveau. Réponds, dis-moi que j'en vaux la peine, ou je me relève pour traverser la cour. » Avant qu'il n'ait pu répondre, elle bondit, fit glisser sa robe et sa culotte à ses pieds, puis les lui lança autour du cou, comme une serviette de boxeur, en tirant dessus pour l'attirer à elle. Il l'embrassa avant de la regarder, bouche bée, ce qui était exactement ce qu'elle avait souhaité. Le ciment du patio puis l'herbe fraîche et humide défilèrent sous ses pieds, tandis qu'elle courait jusqu'à la clôture pour revenir en marchant tranquillement. Elle se sentait légère et séduisante, éclairée par la lune. Elle savait qu'il ne voyait qu'elle. Ses cheveux se balançaient dans son dos, et elle avança d'un pas dansant, en riant. Accroupi sur le ciment du patio, lui aussi riait, les sous-vêtements de Nat drapés d'une manière désinvolte autour de ses épaules. Il ne semblait pas s'en rendre compte.

« Viens voir ici, Natalie Collier », dit-il en l'attirant à lui sur le ciment. Il exsudait un bonheur tel qu'elle pouvait le percevoir, et de savoir qu'elle en était la cause, qu'elle pouvait procurer un tel sentiment de plénitude chez quelqu'un d'autre, l'enivrait. Paul la fit taire puis l'agrippa par la nuque. Quand ils eurent fini, elle fit courir un doigt le long du bras de Paul, encore et encore, du creux de son coude jusqu'à son épaule où ses dents avaient laissé une petite marque. Elle sentait le cœur de Paul battre comme s'il était à l'intérieur de sa propre poitrine.

Quand elle se réveilla, des rais de lumière pâle se dessinaient sur la moquette près de son visage. Elle s'assit, les côtes douloureuses après une autre nuit passée à dormir par terre. Par la fenêtre qui donnait sur l'arrière-cour, elle pouvait voir le ciel crayeux du matin et le soleil qui s'efforçait de percer. Il était tôt. Elle entendait les bruits de pas traînants de ses filles juste derrière la porte et savait qu'elles allaient surgir d'un moment à l'autre dans la chambre si elle n'allait pas les retrouver la première.

Paul, qui dormait à ses côtés, ressemblait à un enfant malgré ses traits empreints de virilité : les cheveux ras, un visage anguleux, une expression sereine.

Elle se pencha vers lui pour l'embrasser, remonta la couverture sur ses épaules et se leva. Son soutien-gorge, posé à même le sol, semblait habité par les seins d'une femme invisible. Elle ne retrouvait pas sa culotte de la veille et partit en chercher une autre qu'elle enfila.

Les chuchotements des filles devenaient de plus en plus forts. Quand elle ouvrit la porte, elles trébuchèrent à l'entrée de la chambre, surprises, puis se mirent à sourire. « Oh ! fit Sam, ravie, comme si sa mère venait d'arriver, à l'improviste, pour boire le thé. Oh, bonjour !

— Bonjour », chuchota Nat en souriant. Les cheveux de Sam, ébouriffés, se dressaient tout autour de sa tête, pour finir en un gros paquet de nœuds sur la nuque.

Après avoir mangé des tartines de beurre de cacahuète et des lamelles de pomme et joué aux devinettes dans leur cuisine encombrée de cartons, il n'était encore que sept heures du matin. Nat voulait laisser Paul dormir : non seulement parce qu'il avait fait une longue route pour venir jusqu'ici depuis la Virginie et qu'il travaillait beaucoup depuis plusieurs semaines, mais aussi parce que après avoir fait l'amour, elle faisait preuve de cette indulgence digne d'une bonne épouse, comme si son pouvoir de séduction diminuait les forces de Paul et que, tel Samson, il avait besoin d'un sommeil réparateur.

« On peut aller se promener ? » demanda Sam. Ses joues étaient barbouillées de beurre de cacahuète et ses lèvres pleines de miettes ; on aurait dit qu'elle avait été enduite de suif pour attirer et nourrir les oiseaux en hiver.

« Bien sûr », répondit Nat en débarbouillant Sam puis Liddie. Elle les habilla, mouilla les cheveux de Sam pour tenter de les aplatir, puis emmena les filles dehors, dans l'air frais du petit matin.

Le voisinage était calme, seuls les corneilles et les chats étaient de sortie. Elles avançaient lentement, Sam sautillant devant et Liddie trottinant derrière, Nat au milieu. La semelle des chaussures des filles dérapait en crissant sur le gravier.

Leur quartier était modeste, des maisons datant d'avant la guerre, en bardeaux, avec des toits pointus, de petites fenêtres, et des petites boîtes, près des portes d'entrée, pour la livraison du lait. Chaque maison faisait dans les soixante-dix mètres carrés – plus petite que celle de ses parents, mais équipée de tout le confort moderne. En cet instant, en ce début d'été, avec les rues encore fraîches et les filles qui ne se chamaillaient pas, l'amour qu'elle éprouvait pour Paul restait joyeusement tapi dans un coin de sa tête et elle pensa que tout se passerait bien dans ce nouveau lieu.

Elles dépassèrent en flânant plusieurs pâtés de maisons et Nat se rendit compte qu'elles étaient tout près du quartier où habitaient les Richards. Ici, les habitations étaient différentes. À la place des petites maisons au toit pointu se dressaient des bâtisses plus neuves, de style ranch, clôturées par une haie, avec un rosier à droite de la porte d'entrée. Tout semblait plus propre, un peu plus élégant, et Nat se rappela soudain qu'elle était sortie vêtue de la robe dans laquelle elle avait dormi, comme si elle exhibait à la vue de tous son lit défait.

« Les filles, dit-elle, nous allons peut-être faire demi-tour une fois arrivées au bout de la rue. »

Nat n'avait pas repensé à la soirée de la veille depuis son réveil, et maintenant qu'elle voyait la maison blanche bien entretenue des Richards au coin de la rue, elle trouva étrange d'avoir été là quelques heures plus tôt, vêtue de la même robe, les cheveux coiffés en chignon, un collier de perles autour du cou, Paul remâchant sa fatigue et sa frustration tel un bonbon qui colle aux dents, tandis qu'elle portait ce malencontreux pain de viande. Que sa relation avec Paul ait changé la soulageait ; elle avait retrouvé un sentiment ancien, et elle espérait que cela durerait. Du coup, il lui était égal que le sergent-chef Richards se soit penché vers elle, l'haleine chargée d'alcool, et qu'il ait tripoté son col (Paul avait raison ; il l'avait tripotée) ou que Jeannie Richards l'ait trouvée quelconque et incapable de se faire des amies.

Des voitures commencèrent à apparaître, ici et là. À l'autre bout de la rue, quatre garçons en file indienne montèrent dans une berline sous le regard patient de leur père. Nat devina qu'il ne devait pas être loin de huit heures. Le jour s'étendait devant elles à l'infini. Elle était sur le point de faire demi-tour quand elle entendit du raffut.

« Qu'est-ce que c'est, maman ? demanda Samantha.

— Sam, chut » fit Nat.

C'était la voix d'un homme, une voix sourde et saccadée. Elle tourna la tête en essayant de savoir d'où provenaient les cris – de l'intérieur d'une maison, visiblement. Cette voix masculine, étouffée, semblait presque comique, comme si quelqu'un braillait la tête recouverte d'une serviette-éponge et s'attendait à être pris au sérieux.

Puis elle entendit une femme hurler. En regardant de près la maison devant laquelle elles s'étaient arrêtées, elle reconnut les voix de Mitch et Jeannie Richards.

« Les filles, il faut y aller », dit-elle. Mais une curiosité malsaine la clouait sur place. Avant qu'elle n'ait pu se décider à partir, la porte d'entrée s'ouvrit en grand et Jeannie en personne sortit comme une flèche.

Si Jeannie Richards était déjà très belle lors de la soirée, ce matin-là, elle était ravissante. Ses cheveux roux attrapaient les rayons du soleil et sa robe était d'un blanc si éblouissant qu'elle semblait irradier.

En dehors de ses cheveux, tout était d'un blanc éclatant : ses chaussures à talons hauts, son petit chapeau à voilette, son collier de perles et ses longs gants.

Jeannie descendait l'allée quand Mitch surgit dans l'encadrement de la porte. Il portait la même chemise que la veille, à moitié sortie de son pantalon noir froissé, et était en chaussettes. Son apparence débraillée, habituellement réservée à la sphère intime, qui se donnait à voir ainsi dans cette rue qui respirait la convenance, la pudeur, alarma Nat.

Il était trop tard pour fuir ; elle n'était plus qu'à quelques mètres de ces gens. Si elle faisait demi-tour, elle attirerait leur attention ; se cacher derrière un buisson aurait l'air ridicule et compromettant si jamais ils l'apercevaient. Elle resta donc plantée là, en espérant que, dans le feu de leur dispute, ils ne la verraient pas.

Mitch s'arrêta au milieu de l'allée. « Tu ne cesses jamais de m'emmerder à propos de tout ce que je fais et de me faire des reproches », lança-t-il en s'adressant au dos bien droit, guindé de Jeannie.

Jeannie se retourna. « Mitch, je me fous de ce que tu fais. Tu peux même baiser Mamie Eisenhower. Ou baiser le pape si tu veux ! Ça m'est égal. La seule chose qui m'importe est que tu ne perdes pas ton travail. »

Le cœur de Nat battait dans sa poitrine. Jeannie avait dit deux fois « baiser » en pleine rue, un samedi matin.

« Je n'ai pas perdu mon travail, bon sang, dit Mitch. Je fais bien mon travail.

— Si tu nous ruines, rétorqua Jeannie, après tout ce que j'ai enduré…

— Ça arrive à tout le monde, à un moment ou à un autre, de se faire taper sur les doigts. C'est la faute des gars de Combustion Engineering. Je parie qu'ils ont des quotas et qu'ils font ça pour faire croire qu'ils ont la situation bien en main…

— De temps en temps, quand tu es au travail, tu pourrais lâcher la bouteille. Ce n'est pas une tétine. Ce n'est pas un nichon.

— Putain, Jean ! » Mitch recula en un geste de profond dégoût. « T'es devenue dingue ? »

Même en colère, Jeannie se tenait parfaitement droite, pareille à un pilier en marbre. Elle parlait d'une voix grave, coupante : « Tu peux prendre tous les risques que tu veux, mais pas ça.

— Tu ne sais rien de mon travail…

— Je sais que même un singe pourrait le faire et qu'il s'en sortirait probablement mieux que toi.

— Ça suffit.

— Oh, comme j'aimerais avoir ton boulot, ajouta Jeannie en ricanant. Je serais tellement meilleure que toi. Je ne resterais pas les bras croisés pendant que les autres me passent devant pour avoir une promotion, et je ne resterais pas sur la touche comme une vieille machine mise au rebut. Ou, si c'était le cas, j'essaierais au moins de faire des efforts au lieu d'aggraver les choses ! Je ne me ferais certainement pas prendre en train de… » Elle se ressaisit et baissa la voix de telle façon que Nat eut du mal à entendre ce qu'elle disait. « Tu n'as jamais progressé, Mitch. »

Mitch restait là, la bouche entrouverte. Sa confusion avait finalement laissé place à une colère irrépressible. « Vous les femmes, vous êtes toutes les mêmes. Jalouses, aigries, toujours en train de nous épier.

— Baisse d'un ton », fit Jeannie d'une voix sifflante en s'approchant de lui. Elle lançait autour d'elle des regards inquiets.

Mais Mitch fulminait. « Vous n'êtes qu'une bande de harpies ingrates, qui vous servez des hommes pour dépenser leur argent en vêtements et en chaussures, pendant que vous restez à la maison sans penser à rien d'autre qu'à montrer votre chatte au laitier. »

Un bruit sec se fit entendre quand Jeannie leva la main, laissant une marque rose vif, en forme d'étoile de mer, sur la joue de Mitch. « Merde, qu'est-ce qui te prend bordel ? »

Nat pensa que cette gifle était destinée à défendre l'honneur des femmes. Mais Jeannie, le menaçant du doigt, recula en disant : « Je ne suis pas comme les autres femmes. »

Elle pivota sur ses talons et, soudain, Nat fut dans sa ligne de mire. « Oh », fit Jeannie en sursautant. Mitch tourna la tête dans leur direction. Ses yeux s'agrandirent. Nat eut le sentiment qu'une lampe torche était braquée sur elle.

« Qu'est-ce que vous faites ici ? s'écria Jeannie qui, l'espace d'un instant, perdit contenance.

— Nat Collier ? fit Mitch.

— Je suis désolée, bredouilla Nat. Nous étions en train de nous promener et nous avons entendu crier et…

— Depuis combien de temps êtes-vous là ? » Il l'examina attentivement. « On vous a foutue à la porte de chez vous ?

— Nous faisions une promenade. Je suis désolée. Allez, les filles, on y va. » Nat attrapa ses filles par la main. Sam et Liddie, qui ne pouvaient jamais s'empêcher de gigoter plus de trente secondes, étaient restées là sans bouger, comme fascinées, durant toute la scène.

Jeannie ouvrit le fermoir de son petit sac d'un coup sec, en sortit son étui à cigarettes en or et, délicatement, en prit une qu'elle alluma, en gardant sa pochette coincée sous le bras. Elle jeta un regard à Mitch puis à Nat, et exhala un nuage de fumée d'un air dédaigneux. Elle tenait sa cigarette la main levée à côté de son visage. « Je vois que vous avez trouvé votre nouvelle robe préférée, Nat », dit-elle.

Il fallut un moment avant que Nat ne comprenne la pique que lui lançait Jeannie. Jeannie l'insultait ; elle se moquait d'elle car elle portait la même robe que la veille. Mais comment avait-elle pu le remarquer tandis qu'elle se disputait avec Mitch ? C'était l'une de ces femmes, supposa Nat, dont l'esprit calculateur ne cessait de jauger les autres femmes, les reniflant presque, repérant leurs faiblesses, tel un berger allemand dressé pour détecter des mines.

C'était terrible et stupéfiant d'avoir vu Jeannie Richards dans cet état, c'était comme d'avoir été témoin de la colère d'un dieu. Le cœur de Nat cognait dans sa poitrine. Elle ne pouvait s'empêcher d'être de son côté, juste un peu ; Jeannie était peut-être déséquilibrée, mais Mitch était grotesque. Qu'il puisse être le superviseur de Paul, que ce soit lui qui prenne les décisions et porte des jugements, semblait trop affligeant pour être vrai. *Si nous nous en sortons vivants, ce sera déjà ça*, avait dit Paul la veille au soir.

Elle ne se rendit pas compte à quel point elle marchait vite, tête baissée, agrippant le poignet de Liddie tandis que la pauvre petite essayait de suivre, jusqu'à ce qu'elles arrivent devant la maison et que Sam dise : « Maman, regarde. » Nat leva la tête et vit deux corneilles picorer un objet rose, informe, dans la cour.

Pendant quelques secondes, elle observa les oiseaux se disputer cette chose rose sur la pelouse comme si c'était un steak, avant que le vainqueur ne s'envole avec et ne se pose sur l'une des branches basses en la regardant et en faisant de petits gestes répétitifs de la tête, tel un automate. Elle réalisa alors, en laissant échapper un petit cri, que ce pour quoi ils s'étaient battus n'était rien d'autre que la culotte qu'elle devait avoir oubliée dehors la veille au soir. Elle était maintenant accrochée au bec de l'oiseau, flottant au vent.

Paul

L'opérateur Franks adorait les jeux télévisés de midi. Quand les trois hommes de l'équipe travaillaient de jour, ils passaient l'heure du déjeuner en regardant *Tic Tac Dough*. Ce jour-là, le jeu opposait un banquier au visage jovial à un ancien capitaine de l'armée aux sourcils broussailleux qui soulignait son pouvoir en portant son uniforme orné de toutes ses décorations.

« Vive l'armée ! s'écria Franks, la bouche pleine.

— J'sais pas trop, dit Webb, sa tête ne me revient pas.

— C'est parce que t'as aucun respect.

— Si ! » répliqua Webb.

Paul n'avait rien contre les jeux télévisés en général, mais il détestait les trente secondes imparties aux joueurs pour réfléchir et qui s'égrenaient au rythme d'une musique aux accents menaçants. Ils se tenaient là debout sur une petite estrade, à quelques centimètres l'un de l'autre, derrière une sorte de pupitre, tous leurs tics, tous leurs gestes donnés à voir en gros plan à toute l'Amérique : la mâchoire serrée, les roulements d'yeux en signe de capitulation, la glotte qui monte et qui descend pour déglutir, et les rires nerveux.

« Choisis la Bible, recommanda Franks en s'adressant à la télé, la Bible ou le base-ball. » Ils étaient tous les trois devant l'écran ; il était de toute façon impossible de faire autrement, avec Franks qui encourageait ou réprimandait les joueurs constamment, ou qui, parfois, donnait un coup sur la table et jurait. Il se pencha en avant et tapa du poing. « Oh, pour l'amour de Dieu, pas la littérature.

— 1925, auteur d'un roman explorant le flux de conscience, dit Webb les sourcils froncés, concentré, en répétant l'annonce de Bill Wendell, le présentateur.

— Le flux de conscience ? C'est quoi ? » demanda Paul en levant les yeux de son assiette. Nat lui avait préparé un sandwich à la dinde, trois cookies et une boisson aux fruits. Franks mangeait les restes d'un ragoût de bœuf, froid, et Webb, célibataire, piochait dans un gros paquet de bretzels.

« On dirait que c'est quelque chose, quelque part dans l'Idaho », répondit Webb en faisant passer les bretzels avec du Coca. La bouteille tinta lorsqu'il la posa sur la table, et il sourit. Son visage était si émacié que vous pouviez voir les muscles en mouvement pour activer son sourire. « Comme "le Désert perdu près du Flux de conscience". »

Paul éclata de rire.

« Ça suffit, le poulailler ! Merci, lança Franks. Allez, sports ou cinéma.

— Ou peut-être bien géographie imaginaire, pour Webb, ici présent, dit Paul.

— Thème mystère, dit Franks. S'il remporte ce jeu-là, il gagne une voiture. Il en a gagné quatre jusqu'à maintenant.

— Quatre *voitures* ? s'écria Webb.

— Non. Quatre jeux.

— Quel genre de voiture ? demanda Webb.

— Une King Midget », répondit Paul. Tous les trois éclatèrent de rire. La King Midget était une petite voiture en kit, à construire soi-même, que vous faisiez fonctionner avec un moteur de fortune.

Franks jeta un coup d'œil à sa montre. « Merde, dit-il en étouffant un rot. On doit retourner bosser.

— Oh, une dernière partie », quémanda Webb.

Paul plia le sac qui avait contenu son déjeuner pour aller le ranger dans son casier. En voyant la photo de Nat collée à l'intérieur, il s'attarda. Elle datait de l'époque où ils commençaient à se fréquenter, à San Diego, elle avait été prise dans un Photomaton sur la promenade du front de mer. Nat avait dix-neuf ans, Paul vingt. Elle était rayonnante et semblait heureuse, affichant ce sourire qui lui retroussait un coin de la bouche, les yeux pétillants. Habituellement, cette photo le remplissait de bonheur mais, ce jour-là, il eut un petit pincement au cœur. Ils s'étaient disputés le matin même et il n'arrêtait pas d'y penser. Tout se passait très bien entre eux depuis quelque temps mais, de nouveau, les choses s'étaient gâtées.

Il entendait encore l'agacement dans sa voix : *Je ne comprends pas pourquoi tu es si mesquin.* Elle avait voulu emmener Sam et Liddie au réservoir de Palisades pour ce qu'elle appelait « une journée à la plage ». Il l'avait déjà vue dans cet état d'esprit : elle n'en pouvait plus de rester à la maison avec les filles et avait grand besoin de partir à l'aventure. Pour ce faire, il lui fallait la voiture que Paul, habituellement, prenait pour aller jusqu'à l'arrêt du bus, dans le centre-ville, où il la récupérait le soir pour rentrer à la maison.

Ce matin, Nat et les filles l'avaient donc accompagné jusqu'à l'arrêt de bus et avaient gardé la voiture pour aller à la plage. Il n'aimait pas l'idée qu'elles partent aussi loin de la maison – deux heures à l'aller et au retour – et que Nat doive rentrer et conduire, fatiguée, sur une route probablement sinueuse ; quatre heures de route, autant de temps que celui qu'elles passeraient à la plage, lui paraissait un peu idiot, sans compter le coût de l'essence. Mais d'accord, Nat. Prends la voiture.

Ce n'était pas tout : en chemin pour arriver à l'arrêt du bus, elle lui avait aussi demandé si, à partir de maintenant, elle pouvait garder la Fireflite dans la journée. « C'est ridicule de la laisser garée là », avait-elle dit en tirant sur sa jupe comme elle le faisait toujours quand elle voulait quelque chose et y avait déjà réfléchi plus d'une fois. « Tu pourrais me laisser la voiture et te faire accompagner par l'un de tes amis.

— Quel ami ? avait demandé Paul.

— Je ne sais pas, l'un de tes coéquipiers. » Elle avait haussé les épaules. « J'aimerais beaucoup avoir la voiture dans la journée.

— Vraiment ? avait répliqué Paul, surpris. Pourquoi aurais-tu besoin de la voiture toute la journée ? » Il ne lui était jamais venu à l'esprit qu'elle puisse vouloir une chose pareille.

« Ce serait plus facile pour faire les courses et pour sortir avec les filles. Nous pourrions aller plus facilement à la piscine… ou aller… » Elle avait hésité, son visage s'était assombri comme si elle avait perdu la partie.

« Il y a un terrain de jeux près de la maison.

— Je sais, s'était dépêchée de rétorquer Nat en rougissant. Nous y allons tous les jours. Avoir la voiture nous rendrait plus libres de nos mouvements.

— Heu… Je n'aime pas vous savoir sur les routes, toi et les filles.

— Je suis une bonne conductrice », avait protesté Nat. Même s'ils savaient tous les deux que ce n'était pas le cas. Lorsqu'elle était seule au volant, elle conduisait beaucoup trop vite. On aurait dit qu'elle forçait le destin et ne pouvait s'empêcher, quand elle était sur une ligne droite, de dépasser les limitations de vitesse d'au moins trente kilomètres-heure. Un jour, elle avait écrasé un chat, un accident horrible qui la faisait encore pleurer dès qu'on en parlait. Paul avait préféré gentiment ne pas la contredire.

« Je ne sais pas. J'ai peur d'être en retard au travail. Et si je ne suis pas là quand le bus arrive ? Et si mon coéquipier est en retard ? Ou si sa voiture est en panne ? » Il ne voulait pas dépendre de quelqu'un d'autre, un collègue pouvait être en retard pour de multiples raisons. Webb lui-même était trop souvent en retard, et Franks avait quatre ou cinq gosses, Paul ne savait plus. Dans tous les cas, les variables étaient trop nombreuses. C'était d'ailleurs Richards qui habitait le plus près de chez eux, mais Paul ne demanderait jamais à son supérieur de l'emmener ;

sans compter que, depuis le dîner de l'autre soir, c'est à peine s'il supportait de se trouver près de lui.

« Je ne comprends pas pourquoi tu es aussi *mesquin* ! » s'était exclamée Nat. Elle semblait hors d'haleine, et Paul s'était aperçu, le cœur serré, qu'elle avait les larmes aux yeux.

« Je suis désolé.

— Non, tu ne l'es pas », avait-elle dit, en se tournant vers Sam pour lui parler d'une voix trop forte, prétendument joyeuse, qui rebondit dans l'habitacle.

Paul s'était garé près de l'arrêt de bus où une douzaine de gars attendaient, enveloppés d'un nuage de fumée de cigarette. Franks était là, appuyé le long du mur à côté de la boutique du cordonnier, chevilles croisées, en train de lire son journal. Webb était assis sur le bord du trottoir, les genoux relevés. Il avait tiré sur sa cigarette et plissé les yeux en voyant la voiture de Paul s'arrêter. Il s'apprêtait à lever la main en guise de salut, puis, s'apercevant que Paul n'était pas seul, il avait détourné le regard. « Tu as une sacrée jolie petite famille, avait-il fait remarquer plus tard, quand ils furent arrivés à leur poste. On serait presque jaloux, Collier.

— Presque », avait relevé Franks pour plaisanter.

Quand Paul était descendu de voiture, Nat boudait, emplie de ressentiments ; ils étaient presque tangibles, comme si des molécules s'étaient agglutinées pour former une armure autour d'elle. Elle avait démarré sans un regard, sa jolie tête, bien droite, visible dans le rétroviseur. Paul eut l'impression d'être un pauvre type, mais il était révolté aussi, d'une manière dérisoire. Il avait de bonnes raisons de vouloir garder la voiture. C'était vrai qu'il avait peur d'arriver en retard au travail, et c'était vrai que Nat conduisait trop vite et qu'il aimait savoir où elle était dans la journée, plutôt que d'avoir à s'inquiéter.

Mais cette requête et ce qu'elle impliquait insultaient son amour-propre : cela signifiait qu'elle s'ennuyait à la maison. Il aurait aimé qu'elle soit pleinement satisfaite. Elle avait une maison, deux filles, une arrière-cour comme elle l'avait souhaité, de l'argent de poche prélevé sur sa paie pour acheter des vêtements, des ustensiles de cuisine, et ce dont elle avait envie ; évidemment, sa paie n'était pas mirobolante, mais que pouvait-il faire de plus ? Il pensait à sa mère à lui qui, pour tout horizon, avait dû se contenter d'une forêt, et qui avait souffert d'un mari insensible et d'une absence totale de distractions, quand sa femme avait tout l'amour qu'il lui donnait et tant d'autres choses merveilleuses. Pourquoi fallait-il qu'elle lui demande encore plus ?

Bon, il ne s'agissait que de la voiture. Il ne devait pas l'oublier. Elle n'avait pas demandé la voiture *et* deux semaines de vacances, sans lui, pour faire une randonnée en montagne. Mon Dieu, qu'il était difficile d'être juste avec elle, parfois. Il ne voulait rien d'autre que son bonheur, et pourtant il gâchait toujours tout d'une manière ou d'une autre. Il la mettait en colère ou la blessait et n'avait rien à gagner de ces petites querelles. Et il était là, devant son casier, comme un imbécile, mal à l'aise, inquiet parce qu'elle était partie fâchée contre lui ou, pire encore, savourant sa liberté sans même penser à lui.

Soudain, il fut interrompu dans ses réflexions par le froissement agressif d'un sac en papier sulfurisé près de son oreille. Il sursauta. « Merde, Webb, qu'est-ce qui te prend ? »

Webb lui fit les yeux doux, imitant l'expression des actrices de cinéma : « *Où vas-tu, Collier ?* chuchota-t-il. *Où vas-tu, quand tu me quittes, quand tu pars loin de moi ?*

— Ta gueule », fit Paul en riant. Mais il lui était reconnaissant de l'avoir sorti de sa rêverie et de pouvoir reprendre pied dans la réalité, avec les gars autour de lui et le boulot qui l'attendait.

« Le réacteur surchauffe, messieurs, les prévint Franks en avalant sa dernière bouchée. Il va falloir de nouveau abaisser les barres de contrôle. » Il s'essuya la bouche avec sa serviette de table et se dirigea vers l'évier pour rincer son Tupperware. De dos, dans son bleu de travail trop large, il ressemblait un peu à un gros bébé.

« Pourquoi ce truc chauffe autant ? » grogna Webb. Ils avaient déjà descendu les barres de commande tôt ce matin.

« J'en sais rien, dit Franks. Ça chauffe, c'est tout. C'est sans doute que ce qu'on a fait la première fois ne suffisait pas. Willie *Mays* ! » s'exclama-t-il. Paul leva les yeux vers lui, croyant qu'il s'agissait d'un juron, mais le chef d'équipe était en arrêt devant la télévision. « Bon sang ! Tout le monde connaît la réponse à une question pareille. » Il tourna le bouton, réduisant le jeu télévisé à un petit carré noir. Il prit son bloc à pince. « On y va. Cette fois, on descend la barre d'un centimètre. Je ne veux pas avoir à recommencer aujourd'hui. »

Ils grimpèrent l'escalier en acier qui longeait l'intérieur de la cuve, le bruit de leurs bottes se répondant en écho sur les étroites marches à claire-voie.

La haute cuve de confinement avait, en gros, la même fonction qu'un immense conteneur pour le cœur du réacteur, niché à peu près au milieu sous des couches de protection blindées de gravier. Cinq longues barres de contrôle traversaient le cœur du réacteur jusqu'en haut, pour arriver au dernier étage de l'enceinte. Les barres de contrôle ressortaient d'à peu près trente centimètres et étaient soulevées ou baissées manuellement, de quelques millimètres à la fois, afin de contrôler la vitesse de réaction dans le cœur du réacteur. Les tirer vers le haut permettait de libérer plus de neutrons dans le cœur et de créer plus d'énergie ; les pousser vers le bas diminuait le nombre de neutrons et ralentissait l'activité du réacteur. Les opérateurs passaient leur temps à calculer et à vérifier la vitesse de réaction en se servant des barres de contrôle ; parfois, Paul avait l'impression de ne rien faire d'autre.

Chaque barre de contrôle pesait quarante kilos. La plupart des réacteurs étaient équipés de leviers de commande à distance. Mais le CR-1 – comme l'armée en général, pensait Paul – était archaïque. L'équipe se penchait donc sur les barres de contrôle, les desserrait, les soulevait légèrement vers le haut et les resserrait. « Qui ici a besoin de levier de commande ? avait dit Franks. On peut faire la même chose, avec juste un peu plus d'huile de coude.

— De l'huile de coude et des emmerdes », avait murmuré Webb.

Les cinq barres de contrôle portaient chacune un numéro impair : la une, la trois, la cinq, la sept et, la plus lourde et la plus importante, la neuf. Cette barre de contrôle numéro neuf distinguait le CR-1 des autres réacteurs du même type. Franks en parlait comme de leur « marque de fabrique ». Elle avait été conçue pour servir de frein d'urgence, en quelque sorte : en cas de surréactivité, si le réacteur s'emballe, si le cœur chauffe trop, les opérateurs peuvent alors arrêter la machine en relâchant complètement la barre numéro 9 dans le cœur du réacteur.

Le défaut de fabrication, le hic, qui plus tard serait pris en compte et n'apparaîtrait plus dans la construction des autres réacteurs conçus sur le même modèle que le CR-1, était le suivant : si la barre numéro 9 était une barre d'arrêt d'urgence pour tout le réacteur, il n'y avait pas de barre d'arrêt d'urgence pour la barre numéro 9. Si jamais l'équipe la relâchait, par erreur (ce qui serait vraiment idiot, et Paul espérait que cela ne se produirait jamais), le réacteur s'arrêterait, et il faudrait redémarrer cette fichue machine. Ce serait un sacré désagrément, mais au moins ils seraient encore vivants pour pouvoir s'en plaindre plus tard. En revanche, soulever trop haut la barre de contrôle numéro 9 aurait l'effet contraire, le cœur s'emballerait avec un trop-plein d'énergie et le réacteur atteindrait alors un niveau critique de surchauffe, pouvant aller jusqu'aux 1 000 °C en moins d'une seconde, risquant l'explosion.

Rien de tel ne s'était encore produit avec le CR-1, mais ils savaient pertinemment à quel point ce serait grave. Le cœur contenait de l'uranium enrichi, l'équivalent de centaines d'années d'énergie concentrée dans ces minuscules atomes invisibles, et qui pouvait être libérée en une fraction de seconde. L'intérieur du réacteur pourrait alors fondre ou encore exploser et entrer en éruption comme un volcan ; c'était une hypothèse qui ne pouvait être vérifiée que s'ils la mettaient en pratique, ce que, bien sûr, ils ne feraient jamais.

Et donc, les gradés de l'armée avaient trouvé une solution simple ; ils n'avaient de cesse de répéter, comme on dit aux enfants de ne pas regarder le soleil : *Ne soulevez jamais, en aucun cas, une barre de contrôle de plus de dix centimètres.*

L'équipe était donc très prudente ; quand un opérateur soulevait ou poussait vers le bas la barre de contrôle, il n'était jamais seul : un autre opérateur, accroupi, le regardait faire. Jusqu'à maintenant, tout s'était bien passé. *Et si ce n'était pas le cas*, avait dit en plaisantant, l'air cynique, l'un des instructeurs, *vous le saurez.*

Certains gars se vantaient, en disant que si le réacteur était l'objet d'une attaque – Paul avait du mal à imaginer que les Russes puissent débarquer soudain en Idaho, mais on ne savait jamais –, ils prévoyaient de soulever la barre de contrôle au maximum afin que la machine échappe aux mains des Soviétiques. C'étaient des gars célibataires, de vrais gosses – bravaches et qui jouaient avec l'idée d'un drame potentiel, tel que leur suicide. Aux yeux de Paul, leur soif d'héroïsme paraissait infantile ; une fois que vous aviez fondé une famille, ces choses-là n'avaient rien de séduisant, à moins de s'ennuyer profondément.

Et de nouveau, il repensa à sa propre famille et à Nat, fâchée contre lui. Il détestait cette idée. Il était perdu dans ses réflexions, mordant l'intérieur de sa joue.

« Collier ! aboya Franks, réveille-toi.

— Excusez-moi. » Paul rejoignit Webb pour l'aider à desserrer les barres de contrôle. Franks, debout à leurs côtés, prenait des notes.

Les quatre premières barres de contrôle se mirent en place comme il le fallait : la numéro un, la trois, la cinq et la sept. Quand elles étaient chacune au bon niveau, Webb se penchait et les resserrait.

Il devait maintenant s'occuper de la barre numéro 9. Paul était concentré. Il s'accroupit pour pouvoir la surveiller ; Webb desserra les pinces et agrippa la barre.

« Un centimètre, pas plus, lui rappela Franks.

— D'accord, c'est bon. »

Plusieurs secondes s'écoulèrent. Paul leva les yeux. Les efforts de Webb se lisaient sur son visage, mais il ne se passait rien.

« Baisse la barre maintenant, fiston, l'encouragea Franks.

— Ça va, Webbsy » ? demanda Paul.

Webb ne répondit rien, puis il souffla et annonça : « Elle est coincée. »

Franks lui jeta un regard alarmé.

« Je suis désolé, elle ne veut pas bouger…

— Laisse-moi essayer. » Franks, d'un geste de la main, lui fit signe de se pousser. Le gosse dégagea.

À son tour, Franks s'acharna sur la barre de contrôle, des gouttes de sueur apparurent sur son front, puis il jura et fit appel à Paul.

« Collier, à ton tour. »

La poigne de Franks avait laissé une marque humide sur la barre de contrôle. Paul l'essuya avec le chiffon qu'il gardait toujours dans la poche avant de son bleu de travail, puis l'agrippa et poussa de toutes ses forces. C'était comme si la barre n'avait pas été desserrée : malgré ses efforts, elle ne bougeait pas d'un poil. Ses coudes se soulevèrent, remontant jusqu'à ses oreilles ; il tremblait de la tête aux pieds. Il lâcha la barre en poussant un grognement et recula.

« On a fait comment la dernière fois ? demanda Webb.

— La dernière fois ? répéta Paul en reprenant sa respiration.

— Faut-il faire appel à Richards ? demanda Webb.

— Richards, avec ses superpouvoirs, marmonna Franks.

— Non, c'est pas ce que je voulais dire, mais comme c'est lui le responsable… »

Franks l'interrompit sèchement. « Collier, va chercher la clé serre-tube. »

Paul s'éloigna de la barre de contrôle, attrapa une lourde clé à molette sur l'étagère derrière lui et revint en trois enjambées. Il coinça l'épaisse barre en métal à l'aide de la clé, prit une grande inspiration et essaya de faire levier. La barre ne cédait toujours pas. Son cœur cognait dans sa poitrine ; il sentait le sang battre dans ses oreilles. Les yeux de ses collègues étaient fixés sur lui, et il vit qu'eux aussi étaient inquiets.

Il recommença, et s'acharna, à tel point que l'on voyait les muscles de son cou se tendre et ses bras trembler. Le sang lui monta à la tête ; il vit des étoiles. « Merde ! » lança-t-il. Et il lâcha.

« Tu y es presque, dit Franks. Essaie encore. »

Paul recula, s'essuya les mains et recommença. Franks, sur la pointe des pieds, regardait par-dessus l'épaule de Paul, Webb l'observait de côté. « On dégage de là », aboya soudain Franks, et tous deux reculèrent. Paul poussa plus fort encore. La barre de contrôle bougea un peu, puis un peu plus ; elle descendait. Paul appuya de toutes ses forces jusqu'à ce que de petits points noirs se mettent à danser devant ses yeux. L'espace d'une seconde, il eut l'impression de perdre connaissance.

« Tu l'as eue, Collier, tu l'as eue. »

La barre céda de quelques millimètres, pas plus. Paul se détendit, les mains sur les genoux, les bras tremblants.

« Bon travail ! Bravo. » De sa grosse main, Franks tapa Paul dans le dos.

« Ouais, fit Webb. Waouh. » Il rit bêtement.

Paul essayait de reprendre sa respiration. Ses côtes lui faisaient mal : ses poumons s'ouvraient et se refermaient à fond. Quand il put enfin avaler de l'air sans suffoquer, il regarda le résultat de ses efforts et fut déçu. « La barre n'est pas descendue autant que nous le voulions.

— Je m'en fous, c'est le mieux qu'on puisse faire pour aujourd'hui, dit Franks. Je vais en parler à l'équipe de nuit et ils pourront réessayer plus tard. Allez, resserrons les pinces.

— La barre ne descendra pas toute seule, de toute façon », marmonna Webb.

Paul regarda Franks et Webb poser les pinces de chaque côté de la barre. Leur sentiment de victoire parut s'amenuiser à chaque seconde qui passait. Ils furent soudain complètement silencieux, dégrisés par le soulagement, et Paul sut qu'il n'était pas le seul à penser : *Pendant un moment, on a vraiment été dans la merde.*

« C'est déjà arrivé, avant ? Une barre de contrôle qui reste bloquée ? » demanda-t-il quelques minutes plus tard, tandis qu'ils repartaient tous les trois dans la salle de contrôle.

« C'est déjà arrivé, oui, répondit Franks. Mais jamais avec la barre numéro 9.

— Elles commencent toutes à se bloquer, dit Webb.

— Ça ne va pas plaire à Richards. » Franks leur tint la porte en secouant la tête. « Je vais devoir mentionner l'incident dans le journal de bord. Il ne va pas vouloir que je le fasse, mais je ne peux… » Sa voix devint inaudible.

« Il en a parlé aux ingénieurs ? demanda Paul. Et Deke Harbaugh ?

— Je ne sais pas vraiment ce qu'il leur raconte.

— J'aurais pas pu faire mieux, ajouta Paul. Qu'est-ce qu'on fait si elle se coince de nouveau et qu'aucun de nous n'arrive à la faire bouger ? »

Webb, perplexe, le regardait, et Franks eut l'air agacé : « On avisera quand la question se posera. »

Les murs de la salle de contrôle étaient gris, nus, équipés de rangées de jauges circulaires. Sous un couvercle de verre, un instrument de mesure déroulait un ruban de papier. La pièce était meublée d'une console de contrôle et de chaises pivotantes. Sur l'un des murs, tout en haut, un panneau lumineux, éteint, indiquait FORTES RADIATIONS. En cas de danger, il s'allumerait et les lettres se mettraient à clignoter ; bien évidemment, cela ne s'était encore jamais produit.

Paul savait, en arrivant ici, que le CR-1 était plus instable que d'autres réacteurs du même type, notamment parce qu'il était équipé d'une barre de contrôle numéro 9 toute-puissante, dont dépendait la sécurité de l'ensemble. Mais il y avait aussi d'autres facteurs de complication. C'était un réacteur à eau bouillante, ce qui signifiait que l'eau circulait sous pression dans le cœur même du réacteur et non pas dans une turbine séparée ; l'eau pressurisée et toutes les parties de la machine en contact avec cette eau étaient donc radioactives.

Le CR-1 avait été construit sans enceinte de confinement ; au lieu d'être abrité, comme c'était habituellement le cas pour la plupart des réacteurs, sous un dôme rond, le plafond était plat, les murs droits et peu épais. Il servait de prototype pour des réacteurs destinés à des lieux très isolés, en Arctique, où aucune enceinte de confinement n'était nécessaire car, dans l'absolu, c'étaient des lieux inhabités. Mais le CR-1 était loin d'être aussi isolé que ses futurs descendants le seraient. La ville n'était qu'à quatre-vingts kilomètres, il avait été construit dans le désert où, souvent, le vent soufflait à plus de cinquante kilomètres-heure, sans relief pour l'arrêter. En cas d'accident, le nuage radioactif se déplacerait très vite.

Il était encore sous le choc ; il revoyait le visage inquiet, alarmé de Webb, et l'entendait dire « Elle est coincée » d'une voix que la peur réduisait à un filet. Les barres de contrôle étaient censées ne jamais se bloquer. Tout dépendait de ces barres ; l'étalonnage des instruments et la précision étaient essentiels. Il ne fallait en aucun cas que le réacteur prenne le dessus sur les opérateurs ; et, pourtant, c'est ce qui s'était passé.

S'ils avaient dû soulever la barre numéro 9 au lieu de la baisser et qu'elle s'était bloquée de la sorte, il aurait été facile de dépasser les dix centimètres réglementaires. Dix centimètres, ça peut paraître peu, mais ils avaient été prévenus que les conséquences seraient désastreuses. Et comme personne n'avait encore fait exploser un réacteur en soulevant une seule barre de contrôle au-delà de la limite autorisée, ils se doutaient bien que, pour un réacteur tel que le CR-1, soulever la seule barre numéro 9 aurait le même effet que de les soulever toutes.

Paul jeta un coup d'œil à Franks qui examinait le rouleau de papier. Il ouvrit la bouche pour dire quelque chose, mais le chef d'équipe paraissait perdu dans ses pensées, absorbé par sa tâche. Paul se demandait si Franks, lui aussi, essayait d'imaginer ce qui se passerait si la situation du CR-1 devenait super critique alors même que des hommes travaillaient sur place, le cœur pouvant alors libérer une chaleur de 1 000 °C en moins d'une seconde. Si le cœur explosait, projetant de l'eau bouillante, de la vapeur et des débris surchauffés, tous ceux qui se trouveraient dans la cuve du réacteur, comme Paul et ses coéquipiers l'avaient été quelques minutes plus tôt... Bref, il ne voulait même pas y penser.

Mais son esprit était préoccupé par cette éventualité ; il ne cessait de visualiser l'accident. L'explosion et, presque aussi effrayantes, les retombées radioactives : emportées par le vent, dispersées dans toutes les directions, sans plus de cervelle qu'un banc de méduses et naviguant aussi aveuglément. En quelques heures – peut-être moins, même –, les nuages radioactifs seraient au-dessus d'Idaho Falls, menaçant leurs familles.

Et qu'adviendrait-il de Paul lors de l'explosion ? Projeté sur le gravier de l'aire de stationnement, criblé de fibres d'acier et de morceaux de métal comme une orange piquetée de clous de girofle.

Mon Dieu, il devenait morbide.

Il s'éclaircit la gorge sans même s'en apercevoir et Franks releva la tête en demandant d'un ton sec : « Quoi ? » En cet instant, Paul, conscient de la mauvaise humeur du chef d'équipe, perdit son envie de discuter. C'était fini, maintenant, non ? Il avait réussi à faire bouger cette fichue barre. Franks ne voulait plus évoquer le sujet. Mais il le regardait, attendant qu'il parle.

« Je me demandais, dit Paul, tu sais, si la barre numéro 9 coince et que nous ne sommes pas capables de...

— Est-ce que ça s'est déjà produit ? » demanda Franks.

Paul hésita à poursuivre.

Franks pointa son crayon en direction du mur, vers les aiguilles des jauges qui oscillaient tranquillement, et murmura : « Voyons voir si le réacteur a refroidi. Ça a l'air déjà mieux. »

Nat

Le réservoir de Palisades dansait dans le rétroviseur de Nat, en reflets concentriques bleu et or. Le voir s'éloigner l'attristait. Elle avait passé une si belle journée avec les filles qu'elle ressentit un pincement au cœur quand le lac disparut derrière les pins.

« Maman, lança Sam depuis la banquette arrière, on n'arrête pas de glisser. » Pour redescendre de la montagne, il fallait emprunter une route en lacet et les filles s'efforçaient de ne pas lâcher prise en s'accrochant aux sièges en cuir.

« Pardon, dit Nat. Tenez bon, ça va bientôt s'arrêter. »

Elle essaya de conduire moins brusquement – et il fallait admettre que c'était plus agréable, même pour elle – et les filles, calées sur leurs sièges, regardaient par la fenêtre. Les doigts de Sam agrippaient le rebord intérieur de la portière et, à travers la vitre, les grands arbres se reflétaient sur son visage comme la bobine d'un film muet. Nat soupira. Quelle journée. Ses filles n'avaient cessé d'aller et venir entre le sable et le lac, remplissant leurs petits seaux d'eau qu'elles déversaient afin de construire un château de sable mouillé qu'elles décorèrent avec de petits galets.

En cette période – c'était déjà la fin de l'été –, l'eau n'était plus très chaude, mais Nat était quand même allée nager avec elles ; les cris et les halètements de ses filles résonnaient dans l'air pur de haute altitude.

Cette petite excursion avait été le remède parfait à sa dispute avec Paul – même si c'était précisément une des causes de cette dispute – et Nat n'avait pas envie de rentrer tout de suite. Elle ne voulait pas renoncer à ces instants ensoleillés, insouciants, pour retrouver une maison silencieuse, les épaules raidies de Paul et sa certitude inébranlable d'avoir eu raison. Il était toujours tellement sûr de lui. Elle l'avait déposé à l'arrêt du bus et avait attendu d'avoir tourné le coin de la rue pour s'arrêter et taper à plusieurs reprises violemment sur le volant, avant de s'effondrer en pleurs. C'était humiliant d'avoir eu à quémander pour garder la voiture, en entendant Paul se tracasser à l'idée d'être un jour en retard au travail et rabâcher la même chose, comme si elle était une enfant qui n'avait aucun sens des réalités. Est-ce qu'il croyait vraiment qu'elle souhaitait qu'il arrive en retard au travail ? Pourquoi faisait-il des difficultés pour tout ? Quand elle parvenait à l'adoucir, il était merveilleux, il n'y avait pas d'homme meilleur au monde, mais, le reste du temps, c'était une véritable citadelle, il se fermait, et c'était épuisant.

Et donc, quand elle arriva au pied de la montagne, la petite ville de Kirby avec son *diner* lui apparut comme un sursis. « Les filles, on s'arrête pour boire un milk-shake ? » proposa-t-elle.

La fatigue perceptible dans la voix de ses filles finit de la convaincre de s'arrêter.

« Bien, fit-elle en se garant. Un peu de sucre vous requinquera. » Les filles étaient abruties de soleil ; elles avaient glissé le long des portières, chacune de son côté, les membres ramollis par la fatigue. Sam descendit en ronchonnant, elle se frottait les yeux, sa robe toute chiffonnée derrière, tandis que Nat se penchait sur la banquette arrière pour récupérer Liddie ; elle avait du sable collé entre ses tout petits doigts et ses ongles étaient noirs. Des paillettes de mica étincelaient sur le haut de son nez, juste au niveau de sa frange de cheveux noirs.

Le *diner* était presque vide. À peine en eurent-elles franchi le seuil que Nat eut le sentiment de ne pas être à sa place, elle se sentit mal à l'aise. Elle s'attendait à quelque chose de plus lumineux, de plus propre : l'endroit semblait miteux, crasseux, mal entretenu. À l'autre bout de la salle se trouvait un juke-box silencieux avec une petite piste de danse. Une serveuse aux cheveux bruns, à la peau grasse et grêlée, se rongeait les ongles ; un jeune garçon de ferme lisait le journal au fond de la pièce, et un homme barbu avalait machinalement son hamburger en compagnie de deux femmes aux cheveux longs, qui regardaient par la fenêtre.

Mais il était trop tard pour changer d'avis ; elles étaient déjà à l'intérieur et les filles s'impatientaient. Nat commanda trois milk-shakes. Quand ils leur furent servis, elle soupira de soulagement. On aurait dit des tours emplies de promesses, surmontées de crème fouettée qui montait jusqu'au ciel, et les petites cerises coloraient ces nuages en rose. En quelques minutes, le sucre eut l'effet escompté, les filles retrouvèrent de l'énergie et commencèrent à s'agiter sur leurs sièges.

Nat les emmena voir le juke-box.

« Cinq chansons pour un dollar, lut-elle en parcourant la liste des titres disponibles. Oh, *Charlie Brown* par les Coasters ! Ça va vous plaire, c'est drôle. L'un des chanteurs fait la grosse voix en disant : *Pourquoi tout le monde m'embête ?* »

Liddie éclata de rire, mais Sam eut l'air perplexe. « Pourquoi ? demanda-t-elle. Pourquoi est-ce qu'on l'embête ? »

La machine ronronna, et les premières mesures de *Charlie Brown*, jouées à la guitare, retentirent dans la salle. Les filles attrapèrent le bord de leurs jupes et commencèrent à sauter sur la piste de danse ; les semelles de leurs chaussures claquaient sur le sol, leurs petites jambes roses bondissaient, elles virevoltaient, se balançaient et riaient. Nat ne voulait pas qu'elles fassent trop de bruit, mais elle ne souhaitait pas non plus les brider car c'était leur journée. Elles étaient comme hors du monde, il faisait chaud, le soleil brillait, et Nat n'était pas d'humeur à jouer les adultes et à être raisonnable.

Quand la chanson fut finie, Liddie se mit sur la pointe des pieds et dit : « Bisou, maman. » Nat éclata de rire. En cet instant, le bonheur de ses filles semblait si simple, si pur qu'elle n'avait décidément aucune envie de rentrer à la maison. *Nous pourrions partir à l'aventure, traverser l'Ouest, toutes les trois. Rien ne nous retiendrait, nous ferions ce que nous voulons !* De telles pensées lui firent froid dans le dos : quelle idée terrible, égoïste et honteuse. Bien évidemment qu'elle avait envie de rentrer à la maison.

Elle fut punie pour ses pensées coupables : Sam, qui tourbillonnait sur elle-même bien que la musique se fût tue, trébucha et renversa un sucrier en verre qui se brisa sur le sol. Nat et les filles, stupéfaites, fixaient des yeux le petit tas de sucre parsemé d'éclats de verre scintillants sur le carrelage noir et blanc.

« Ça alors ! » s'écria la serveuse, sortie de sa torpeur. Elle leva les bras au ciel. « Vous ne pouvez pas faire attention ?

— Je suis désolée. » Nat attrapa une serviette en papier, s'accroupit et fit un petit tas en forme de pyramide avec le sucre. « Elle ne l'a pas fait exprès. Sam, demande pardon. »

Sam regardait, droit dans les yeux, la serveuse qui attendait des excuses et, en un geste de provocation, presque autodestructeur, elle lui tira la langue.

La serveuse et Nat restèrent bouche bée. Avoir renversé le sucre aurait pu facilement être pardonné, mais, après cet affreux petit geste de bravoure, c'était à se demander si Sam ne l'avait pas fait exprès.

« Sam ! » s'exclama Nat en se relevant. La petite fille, rattrapée par la culpabilité, enfouit le visage dans la jupe de sa mère.

« Laissez ça tranquille, dit la serveuse, en parlant des morceaux de verre. Vous allez vous couper. Je vais chercher le balai. » Elle fila dans la cuisine. Nat, toute rouge, le cœur palpitant, resta figée tout en caressant les épaules de Sam. Sa seule consolation était que Paul n'ait pas été là. Il aurait été mortifié. Elle imaginait le silence, dans la voiture, tout au long du trajet de retour tandis qu'il ruminerait, se demandant comment c'était possible d'avoir une enfant aussi mal élevée. Dans de pareilles situations, elle pouvait presque entendre les rouages intérieurs du cerveau de Paul faire marche arrière pour essayer de trouver une explication à ce qui s'était passé, alors qu'elle s'évertuait à lui faire comprendre que ce n'était pas important.

La serveuse revint avec un balai. « C'était n'importe quoi de sauter partout comme ça. Et c'était sûr qu'il y aurait de la casse.

— Nous n'étions pas en train de sauter partout, dit Nat. Elle dansait, c'est tout.

— De nos jours, les gens permettent tout à leurs enfants. C'est le monde à l'envers. Les adultes ont tort et les gosses ont raison. » Elle ramassa le sucre dans une pelle à poussière avec de petits gestes brusques.

Nat avait les joues en feu. Habituellement, elle serait restée silencieuse, mais la journée avait été trop belle, et elle ne voulait pas que la mauvaise humeur de cette femme balaie en quelques mots les instants de bonheur qu'elle s'était efforcée d'obtenir. « Je regrette que vous en fassiez toute une histoire, déclara-t-elle. Mais il vous a suffi de quelques minutes pour tout nettoyer, et nous nous sommes excusées, nous avons dit que nous étions désolées. »

La serveuse ouvrit la bouche pour répliquer – *Je n'y crois pas,* pensa Nat, *je ne peux pas croire que je suis en train de me disputer avec une serveuse, je devrais me calmer et partir* – quand elle entendit des pas derrière elle. C'était le jeune garçon de ferme qui approchait. Il avait les cheveux blond cendré, les yeux bleus, et n'était pas plus grand que Nat. Il portait une chemise de flanelle aux couleurs passées et des bottes éculées. L'espace d'un instant, Nat craignit que lui aussi ne lui fasse la leçon et qu'il lui faille s'opposer à ces gens du coin, qui étaient chez eux et se sentaient offensés. Mais il la regarda gentiment et, plutôt que de s'adresser aux deux femmes, il s'accroupit près de Sam. « Tu veux que je te dise ce que j'ai fait un jour ? lui demanda-t-il doucement. J'ai renversé un carton entier d'œufs. » Il était penché en avant, les coudes sur ses genoux, en attendant la réaction de Sam, comme s'il prenait son infortune très au sérieux et qu'il ne jouait pas un jeu, mièvre, destiné aux autres adultes.

Sam se tourna légèrement vers lui, sortant la tête de la jupe de sa mère. Nat, comprenant que sa fille ne répondrait pas, prit la parole, d'une voix sucrée, de celle que l'on prend pour parler à la place des enfants. « Et comment tu as fait pour renverser un carton entier d'œufs ?

— Je travaillais dans le ranch d'un ami, il y a quelques années de ça, raconta-t-il en s'adressant à Sam, comme si elle et Nat jouaient un numéro de ventriloque. Je n'avais pas l'âge de conduire, mais je m'ennuyais et j'ai sauté dans le camion qui est parti en marche arrière en écrasant une palette entière d'œufs contre le mur. Tu imagines ? Du jaune, des coquilles et du blanc d'œuf visqueux partout ! Le fermier est sorti, il a crié et m'a tapé avec son chapeau. »

Sam écoutait attentivement, les sourcils levés, comme deux demi-lunes gentiment moqueuses. « Est-ce que ça fait mal d'être tapé avec un chapeau ?

— Pas vraiment. Seule ma fierté en a pris un coup.

— C'est quoi ta fierté ?

— La fierté ? C'est ce que tu ressens quand tu ne veux pas être vexé.

— Oh ! » Sam parut réfléchir. « Et ça s'en va ? »

Il se mit à rire. « Non, heureusement. C'est une bonne chose, d'avoir de la fierté. C'est de se sentir vexé qui est désagréable. »

La serveuse, debout, tenait sa pelle à poussière pleine de sucre mêlé à des morceaux de verre en une pose qui aurait pu laisser croire qu'elle allait la jeter au visage de Nat. « La fierté, c'est ce qui empêche les gens de se comporter comme des idiots, lança-t-elle.

— Et la gentillesse ? » rétorqua Nat.

Le garçon de ferme poursuivit malgré tout : « J'ai maintenant vingt-cinq ans, disait-il à Sam, ce qui, probablement, te paraît vieux, mais je continue à faire des choses embarrassantes. C'est désagréable, mais ça ne dure pas. »

Sam hocha la tête. Elle sourit, brièvement, puis enfouit de nouveau le visage entre les genoux de Nat.

Le garçon se releva, jeta des coups d'œil successivement à Nat et à la serveuse, pour finalement s'adresser à cette dernière : « Ce qui est fait est fait. Inutile de punir les gens pour ça. »

Nat, reconnaissante, lui fit un grand sourire. C'était si gentil de la part de ce jeune homme courtois de s'être approché et d'avoir pris son parti contre cette femme hargneuse. Elle se sentit innocentée et reprit confiance.

Mais la serveuse lui jeta un regard qui laissait entendre qu'elle le connaissait bien. « C'est dommage qu'on n'ait pas toutes quelqu'un comme Esrom pour voler à notre secours », dit-elle.

Nat avait les joues en feu : ainsi, ils se connaissaient. Elle ne savait pas pourquoi elle en était contrariée ; peut-être parce qu'elle eut encore plus l'impression d'être une étrangère.

Il répliqua : « Tu n'as besoin de personne pour voler à ton secours, Corrie. »

La serveuse resta là un instant, appuyée sur son balai, à le regarder. Ses yeux se firent presque tristes ; des rides profondes marquaient ses joues de chaque côté de sa bouche. Quel âge pouvait-elle bien avoir ? se demanda Nat. Trente ans ? Pourquoi Nat eut-elle l'impression que, pour cette femme, ce qui se jouait là était plus important que simplement du sucre renversé par terre, et que les conséquences en étaient plus graves ? Le silence, dans le *diner*, résonnait dans ses oreilles. Ce lieu, au pied de la montagne, isolé, lui donnait l'impression d'être à la frontière du monde. Elle s'y était arrêtée, désinvolte, confiante, en oubliant ce que pouvait être une petite ville inhospitalière, rude, comme tous ces endroits qui s'accrochent pour survivre ; cette petite ville n'existait pas à la seule fin de la rendre heureuse. Elle eut alors une vague idée de la raison pour laquelle Paul, dès qu'elle partait quelque part, lui enjoignait d'être prudente. Il connaissait bien ce genre de population et d'endroit. Ce qui n'était pas son cas à elle.

Corrie, évitant ostensiblement de croiser le regard de Nat, pivota sur ses talons et se dirigea vers la cuisine. « À bientôt, Ez, dit-elle.

— À bientôt », répondit-il en reculant de quelques pas pour laisser passer des gens : le barbu et les deux femmes aux cheveux longs qui s'esquivèrent sans dire un mot, les clochettes de la porte tintinnabulant derrière eux. Maintenant, l'endroit était vide. On n'entendait aucun bruit, mis à part le bourdonnement des appareils électroménagers. Ils étaient seuls. Le jeune homme partit dans la cuisine – Nat crut qu'il allait rejoindre Corrie – et revint avec une serpillière pour nettoyer les restes de sucre, laissant des traces brillantes sur le plancher abîmé.

« Merci, dit Nat. Je ne pensais pas que ce serait si grave. »

Il haussa les épaules. « Ce n'est pas grave. Mais je ne suis pas étonné que Corrie soit aussi grincheuse. Les gens ont la vie dure, ici. Pour elle, ce job n'est que la partie visible de l'iceberg.

— Eh bien, je ne voulais évidemment pas lui rendre les choses encore plus difficiles. Ce n'était rien qu'un peu de sucre », dit-elle. Mais, sentant qu'elle s'emportait de nouveau et sachant que le vrai problème avait été la réaction de Sam, elle se tut. *Laisse tomber, Madame l'Indignée.*

« Vous n'êtes donc pas d'ici ? demanda-t-il.

— Non, absolument pas. Nous habitons Idaho Falls. »

Sa réponse fusa comme s'il était impensable qu'il puisse la prendre pour une fille du coin. Il sourit. « Tiens donc, moi aussi. Je ne suis là que pour la journée, je suis allé pêcher avec des copains. Depuis quand êtes-vous à Idaho Falls ?

— Depuis juin.

— Laissez-moi deviner : en mission pour l'armée ?

— Exact ! Mon mari travaille au Laboratoire national de recherche nucléaire.

— Un de ces mystérieux scientifiques ?

— Non, un opérateur. » Nat se pencha pour prendre Liddie dans ses bras ; la petite fille nicha tout de suite sa tête au creux de l'épaule de sa mère. « C'est tout le contraire de mystérieux. »

Il éclata de rire. « Avant que l'armée ne s'installe là-bas, il y avait des boulots encore moins mystérieux, des boulots qui ne faisaient pas rêver.

— Comment ça s'est passé, quand la ville a commencé à prendre de l'importance ? Ça a dû être bizarre.

— Les avis sont partagés. Mais je pense que c'est ce qui pouvait nous arriver de mieux à Idaho Falls. Vous savez ce qu'on avait avant que vous, les familles de militaires, n'arriviez ? Des bœufs et des pommes de terre. »

Nat se demandait ce qu'il voulait dire par *les avis sont partagés*. Elle repensa au barbu et aux deux femmes qui venaient de sortir, l'une d'elles l'avait regardée la bouche ouverte. Ils n'avaient certes pas l'air d'aimer le changement. Elle demanda à Esrom : « Qu'est-ce que vous faites, à Idaho Falls ?

— La plupart du temps, je travaille dans un ranch, mais j'essaie de trouver plus de boulot en ville. Je bricole dans l'atelier de carrosserie de mon oncle. Et l'hiver, je travaille au déneigement. Des choses comme ça.

— Maman, on peut avoir une autre chanson ? demanda Sam.

— Oh non, ma chérie, il faut rentrer à la maison. »

Sam, remise de ses émotions, leva la tête et sourit à Esrom. « J'aime bien tes bottes. »

Il se pencha vers elle. « C'est vrai ? Est-ce que tu peux imaginer qu'un jour c'était un serpent ? »

Elle fronça le nez. « Qu'est-ce que ça veut dire ?

— Bon. En fait, il a fallu plusieurs serpents, je crois. Ce que tu vois, c'est la peau des serpents, cirée et transformée en botte. Et tes chaussures, avant, c'était une vache. »

Sam eut l'air horrifié.

« Je crois que je lui ai fait peur », dit-il à Nat. Puis il se tourna de nouveau vers Sam. « Tu sais ce que c'est quand tu manges un sandwich au rôti de bœuf ou un rôti en cocotte ? C'est l'intérieur de la vache. Avec l'extérieur, tu peux fabriquer tout plein de choses – des canapés ou des chaussures. Comme ça, rien n'est gaspillé.

— Oh, fit-elle en regardant attentivement ses chaussures, des Mary Jane. Et celles de Liddie ? »

Esrom jeta un œil aux chaussures de Liddie, exactement la même paire. Il en pinça le cuir. « Une girafe, dit-il.

— C'est vrai ? »

Nat sourit à Esrom. Les filles étaient fascinées ; elles suivaient des yeux chacun de ses gestes. Elles étaient habituées à Paul, à tourner autour de lui, comme des oisillons attendant la becquée, pour lui extorquer quelques mots. Il adorait ses filles, mais donner de l'affection semblait le priver de quelque chose, et toutes les trois savaient qu'il redeviendrait silencieux au bout de cinq minutes. Les mots et l'humour paraissaient venir naturellement à Esrom, comme s'il les attrapait au vol, sans que cela lui coûte rien.

« Je suis désolée, les filles, c'est l'heure de rentrer à la maison », déclara Nat. Elle se pencha vers Esrom. « Nous ferions mieux de partir avant qu'elles ne vous demandent comment on fait les bébés », lui dit-elle. Elle émit un rire gêné, légèrement inquiète du caractère polisson de sa plaisanterie. Pourquoi fallait-il qu'elle fasse des gaffes chaque fois qu'elle rencontrait quelqu'un ?

La porte s'ouvrit et deux hommes de l'âge d'Esrom déboulèrent. D'un geste de la main, ils saluèrent la serveuse qui s'occupait maintenant de la caisse et ralentirent le pas en voyant Nat. « Hé, Ez, fit le plus petit. Madame... », ajouta-t-il d'un ton interrogateur, en s'adressant à Nat.

« Bonjour ! s'exclama Sam.

— Je viens juste de rencontrer votre ami, expliqua Nat. J'ai découvert que nous vivions tous les deux à Idaho Falls.

— Oh, fit le jeune homme. Dis donc, Ez, tu lui as donné ta carte ? »

Esrom réagit immédiatement : « Non. Attendez. » Et il sortit un portefeuille de la poche arrière de son pantalon. Le cuir, usé, en était si souple qu'il s'ouvrit de lui-même. Il passa une de ses cartes à Nat : « Idaho Falls, carrosserie. Atelier de réparation » était inscrit au stylo-bille, à l'encre pâle. Nat n'avait encore jamais vu de carte professionnelle écrite à la main, mais elle jugea qu'il ne serait guère poli de le faire remarquer.

« Si jamais vous avez besoin de faire réparer votre voiture, nous sommes les meilleurs, ajouta l'ami d'Esrom.

— En tout cas, vous ferez le bon choix en allant là-bas. Le garage est à mon oncle. Russ et moi, on est juste des employés.

— Eh bien, merci, dit Nat. J'étais ravie de vous avoir rencontré et d'apprendre comment on fabrique les bottes. »

Esrom s'accroupit une fois de plus pour serrer la main de Sam. « À bientôt, mon amie. »

Sam sourit. « À bientôt. »

Elles se dirigèrent vers la porte. Corrie, la serveuse, mit une pièce dans le juke-box. Maintenant qu'Esrom avait sympathisé avec elle, Nat se sentit magnanime. « Je suis désolée du dérangement », dit-elle.

Corrie fit un petit signe de tête en haussant les épaules. Elle s'accouda au juke-box, tandis que la voix de Johnny Cash se mettait à retentir à travers la pièce ; une chanson que reconnut Nat et qui racontait l'histoire d'une jolie fille et d'un homme qui soupirait pour elle. *Ballad of a Teenage Queen*. Nat tenta de lui adresser un sourire complice pour souligner la similarité de leurs goûts musicaux, mais Corrie ne regardait pas dans sa direction.

Elle n'obtiendrait rien de la serveuse. Elle se força néanmoins à sourire et emmena les filles jusqu'à l'aire de stationnement pour installer confortablement leurs petits corps fatigués sur la banquette arrière de la voiture. Elle remarqua que le barbu du *diner* était assis dans une voiture en face de la sienne, avec les deux femmes à l'arrière, tous trois silencieux. Quelles gens bizarres. Elle s'aperçut qu'elle avait oublié son porte-monnaie et fonça à l'intérieur pour le récupérer, mais

Esrom se précipitait déjà vers elle, main tendue pour le lui rapporter.

« Quelle idiote ! fit-elle. Merci. » Il lui sourit. Puis, se sentant suffisamment hardie et curieuse pour ne pas laisser passer l'occasion, elle montra l'autre voiture du doigt, à l'extérieur. « Qu'est-ce qu'il fait ? Vous le connaissez ? »

Esrom suivit son regard. « Ouais, je le connais. » Il eut l'air inquiet. « Pourquoi ? Il vous a dit quelque chose ?

— Non. Mais ça m'a paru bizarre qu'il soit assis là. »

Les amis d'Esrom les observaient et il la reconduisit donc vers la porte. À voix basse, il expliqua : « C'est l'oncle de Corrie. Il attend qu'elle ait fini son service pour la raccompagner chez elle.

— Oh », fit Nat. Elle se demanda pourquoi Corrie ne pouvait pas conduire elle-même, et comprit qu'il y avait anguille sous roche, mais elle ne le connaissait pas suffisamment pour lui poser d'autres questions.

« Vous savez, dit Esrom, si j'étais vous, la prochaine fois que j'irais à Palisades, je ne m'arrêterais pas à Kirby.

— Ils n'aiment pas les étrangers ?

— Non.

— Mais vous, vous êtes vraiment du coin ? Vous ne leur ressemblez pas tant que ça. »

Il la regarda, et parut reconnaissant de ce qu'elle venait de dire. « Je suis un peu des deux, j'imagine. Je suis un étranger qui veut ne pas l'être, et un gars du coin qui veut ficher le camp ailleurs. » Il rit pour dédramatiser ses propos et la raccompagna jusqu'à sa voiture. « Je suis ravi de vous avoir rencontrée…

— Nat, dit-elle en lui tendant la main.

— Nat. Moi, c'est Esrom.

— Je sais. Je veux dire, j'ai entendu.

— Faites attention à vous.

— Vous aussi, lança-t-elle en ouvrant la portière de la voiture. Peut-être que nous nous recroiserons à Idaho Falls.

— J'espère », dit-il.

Il repartit en direction du *diner*. Quand il entra, Corrie leva la tête, et il s'appuya au comptoir pour bavarder. De quoi parlaient-ils ? Nat imaginait qu'ils se connaissaient depuis toujours, qu'ils étaient proches, d'une manière dont elle, désormais mariée à un militaire, ne le serait jamais avec qui que ce soit d'autre que Paul. Quelle que soit l'histoire de Corrie, c'était aussi un peu celle d'Esrom, comme s'il en était le gardien ; et Nat se sentit étrangement mise à l'écart – comme si, après l'avoir rencontré quelques minutes plus tôt, elle pensait avoir droit à autre chose qu'à de la politesse.

Elle fredonnait, tandis qu'elle approchait d'Idaho Falls et que la montagne s'éloignait dans le rétroviseur ; elle se rendit compte que c'était la chanson de Johnny Cash que Corrie avait écoutée. Et maintenant qu'elle en chantait les paroles, elle avait les joues en feu. *She had everything, it seems / not a care, this teenage queen*[1].

---

1. « Elle avait déjà tout, pas le moindre souci, cette princesse adolescente… » *(N.d.T.)*

Paul

Quand cette journée maudite se termina enfin – après avoir commencé par une dispute avec Nat, elle s'était poursuivie par cet incident avec la barre de contrôle, ce qui avait mis tout le monde de mauvaise humeur, après quoi Franks n'avait cessé, pendant plusieurs heures, d'aboyer des ordres tandis qu'ils prenaient du retard sur toutes les autres tâches –, Paul pointa avec soulagement et sortit pour fumer. Le soleil de fin d'après-midi faisait étinceler l'acier du réacteur et la clôture grillagée. Il était tout juste seize heures et le bus serait là d'une minute à l'autre.

Franks vint le rejoindre. Il alluma un cigare ; Paul lui lança un regard étonné.

« Les voisins me l'ont offert, ils viennent d'avoir un bébé, expliqua Franks.

— C'est sympa ! », fit Paul. L'odeur du cigare était âcre, des effluves d'épices et de basse-cour mélangés. Pendant quelques secondes, il replongea dans ses souvenirs, au temps de sa jeunesse, quand l'odeur de tabac qui imprégnait les petites pièces confinées se mélangeait à l'odeur de renfermé qui était la même dans toutes les cabanes dans lesquelles il avait vécu, enfant : peau de daim, flanelle, mousse, levure, murs suintants d'humidité, odeurs corporelles, bottes qui sèchent, cèdre, pin. Il eut de nouveau un pincement au cœur et il repensa à Nat, fâchée contre lui ; il voulait rentrer chez lui et arranger les choses. À l'heure qu'il était, elle devait être sur le chemin du retour. Il espérait qu'elle allait conduire prudemment et il songea qu'elle n'aurait pas apprécié cette réflexion. *Je suis une bonne conductrice*, avait-elle dit. *Je ne comprends pas pourquoi tu es si mesquin.* Il repensa à la manière dont elle s'était hérissée, blessée dans son amour-propre ; elle était partie sans même un sourire ou un petit signe d'au revoir ; bon sang, s'il le fallait, il s'excuserait immédiatement, il serait prêt à faire n'importe quoi.

Franks l'interrompit dans ses pensées : « Ils ont mis un terme aux inspections, tu sais. »

Paul tourna la tête vers lui. Pendant tout l'après-midi, Franks avait semblé peu disposé à revenir sur ce qui s'était passé. Et là il voulait en parler ? Paul se délectait presque de la peine qu'il ressentait en ruminant sa dispute de ce matin avec Nat. Y penser lui procurait le sentiment d'une certaine complicité avec elle – c'était déjà ça ; et son esprit ne voulait pas en être distrait ni être ramené à ici et maintenant, sur cette aire de stationnement, avec Franks.

« Je voulais t'en parler avant, dit Franks, mais j'étais trop en colère, il fallait d'abord que je me calme. En plus, je ne voulais pas que le gosse entende. » Franks appelait toujours Webb « le gosse », comme s'il avait six ans.

« Très bien », fit Paul. Il attendait que Franks continue.

« En mai dernier, juste avant ton arrivée, on s'est fait retoqués lors des deux dernières inspections.

— Deux fois ? » Paul se doutait que les résultats avaient été mauvais dernièrement, vu les signes de délabrement que montrait le matériel, mais que ce ne soit pas la première fois était plus grave.

« Les superviseurs ont remarqué que l'acier boré semblait s'user sur les barres de contrôle quand nous les soulevions jusqu'en haut du cœur au moment de l'inspection. » Franks fit un geste à l'aide de son cigare pour mimer le mouvement d'une barre de contrôle qui monte puis redescend. « Et donc, Harbaugh et Richards ont décidé de mettre fin aux inspections.

— J'ai bien vu les traces d'usure, dit Paul. J'ai trouvé ça bizarre. » Le bore était utilisé dans la plupart des réacteurs nucléaires ; c'est un absorbeur de neutrons qui ralentit la vitesse de réaction mais qui, habituellement, est injecté dans le cœur même du réacteur.

« Quand ils ont construit ce réacteur, expliqua Franks, les ingénieurs ont oublié de mettre du bore à l'intérieur du cœur et ils se sont donc rattrapés à l'extérieur. Ils ont dû penser que ça ferait l'affaire, mais ce n'est pas le cas. Oui, les ingénieurs, nos brillants ingénieurs. » Il leva les yeux au ciel. « Soulever les barres de contrôle jusqu'en haut n'a fait qu'aggraver l'usure. Et donc, pour éviter que le réacteur ne chauffe trop en permanence, Harbaugh et Richard ont décidé qu'il n'y aurait plus d'inspection jusqu'à ce que nous recevions un nouveau cœur pour le réacteur.

— Et ils peuvent prendre une telle décision ?

— J'imagine qu'ils ont expliqué le problème aux ingénieurs et que les ingénieurs étaient d'accord.

— Mais pourquoi ?

— Tu sais très bien pourquoi. Parce que ces têtes d'œufs ont honte d'avoir merdé. »

Paul secoua la tête, ébahi, mais il comprenait, en effet. S'il merdait dans son boulot, il n'aimerait pas que d'autres s'en rendent compte. Mais ce qu'il venait d'apprendre à propos du bore était stupéfiant. Si le bore s'accumulait au fond du réacteur, en s'effritant, alors les barres de contrôle étaient probablement plus hautes, sans même les soulever, qu'ils ne le pensaient – et donc plus près de cette fameuse limite des dix centimètres. Comment Richards pouvait-il être aussi désinvolte ?

« Les sergents sont censés penser à la sécurité de leurs équipes », dit Paul.

Franks ricana, amer, en essayant d'attraper une poussière sur sa langue, avant de s'en débarrasser. « Notre héros, le sergent-chef, fit-il. Tu penses qu'il a vraiment envie de saboter ses chances de promotion à cause de ce réacteur merdique ? Les gens penseront : *Il n'est même pas capable de s'occuper du CR-1 ; il n'est d'ailleurs pas capable de grand-chose.* Tu peux te faire virer pour ça, surtout si on cherche déjà une raison pour ne pas te donner de promotion. Ce qui, en l'occurrence, comme nous le savons, est son cas.

— Mais il nous entraîne dans sa chute.

— En ce qui le concerne, il est trop tard pour faire machine arrière. Que veux-tu qu'il dise maintenant : “Oups, j'ai oublié de mentionner que la situation ici s'est détériorée, et que depuis plus de six mois on est vraiment dans la merde" ?

— Mais Harbaugh ? Je le croyais plus intègre. »

Franks le regarda, perplexe : « Tu l'as vu, comme moi. Il est mourant. Tu aurais envie de te battre pour une cause pareille, s'il ne te restait que quelques mois à vivre ? Le pauvre, il veut juste rentrer chez lui, arroser ses bégonias et dormir. Sa femme aura une bonne pension ; et peut-être qu'ils rebaptiseront le bâtiment de l'administration d'après son nom. Il ne va donc pas en faire toute une histoire. »

Paul émit un petit rire triste ; le bâtiment de l'administration, ici, en plein désert, et qui datait de la Seconde Guerre mondiale. Il n'aurait même pas voulu voir ses initiales gravées sur un bout de bois à cet endroit-là, alors, pensez donc, son nom sur une plaque commémorative… Mais il vit que Franks ne plaisantait pas.

Il commença à comprendre pourquoi Richards l'avait flatté en le qualifiant d'homme calme et besogneux. Quel imbécile il avait été de croire qu'il s'agissait de compliments En fait, on le considérait comme un type passif, idiot et trop lâche pour faire des histoires. On avait tout de suite deviné qu'il ferait profil bas, et marcherait au pas, tout en accomplissant son devoir ; il se souvint que Franks avait fait l'objet du même constat et des mêmes compliments. « Tu n'as jamais pensé à en référer à quelqu'un de plus haut placé dans la hiérarchie que Harbaugh ? » demanda Paul.

Franks le regarda, presque choqué : « Je n'ai même jamais parlé à quelqu'un de plus haut placé dans la hiérarchie que Harbaugh. Je ne sais même pas qui il y a au-dessus. » Il se concentra un instant sur le bout de son cigare, avant de relever la tête. « Je vais m'en tenir au programme et accomplir cette mission, dit-il. Inutile de se faire remarquer. On est tous dans la même galère. On peut se débrouiller tout seuls ; c'est juste un peu plus de travail. Personne, parmi les supérieurs, n'a envie d'entendre parler de petits problèmes ridicules que nous pouvons résoudre nous-mêmes. » Il jeta un coup d'œil en direction du réacteur. « Je ne suis pas en train de dire ce qu'il faut faire ou ne pas faire, ce qui est bien ou pas. Je voulais juste te tenir au courant.

— Mais que se passera-t-il si les choses s'aggravent ?

— Qui peut dire qu'elles s'aggraveront ?

— Elles ne vont pas s'améliorer.

— Il faut juste que nous puissions continuer à faire marcher la machine jusqu'à ce qu'on nous livre un nouveau cœur de réacteur.

— Et c'est quand ?

— Peut-être cet hiver. Dès que j'en saurai plus, je te le dirai. Essaie de ne pas trop t'inquiéter. »

Paul émit un grognement. Il comprenait la discrétion et l'idée de se débrouiller tout seul, et Franks était là depuis plus longtemps que lui : aussi savait-il peut-être quand il fallait s'inquiéter ou pas.

« Si les problèmes du réacteur éclataient au grand jour, tu sais à quel point ce serait humiliant, dit Franks, comme s'il avait lu dans les pensées de Paul. Tu imagines les gradés de la Marine, et ceux de l'armée de l'air qui rappliqueraient ici ? On ne peut pas perdre notre honneur.

— Je sais.

— Si nous faisons fonctionner les barres de contrôle un peu chaque jour et que nous ne les sortons plus pour les inspections, elles peuvent encore tenir le coup quelque temps ; ce cœur fonctionne depuis quatre ans déjà. Il peut encore tenir un an. Il nous faudra juste être très prudents.

— C'est vrai, fit Paul. Et nous serons prudents. »

La conversation se résumait désormais à un échange convenu, comme si évoquer les problèmes du réacteur était condamnable ou revenait à invoquer les mauvais esprits.

« Hé, s'exclama Franks, qui se releva d'un bond, le bus arrive. » Paul se mit debout, lui aussi, avec sa gamelle en fer-blanc, et Webb arriva en les saluant joyeusement. *Pauvre gosse ignorant. Au diable ce lieu merdique.* Paul voulait rentrer chez lui, et retrouver sa famille. Il écrasa son mégot dans la poussière et attendit l'arrivée du bus avec ses coéquipiers, en silence, comme submergé par son envie de s'éloigner au plus vite du réacteur, de sentir le bus qui ralentissait dans Main Street, si accueillante, avec son coiffeur pour hommes et ses pigeons, et de tenter d'apercevoir la Fireflite jaune garée au coin, où, qu'elle le veuille ou non, Nat serait là.

II

LE HÉROS DU JOUR

Paul

Hiver 1959-1960

À Idaho Falls, l'été indien se prolongea encore quelques semaines. Paul craignait qu'ils ne s'en soient tous un peu trop accommodés, oubliant que l'hiver le leur ferait payer.

Pour autant, il se réjouissait de ce sursis qu'on leur accordait. Il s'inquiétait pour Nat et les filles, qui seraient cloîtrées à la maison tout au long d'un hiver qui s'annonçait rude, alors qu'elles n'avaient jamais été accoutumées au froid. Avant d'arriver ici, Nat avait passé toute sa vie à San Diego, à l'exception d'un hiver en Virginie, quand Paul était en formation. Et même là-bas, ils n'avaient eu que quelques flocons de neige qui fondaient avant même qu'il n'ait dû racler le pare-brise de la voiture.

Mais en Idaho, c'était une tout autre histoire. Finalement, le temps changea brutalement, du jour au lendemain, fin octobre. Des bourrasques de vent soufflèrent des flocons de neige gelée. Un ciel bas et gris, métallique, s'installa au-dessus d'Idaho Falls. Ce fut comme s'ils vivaient désormais dans un lieu complètement différent de celui, enveloppé d'une lumière dorée, où, la veille encore, il faisait bon vivre.

Depuis leur dispute, Nat n'avait pas reparlé de son envie de garder la voiture dans la journée, et Paul non plus. Il était soulagé qu'elle ait laissé tomber. Le simple fait d'évoquer cette requête risquait de faire resurgir la tension, et le sentiment de malaise qui avait résulté de cette dispute ; or Paul ne voulait pas insuffler, de nouveau, une mauvaise ambiance à la maison. De plus, avec la neige qui commençait à tomber, elle n'aurait pas voulu prendre la voiture. Elle le disait elle-même : prendre la voiture par temps de neige la stressait.

Entre-temps, le froid s'était vraiment installé et pour longtemps. Les températures ne cessèrent de chuter au-dessous de 0 °C, parfois jusqu'à – 10 °C et ce, pendant plusieurs semaines maussades, d'un froid cinglant. C'était donc ça, l'hiver en Idaho contre lequel on l'avait mis en garde. Les jours se ressemblaient pour ne plus former qu'un long tunnel étroit – une succession de petits matins pâles et de soirées sombres – entrecoupée de quelques heures glaciales que ne perçait aucun rai de lumière. Nat et les filles portaient des manteaux longs qui leur descendaient jusqu'aux chevilles et ne sortaient de la maison que par nécessité. La neige s'amoncelait sur la pelouse devant la maison, sans jamais avoir le temps de fondre. Le trajet en bus que faisait Paul pour aller travailler était frigorifiant. Les hommes se tenaient voûtés pour lutter contre le froid, tête baissée, une épaule appuyée contre la vitre, trop mince, du bus.

Leurs phalanges bleuissaient tandis qu'ils agrippaient le revers de leurs manteaux.

Quant à Nat et aux filles, elles étaient bonnes joueuses et prenaient ça plutôt bien. Nat remplit les vases, partout dans la maison, de fleurs artificielles en tissu aux couleurs éclatantes. Elle et les filles découpèrent des cœurs et des étoiles en papier rose, jaune et rouge. La salle de séjour commença à ressembler à une classe de maternelle. On trouvait des petits tas de colle séchée sur la moquette, et des morceaux de papier découpé partout sur le sol. Quand Paul rentrait du travail, il ne savait jamais à quoi s'attendre. À partir du moment où elles étaient heureuses, il n'en prenait pas ombrage. Mais, un après-midi, après avoir remonté la courte allée déneigée, encadrée de chaque côté par des congères, quand il franchit le seuil de la maison, il trouva les filles, seules, en train de taper sur des casseroles et des poêles, tandis que Nat était couchée, tout habillée, dans le noir, dans leur chambre à l'arrière de la maison. Elle n'était pas malade, elle se sentait juste un peu abattue, lui dit-elle.

Le lendemain, après le travail, il s'arrêta au magasin d'électroménager du centre-ville et revint avec un téléviseur RCA Victor, noir et blanc, équipé d'un écran de dix-sept pouces. Il était encastré dans un meuble lourd avec des pieds compas en bois et ressemblait à un petit cochon sur des patins à glace. La télévision ne l'avait jamais intéressé – des éclairs discordants de lumière grise, des rires mis en boîte comme un hoquet cérébral –, mais quand Nat le vit pousser la porte du coude, l'appareil dans les bras, elle lui prit le visage dans les mains et l'embrassa. Il avait craint qu'elle ne le trouve trop petit ou qu'elle ne dise qu'elle aurait préféré qu'il fasse la folie d'en acheter un en couleur, mais elle sembla vraiment heureuse, et le téléviseur permit à Nat et aux filles de tenir le coup tout l'hiver. Désormais, quand Paul rentrait du travail, Sam et Liddie étaient allongées par terre dans le salon, joliment habillées, en train de regarder le feuilleton *Lassie, chien fidèle*, pendant que Nat préparait un poulet sauté à la royale dans la cuisine.

Quand la neige finit par fondre et que les premières pousses vertes apparurent, Paul prit son courage à deux mains pour reparler de la voiture. Depuis qu'il avait acheté le téléviseur, il avait encore plus envie de rendre Nat heureuse. Il attendit donc un jour où tout s'était bien passé avec les filles – une conversation agréable avec une autre maman en faisant des courses au PX, le magasin militaire, et un dîner particulièrement réussi – et, quand ils furent couchés, il demanda à Nat si elle aimerait disposer de la Fireflite une fois par semaine. Elle lui répondit que oui, elle aimerait vraiment que ce soit possible, et l'embrassa. Sa réponse le rendit tellement heureux qu'il lui demanda dans un murmure si elle se souvenait de cette nuit dans la cour, en juin dernier, avec les grillons qui stridulaient partout autour d'eux. Elle lui sourit, ses yeux plongés dans les siens, avant de retirer sa chemise de nuit. Il fut surpris de voir combien sa peau était devenue pâle après un long hiver à l'intérieur. Il avait eu la même réaction en se regardant dans un miroir pendant la période de l'entraînement militaire, quand il avait dû se raser la barbe pour la première fois depuis des années. C'était comme si quelque chose lui manquait, ou qu'elle était devenue plus vulnérable. Elle paraissait plus mystérieuse ainsi, et ce changement l'intriguait.

Le vendredi, donc, Nat gardait la voiture et Paul partait avec Franks jusqu'à l'arrêt du bus. Cette organisation fonctionnait bien et, en vérité, Paul eut honte de ses réticences passées. Bien qu'il ne raffolât pas de cette promiscuité – accompagnée des blagues ringardes et de la mauvaise haleine de son chef d'équipe –, il commença à trouver Franks attachant. Bien souvent, dès que Paul montait dans la voiture, Franks lui disait : « De la part de Brownie », en lui tendant un muffin ou une part de gâteau au café encore tout chaud. Paul en mangeait la moitié et gardait l'autre pour Webb, qui n'avait personne pour lui préparer des douceurs.

Quant au réacteur, il continuait à donner du fil à retordre aux opérateurs, mettant à mal leurs efforts et leurs tentatives de réparation. Le nouveau cœur n'avait toujours pas été livré. De temps en temps, les hommes posaient la question aux uns et aux autres, demandant si quelqu'un savait quelque chose ou si on avait vu un ingénieur traîner dans les parages. Mais personne n'était au courant de rien et, quand ils interrogeaient le sergent-chef Richards, il se contentait de répondre : « Je suis aussi impatient que vous, les gars. » Les barres de contrôle continuaient à se bloquer, le réacteur à surchauffer, mais ils parvenaient toujours à rétablir les choses au dernier moment. « La fameuse ingéniosité des militaires », disait Franks, qui avait maintenant un tic à l'œil droit.

Bientôt, cette mission prendrait fin et Paul pourrait se tirer de là. Il commençait déjà à fantasmer, il imaginait le soulagement de s'éloigner de la frontière de l'Idaho quelle que soit la direction choisie, en sachant qu'il n'aurait plus jamais à passer des heures éprouvantes en compagnie du CR-1, à répondre aux questions insistantes de Nat en disant que tout allait bien et qu'elle n'avait pas à s'inquiéter. Il se rendait compte qu'il lui mentait tous les jours. C'était pour son bien, mais il ne se sentait pas moins coupable. Il pouvait voir les mensonges s'empiler devant lui comme un mur de pierres posées les unes après les autres, ce qui le rendait nerveux.

Attends, se disait-il, *tiens bon, sois patient*. Pendant ce temps, le travail devait être fait et, s'il tenait bon, viendrait ensuite cette liberté miraculeuse. Et donc Paul faisait les trois-huit, il rentrait à la maison soit quand les filles prenaient leur petit déjeuner, soit juste avant le dîner ou encore au milieu de la nuit quand tout le monde dormait. Il se blottissait contre Nat, dans leur chambre pleine de courants d'air, et l'entendait murmurer un salut, tandis qu'elle l'entourait d'un bras chaud. Il pensait alors que c'était presque merveilleux, après avoir été au milieu de nulle part, dans le noir, de se retrouver là, dans cette petite maison au toit pointu où reposait tout ce qui lui importait dans la vie.

Nat

Printemps 1960

Quand le printemps arriva enfin, le monde fut pris d'une certaine fièvre. Les oiseaux chantèrent bien avant le lever du jour, secouant le grand arbre planté devant la maison. Nat laissa les filles sauter dans les flaques d'eau sur le trottoir jusqu'à ce que leurs pieds soient trempés jusqu'aux chevilles. Elle ouvrit les fenêtres avant même qu'il ne fasse assez chaud et prépara une tarte aux pêches au sirop comme si nous étions déjà en plein été.

Le 4 juin, ce fut l'anniversaire de Paul. Il déclara qu'il était inutile d'en faire toute une histoire. C'était dommage : Nat adorait les fêtes d'anniversaire. Elle passa la nuit d'avant à imaginer quel cadeau elles pourraient lui offrir. Comme Paul ne demandait jamais rien, elle décida tout simplement de lui faire une surprise. Elle gonflerait des ballons avec les filles et irait le chercher au travail, lui épargnant le retour en bus.

Elles n'y étaient jamais allées sans l'avoir prévenu ; elle espérait qu'il serait content et non pas contrarié de cette initiative. De toute façon, il était trop tard. Elle ralentit devant la grille, à l'extérieur du CR-1, et fut accueillie par le gardien de jour, qui la dirigea vers l'aire de stationnement en lui donnant pour instruction de rester près de la voiture. Elle avait sur les genoux une feuille de papier avec les indications pour faire la route, dictées par Brownie Franks (à qui elle avait téléphoné le matin même), et qu'elle avait finalement obtenues après avoir écouté Brownie lui raconter le dernier livre qu'elle avait lu et la prier d'accepter une invitation pour une réunion Tupperware.

Sur la banquette arrière, chacune des filles tenait un ballon : un rouge pour Liddie et un jaune pour Sam. La voix de Sam lui parvint assourdie à travers le sien qu'elle écrasait contre sa bouche : « Il arrive ? Tu le vois ?

— Pas encore », répondit Nat, qui s'agitait pour tenter d'apercevoir Paul. Elle était presque aussi excitée que ses filles. Sam et Liddie pressaient leur visage contre le caoutchouc tendu de leur ballon, laissant échapper des rires étouffés. Quand Nat jeta un coup d'œil à l'arrière de la voiture, elle vit le nez de Liddie écrasé, son visage teinté de rouge comme si elle venait de souffler une énorme bulle de chewing-gum sur le point d'exploser.

« Quel âge il va avoir, papa ? demanda Sam.

— Vingt-six ans », dit Nat. Elle regarda sa montre : il était quatre heures moins dix. L'équipe de jour allait bientôt avoir fini. Quand la porte du bâtiment s'ouvrit, elle sauta presque de joie, mais ce n'était pas Paul : c'était le sergent-chef Richards.

Évidemment, il les repéra immédiatement : la seule autre voiture en dehors de la sienne sur l'aire de stationnement et, en plus de ça, emplie de ballons. Il accourut vers elles, les mains dans les poches, avec un grand sourire. Nat sortit de la Fireflite en lui faisant un petit signe de la main et verrouilla les portières. Elle n'avait pas vraiment envie de lui parler et, jusqu'à maintenant, avait évité de devoir le faire (ils se croisaient de temps à autre dans le voisinage, et ils n'avaient échangé que quelques mots lors d'une soirée, l'hiver dernier : Paul l'accompagnait et l'avait tenue éloignée de Richards). Mais, malgré tout, c'était le chef de Paul et, en l'occurrence, elle n'avait pas vraiment le choix, il lui fallait se montrer polie. Elle priait pour qu'il ne fasse pas allusion à leur étrange rencontre, l'année dernière, lorsqu'elle avait été témoin de cette horrible dispute dans la rue. Rien que d'y penser la mettait mal à l'aise : le visage de Richards déformé par la colère, criant : *Merde ! Qu'est-ce qui te prend ?*, et Jeannie ricanant : *Je vois que vous avez trouvé votre nouvelle robe préférée, Nat.*

Richards arriva à sa hauteur et lui sourit. La voiture tanguait tandis que les filles se balançaient sur la banquette arrière. Nat fit comme si de rien n'était.

« Bonjour, sergent, dit-elle.

— Qu'est-ce que c'est ? J'ai gagné une nouvelle voiture ? demanda-t-il.

— C'est l'anniversaire de Paul, répondit Nat. Nous pensions lui faire une surprise. » Elle adorait les jours où elle avait la Fireflite, même si, habituellement, elle ne s'en servait que pour aller faire les courses.

« L'anniversaire de Collier ! s'exclama Richards. Je ne crois pas qu'il nous en ait parlé. C'est quoi là, dans la voiture, un tigre en cage ?

— C'est nous, fit doucement Sam.

— Eh bien, salut ! » Richards se pencha et leur fit un petit signe à travers la vitre. Sam regarda sa mère d'un air suppliant, mais Nat n'avait pas l'intention d'ouvrir la portière. Cependant, le ton enjoué de Richards à l'égard des filles la rendit plus à son aise.

« Il a trente-six ans, cria Sam, le visage écrasé contre la vitre. J'ai un ballon pour lui !

— Moi aussi, dit Liddie.

— Non, il n'a pas trente-six ans », rétorqua Nat sur un ton qui lui parut soudain trop véhément, comme si trente-six ans était incroyablement vieux, alors que Richards ne devait pas en être loin. Elle ajouta : « Je veux dire, pas encore. », ce qui n'était guère mieux.

Richards s'appuya contre la voiture. Il tira un paquet de cigarettes de sa poche et en sortit deux. « Le vent se lève, fit-il remarquer en allumant la cigarette qu'il offrit à Nat puis la sienne.

— Oui, j'ai remarqué. » Et elle le remercia pour la cigarette bien que l'odeur suffise à l'écœurer. Le matin même, elle avait reçu un appel du médecin. « Vous avez un polichinelle dans le tiroir », lui avait dit la réceptionniste. Nat attendait un bébé pour début décembre.

Elle avait du mal à y croire : c'était un cadeau magnifique et inattendu. Non pas que Paul et elle aient fait en sorte de ne plus avoir de bébé, mais on ne pouvait pas dire que leurs rapports intimes aient été fréquents dernièrement. Paul était sous pression. Il rentrait souvent du travail sans rien dire, avalant de grandes gorgées de bière, debout devant la fenêtre, comme un cheval avec un mors dans la bouche. Quand Nat lui demandait ce qui n'allait pas, il répondait vaguement : les gens au travail, un mal de dos après avoir trop soulevé les barres de contrôle, l'incompétence du sergent-chef.

Et d'autres jours, il était plus léger, souriant, accrochant son regard de l'autre côté de la table pendant le dîner quand les filles disaient quelque chose de drôle. Et il lui faisait des surprises : comme le jour où il avait rapporté un téléviseur, ou quand il lui avait proposé de garder la voiture une fois par semaine. Le bébé devait avoir été conçu un de ces jours-là, et Nat en aimait l'idée. Elle espérait que cette nouvelle le rendrait heureux ; qu'il se focaliserait sur la joie d'être à nouveau père, plutôt que sur les inconvénients d'avoir une nouvelle bouche à nourrir. (Une pensée qui lui faisait un peu peur, à elle aussi – un enfant qui pleure dans un berceau, qui réclame son attention en permanence –, mais que faire d'autre que de s'en réjouir, et d'accueillir cette nouvelle âme dans la famille ?)

Elle décida qu'elle l'annoncerait à Paul quand les filles seraient couchées, quand ils auraient un moment à eux et pourraient se détendre et boire un verre pour célébrer cette nouvelle. Allongés dans leur lit, ils pourraient faire des pronostics pour savoir si ce serait une autre fille ou bien leur premier garçon, aux yeux noirs comme le reste de la famille, ou bleus comme la mère de Nat, génétiquement sous-représentée.

Mais, en cet instant, il s'agissait de fêter l'anniversaire de Paul. C'était le moment de chasser sa mélancolie et de semer les graines pour préparer l'annonce de l'heureuse nouvelle plus tard dans la soirée.

Être obligée de côtoyer le sergent-chef Richards avant de retrouver Paul était un petit accroc à ses projets. Richards était toujours là, appuyé contre la voiture, à fumer, l'air heureux, lui bloquant la vue sur ses filles dans la voiture, ce dont il ne semblait pas se préoccuper. Nat pensa qu'elle se serait sentie mal à l'aise de presser ses fesses devant le visage d'une enfant qui n'était pas la sienne et qui s'efforçait de voir à travers la vitre.

« Et vous ? » demanda-t-il. Nat attendit la suite poliment. Il donna l'impression d'avoir oublié sa question et de soudain s'en souvenir : « C'est quand votre anniversaire ? »

Elle hésita. « En été.

— Un bébé de l'été. »

Elle se força à sourire. « Oui. »

Les filles s'agitaient et la voiture pencha ; elle aperçut brièvement leurs vêtements et les couleurs vives de leurs ballons. Elles escaladaient maintenant le dossier de l'un des sièges avant. Elle tourna la tête en direction du bâtiment qui abritait le réacteur.

« Est-ce que les hommes vont sortir bientôt ?

— Euh… » Richards se tourna vers elle, et elle devina : il était éméché. Elle le sentit à son haleine et le vit à son mouvement de tête trop brusque. Elle le comprit en entendant sa réponse décalée, sous forme de plaisanterie idiote. Elle recula, surveillant les filles.

Il se pencha vers elle en souriant. Et, ce qui l'horrifia, il commença à réciter : « Te comparerai-je à un jour d'été ? Tu es bien plus aimable et plus tempérée[1]. »

Elle se figea.

« Les vents violents font tomber les tendres bourgeons de mai, murmura-t-il, d'un air distrait, comme pour lui-même.

— C'est charmant, dit-elle finalement. C'est... euh... C'est Shakespeare, non ?

— Oui. Shakespeare. Vous êtes maligne. » Il souffla un rond de fumée ou, tout au moins, essaya, en faisant *pop, pop, pop* avec les lèvres, son cou plissé sous l'effort, comme la peau d'un phoque. Cette image ajoutée à son élan poétique lui donna l'impression qu'il succombait, tranquillement, et presque avec dignité, à une attaque.

« Je ne rencontre pas beaucoup de femmes qui connaissent la poésie et encore moins Shakespeare, dit-il d'une voix accablée.

— Oh, c'est un coup de chance ! » Elle tint sa cigarette devant elle et détourna les yeux, ne sachant pas quoi dire. « Vous lisez beaucoup de poésie ? demanda-t-elle. En dehors de Shakespeare ?

— Non. Pas vraiment, non. »

Elle hocha la tête, regardant en direction du bâtiment et de ses portes closes.

Puis, à sa grande surprise, il tendit la main vers elle, prit une mèche de ses cheveux entre deux doigts et la replaça derrière son oreille. C'était un geste gentil,

---

1. Shakespeare, *Sonnet 18. (N.d.T.)*

sans réelle intention lubrique, et elle ne sut comment y échapper sans l'offenser. Sa main en coupe s'attardait sur sa nuque. Il lui souriait comme si la regarder le ramenait à de vieux souvenirs d'un été lointain qu'ils auraient partagé, une maison sur la plage, un amour passionné. Mais où était donc Paul ?

Du coin de l'œil, elle aperçut un mouvement et elle tourna vivement la tête. Mais ce n'était pas lui. C'était une silhouette mince, presque un bâton, un homme qui fonçait en direction de l'abri qui marquait l'arrêt de bus. Il repéra Nat et le sergent Richards et, après un moment d'hésitation, se dirigea vers eux.

« Bonjour, chef », lança le jeune homme d'un air pincé. Nat reconnut celui qu'on appelait « le gosse », l'opérateur Webb. Il la regarda, embarrassé, et dit : « Bonjour, madame Collier. » Il remarqua les ballons et les bonds que faisaient les filles à l'avant de la voiture et leur fit un signe accompagné d'un sourire interrogateur.

« Oh ! C'est l'anniversaire de Paul, dit Nat en replaçant ses cheveux derrière ses oreilles, répétant le geste esquissé par Richards. Nous sommes venues le chercher pour lui faire la surprise. »

Un large sourire éclaira le visage de Webb. « Il ne s'en doute absolument pas. » Il resta immobile, debout entre Nat et le sergent Richards, ne sachant trop ce qu'il devait faire. Nat remarqua qu'un léger tic tiraillait le coin de sa bouche.

« Bon, fit Richards. Je crois faut que j'y aille. Webb, Nat.

— Bonne journée, chef », dit Webb. Nat fit un signe de tête, sans rien dire. Cependant, Richards resta là où il était, sans bouger, pendant encore quelques secondes. Webb le regardait d'un air confus mais résolu, et Nat comprit qu'il avait deviné dans quel état était Richards et qu'il veillait sur elle. Elle lui en fut reconnaissante.

« Bon, je suppose qu'il faut que j'y aille, répéta Richards.

— Très bien alors, chef.

— Et n'oubliez pas que ce soir nous sommes tous de sortie. Dites-le à Collier, lança Richards en s'adressant à Nat.

— D'accord, dit Webb. Nous nous retrouvons au Calico.

— Oh, fit Nat, le cœur serré. Ce soir ? »

Webb hocha la tête. « Slocum est promu chef d'équipe, du coup, on sort pour fêter ça. C'est Franks qui nous emmène en voiture, votre mari et moi. Ce n'était pas prévu, c'est une décision de dernière minute, ajouta-t-il, comme s'il voulait s'assurer que Nat, plus tard, ne passerait pas un savon à Paul.

— C'est quoi le Calico ? » demanda-t-elle, sur un ton qu'elle espérait désinvolte.

Webb et Richards échangèrent un regard. « Un bar, dit Richards. On va boire quelques bières ensemble et en faire voir de toutes les couleurs à Slocum.

— Oh, très bien. » Elle supposa qu'elle n'en saurait pas plus. Elle se laissa aller à s'apitoyer sur son sort – un apitoiement presque agréable – avant de se ressaisir. Elle parlerait à Paul plus tard. Les filles lui donneraient leurs ballons maintenant et elle lui annoncerait la nouvelle quand il rentrerait à la maison.

Richards lui fit un clin d'œil : « Votre Paul sera peut-être un jour promu chef d'équipe, lui aussi. »

Nat le regarda fixement, soudain agacée, mais sans savoir ce qui la rendait le plus en colère : son ton arrogant et sirupeux ; le « votre Paul », comme s'il parlait de son petit garçon, le « peut-être » insultant. Évidemment que Paul serait promu chef d'équipe ; ils l'étaient tous, chacun son tour. Il fallait être vraiment incompétent pour que ce ne soit jamais le cas.

Elle se détourna ostensiblement et regarda la manche à vent dans le lointain.

À la suite de quoi, le sergent décampa d'un pas chancelant vers sa voiture couleur crème. Il s'arrêta un moment devant, sans bouger, puis monta à l'intérieur, resta assis immobile et finit par démarrer. Nat coula un regard dans sa direction. Quand il arriva à la route principale, la voiture fonça dans un rugissement du moteur et fit crisser les pneus sur le gravier, pour rejoindre la nationale.

Un bruit sourd s'échappa de la voiture de Nat. Elle se retourna et vit Sam derrière le pare-brise qui s'adressait à Webb en criant : « Excuse-moi ! Est-ce que notre papa est sorti ? »

Elle ouvrit la portière. Les filles escaladèrent le siège passager et atterrirent sur le sol ; leurs ballons dansaient dans tous les sens. Le vent tirait sur les ficelles et soulevait leurs jupes, ébouriffant leurs cheveux. Elles sourirent timidement à Webb, heureuses d'avoir un autre participant à cet anniversaire-surprise.

« Tenez bien vos ballons, dit Nat. Ne les laissez pas s'envoler. Vous seriez tellement déçues si vous les perdiez.

— Le voilà ! » cria Sam. Les filles se mirent à courir. Nat leva les yeux et vit Paul sortir à grandes enjambées du bâtiment, d'une démarche militaire, tête baissée. Quand il vit les filles, il s'arrêta, sous le coup de la surprise, ouvrit grands les bras et se mit à rire.

« Bon, je vais y aller, dit Webb, qui s'éclipsa. Bon après-midi, madame Collier.

— Ravie d'avoir parlé avec vous », répondit-elle. Elle lissa sa jupe et tapota ses joues en feu. Richards s'était comporté comme un goujat et elle ne passerait pas la soirée avec Paul. Mais tout allait bien.

Paul s'accroupit à hauteur des filles qui n'arrêtaient pas de parler, ne tenant pas en place. Elle fut soulagée de voir qu'il ne lui en voulait pas d'avoir dérogé au règlement du retour obligatoire en bus, en ce jour de fête. Pour ce faire, elle avait dû endurer Richards et espérait maintenant être récompensée ; elle le fut. Paul venait vers elle en souriant, une fille sous chaque bras ; le plaisir de les voir se lisait sur son visage, même si le ballon de Liddie s'envola et qu'ils lâchèrent tous un *oh !*, en le voyant balayé par le vent comme un cerf-volant et devenir de plus en plus petit dans le ciel.

Paul

Les gars du CR-1 étaient de sortie en ville et peu leur importait que cette ville ne soit pas plus grande qu'un timbre-poste.

L'équipe de jour avait filé en direction du Calico Saloon en laissant derrière elle leurs trois malheureux compères de l'équipe de nuit qui ne pouvaient pas prendre part aux réjouissances (ils n'avaient pas le choix ; il y avait toujours une équipe de sacrifiée pour la bonne cause). Nat l'avait déposé en ville, puis était repartie avec les filles et Paul aurait aimé rentrer à la maison avec elles ; ce fut une telle surprise de les trouver là, des éclats de couleur et de vie, sur cette aire de stationnement lugubre. Ses filles étaient si enjouées et Nat lui avait semblé plus jolie que jamais, même si des dizaines d'émotions avaient animé son visage. La timidité dont elle avait fait preuve, hésitante, derrière les filles, en replaçant des mèches de cheveux derrière ses oreilles, et la manière dont elle l'avait embrassé. Et peut-être n'était-ce que le fruit de son imagination, mais son étreinte lui avait semblé empreinte d'une autre signification et ses seins avaient quelque chose à voir avec ça ; il les avait sentis, pressés contre sa poitrine à lui, plus proéminents que d'habitude. Que se passait-il ? S'agissait-il d'une nouvelle forme d'étreinte, de celles habituellement réservées à la sphère intime, et destinées à l'exciter avant qu'il ne soit confronté à encore plus de promiscuité avec, mon Dieu !, ses coéquipiers idiots, qui sentaient la sueur, avec leurs grands pieds, tout en coudes et pomme d'Adam, vêtus de chemises boutonnées jusqu'en haut, tandis qu'ils s'entassaient dans la voiture de Franks pour retrouver les autres gars dans le quartier des prostituées à la périphérie de la ville ?

Il y avait toujours eu un petit quartier rouge à la sortie d'Idaho Falls, comme dans toutes les villes fondées sur des principes religieux austères ; mais, avec l'afflux de militaires, le quartier avait prospéré. L'endroit préféré des gars du CR-1 était le Calico, qui semblait être là depuis la nuit des temps. Un bar humide, gris, au carrelage vert et rouge, aux murs recouverts de lambris en pin noueux, noircis par la fumée comme une galerie de mine souterraine, avec des relents de l'époque de la ruée vers l'or, ses parties de rigolade, et peut-être même un homme ou deux abattus avec des pépites d'or dans les mains. Désormais, c'était un endroit tranquille, une affaire qui rapportait, un bar fréquenté par de sérieux buveurs, plongé dans l'obscurité, empli du son des verres qui trinquent, et de la voix de Tennessee Ernie Ford qui sortait du juke-box tandis que Paul et ses coéquipiers entraient.

Ils retrouvèrent Richards, Kinney et Slocum qui étaient déjà là, à partager un pichet de bière. Slocum et Kinney étaient de repos ce jour-là ; douchés, et bien coiffés, comme des petits garçons sages, ils avaient l'air revigorés. Richards avait travaillé avec l'équipe de jour – Paul avait repéré sa voiture sur l'aire de stationnement, mais ils ne s'étaient pas croisés de la journée.

Paul s'assit entre Franks et Webb à une longue table ; ils formaient un sacré trio, inséparables comme une bande de filles. De tristes têtes d'animaux naturalisés étaient accrochées aux murs. Des œufs au vinaigre flottaient dans des bocaux de verre sur le comptoir ; le dessus de table en bois était doux et gras sous ses mains. D'un geste brusque, la Grande Gitte, la femme revêche, l'air à moitié morte, du barman, posa une coupelle de cacahuètes et une petite serviette en papier devant lui.

« C'est quoi ce putain de vent ? » demanda Richards, souriant, en s'adressant à la cantonade. Sa vulgarité les dédouanait déjà tous par avance. C'était une soirée entre hommes, aucune femme en vue (la Grande Gitte ne comptait pas), ils pouvaient donc parler comme des hommes, se comporter comme des hommes et être aussi grivois et grossiers qu'il leur plairait.

Franks dit d'un ton assuré : « Il descend des montagnes.

— Qui ? » demanda Webb. Il faisait pratiquement des bonds sur sa chaise. Puis, se rendant compte que la réponse lui importait peu, il laissa tomber. « C'est pas incroyable ici ? » Il était si heureux de fuir à la fois le réacteur et son appartement de célibataire qu'il souriait jusqu'aux oreilles et se balançait, un pied tressautant sur le dernier barreau de sa chaise.

« Je viens ici plusieurs soirs par semaine. Je ne peux pas croire que c'est la première fois que tu viens. » Il montra Paul du doigt et cria à l'intention des hommes à l'autre bout de la table : « C'est la première fois que Collier vient ici !

— C'est parce que je suis un homme marié, dit Paul. Les hommes mariés ne vont pas dans des endroits pareils.

— Mais t'es quand même là, fit remarquer Richards avec un petit sourire narquois.

— Vous n'avez pas tort », rétorqua Paul. Évitant de croiser le regard de Richards, il sourit, en réponse à l'enthousiasme de Webb. Il aimait bien Webb, si idiot et écervelé qu'il puisse être parfois. Il était jeune, c'est tout, « jeune comme une merde fraîche », ainsi que Franks aimait à le dire. À part ses quatre semaines en camp d'entraînement et la formation qu'il avait suivie, c'était sa toute première affectation et donc la toute première fois qu'il partait aussi longtemps loin de chez lui, la première fois qu'il n'était pas mis constamment à l'épreuve, que personne ne lui braillait dessus et qu'on ne l'obligeait pas à crapahuter dans la boue. Il n'était pas étonnant qu'il ait l'air bêtement heureux.

Gitte revint à leur table et le visage de Webb rayonna de joie comme si elle était sa grand-mère. Elle le dévisagea sans paraître le reconnaître, mais lui apporta une *Miller High Life*. Il sourit de nouveau jusqu'aux oreilles et dit : « Tu vois ? Elle sait exactement ce que je veux.

— Le champagne des bières ! dit Kinney.

— Un toast ! dit Richards en levant son verre. À Slocum, fils de pute, promu chef d'équipe. Il était temps.

— Bravo ! » s'exclama Webb.

Slocum, officiellement fils de pute, désormais, sourit et avala une longue gorgée de bière. C'était l'un des plus vieux, dans la trentaine, baraqué, aux paupières tombantes et à la peau vérolée. Il avait toujours paru quelconque aux yeux de Paul, ni sympathique ni antipathique, rien d'autre qu'une masse corpulente qui rôdait en marge du groupe.

« Et à Collier », dit Webb. Quand tous se tournèrent vers lui, il ajouta : « C'est son anniversaire.

— Ah, d'accord ! s'exclama Franks. À Collier… » Il fit une pause, cherchant quoi dire et à quoi porter un toast, le visage rougi et contracté sous l'effort, comme les participants de son jeu télévisé préféré.

« J'ai une idée, dit Webb. À toi, à moi…

— Oh, mon Dieu ! dit Franks.

— … et aux filles qui nous sucent.

— Merci ! fit Paul.

— T'es un vrai poète, on dirait du Keats », observa Franks. Il se tourna vers Paul. « Bon anniversaire », lui lança-t-il en lui tapotant l'épaule, soudain sincère.

Slocum se lança dans une histoire interminable et incroyablement machiste et Paul se mit à examiner de près les têtes d'ongulés qui surplombaient la salle : un élan, un orignal, un cerf à queue blanche.

« Je peux t'arranger un coup avec l'un d'entre eux, si tu veux, Collier, lança Richards. T'as l'air plutôt intéressé. »

Paul gloussa malgré lui.

« Ce truc qui ressemble à un caribou en pince pour toi », ajouta Kinney. Il sirota sa bière et regarda Richards en quête d'approbation.

« Collier, s'écria Richards d'un ton qui se fit soudain brusque. On est tous fatigués de cet air de supériorité que tu affiches en permanence.

— Je ne suis supérieur à personne, dit Paul, surpris.

— Ça, c'est vrai, je peux vous l'assurer », dit Franks. Tout le monde se mit à rire, y compris Paul, content de cette diversion, et que la conversation n'aille pas dans le sens, quel qu'il soit, induit par Richards.

« Je vous invite tous à mon mariage, dit Webb.

— Tu vas te marier ? demanda Kinney, dubitatif.

— J'espère. Elle s'appelle Vanna, et je l'ai rencontrée ici en ville, elle est incroyable.

— Qu'est-ce qu'elle a de si extraordinaire ? voulut savoir Richards.

— Tout.

— Elle est majeure ?

— Évidemment, répondit Webb. Elle a eu son bac l'année dernière. Et elle n'est même pas mormone.

— Eh bien, fit Richards, prêt à porter un autre toast, cette fois-ci en l'honneur de Webb, félicitations ! » Et il se leva à moitié.

« Et c'est parti, dit Franks.

— À nos femmes, à nos chevaux ! s'exclama Richards. Et à ceux qui les montent ! »

Franks siffla et Kinney commença à applaudir silencieusement, d'un geste nonchalant, comme s'il regardait une partie de golf. *Quel lèche-cul*, pensa Paul.

Ils continuèrent à parler et à boire jusqu'à la tombée de la nuit. Paul se réjouissait des effets de l'alcool qui l'aidaient à rendre le moment plus supportable.

Il entendit Richards demander : « Il est passé où, Sloke ? »

Paul jeta un coup d'œil autour de lui. Il n'avait pas vu Slocum partir, mais remarqua son verre de bière vide sur le comptoir.

« Je me l'demande, dit Webb.

— Au p'tit coin, suggéra Franks.

— Ah, le voilà ! Notre héros du jour ! » s'esclaffa Richards.

Slocum réapparut et traversa le bar enfumé avec une grande femme brune accrochée à son bras. Les hommes se turent et se tournèrent vers elle. De loin, elle semblait d'une beauté à couper le souffle : mais, tandis qu'elle approchait, Paul vit que ce n'était pas tout à fait le cas. Cependant, c'était une femme : la seule dans une pièce remplie d'hommes, et Slocum se pavanait comme s'il brandissait, d'une seule main, un chapelet de perdrix à ajouter à son tableau de chasse, tandis que les autres étaient restés assis sur leur cul à boire de la bière.

« Eh bien, bonsoir, vous », fit Richards dont les manières devinrent tout de suite plus policées. La femme ne répondit pas. Elle se jucha sur les genoux de Slocum en fumant. Paul fut sensible à la courbe élégante de ses bras, à ses longs doigts fins et à sa peau – couleur d'un beurre noisette – qui paraissait si douce. Le maquillage, épais, qui commençait à couler brouillait les traits saillants de son visage ; ses yeux, petits et rapprochés, lançaient des regards froids autour d'elle. Elle portait un pantalon bleu moulant, des bottes de cow-boy et une chemise western rouge avec des franges aux manches. Les boutons du haut étaient ouverts de telle manière que Paul comprit soudain qu'il avait intérêt à regarder ailleurs. Il ne faisait aucun doute que, malgré un visage anguleux, sa silhouette valait le coup d'œil.

« Bon, dit Franks, reportant son attention sur sa bière, il a l'air d'un chat qui vient d'avaler un canari, non ?

— C'est pas lui qui nous intéresse, dit Richards. Tu t'appelles comment, chérie ?

— Ree, répondit Slocum, rayonnant. Je l'ai rencontrée sur l'aire de stationnement.

— Et d'où tu viens, Ree ? »

Elle hésita comme pour voir si Slocum allait de nouveau répondre à sa place. « Blackfoot », dit-elle d'une voix sèche. D'un geste par-dessus son épaule, elle glissa sa cigarette entre les lèvres de Slocum. Il tira dessus, heureux comme un bébé gourmand en train de téter ; Paul en eut l'estomac retourné.

Richards commanda une tournée générale. « C'est quoi ta spécialité, Ree ? demanda-t-il, apparemment incapable de penser à autre chose.

— Ça, dit-elle sans le regarder.

— Tu as des copines ? »

La main de Slocum s'attardait sur les franges de sa chemise, mais elle l'écarta d'un geste brusque. « Rose et moi, on prend chacune dix dollars. Non négociables.

— Dix dollars ! » s'écria Webb.

Richards demanda : « Où est Rose ?

— Je vais l'appeler. » Assise sur les genoux de Slocum, ses pieds touchaient le sol et elle se leva d'un bond ; elle était presque aussi grande que chacun des hommes présents dans la pièce. Sloke lui fila le train. « On va chez moi, leur lança-t-il. On se retrouve là-bas. »

Richards vida son verre. « On y va. La soirée n'est pas finie. » Il se leva et fourra ses clés dans les mains de Paul. « Tu conduis.

— Moi ? Webb et moi, on est venus avec Franks. » Une vague nausée s'empara de lui et il voulait rentrer chez lui.

« Je n'ai pas envie de conduire et je dois économiser mes forces, expliqua Richards.

— Pour quoi faire ?

— C'est une Peau-Rouge, lâcha Franks. Vous le savez, non ? » Il leva les mains en un geste d'abandon. « Très peu pour moi. Je ne joue pas avec les Peaux-Rouges. » On aurait dit qu'il avait une histoire personnelle, longue et mouvementée, avec elles.

Paul, lui aussi, se leva de sa chaise. Il avait la tête qui tournait et les jambes singulièrement légères. « Dépose-moi chez moi, tu veux bien, Franks ?

— Pas question, fit Richards. Tu as mes clés, tu conduis. Messieurs, allons-y. »

Paul poussa un juron en tournant les talons. Il se retrouva sur l'aire de stationnement, fouetté par le vent et l'odeur d'herbe mouillée et de boue amenée par une pluie récente. Il n'avait aucune envie d'être la baby-sitter de Richards. Ree le mettait mal à l'aise : elle ressemblait, en plus grande, à Nat, une Nat indigène, et, malgré lui, sa poitrine le stupéfiait. Ce qui ne présageait rien de bon. Mais il avait les clés de la voiture, et la Coupe de Ville à sa disposition. Richards sortit du Calico en titubant, son bras appuyé sur les épaules de Webb ; Slocum et Ree partirent ensemble, avec Kinney installé sur la banquette arrière. Paul se frotta les yeux. Il ne pouvait évidemment pas rester là tout seul avec la Grande Gitte.

Le siège en cuir était accueillant, doux comme une peau de bébé. La voiture démarra tout en souplesse et Paul ne put s'empêcher d'en apprécier le confort. Il n'avait jamais conduit une telle voiture. À côté de lui, sur le siège passager, Richards ronflait gentiment.

Apparemment, les dix dollars étaient négociables. Quand ils arrivèrent à l'appartement de Slocum, il avait déjà fait entendre raison à Ree et ils s'étaient mis d'accord pour deux dollars. Il partit avec elle dans la chambre pendant que Webb, Kinney, Paul et Richards revigoré se passaient un décapsuleur et se sifflaient un pack de bières. Paul essaya de cacher son agacement ; le canapé, plein de taches de gras, d'où s'échappait de la poussière, l'évier rempli d'eau – dans lequel des bols retournés flottaient telles de tristes petites îles – lui remontèrent bizarrement le moral, tant la vie de célibataire, en comparaison de la sienne, lui parut pathétique.

« Je me demande quand est-ce que Rose va arriver, dit Richards. Vous croyez qu'elle peut être encore plus belle que Ree ? Impossible qu'elle soit plus grande. Ree est vraiment grande. »

Les hommes méditèrent là-dessus quelques instants, mais ils n'avaient rien d'autre à ajouter sur le sujet. Kinney, désinvolte, déclara : « Je me demande comment ça se passe pour l'équipe de nuit.

— On parle pas boulot, intervint Richards.

— C'est sûrement merdique », fit Webb, sans réfléchir, avec une honnêteté et une spontanéité que Paul ne put s'empêcher d'admirer.

Richards se raidit. « C'est-à-dire ?

— Il ne se passe pas une heure sans qu'une fausse alerte incendie se déclenche, et cette putain de caserne au complet arrive en traînant des pieds pour tout inspecter. » Webb regarda Paul, qui n'avait pas envie de se mêler à la conversation, mais qui ne voulait pas non plus lâcher son copain.

« Le capitaine des pompiers est sur le point de nous tuer, admit-il.

— C'est quoi le problème avec vous, les gars ? » Richards s'adressa à Webb et à Paul. « Pourquoi est-ce que vous êtes les seuls à vous plaindre ? » Ils se tournèrent vers Kinney.

« C'est la même chose pour toutes les équipes », dit Paul. Mais Kinney resta silencieux.

« On doit soulever et abaisser ces putain de barres de contrôle toutes les nuits. » Webb s'échauffait, imperturbable. « Je n'arrive pas à croire que Combustion Engineering n'ait pas encore fermé ce truc. » Il avala bruyamment une grande lampée de bière et s'essuya la bouche du revers de la main. « Tout ça pour quoi ? C'était qu'un prototype. Et maintenant, ils savent comment construire un réacteur en se servant du nôtre comme modèle. On ne produit même pas d'électricité, à part pour éclairer le bâtiment administratif.

— Tu nous déprimes », fit Kinney. Webb ponctua ses propos d'un « Putain ! » désespéré.

Richards ouvrit la bouche pour parler mais, heureusement pour eux, un crissement de pneus se fit entendre dans la cour, suivi de bruits de portière. « C'est sûrement Rose ! » s'exclama Kinney. Après quelques instants de suspense, on frappa à la porte.

Comme prévu, Rose était plus petite que Ree ; son visage était plus large, et plus rond, et ses cheveux bruns, bouclés, lui arrivaient aux épaules.

« Je vois que je suis au bon endroit », dit-elle. Sa voix était douce, avec une légère trace d'accent nasillard. Richards oublia immédiatement le réacteur et, sans plus attendre, Rose se retrouva sur le canapé, blottie dans ses bras ; elle lui caressait la jambe comme en un geste de consolation.

« Je sors », dit Paul. Il se leva brusquement et se précipita sur la petite terrasse de l'appartement, heureux de prendre une bouffée d'air frais. Mais les senteurs printanières, une odeur de terre en chaleur lui montèrent rapidement à la tête. Il s'autorisa à penser à Nat et, très vite, il ne put contrôler son imagination : Nat, sur lui, la robe relevée jusqu'à la taille ; Nat, la tête rejetée en arrière, en équilibre le long d'un mur, son fantasme préféré bien qu'il ne l'ait encore jamais assouvi.

Soudain, la porte en verre coulissante s'ouvrit et Ree réapparut à ses côtés, vêtue uniquement de son pantalon bleu, et d'un soutien-gorge brillant. Paul tourna la tête vers elle à deux reprises tant il fut surpris. Elle s'adossa à la rambarde ; elle fumait en tirant de longues bouffées, ses côtes montaient et descendaient sous sa peau pareille à une peau de chamois ; elle prenait appui sur ses poignets, les mains pendantes. Ses ongles étaient lisses, couleur d'opale. Rien ne vint à l'esprit de Paul pour engager la conversation. En soi, regarder Ree était un vrai plaisir coupable.

Tout à coup, ils entendirent du raffut au rez-de-chaussée. Une porte claqua. Quelqu'un rit, puis poussa un petit cri ; on se bagarrait. Paul tendit le cou pour voir. Dans la lumière filtrée par les vitres poussiéreuses du petit immeuble, il vit Richards qui tirait Rose par un bras, suivi par Webb qui lui montrait la porte du doigt, comme pour lui faire signe de rentrer.

« Tu vas le payer, disait Richards, tu m'as joué un sale tour mais tu vas le payer. »

Ree les regardait, tendue, aux aguets.

« Je n'y peux rien », cria Rose. Son rire tintinnabula mais parut forcé. « Je n'y peux rien, je ne peux pas empêcher les montées de lait.

— Allez, c'est bon, fit Webb. Rentrons et tout va bien se passer.

— J'aurais dû me méfier », marmonna Richards. Il tituba jusqu'à sa voiture, ouvrit grand le coffre et fourragea à l'intérieur. Il en sortit un rouleau de corde tendeur. « On va s'amuser », dit-il. Il tapota le toit de la voiture et fit un geste en direction de Rose. « Monte là-haut.

— C'est quoi l'idée ?

— Dépêche-toi ! »

Paul entendit le rire hoquetant de Rose tandis qu'elle grimpait sur le toit du véhicule, Richards la poussant par-derrière. Elle portait ce qui ressemblait à un maillot de bain et était pieds nus. Richards l'aida à s'installer sur le dos et elle resta allongée là, toute raide ; de temps à autre, ses pépiements aigus parvenaient jusqu'à la terrasse, pendant qu'il faisait passer la corde avec laquelle il l'avait attachée par les portières de la voiture. Kinney et Slocum étaient sortis et assistaient à la scène, immobiles.

« Vous croyiez que Noël était passé ? demanda Richards. Il est là, notre sapin de Noël ! Tu veux monter là-haut, toi aussi, Webb ? »

Webb, éclairé par la lampe de l'entrée, se balançait d'un pied sur l'autre, ne sachant que faire.

« Allez, grimpe, Webbsy ! Fais-nous un numéro. Pour te rattraper. T'as été un vrai connard tout à l'heure dans l'appartement. » Il caressa le ventre de Rose. « T'es prête à voler, mon cœur ? On va t'appeler Squawnik. »

Derrière lui, Paul entendit quelqu'un détaler et vit Ree foncer à l'intérieur, laissant tomber la cigarette qu'elle venait d'allumer.

« Vous n'allez pas démarrer la voiture et la conduire ? » demanda Rose, la gorge serrée. Aucun d'entre eux, Paul s'en rendit compte, n'avait pensé que Richards passerait vraiment à l'acte.

« Je crois que c'est allé trop loin, ça part en vrille », dit Webb.

Paul détecta un mouvement du coin de l'œil, puis il entendit un bruit de semelles légères claquant sur le bitume. Il put tout juste deviner la silhouette de Ree qui filait comme une flèche, en direction de la grand-route. Elle fuyait, terrorisée, ses longues jambes semblant s'envoler. Les hommes, en bas, ne parurent pas la voir. Paul se dit qu'il devrait aller la retrouver mais il hésita. Elle avait sûrement eu raison de partir loin d'eux. À la périphérie de son champ de vision, il aperçut une lumière floue filtrer d'un bar ou d'un bordel, un endroit où elle avait dû se réfugier, et il ne chercha pas à la rejoindre.

Il reporta son attention sur la scène en bas de l'immeuble, de plus en plus inquiet. Il lui fallut un moment pour comprendre ce qu'il se passait vraiment, il n'aurait jamais pu imaginer que Richards irait jusqu'au bout de son idée.

Il posa les mains sur la rambarde pour prendre appui et sauta par-dessus. Mais, au moment même où il atterrissait, la Coupe de Ville démarra et ses pneus crissèrent sur le gravier boueux.

« Oh, merde, fit Webb. Nom de Dieu ! »

Couvrant le bruit du moteur, ils entendirent le long cri aigu de Rose qui s'estompait en s'éloignant.

Webb se tourna vers Paul, affolé. « Qu'est-ce qu'on fait ? On appelle les flics ?

— On est là avec des putes, dit Kinney. On était juste sortis pour prendre un verre et maintenant on se ferait arrêter en compagnie de *putes, des Peaux-Rouges* ? » Il était hystérique.

Dans le noir, la voiture fit demi-tour et fonça vers eux. « Mettez-vous au milieu de la route, dit Paul en agrippant par la manche Kinney et Sloke qui étaient le plus près de lui, mais ils se libérèrent d'un geste brusque. Allez, levez les bras ! Bloquez la route ! cria-t-il. Arrêtez la voiture ! » Puis s'adressant à Webb : « Toi, ne bouge pas de là, sauf si tu y es obligé.

— Oh, merde ! fit Webb. Il va nous renverser. Il va nous écraser… »

À la dernière minute, Richards freina. La voiture fit une embardée, puis une deuxième, et le gravier gicla comme des éclats d'obus. Le silence de Rose était effrayant. Paul s'avança, Webb juste derrière lui. En s'arrêtant, la voiture tangua d'avant en arrière, et Rose glissa de sous la corde lâche, comme une pile de linge sale, et tomba de l'autre côté.

Webb fit le tour du véhicule, suivi de Paul qui tentait de se convaincre que Rose allait bien, car il savait qu'au moment de sa chute Richards avait déjà ralenti.

Rose était recroquevillée sur le bitume, en boule, comme si elle essayait de toucher ses pieds avec son front. « Êtes-vous blessée ? » demanda Webb. Il était penché sur son épaule.

Elle resta immobile pendant quelques secondes interminables puis se releva en titubant, se tenant le coude d'une main, le visage strié de larmes. « Allez vous faire foutre ! cria-t-elle en sanglotant. Vous êtes complètement cinglés. Sortez-moi de là. »

Richards les rejoignit. « Attends un peu, calme-toi, Squawnik. Je voulais pas te faire tomber. Tu n'as aucune raison d'être en colère. Tiens, dit-il en fouillant dans son portefeuille et en lui tendant une liasse de billets. Pour le numéro final. » Elle le regardait sans réagir et il lui fourra l'argent dans le creux couvert de boue de son décolleté. Un de ses seins était plus gonflé que l'autre dans son soutien-gorge à armatures. Elle se tourna et partit en boitant.

Webb jeta un coup d'œil à Paul. « Où habitez-vous ? demanda-t-il à Rose. Laissez-nous vous raccompagner en voiture.

— Je ne vous le dirai jamais », répondit-elle.

La tête penchée vers elle, Webb marchait d'un pas rapide, mais Paul n'entendait pas ce qu'il lui disait. Il pouvait voir que ses propos étaient accompagnés de gestes gentils, leurs mouvements devenant de plus en plus indistincts au fur et à mesure qu'ils s'éloignaient. Il pensa brièvement à les suivre, mais eut peur qu'elle ne se croie harcelée et décida de laisser Webb la persuader.

« Bon, fit Kinney. J'ai besoin que quelqu'un me ramène chez moi.

— Où est Ree ? » demanda Slocum. Ses yeux se posèrent sur Paul, qui haussa les épaules, avec amertume. Les autres regardèrent autour d'eux. « Elle a foutu le camp ? s'exclama Slocum. Elle a foutu le camp, comme ça ? » Comme si c'était impensable.

« Sloke, tu ferais mieux d'aller te coucher, dit Richards en lui tapant sur l'épaule. Demain, c'est ton premier jour en tant que chef d'équipe. »

La haine de Paul pour Richards devint impossible à contenir. « Vous n'êtes qu'un salopard », lui lança-t-il. Richards et Kinney se tournèrent vers lui, effarés. Paul serra les poings et sentit ses bras trembler. « On a de la chance que cette femme ne soit pas morte. J'ai envie de vous foutre mon poing sur la gueule et de vous laisser là. »

Richards le regarda de ses petits yeux que l'alcool rendait humides, la bouche entrouverte et les joues rougies par la boisson et l'excitation. « Oh, ta gueule ! » répondit-il. Il lui lança ses clés de voiture. Elles rebondirent sur l'épaule de Paul et tombèrent dans la boue. « C'est Collier qui conduit », dit-il.

Paul aurait aimé le jeter à terre et l'aplatir. Il lui fallut tout son sang-froid pour ramasser les clés et monter dans la voiture. Il fut soulagé de voir revenir Webb avec Rose quelques instants plus tard. Elle se glissa à l'intérieur de l'habitacle avec la veste de Webb sur les épaules, sans regarder personne. « On la raccompagne chez elle, dit Webb. Elle habite près de la nationale à environ huit kilomètres.

— D'accord », dit Paul en démarrant.

Ils restèrent silencieux pendant tout le trajet. Rose appuyait sa tête contre la vitre de la portière, et son souffle y dessinait un cercle de buée.

« Putain, il fait frais pour un mois de juin », dit Richards. Personne ne répondit ; il fouilla dans ses poches à la recherche d'une cigarette. Il avait l'air nerveux, mais pas le moins du monde embarrassé par ce qui venait de se produire. Et Paul fut empli de dégoût.

L'immeuble de Rose se nichait avec quelques autres bâtiments près d'un entrepôt de bois juste à la sortie de la nationale. C'était un petit immeuble construit sur trois étages, qui ressemblait davantage à un motel – ce qu'il avait peut-être d'ailleurs été – qu'à un immeuble d'habitation, avec un petit balcon en ciment à chaque étage. Les silhouettes fantômes des machines et du bois projetaient des ombres sinistres dans la cour ; un chien attaché aboyait pour signifier sa solitude. Un peu plus loin, on voyait un dépôt de chemin de fer désert à cette heure de la nuit. L'unique ampoule qui l'éclairait et les quelques fenêtres allumées étaient les seules sources de lumière à des kilomètres à la ronde, aurait-on dit. Paul se demanda qui gardait le bébé de Rose quand elle travaillait.

Rose sortit de la voiture sans un mot. Elle avait récupéré la liasse de billets dans son soutien-gorge pour la ranger ailleurs. Elle se retourna et tendit un morceau de papier à Webb puis, d'un pas raide, elle grimpa les marches qui la conduisaient chez elle.

« C'est quoi, elle t'a filé son numéro ? demanda Kinney.

— Une sorte de brochure. » Webb plissa les yeux pour lire le papier et alluma son Zippo. « Ça parle de religion. Oh, c'est un truc mormon !

— Nom de Dieu », fit Richards en gloussant. Ils levèrent tous les yeux quand la porte de l'appartement de Rose s'ouvrit puis se referma au-dessus d'eux, plongeant le petit balcon en ciment dans le noir.

Webb plia et déplia le papier qu'il avait en main à plusieurs reprises tandis que Paul repartait sur la nationale. Il releva la tête brusquement. « Oh, non, dit-il. Le nounours de Vanna. Il est resté dans ma veste. »

Richards pouffa : « Le quoi de Vanna ?

— J'ai le petit ourson de Vanna dans l'une de mes poches », expliqua Webb, lamentablement, en se rencognant sur son siège. Richards lui adressa une grimace apitoyée.

« Ta lampe torche aussi, lui rappela Kinney. C'était dans une poche de ta veste, tu t'en souviens ? Je te l'ai empruntée pour aller pisser en partant chez Sloke.

— Je suis sûr qu'il ne l'oubliera jamais, fit Richards.

— Tu veux que je fasse demi-tour ? » demanda Paul.

Webb hésita : « Non. Laisse tomber. » Il jeta un dernier coup d'œil au papier, le glissa dans l'interstice de la vitre légèrement entrouverte et le vit palpiter au vent puis disparaître dans le sillage de la voiture comme dans un petit battement d'ailes blanches.

Quand Paul rentra chez lui, la maison était plongée dans le noir, à l'exception d'une lampe que Nat avait laissée allumée, au-dessus de la table de la cuisine. Une légère odeur de caramel brûlé emplissait la pièce. Il laissa tomber sa veste sur le dossier d'une chaise et s'assit pour lire le petit mot : « Avons fait des biscuits. J'espère que tu t'es bien amusé. N. »

Il était encore sur les nerfs après ce qui venait de se produire. Ils avaient vraiment eu chaud. Ils auraient tout aussi bien pu passer la nuit près du corps sans vie de cette femme étendu sur la nationale. Un sentiment de malaise, qui lui venait des tripes, s'empara de lui et confirma cette vision du monde qu'il avait depuis longtemps : que la vie n'était rien d'autre que cette part d'ombre. Tout ce que vous faisiez pour vous en sortir n'était qu'une illusion et ne durait jamais.

Avoir de telles pensées le soulageait presque ; au moins, c'était une réalité qui lui était familière et qui était aussi vieille que le monde. C'était celle de l'Ancien Testament, des mythes et légendes et de son enfance. C'était son père ivre, titubant dans leur cabane tandis que Paul se cachait sous le lit ; c'était sa mère qu'on ramenait après qu'elle se fut fait défoncer le visage dans un bar. C'était le réacteur résolu à ne pas fonctionner correctement, c'était la part de Paul qui avait envie de baiser une femme attachée sur le toit d'une voiture en même temps qu'il aurait aimé voler à son secours.

Il était dans un sale état d'esprit ; il se releva et se dirigea vers le réfrigérateur. Il attrapa une bouteille de whisky dans le petit placard au-dessus – quand il ouvrit la porte, des moutons de poussière, cachés dans la chaleur du moteur ronronnant du frigo, s'envolèrent dans tous les sens – et s'en versa une bonne rasade. Il se rassit, buvant à petites gorgées. Il n'en fut pas plus calme pour autant ; ses pensées se firent simplement plus lentes.

En regardant autour de lui – les casseroles rangées au-dessus de la cuisinière, les gants jaunes de Nat, pour laver la vaisselle, posés à cheval sur l'évier –, il savait qu'il ne méritait pas tout ça. Il ne valait pas mieux que Richards. Il avait amené sa famille jusqu'à Idaho Falls pour vivre à proximité d'un réacteur nucléaire qui pouvait exploser à tout moment. Il n'avait rien fait pour empêcher Richards d'attacher une femme sur le toit de sa voiture et de rouler à plus de soixante à l'heure.

Ces pensées étaient totalement narcissiques ; il en prit conscience car elles lui faisaient presque du bien. C'était facile de se complaire dans la boue. Lutter contre sa part d'ombre est beaucoup plus difficile, c'est une question de volonté, semblable à celle d'un alcoolique qui résiste à la tentation d'un verre d'alcool. Mais il essayait sans cesse et, d'ailleurs, peut-être même surcompensait-il. Nat se moquait de ses manières guindées et de l'ordre qu'il aimait créer autour de lui. Mais elle ne savait pas à quel point il pouvait facilement déraper. Elle ne pouvait pas se rendre compte à quel point sa vie à elle était facile et fragile, mais lui, il savait.

Nat

Nat avait longtemps attendu Paul. Elle ne lui en voulait pas de prendre du bon temps avec les gars – elle aimait le savoir détendu et insouciant –, mais, à minuit, comme il n'était toujours pas rentré, elle décida d'aller se coucher. La journée lui avait paru incroyablement longue, entre l'excitation de la matinée, la déception d'être allée jusqu'au réacteur pour finalement se contenter de la route du retour avec lui et d'avoir dû renoncer à son dîner d'anniversaire, sans compter l'envie ridicule, tard dans la soirée, de confectionner des biscuits avec toute la vaisselle et le rangement disproportionnés qui s'en étaient suivis.

Juste avant d'éteindre les lumières de la cuisine, elle s'était souvenue qu'elle n'avait pas préparé le déjeuner de Paul pour le lendemain ; elle remplit donc quelques Tupperware avec les restes du dîner : un sandwich, des macaronis froids et des mandarines. Préparer son repas et penser à lui le midi en train d'ouvrir les boîtes était un étrange plaisir, comme si elle lui adressait un petit bonjour tandis qu'elle et les filles mangeaient la même chose, assises ici, à la table de la cuisine. De plus, c'était un repas équilibré.

Quand elle eut fini, elle eut une idée : une manière astucieuse de lui annoncer qu'elle était enceinte. Elle prit une serviette de table en papier et, par-dessus le motif à fleurs, écrivit : « Passe une bonne journée, toi le père de TROIS enfants ! Des baisers, Nat. » Le « R » avait fait un trou dans la serviette qu'elle jeta, et elle dut recommencer, cette fois sans appuyer. Souriant, fière de son coup, elle glissa le mot dans le sac du déjeuner avant de le fermer et de le poser sur l'étagère à côté du jus d'orange pour être sûre qu'il ne l'oublie pas.

Tard dans la nuit, elle entendit Paul ouvrir la porte d'entrée, le bruit sourd de ses pas dans le couloir puis celui de l'eau qui coule dans une tasse. Suivis du tintement de verres qui s'entrechoquent et du glouglou de l'alcool versé. Elle fut surprise car Paul ne buvait que de la bière ; ils gardaient du whisky en réserve, mais c'était la même bouteille depuis des années, celle qu'ils avaient emportée dans le déménagement. Tous ces bruits furent suivis par un long silence et elle s'assoupit de nouveau.

Elle fut réveillée par un rai de lumière filtrant de l'embrasure de la porte, et il entra dans la chambre. Il referma le battant et avança dans le noir.

« Paul ? dit-elle.

— Tout va bien. C'est moi.

— Je sais, fit-elle en essayant de le repérer dans l'obscurité. Tu t'es bien amusé ?

— Ça va », répondit-il, d'une voix brusque, rauque, presque agacée. De là où elle était, elle pouvait sentir l'odeur d'alcool et de cigarette. Elle l'entendit qui avançait en tâtonnant jusqu'à la commode sur laquelle il lança ses vêtements : le cliquètement rassurant, familier, de ses plaques d'identification militaire qu'il passait par-dessus sa tête avant qu'elles n'atterrissent sans bruit sur le tissu.

Le matelas se creusa et Nat l'enlaça, souriant lorsqu'elle s'aperçut qu'il portait son maillot de corps et son slip blancs. Elle lui avait fait un jour remarquer que dans cette tenue il lui rappelait James Dean, et il lui avait dit que c'était ridicule ; il n'avait pas la même coupe de cheveux que James Dean et, de plus, James Dean était un rebelle. Nat avait levé les yeux au ciel. C'était seulement *le maillot de corps* ; *une allure générale*. Et il avait ri : *D'accord, Nat, si tu veux*.

Elle resta allongée, sans bouger, pendant quelques minutes, son bras jeté en travers du torse de Paul, son nez posé sur la bretelle de son maillot de corps, ses lèvres frôlant sa peau. Elle pensa qu'il s'était déjà endormi, abruti par l'alcool et la fatigue. Mais il se redressa brusquement sur un coude, glissa la main sous la tête de Nat et l'embrassa avec une telle avidité qu'elle essaya de se dégager pour retrouver sa respiration.

« Mince, qu'est-ce qui te prend ? » dit-elle en riant.

Il la souleva et la fit mettre à quatre pattes, tandis qu'elle lui souriait. Et, sans un mot, il lui attrapa les cheveux. Il tirait si fort qu'elle resta ainsi la nuque renversée en une position inconfortable, déglutissant avec difficulté, le visage levé vers le plafond ; de grands coups désordonnés résonnèrent à l'intérieur d'elle, telle une créature se cognant la tête contre un mur. Ce fut tout autant dénué de violence que de douceur mais aussi d'amour. Rien qu'un acte de brève possession, l'expression d'une part d'ombre partagée dont elle ne voulait pas. Mais qu'elle fut contrainte d'accepter.

Il laissa échapper un grognement rauque et lâcha ses cheveux. Elle attendit, jusqu'à ce qu'il retombe sur son côté du lit.

« Bien », murmura-t-elle, surtout pour elle-même. Elle tâtonna vers la table de chevet pour attraper la boîte de mouchoirs en papier. Elle lui en tendit quelques-uns et il s'essuya mécaniquement, les jetant ensuite par terre.

Sans qu'elle sache pourquoi, Nat en fut agacée tout autant que par le reste. « Les filles vont voir ça demain matin », s'écria-t-elle, d'un ton réprobateur. Elle se leva, alla chercher la corbeille à papier pour ramasser les mouchoirs sales. Elle refit le tour du lit, repartit dans la salle de bains ranger la corbeille et se vit dans le miroir : les cheveux décoiffés, les seins gonflés sous l'effet des hormones, le ventre plat dont elle aimait se rappeler la peau douce, tendue, mais qui, en réalité, était désormais légèrement striée de vergetures. Jusqu'à maintenant, elle avait gardé sa bonne humeur, mais il était temps d'admettre que la journée n'avait été qu'une suite de déceptions. Et avoir été, pendant un bref instant, un cheval d'arçons pour que Paul, ivre, puisse se libérer de ses frustrations fut le coup de grâce. Le bruit exaspérant de sa respiration, dans son oreille, son cou tiré vers le haut, la manière dont il l'avait relâchée comme s'il regrettait déjà ce qu'il venait de faire. Elle baissa la tête et, en voyant les mouchoirs en papier dans la corbeille, ses yeux s'emplirent de larmes.

Quand elle revint se coucher, elle prit garde de rester éloignée le plus possible de Paul, les bras croisés. Elle se pinça le nez et tenta de prendre une grande inspiration.

« Nat, murmura-t-il, je suis désolé.

— C'est bon, répliqua-t-elle sèchement.

— Je ne parlais pas de ça.

— C'est-à-dire ?

— Viens. » Il se rapprocha d'elle, lui toucha le coude, d'un geste implorant. Tout, chez lui, paraissait étrangement lourd : ses mouvements, son corps pesant sur le matelas.

« Ça va, dit-elle. J'ai juste eu une mauvaise journée. Dors. »

Il répéta son prénom d'une voix étranglée. Elle se tourna vers lui, stupéfaite, et vit qu'il était au bord des larmes.

« Qu'est-ce qui se passe ? » demanda-t-elle. Ils étaient là, couchés, tous les deux en pleurs : c'était ridicule. Elle ne voulait pas le réconforter. Elle n'avait plus une once d'énergie et, pourtant, de le voir aussi anéanti lui était pénible et lui inspirait un sentiment de profonde pitié qui ressemblait à une certaine forme d'amour. « Nom de Dieu, Paul, la prochaine fois que tu rentreras en ayant trop bu, tu dormiras sur le canapé », dit-elle.

Il l'enlaça et la fit rouler vers lui, la regardant dans les yeux d'un air contrit. Elle l'avait déjà vu ainsi, mais rarement. Agacée et pragmatique, elle se dit que le réveil serait difficile pour lui avant d'aller travailler. Il marmonna à quel point il l'aimait, lui soutenant la tête d'une main, gentiment ; il posa son pouce sur le gros grain de beauté entre ses clavicules et sentit battre le pouls de Nat sous la douce pression qu'il exerçait. Elle ne savait pas si elle devait le repousser, rire avec amertume ou bien pleurer de tristesse.

« D'accord, dit-elle en replaçant le bras de Paul autour de sa taille. Dors, maintenant. »

Il finit par s'endormir. En l'écoutant respirer tranquillement, elle eut la sensation étrange de le connaître trop bien, depuis trop longtemps, comme un frère égoïste et non comme quelqu'un avec qui elle avait envie de passer la nuit. Une impression fugitive qu'elle chassa rapidement.

Paul

Le lendemain, au travail, Paul et Webb se tinrent tranquilles. Quand ils se retrouvèrent l'un à côté de l'autre, devant leurs casiers, ils n'échangèrent pas un mot. Plus tard, dans la pièce où ils déjeunaient, Franks, la bouche pleine de sandwich à la dinde, les asticota : « Vous êtes donc allés chez Sloke la nuit dernière pour avoir une petite conversation entre intellectuels ?

— Rien de spécial, dit Paul.

— Vous avez l'air de deux merdes, tous les deux.

— Je sais », dit Paul. Webb était encore trop défait pour parler. Paul avait parfaitement compris que Franks cherchait à en savoir plus, mais, ne pouvant pas rester tout le temps près de Webb pour lui éviter d'avoir à répondre, il préféra sortir fumer. La voiture de Richards n'était pas là ; il ne s'était pas montré de la matinée.

Paul eut l'impression d'être sur pilote automatique toute la journée. Il essaya de se concentrer sur son travail, mais ses pensées, comme rattachées à un fil à plomb, le ramenaient sans cesse à la nuit précédente. Rose ligotée sur le toit de la voiture et cet horrible instant où il avait compris que ce n'était pas une blague. Nat lui disant de dormir, lui en train de marmonner des excuses d'une voix emplie de larmes, la manière dont elle lui avait tapoté l'épaule, en un geste maternel, tandis qu'elle gardait les yeux fixés au plafond. À un moment donné, il fut comme persuadé qu'aucune femme n'avait jamais vraiment aimé un homme ; et, d'ailleurs, comment pouvait-on espérer que ce fût possible ? Puis ses pensées s'organisèrent, il retrouva ses esprits et mit de côté ses idées névrotiques en se disant : *Ressaisis-toi ; tu fais vivre ta famille, tu leur assures un toit au-dessus de la tête, ta femme a l'air contente de toi 99 % du temps. Reprends-toi. Tout va bien.*

« Collier, t'es avec nous ? cria Franks. Allez, secoue-toi ! Tu ne fais pas attention, l'un d'entre nous risque de se blesser.

— Désolé », dit Paul. Il finit ce qu'il avait entrepris, puis partit aux toilettes où il resta à fixer le mur, d'un air de chien battu.

Peu de temps avant la fin de leur matinée de travail, Franks leur annonça qu'il fallait de nouveau soulever les barres de contrôle. Paul fit remarquer que l'équipe de l'après-midi serait là, fraîche et dispose, dans moins d'une heure.

Franks le regarda, déçu par cette réaction. « C'est nous qui l'avons remarqué, c'est nous qui réglons le problème, dit-il. Depuis quand je travaille avec des mauviettes ? »

Quand Webb s'apprêta à soulever la barre de contrôle numéro 9, elle était coincée. Il alla immédiatement chercher la clé serre-tube. Rien n'y fit. Ils essayèrent à tour de rôle ; à mesure des secondes qui s'égrenaient, l'angoisse et la fatigue les submergeaient.

« Va chercher une autre clé », ordonna Franks. Paul serrait les dents et pesait de tout son poids pour forcer sur la clé. La barre lâcha brusquement et se souleva de plusieurs centimètres d'un coup.

« Oh, merde ! » s'exclama Webb.

Franks aboya : « Abaisse-la ! » Il aida Paul à pousser sur la barre. Les veines, sur son front, étaient gonflées sous l'effort. Paul fit doucement glisser la barre ; il laissa échapper un cri entre le grognement et le hurlement. La barre redescendit.

Ils reprirent leur respiration, incapables de parler. Ils haletaient, marchant de long en large, les mains sur les hanches. Finalement, Paul dit : « Nous devrions appeler Richards chez lui.

— Et lui dire que les gars de l'équipe de jour avaient la gueule de bois, qu'ils n'étaient bons à rien et qu'ils n'ont pas été capables de faire leur travail ? Appelle-le si tu veux.

— Ce n'est pas notre faute si ça reste coincé », rétorqua Webb.

Franks l'ignora. « T'as intérêt à ce que ta présence ici, demain, en vaille le coup, Collier.

— Tu vas mentionner ce qui vient de se passer ? » demanda Paul en pointant du doigt le livre de bord sur l'étagère, sa reliure de cuir bleu, ses pages cornées.

Franks répondit, agacé : « Évidemment.

— Tu te trimballes à longueur de journée avec ce truc, comme si tu tenais un journal heure par heure, mais tu n'y mentionnes que la moitié des problèmes.

— J'ai toujours reporté ce qui devait l'être.

— Non, pas toujours. Parfois tu mentionnes un incident, parfois tu laisses tomber. Je n'arrive pas à comprendre ta logique.

— Bon, je vais mentionner ce qui vient de se passer, d'accord ? » Franks se dirigea prestement vers l'étagère pour attraper le cahier. « Et mêle-toi de ce qui te regarde, putain !

— On est tous fatigués, dit Webb. Allons-y doucement. Ne nous énervons pas. » Puis il s'adressa à Paul : « Tu vois ? Il le mentionne.

— Ouais », fit Paul. Il regarda les pleins et les déliés, méticuleux, du chef d'équipe, courir sur la page et eut envie d'arracher le petit crayon des mains épaisses de Franks. Son précieux, et inutile journal de bord – à quoi ça les avançait ?! Mais le chef d'équipe paraissait sincère, soulevant une autre page de son bloc à pince, les gouttes de sueur coulant sans discontinuer sur ses joues, comme si mettre par écrit l'incident de la barre de contrôle coincée pouvait résoudre leur problème, et que Richards et Harbaugh allaient faire cas du message. Webb regardait ailleurs, se rongeant un ongle, un pied dansant la gigue. Paul s'apitoya soudain sur leur sort à tous. Ils pourraient mourir, pour rien, dans ce trou perdu. C'était ça leur vie : soulever, suer, se traîner, esquiver, mettre par écrit des mises en garde que personne ne lirait, trouver sans cesse des excuses. C'était un service rendu pour lequel personne ne leur serait reconnaissant, ils n'étaient les vétérans de rien d'autre que de ces journées mornes, vaines, dénuées de sens.

Paul n'était pas retourné chez le sergent-chef Richards depuis la soirée organisée plus d'un an auparavant ; c'était donc étrange de revoir la maison, au calme, en plein jour. Elle avait l'air simple, discrète, comme endormie, comme si Paul, en avançant jusqu'à la porte, risquait de la surprendre et de la faire sursauter.

Il se gara dans la rue devant la maison et remonta l'allée à grandes enjambées, passant devant la voiture de Richards. Il était difficile de croire qu'il l'avait conduite la veille au soir et que Rose avait été attachée sur le toit. Ça ressemblait à un mauvais rêve, ridicule.

Mme Richards ouvrit la porte, les yeux écarquillés, étonnée de voir Paul. « Oh, monsieur Collier ! s'exclama-t-elle. Bonjour, qu'est-ce qui vous amène ? »

Comme toujours, elle était impeccablement coiffée et habillée. Ses sourcils dessinaient délicatement deux arcs roux sur son front, sa bouche peinte s'ouvrait en un O adorable, parfait, de surprise : on aurait dit qu'elle s'apprêtait à souffler une bougie d'anniversaire.

« Le sergent-chef est-il à la maison ? demanda Paul.

— Oui, répondit Mme Richards, méfiante. Il a la migraine et n'est pas allé travailler. Mais je suis sûre que vous êtes au courant. » Elle ouvrit la porte en grand et recula d'un pas pour le laisser entrer. « Je vous en prie, venez vous asseoir. »

Paul l'entendit s'éloigner à pas feutrés, et son départ fut suivi de chuchotements. Il resta debout près du canapé, comme si s'asseoir revenait à se compromettre.

Richards arriva enfin, arborant la même expression de surprise que celle de sa femme, version masculine. « Collier ! s'exclama-t-il, sur ses gardes. Je ne m'attendais pas à te voir ici. Assieds-toi. Tu bois quelque chose ?

— Non merci, chef. » Il ne pouvait se résoudre à lui demander comment allait son mal de tête bien commode. Richards se servit un verre et déambula avec un air doucereux et équivoque qui mit Paul sur les nerfs.

« Qu'est-ce qui t'amène ? » demanda Richards en s'installant sur le canapé, les jambes allongées devant lui.

Paul se racla la gorge : « Nous avons eu un sérieux problème avec la barre de contrôle numéro 9 aujourd'hui. J'ai pensé qu'il fallait vous en avertir le plus vite possible.

— Bon, très bien. Merci. Je vais demander plus de détails à Franks la prochaine fois que je le verrai.

— Ça ne peut pas attendre, il y a urgence. J'ai bien peur que le réacteur ne soit en train de lâcher. »

Richards regarda Paul droit dans les yeux tout en buvant une gorgée. Il reposa le verre sur la table, se rassit, une jambe pliée sur le genou opposé.

« Nous savons que le bore s'écaille et tombe dans le cœur de la machine, dit Paul. Les barres se coincent et nous devons forcer pour les soulever plusieurs fois par jour, environ toutes les deux heures. Entre les fausses alertes et ces barres de contrôle à soulever, on n'a plus une minute à nous. On court dans tous les sens comme des poulets sans tête. Aujourd'hui, la barre numéro 9 était coincée comme jamais auparavant. Quand nous l'avons libérée, elle est remontée de sept centimètres. »

Cette annonce eut l'effet escompté : Richards avait pâli.

« Nous ne pouvons pas aller au-delà de dix centimètres », déclara Paul, même si Richards le savait pertinemment. C'était comme de dire à un adulte de ne pas mettre ses doigts dans une prise. Tous les opérateurs connaissaient la règle des dix centimètres ; on n'avait cessé de la leur seriner jusqu'à ce que cela devienne un réflexe. Ne jamais, au grand jamais, soulever une barre de contrôle d'un réacteur au-dessus de dix centimètres, à moins d'être un fou furieux que la mort fascine.

« Bon, j'ai quelque chose à te dire. » Richards s'était ressaisi ; il se pencha en avant et ouvrit puis croisa les mains comme s'il s'agissait d'une révélation exceptionnelle. « Les gars ne le savent pas encore, mais un nouveau cœur de réacteur a été commandé pour cet hiver. »

Paul cligna des yeux. « C'est dans plus de six mois. Et je le savais, Franks me l'a dit.

— Oh ! » Richards fronça les sourcils. « Il était supposé le garder pour lui.

— Je ne suis pas persuadé que nous puissions encore tenir six mois comme ça, dit Paul.

— Vous pouvez tenir. Il suffit d'y croire.

— Y croire ? s'exclama Paul. C'est le moment d'être honnête, chef, il faut voir la vérité en face. »

L'humeur prétendument joviale de Richards disparut. « Tu te souviens de ce qui est arrivé à Oppenheimer, non ?

— Je m'en souviens », répondit Paul, sentant son sang se glacer. J. Robert Oppenheimer, physicien, avait été l'un des directeurs scientifiques du Projet Manhattan. Puis, il y avait de ça six ans, son habilitation de sécurité avait été révoquée. À cette époque, Paul gérait l'approvisionnement des troupes armées américaines en pétrole, mais il avait entendu parler du procès et des théories qui avaient circulé pour expliquer cette sanction sévère : son opposition au gouvernement, ses sympathies communistes, des conflits d'intérêt. Il ne connaissait ni les tenants ni les aboutissants de cette affaire, mais il était parfaitement conscient que perdre son habilitation de sécurité était une sanction humiliante. Même Paul, opérateur néophyte, avait accès à plus de documents militaires que ce n'était désormais le cas pour Oppenheimer.

Il savait donc où voulait en venir Richards, mais n'avait pas envie de mordre à l'hameçon. « Heureusement, marmonna-t-il en regardant ailleurs, je ne suis pas Oppenheimer.

— Mais tu pourrais le devenir », dit Richards. Il ne parlait évidemment pas en termes de notoriété. Il reprit une gorgée. « Arrête de t'en faire et profite de la vie ! dit-il, soudain amical.

— Comme vous ? fit Paul le cœur battant. Comme vous, en n'en ayant rien à foutre des autres ? »

Richards, surpris, recula sur son siège, offensé. « De quoi tu parles ?

— Vous savez très bien de quoi je veux parler. »

Le silence se fit. Paul entendit Mme Richards s'agiter dans la pièce d'à côté. Richards dit à voix basse : « C'est déplacé.

— “Profiter de la vie”. J’ai vu ce que vous avez fait la nuit dernière, fit Paul d’une voix sifflante. Vous auriez pu tuer cette pauvre femme. Et maintenant, j’ai l’impression que nous sommes tous attachés sur le toit de votre voiture.

— En voilà un… *poète*, dit Richards, et son visage se plissa. Ce qu’un homme fait, ce que les hommes font, il est inutile d’en reparler après coup.

— J’en ai assez de voir comment vous vous comportez. Tous les jours, des vies humaines sont menacées juste pour continuer à entretenir tant bien que mal un réacteur défectueux. Et rien que pour ça…

— Le réacteur n’est pas dangereux…

— Comment pouvez-vous dire une chose pareille ? On ne cesse de le rafistoler, comme si c’était… je ne sais pas moi, un vieux canapé. C’est un *réacteur nucléaire*. Si ça se passe mal, il y aura des morts. Et qu’en est-il de nos familles, de *votre* famille ? Vous avez envie de les savoir à moins de quatre-vingts kilomètres d’un réacteur défaillant ? Le vent peut facilement souffler à plus de quatre-vingts kilomètres-heure par ici. »

Richards eut un rire mauvais, incrédule : « On dirait une bonne femme hystérique. Si seulement tu t’entendais. »

Cette remarque coupa Paul dans son élan. Il changea de tactique. « Nous pourrions peut-être aller voir Harbaugh ou qui de droit, et leur dire que si rien ne change bientôt…

— Eh bien, vas-y, dit Richards en ouvrant grands les bras. Vas-y et parles-en à Harbaugh. Je suis sûr qu’il sera ravi d’entendre ce que tu as à dire. Cet homme est en train de mourir ; et ce travail lui offre une assurance vie pour sa famille, je suis donc persuadé qu'il fera tout ce qui est en son pouvoir pour faire éclater cette affaire au grand jour.

— Mais vous ne comprenez donc pas ? Il est temps de parler de ce qui se passe…

— Oh, excellente idée ! Et une fois qu'on commencera à parler, qui sait où ça nous mènera. Je pense qu'il y a des tas de gens qui meurent d'envie d'entendre des tas de choses. Ta femme, par exemple ! Elle serait ravie de savoir où nous avons passé une partie de la soirée, hier, et que tu es resté seul sur la terrasse d'un appartement avec… » Il s'arrêta et haussa les épaules, sans rien ajouter.

Paul fut estomaqué. « Je ne suis allé là-bas que pour vous servir de chauffeur, espèce de porc. Je voulais rentrer chez moi.

— En voilà une histoire émouvante. »

Paul faisait des efforts pour garder son sang-froid. « J'ai besoin de savoir ce que vous comptez faire au sujet du réacteur.

— Je sais exactement ce que je vais faire ! s'écria Richards, bafoué. Je vais prendre ta femme et la baiser en haut du réacteur, voilà ce que je vais faire ! C'est ce que j'appelle profiter de… »

Sans même réfléchir, Paul décocha un coup de poing dans la mâchoire de Richards.

Il était fou de rage et savait, en portant son coup, qu'il commettait une faute inexcusable et, pourtant, le temps d'une seconde, il ressentit une vive excitation. Mais ses doigts craquèrent, et une onde de choc parcourut son bras. Cela fit plus mal qu'il ne le pensait ; il hurla de douleur.

Richards tomba sur le côté, en un mouvement comique, et sa boisson jaillit de son verre, décrivant un arc de cercle. Il resta allongé sur la moquette un instant, puis s'appuya sur un coude et jura en se tenant la mâchoire d'une main, tandis que des filets de bave rose coulaient entre ses doigts.

Mme Richards arriva en courant dans la pièce et poussa un cri. De l'arrière de la maison, on entendit leur fille pleurer.

« Je suis désolé, madame », dit Paul, qui s'apprêtait à partir.

Richards, chancelant, se releva. Sa joue était rouge vif. « T'es qu'un lâche ! » s'exclama-t-il, stupéfait. Les mots, lourds de sens, restèrent suspendus dans l'air, tandis qu'il demeurait là bouche bée, la mâchoire endolorie. « T'es qu'un pauvre, triste et misérable lâche. » Il rit lentement, en hoquetant, tel un moteur ayant des ratés.

Jeannie tapota la moquette à l'aide de son tablier là où l'alcool avait été renversé. Son époux la fusilla du regard et elle cessa immédiatement. Paul ne sut pas quoi dire. Il battit en retraite à grandes enjambées, tremblant. Quand il fut dans l'allée, Richards lança de sa voix grave : « Ne touche pas à ma voiture ! »

La Coupe de Ville baignait dans la lumière du soleil ; on aurait dit qu'elle avait été sculptée dans un sorbet à l'orange. Paul se racla la gorge et cracha sur la portière du conducteur. De la salive glissa sur la peinture crème pour finir par s'écraser sur le sol comme une merde d'oiseau. Richards apparut dans l'embrasure de la porte d'entrée, au bord de l'apoplexie. Paul monta dans sa voiture, posa en équilibre son poignet droit sur le volant et, manœuvrant de la main gauche, il s'éloigna.

En arrivant chez lui, Paul s'assit un instant, fixant sa main droite. Elle était gonflée, boursouflée telle une grosse fraise. Il pouvait encore bouger les doigts, mais sans les plier, la peau épaisse était tendue.

Il entendait Sam et Liddie pousser des cris dans la cour derrière la maison ; elles étaient probablement en train de jouer avec le tuyau d'arrosage. Nat les avait laissées transformer la pelouse en une fosse boueuse où elles remplissaient des seaux d'une bouillie à base de feuilles, d'herbe et d'eau. Elles s'amusaient dehors, en maillot de corps et culotte, même par temps frais, et Nat les arrosait avant qu'elles ne rentrent. Paul avait bien essayé de lui expliquer qu'ils étaient les seuls dans cette rue, pour autant qu'il le sache, à laisser leurs enfants faire une chose pareille, mais elle prétendait que c'était bon pour elles : être au grand air, développer leur imagination. *Laisse-les s'amuser ; ce ne sont que des enfants.* Tout ce que Paul savait, c'est que lorsqu'il rentrait du travail, il avait l'impression que les membres de sa famille s'adonnaient à l'agriculture.

Il était content d'avoir pu entrer discrètement par la porte de devant sans que les filles le voient, mais Nat, allongée sur le canapé, ouvrit les yeux en l'entendant arriver.

« Salut, dit-il. Reste couchée. Je ne voulais pas te réveiller.

— Je ne dormais pas. J'écoutais les filles.

— D'accord », fit-il en se dirigeant vers leur chambre.

Quand elle entra dans la pièce, il se débattait avec les boutons de sa veste d'uniforme. Elle le regarda faire pendant quelques instants. Il était mal à l'aise et honteux en repensant à ce qui s'était passé la nuit précédente, il aurait préféré oublier tout ça mais, nom de Dieu, il s'en souvenait très bien ; il était parfaitement et fatalement conscient d'être monté sur le dos de sa femme et de s'être soulagé, tel un cheval fou qui se cabre. Et maintenant, même cette image, finalement agréable, était assombrie par sa main de la taille et de la forme d'un gant de boxe et le fait qu'il avait peut-être compromis sa carrière dans l'armée. Si c'était le cas, il aurait l'air d'un salaud aux yeux de sa famille et du reste du monde et il ne lui resterait plus qu'à fuir et à se suicider.

« Tu as trouvé le petit mot avec ton déjeuner ? » demanda Nat.

C'était bien la dernière chose à laquelle il s'attendait. « Oh, répondit Paul. Je n'ai pas ouvert le sac de mon déjeuner. On avait du retard, et on n'a pas fait de pause. J'imagine que je l'ai laissé là-bas dans le frigo. » Il bredouillait, ayant tout à la fois le sentiment d'avoir un sursis et celui de s'enfoncer encore plus.

« C'est complètement nul », dit Nat avec une véhémence qu'il trouva exagérée. Elle fronça les sourcils. « Qu'est-ce qui est arrivé à ta main ? »

Pendant un bref instant, il pensa lui dire qu'il s'était blessé au travail. « Je me suis battu.

— Quoi ? s'écria-t-elle. Avec qui ?

— Le sergent-chef Richards. »

Elle pâlit. Elle répéta lentement : « Tu t'es battu au travail avec le sergent-chef Richards ?

— Chez lui.

— Qu'est-ce que tu faisais chez lui ?

— Je suis allé chez lui et nous nous sommes battus.

— Paul... Pourquoi aurais-tu fait une chose pareille ? » Elle paraissait effrayée.

Il essaya, en vain, de défaire un bouton et abandonna. Il n'avait pas préparé de réponse. Il se rendit compte du pétrin dans lequel il était. Il ne pouvait pas lui raconter ce qui s'était passé chez Slocum et il ne pouvait pas non plus lui avouer l'ampleur des problèmes auxquels ils étaient confrontés avec le réacteur.

« C'est un con, lâcha-t-il. Il rudoie les gars au travail et c'est juste un connard.

— S'il rudoie les gars au travail, pourquoi est-ce qu'ils ne se battent pas avec lui ? »

Elle posa la main sur sa joue, pensive et, soudain, une idée lui traversa l'esprit. « Webb a-t-il dit quelque chose à propos d'hier ? »

Paul, étonné, demanda : « À propos d'hier ?

— Peu importe. » Elle secoua la tête. « Qu'est-ce qui va se passer maintenant ?

— Je ne sais pas », dit Paul. Il rit nerveusement en pensant à l'absurdité de la situation. Il avait mis son poing dans la gueule de son chef. « Et merde ! C'est peut-être un mal pour un bien. Tu sais, ils sont en train d'installer des centrales électriques partout dans le pays, maintenant. Je suis sûr que les opérateurs, dans le civil, gagnent deux fois plus. Nous pourrions déménager dans un endroit mieux qu'ici et nous faire plus d'argent. Peut-être à San Diego.

— Tu es devenu fou ? s'écria Nat. Tout va bien parce que *peut-être* que quelqu'un va installer une centrale électrique à San Diego ?

— J'emmerde l'armée ! dit Paul, légèrement délirant. Quoi ? On aime l'armée, tout à coup ? Tu te souviens quand j'étais à Fort Irwin et que je faisais la route tous les week-ends pour venir te voir ? Tu te souviens quand j'étais en formation ? Ouais, c'était le bon vieux temps.

— Paul, arrête, lança-t-elle, soudain inquiète. Ce n'est pas vraiment ce que tu penses.

— Ce serait un soulagement de laisser le réacteur derrière nous.

— J'attends un bébé », dit Nat.

L'exaltation, un peu folle, de Paul disparut en une seconde. Il eut l'impression d'avoir été victime d'une farce.

« Oh, non ! s'exclama-t-il.

— Merci, fit Nat, les larmes aux yeux. Je n'en attendais pas moins. » Elle était là, debout, un bras en travers de la poitrine, gesticulant de l'autre. « Je l'ai su hier matin. J'attendais le bon moment pour te le dire. Mais comme je n'en ai pas eu l'occasion ni hier après-midi ni hier soir – ses yeux lancèrent des éclairs –, j'ai décidé de te laisser un mot avec ton déjeuner d'aujourd'hui. Je ne pensais pas que c'était urgent. Je ne me suis pas dit : “Je ferais mieux de dire tout de suite à mon époux que je suis enceinte, ça lui évitera de se battre avec son chef et de perdre son travail.”

— Ce n'est peut-être pas si grave, dit Paul, le souffle court. Ce n'est pas la première fois que des gens se battent au boulot. Personne n'a été congédié pour ça. Ils peuvent peut-être juste faire une retenue sur mon salaire. » Il se mit à faire les cent pas dans la pièce comme si la réponse à ses questions se trouvait sur la commode ou derrière la tête de lit.

Nat tourna les talons et sortit ; et il en déduisit qu'elle était trop écœurée pour lui parler. Il se jeta sur le lit ; sa main l'élançait comme si quelque chose essayait d'en sortir. Ses phalanges étaient si gonflées qu'elles formaient un gros bloc compact au bord festonné. Nat revint avec un plateau-repas congelé. Il espérait quand même qu'elle s'assoirait près de lui pour l'aider, mais il ne fut guère surpris quand elle le lui tendit d'un geste brusque.

« Merci », dit-il en pressant la boîte en aluminium, froide, contre sa peau. Elle était debout devant lui et regardait ailleurs. « Je suis désolé, Nat », dit-il, mais elle sortit et partit rejoindre les filles dans la cour. Il les entendit l'accueillir avec des cris de joie – « Maman, regarde ! » –, et il regretta la manière dont il avait réagi quand elle lui avait annoncé qu'elle était enceinte ; il était heureux, bien évidemment. Il adorait leurs enfants.

Il se rendit soudain compte de la bêtise de chacune de ses actions et réactions. Quel imbécile d'être allé voir son chef en pensant avoir une conversation rationnelle et d'avoir tout fichu en l'air de manière aussi admirable pour se retrouver assis tout seul dans une pièce sombre, avec son épouse qui le fuyait et sa main enflée comme un ballon. Qui le prendrait au sérieux, désormais ? Richards avait eu le dernier mot et le réacteur n'était pas moins dangereux qu'il ne l'avait été la veille. Même s'il l'avait voulu, il n'aurait pas pu faire pire.

Rétrospectivement, l'appel téléphonique qu'il reçut ne le surprit pas. Franks s'époumona à travers la pièce : « Collier, le Département de l'Armée sur la ligne deux ! » Paul se figea, ses battements de cœur s'accélérèrent et il dut faire un effort pour prendre la communication. Il entendit un accent du Sud qui ne lui était pas étranger – le sergent MacKinnon, avec qui il avait parlé avant de venir en Idaho –, une voix onctueuse et vaguement inamicale à force d'annoncer de mauvaises nouvelles. « Ce n'est pas courant, soldat Collier, dit MacKinnon, mais un cantonnement pour six mois s'ouvre au Camp Century, et il a été décidé que vous seriez affecté là-bas.

— Camp Century. » Paul n'en croyait pas ses oreilles. « C'est le cercle polaire arctique.

— Ils installent là-bas un nouveau réacteur, le PM-2A. Avec le CR-1 comme modèle ; vous serez donc parfait pour l'accompagner dans son voyage inaugural. »

Paul avait le cerveau en ébullition ; devait-il être soulagé ou bien, au contraire, s'inquiéter encore plus qu'avant ? Après tout, il n'était pas renvoyé de l'armée – une piètre consolation –, au lieu de quoi, il était expédié au loin. Nat et les filles, elles, resteraient coincées ici, à proximité du réacteur. En fait, c'était le pire scénario qu'il aurait pu imaginer ; c'était comme s'il avait échangé leur sécurité contre la sienne. Cette mutation semblait presque avoir été décidée exprès pour le torturer : Richards savait pertinemment que l'état du réacteur le préoccupait, et c'était donc un cruel coup du sort. La famille de Paul resterait en ville tandis que lui serait envoyé à des milliers de kilomètres, un imbécile aux yeux bandés, en exil.

« Richards a-t-il demandé à ce que ce soit moi qui prenne part à cette mission ? A-t-il insisté pour que je parte ?

— Non. Ce n'est rien de personnel ; c'est une décision collégiale. Votre nom a été mentionné, comme une évidence. »

Paul se demanda si c'était la vérité. Non, il n'était pas idiot. Bien sûr que Richards avait eu son mot à dire. Et, plus probablement, c'était lui qui avait mentionné son nom.

« Nous nous sommes mis d'accord, Collier : vous partez donc le 7 juin.

— Vous voulez dire le 7 juillet ?

— Non, juin. Le 7. Après-demain. »

Un moment d'incrédulité ; il frissonna.

« La bonne nouvelle est que vous serez de retour quelques jours avant Noël.

— Ma femme va accoucher début décembre.

— Oh ! Eh bien, félicitations. »

Un long silence.

« Je vais donc vous donner votre numéro de vol et le nom de deux ou trois gars avec qui vous mettre en contact quand vous arriverez au camp de base. »

Paul transpirait, une sueur froide coulait dans son dos, ses orteils étaient douloureusement recroquevillés dans ses bottes.

« Très bien. Allez-y. »

Quand il en parla à Nat, c'est à peine si elle lui répondit. Elle était assise en face de lui à la table de la cuisine, l'air consterné. Elle se leva, fila dans leur chambre et referma la porte derrière elle. Et elle n'en ressortit pas, même quand Paul l'appela. Il emmena les filles dans un *diner* en ville. Il commanda un milk-shake et les laissa partager les restes. Liddie se tortillait sur sa chaise, le souffle court, distraite ; Sam profita donc de l'inattention et de la fatigue de sa sœur pour aspirer le fond du milk-shake jusqu'à la dernière goutte. Quand ils furent de retour, Nat dormait et Paul passa la nuit sur le canapé.

Il avait l'impression d'être incapable de réfléchir, l'esprit en déroute, ne parvenant à aucune conclusion. L'idée de quitter sa famille pour six mois le terrifiait. *Tu ne peux pas laisser Nat et les filles*, ne cessait de lui répéter une voix dans son cerveau, au point qu'il eut envie de plonger la main à l'intérieur de son crâne pour l'étrangler. À la suite de quoi il se sermonnait à voix haute, s'intimant d'être courageux, d'être un homme et d'accomplir son devoir, d'arrêter de se comporter comme une putain de mauviette. Mais l'instant d'après, il imaginait un problème avec le réacteur, pendant que lui nagerait dans l'ignorance, loin d'ici, sur un morceau de banquise, et ses pensées tournaient en rond.

Il partit travailler sur le CR-1, pour la dernière fois, encore une journée qui ne servirait à rien. Une fausse alerte incendie, la barre de contrôle numéro 3 coincée – des situations déconcertantes certes, mais devenues banales. Il rentra en bus et, à l'arrêt, dit au revoir à ses coéquipiers. Franks lui tapota amicalement l'épaule tandis que Webb restait là, bras ballants, bizarrement sous le choc. Il avait l'air d'un petit frère dégingandé, et Paul se rendit compte, si stupide que cela puisse paraître, qu'il manquerait à Webb peut-être autant qu'aux autres. Webb sourit tristement, tandis que Paul lui faisait ses adieux en bredouillant : « Tiens bon, Webbsy ; j'espère qu'à mon retour tu seras marié », puis il monta dans sa voiture et partit.

Ce soir-là, Paul fit son sac. Ce qui lui prit plusieurs heures, sans qu'il comprenne pourquoi puisque tout ce dont il avait besoin se résumait à ses uniformes, une brosse à dents, des chaussettes et de l'aspirine. On lui donnerait le reste sur place : des vêtements et sous-vêtements appropriés ; un caporal l'avait appelé dans la journée pour l'en avertir. « En plus, vous ne tomberez jamais malade ici, lui avait-il dit. Les virus ne survivent pas au froid de l'Arctique.

— Je me fous de tomber malade ou pas », avait sèchement répliqué Paul, avant que le gars ne lui souhaite bonne chance et ne raccroche.

Nat se coucha dès que les filles se furent endormies. Elle laissa Paul coucher dans le salon pour la deuxième nuit consécutive. Elle avait laissé la porte de la chambre entrouverte, mais il ne pouvait se résoudre à ce qu'elle lui tourne le dos, ses omoplates saillantes pointées vers lui. Il se versa un verre de whisky et s'écroula sur le canapé, fixant des yeux son sac de voyage.

Dehors, la rue était calme, plongée dans le noir. Il resta allongé sans trouver le sommeil, croyant percevoir le pouls et le murmure propres à toute maison emplie de gens qui dorment. Il se représentait le minuscule bébé se retournant dans le ventre de Nat comme une crevette aux yeux grands ouverts. Il pensa à ce bébé qui ne cesserait de se développer en son absence, et il lui semblait inimaginable que le ventre de Nat puisse s'arrondir, s'épanouir, et qu'elle puisse accoucher, pendant tout ce temps où il serait absent. Il avait le sentiment d'être inutile, à l'écart de la mécanique générale qui faisait tourner le monde.

Il se traîna jusqu'à la fenêtre de derrière et se souvint de leur nuit dans l'arrière-cour, un an auparavant, après le dîner chez les Richards. Nat se précipitant jusqu'à la clôture, pour la taper et revenir, d'un pas léger, en se déhanchant, une de ces démarches qui pouvaient le faire fantasmer quand il avait seize ans. Sa vie ressemblait à une succession, cyclique, de moments de bonheur, comme des coups de chance, et de coups de pied au cul.

Il finit par aller la rejoindre et il sut immédiatement qu'elle ne dormait pas. « Hé, fit-il en se redressant sur un coude. Hé, tu veux bien me parler, au moins ? »

Elle répondit en chuchotant : « Parler de quoi ?

— Je ne sais pas », bredouilla-t-il.

Elle se tourna vers lui. « Tu es père de famille. Tu nous as amenées jusqu'ici avec toi, tu disais que c'était une bonne chose, que nous serions tous ensemble. Et, soudain, tu te comportes comme un imbécile et on t'envoie loin de nous. Qu'est-ce qu'on est censées faire, ici, toutes seules, pendant six mois ? Tu te rends compte à quel point c'est long ? Tu ne seras même pas là pour la naissance du bébé !

— Je sais, dit-il, écœuré.

— Je ne suis pas en état de parler, pas maintenant. » Elle enfouit son visage dans l'oreiller. « Je ne veux même pas en parler, c'est tout. Je suis désolée.

— Nat, s'écria-t-il, prêt à exploser de colère, tant il était frustré. Je pars demain matin à huit heures ! Je pars pour six mois. »

Il bondit hors du lit et fila dans le salon. Il passa la nuit à boire jusqu'à en avoir mal aux cheveux, se disputant en imagination avec son père pour savoir lequel des deux était le plus con (son père, sans conteste). Il essaya d'écrire un mot à ses filles, de la main gauche, maladroitement, pour que Nat leur lise plus tard, quand il serait déjà parti depuis plusieurs semaines. Il posa le mot sur le comptoir de la cuisine puis s'effondra sur le canapé et s'endormit. Quand le jour se leva, il repartit dans la cuisine pour se faire un café et le mot attira son attention ; il avait déjà oublié de quoi il s'agissait. L'écriture ressemblait à celle utilisée pour les titres de films d'horreur ou aux graffitis qui recouvrent les urinoirs. Il s'imagina le lire sans articuler et en zézayant. « MES ZHÈRES FILLES ». Il le jeta à la poubelle.

À six heures, il entendit du bruit dans les toilettes et alla écouter.

« Nat ? » fit-il en se glissant dans l'embrasure de la porte.

Pauvre Nat. Elle était en chemise de nuit, penchée au-dessus des toilettes. Elle avait relevé la lunette et tenait ses cheveux d'une main, ses yeux vitreux fixés sur l'eau au fond de la cuvette où atterrit le filet de salive qui pendait au coin de sa bouche.

Paul s'agenouilla et posa la main tout en haut de son dos. « Ça va aller », lui murmura-t-il. Ce qui était facile à dire quand vous étiez celui qui regarde et non celle qui est en train de vomir. Il sentit ses omoplates tressaillir sous la paume de sa main. « Mon pauvre bébé », dit-il. Elle se releva pour s'asseoir, pantelante, et il lui tendit une serviette de toilette.

« Merci, dit-elle en s'appuyant le long du mur. Beurk, ajouta-t-elle au bout d'un instant. Je déteste ça. » Sa voix était légèrement voilée. Elle s'essuya la bouche et regarda au plafond. Sa poitrine se soulevait lourdement et son front luisait d'une sueur froide.

« Ça va ? »

Elle hocha la tête. « Ça va mieux, maintenant.

— C'est le bébé.

— J'imagine. À moins que ce ne soit nerveux. Ça va passer. »

Ils restèrent assis là quelques secondes, sans rien dire. Puis Paul entendit des bruits sourds et des cris à l'autre bout du couloir. Inutile de regarder derrière lui : les filles étaient réveillées.

« Il faut que je sois à l'aéroport dans une heure », dit-il. Il la regarda en se demandant ce qu'il lisait dans ses yeux. De la tristesse ? Du soulagement ? Elle avait surtout l'air fatiguée.

« Je sais.

— Je peux prendre un taxi, si tu veux. Et tu peux rester ici, avec les filles.

— Non. Je t'y conduis. J'en ai pour une minute et je serai prête. » Elle s'essuya le front avec la serviette et se remit debout en vacillant ; il se leva d'un bond pour l'aider. Mais elle sembla se recroqueviller pour lui échapper quand il posa gentiment les doigts sur son avant-bras, comme si son corps, indépendamment de sa volonté, avait décidé de rejeter Paul. Elle le bouscula et fila dans la chambre.

À sept heures, comme par miracle, tout le monde était habillé et attendait à l'aéroport. Nat avait souhaité que les filles mettent leurs plus beaux vêtements du dimanche. Paul savait qu'elles n'avaient rien de prévu pour la journée ; elles seraient de retour à la maison vers huit heures, sautant partout dans leurs plus jolies robes. Mais il ne voulait surtout pas discuter la décision de Nat.

Elle ne se sentait toujours pas très bien. Elle était debout près de lui, chancelante, dans son cardigan bleu, s'entourant les bras de ses mains. Elle avait des cernes noirs sous les yeux, le visage creusé, très pâle. Il était impossible de se rendre compte qu'elle était enceinte mais, maintenant que Paul le savait, il remarqua son ventre légèrement rebondi. Il en ressentit une triste fierté, une joie mêlée d'un pincement au cœur.

Les passagers – certains seuls, d'autres accompagnés de leur famille – étaient regroupés dans le hangar en tôle ondulée et regardaient l'escalier de l'avion se déplier au pied de l'appareil. Paul chercha quelque chose de réconfortant et de mémorable à dire, quelque chose d'intelligent et d'utile qui suffirait à arranger la situation, mais Sam ne cessait de sautiller, essayant de grimper dans ses bras, tout excitée, en faisant des remarques à propos d'une très grosse femme à l'autre bout du hangar.

Nat lui donna une petite tape sur l'épaule. « Chut, Sam, ce n'est pas poli. »

Paul essaya de calmer sa fille, d'une main, la gauche, posée sur sa tête. Il avait un nœud à l'estomac, il était désespéré : il s'était attendu à converser tout au long de la nuit, et aussi à ce que Nat s'ouvre à lui de nouveau. Mais il n'était pas certain que cela se produise. Il était possible qu'il doive monter dans l'avion et partir à l'autre bout du monde tandis qu'elle resterait fâchée contre lui pendant six mois. La dernière fois qu'ils avaient été proches, il avait commis un faux pas, sous l'emprise de l'alcool, qui resterait comme un obstacle entre eux. Instillant une telle lourdeur, une telle gravité, que l'on aurait pu croire que c'était leur mode de fonctionnement depuis toujours, bien que ce soit une aberration ; et six mois passeraient avant qu'il puisse prouver que c'était faux – en faisant, d'une manière ou d'une autre, amende honorable.

Liddie, agrippée aux genoux de Nat, jetait autour d'elle des regards curieux. Ne pas voir ses filles pendant si longtemps était une punition terrible. Elles étaient encore petites et changeaient de jour en jour. Quand il rentrerait, elles auraient perdu leurs joues et leurs petits ventres ronds. Elles parleraient différemment.

« Je suis impatient de voir le bébé. » Cette tentative de Paul parut si vaine qu'elle lui conféra un sentiment d'impuissance et de ridicule en comparaison de ce qu'elle sous-entendait ; il aurait préféré n'avoir rien dit. Les yeux de Nat lancèrent des éclairs dans sa direction avant de regarder ailleurs. Le haut-parleur de l'aéroport crépita : c'était l'heure d'embarquer. Les autres passagers avancèrent en traînant des pieds avec la détermination, calme et inquiète, propre aux gens dans les aéroports. Paul s'agenouilla pour étreindre Sam et déposer un baiser sur les tendres joues de Liddie. Il s'approcha de Nat. Merde ! Il avait besoin de la prendre dans ses bras, au moins ça. Il était à deux doigts de péter les plombs.

« Je sens mauvais, dit-elle en reculant d'un pas. Je sens le vomi.

— C'est pas grave, dit-il. Ça gardera les autres hommes à distance. » Il essaya de sourire.

« Comment ça, les autres hommes ?

— Exactement. »

Elle tourna la tête et s'essuya les yeux du revers de la main.

« Je suis désolé », dit-il, l'enlaçant enfin. Il la serra dans ses bras et commença à paniquer. « Pardonne-moi. Je ne voulais pas qu'une chose pareille arrive. J'ai fait une connerie, et nous sommes tous punis. Mais je ne l'ai pas fait exprès.

— Je sais, finit-elle par dire.

— Je suis si heureux, pour le bébé.

— Vraiment ?

— Oui. Vraiment, Nat.

— D'accord, dit-elle en le regardant enfin. Alors moi aussi. » Elle pardonnait facilement. Il n'avait pas à s'en faire à ce sujet ; pour elle, chaque jour était un nouveau jour. Elle évitait toujours le piège de l'amertume ou du ressentiment. Et aux yeux de Paul, c'était là l'une des plus grandes qualités humaines.

Il pressa son front contre celui de Nat, respirant l'odeur fraîche de lessive de son gilet et son haleine, légèrement âcre, piquante. Il lui murmura à l'oreille des petits mots doux embarrassants, sans queue ni tête, qui furent heureusement happés par le brouhaha des haut-parleurs : « Dernier appel pour l'embarquement du vol 23 à destination de la base aérienne d'Andrews, Maryland. » L'annonce les plongea de nouveau dans un état de panique. Soudain, leurs corps ne firent plus qu'un, comme s'ils étaient des adolescents amoureux. Nat s'accrochait désespérément aux épaules de Paul, lui caressant le visage frénétiquement, comme si elle essayait de grimper dans ses bras, quand lui, de son côté, l'embrassait comme un fou, complètement indifférent aux gens autour d'eux et à ses propres enfants qui lui marchaient sur les pieds. Le soulagement et la peur tout à la fois lui donnaient le vertige, et il faillit en pleurer ; il la serra dans ses bras, lui caressa les cheveux en enfouissant le visage dans son cou et il la sentit déglutir.

« Dernier appel pour le vol 23, à destination de la base aérienne d'Andrews. La porte d'embarquement va fermer. »

Il se redressa, embrassa sa famille d'un regard – Nat, pâle et sensible, Liddie et ses yeux de biche, Sam qui se tortillait comme un ver – pour mémoriser sa petite tribu, ces trois personnes qu'il aimait de manière inconsidérée, au-delà du raisonnable, et au-delà de tout ce qu'il aurait pu imaginer dans ses rêves les plus fous.

« Fais attention », bredouilla-t-il en s'adressant à Nat, la tenant fermement par les épaules.

Elle le regardait, déconcertée.

« Si quelque chose se passe mal, quitte la ville. D'accord ? Et partez aussi loin qu'il le faudra pour vous mettre en sécurité. »

Elle rit nerveusement. « Que veux-tu qui se passe mal ?

— Je ne sais pas. » Il se balançait d'un pied sur l'autre, submergé par la peur. « Au centre de recherche. Avec l'un des réacteurs. Ou bien... je ne sais pas, moi... en cas de catastrophe naturelle. J'en sais rien ! Mais promets-moi juste de quitter la ville et de partir loin d'ici.

— Bien sûr. Comme tu voudras.

— Très bien.

— Nous t'aimons, Paul. Je t'aime.

— Moi aussi. Écrivez-moi.

— On va t'écrire, cria Sam.

— Vraiment, Nat, fit Paul. Vous êtes tout ce que j'ai au monde. »

Elle lui sourit, d'un air narquois. « D'accord.

— Tu crois que je plaisante. » Il balança son sac par-dessus son épaule, et il lui parut si grand et lourd qu'il avait l'impression de porter un homme sur son dos ; il embrassa sa femme puis ses filles une dernière fois, et sortit dans la fraîcheur de ce beau matin de printemps, pour rejoindre l'avion qui l'attendait.

III

MAINTENANT QUE TU ES PARTI

Paul

Groenland, Camp Tuto

Paul fut réveillé par le vent qui soufflait sans discontinuer, balayant la calotte glaciaire ; tantôt sifflant comme une bouilloire, tantôt grondant comme les moteurs des avions à réaction, qui approchaient pour atterrir.

Paul ne pouvait distinguer les autres hommes qui dormaient dans le baraquement plongé dans l'obscurité, bien qu'ils soient tous là, allongés sur leurs couchettes. Le baraquement était empli de l'odeur de laine moisie et de celle, saumâtre, piquante, des corps qui l'entouraient. Il sortit les bras de dessous les couvertures de l'armée ; celles qui grattaient, qu'il connaissait bien, toujours en circulation depuis la guerre de Corée et, probablement, depuis la Seconde Guerre mondiale. Sous ses couvertures, il portait trois paires de caleçons longs. Chaque couche vrillait dans une direction différente et les coutures lui saucissonnaient le corps, le gênant à l'entrejambe.

Il avait fait un mauvais rêve dont il gardait le souvenir et qui lui nouait l'estomac, des images si violentes qu'elles lui infligeaient des courbatures dans le dos. Il se frotta les omoplates pour se débarrasser de la douleur. La dernière image, sinistre, le réveilla : Nat essayait de sortir un plat du four et reculait en poussant un cri d'effroi, les bras brûlés, les mains à vif comme un animal qu'on vient de dépecer. Mais ce n'était rien qu'un cauchemar.

Il se persuada que là-bas, à la maison, tout allait pour le mieux. Il commençait chacune de ses journées, au petit déjeuner, par demander à Rodgers, l'officier des transmissions, s'ils avaient reçu des nouvelles en provenance des États-Unis. Pendant quelques secondes, son cœur se serrait, jusqu'à ce que Rodgers lui dise « Rien à signaler », ou qu'il mentionne un sinistre accident ayant eu lieu ailleurs qu'à Idaho Falls. Alors seulement Paul s'apaisait, il poussait un petit soupir de soulagement, oubliant un instant ce dont il était pourtant conscient : si un accident grave arrivait à Idaho Falls, qu'il en soit ou non informé ne changerait rien, car il ne serait d'aucun secours pour sa famille. Il avait laissé derrière lui sa femme et ses filles, isolées dans un coin perdu à l'autre bout du monde tandis que lui était coincé ici.

Quand Paul était arrivé au Groenland, les pièces détachées du réacteur de Camp Century n'étaient pas encore toutes assemblées. Par conséquent, lui et quinze autres hommes étaient retenus pendant plusieurs semaines à Camp TUTO, à environ cent cinquante kilomètres au sud. Tout ce qu'il pouvait voir était blanc et marron, comme si ses yeux lui jouaient des tours : de la boue et de la neige, de la neige boueuse, de la boue neigeuse, un ciel de neige et, parfois, de la boue soufflée par le vent. Les hommes s'occupaient à pelleter la neige (mêlée à de la boue), à vider les latrines, à déverser du ragoût de bœuf en conserve sur la glace dans l'espoir de domestiquer un renard polaire et de le transformer en animal de compagnie. À présent, ils venaient d'apprendre que le réacteur était installé et prêt à être mis en service. Quand les conditions météorologiques le permettraient, ils pourraient donc partir vers le nord.

Un réveil sonna et Paul descendit de sa couchette pour tirer sur la chaîne qui pendait du plafond et allumer ainsi la seule ampoule du dortoir. Une dizaine d'hommes se redressèrent pour s'asseoir sur les couchettes superposées, se grattant la tête et se frottant les yeux.

« Vous entendez ce vent ? demanda l'opérateur Benson, stupéfait.

— J'ai l'impression que ça s'est calmé par rapport à hier », répondit l'opérateur Mayberry en allumant déjà une cigarette. Mayberry était grand, avec des cheveux bruns hérissés telle une crête de coq ; il n'était ni ouvrier du bâtiment ni opérateur, mais géologue en mission au Groenland pour la quatrième fois. La plupart du temps, leur avait-il expliqué, il travaillait dans le souterrain creusé sous le Camp Century et prélevait des échantillons – ce qu'il appelait des carottes – extraits de la glace, les stockant dans ce qui ressemblait à de longs tubes pour affiches. Il disait que, comparé à son ancienne base du Groenland qu'on surnommait *Poing serré*, Camp Century était un vrai paradis.

Il y eut des murmures plus ou moins approbateurs, c'était selon, et des spéculations extravagantes sur les conditions météorologiques des prochains jours. Ils finissaient juste de lacer leurs bottes quand Mayberry interrompit son geste et dit : « Vous entendez ? »

Ils se figèrent. Au loin, sans y croire, ils entendaient un vague bourdonnement, celui d'un moteur. « C'est l'avion postal ! » s'écria Benson, et ils se précipitèrent tous dehors. À l'extérieur, la lumière était aveuglante ; le froid leur coupa la respiration. Mais ils virent en effet un avion qui, sous l'effet du vent, donnait de la bande, vacillant d'un côté puis de l'autre, tandis qu'il amorçait sa descente vers la courte piste d'atterrissage du camp militaire. Tout le monde l'acclama et certains des hommes firent de grands gestes avec les bras, comme s'ils accueillaient une équipe de secours qui venait de les retrouver.

Le cœur de Paul fit un bond. Le courrier ! Il n'avait pas encore reçu de lettre de Nat. Il n'était pas sûr qu'elle lui ait écrit – après tout, il n'était parti que depuis un mois à peine. Mais, à mesure que les secondes s'égrenaient, en regardant l'avion vaciller et se battre contre le vent, il était de plus en plus convaincu qu'il y avait du courrier pour lui. Nat lui avait, *sans aucun doute*, écrit un petit mot rapide peu de temps après son départ. Car, *sans aucun doute*, il lui manquait déjà.

L'avion se rapprochait de la piste d'atterrissage ; ils pouvaient même voir le pilote leur faire un signe. Mais les rafales de vent malmenaient l'appareil qui vira de bord, en une folle diagonale, avant de mettre les gaz et de reprendre de l'altitude. Paul gardait les mains dans ses poches, les doigts agacés, trop superstitieux pour dire quoi que ce soit.

« Faudrait pas qu'il se tue, fit remarquer quelqu'un, dans un élan de générosité.

— Il ne peut pas juste balancer le courrier pardessus bord ? demanda Benson.

— Non. Ici, ça ne se fait pas.

— Il revient, dit quelqu'un d'autre. Il y est presque. »

Cette fois, les soldats attendaient en silence, tandis que les ailes de l'avion penchaient d'un côté puis de l'autre, de plus en plus vite. L'appareil était ballotté comme un avion en papier à proximité d'un ventilateur. Le moteur grondait sous l'effort. Mais, à la dernière minute, il reprit de l'altitude et, cette fois, s'éloigna en direction de la mer.

Les épaules de Paul s'affaissèrent. *Ce n'est pas grave, ce n'est pas grave.*

« Le voilà reparti pour les États-Unis. Il réessaiera la semaine prochaine, probablement. » Mayberry jeta un bras autour des épaules de Benson affreusement déçu et dit, joyeusement : « Messieurs, a-t-on besoin d'appeler l'aumônier ? Ou est-ce que tout va bien ? »

Ils repartirent rapidement vers la passerelle qui menait au mess, un autre baraquement, plus petit, où ils se serreraient, au coude à coude, pour manger. « Mayberry, demanda l'un des soldats, comment fais-tu pour être toujours de bonne humeur ?

— La plupart du temps, je travaille dans un tunnel, sous la glace, répondit Mayberry. Alors ici, pour moi, c'est comme si j'étais en colonie de vacances. C'est la fête.

— Pauvre imbécile », fit le soldat en ouvrant la porte du réfectoire.

Paul lança un coup d'œil en direction de la mer de Baffin, là où l'avion, avec ou sans le mot que Nat lui avait écrit, n'était plus qu'une petite tache dans le ciel.

Après avoir vidé leurs assiettes, les soldats fumaient, essayant de se détendre avant d'aller effectuer les corvées qui les attendaient. Au Camp Century, chacune des tâches à accomplir nécessitait de se battre contre les conditions météorologiques qui semblaient décidées, coûte que coûte, à les décourager. Ils grattaient la glace sur le pare-brise des véhicules, brisaient à coups de balai les aiguilles de glace qui pendaient du toit des abris en bois, dégageaient de gros morceaux de glace que des tracteurs géants remorquaient en les faisant glisser sur des skis d'une base militaire à une autre. La glace les cernait, insidieusement, sans autre but, semblait-il, que de les ensevelir à jamais.

L'autre tâche quotidienne était la corvée de chiottes, pour laquelle ce serait bientôt au tour de Paul : il s'agissait de sortir les seaux en bois des trous creusés à même le sol et d'aller les vider cinq cents mètres plus loin. « Attendez donc d'être de corvée de chiottes au Camp Century, disait en riant Mayberry, avec une joie perverse. On ne peut pas creuser là-bas, on jette les immondices dans un coin qu'on appelle le Mont merdeux. » Il prétendait que dans une centaine d'années le Mont merdeux se détacherait du glacier et dériverait jusqu'à la Scandinavie, tel un immense bateau, grotesque, du temps des explorateurs.

Mayberry faisait passer autour de lui des pages de quelques numéros du *Washington Post* qu'un pilote de la base aérienne d'Andrews leur avait laissés. C'était plus précieux que les cigarettes ou le chocolat, et les hommes lisaient chaque mot attentivement, jusqu'à ce que les journaux partent en lambeaux, comme s'il s'agissait de documents attestant un temps lointain et fascinant. Paul parcourait du doigt la rubrique automobile et s'arrêta sur une annonce qui vantait les qualités d'une Horch 1937, en parfait état. « Hé, les gars, regardez ça, fit-il.

— Désolé, rétorqua Mayberry sans lever les yeux de son journal, mais cette annonce pour une boîte de cravates d'occasion en soie requiert toute mon attention. »

Paul éclata de rire. Il se pencha par-dessus l'épaule de Mayberry pour lire au hasard. « Hé, fit-il, se prenant au jeu, que dites-vous de ça : une ottomane grise, en bon état ?

— Une robe de mariée, contra Mayberry. Jamais portée. Jarretelle comprise !

— Un kit complet d'instruments dentaires, ajouta Benson, plongé lui aussi dans son journal.

— Une niche.

— Une femme souhaite se débarrasser d'une partie de sa trop grande collection de perruques », continua Mayberry.

En attendant l'arrivée du sergent qui leur donnerait des ordres, ils lurent encore un moment.

« Tiens, il y a une chose que je voulais te demander », fit Paul à Mayberry.

Mayberry referma son journal et regarda Paul : « Oui ?

— Qu'est-ce qu'il se passe au juste à Camp Century ? Des gars qui reviennent de là-bas disent que maintenant que les équipes ont fini d'assembler le réacteur, ils creusent dans d'autres directions, pour construire encore plus de tunnels. »

Mayberry sourit : « Ah bon ?

— Camp Century est un laboratoire de recherche », annonça Benson d'une voix parfaitement articulée, sur un ton cérémonieux, pareil à celui d'un journaliste. Il mima le geste de remonter des lunettes sur son nez. « Notez bien l'absence visible d'armement. C'est à peine si nous avons un fusil de chasse dans l'éventualité de devoir abattre un ours polaire. »

Mayberry riait.

« J'ai entendu tout un tas de théories… fit Paul.

— Nous étudions la calotte glaciaire, continua Benson. L'armée est fascinée par la calotte glaciaire. L'armée *se passionne* pour cette putain de calotte glaciaire.

— Mais si étudier la calotte glaciaire est l'occupation humaine la plus noble, rétorqua Mayberry le géologue, ce n'est pas la raison pour laquelle ils ont construit Camp Century.

— Bon, c'est quoi alors ? demanda Paul. J'ai entendu dire qu'ils avaient le projet de construire d'autres bases militaires, là-haut. Et quand j'étais au CR-1, un gars qui revenait de Camp Century m'a parlé de rails qu'il avait vus, comme un réseau ferroviaire sous la glace, mais sans rien à transporter pour le moment.

— Bon, d'accord », dit Mayberry en baissant la voix. Paul ne savait pas s'il parlait sur le ton de la blague ou s'il souhaitait être discret. Mayberry écarta ses mains l'une de l'autre, comme s'il s'apprêtait à expliquer une passe de football compliquée. « Ils disent que le Camp Century n'est que le premier d'une longue liste de bases militaires qu'ils veulent construire en Arctique. Ces bases seront toutes construites sous la glace comme le Century ; reliées entre elles par des tunnels. Ces tunnels seront équipés de rails afin de pouvoir transporter des armes – des missiles, des ogives nucléaires –, de l'une à l'autre, là où on en aura besoin. Si les Renseignements nous informent que les Soviétiques attaquent au-dessus, alors nous pourrons rapidement être à nos postes et contre-attaquer. Nous avancerons sous la glace. Et personne ne pourra nous voir.

— On dirait la ligne DEW gonflée aux stéroïdes », dit Benson. Tout le monde grommela en entendant mentionner l'une des plus grandes débâcles de l'armée, la *Distant Early Warning Line* ou « Ligne avancée d'alerte précoce », un réseau de stations radars à travers l'Alaska, le Grand Nord canadien et le Groenland, destiné à détecter toute tentative d'intrusion soviétique, qui avait coûté un billion de dollars et n'avait regonflé le moral des troupes américaines que pendant neuf semaines en 1957, entre le moment de sa finalisation et celui du lancement par les Russes de leur Spoutnik signant sa mort prématurée, les satellites prenant le relais.

« Mais ça va prendre un temps fou de construire un truc pareil, dit Paul.

— Peut-être pas. Century a été construit en soixante--dix jours environ.

— Ça requiert une quantité d'armes considérable.

— Nous avons ce qu'il faut. Qu'est-ce que tu crois qu'on a fait de toutes ces merdes de la dernière guerre ? » demanda gaiement Mayberry.

Paul secoua la tête. « Comment tu sais tout ça ? »

Mayberry souriait. « Être le géologue du camp, c'est un peu comme être l'aumônier. On a ce truc, cette aura vertueuse, fit-il en agitant les mains. Comme si on était en dehors de la réalité. Tout le monde se confesse à l'aumônier. Tout le monde parle au géologue. »

Quelques jours plus tard, le vent tomba et ils purent enfin partir vers le nord, au Camp Century. Le périple de quatre cent cinquante kilomètres dura une semaine. Ils se frayèrent un chemin sur la glace en un long défilé de véhicules lourds, laissant derrière eux une colonne de fumées d'échappement. Il manquait une place dans le véhicule qui transportait les hommes et Paul se retrouva sur un tracteur géant, un Polecat, à conduire six heures d'affilée, avant de se faire relayer pour les six heures suivantes, remorquant derrière lui un réservoir de carburant. Il passait la plupart du temps à fumer frénétiquement en priant pour ne pas se transformer en une spectaculaire boule de feu.

Ils ne pouvaient pas couper les moteurs par crainte de ne pouvoir redémarrer et, finalement, Paul s'habitua si bien aux vibrations du véhicule qu'il se souvenait à peine de ce qu'était la stabilité.

Il n'avait jamais rien vu de tel que la calotte polaire. Un monde étincelant, inanimé. Le sol et le ciel, deux étendues, blanche et bleue, comme s'ils étaient dans un décor de porcelaine Wedgwood. On leur avait dit de faire attention aux crevasses profondes sous la neige. Au début, cette menace les avait effrayés mais, le temps passant, elle avait engourdi les esprits.

Ils ne virent pas Camp Century avant d'être pratiquement arrivés à son sommet. La rampe d'accès en pente descendait à trente pieds sous la glace. Ils savaient qu'ils trouveraient là de mystérieux tunnels, des baraques et le réacteur nucléaire.

Les engins empruntèrent la rampe et s'enfoncèrent sous la glace, les uns après les autres. Ils descendirent tous de leur véhicule. « Merde, alors », s'exclama un gars, debout à côté de Paul. Mais ils furent réduits au silence par ce qu'ils voyaient. Ils resteraient là, sous la glace, pendant les cinq prochains mois.

Nat

Nat était à une dizaine de kilomètres de la ville, vers une heure du matin, quand l'un des pneus éclata.

Depuis un mois que Paul était parti, elle avait pris l'habitude de conduire tard la nuit : deux ou trois fois par semaine, rien d'excessif, juste de quoi s'aérer la tête. Elle était trop fatiguée et nauséeuse pour promener les filles dans la journée mais, la nuit, quand celles-ci dormaient comme des anges, Nat devenait claustrophobe, les murs de la maison semblaient se resserrer autour d'elle et l'étouffer. Une semaine après le départ de Paul – une fois les filles couchées, tandis qu'elle était affalée sur le canapé, parfaitement réveillée et désœuvrée, agitée, énervée –, elle fut inspirée. Elle se faufila dans la chambre des filles et les porta l'une après l'autre, enveloppées de leurs couettes, jusqu'à la voiture où elle les installa sur la banquette arrière.

Liddie se réveilla quelques secondes pour se rendormir dès qu'elle démarra ; Sam, quant à elle, se colla à la vitre pour regarder le paysage défiler, groggy et ébahie. Être dehors, avec elles – à cette heure inhabituelle, parties à l'aventure –, remplissait Nat d'une profonde tendresse maternelle. Ses filles étaient charmantes dans leurs chemises de nuit, endormies, agréablement désorientées. Elles étaient de bonne composition.

Elle baissa sa vitre et la Fireflite quitta tranquillement la ville, passant devant les chutes éclairées par la lune pour arriver à la nationale qui s'étendait devant elle comme un livre ouvert, toute droite, à l'infini. C'était cet espace incommensurable qui l'attirait et lui donnait l'envie de sortir. C'était comme l'océan, qui incitait les gens à venir le contempler.

Cette nouvelle habitude consistait à rouler sur une cinquantaine de kilomètres avant de faire demi-tour, juste assez pour prendre l'air. Quatre semaines d'affilée, ces petites virées se passèrent pour le mieux ; d'autant plus que les filles se rendormaient tout de suite après que Nat les recouchait. Le soulagement d'avoir pu se sentir libre, sans compter le vent sur sa peau, assommait Nat dès qu'elle rentrait et l'aidait à rester tranquillement à la maison les jours suivants, à regarder les filles jouer, à ranger après elles et à répondre à leurs questions et à leur constant besoin d'attention.

Mais, cette nuit-là, cette petite escapade tourna au cauchemar. La route était plongée dans le noir, elle roulait vitre baissée, le sourire aux lèvres, capitaine de son petit vaisseau, quand, soudain, un choc déstabilisa la voiture qui se déporta sur la gauche et heurta quelque chose – une grosse pierre ? La secousse parut très forte et Nat agrippa le volant, terrorisée, puis redressa le véhicule. Elle resta tremblante quelques secondes avant de se rendre compte que, Dieu merci, elles n'avaient pas fait de tonneaux, elles n'étaient pas sorties de la route, elles n'avaient pas échoué dans le fossé. Toutefois, en roulant, la voiture faisait un bruit terrible.

« Maman ! cria Sam.

— Sam, ça va ?

— Ouais.

— Toi aussi, Liddie ? demanda Nat.

— Elle dort encore !

— Mais comment c'est possible ? » Nat eut presque envie de rire, mais elle était trop sur les nerfs. Elle avait l'impression que de l'eau glacée coulait dans ses veines. Le coup, le choc, si brutal et soudain, l'avait secouée. Et, maintenant, l'avant de la voiture semblait se traîner sur la route comme un animal rétif. La roue cahotait sur l'asphalte, accompagnée d'un bruit métallique, mais, compte tenu de l'heure, et de l'endroit complètement isolé, elle ne pouvait rien faire d'autre que de continuer à rouler. Une odeur de brûlé, âcre, se répandait à l'intérieur de l'habitacle.

Elles parcoururent les derniers kilomètres en se traînant. Nat gara la Fireflite sur le bas-côté devant la maison et sortit de la voiture, la tête entre les mains. Le pneu arrière droit était en lambeaux, on voyait le métal de la jante et elle comprit que c'était grave, très grave, et que la réparation coûterait probablement cher. Quelle idiote ! Qu'est-ce qui l'avait donc poussée à adopter cette habitude bizarre ? Elles auraient pu se tuer.

Sam sortit à son tour du véhicule et vint se poster à côté d'elle en disant : « Papa va pas être content. » Puis elle attrapa la main de Nat, tel un petit prêtre sage. Nat, reconnaissante, se pencha vers elle pour l'embrasser. Elle récupéra Liddie et – se sentant punie, mais à juste titre, de son inconséquence – elle rentra avec les filles.

Il était six heures et demie du matin, le lendemain, quand Chrissie, la voisine de Nat, coiffée de bigoudis, frappa à la porte, accompagnée de son tout petit chien blanc qui était assis sur le perron comme si lui aussi attendait des réponses aux questions de sa maîtresse : qu'était-il arrivé à la voiture de Nat, et quand était-ce arrivé, car Chrissie était sûre qu'elle n'était pas dans cet état-là la veille au soir quand elle s'était couchée et, mon Dieu, Nat et les filles allaient-elles bien ? Nat bredouilla ses réponses – *Nous allons bien ; j'étais juste sortie pour faire quelques courses quand le pneu a éclaté* – tandis que Chrissie secouait la tête pour exprimer tantôt sa peur, tantôt sa sympathie et que le chien levait la patte pour pisser, sans quitter Nat des yeux.

Nat raccompagna Chrissie et lui assura que, le temps que la voiture soit réparée, elle pourrait prendre le bus, ce ne serait pas un problème. Une heure plus tard, ce fut au tour d'Edna, une autre voisine, de passer la voir, pour en savoir plus. Nat aurait sans doute dû se montrer reconnaissante de recevoir des visites, mais elle aurait préféré que ce soit pour d'autres raisons que de l'interroger sur ses frasques.

Dans les jours qui suivirent, elle commença deux ou trois lettres destinées à Paul, pensant lui raconter ce qu'il s'était passé, mais elle renonça. Et lui écrire sans en parler aurait été mentir par omission. Par conséquent, elle fut tout simplement incapable de lui poster le moindre courrier.

L'attention que requéraient sans cesse les filles et leur façon de passer constamment du coq à l'âne s'intensifiaient quand elles restaient coincées à la maison. Un après-midi, Nat se surprit à regarder la pendule au mur de manière obsessionnelle, au point qu'elle crut qu'elle allait hurler. Ce qu'elle fit. Elle poussa un cri aigu, bizarre, et les filles qui jouaient dans le salon se figèrent sur place. Nat se leva, attrapa un torchon dans la cuisine et en recouvrit la pendule.

Cette nuit-là, après avoir mis les filles au lit, elle s'effondra sur le canapé, tout à la fois sur les nerfs et épuisée, comme elle s'attendait maintenant à l'être pratiquement tous les soirs, ne sachant quoi faire d'elle-même. À la fin de la journée, elle était physiquement et mentalement exténuée mais prête, en imagination, pour un second acte, un rebondissement qui n'arrivait jamais. Pendant quelque temps, ses escapades en voiture avaient presque réussi à combler ce besoin. Écouter de la musique faisait parfois l'affaire. Mais rien n'était jamais suffisant.

Les longs mois d'absence de Paul lui apparaissaient comme une épreuve semblable à celles dont il est question dans la Bible. Pourquoi leur avait-il infligé une chose pareille ? En y repensant, elle pouvait encore ressentir le choc qu'elle avait éprouvé quand il était rentré à la maison ce jour-là, la main enflée. Balancer un coup de poing à son supérieur ! C'était humiliant. Elle n'avait jamais remis en question l'idée que Paul ne songeait qu'à leur intérêt ; il était trop responsable, trop prudent pour qu'il en aille autrement. Mais, soudain, il avait perdu son sang-froid au pire moment. Elle ne s'apitoyait pas sur son sort à cause de cette mutation (elle était femme de militaire, même si c'était encore récent, et c'était son devoir de tenir le coup, de garder le moral), mais plutôt parce que cette situation aurait pu être évitée. Surtout avec deux jours seulement pour s'y préparer ! Si elle avait été prévenue assez tôt, elle se serait obligée à nouer des amitiés.

Elle fréquentait déjà une autre jeune épouse de militaire, une femme qui s'appelait Patrice et qu'elle avait rencontrée au terrain de jeux. Elles n'étaient cependant pas suffisamment proches pour que Nat puisse l'appeler et lui dire : « Bonjour, je m'ennuie. » Elle pourrait peut-être formuler ça autrement et lui demander conseil : « Que ferais-tu si ta voiture avait un pneu éclaté ? », ou encore : « Pendant combien de temps peux-tu cacher à ton mari que la voiture a besoin d'une grosse réparation, que c'est ta faute parce que, disons, tu as emmené tes filles en voiture dans le désert la nuit car c'était la seule chose qui t'aidait à ne pas devenir folle ? »

Elle avait pardonné à Paul, malgré tout ce qui s'était passé ; elle ne pouvait pas continuer à lui en vouloir, pas avec toute cette distance entre eux. Elle se languissait du soulagement qu'elle ressentait quand il rentrait à la maison et que l'attention des filles se détournait d'elle pendant un court et précieux instant. Son rire, bref et inattendu, quand les filles faisaient quelque chose de drôle ou qu'elle racontait une anecdote domestique lui manquait. La chaleur de son corps dans le lit, et de sa main dans son dos lorsqu'elle s'endormait lui manquait. Il était le seul, à Idaho Falls, à la connaître, et peut-être même la seule personne au monde. Et maintenant qu'il était parti, son absence creusait un vide dans sa poitrine.

Elle se leva du canapé pour aller à la cuisine ; elle ouvrit un tiroir rempli de bric-à-brac et commença à fouiller parmi les trombones, les bouchons de stylo, un flacon de vernis à ongles transparent. Ses doigts trouvèrent un morceau de carton rectangulaire enfoui tout au fond : la carte de visite du jeune cow-boy qu'elle avait rencontré non loin du réservoir de Palisades. Elle l'attrapa et jeta un coup d'œil à l'écriture penchée, à l'encre délavée. Depuis cette rencontre, elle était allée en centre-ville plusieurs fois au cours de l'année écoulée, mais sans jamais s'aventurer dans les rues derrière, là où était situé l'atelier de réparation, une enfilade de ruelles qui s'étendaient jusqu'à la voie de chemin de fer et où elle n'avait rien à faire.

Elle se demanda si Esrom travaillait toujours au même endroit et s'il se souvenait d'elle. Peut-être qu'il lui ferait un prix pour la réparation. Et, sinon, ce serait bien de le revoir.

Mais peut-être ne se souviendrait-il pas du tout d'elle et, dans ce cas, elle serait embarrassée. Ce qui la fit hésiter. Elle regardait les lettres bleu pâle attentivement comme si elles allaient bouger et se transformer pour lui donner conseil.

Elle retourna à la pendule, souleva le voile ridicule qui la recouvrait et s'aperçut qu'il n'était que vingt heures. Il y avait peut-être une chance que l'un des mécaniciens soit encore à l'atelier ; elle était si désœuvrée qu'elle n'avait rien à perdre à tenter le coup. Elle hésita un instant, le combiné appuyé au creux de son épaule, puis composa le numéro.

La sonnerie retentit cinq fois et elle s'apprêtait à raccrocher quand une voix de jeune homme lui répondit, légèrement essoufflée : « Garage », annonça-t-il.

Cet accueil réduit à sa plus simple expression la déconcerta : « Bonsoir, dit-elle. J'ai... il faut que... j'ai besoin – pourquoi parlait-elle si fort ? –, il faut que je fasse réparer ma voiture.

— D'accord, répondit-il. Vous pouvez l'amener au garage quand vous voulez et nous y jetterons un coup d'œil. Sauf le dimanche, nous sommes fermés. Sinon, tous les jours entre neuf heures et dix-sept heures.

— Elle ne roule plus, dit Nat.

— Si vous avez besoin d'une dépanneuse, pas de problème. Donnez-moi votre adresse. »

Nat lui dicta l'adresse et, avant même de réfléchir, elle demanda : « Est-ce que, par hasard, vous êtes Esrom ? »

Il y eut un court silence étonné. « Oui.

— Je crois que nous nous sommes rencontrés une fois, à peu près à la même époque l'année dernière. Vous m'avez donné votre carte dans un *diner* à Kirby, pas loin du réservoir de Palisades. »

Il se mit soudain à rire. « Eh bien, je suis content que vous ayez appelé. »

Elle fut soulagée et s'aperçut qu'elle souriait. « Votre copain avait dit que votre atelier de réparation était ce qui se faisait de mieux à Idaho Falls.

— Mon copain dit des tas de choses. C'est Nat, n'est-ce pas ?

— Oui ! Ça alors, vous avez une bonne mémoire !

— Je passerai moi-même demain matin. Disons vers dix heures ?

— Formidable. Merci beaucoup. » Elle raccrocha, toujours en souriant, et sentit disparaître le poids qui lui pesait sur la poitrine. Elle avait maintenant quelque chose de prévu pour le lendemain *et* une solution à son problème de voiture.

Quand le jour se leva le lendemain matin, il faisait déjà chaud et beau, le ciel était clair, et Nat se réveilla tôt. Tandis qu'une certaine nervosité et une mystérieuse motivation la poussaient à se préparer, elle se souvint de sa conversation téléphonique de la veille au soir. Esrom allait passer aujourd'hui.

Elle fila dans la salle de bains, s'aspergea le visage d'eau froide et se maquilla. Elle fouilla dans son placard jusqu'à ce qu'elle trouve une robe à peu près seyante et qu'elle puisse porter malgré son petit ventre rond. (Elle avait l'impression que sa grossesse se voyait, mais personne, pour l'instant, n'avait fait de remarque à ce sujet, pas même ses voisines, si curieuses d'habitude, alors peut-être n'était-ce pas aussi évident qu'elle le croyait.) Revigorée, elle alla à la cuisine pour préparer des œufs mimosa et un gâteau.

« Qu'est-ce qui se passe aujourd'hui ? demanda Sam qui arriva en trottinant, ébouriffée et clignant des yeux. On fait une fête ? (Ses yeux s'illuminèrent.) C'est papa qui rentre ?

— Non, pas du tout, dit Nat. Quelqu'un vient aujourd'hui pour jeter un coup d'œil à la voiture. Rien d'autre. »

Le visage de Sam s'éclaira tant elle était contente : elle attendait toujours beaucoup de la nouveauté. « C'est rien du tout, vraiment », dit Nat. Et voyant que Sam n'était pas convaincue, elle lui servit un bol de céréales pour détourner son attention.

Le temps passa lentement. Nat habilla les filles et elles firent plusieurs parties de Candy Land. Après une demi-heure de jeu, Nat eut l'impression d'avoir accompli son devoir. Au milieu de la matinée, elle entendit un véhicule brinquebaler dans la rue et, une minute plus tard, on frappait à la porte.

Quand elle ouvrit, Esrom était là, son chapeau à la main, debout sur la dernière marche. « Bonjour, madame.

— Bonjour ! répondit-elle.

— Je me souviens de toi ! » cria Sam, qui s'était précipitée à la suite de Nat.

Nat la retint gentiment. « Merci beaucoup d'être venu.

— Pas de problème, dit Esrom. Mais j'ai vu votre voiture et je suis désolé.

— C'est grave, n'est-ce pas ?

— C'est pas terrible, en effet. Vous avez de la chance que personne n'ait été blessé.

— On était dehors au milieu de la nuit », dit Sam.

Esrom leva les yeux vers Nat.

« Bon, milieu de la nuit… c'est peut-être exagéré.

— Non ! s'écria Sam d'une voix haut perchée, les sourcils froncés. C'était vraiment le milieu de la nuit. Maman m'a sortie du lit et tout ça, expliqua-t-elle à Esrom qui se mit à rire.

— Bon, d'accord. »

Nat sentit qu'elle rougissait. « Nous sommes parties pour une petite virée en voiture, dit-elle. Pour prendre l'air, c'est tout. C'est la raison pour laquelle j'ai dû rentrer en roulant sur la jante.

— Si vous permettez, vous devriez toujours avoir une roue de secours, madame.

— La roue de secours est déjà montée. Nous avons dû nous en servir en venant de Virginie. Nous ne l'avons jamais remplacée.

— Dans ce cas, dit-il gentiment, ce n'est plus une roue de secours. »

Nat acquiesça d'un hochement de tête. Elle voulait lui signifier qu'elle le savait, qu'elle n'était pas idiote, mais elle était trop intimidée pour dire quoi que ce soit.

« En me penchant pour jeter un coup d'œil, j'ai vu de l'huile sous la voiture, ajouta-t-il. Je pense que c'est le liquide de transmission. Vous avez heurté quelque chose ?

— Oui. Une pierre.

— Je vois. » Une ride creusa son front, comme s'il reprenait l'affliction de Nat à son propre compte. « Bon, je n'aime pas beaucoup la couleur de l'huile. Elle a brûlé. Espérons que ce n'est que le début d'une petite fuite et que vous n'avez pas vidé le réservoir. »

Nat ne savait quoi répondre face à cette terrible éventualité.

Sam se tortilla pour se rapprocher d'Esrom et ne put se retenir plus longtemps : « Tu te souviens de moi quand on a mangé des milk-shakes ?

— Bien sûr. Tu t'appelles Sam, c'est ça ?

— Oui ! C'est ça ! »

Nat fut touchée qu'il se souvienne du prénom de sa fille. « Et elle, c'est Liddie, précisa Sam en tapotant la tête de sa sœur.

— Eh bien, je n'ai pas oublié Liddie non plus. » Esrom serra la main de la petite fille.

« Comment vont vos amis ? demanda Nat. Comment ça se passe au garage ? Les affaires vont bien ?

— Ça va, merci. Ça s'agrandit petit à petit. » Il fit un geste en direction de la voiture. « Il faut que je voie ce qu'elle a sous le capot pour mesurer l'ampleur des dégâts. Vous pouvez me prêter les clés ? Je vais voir si elle démarre.

— Oui, bien sûr, répondit Nat, qui disparut à l'intérieur de la maison et les lui donna.

— Très bien. Je reviens vous voir dès que j'ai fini. »

Nat le remercia et fit rentrer les filles. Sam et Liddie coururent à la fenêtre. Elles s'agrippaient au rebord, les yeux fixés sur Esrom comme s'il était le premier homme qu'elles voyaient depuis des années. Le ventilateur soulevait la bordure en dentelle de leurs chaussettes et agitait l'ourlet de leurs robes. Nat fonça dans la cuisine ; elle saupoudra les œufs mimosa de paprika et coupa le gâteau. Inspirée, elle ouvrit une boîte de pêches au sirop qu'elle égoutta pour éviter qu'ils n'imbibent le gâteau de leur jus. Elle sortit pour inviter Esrom à déjeuner.

Son sang ne fit qu'un tour en voyant la Fireflite suspendue au crochet de la dépanneuse. « Oh, non », s'exclama-t-elle, tirant Esrom de ses rêveries.

Il se retourna et fit quelques pas vers elle. « Oui, ça n'est pas bon signe. Elle ne veut pas démarrer. J'ai l'impression que la pierre que vous avez heurtée a fait un trou dans le carter et que le liquide de transmission a fui pendant que vous avez continué à rouler sur la jante. Vous avez probablement brûlé la courroie de transmission.

— C'est une grosse réparation ?

— Oui, j'en ai bien peur.

— Zut ! » Nat commença à paniquer en pensant combien Paul serait déçu – tout cet argent gaspillé – par son manque de jugeote et les conséquences qui en résultaient. Elle se frotta le front d'inquiétude. Mais elle sentit les yeux du jeune homme posés sur elle et elle se ressaisit. Elle sourit et lui dit : « Vous voulez entrer ? J'ai préparé le déjeuner, le couvert est mis.

— Oh, fit-il. Merci, mais il faut que je reparte au garage.

— Vous n'avez pas le temps de déjeuner ? » Elle se sentit encore plus ridicule d'avoir pris la peine de préparer tout un festin ; son désir de se faire des amis était si évident qu'elle en était pathétique, pensa-t-elle. La scène dans le *diner* lui revint soudain à l'esprit : la serveuse au regard sévère et le sentiment d'être tenue à l'écart. Un embarras en appelle vite un autre. Elle eut les larmes aux yeux et espéra qu'il ne le remarquerait pas, mais le changement de ton de sa voix, apaisant, soucieux, comme s'il s'adressait à un cheval apeuré, prêt à lancer une ruade, lui fit penser qu'il s'en était rendu compte.

« Je suis désolé, dit-il. Bien sûr que j'ai le temps de déjeuner. C'est très gentil à vous. » Une vie passée au grand air avait dessiné de petites rides au coin de ses yeux, et son sourire était chaleureux, même si ses dents, qui n'avaient jamais été soignées, se chevauchaient, telle une clôture de guingois.

Il retira ses bottes dans le couloir avant d'entrer dans la cuisine ; quand il vit la table, croulant sous la nourriture et les couverts en argent (mon Dieu, qu'est-ce qui lui avait pris de sortir des serviettes de table en tissu ?), ses yeux s'agrandirent de surprise. Les efforts, ridicules, de Nat n'étaient que trop apparents : le gâteau qui s'effondrait doucement, les œufs à la décoration compliquée alignés comme des huîtres dans leur coquille, les pêches au sirop.

« Nous avons un repas de fête aujourd'hui, dit Sam en chantonnant.

— Mince alors, s'exclama Esrom, on se croirait à Pâques.

— Oh non, dit Nat, c'est tous les jours comme ça.

— Non, c'est pas vrai », murmura Sam.

Nat et les filles s'assirent en demi-cercle autour d'Esrom, leurs têtes légèrement penchées vers lui tandis qu'il mangeait. Être l'objet de leur attention le fit rougir, il était embarrassé, mais il mangeait de si bon cœur que Nat se sentit très vite moins mal à l'aise.

Sam n'arrêtait pas de jacasser, postillonnant de l'œuf en direction d'Esrom, tandis qu'elle le régalait d'anecdotes inspirées de son imagination (« une fois, j'ai mangé un gâteau au café avec un vrai grain de café dessus, mais ça avait le goût d'un petit caillou dé-goû-tant » ; « quand je joue au jeu des sept familles, je gagne toujours » ; « j'ai vu un vautour manger une tortue morte sur le bord de la route et papa a dit *tu es poussière et tu retourneras à la poussière* »). Liddie hochait vigoureusement la tête à chaque déclaration de Sam, comme pour les reprendre à son propre compte. Sa petite voix était encore fluette et ses phrases peu articulées et donc difficilement compréhensibles. Seule Sam savait traduire ce que sa sœur racontait – « elle dit qu'elle a une poupée qui ferme les yeux et qui fait pipi quand on lui donne du lait » – et la satisfaction qui se lisait sur le visage de Liddie prouvait que c'était bien ça. Liddie détestait ne pas être comprise ; c'était là l'une des rares choses qui la mettaient en colère.

Ils piochèrent dans le gâteau au café et Nat leur servit du lait.

« Ah, du lait froid, remarqua Esrom. Je n'en bois pas tous les jours. Chez moi, habituellement, on le boit chaud. »

Sans qu'elle sache pourquoi, cette réflexion embarrassa Nat, et Sam demanda : « Pourquoi ?

— Nous avons des vaches.

— Vous les mangez ? demanda encore Sam. Et vous faites des bottes avec ? »

Esrom rit. « Oui, pour les bottes. Mais non, on ne mange pas nos vaches, sinon, comment on aurait du lait ? On en échange quelques-unes avec nos voisins, les Lind, contre de la viande de bœuf une fois par an.

— Oh, dit Sam, alors t'es pas un vrai cow-boy.

— Sam », intervint Nat, d'un ton désapprobateur.

Esrom fit un geste de la main pour signifier que ce n'était rien. « Selon tes critères d'exigence, peut-être que non. Mais je monte à cheval presque tous les jours. Est-ce que ça compte ?

— Oui », répondit Sam, magnanime. Elle réfléchit un instant. « Pourquoi tous tes voisins s'appellent Lind ? »

Esrom reprit une part de gâteau. « Je t'aime bien, tu sais. » Et il ajouta : « Tenez, les filles. Ce matin, j'ai trouvé quelque chose qui va peut-être vous plaire. »

Il mit la main dans sa poche et en sortit un morceau d'une mue de serpent, d'une dizaine de centimètres de long. C'était transparent, plus fin que du tissu et rayé de marques pâles ; on aurait dit un parchemin ancien et précieux. Les filles se penchèrent pour regarder de près.

« C'est de la peau de serpent, expliqua-t-il. Je l'ai trouvée ce matin. C'est juste un petit bout.

— Où est le reste ? demanda Sam.

— Je ne sais pas. Envolé, peut-être.

— Est-ce que c'est un serpent à sonnette ? Est-ce que ça meurt quand ça perd sa peau ?

— Eh bien, c'est difficile de savoir si c'est un serpent à sonnette, parce que c'est seulement la partie où il y a la tête. Si tu trouves la queue d'un serpent à sonnette, tu peux voir des petites bosses. Mais là, c'est la tête, on voit la peau qui recouvrait les paupières. Et non, quand les serpents muent, ils ne meurent pas. Ils se débarrassent juste de leur peau, de temps en temps. »

Même Nat se surprit à se pencher pour regarder de plus près ; elle se souvint alors qu'elle était une adulte et s'empressa d'empiler les assiettes vides.

« Tu as déjà vu un serpent à sonnette ? demanda Sam à Esrom.

— Oui, bien sûr. Il y en a plein par ici.

— T'en as déjà tué un ?

— Eh bien, oui. Si j'en trouve un trop près de la maison ou dans la grange, je le tue. Sinon, je les laisse tranquilles.

— Mon Dieu, Sam, ça suffit, soupira Nat. Allez vous laver les mains, les filles. Elles sont toutes poisseuses.

— Tenez, les filles, dit Esrom, vous pouvez garder la peau de serpent. »

Sam et Liddie, stupéfaites, sautillèrent dans tous les sens et se chamaillèrent immédiatement pour savoir qui allait la garder. Nat leur dit que la peau resterait sur le rebord de la fenêtre jusqu'à ce qu'elles soient calmées. Esrom allongea ses jambes et attrapa la tasse de café fumant que lui tendait Nat, tandis que les filles, qui s'étaient lavé les mains à une vitesse record, revenaient en courant, mettant de l'eau partout. De la fenêtre, Nat vit sa voisine Chrissie qui promenait son petit chien blanc s'arrêter, bouche bée, devant la voiture suspendue. Chrissie jeta un coup d'œil à l'intérieur de la dépanneuse d'Esrom et, ne voyant personne, regarda autour d'elle et leva les yeux vers la fenêtre. Nat se sentit gênée et se détourna. Elle ne voulait pas avoir à chasser Esrom.

Non pas d'ailleurs qu'elle l'aurait pu, même si elle l'avait voulu. « On a plein de jouets qu'on peut te montrer », dit Sam. Elle et sa sœur se mirent à l'œuvre. Elles foncèrent dans leur chambre et revinrent en courant, des allers et retours qui n'en finissaient plus, pour montrer à Esrom leur téléphone en plastique, une poupée Denis la Malice, une poupée Betsy

Westy, celle qui fait pipi, avec des cils manquants et des yeux voilés.

« Je suis désolée, dit Nat. Mais nous n'avons pas beaucoup de visiteurs.

— Elles sont formidables. Je n'ai jamais été si bien reçu en venant récupérer la voiture de quelqu'un.

— Vous travaillez un peu plus en ville, en ce moment, comme vous le souhaitiez ?

— Oh, oui. » Il s'essuya la bouche avec une serviette et hocha la tête. Il semblait surpris que Nat se souvienne aussi bien de lui. « Beaucoup de réparations de voitures.

— J'étais étonnée que quelqu'un réponde hier soir quand j'ai appelé.

— J'étais le dernier. Je rattrapais du travail en retard. J'aime bien bricoler les vieilles voitures. » Il avait l'air presque penaud et il changea de sujet. « Je ne vous ai pas demandé où vous avez grandi ?

— En Californie. À San Diego.

— Waouh, ça devait être bien.

— En effet. Être élevée au bord de la mer et tout ça, c'était bien. »

Il éclata de rire, comme si ce à quoi il pensait était absurde. « Le désert de lave m'évoque parfois l'océan. C'est ridicule ? Est-ce que quelqu'un peut seulement dire ça s'il n'a jamais vu l'océan ?

— Ce n'est pas ridicule, dit Nat. À moi aussi, ça me fait penser à l'océan. C'est la raison pour laquelle je faisais ces petites virées en voiture la nuit. J'aime bien aller là-bas. C'est un tout autre monde. On se sent libre. » Elle rougit et balaya les miettes de la main.

« Qu'est-ce que votre mari a dit ? demanda Esrom. Quand il a vu le pneu éclaté ? Il a dû être surpris. »

Sam vint vers lui en trottinant, avec un appareil photo en bois, et s'écria : « Ben, mon papa est pas là ! Il est parti en Antarctique pour un an.

— Oh, fit Esrom.

— Pas tout à fait », dit Nat. Puis elle s'adressa à Sam sur un ton plus sérieux : « Sam, tu te rappelles ce que j'ai dit ? » Elle faisait allusion à la conversation qu'elle avait eue avec les filles pour leur expliquer qu'il ne fallait pas raconter à tout le monde que le chef de famille était parti à des milliers de kilomètres de là. « Mon époux a été muté sur une base militaire au Groenland, précisa Nat.

— Quand est-ce qu'il revient ? » demanda Esrom. Cette question mit Nat sur ses gardes. Il leva la main. « Excusez-moi. Je ne voulais pas être indiscret.

— Non, pas de problème. Il est censé revenir en décembre. J'espère que le bébé attendra son retour, mais rien n'est moins sûr. »

Esrom jeta un coup d'œil autour de lui, comme si « le bébé » se cachait sous la table, ou dormait quelque part dans la maison. Puis il croisa le regard de Nat et se mit à rire quand il comprit. « Vous attendez un bébé ? »

C'était si évident pour elle ; et pourtant lui non plus ne l'avait pas remarqué. « Oui, dit-elle. Début décembre.

— Ça alors. Eh bien, félicitations.

— Merci. »

Il sourit, comme perdu dans ses pensées, puis reprit ses esprits. Il se leva de table et s'essuya les mains sur son jean. « Il faut que je retourne au garage maintenant. Mais je ne vous remercierai jamais assez pour le déjeuner. Je vais fanfaronner tout l'après-midi devant les gars. »

Nat aurait aimé qu'il y ait suffisamment de restes à emporter pour ses copains ; pour pouvoir prétendre que tous les soins apportés à ce repas n'étaient pas uniquement destinés à Esrom. « Ce n'était rien.

— Je vous rappellerai dès que j'en saurai plus à propos de votre voiture.

— Oui. Merci.

— Et comment allez-vous faire pendant ce temps-là ?

— Je vais prendre le bus, j'imagine.

— C'est compliqué.

— Peut-être que ça me servira de leçon.

— Vous n'avez pas besoin de leçon, dit-il, plus sérieusement qu'elle ne s'y serait attendue. Parfois, les choses arrivent, et c'est tout.

— Eh bien, d'accord.

— Et, madame…

— Nat.

— Madame… Nat, j'espère que vous ne verrez pas d'inconvénient à ce que je vienne voir de temps en temps si tout va bien. Et si vous n'avez besoin de rien. J'aimerais que quelqu'un puisse le faire pour mon épouse. »

Les yeux de Nat se posèrent sur l'annulaire d'Esrom, nu. Il s'en aperçut et ajouta : « Si j'étais marié, bien sûr. Mon épouse ou ma mère – je ne voudrais pas qu'elles soient toutes seules.

— Pas de problème, lança Nat. C'est vraiment très gentil.

— Je n'y peux rien, répondit-il avec ironie, sur un ton d'autodérision. Je suis mormon. »

Évidemment, se dit Nat, en se demandant pourquoi elle n'y avait pas pensé plus tôt. La plupart des gens du coin l'étaient. Cette information la mit tout de suite sur ses gardes et, en même temps, cela le rendait plus digne de confiance, en quelque sorte.

Quand Esrom ouvrit la porte, les filles le suivirent, l'air abattu. Il s'en aperçut et s'accroupit pour être à leur hauteur. « Mademoiselle Liddie, la prochaine fois que je vous verrai, je voudrais bien savoir ce que la poupée Denis la Malice a fait comme bêtises. Et vous, mademoiselle Sam, vous devrez me raconter les photos que vous avez prises avec votre appareil en bois. C'est possible ?

— Oui, répondirent les filles en chœur, tout excitées.

— Très bien. À bientôt, alors », dit-il, avec un geste d'au revoir, et il redescendit tranquillement l'allée en direction de sa dépanneuse.

Paul

« Ah, *home, sweet home* », dit Mayberry en lâchant son sac de voyage par terre, avant de s'écrouler sur sa couchette en face de Paul qui, allongé sur la sienne, lisait le journal. « Quoi de neuf, Collier ? Tu ne travailles pas aujourd'hui ? »

Paul regarda sa montre. « Dans une heure, répondit-il.

— Une fois de plus, nos emplois du temps ne coïncident pas, lança Mayberry. Comment ça se passe avec ton précieux réacteur ?

— C'est une merveille », dit Paul. Et de fait, le PM-2A ne surchauffait jamais, ne déclenchait jamais de fausse alerte, et jamais, jamais une barre de contrôle ne restait bloquée. Devant cette machine qui fonctionnait à la perfection, Paul ne pouvait s'empêcher de faire la comparaison avec les interventions si laborieuses sur le CR-1, son esprit encombré de visions de barres de contrôle coincées, de vapeur radioactive, d'incendies nourris d'uranium, inextinguibles. Il commençait à croire qu'il imaginait des choses, que ce qui s'était passé là-bas ne pouvait pas avoir été aussi terrible que dans son souvenir. Il avait même confié ses peurs à l'aumônier. « J'en fais des cauchemars, avait-il dit. Je suis sur les nerfs. » L'aumônier lui avait donné trois aspirines et un verre d'eau.

L'opérateur Benson passa la tête par l'embrasure de la porte et déclara : « On va jouer à la belote dans le salon, si quelqu'un a envie de se joindre à nous.

— Bien sûr, répondit Mayberry.

— Moi, non, merci », dit Paul qui avait décidé d'écrire un mot à Nat. Il s'empara de son stylo et de son carnet dont il ouvrit la première page pour jeter un coup d'œil à la photo de Nat qu'il gardait à l'intérieur.

Benson s'approcha de Paul. « Waouh, c'est ta femme, la célèbre Nat ? »

Instinctivement, Paul la retourna.

« Ouais, c'est elle, répondit Mayberry à sa place.

— Montre-nous.

— Elle est canon, fanfaronna Mayberry. À côté, les autres épouses ont l'air de femmes de ménage. »

Benson essaya de se pencher par-dessus l'épaule de Paul, bouche bée, découvrant l'espace entre ses dents de devant ; quelque chose dans son expression, une attente agressive, mettait Paul mal à l'aise.

« Il cache la photo dans son petit carnet, dit Mayberry pour le taquiner, comme si Paul était devenu muet. Il ne te la montrera pas.

— Comment tu l'as vue, alors ? demanda Benson.

— Un jour, j'ai fouillé, évidemment.

— Pour en faire quoi ? »

Mayberry ne répondit pas. Paul ne le regardait pas et donc, pour ce qu'il en savait, son copain n'avait tout simplement pas réfléchi à la réponse. Mais, il s'imagina que Mayberry ou Benson avait pu faire un geste obscène et, sous le coup de l'énervement, il se leva de sa couchette et se planta devant eux. « Vous allez la fermer, tous les deux ? dit-il sur un ton cassant.

— Nous étions juste admiratifs. Pas la peine de prendre la mouche. »

Paul s'accroupit, leur tournant le dos. Il ouvrit la fermeture Éclair de son sac et glissa la photo entre deux piles de linge plié. Le silence était pesant, avec leurs regards posés sur lui. Il se sentit con.

« Bon, je file », finit par dire Mayberry. Et Benson lui emboîta le pas.

Paul vint se rasseoir sur sa couchette. Le seul bruit autour de lui était le cliquètement du radiateur, qui avait du mal à chauffer la pièce au-delà de dix degrés. Il n'avait plus d'inspiration. De toute façon, il ne voulait rien lui dire de plus que « Fais attention à toi. Je t'aime ». Mais s'il lui envoyait toujours le même message, elle allait arrêter de le prendre au sérieux. Comme les gens à qui l'on dit « Fais attention sur la route » et qui n'y prennent pas garde car ils ne partent que pour aller à l'épicerie du coin.

Après quelques minutes, comme les gars ne revenaient pas, il ouvrit de nouveau son sac et en ressortit la photo. Elle était là, Nat à dix-neuf ans, souriante, devant le rideau plissé en arrière-fond. Son sourire était presque timide ; ses yeux, fixés sur Paul, regardaient au-delà de l'objectif, comme si elle lui demandait pourquoi il lui fallait poser de manière ridicule. Il avait voulu une photo d'elle pour l'emporter à Fort Irwin.

Il avait toujours aimé le sourire en coin de Nat, la petite fossette qui retroussait légèrement ses lèvres d'un côté. Bien que la photo s'arrêtât juste au-dessous des épaules, il discernait les bretelles de son maillot de bain. Il se souvenait bien de ce maillot violet, son odeur de noix de coco et de sel, et la manière dont il s'arrêtait à hauteur des clavicules, attaché sur sa nuque. Et ce désir, toujours d'actualité, de le détacher. L'image de ces bretelles glissant sur ses épaules, si loin dans l'espace et le temps, lui sembla indécente et fascinante.

Quand s'était-elle débarrassée de ce maillot ? Il aurait dû lui demander de le garder. Mais c'était il y a six ans déjà – et tant de choses s'étaient passées depuis.

Il avait rencontré Nat pendant un week-end de permission quand il était en poste à Fort Irwin. Il avait fait la route avec des copains de l'armée jusqu'à San Diego, en manque d'océan, de montagnes, de couleurs, ayant besoin de se retrouver parmi des gens qui ne portaient pas l'uniforme. Approcher de cette ville de bord de mer, où toutes les treilles semblaient recouvertes de bougainvilliers rose vif et où l'océan brillait d'un bleu plus profond que celui du ciel, les rendait presque fous de bonheur.

Paul avait déjà vu l'océan, mais c'était une vision qui ne cessait de l'émerveiller. Il avait alors l'impression que le monde était infini. Les gars autour de lui riaient, plaisantaient, fanfaronnaient et roulaient des mécaniques. Paul était assis, il fumait et écoutait le flux et le reflux de l'océan qui balayait le monde de ses impuretés. C'était tout le contraire de l'univers dans lequel il avait grandi, celui de la forêt et des étangs, calme, où les feuilles tombaient et pourrissaient dans l'eau, où les papillons aspiraient la boue en groupes silencieux, où les crapauds laissaient derrière eux des rubans gélatineux, lors du frai. L'océan, lui, faisait basculer des vies minuscules en un instant, sans y prendre garde.

« Ton bronzage de camionneur me tue, Collier », dit l'un des soldats.

Paul répondit par un bras d'honneur assorti à un sourire désarmant. Ce geste ne lui était pas naturel ; il avait cependant compris que c'était la réaction adéquate quand quelqu'un se moquait de vous et que vous n'aviez pas envie de répondre. Les gens, en retour, riaient et semblaient contents, si étrange que cela puisse paraître.

Près d'eux était installé un groupe de huit ou neuf filles. Une bande de garçons qui avaient l'air de les connaître leur tournaient autour et avaient posé leurs serviettes tout près d'elles. « Ces zigotos ont marqué leur territoire, fit remarquer l'un des soldats en gardant un œil sur les jeunes types qui jouaient au volley. C'est comme s'ils avaient pissé tout autour pour s'approprier ce coin de plage.

— Je crois que les filles nous ont repérés. »

L'un des soldats se leva d'un bond, revigoré, semblait-il. « J'y vais, dit-il. Je vais me baigner. » Et il courut vers l'océan comme si son pantalon était en feu.

Une minute plus tard, Paul lui emboîta le pas, les bras levés au-dessus de la tête, avant de plonger maladroitement dans l'eau. En dessous, tout était teinté de vert, le soleil brillait par transparence à travers les remous et recouvrait tout d'une poussière dorée. Il remonta à la surface, près de ses copains, en espérant qu'ils ne remarqueraient pas qu'il restait là où il avait pied.

« Je vous l'avais dit. Regardez qui arrive », lança l'un d'entre eux en souriant. Paul suivit son regard. Les filles se dirigeaient vers eux. Elles hésitèrent un instant au bord de l'eau, trempant leurs pieds dans l'écume, et jetaient subrepticement des coups d'œil aux soldats dès qu'elles le pouvaient.

C'était agréable d'être remarqués, comme Paul l'avait imaginé. Ils n'étaient que de passage, jeunes, en permission, fascinants dans leur insouciante masculinité. Nous n'étions plus en temps de guerre, il n'y avait plus cette urgence qui, fut un temps, faisait succomber les femmes ; maintenant, flirter avec des soldats était un jeu, sans que l'on sache qui en serait le gagnant, et c'était donc plus excitant. Les filles pouvaient s'amuser un peu avec eux.

Soudain, le soleil se refléta sur le dos de quelque chose, une surface grise énorme, et les battements de cœur de Paul s'arrêtèrent un instant. Était-ce une hallucination ?

« Hé », dit-il. Au ton de sa voix, tout le monde leva les yeux.

Il était sûr que c'était un requin. Il aurait pu paniquer et détaler en direction de la plage en poussant des cris comme une collégienne apeurée. Cette humiliation lui fut épargnée ; une des jeunes filles montra la chose du doigt et s'exclama : « Regardez, des dauphins !

— Des dauphins », répéta Paul, soulagé, en riant comme s'il le savait. Des douzaines de dauphins, à dix mètres d'eux, qui bondissaient hors de l'eau avant de replonger telles de longues et souples virgules. Ils étaient très rapides. Quelques-uns s'approchèrent suffisamment pour que Paul voie leurs yeux étroits et écartés, les évents sur le sommet de leurs crânes, qui ressemblaient à des nombrils, l'eau qui glissait de chaque côté de leur tête. Paul en oublia même les filles quelques instants, tandis qu'elles s'étaient rassemblées et rapprochées pour voir. Les dauphins disparurent aussi vite qu'ils étaient arrivés.

Le charme était rompu. Des cris et des rires se faisaient de nouveau entendre. Paul se retourna et vit les gens sur la plage, de petits points lumineux, au loin, qui se prélassaient, inconscients de ce qui venait de se passer. Paul, lui, se sentit privilégié, comme s'il avait reçu un cadeau.

Quand il reporta son attention sur les autres baigneurs, il remarqua, de l'autre côté de là où étaient ses copains, une jeune femme brune qui remontait à la surface. Ses yeux passaient sur les soldats pour s'attarder sur elle. Avant qu'il n'ait pu détourner son regard, elle le vit et lui sourit ; un grand sourire. Elle aussi était heureuse de ce dont ils avaient été témoins.

À la tombée de la nuit, la bande de jeunes gens construisit un feu de joie et l'un d'entre eux, costaud, les héla : « Hé, les gars, vous êtes dans l'armée ? » Ils acquiescèrent en chœur et il les invita à se joindre aux autres. Paul repéra la jeune femme brune assise de l'autre côté du feu de joie, une bière à la main, qui bavardait avec une amie. Elle ne semblait pas être attachée à l'un ou l'autre des garçons, ce qui le réconforta.

Muet, il ne se sentait pas à sa place parmi ces gosses, des civils. Sa vie à l'armée, organisée, quadrillée, avec toutes ses règles, ses innombrables acronymes et ses bases isolées, semblait aux antipodes de la leur. Il avait vingt ans. La vie l'avait déjà égratigné. La plupart de ces gosses avaient à peine un ou deux ans de moins que lui, mais ils lui paraissaient rayonnants et épargnés par la vie, ils brillaient comme un sou neuf ramassé sur le trottoir.

Autour du feu de joie, les silhouettes se prélassaient, alanguies. Paul avait la jeune femme brune dans sa ligne de mire ; il hésita puis se dirigea vers elle, d'un pas probablement un peu trop vif. Il s'assit à côté d'elle et enfouit ses pieds dans le sable. L'un de ses petits orteils était déformé, à la suite d'une engelure attrapée quand il était enfant, et il n'avait pas envie qu'elle le voie.

« Salut », fit-elle en souriant, sans paraître surprise de son approche. Elle était assise, une serviette sur les épaules, ses doigts entrelacés autour de ses genoux. Son visage et ses pieds étaient successivement éclairés ou plongés dans l'ombre au gré du mouvement des flammes.

« Je m'appelle Paul, dit-il en lui tendant la main.

— Natalie, lança-t-elle en la lui serrant.

— C'est un joli prénom.

— En fait, tout le monde m'appelle Nat.

— Nat, c'est bien aussi », répondit Paul. Un ange passa, il se creusait la tête, cherchant quoi dire. « C'était étonnant, de voir ces dauphins.

— N'est-ce pas ? Ils sont très beaux. Ils vont et viennent le long de la côte.

— Je n'avais jamais rien vu de pareil avant aujourd'hui », dit Paul, déçu d'apprendre que ce n'était pas un événement aussi rare qu'il le pensait.

« Il y a quelques années, continua Nat, cette bande de dauphins est arrivée pendant que je nageais. Ils étaient au moins deux cents, bondissant hors de l'eau, de tous côtés, venus de toutes les directions.

— J'aurais aimé être là. » Il voulait dire qu'il aurait aimé être là pour la voir elle et, se rendant compte qu'elle avait probablement compris, il se sentit mortifié.

« Je crois que quand ils se regroupent comme ça, on appelle ça une coopération. T'es d'où ? demanda-t-elle. Du Midwest ?

— Non. Du Maine.

— J'ai entendu dire que c'était très beau, là-bas, avec tous ces phares et ces falaises.

— Ouais », acquiesça Paul, bien qu'il n'ait jamais rien vu de toutes ces choses auxquelles elle faisait allusion.

Elle avait grandi à quelques kilomètres de là où ils se trouvaient, dit-elle, et avait deux frères, beaucoup plus vieux. Ils n'habitaient plus à la maison, avaient des enfants, elle était la dernière à vivre avec ses parents. Son père tenait un magasin de fournitures médicales et sa mère était secrétaire.

Le vent changea de direction, et elle chassa la fumée de son visage en toussant. « Mes parents pensent que je suis trop gâtée. Ils ont grandi à Dayton, dans l'Ohio. » Elle secoua la tête et fronça les sourcils.

« Ils trouvent que je suis incontrôlable, que je me disperse. Je suis tellement plus jeune que mes frères, ils m'ont toujours laissée agir à ma guise.

— Ah oui ? Mais qu'est-ce que ça veut dire ? » demanda Paul.

Elle se mordit un ongle, réfléchissant, et ne sembla pas avoir entendu la question. « Tu vois, ma mère a toujours voulu que j'aie une vocation, des projets, comme elle dit, mais pas trop. Juste assez pour devenir secrétaire et me marier. Seulement je déteste la dactylo ! Je ne sais même pas taper.

— La dactylographie est difficile », dit Paul. Mon Dieu, comme il était maladroit.

« Je t'ennuie, dit Nat.

— Non ! Non, pas du tout. » Paul se demanda si sa réponse n'avait pas l'air trop empressée et catégorique. Comme s'il avait décrété haut et fort : « *Rien de ce que tu racontes ne m'ennuiera jamais !* »

Il était tard. Ils étaient tous à demi allongés, rêveurs, et, en face de Paul, quelqu'un sortit une guitare. Quelques braises s'envolèrent en tournoyant, emportées par le vent, puis s'éteignirent en silence. Paul aimait leur mouvement, en spirale, un dernier tourbillon empli d'énergie, avant de n'être plus rien.

« On va nager ? » demanda Nat.

Surpris, il répondit : « Oui. »

Elle laissa tomber la serviette de ses épaules et se leva, se frayant un chemin parmi les jeunes gens affalés. Elle sourit à Paul par-dessus son épaule et lui parla des baignades nocturnes auxquelles elle s'adonnait depuis des années, sans avoir jamais eu peur, lui disant qu'il n'y avait rien de mieux que d'avoir la lune juste au-dessus de la tête.

L'air s'était rafraîchi et la température de l'eau sembla légèrement plus chaude. L'océan ressemblait à une immense plaque de fer martelé. Ils y entrèrent jusqu'à la taille et Nat se frotta les bras en riant : « Il ne faut pas réfléchir, sinon tu ne te jetteras jamais à l'eau. »

Paul sourit et se prépara à plonger. Il hésita un instant et lança un regard derrière lui, en direction du feu de joie. Un doute s'immisça dans son esprit. De quoi s'agissait-il ? Et il comprit : il eut le sentiment que l'une des amies de Nat aurait dû proposer de les accompagner. Elle était seule avec lui, et il était certes respectable, mais il pensa qu'elle devrait être chaperonnée ou qu'elle aurait dû demander à l'être. Elle ne le connaissait ni d'Ève ni d'Adam. Il était ravi d'être seul avec elle, mais il ne pouvait s'empêcher de se demander si elle faisait ça souvent, aller se baigner avec des garçons qu'elle ne connaissait pas. Aucune de ses amies n'avait levé les yeux quand ils s'étaient éloignés.

Il décida que seuls son charme et son amabilité avaient incité Nat à lui faire confiance. *Ne fiche pas tout en l'air, Paul.* De toute façon, elle avait déjà plongé pour réapparaître plus loin, en dessinant des ronds dans l'eau. « Qu'est-ce que tu attends ? » lança-t-elle en riant. Dans l'obscurité, au loin, elle paraissait petite, une forme indéfinie ; cela aurait pu être n'importe quoi : une bouée ou encore un phoque au poil soyeux, adorable.

Paul se jeta dans l'écume d'une petite vague. La clarté de la lune filtrait sous la surface, mais il ne voyait pas grand-chose, ce qui était tout à la fois exaltant et agaçant. Il sortit la tête de l'eau pour reprendre son souffle et, voyant qu'elle était encore à quelques mètres de lui, il replongea pour la rejoindre. Quand il remonta à la surface, en toussant et en pataugeant laborieusement, elle se mit à rire. « Tu as réussi », dit-elle.

Il crut qu'il s'en sortirait. Après tout, il avait quand même passé son test de natation pour l'armée avec succès. Mais l'expression sur le visage de Nat changea quand elle le regarda et, très vite, il se rendit compte qu'il perdait pied et qu'il ne parvenait pas à rester à la surface.

« Je ne peux pas, dit-il en hoquetant et en moulinant des bras et des jambes. Je ne sais pas bien nager. » Et, soudain, il se vit comme elle devait elle-même le voir : les yeux écarquillés, se débattant, ses membres s'agitant vainement dans l'eau. Il avait l'impression d'être percé à jour, dans ses travers les plus humiliants, lui qui avait grandi dans un milieu si pauvre qu'il n'avait jamais appris à nager, il ne connaissait rien de ce qu'était la jeunesse oisive. Il échouait lamentablement devant elle. Mais elle attrapa l'un de ses bras et parvint à le ramener là où ils avaient pied.

Il haletait, misérablement ; plus il essayait de se contrôler et pire c'était. « Détends-toi », dit Nat, et elle avait raison. Il reprit son souffle. Mais il sut, à son grand désespoir, que, pour lui, la soirée était finie. Il retournerait sur la plage tout seul et prendrait une cuite mémorable en espérant, le lendemain matin, avoir oublié qu'il avait gâché ses chances auprès de cette belle et douce fille.

« Est-ce que ça va ? lui demanda Nat. Quoi, tu veux y retourner ? » Elle lui prit gentiment le bras. « Ne fais pas l'idiot. Nous pouvons rester là, nous n'avons pas besoin d'aller plus loin. »

Il la regarda. Une vague le submergea jusqu'au menton, il se passa la main sur le visage et se reprit.

Elle riait. « Tu croyais que je ne m'intéresserais plus à toi, juste parce que tu ne sais pas nager ? »

S'intéressait-elle donc à lui ? Que voulait-elle dire ? Il essaya d'ignorer la nouvelle vague qui lui fouetta le visage.

« Mais je m'en moque complètement que tu ne saches pas nager », dit-elle.

Il retrouva la parole. « Je ne t'en aurais pas voulu.

— Oh, ne sois pas bête. Ce qui est amusant, c'est d'être là, c'est tout. » Et, étonnamment, bien qu'il soit encore mal à l'aise, anticipant sa défaite, elle se remit à faire la conversation. Comme s'il n'était pas le pire idiot de toute la terre, elle bavardait, souriante, avec des gestes animés : il y avait des îles, tout le long de la côte de San Diego, *juste là, dans cette direction*, et, un jour, elle avait fait une excursion en bateau pour les visiter. Elle montra du doigt une autre direction et expliqua qu'elle était allée plonger pour pêcher les ormeaux avec des amis, près de Bird Rock, que les ormeaux y étaient plus gros qu'un pamplemousse et que sa mère les avait aplatis pour les faire revenir dans du beurre. *On en trouve partout ! Parfois, il suffit de soulever un petit rocher et tu en trouves plein.*

Paul ne savait foutre pas ce qu'était un ormeau, mais il ressentait un tel soulagement qu'il se pencha vers elle pour l'embrasser. Puis il recula immédiatement, choqué de son audace. Il crut un instant qu'elle allait faire demi-tour et repartir vers la plage, ou – pire – qu'elle allait le gifler, ou crier. Il n'avait jamais encore embrassé une fille, et il ne savait donc pas à quoi s'attendre.

Mais elle sourit. Et lui donna un baiser en retour, doucement, ce qui le surprit encore plus. Son estomac se noua avant de se détendre à nouveau. Il l'enlaça ; il sentait son souffle et ses cheveux mouillés sur son épaule et, ensemble, ils se retournèrent pour faire face à la plage, où il était impossible de distinguer leur feu de joie parmi tous les autres disséminés le long du rivage.

Nat

Les choses s'amélioraient, se disait Nat. Elle avait réussi à consolider son amitié naissante avec Patrice, qu'elle avait rencontrée au terrain de jeux ; elles s'y retrouvaient plusieurs matins par semaine pour laisser leurs gamines jouer ensemble. Patrice avait une petite Carol Ann de quatre ans, blonde, angélique, à côté de qui les filles de Nat passaient pour de petits animaux sauvages. Mais, celle-ci était prête à supporter cette désastreuse comparaison en échange de camaraderie.

Bud, le mari de Patrice, n'avait pas été muté et elle avait donc un emploi du temps serré, entre les courses, la préparation des repas et le ménage – tâche à laquelle Nat avait plus ou moins renoncé –, il ne lui restait que peu de temps libre. Après avoir passé une heure au parc, elles repartaient chacune de son côté, et, chaque fois, Nat avait l'impression que Patrice était brièvement sortie de son univers où tout allait à cent à l'heure pour goûter à la vie engourdie de Nat, une pause qu'elle avait d'ailleurs appréciée, et qu'il lui fallait réintégrer le monde réel, avec des responsabilités et des interactions avec d'autres gens.

La voiture de Nat était toujours au garage ; hormis les dix minutes de trajet en bus pour aller au centre-ville quand elles en avaient besoin, elles passaient le plus clair de leur temps à la maison. Nat traversait ses journées en se laissant porter, s'occupant ou non de la lessive, nettoyant ou non la cuisine, et parfois même sans rien faire du tout, bavardant certains jours avec le facteur ou ne parlant à aucun autre adulte pendant quarante-huit heures. Toutefois, cela ne lui pesait pas autant qu'on aurait pu le penser, car il y avait Esrom qui lui rendait visite.

Il tint sa promesse ; tous les deux jours environ, il s'arrêtait pour s'assurer qu'elle et les filles allaient bien, qu'elles n'avaient besoin de rien. Il s'avéra que l'arbre de transmission de la Fireflite était complètement fichu et qu'il fallait le remplacer. Esrom lui avait dit qu'il ne lui ferait pas payer la main-d'œuvre, il s'en occuperait pendant son temps libre, mais son oncle demandait un peu plus de cent dollars pour la pièce, et, en entendant le montant, Nat manqua défaillir. Elle commença donc à mettre de côté cinq dollars par-ci, par-là, sur le salaire de Paul, voulant régler la note sans qu'il le sache ; mais entre Esrom qui s'en occupait quand il le pouvait et la lenteur avec laquelle elle économisait, elle se rendit compte qu'elle ne récupérerait pas sa voiture de sitôt. Ce n'était pas si gênant ; les trajets en bus ne se passaient pas aussi mal qu'elle l'aurait cru et, pour les filles, c'était même une petite aventure. De plus, cela signifiait qu'Esrom continuait à leur rendre visite.

Chaque fois qu'il venait, elle le trouvait au même endroit, son chapeau à la main, sur la dernière marche. Il frappait à la porte au lieu de sonner, comme s'il se méfiait de la technologie, même la plus simple.

Et il apportait toujours pour les filles des babioles trouvées dans la nature – un nid de guêpes vide, aussi lisse qu'une calebasse ; l'éclat d'une pointe de flèche en obsidienne – devant lesquelles elles s'exclamaient et qu'elles alignaient sur le rebord de fenêtre de leur chambre, tels des fétiches inoffensifs.

Il leur raconta que, quelques semaines auparavant, alors qu'il était à cheval pour inspecter la clôture d'un voisin, il avait aperçu du coin de l'œil une silhouette inhabituelle et qu'il s'en était approché pour voir de quoi il s'agissait. C'étaient deux cerfs, aux bois entremêlés, des mâles imposants qui, lors d'un combat, s'étaient retrouvés enchevêtrés, et étaient donc condamnés à se regarder dans les yeux, désorientés, se détestant tandis qu'ils mouraient de faim.

« S'ils avaient été des êtres humains, ils auraient trouvé une solution pour manger chacun son tour, expliqua Esrom aux filles, qui le fixaient, le front plissé, concentrées, essayant de visualiser la scène. Mais comme ce sont des animaux, ils n'ont pas eu cette idée et ils sont morts de faim. Si l'un tentait de baisser la tête pour se nourrir, l'autre prenait peur et tirait sur les bois d'un coup sec. Ou bien ils bougeaient le cou dans deux directions différentes, et ne pouvaient aller nulle part. Dieu seul sait combien de temps ils sont restés comme ça. Je n'ai pas pu en tirer grand-chose, à part deux belles paires de bois. »

Il leur parla aussi d'une portée de bébés coyotes qu'il avait trouvés sur les terres du ranch, si doux et confiants qu'ils étaient venus vers lui en chancelant jusqu'à ce que leur mère fasse son apparition pour les ramener d'autorité dans leur terrier. « Si nous avions eu encore des moutons, j'aurais dû les tuer, dit-il. Mais j'étais heureux de ne pas avoir à le faire. On aurait dit des petits chiens.

— Oh, j'en veux un ! s'écria Sam. Je veux un bébé coyote.

— Les coyotes sont difficiles à domestiquer », commença Nat. Mais Esrom dit : « Je sais. Moi aussi, j'en veux un. »

À l'heure de la sieste, Nat emmena les filles dans leur chambre. Elle pensait qu'Esrom partirait mais, quand elle revint dans la cuisine, elle vit une paire de bottes devant la fenêtre à hauteur d'yeux. « Nom d'une pipe ! » s'exclama Nat en riant. Quand elle ressortit, Esrom, du haut de son échelle, lui fit distraitement un petit signe de la main. Il évacuait de la gouttière de pleines brassées de feuilles et autres végétaux qu'il jetait en bas.

« Ne restez pas là, lui cria-t-il, alors qu'un tas de cosses d'érable atterrissait sur le sol.

— Arrêtez, dit Nat. Vous n'êtes pas plutôt censé apprivoiser un bébé coyote ou un truc du genre ?

— Les coyotes sont difficiles à domestiquer, répliqua-t-il. Je croyais que vous saviez ça. »

Nat croisa les bras. « Vous avez fourré dans la tête de ma fille l'idée d'en avoir un pour Noël. »

La rue était tranquille. Quelques gosses jouaient au loin, mais la plupart des mères devaient être chez elles, avec leurs enfants qui faisaient la sieste. Quand Esrom s'attelait à ce genre de corvées, elle se sentait obligée de lui tenir compagnie ; il ne lui paraissait pas juste de le regarder se démener pendant qu'elle-même se reposait. Elle espérait que son bavardage ne l'ennuyait pas.

« Vous pouvez rentrer, déclara Esrom, comme s'il lisait dans ses pensées. Enfin, ce que je veux dire, c'est que vous n'êtes pas obligée de rester là.

— Je vais m'asseoir dehors un instant. Il fait bon. » C'était le cas, le ciel était bleu, avec quelques nuages de traîne.

« Je ne pourrai pas repasser avant la fin de la semaine prochaine, dit Esrom en descendant de l'échelle qu'il emporta plus loin de l'autre côté de la maison. Mon voisin déplace son bétail et j'ai l'habitude de l'aider.

— D'accord, fit Nat. Vous n'avez pas à vous sentir responsable de nous, vous savez. Où emmène-t-il son troupeau ?

— Sur une autre pâture.

— Vous aimez ce genre de travail ? » demanda Nat.

Esrom jeta un autre tas de compost sur l'herbe. « Je ne sais pas. Je ne me suis jamais posé la question. En fait, j'essaie d'être engagé dans le régiment de sapeurs-pompiers qui s'occupent du centre de recherche nucléaire.

— Oh ! fit Nat.

— Ouais. Je viens juste de prendre un appartement en ville avec des copains.

— Vraiment ? » demanda Nat, surprise. Elle ne l'associait en esprit qu'à son ranch mythique ; elle aimait à l'imaginer là-bas.

« Je ne peux pas vivre avec mes parents le restant de ma vie, n'est-ce pas ?

— J'imagine que non.

— Je ne serai pas très loin, je pourrai toujours leur donner un coup de main. Mais on commence à être un peu à l'étroit là-bas, avec tous mes frères et sœurs qui grandissent. Et mon père est un peu… je ne sais pas.

— Un peu quoi ? » insista Nat.

Esrom fit une grimace. « On a des prises de bec parfois. On est un peu à l'étroit, comme je vous le disais.

— Oh !, fit de nouveau Nat, sans savoir exactement ce qu'il entendait par là et comprenant qu'il était préférable de ne pas poser plus de questions. J'ai de l'admiration pour les mormons, dit-elle bêtement. L'esprit de famille et tout ça. »

Esrom eut soudain l'air fatigué. « Merci, dit-il.

— Vous êtes retourné pêcher au réservoir récemment ?

— Non. Pas cette année. Trop de travail.

— Quel dommage.

— Non. C'est une bonne chose. J'ai besoin de travailler. J'ai eu une période où je traînais un peu trop là-bas, quand je vous ai rencontrée dans ce *diner.* » Il se tut un instant, la regarda, hésita, puis se jeta à l'eau : « Je me demandais, qu'est-ce que vous faisiez au réservoir ce jour-là, l'été dernier ? Des demoiselles, toutes seules, si loin de chez elles ? »

La manière dont il la regardait lui fit battre le cœur plus vite.

« Oh, nous étions juste parties pour la journée, dit-elle. Ce n'est pas si loin que ça.

— C'est beaucoup de route juste pour se baigner.

— Parfois, j'ai besoin de sortir. J'aimerais pouvoir me satisfaire de ce que j'ai, comme tout le monde, vous savez, être heureuse là où je suis. Mais je n'ai jamais été comme ça. Enfin, je peux m'installer quelque part, bien sûr, mais j'ai besoin de bouger. Je veux voir des choses. Parfois… » Et elle se sentit rougir car elle se rendait compte qu'elle avait répondu avec beaucoup de sérieux et qu'elle parlait trop. « Je me sens comme un bibelot dans une vitrine, vous comprenez ? Comme si je restais là, sans bouger, en attendant que quelque chose m'arrive. Comme si je n'avais pas pris l'air depuis des années. »

Esrom la regarda attentivement.

« Je suis désolée, je parle trop, dit Nat.

— Non. Pas du tout.

— Vous devez penser que j'ai l'esprit dérangé. Je ne veux pas paraître ingrate. J'ai une très bonne vie.

— Je sais, répondit-il. Ça se voit. Et vous n'avez pas du tout l'air d'avoir l'esprit dérangé.

— Paul et moi nous sommes disputés », déclara Nat. Pourquoi ne pas en dire plus, au point où elle en était ? « Je voulais pouvoir disposer de la voiture plus souvent. Mais lui s'inquiétait d'être en retard au travail. Nous nous sommes querellés à ce sujet. J'étais contrariée.

— Oh, fit Esrom. Je comprends mieux. Vous aviez l'air d'être sur les nerfs. »

Nat leva les yeux au ciel et rit. « Je suis donc si transparente. J'imagine que je ferais mieux de ne pas jouer au poker.

— Et donc, quand vous avez eu la voiture pour vous toute seule, après le départ de votre mari, vous l'avez conduite et mise hors service ? » Un sourire apparut au coin de sa bouche.

« Dit comme ça, ça paraît ridicule.

— C'est peut-être pas ce que vous avez fait de mieux, en effet.

— Comment va votre amie ? demanda Nat. La serveuse, Corrie ? Celle qui me déteste.

— Ne le prenez pas pour vous, elle déteste tout le monde.

— Vous, elle ne vous déteste pas. » Cette remarque parut trop personnelle et Nat aurait souhaité n'avoir rien dit.

« Non, c'est vrai, fit-il, sans paraître remarquer la gêne de Nat. Elle n'a pas la vie facile. Elle et ses sœurs, si isolées, au milieu de nulle part. » Curieuse d'en savoir plus sur leurs relations, et sur les sœurs qui avaient surgi dans la conversation et dont l'évocation, bizarrement, la contrariait, Nat attendit qu'il s'explique ; mais Esrom jeta un coup d'œil en direction de la rue et se tordit du haut de son échelle pour regarder par-dessus son épaule. « Je crois que quelqu'un essaie d'attirer votre attention », dit-il.

Nat se retourna. Jeannie Richards, il ne manquait plus qu'elle, garait la Coupe de Ville couleur crème le long du trottoir et baissait la vitre. Nat se releva, sur le qui-vive. Elle n'avait pas reparlé à Jeannie depuis que Paul avait frappé son mari. Elle l'avait croisée dans le quartier, une ou deux fois, mais il y en avait toujours au moins une des deux dans sa voiture, ce qui les tenait à distance, au grand soulagement de Nat. Elle avait honte de ce que Paul avait fait. Et maintenant, Jeannie était là – pour quelle raison ? Avait-elle ressassé sa colère au cours des semaines passées et était-elle prête à se lâcher pour s'en prendre à Nat ?

Mais Jeannie lui fit un petit signe de la main comme si elles étaient de vieilles copines.

« Une seconde, dit Nat, en s'adressant à Esrom et en filant vers la voiture.

— Bonjour ! dit Jeannie, avec un grand sourire. Je passais juste pour voir comment vous alliez. » Sa petite fille, Angela, dormait allongée sur la banquette arrière.

« Oh, fit Nat, c'est très gentil.

— C'est moi, désormais, qui m'occupe du bureau de liaison, expliqua Jeannie. M'assurer que mes ouailles vont bien fait maintenant partie de mes obligations.

— Formidable !

— J'ai toujours aimé faire du volontariat, dit Jeannie d'un ton détaché. Alors, comment allez-vous ? Votre mari a été muté ?

— Oui, en effet. Nous allons bien. Écoutez... » Elle joignit les mains, les doigts croisés, mal à l'aise. « Je vous dois des excuses pour ce que Paul a fait à votre mari. Je suis juste... je ne sais pas quoi dire. Je ne sais pas ce qui lui est passé par la tête. Il n'avait jamais fait une chose pareille.

— Vraiment ? » Jeannie fronça les sourcils. « Il m'a l'air de se mettre facilement en colère.

— Il n'a jamais frappé personne, dit Nat. Je vous en prie, ne croyez pas que c'est une habitude, il n'est pas comme ça. »

Jeannie laissa échapper un petit rire. « Eh bien, peut-être que faire apparaître les gens sous leur meilleur jour n'est pas ce que mon mari fait de mieux. »

Nat rit timidement, surprise. La dispute sur le perron de Jeannie un an plus tôt resurgit soudain dans son esprit – Nat la sentait planer au-dessus d'elles –, mais l'évoquer aurait été une erreur.

« Votre mari va bien ? demanda-t-elle. Il s'en est remis ?

— Mon Dieu, oui. » D'un geste de la main, Jeannie balaya l'inquiétude de Nat. « C'est un vétéran de la Seconde Guerre mondiale, il peut supporter une escarmouche dans son propre salon. »

Intérieurement, Nat gémit ; que Paul ait traité avec un tel manque de respect un vétéran de la Seconde Guerre mondiale lui faisait honte.

« Aucun homme n'est irréprochable, n'est-ce pas ? » Jeannie sortit une cigarette de son étui doré et la porta à sa bouche ; elle en offrit une à Nat, qui accepta par politesse. Toutefois, elle se demanda pendant combien de temps Jeannie avait prévu de bavarder. « Les hommes ont des secrets. Si nous savions tout ce qu'ils font, nous partirions sur une île réservée aux femmes. » Ses yeux brillaient d'un éclat qui laissait entendre qu'elle en savait long sur le sujet ; Nat eut l'impression que ce dont parlait Jeannie incluait Paul, un sous-entendu évident et délibéré, mais qu'elle n'était pas sûre de comprendre. Jeannie leva les yeux vers Esrom sur son échelle.

« Cet homme-là, en revanche, a l'air d'un ange. »

Nat n'aurait jamais décrit Esrom ainsi, mais elle se retourna pour l'observer.

« Qui est-ce ? » demanda Jeannie. Elle plissa joliment le front. « Un cousin ? Un frère ? J'ai déjà vu son camion dans le coin. »

Nat fut sur ses gardes. « Non, nous n'avons aucun lien de parenté.

— C'est un ami de votre mari ? insista Jeannie.

— Non.

— Qui est-ce alors ?

— Les gouttières étaient bouchées, expliqua Nat.

— Oh ! » Jeannie sourit avec gentillesse, comme si elle était heureuse que Nat soit arrivée à surmonter sa réticence pour lui répondre. « Et donc c'est Maison et services qui l'envoie ? Formidable ! Je me demandais quand est-ce que quelqu'un allait s'occuper des gouttières ; les nôtres sont dans un sale état. Il s'appelle comment ?

— Je ne sais pas, répondit Nat, honteuse d'être déloyale.

— Vous pensez qu'il pourrait s'occuper des miennes ?

— De vos quoi ?

— De mes gouttières, dit Jeannie en riant.

— Je n'en suis pas certaine, dit Nat. Il a l'air d'être très occupé. Il court partout. »

Elles regardèrent Esrom attraper une brassée de feuilles pourries et les laisser tomber à bas de l'échelle sur la pelouse. Il s'essuya une main sur le coton de sa chemise, bâilla et continua.

Quand Nat se retourna de nouveau vers Jeannie, elle la vit en train de fixer sa taille avec insistance, jusqu'à ce qu'elle s'oblige à lever les yeux vers Nat, avec un petit sourire curieux. Nat attendit qu'elle dise quelque chose, mais comme ce ne fut pas le cas, elle prit les devants : « Je crois que vous avez remarqué que j'attendais un bébé.

— Vous avez surpris mon regard. C'est bien ce que je pensais. Je me disais, Nat Collier n'aurait pas grossi sans raison. De combien de mois êtes-vous enceinte ?

— Presque six mois. C'est incroyable. »

Jeannie hocha la tête, tirant sur sa cigarette. Revenue de sa surprise – qui semblait confirmer la mauvaise nouvelle qu'elle redoutait –, elle réagit avec froideur. On aurait dit qu'elle ne pouvait pas regarder Nat dans les yeux. Elle tapota ses cendres à l'extérieur de la voiture. « Félicitations.

— Merci.

— Les enfants sont une bénédiction », dit Jeannie en soupirant. Elle jeta sa cigarette et agita la main en direction d'Esrom. « Bonjour ! Bonjour ! Oui, vous ! Vous pouvez venir une minute ? »

Jeannie dut le héler à plusieurs reprises avant qu'Esrom ne comprenne qu'elle s'adressait à lui. Il la regarda attentivement, avant de descendre de son échelle avec ses lourdes bottes. Ses mains et ses bras étaient recouverts d'une substance visqueuse ; il les essuya sur son jean, avec un sourire d'excuse. « Bonjour, madame, dit-il, intrigué.

— Bonjour ! Est-ce que Maison et services envoie des hommes dans le coin pour déboucher les gouttières ? »

Esrom jeta un coup d'œil à Nat, puis reporta son attention sur Jeannie.

« Je n'en suis pas sûr, madame.

— Bon, pourriez-vous venir chez moi, après ? Je sais qu'il faudrait que j'appelle le bureau, mais comme vous êtes déjà là, je pense que ça n'a pas d'importance. J'habite au 413 White Pine. Si vous pouviez venir cet après-midi, ce serait formidable.

— Je... »

Nat se sentit mal à l'aise. Elle aurait voulu préciser qu'Esrom n'était pas un homme de service, mais son ami ; toutefois, elle savait que cela paraîtrait étrange, voire suspect, et, d'ailleurs, ne serait-ce pas un peu trop audacieux de le considérer comme un ami ? Peut-être qu'il n'était pas son ami. Peut-être que seul son sens du devoir, en tant que mormon, l'amenait à vouloir aider Nat. Après tout, la plupart des gens ne nettoyaient pas les gouttières de leurs amis.

« Il est certainement très occupé », dit Nat. Une piètre tentative.

« Mais il est payé pour ça, vous savez », répliqua Jeannie en riant, comme si Esrom n'était pas là.

Esrom regarda Nat ouvertement. Il attendait d'elle un signe, elle le savait ; cette conversation le déroutait, et, ayant pris la discussion en cours de route, il n'arrivait pas à comprendre pourquoi Jeannie lui donnait des ordres et pourquoi Nat ne faisait rien pour dissiper le malentendu. Elle était là, vendant littéralement ses services, lui demandant de travailler gratuitement pour cette dame du voisinage qui se montrait si autoritaire.

« Très bien, dit-il en s'adressant à Jeannie. Je peux vous donner un coup de main. J'en ai presque terminé, ici.

— Formidable ! Nat, prenez soin de vous. Appelez-moi si vous avez besoin de quoi que ce soit. N'oubliez pas, je suis là pour m'occuper de vous. Enfin, si jamais vous n'avez personne d'autre pour le faire, c'est ce que je veux dire, ajouta-t-elle en jetant un coup d'œil à Esrom.

— Merci », dit Nat, les joues en feu.

Jeannie agita la main d'abord en direction de Nat, puis d'Esrom, et démarra. Il déplaçait déjà son échelle pour en finir avec les derniers centimètres de gouttière. Il attrapait de pleines poignées de feuilles pourries de ce mouvement naturel, facile, qu'ont les hommes pour effectuer des tâches répugnantes ou qui nécessitent un effort physique. Son visage était impassible, ses gestes calmes et mesurés ; il ne paraissait pas en colère. Mais quand il descendit de l'échelle et se prépara à rassembler les tas de feuilles agglutinées dans un grand sac en papier, il ne lui adressa pas la parole. Elle se pencha pour l'aider – ses mains à elle roses et soignées, ses ongles propres – mais, s'apercevant qu'elle était gênée par son ventre, il lui dit : « Ça va. Je m'en occupe. » Elle se releva, le regard dans le vide, inutile, jusqu'à ce qu'il ait fini. Son cœur battait à tout rompre. Les femmes de militaires qui prenaient soin les unes des autres, mon œil ! se dit-elle.

« Je peux vous offrir quelque chose à boire avant que vous ne partiez ? demanda-t-elle à Esrom. Ou à manger ?

— Non, merci. » Il roula le haut du sac et en vida l'air. Puis il descendit l'allée jusqu'à son camion et y jeta le sac, avant de grimper dans la cabine.

Nat, ridicule, lui courut après : « Vous ne voulez pas entrer et vous laver un peu ? Je peux vous préparer quelque chose à emporter. » Son rejet, brûlant, après les remarques acérées de Jeannie était presque plus qu'elle n'en pouvait supporter.

« Ça va. Me laver ne servirait à rien, de toute façon. » Il parut penser que le ton de sa réponse était trop sec et il s'obligea à croiser le regard de Nat en lui disant : « Au revoir, madame. »

Le « madame » était comme une gifle. Mais, même si elle avouait s'être comportée comme une snob, en l'envoyant travailler chez sa voisine comme si elle disposait de son temps à lui, elle ne pouvait pas lui montrer combien sa distance soudaine la blessait. C'était un homme qui venait parfois lui rendre service. Il n'était pas son ami.

Son vieux camion poussiéreux, le bord des ailes rongé par la rouille, descendit la rue en cahotant. Nat resta là, debout, devant sa maison, pendant quelques secondes, comme si elle attendait qu'il se passe quelque chose. Le bébé dans son ventre fit un petit bond sur le côté, telle une grenouille sautant d'une pierre. Elle se frotta le front, soupira et rentra pour voir si les filles étaient réveillées.

Jeannie

Ce soir-là, en son for intérieur, Jeannie était soulagée que Nat n'assiste pas au dîner chez les Franks. Elle n'était pas d'humeur à supporter la vue de la jeune femme, rayonnante, paradant avec son petit ventre rond, pas plus qu'à entendre les gens se réjouir à l'annonce de cette future naissance et Nat, tout sucre, répondre : « J'ai beaucoup de chance, oui », ou : « C'est plus difficile sans Paul, mais on va se débrouiller. »

« Je sais que vous ne travaillez pas pour Maison et services, avait dit Jeannie au jeune cow-boy l'après-midi même, tandis que, consciencieusement, il jouait son rôle de dupe, déblayant les gouttières de pleines brassées de feuilles pourrissantes dans la cour de derrière. Vous n'avez ni badge ni camion de fonction, et vous ne m'avez pas donné de formulaire à signer.

— Je ne savais pas que pour nettoyer les gouttières il fallait un formulaire officiel.

— Charmant… C'est l'armée, mon chou. Il y a un formulaire pour tout. »

Jeannie était debout au pied de l'échelle, un verre de ce qui ressemblait à un thé glacé à la main, mais qui n'était rien d'autre qu'un cocktail Long Island de plus. « Fais attention, mon chéri, lui dit-elle. Des femmes comme Nat Collier, des femmes seules car leur mari a été muté loin de chez lui, j'en ai vu des centaines. Elle est tellement adorable, et elle a un tel besoin d'affection – le cow-boy ouvrit grands les yeux –, mais à la seconde même où son mari sera de retour, elle se pâmera devant lui comme s'il était le chef de file du monde libre.

— Madame, avec tout le respect que je vous dois, je pense que vous faites fausse route.

— Non, mon chéri. C'est toi qui fais fausse route.

— Madame…

— Tu sais quoi ? Oublie ça. Laisse tomber les gouttières. Après tout, pourquoi je m'en occuperais, alors que Mitch s'en fout ? Tiens, prends ça, cinq dollars.

— C'est beaucoup trop, madame…

— Pour vous autres, ce n'est pas du luxe. J'ai presque envie de pleurer chaque fois que je vous vois tous autant que vous êtes. »

Elle aurait aimé que les gens comprennent qu'elle n'avait pas une vie facile.

Il était paradoxal qu'elle veuille qu'on le sache, alors que chacun de ses gestes était destiné à masquer les efforts qu'elle faisait ; mais, de temps en temps, juste pour un instant, elle aurait voulu qu'ils voient les efforts que cela lui coûtait.

Les choses ne sont pas aussi simples pour tout le monde qu'elles le sont pour vous, disait-elle en pensée ; elle se plaisait à s'imaginer attraper Nat par les cheveux et la secouer. *Nous n'avons pas toutes un mari aimant, fidèle, à qui il suffit de vous regarder dans les yeux pour que vous tombiez enceinte. Nous n'avançons pas toutes sur le chemin de la vie en ayant suffisamment confiance en nous pour croire que nos maris se réveillent chaque matin prêts à agir pour notre propre intérêt et pour nous offrir ce qu'il y a de mieux. Certaines d'entre nous sont obligées d'être vigilantes. Et être vigilant est fatigant.*

En repensant à sa conversation avec le jeune cowboy et en s'imaginant attaquer Nat Collier par surprise, elle bouillait intérieurement, à tel point qu'elle dut finalement se réfugier dans la salle de bains pour passer ses poignets sous l'eau froide, avant d'en poser un sur son front et de sentir les pulsations simultanées. Elle retourna ensuite prendre part à la soirée des Franks calme et aimable comme si de rien était.

Peu importaient ses défauts, lors des soirées, Jeannie était parfaite. Elle pensait que le jour où elle se retrouverait devant saint Pierre, il aurait certes fait la liste de ses péchés – ses sautes d'humeur, son penchant pour l'alcool –, mais, comparés à la manière dont elle avait su se donner une ligne de conduite lors des réunions mondaines, il lui accorderait le droit d'entrée au paradis.

Patiente, elle se tenait au côté de Mitch qui, comme d'habitude, racontait des histoires datant de l'époque où il était allé à Nanumea : « Et donc, avec Grady on était là, dans la jungle, on se sauvait, car il y avait ce type complètement fou qui nous poursuivait en hurlant, et on a entendu des coups de feu ! Il était armé ! Il nous tirait dessus parce qu'on s'était planqués sous la fenêtre de sa fille pour reluquer ! ». Elle balayait la pièce des yeux quand son regard fut accroché par quelqu'un qu'elle n'aurait jamais pensé revoir.

Entre cette vision, le bourdonnement de la voix de Mitch qui n'en finissait plus de raconter son histoire, et ses sous-vêtements trop ajustés qui l'oppressaient, Jeannie crut qu'elle allait défaillir. Elle se sentit blêmir.

Après un moment de stupeur, elle esquissa un sourire qui, espérait-elle, était tout à la fois distant et amical, à la manière de gens qui regardent de près une carte postale reçue lors des dernières vacances, juste avant de la jeter.

« Eddie, dit-elle tandis qu'un jeune homme et sa compagne approchaient.

— Jeannie ! » Eddie arborait un grand sourire, sans retenue, puis se ressaisit. « Madame Richards. Ça fait si longtemps.

— C'est le moins qu'on puisse dire. Depuis Belvoir », dit Jeannie en souriant. Le décor jaune-brun de la salle de séjour des Franks lui parut étouffant et elle eut le sentiment qu'elle allait être écrasée par le tableau à la peinture diarrhéique et huileuse, juste derrière elle.

Eddie souriait toujours, un bel homme, ténébreux. C'était un charmeur, comme l'était aussi Jeannie, et il le savait. Ses sourcils étaient expressifs, les traits de son visage symétriques et virils, mais sans l'aspect rustre de celui de Mitch. Jeannie ne fut pas surprise de voir qu'il était en couple. Cependant, elle fut décontenancée par le fait que sa séduisante compagne était noire.

« Je vous présente mon épouse, Estelle, dit Eddie en se hâtant de poser un bras autour des épaules de la jeune femme.

— Épouse ? s'écria Jeannie, d'une voix inutilement haut perchée. Comme c'est charmant. »

Estelle adressa un sourire à Eddie puis à Jeannie. Elle rayonnait d'affection pour son mari et avait l'air de recevoir énormément d'amour en retour, tel un animal de compagnie comblé.

Les Enzinger essayaient de s'extirper des pattes de Mitch, toujours plongé dans son histoire. Jeannie lui tapota le bras de sa main libre : « Mitch, tu te souviens de l'opérateur Hollister, de Belvoir ? » L'air soulagé, Len et Kath s'esquivèrent.

« Bien sûr ! s'exclama Mitch en se forçant à reporter son attention sur eux. Oui. Salut. Mais bien sûr. » Toute cette exubérance signifiait qu'il ne se souvenait pas du tout, bien entendu, de l'opérateur Hollister ; ce qui, pour Jeannie, n'était pas plus mal.

« Vous êtes en poste ici, maintenant ? Depuis quand êtes-vous en Idaho ?

— Quatre jours, répondit Eddie. Nous venons tout juste d'emménager. Je commence lundi.

— Vous êtes sur le CR-1 ? » demanda Jeannie.

Il accompagna sa réponse d'un clin d'œil : « Oui, madame. » Son accent du Sud était toujours légèrement perceptible. Mais, Jeannie devait bien l'admettre, c'était le plus bel accent du Sud qu'elle ait entendu, jamais appuyé, maîtrisé, toujours utilisé à bon escient, qui ajoutait une sorte de distinction à tout ce qu'il disait – bien que, par ailleurs, il ne soit pas particulièrement distingué.

« Bienvenue à bord ! lança Mitch.

— Comment vous êtes-vous rencontrés ? » demanda Jeannie, s'adressant à Estelle, au cas où les deux hommes auraient voulu parler entre eux. Il fallait toujours leur laisser le choix.

« J'étais secrétaire à Belvoir, expliqua timidement Estelle, et je voyais Eddie tous les jours. Difficile de ne pas le remarquer !

— Évidemment, rétorqua Jeannie, chaleureusement.

— J'ai l'impression de vous avoir vue, vous aussi, là-bas. »

Jeannie ne répondit pas, mais hocha la tête.

« Mme Richards nous apportait tout le temps des douceurs, à nous les bleus, elle nous gâtait, dit Eddie. Elle a un cœur en or. Elle nous préparait des brownies, ou c'était quoi déjà ? Des sablés ? Tout le temps, juste comme ça. On avait réussi à la convaincre qu'on travaillait dur.

— Vous me faisiez de la peine », bredouilla Jeannie, qui s'empressa d'ajouter : « Avec tout ce que vous deviez étudier.

— Bien joué ! », s'esclaffa Mitch. Il adorait parler de Belvoir. Mais, en effet, ils travaillaient tous beaucoup, il leur fallait étudier sans cesse et, parfois, Jeannie pensait que les hommes prétendaient s'y être davantage amusés qu'ils ne l'avaient fait. Mais bien évidemment, travailler dur impliquait, en contrepartie, de s'amuser autant que possible.

Jeannie adressa à Estelle ce qu'elle espérait ressembler à un sourire d'excuse. Elle savait qu'elle devait s'efforcer de faire la conversation : d'où venaient-ils, est-ce qu'Estelle aimait son nouvel appartement, avait-elle besoin de conseils pour le décorer à moindres frais ? Mais, brusquement, elle avait perdu sa langue, ce qui n'était pas dans ses habitudes. Elle ouvrit sa pochette et en sortit l'étui à cigarettes en or filigrané ; elle en offrit une à Estelle et en alluma une pour elle-même. Ce faisant, elle se sentit plus calme, même si, consternée, elle remarqua que ses doigts tremblaient.

« Aviez-vous jamais pensé atterrir un jour en Idaho ? parvint-elle finalement à dire.

— Eh bien, depuis que nous nous fréquentons, Eddie m'a parlé de certains endroits où il nous faudrait peut-être nous installer », répondit Estelle. Et Jeannie la regarda plus attentivement : quel âge avait cette fille ? Entre dix-sept et vingt ans, aurait-on dit.

Jeannie émit un léger grognement. « Moi, je n'aurais jamais cru devoir vivre ici. Mais Mitch et moi sommes mariés depuis longtemps, maintenant. À l'époque, personne ne parlait de l'Idaho. C'était pendant la guerre.

— La guerre de Corée ?

— Non, répliqua Jeannie, quelque peu froissée, la Seconde Guerre mondiale.

— La Seconde Guerre mondiale ?! s'écria Estelle, comme si Jeannie venait d'évoquer un souvenir qui remontait à l'Antiquité.

— Nous étions très jeunes.

— J'espère que notre mariage à Eddie et moi durera aussi longtemps que le vôtre. J'espère que nous résisterons à l'épreuve du temps. »

Que Jeannie plaisante au sujet de son âge, c'était une chose ; mais c'en était une autre de voir qu'Estelle semblait croire sérieusement que Jeannie avait un million d'années. Elle aurait dû paraître choquée à l'idée que Jeannie puisse être plus vieille qu'elle, ne serait-ce même que d'un jour. Apparemment, Estelle ne connaissait rien aux codes ni aux convenances.

Jeannie examina la jeune femme de la tête aux pieds : un visage large, juvénile, des cils recourbés, des cheveux noir de jais, leur couleur naturelle. « Et où vous êtes-vous mariés ? demanda-t-elle en soufflant la fumée de sa cigarette. Sûrement pas en Virginie. »

Estelle sembla perdre de sa superbe. Elle rougit : « Nous sommes allés dans l'Ohio.

— Je vois », fit Jeannie.

Estelle regarda autour d'elle en mordant sa lèvre inférieure.

Jeannie tapota le bras de Mitch. « Chéri, il est très tard. » Il était très tard, en effet : minuit passé. Qui aurait cru qu'une soirée chez les Franks s'éterniserait aussi longtemps ?

« Oh, Jeannie, fit Mitch. De toute façon, la nounou passe la nuit à la maison.

— Je suis terriblement fatiguée, et une femme a besoin de sommeil pour rester belle.

— Mais vous, madame, vous n'en avez sûrement pas besoin », dit Eddie. Il attrapa sa main et, oh mon Dieu, la pressa gentiment. Jeannie aurait aimé trouver un moyen d'effacer cette étincelle malicieuse dans ses yeux. « Ravi de vous avoir revus, monsieur et madame

Richards », dit Eddie. Il prit le bras d'Estelle tandis qu'ils partaient dans la direction opposée.

« Il est formidable ! fit remarquer Mitch. Il a de la conversation.

— Il n'a pas dit un mot, murmura Jeannie. Tu t'es tout simplement écouté parler.

— Quoi ? » fit Mitch en se penchant vers elle. Mais elle le repoussa gentiment, en souriant.

« Allons récupérer nos manteaux. »

Enfilant sa luxueuse zibeline (qu'elle craignait de devoir un jour mettre au clou, si Mitch ne se ressaisissait pas au travail), elle se sentait secouée. En apercevant Eddie, elle avait d'abord pensé : de tous les coins du monde dans lesquels un jeune soldat peut être envoyé, toutes les villes et toutes les bases militaires les plus isolées, quelles étaient les chances pour qu'ils se retrouvent tous les deux au même endroit ? À l'époque, elle ne savait pas grand-chose du rôle de l'armée dans le nucléaire ni de ce qui l'attendait : revenir sans cesse aux mêmes endroits, revoir les mêmes personnes, qui vivaient en vase clos, dans leur petit univers si spécifique. Que vous les aimiez ou pas, vous alliez les retrouver, d'ici quatre, cinq ou six mois.

Ils s'apprêtaient à partir quand ils entendirent frapper à la porte.

« Mon Dieu ! s'exclama Jeannie, qui ça peut bien être à cette heure-ci ? »

C'étaient Kinney et Slocum, qui avaient gardé leur uniforme. Ils avaient enlevé leurs calots, qu'ils tenaient à la main, pressés contre leur poitrine, comme deux écoliers.

« Kinney, Sloke ! s'esclaffa Mitch. On se demandait si vous alliez pouvoir venir. »

Brownie Franks se précipita dans le couloir. « Tiens donc, si je m'attendais à ça ! Arriver comme ça à la dernière minute ! J'ai bien peur que nous n'ayons déjà presque tout mangé. Je peux peut-être mettre des spaghettis à cuire ? »

Jeannie sentit son pouls s'accélérer. S'enfiler une plâtrée de spaghettis et picoler après minuit n'était pas prévu dans son emploi du temps, non merci. Elle remercia Brownie pour cette soirée délicieuse et poussa Mitch vers la sortie.

« Jean, on ne peut partir maintenant, pleurnicha Mitch, les gars viennent juste d'arriver. »

« Ou des œufs brouillés ? » suggéra Brownie. C'était affreux de la voir ainsi, dans l'embarras, de la sueur perlait au-dessus de sa lèvre supérieure. Il devrait toujours y avoir de la nourriture en abondance, même quand certains des invités ne partaient qu'à une heure du matin. Pourquoi ne prenait-elle pas quelqu'un pour l'aider dans un cas pareil ? Brownie regardait autour d'elle, désemparée, en tentant d'attirer l'attention de quelqu'un, n'importe qui, susceptible de lui dire ce qui était le mieux : les spaghettis ou les œufs brouillés ?

Kinney s'approcha de Mitch, nerveux, lèche-botte, voulant désespérément parler avant Slocum.

« Chef, vous êtes au courant ? Deke Harbaugh est mort.

— Oh, non ! s'écria Brownie.

— Nom de Dieu ! fit Mitch.

— Ça vient d'arriver, ajouta Slocum. Sa femme a appelé.

— C'étaient les poumons ? demanda Brownie. Ce truc au poumon ?

— Oui, répondit Kinney. Il a été hospitalisé hier. Il voulait que personne ne le sache. »

Jeannie se sentit légèrement coupable ; elle s'occupait du bureau de liaison, elle aurait dû le savoir. Quelqu'un avait sûrement appelé chez elle ce soir mais, bien sûr, elle était de sortie. Il allait donc falloir se rattraper avec la pauvre Minnie Harbaugh. Du coin de l'œil, elle vit Eddie s'approcher ; tout le monde voulait savoir ce que signifiait toute cette agitation.

« Ça change la donne », dit Slocum, d'un ton presque véhément, en s'adressant à Mitch. Cette assertion était empreinte de sérieux, comme un message codé, et les trois opérateurs échangèrent un regard.

« Merde ! » s'exclama Mitch.

Les yeux mouillés, le regard de Brownie vacilla. « Pauvre Minnie, dit-elle. Tu imagines un peu ? Ton mari, en train de mourir ?

— Je peux l'imaginer, oui », fit Jeannie d'une voix sombre. Les coups d'œil furtifs lui signifièrent qu'elle était allée trop loin. Elle tapota le bras de Mitch, émit un rire forcé et dit : « Je plaisantais, bien sûr. Je suis désolée. Tout ça est affreux.

— Tu es sous le choc, c'est tout, dit Brownie en lui prenant le bras. Il faut que nous organisions immédiatement quelque chose pour Minnie. »

Rien que d'y penser, Jeannie sursauta presque. « Bon, pour ce soir, il ne fait aucun doute qu'il est déjà trop tard », dit-elle. Une nuit de veille, au chevet de la veuve, le visage éclairé par une lumière divine : très peu pour Jeannie. Repose en paix, Deke Harbaugh, Jeannie, elle, va rentrer se coucher.

« Elle a besoin d'avoir quelqu'un à ses côtés, se tourmentait Brownie. Je vais y aller pour cette nuit. Jeannie, tu t'en occupes demain ? »

Il fallait se rendre à l'évidence : pas moyen de se défiler.

Brownie jeta un coup d'œil en direction de la cuisine : « Je lui aurais bien apporté quelque chose à manger, mais il n'y a presque plus rien.

— En effet, les œufs brouillés, c'est hors de question », dit Jeannie. Elle se radoucit et ajouta : « Je lui préparerai quelque chose, un plat au four.

— Oh, très bien. Oui, parfait. Des lasagnes ?

— J'en sais rien, rétorqua Jeannie, irritée. Ce que j'aurai sous la main. »

Quand Franks et Len les rejoignirent, le cirque recommença et Jeannie eut l'impression que plus de vingt minutes s'étaient écoulées avant qu'elle ne puisse pousser Mitch vers la sortie. Elle était maintenant vraiment fatiguée, mais Mitch n'arrêtait pas de parler.

« Deke Harbaugh, dit-il. Je ne peux pas y croire. C'est si soudain. Il avait l'air bien la semaine dernière pourtant. T'es pas d'accord ?

— Je ne l'ai pas vu depuis des mois, dit Jeannie.

— Il n'avait pas bonne mine, mais ça a toujours été le cas. Ses yeux brillaient. Il est venu me voir mercredi ou peut-être jeudi, et j'ai pensé : “Il a l'air d'avoir le moral, aujourd'hui. Ses yeux brillent ; son regard est joyeux." »

Jeannie soupira. Mitch était-il le médecin personnel de Deke ? Et, de toute façon, en quoi cette nouvelle était-elle un choc ? Elle était soulagée chaque fois que Harbaugh était encore en vie à la fin d'une soirée. Elle l'aimait bien : sa personnalité un peu bourrue, sa franchise. Mais tout le monde savait qu'il avait déjà un pied dans la tombe.

« Ensemble, on travaillait bien, continuait Mitch. On coopérait. Tu vois, Jean, c'est ça le truc. Si jamais quelqu'un de nouveau arrive, il ne connaîtra rien de nos façons de faire.

— Je suis sûre qu'il apprendra vite.

— Je crois que tu ne comprends pas.

— Le changement est difficile pour tout le monde, tout le temps.

— Tu ne comprends vraiment pas », répéta Mitch. Et, en effet, il s'avéra que Jeannie ne comprenait pas.

Jeannie était assise à la table de la cuisine, son café refroidissant devant elle, encore en chaussons, les bigoudis sur la tête, quand le téléphone sonna. Elle se leva, surprise, se demanda qui pouvait appeler un lundi à sept heures du matin, tandis qu'au bas de la rue les écoliers montaient tout juste à bord du gros bus scolaire jaune qui se traînait, cahotant. L'école avait commencé depuis une semaine et, le matin, l'air était déjà différent, plus frais, comme si l'été avait finalement plié bagage.

« Allô ? » fit-elle. Appuyée contre la porte d'un petit placard, elle déroula l'un de ses bigoudis et le posa sur le plan de travail. Une boucle de cheveux roux, dans un mouvement semblable à celui d'un ressort, se mit en place.

« Jeannie ? » demanda une voix masculine.

Ses doigts posés sur le bigoudi suivant, elle suspendit son geste. « Oui.

— C'est l'opérateur Hollister. Eddie.

— Eddie », dit Jeannie. Elle se figea un instant, respira profondément, et continua à dérouler ses bigoudis. « Comment vas-tu ?

— Ça va. On peut se parler une minute ? »

Mitch venait de partir au travail. Mais l'allée semblait encore emplie de sa présence, comme s'il pouvait réapparaître d'un instant à l'autre.

« Oui, répondit-elle.

— C'était bien de te revoir à la soirée.

— C'était une sacrée surprise de te trouver là, c'est le moins qu'on puisse dire. »

Eddie rit bêtement. « Une bonne ou une mauvaise surprise ? demanda-t-il, de cette voix traînante et malicieuse.

— Les deux, je suppose.

— Comment va la femme de votre ami ?

— Qui ça ?

— Celui qui est mort, pendant la soirée.

— Deke Harbaugh ? Il n'est pas mort pendant la soirée.

— Tu comprends ce que je veux dire. »

Jeannie soupira. Que de politesse, un sujet de conversation déprimant.

« Minnie s'en sort », dit-elle. Deux nuits de suite assises à veiller au chevet de Minnie, mon Dieu, Jeannie lui tenant une main, Brownie l'autre ; jusqu'à ce que la famille de Minnie, venue d'un autre État, arrive et prenne le relais comme on le ferait avec un grand enfant pleurnichard et têtu. *Je ne peux pas m'endormir sans que vous me frottiez le dos. Deke me frottait toujours le dos. Vous pouvez me préparer un gin tonic ? Tous les soirs, Deke me préparait un gin tonic.* Soit il s'agissait d'un caprice qu'elle assouvissait post mortem, soit Deke, le grand patron, avait dû complaire, servilement, aux exigences d'une épouse ennuyeuse et renfrognée. Comment avait-il fait avec cette vilaine toux ? Pour être franche, après deux nuits auprès de Minnie, Jeannie en avait eu assez. Elle avait lâché la main de Minnie, passant le relais à la sœur qui venait de Caroline du Sud, et elle avait filé chez elle.

Eddie s'éclaircit la gorge. « Tu as donc une petite fille maintenant.

— En effet. »

Ce changement de sujet ragaillardit Jeannie et, dans cet état étrange d'excitation dangereuse où la mettait la voix d'Eddie, elle se rappela que le babillage provenant de la pièce du fond était celui d'une enfant dont il était le père.

« Elle est mignonne ? Intelligente ?

— Oui, bien sûr.

— Ah », fit Eddie. Il hésita puis demanda : « Mitch est au courant ?

— Absolument pas », dit-elle. Un frisson la traversa et, d'instinct, elle posa la main sur son ventre. « Et d'ailleurs, il ne le sera jamais », ajouta-t-elle. À l'époque, elle n'avait pas même eu l'intention de prévenir Eddie de sa paternité. Mais, peu de temps après qu'elle était tombée enceinte à Belvoir, Eddie avait jeté son dévolu sur une nymphette ridicule, encore en socquettes, et, par jalousie, Jeannie avait fait le pied de grue devant chez lui tout un après-midi pour le confronter après que cette fille était partie. Il fut ravi de cette nouvelle qui l'émut ; il savait qu'entre Jeannie et lui, c'était spécial. Il faut dire qu'il avait passé une sacrée journée à faire l'amour. On pouvait lui rendre justice, car il avait plaqué l'adolescente et traité Jeannie comme une reine jusqu'à ce qu'elle parte pour Idaho Falls.

« J'aimerais bien passer, dit-il.

— C'est hors de question.

— Juste une minute. »

Jeannie secoua la tête, bien qu'il ne puisse évidemment pas la voir.

« Allez, Jeannie, s'il te plaît ? » Le « s'il te plaît » fut prononcé avec cet accent du Sud, si caractéristique, qui étire les syllabes.

« Ce n'est pas une bonne idée.

— Oh, Jeannie. Il faut que je voie ma beauté. »

Et c'est là qu'intervint la vanité de Jeannie car, malgré ce dont ils venaient de parler, elle pensa que c'était d'elle qu'il s'agissait.

« N'essayez pas de me faire du charme, mon cher », sussura-t-elle, un sourire au coin des lèvres, qu'elle cacha d'une main, comme s'il pouvait la voir. Elle finit par dire sur un ton brusque : « D'accord. Dix heures. Pas avant.

— Merci, madame », répliqua Eddie en raccrochant.

Quand sonnèrent dix heures, Jeannie avait passé l'aspirateur, essuyé le miroir et le lavabo des toilettes, donné son petit déjeuner à Angela, lui avait fait sa toilette, avait pris sa douche, s'était rasé les jambes et avait fini de se coiffer. Depuis la salle de séjour, Angela la regardait d'un air sérieux comme si elle pouvait déchiffrer la signification de ce tourbillon d'activité, en sachant qu'il ne présageait rien de bon. Ce matin-là, par chance, c'était Martha qui devait s'occuper d'Angela. Jeannie envoya la nounou et l'enfant à la bibliothèque avec pour instruction de déjeuner dans le parc après. Quand elles furent parties, Jeannie s'arrêta un instant, l'estomac retourné. Puis elle se remit en mouvement.

Elle ramassa le petit tas de jouets là où Angela s'était installée plus tôt. Elle arpenta le couloir, contrariée de voir que ses escarpins bleu pâle avaient laissé des marques sur la moquette tout juste après y avoir passé l'aspirateur. On ne remarquait que ça, comme les traces dans la neige d'un écureuil lunatique ayant couru dans tous les sens. Elle repassa donc l'aspirateur à cet endroit, pieds nus, puis alla s'asseoir à la table de la cuisine et fumer sa troisième cigarette de la journée, tout en regardant l'heure tourner, dix heures, dix heures et quart, dix heures vingt.

À dix heures trente, Jeannie entendit un bruit de pas suivi de coups frappés à la porte. Elle tira une dernière bouffée de cigarette qu'elle écrasa dans le cendrier et alla ouvrir.

« Bonjour, dit Eddie, fraîchement douché et coiffé comme un petit garçon prêt pour la messe.

— Entre », l'invita Jeannie.

Il franchit le seuil et Jeannie sursauta comme si une alarme allait se mettre à sonner dans toute la rue. La rue resta silencieuse. Jeannie prit une grande inspiration et s'apprêtait à le conduire à la table de la cuisine, mais il s'était déjà installé sur le canapé, où elle le rejoignit donc, pour s'asseoir à l'autre bout.

« C'est un beau quartier, fit remarquer Eddie. Ils nous ont trouvé un minuscule duplex sur Alvarado.

— Quelle horreur, dit Jeannie, sincère. Je peux t'offrir quelque chose ? Du café ? Une cigarette ?

— Je ne fume pas de Virginia Slim, fit Eddie en souriant.

— Eh bien, j'ai aussi des Chesterfield. Et des Lucky Strike.

— Peut-être plus tard. » Eddie leva la main, comme s'il était un parangon de tempérance. « Merci. »

Jeannie sourit et en alluma une.

Eddie regarda autour de lui. « Alors, où est-elle ? »

Jeannie cligna des yeux : « Qui ça ?

— Le bébé. La petite.

— Oh, pourquoi ? Elle est sortie avec sa nounou.

— Ah bon ?

— Oui. Elles sont allées à la bibliothèque et ensuite au parc.

— Elle est assez grande pour aller à la bibliothèque et au parc ?

— Elle a presque deux ans. »

Eddie secoua la tête, il n'en revenait pas. « Ça alors ! Je l'imaginais encore bébé. Ça fait quoi un enfant de deux ans ? Est-ce qu'elle marche ? Elle parle ?

— Marcher, oui. Parler, un peu. Elle a de longs cheveux noirs et de longs cils. Elle ne me ressemble pas du tout », dit Jeannie.

Cette remarque fit sourire Eddie.

Jeannie se releva et se dirigea vers le bar. « Qu'est-ce que tu veux boire ?

— Il n'est que dix heures et demie du matin », répliqua Eddie en riant.

Jeannie haussa les épaules, et leur servit d'autorité un gin tonic à chacun ; elle lui tendit son verre avec un sourire radieux.

« Ah ! C'est bien. Tu as raison. Il est toujours cinq heures de l'après-midi quelque part. »

Eddie but une gorgée sans plus hésiter. Jeannie vint s'asseoir à côté de lui, leurs genoux se touchant presque : ceux d'Eddie, larges et ronds, sous la toile kaki de son pantalon, les siens, fins, scintillant sous ses bas. Elle tendit la main pour lui effleurer la cuisse.

« Tu as toujours su t'amuser.

— Je ne sais pas jusqu'à quand je vais encore pouvoir m'amuser », répliqua Eddie.

Jeannie pencha la tête de côté, comme si cette déclaration méritait toute l'attention et la sympathie du monde. « Pourquoi tu dis ça ?

— Oh, tu sais bien. Il est temps que je grandisse un peu. Estelle et moi venons de familles nombreuses. Elle a six frères et sœurs. Nous voulons au moins autant d'enfants.

— Oh, fit Jeannie.

— Et on s'y est mis, dit-il avec un grand sourire. Je vais être papa en avril. »

De manière irrationnelle, Jeannie eut l'impression de recevoir une gifle. De frustration, elle sentit son estomac se nouer ; ses yeux s'emplirent de larmes. Elle était comme une petite fille sur le point de renverser le plateau du jeu auquel elle vient de perdre.

« Félicitations », dit-elle en s'éclaircissant la voix.

Il leva son verre, comme pour porter un toast, et le vida.

Qu'attendait-elle d'Eddie ? Sa première impulsion, en le voyant à la soirée chez les Franks, avait été de fuir ; mais maintenant qu'il était en face d'elle, elle se sentait irrémédiablement attirée. Il ne s'agissait pas d'une banale attirance mais d'un besoin soudain, profondément ancré en elle. Avait-elle envie qu'il la regarde plus longuement, avec plus d'admiration dans les yeux, pour lui signifier clairement qu'elle était irrésistible ? Certes, il lui souriait, il flirtait avec elle, mais il n'était pas pour autant en extase. Il était maintenant marié à une pouliche écervelée qui lui donnerait six enfants. Ce qui ne devait pourtant pas être un problème. Jeannie avait sorti le grand jeu. Elle était poudrée, bouclée, parfumée, chaussée de talons hauts, et caressée par des sous-vêtements de maintien.

« De quoi te souviens-tu le plus de l'époque où tu étais à Belvoir ? » demanda-t-elle en lui tendant un deuxième verre. Il sembla repartir loin en arrière dans ses souvenirs, avec le même air, étonnamment, que celui que prenait Mitch dans la même situation. Il apparut qu'il avait un tas de bons souvenirs, dont aucun ne concernait Jeannie. Pourtant, le temps qu'il raconte toutes ses joyeuses histoires, il but plusieurs autres verres, jusqu'à ce que, finalement, leurs genoux se touchent et qu'ils soient là à rire sans retenue, complices. Ils s'amusaient bien ! Il commença à lui raconter son enfance dans le Tennessee, la fois où une vache l'avait pris en chasse dans un champ.

« Tu veux dire un taureau ? demanda Jeannie.

— Non, une vache.

— Tu as été pourchassé par une vache ?

— Les vaches peuvent être méchantes, dit Eddie. Elles peuvent se mettre en colère. »

Jeannie pouffa de rire, la main devant la bouche. Elle ne savait d'ailleurs plus si cette hilarité était sincère ou légèrement étudiée. Peut-être, après avoir été sincère, en rajoutait-elle un peu.

« Ne sois pas arrogante, dit-il en reniflant. De toute évidence, tu n'y connais rien en vaches.

— C'est vrai, avoua Jeannie. Oh, Eddie, ne sois pas vexé. C'est une bonne histoire. »

Il lui sourit : « Vraiment ? »

Elle était suffisamment près de lui pour aplatir du bout des doigts le col de sa chemise. « La meilleure des histoires. » Elle posa la main sur son épaule. « Est-ce que Belvoir te manque ?

— Le travail, non. Mais le reste, oui.

— À moi aussi. »

Il vida de nouveau son verre.

« Tu es un homme maintenant, n'est-ce pas, Eddie ? demanda-t-elle tendrement. J'ai toujours pensé à toi comme au gosse que j'ai connu, juste un gosse, qui me souriait timidement quand j'apportais des brownies.

— J'ai vingt-quatre ans, lança-t-il, légèrement déconcerté.

— Tu étais si jeune quand nous étions ensemble. Je pensais que tu sortais tout juste du lycée ! Toutes les femmes mariées gloussaient en te voyant. Elles te trouvaient si séduisant.

— Je sais », répondit Eddie.

Jeannie se leva de nouveau pour remplir leurs verres et revint s'asseoir. Elle avait enlevé ses escarpins qu'elle avait posés à côté d'elle, bleu pâle, satiné, comme une paire géante de chaussures de Barbie.

« Oh, évidemment, je ne peux pas nier avoir attiré pas mal l'attention de tous ces jeunes types, admit Jeannie.

— Il y a eu des rumeurs, confirma Eddie.

— Rien d'irrespectueux, j'imagine ?

— Bien sûr que non.

— À cette époque-là, tout le monde était plutôt déluré. C'était dans l'air, non ?

— Mais personne ne l'était autant que nous », dit Eddie. Et ce cliché ridicule était exactement ce que Jeannie espérait entendre. Elle savait qu'elle avait remporté la victoire et son niveau de confiance en elle remonta en flèche.

Eddie posa son verre directement sur la table basse, et Jeannie dut faire un gros effort de volonté pour ne pas le reposer sur un dessous-de-verre. Dehors, au loin de l'autre côté de la rue, deux mamans passèrent, chacune poussant un landau. Elle avait les joues en feu. Eddie fit glisser la main sur le genou de Jeannie et elle gloussa. Il eut l'air de trouver cette réaction encourageante car sa main remonta entre ses cuisses, sous son jupon, et atteignit les jarretelles qu'il dégrafa tandis qu'il l'embrassait.

« On dirait que tu as l'habitude avec ce genre de choses », fit remarquer Jeannie en reprenant sa respiration. Sa tête tournait.

« Tu peux le dire. » Il se pencha de nouveau vers elle et recommença à l'embrasser, mais elle entendit un bruit juste derrière la porte d'entrée et recula.

« Bon sang ! Le facteur ! Viens par ici. » Elle passa maladroitement par-dessus le dossier du canapé ; Eddie fit de même, et, de surprise, s'exclama : « Oh, merde ! »

Ils restèrent accroupis là quelques minutes, à écouter le léger couinement des semelles du facteur sur le perron et le bruit du courrier qui glissait sur le sol.

Jeannie, soulagée, se mit à rire, appuyée au dossier du canapé. « Oh, mon Dieu, dit-elle, on est vraiment vilains. » Et Eddie, si prévisible, qui bavait presque, tel le chien de Pavlov, dès qu'il entendait l'adjectif « vilain », se jeta immédiatement sur elle, son corps recouvrant celui de Jeannie. C'était divin d'être allongée sous lui tandis qu'il déboutonnait sa robe puis dégrafait son soutien-gorge et faisait glisser ses bas et sa culotte, même si Jeannie ne pouvait soudain s'empêcher d'être obsédée par l'idée que les grands pieds d'Eddie dépassaient à l'autre bout du canapé. « Tes pieds, tes pieds », lui répétait-elle en chuchotant. Toutefois, Eddie ne parut pas y prêter attention, à moins qu'il n'ait cru qu'elle était fétichiste ou qu'il n'ait pas compris ce qu'elle disait.

Quand Martha et Angela rentrèrent, Eddie était parti, les verres vides avaient été lavés et essuyés, et Jeannie avait l'impression d'avoir fait l'amour avec un camion. « Maman ! » s'écria Angela à peine eut-elle franchi la porte. Mais Jeannie lui caressa la tête et la renvoya voir sa nounou. « Je suis désolée, dit-elle. Je suis vraiment désolée, mais j'ai de nouveau la migraine.

— Oh non, fit Martha en se tordant les mains.

— Vous pourriez rester toute la journée ? Je ne pense pas pouvoir garder les yeux ouverts, j'ai l'impression d'avoir un marteau-piqueur qui me vrille la tête.

— Oh, ma pauvre. Oui. Bien sûr, madame.

— Merci, Martha. Il y a des haricots blancs à la sauce tomate dans le garde-manger. » C'était le plat préféré d'Angela : des haricots blancs à la sauce tomate et une tranche de pain de mie.

Jeannie fonça dans sa chambre où elle avait déjà baissé les stores. La pièce était ainsi plongée dans l'obscurité la plus complète. Engourdie et joyeusement écœurée d'avoir trop bu, elle se laissa tomber sur le lit, avec toujours cette délicieuse sensation du poids du corps d'Eddie ; ses lèvres, si rarement embrassées, étaient maintenant légèrement irritées. Elle entendit Martha allumer la télévision dans la salle de séjour. C'était un bruit de fond ininterrompu, pareil à une berceuse, et Jeannie s'endormit sans plus se soucier de rien.

Nat

Depuis son départ, Paul avait envoyé deux lettres à Nat. La première avait été écrite dans l'avion-cargo qui l'emmenait au Groenland : il disait qu'elle lui manquait déjà, qu'il pouvait voir l'océan par le hublot et qu'il espérait qu'elle mangeait bien et se reposait suffisamment. « Et n'oublie pas, fais attention à ce qui se passe et sois toujours prudente », ajoutait-il. Une recommandation qui n'était probablement rien d'autre qu'une tendre attention, mais qui, aux yeux de Nat, semblait refléter une certaine paranoïa. Elle n'était jamais montée à bord d'un avion et ne se voyait pas vivre cette expérience dans un futur proche, elle aurait donc eu envie qu'il lui en dise plus à ce sujet.

Quand elle avait reçu la deuxième lettre la semaine suivante, son cœur avait fait un bond dans sa poitrine, mais le petit mot était aussi bref que le précédent. Il n'était pas encore arrivé à Camp Century, disait-il ; ils attendaient que les conditions météorologiques s'améliorent et que le ciel soit dégagé pour partir plus au nord. Il racontait qu'il n'y avait pas grand-chose pour s'occuper, si ce n'était jouer aux cartes et manger, qu'il faisait très froid et qu'il pouvait voir, en bordure d'horizon au-delà des kilomètres de terres boueuses, la calotte glaciaire ; il évoquait un renard polaire qui rôdait aux abords du camp en quête de nourriture. Le renard paraissait être ce qui avait le plus retenu son attention car il y consacrait trois phrases entières (son poil était légèrement teinté de brun et non pas d'un blanc pur, il avait de petites oreilles comme celles d'un chat, etc.), et il lui demandait, à deux reprises dans la lettre, de ne pas oublier d'en parler aux filles. Elle n'avait donc pas oublié. En fait, elle y avait même fait allusion à plusieurs reprises, jusqu'à ce que Sam, finalement, s'exclame : « Maman, tu nous as déjà parlé du renard ! »

Quand une troisième lettre arriva, des semaines plus tard, ce ne fut rien de plus que six courtes phrases d'un style compassé et déconcertant.

« Chère Nat, écrivait-il, J'espère que tu vas bien. Vous me manquez, les filles et toi. Parfois, j'ai l'impression que vous n'êtes qu'un rêve que je ne pourrai plus jamais retrouver. Nat, tu es mon ange. Sois prudente. Je t'aime. Paul. »

Nat lut et relut la lettre, assise à la petite table ronde de la cuisine. Elle détestait cette lettre. C'était comme un télégramme en provenance d'un endroit inconnu, énigmatique. Elle la mémorisa en quelques minutes à peine. Chaque phrase, prosaïque et concise, tournait en elle une clé, comme si son cœur était un mécanisme composé de nombreux rouages indissociables les uns des autres.

Qu'elle et les filles lui manquent lui faisait chaud au cœur, mais l'idée qu'elle était un rêve l'attristait, l'indignait presque. Bien évidemment qu'il la retrouverait. Elle ne faisait rien d'autre que de l'attendre et elle ne pouvait envisager qu'il ne revienne pas, cette pensée lui était intolérable. De plus, on était en plein mélodrame. Elle n'était pas un rêve ; elle existait, en chair et en os.

Elle était flattée et tout à la fois embarrassée qu'il l'appelle « mon ange ». Elle savait qu'elle était censée être son ange, car les hommes étaient, par nature, instables et avaient besoin de l'amour d'une femme de la même manière qu'un pilote d'avion a besoin d'un compas. Les hommes subvenaient aux besoins de leur famille, ils étaient garants de tout – des finances, des bonnes mœurs, des biens matériels – et, pourtant, tout le monde le savait, quelque chose clochait chez eux, qui impliquait de les mettre à l'abri de certaines réalités telles qu'un accouchement ou la vue d'une femme sans gaine. Cette manière de considérer les hommes avait toujours déconcerté Nat, tant cela lui était étranger et semblait ne pas concerner Paul. Et, pourtant, ils y venaient, comme si c'était inévitable. La distance les rendait tous deux réservés et faisait d'elle un ange.

Quand elle leva les yeux, elle avait perdu la notion du temps. La nuit tombait ; des enfants s'interpellaient et se couraient après dans la rue. Elle n'avait pas écrit à Paul depuis qu'il était parti. Si elle le faisait, il lui faudrait évoquer la voiture et elle aurait l'impression d'être une petite fille écervelée. Elle l'avait supplié, ils s'étaient même disputés, alors devoir lui avouer qu'elle était sortie avec la Fireflite et que l'un des pneus avait éclaté si peu de temps après qu'il était parti saperait tous les arguments qu'elle avait avancés à cette époque-là. Il penserait qu'elle était la pire des idiotes. « Je conduis bien, avait-elle dit ce matin-là. Je serai prudente. » Et il s'était bien gardé de répondre, sachant que c'était préférable.

Elle attrapa un stylo et une fine feuille de papier réglé et écrivit un mot qui ne lui parut ni satisfaisant ni honnête. « Comment vas-tu ? Nous allons bien, les filles et moi. Nous allons souvent au terrain de jeux. » Ce qui était vrai. « Les filles ont adoré l'histoire du renard. » C'était vrai aussi.

Au moment de cacheter l'enveloppe, elle posa son stylo et relut sa lettre si banale, vaine. Elle lui parut ridicule. Que leur arrivait-il ? À quoi pensait-il, que faisait-il, à des milliers de kilomètres de là ? Avec qui était-il, que mangeait-il ? Rêvait-il de Nat, en se réveillant excité comme Nat l'était après avoir rêvé de lui ? Elle devrait être avec Paul. Elle devrait être avec lui. Cette pensée, cette impossibilité l'obsédaient. Elle se prit la tête dans les mains et resta ainsi jusqu'à ce que la pièce soit plongée dans l'obscurité. Elle se laissa envahir par un sentiment de tristesse sourde : un apitoiement sur elle-même, inutile, avec l'idée de cet homme énigmatique dans un tunnel de glace qui écrivait des lettres qu'elle ne comprenait pas, des lettres adressées à un ange lointain.

Elle ne reçut aucune nouvelle de Paul pendant une longue période. Ces semaines-là furent les pires depuis leur arrivée à Idaho Falls. Elle voyait occasionnellement sa nouvelle amie Patrice quand elles emmenaient leurs filles au parc, mais sinon, la plupart du temps, elle était seule. Esrom lui manquait plus qu'elle ne voulait l'admettre ; de penser qu'elle l'avait humilié devant Jeannie Richards et qu'il pourrait ne plus jamais passer la voir l'horrifiait. Elle s'en mordait les doigts. Ses visites avaient ponctué ses journées, et, désormais, du lever jusqu'au coucher du soleil, celles-ci s'étiraient deux fois plus lentement qu'avant.

Quand un matin une voiture vert foncé s'arrêta devant chez elle, Nat pensa que c'était une erreur et qu'on allait faire demi-tour. Elle était assise à la table de la cuisine en train de boire son café, attendant de voir ce qui allait se passer. La silhouette du chauffeur ne lui était pas inconnue, et elle se rendit compte qu'il s'agissait d'Esrom.

Qu'il soit de retour la transportait de joie et l'électrisait. Elle aurait aimé s'être lavé les cheveux.

Esrom lui fit un signe de la main et remonta l'allée.

— Bonjour, dit-il quand il l'eut rejointe.

— Vous êtes revenu ! dit-elle. Je pensais que jamais vous… euh… je suis contente de vous revoir.

— Ne dites pas de bêtises », répliqua-t-il en rougissant. Il était de ceux qui rougissent facilement.

Elle rit, soulagée, heureuse. « Où est votre camion ? demanda-t-elle.

— Eh bien, j'ai pensé que ça pourrait vous être utile. »

Elle jeta un coup d'œil autour d'elle. « Qu'est-ce qui pourrait m'être utile ?

— La voiture. » Nat ouvrit grands les yeux et il s'expliqua : « C'était celle de mon copain Jacob. Une Dodge Wayfarer 1949. Elle était bonne pour la casse, comme on dit, ou presque, mais on l'a remise en état.

Elle peut encore tenir une éternité. Le propriétaire nous a dit que la cour commençait à ressembler à une aire de remisage pour voitures d'occasion et qu'on devait en déblayer quelques-unes.

— Vous êtes venu avec une voiture pour moi ?

— Oui.

— Oh, non. Oh, c'est très gentil de votre part, mais je ne peux pas accepter.

— Pourquoi ? Elle était là, chez moi, elle servait à rien.

— Parce que… je ne sais pas.

— Vous êtes sans voiture depuis des semaines maintenant », fit remarquer Esrom.

Nat hocha la tête, tripotant un fil décousu dans sa poche. « Je n'en ai même pas encore parlé à Paul.

— Eh bien, en attendant, prenez celle-là. »

Nat, embarrassée, regardait la voiture verte.

« Écoutez, dit Esrom. Désolé de vous poser la question, mais comment vous ferez quand vous serez sur le point d'accoucher ? Vous n'allez pas prendre le bus jusqu'à l'hôpital. Ou si l'une des filles tombe malade ?

— J'avais pensé demander à une voisine de m'accompagner en voiture quand je devrais accoucher, dit Nat. Sinon, nous prenons le bus, ça va. C'est même agréable. En moins de dix minutes, nous sommes en centre-ville.

— C'est mieux de ne dépendre de personne. »

Nat ne pouvait qu'être d'accord, bien qu'elle n'eût su dire s'il s'agissait de ne dépendre de personne ou de lui.

« Et maintenant, si vous avez besoin, vous savez, de partir en excursion toute une journée, ou quoi que ce soit d'autre, ce sera possible. »

Nat sentit un petit sourire se dessiner au coin de sa bouche. Elle regarda Esrom dans les yeux ; il n'avait pas son chapeau et paraissait plus jeune ainsi, le visage ouvert, avec ses cheveux blond cendré et ses yeux bleus. Il souhaitait vraiment qu'elle accepte la voiture. Il était fier de ses réparations, c'était évident. Accepter un tel cadeau la mettait mal à l'aise, mais comment refuser sans le froisser ? La possibilité d'aller n'importe où si elle le souhaitait était trop tentante pour la laisser filer.

« Merci, dit-elle. Ça compte beaucoup pour moi. » Elle ne voulait cependant pas en faire toute une histoire et elle demanda : « Voulez-vous manger quelque chose ? Vous voulez entrer ?

— Il faut que je reparte. J'ai une séance d'entraînement aujourd'hui.

— D'entraînement ?

— À la caserne des pompiers du centre de recherche.

— Félicitations ! »

Il sourit timidement. « Merci. Bon, mais je n'y suis pas encore. C'est juste un entraînement.

— C'est formidable », s'exclama-t-elle. La voiture, plus cette bonne nouvelle, c'était, tout du moins jusqu'à maintenant, la plus belle journée de l'été pour Nat. « Allez, laissez-moi vous raccompagner chez vous, dit-elle. Je veux essayer la voiture. »

Il leva les mains en signe de protestation « Je peux rentrer en bus », mais Nat remonta l'allée, ouvrit la porte et appela : « Les filles ! M. Esrom est là. Nous devons le raccompagner chez lui. »

Les filles surgirent de leur chambre, l'air enjoué. « Monsieur Esrom, monsieur Esrom ! » crièrent-elles en déboulant dans l'entrée. Elles l'encerclèrent en dansant et salirent leurs jolies socquettes blanches.

« Bonjour », dit-il en riant.

Sam se jeta sur lui et lui attrapa la jambe. « Vous entrez dans la maison ? Vous nous avez apporté quelque chose ? On peut vous préparer des biscuits ? » On aurait dit une version encore plus excitée, et un peu fruste, de Nat.

« Nous raccompagnons M. Esrom chez lui. Il nous prête une voiture, dit Nat.

— Une voiture ?! » s'écrièrent les filles, et Sam sortit en courant pour aller inspecter le véhicule, Liddie à ses trousses. En deux secondes, elles avaient déjà grimpé sur la banquette arrière et se trémoussaient sur le revêtement de tissu gris, jetant des regards radieux par la vitre.

Nat ouvrit la portière côté passager, mais Esrom lui désigna d'un geste la place du conducteur. « Je pensais que vous vouliez conduire. »

Elle réfléchit un instant. « Bien sûr, si vous êtes d'accord. » Elle s'installa sur le siège du conducteur et éclata de rire, faisant courir ses mains sur le volant, ouvrant le cendrier qui cliqueta agréablement tandis qu'elle le refermait. « J'adore cette voiture, dit-elle. Le moment venu, vous la rendre me brisera le cœur.

— Mais je ne veux pas que vous me la rendiez. De toute façon, attendez de voir. Eh ! On ne sait jamais. Peut-être qu'elle ne répondra pas à vos attentes. »

Il leva les sourcils, en souriant, et il ressemblait vraiment à un gosse. « Allez-y ! Démarrez. »

Elle manœuvra doucement jusqu'en haut de la rue et se dirigea vers le centre-ville, avec l'envie de bondir de joie sur son siège comme le faisaient les filles.

« Maman, s'exclama Sam, y a la dame de la fête, la fête avec le pop-corn et les jouets. »

Nat reconnut le tourbillon de mèches rousses et la démarche élégante : perchée sur des talons hauts, Jeannie Richards marchait à grands pas sur le trottoir avec une poussette. Elle aurait dû s'attendre à voir Jeannie : c'était l'heure de sa promenade quotidienne, et elle était réglée comme une horloge, ses fines jambes la propulsant en avant tandis qu'elle avançait, une expression étrangement placide sur le visage, presque en transe. Mais elle ne l'était sûrement pas suffisamment : elle tourna vivement la tête, Esrom leva la main en un geste poli et Nat, enfreignant les bonnes manières, accéléra pour s'éloigner, le cœur battant. Les filles poussèrent un cri et Esrom dit : « Oh, du calme !

— Désolée », dit Nat. Soudain, elle perdit sa bonne humeur. L'expression de Jeannie était désapprobatrice, son regard perçant.

« Ça va ?

— J'ai été très impolie, se tourmenta-t-elle. Pourquoi n'ai-je pas juste ralenti pour la saluer ?

— Je croyais que vous étiez amies.

— C'est une longue histoire. » Nat hésita à poursuivre. « Je suis désolée pour l'autre jour, quand vous avez dû aller travailler chez elle. C'est la femme du chef de mon mari. Je l'ai laissée vous maltraiter. Et maintenant, je vous ai offensés tous les deux. Je suis un sacré phénomène, non ? » Elle secoua la tête. « Comment ça s'est passé quand vous étiez chez elle ? J'espère au moins qu'elle vous a payé. »

Il hésita. « Oui, elle m'a payé.

— Il a fallu que vous lui fassiez la conversation ?

— Euh… » Il était gêné. « C'est elle qui a parlé, un peu.

— Elle me fait peur, avoua Nat. Surtout depuis que Paul a balancé un coup de poing à son mari.

— Quoi ?

— C'était terrible. Je ne sais même pas vraiment pourquoi il a fait ça. Il n'est pas comme ça ! Il aurait pu perdre son travail. Ça peut encore lui arriver, d'ailleurs ; je ne sais pas ce qui va se passer à la fin de sa mission, pour sa prochaine promotion. » Elle se rendit compte qu'elle se rongeait un ongle et reposa sa main sur le volant.

« Quoi qu'il en soit, je crois que c'est la raison pour laquelle Paul a été envoyé à Camp Century. Il s'est mis dans un sacré pétrin.

— C'est terrible, comme vous dites », dit Esrom.

Des affichettes voletaient, accrochées aux poteaux téléphoniques devant lesquels ils passaient. Nat aperçut le mot « Disparue » et l'image floue, noir et blanc, d'une jeune fille souriante, avec des tresses. Elle pointa la photo du doigt : « Cette fille, de la famille Zeigler, est toujours introuvable », dit-elle. Marnie Zeigler, seize ans, avait disparu depuis trois semaines, dans la petite ville d'Arco, plus à l'ouest. Des avis de recherche avaient été placardés sur tous les poteaux, les troncs d'arbres, les vitrines des magasins et, de temps à autre, l'une d'elles s'envolait silencieusement et atterrissait dans la rue comme pour hanter les habitants.

« Nous avons construit la grange des Zeigler, il y a une dizaine d'années », dit Esrom.

Nat eut l'impression de côtoyer une sinistre forme de célébrité. « Vous connaissiez la fille Zeigler ?

— Un tout petit peu, ouais. On est allés à l'église avec eux pendant quelques années. C'était quand mon père fréquentait d'autres familles.

— Ah », fit Nat. Elle jeta un coup d'œil vers Esrom et remarqua qu'il était tendu, le visage sombre. « Vous permettez que je vous demande quelles sont vos relations avec votre famille ? Je ne veux surtout pas être indiscrète, mais vous semblez toujours triste quand vous en parlez. »

Il s'agitait sur son siège, embarrassé.

« Oh, vous savez, mon père et moi, on a du mal à s'entendre. On est onze enfants. » Nat ouvrit grands les yeux ; elle ne savait pas. « Je suis l'aîné. Il voudrait qu'on reste tous à la ferme, pour l'aider, ce qu'on ferait peut-être s'il n'était pas aussi pénible, un vrai connard, dit-il à voix basse à cause des filles. En matière de religion, on n'est pas d'accord. On l'a été, quand j'étais plus jeune, mais je n'ai plus le cœur à ça. Je n'avais pas la vocation. Il y a certaines choses en lesquelles je ne crois plus, c'est la seule manière de l'expliquer.

— Je comprends, dit Nat. Il m'est arrivé la même chose.

— Vraiment ? » demanda-t-il en la regardant. Puis il secoua la tête. « Il se comporte comme un con, avec nous les garçons, et avec les filles, c'est un monstre. Il ne veut plus qu'elles aillent à l'école ; il oblige ma mère à leur faire cours. Il a surpris ma sœur avec un tube de rouge à lèvres dans la poche et l'a enfermée dans sa chambre pendant deux jours. Elle a quinze ans. Je comprends qu'il ne veuille pas qu'elle soit dévergondée, mais je ne conçois pas qu'on punisse une fille de quinze ans qui veut juste essayer un rouge à lèvres. » Il fit la grimace. « C'était un rose pâle. Elle en a mis une seule fois. »

Nat hocha la tête en pensant à elle qui permettait à Sam et à Liddie de se grimer avec son maquillage, une épaisse couche de poudre bleue sur leurs fines paupières, du rouge à lèvres qui débordait comme chez les clowns.

« Je n'ai pas trop envie d'en parler. Ça me tape sur le système. En plus, il y a les filles. » Il fit un geste en direction de la banquette arrière, s'éclaircit la voix et se redressa. « Et donc, j'ai déménagé. Je retourne chez moi tous les deux ou trois jours pour voir si tout va bien, mais je ne reste jamais longtemps. Si je l'énerve, mon père est encore pire avec les autres.

— Je me sens ridicule, maintenant, dit Nat. La vie doit être terriblement difficile pour vos sœurs, tandis que moi qui suis choyée…

— Non, protesta-t-il. Il est inutile de vous comparer à elles. Quoi que vous ayez de bien dans la vie, vous l'avez mérité. »

Il indiqua un virage à droite, ils étaient arrivés dans un quartier de la ville qui n'avait pas bénéficié de l'essor économique récent. Sa voiture (sa voiture !) cahota en franchissant les rails de chemin de fer. Ils descendirent une côte et passèrent devant une maison à l'extérieur de laquelle étaient assis plusieurs hommes jeunes, en plein midi, près d'un fossé empli d'ordures, puis ils croisèrent un chien errant qui les regarda de ses yeux jaunes, d'un air abattu. Ils arrivèrent devant un petit immeuble en brique qu'Esrom pointa du doigt : « C'est juste ici.

— D'accord », dit Nat, d'une voix qu'elle voulait joyeuse malgré le malaise que lui inspirait l'endroit. La cour n'était rien d'autre qu'une parcelle de mauvaises herbes et de terre. Esrom ne sortit pas tout de suite de la voiture – Sam l'avait attrapé par les oreilles et lui secouait la tête d'un côté puis de l'autre, ce qui le faisait rire, pendant que Liddie bondissait dans tous les sens sur la banquette arrière, ravie – et Nat ressentit alors un profond embarras : une appréhension qui persistait à l'idée qu'elle ne devrait pas accepter cette voiture. Mon Dieu, elle était en proie à tant d'émotions. Elle revoyait l'expression réprobatrice qu'arborait Jeannie, quand ils l'avaient croisée dans la rue.

« Samantha, arrête s'il te plaît ! »

Esrom comme Sam furent surpris. Sam lâcha les oreilles d'Esrom et retourna s'asseoir, les larmes aux yeux. « On faisait que jouer, dit-elle.

— Quelque chose ne va pas ? demanda Esrom.

— Non, enfin, je ne sais pas », répondit Nat. Il venait tout juste de se ressaisir après avoir parlé de sa famille. Elle finit par dire : « Vous croyez que c'est bien ?

— Qu'est-ce qui est bien ?

— Ça. Que vous me donniez une voiture.

— Eh bien, moi, ça me va », répliqua-t-il en souriant. Mais il dut remarquer son embarras, car son visage se fit plus sérieux.

Nat agrippait le bord du volant – il était si propre, il devait l'avoir frotté pour le faire briller, centimètre par centimètre, avant de conduire la voiture jusque chez elle – et cherchait quoi dire. Elle voulait lui exprimer sa gratitude, lui faire savoir combien son aide lui était précieuse, combien elle appréciait sa compagnie, et à quel point elle était soulagée qu'il soit revenu bien qu'elle ait été grossière avec lui en présence de Jeannie Richards.

Jeannie Richards : elle avait vu Nat et Esrom ensemble à plusieurs reprises déjà. À cette pensée, Nat était prise de vertige. Ils n'avaient évidemment rien fait de mal. Mais si Jeannie, qui vivait à trois pâtés de maisons de chez Nat, les avait vus, alors ses voisines les plus proches avaient dû remarquer le camion d'Esrom garé devant chez elle en plusieurs occasions ; et elle ne voulait pas être médisante, mais ces bonnes femmes étaient de véritables commères, elles surveillaient le voisinage de leurs regards perçants, repérant le moindre changement, le moindre événement. La poubelle d'un voisin qui n'était pas correctement fermée, le couvercle posé à côté, par terre : c'était un événement. Un coup de klaxon dans le silence de la nuit, à deux heures du matin : c'était un événement.

Mais elle glissa un regard furtif en direction d'Esrom et une certitude compromettante lui traversa l'esprit : *Si je devais ne plus jamais le revoir, je serais incapable de supporter ce terrible été.* Elle eut un sourire forcé et dit : « Peu importe. Ce n'est rien.

— Y a quelqu'un qui arrive », dit Sam.

Un homme courtaud, trapu, avec des bottes de cow-boy, agitait la main nerveusement tandis qu'il se dirigeait vers la voiture. Nat reconnut l'un des amis d'Esrom, rencontré dans le *diner,* bien qu'il ait l'air d'avoir vieilli entre-temps.

Esrom leva les yeux. « Oh ! C'est Russ. Excusez-moi. » Il entrouvrit sa portière.

« Salut, Ez. T'étais où ? Je suis enfermé dehors, dit Russ.

— Enfermé dehors ? s'étonna Esrom. Bon. Je te fais entrer.

— J'ai perdu ma clé, déclara Russ.

— Oh, le pauvre, fit Nat. Qu'est-ce qui lui est arrivé ? » Une large bande de gaze recouvrait la joue de Russ et quelque chose de brillant suintait à travers.

« Il participe à des rodéos, répondit Esrom précipitamment. Hé, l'ami, fit-il de nouveau, comme si Russ n'avait pas entendu sa première salutation. Tu as encore perdu ta clé ?

— J'ai perdu ma clé », expliqua Russ une fois encore. Nat se demandait s'ils allaient continuer à se répéter ainsi indéfiniment. Elle se dit que Russ ne tournait pas rond ; il dégageait une impression de lenteur. Il essaya de lui adresser un sourire tout en détournant le regard. « J'étais enfermé dehors, dit-il à Esrom, et j'avais peur que les gars reviennent.

— Bon, ils ne sont pas là, non ? dit Esrom, d'une voix qui se voulait rassurante. Écoute, retourne là-bas, j'arrive.

— C'est qui, ton amie ? demanda Russ, adressant de nouveau un grand sourire à Nat, le regard furtif. Vous avez l'air d'une charmante famille, tous les quatre. »

Esrom leva les yeux au ciel et envoya Russ en direction de l'appartement. « J'arrive. » Il se retourna et sourit à Nat. Il mit son chapeau sur la tête et y porta la main pour saluer les filles avec un clin d'œil. Il avait l'air tendu. « Merci de m'avoir raccompagné », dit-il.

Nat s'éclaircit la voix : « Eh bien, merci pour la voiture !

— Pas de problème. » Esrom désigna d'un geste quelques voitures sur cales à l'autre bout de la cour. « On a des voitures à ne plus savoir qu'en faire ici, comme vous pouvez le voir. »

Tandis qu'il s'éloignait, elle se sentit soudain submergée par l'envie, insensée, de le rappeler. Elle le reverrait probablement d'ici deux ou trois jours, et pourtant cela lui paraissait encore trop long, ce qui était absurde puisqu'elle venait de se dire qu'on les avait déjà trop vus ensemble. *Ne bouge pas, Nat Collier*, s'ordonna-t-elle – cet excès d'émotions contradictoires était grotesque, et elle craignait de se ridiculiser, mais l'imprudence l'emporta, elle coupa le contact, sortit de la voiture et se dépêcha d'en faire le tour. Les deux hommes tournèrent la tête, surpris.

Maintenant qu'ils la regardaient, elle ne savait plus où se mettre. Mais elle continua à avancer à petites foulées et prit Esrom dans ses bras, une brève étreinte. À la suite de cette audace imbécile, son cœur battait à tout rompre, mais il l'étreignit de même, doucement. « Vous avez été très gentil, dit-elle en reculant d'un pas et en agrippant sa manche de chemise. Je vous en suis très reconnaissante. »

Il hocha la tête, l'air embarrassé et content. « De rien. »

Elle tenait toujours sa manche.

« Il faut que je rentre, insista Russ. Tu n'étais pas à la maison et Jacob non plus. J'ai attendu assis dehors.

— Tout va bien », dit Esrom. Il ajouta, d'une voix calme : « Prenez soin de vous, Nat. » Elle retira sa main et se gratta derrière l'oreille, ne sachant quoi faire d'autre.

Esrom poussa gentiment Russ en avant et les deux hommes partirent à l'arrière de l'immeuble. Russ ne marchait pas droit, en traînant, et Esrom dut ralentir le pas pour s'adapter à son rythme.

Nat retourna à la voiture et s'installa au volant. Curieuse et triste, elle regarda Esrom et son ami qui s'éloignaient.

« M. Esrom me manque déjà, dit Sam.

— À moi aussi », dit Liddie.

Les hommes avaient maintenant disparu à l'arrière du bâtiment. Nat leva la tête et vit un autre homme, debout sur son petit balcon, qui les regardait de là-haut avec une curiosité insolente. Elle alluma le moteur et fit marche arrière. Un coyote sortit du champ à leur gauche et traversa dans la poussière devant elles. « Les filles, regardez ! » s'écria Nat. Elles grimpèrent sur leur siège pour voir l'animal s'en aller le long d'une route bordée de terrasses en ruine et de maisons victoriennes à l'abandon.

« C'est pas comme chez nous », fit remarquer Sam.

L'homme sur son balcon balança des ordures qui atterrirent dans l'herbe sèche, en tas, là où il y avait déjà des boîtes de conserve rouillées et des sacs en papier déchiquetés qui commençaient à pourrir. Il tripotait le haut de son pantalon et, soudain, Nat craignit qu'il ne s'apprête à uriner du haut du balcon. Elle passa la première et démarra en trombe, les filles glissant sur la banquette arrière.

« Tout va bien se passer pour M. Esrom », dit-elle quand elles eurent parcouru une certaine distance. Elle prit conscience que cette affirmation ne répondait à aucune question ni remarque.

Paul

Paul enfouit son visage dans le col de sa veste et ses poings, serrés, dans ses poches. Le réacteur dont il s'occupait était à l'extrémité opposée du tunnel de Camp Century, appelé Main Street, et le trajet pour s'y rendre, dans l'air immobile et glacé, paraissait ne jamais finir. Il marchait d'un pas rapide, à grandes enjambées, entouré du nuage de vapeur qui sortait de ses narines, écoutant l'écho de ses pas qui crissaient sur l'épais sol de glace.

Au loin, le tunnel résonnait de coups et de bruits métalliques. Des soldats grattaient les murs, munis de pelles à long manche, afin de découper des blocs de glace de trente kilos qu'ils remontaient à la surface à l'aide de traîneaux. Mayberry avait expliqué à Paul, avec un plaisir pervers, que chaque jour la calotte glaciaire avançait d'au moins deux centimètres, encombrant les tunnels déjà creusés par l'armée.

L'un des gars qui étaient de corvée de grattage salua Paul de la main et l'interpella : « Collier, on a une pelle en rabe.

— Et j'imagine qu'il y a mon nom écrit dessus.

— Salue les copains atomiques de notre part. Et n'oublie pas tes caleçons antiradiations.

— C'est gentil de te préoccuper de mes sous-vêtements.

— Il doit être désespéré ! lança un autre équipier.

— À plus tard », dit Paul en passant devant eux. En fait, bien que ce soit la légende la plus populaire concernant les opérateurs nucléaires, ils ne portaient pas de caleçons antiradiations. Il existait d'autres rumeurs à leurs propos ; par exemple, que plus ils passaient de temps à travailler sur les réacteurs et plus ils perdaient leurs poils ou encore qu'ils ne procréaient que des filles (ce qui, dans le cas de Paul, était vrai). Mais ce travail semblait si banal aux yeux de Paul, si peu propice aux intrigues, que ces rumeurs l'amusaient. On s'habituait à tout.

Arrivé à mi-chemin, il entendit qu'on l'appelait.

— Hé, Collier. » Il leva la tête et vit Mayberry qui accourait vers lui, des papiers plein les bras. Mayberry n'avait jamais reparlé de l'incident de la photo et Paul lui en était reconnaissant. Il était mortifié chaque fois qu'il prenait conscience à quel point les autres étaient moins rancuniers que lui.

« Hé, toi ! répondit Paul. Comment ça va dans ta grotte de glace ?

— C'est formidable. J'ai récupéré de magnifiques échantillons. » Il secoua la tête, comme s'il décrivait une femme superbe ou une voiture de collection. « Dis-moi, tu es au courant que nous aurons bientôt de la visite ?

— Ah bon ? Encore ? » Une semaine plus tôt, ils avaient dû se mettre sur leur trente et un et faire bonne figure pour des sénateurs de la côte Est et un membre obscur de la famille royale du Danemark.

Mayberry avait été contraint de se couper les cheveux et de se tailler la barbe ; il en était encore contrarié.

« En réalité, pas avant la mi-septembre. » Ils étaient fin août. « Juste quand ma barbe aura repoussé, il me faudra la retailler. Attends, où est-ce que j'ai… Ah ! Tiens. Tu vois ? » Il fouilla dans ses papiers. « On attend une huile de chez toi. En Idaho, le CR-1, c'est ça ? Ouais, le voilà : un certain Mitchell Richards, sergent-chef. Tu le connais ? »

Paul eut l'impression que de minuscules poils hérissaient tout l'intérieur de son corps.

« Tu le connais ? répéta Mayberry.

— Oui.

— Tu t'es raidi, on dirait. Il est comment ? C'est l'un de ces sergents-chefs qui font la loi ou l'un de ceux, alcooliques, qui ne foutent rien ?

— Euh, les deux, dit Paul. Écoute, on s'est embrouillés, lui et moi.

— C'est quoi, l'histoire ? »

Paul hésita.

« Allez, raconte », dit Mayberry.

Et donc Paul raconta, bien qu'il n'ait aucun plaisir à revenir sur ce qui s'était passé : il commença par expliquer comment Richards l'avait laissé sur place après lui avoir fait rater le bus ; il omit d'évoquer les avances que son chef alcoolisé avait faites à Nat et la sale affaire du Calico Saloon, mais il mentionna brièvement les problèmes récurrents et de plus en plus fréquents avec le réacteur et conclut par le coup porté à la mâchoire de Richards. Ce finale enchanta Mayberry, il poussa un cri de joie et se mit à sauter à cloche-pied en dessinant des cercles et en faisant voler tous ses papiers.

« Tu devrais sortir de ta grotte plus souvent, lui dit Paul.

— Paul Collier, homme d'action ! Tu vas lui donner une autre leçon ? On appellera ça : Combat sur glace ! » Mayberry rassembla tous ses papiers, il riait aux éclats. « C'est la chose la plus excitante qui nous sera arrivée en cinq mois.

— J'aimerais être aussi excité que toi.

— Pas de bagarre ? Vraiment ?

— J'espère que non, vraiment pas. »

Mayberry soupira. « Bon, d'accord, j'ai compris. Essaie peut-être de l'éviter. »

Paul lui jeta un regard perplexe.

« Ça va bien se passer. » Mayberry lui donna une tape amicale sur l'épaule et fila dans la direction opposée, toujours en souriant. « On se retrouve plus tard au *boudoir.* »

Paul secoua la tête. Il attrapa une cigarette tout en continuant son chemin, mais abandonna car son pouce était gelé et qu'il ne pouvait pas allumer son briquet. Satané Richards – c'était absurde, et même pervers, de sa part de se pointer ici. C'était incroyable d'être séparé des gens que vous aimiez, tandis que la dernière foutue personne que vous aviez envie de voir surgissait juste en face de vous telle une silhouette en carton d'un stand de tir.

Nat

Depuis que Paul était parti, les week-ends étaient calmes et Nat se sentait seule. Les jours de semaine, le monde était plein de femmes qui faisaient leurs courses, un bébé sur la hanche, souriantes, avides de converser avec d'autres adultes. Arrivé le samedi, cependant, ces mêmes femmes se montraient très occupées. Leurs maris étaient à la maison et c'était comme si elles ne voyaient pas Nat quand elles la croisaient dans la rue, ou alors, elles la saluaient rapidement en lui jetant un regard compatissant. Les hommes avaient la surprenante capacité d'accaparer le temps et l'esprit de leurs épouses.

Quand trois mois se furent écoulés depuis le départ de Paul (la moitié du temps de sa mission), Nat fabriqua une longue guirlande de petits papiers qu'elle accrocha à la fenêtre, comme le suggérait la brochure adressée aux femmes de militaires affectés loin de chez eux. Elles arracheraient chaque jour un petit carré de papier jusqu'à la date du retour de Paul. Chaque morceau déchiré serait un soulagement, le bruit du papier déchiqueté, un plaisir, son envol jusqu'à la corbeille semblable à celui d'un papillon banni : *nous en avons fini avec toi.* Mais, par ailleurs, Nat tempérait son enthousiasme, consciente que quand Paul rentrerait, tout changerait, pour le meilleur et pour le pire. Elle ne pensait pas faire du tort à Paul en ayant sympathisé avec Esrom, mais elle savait parfaitement qu'il ne verrait pas cette amitié d'un bon œil. Car il y avait toujours quelque chose qui déplaisait à Paul. Mais peu importe ; elle ne cessa pas pour autant de voir Esrom. Quand il arrivait, son cœur bondissait de joie, et quand il repartait, elle se morfondait, comme une enfant.

Patrice, l'amie de Nat, venait maintenant une ou deux fois par semaine boire le café avec sa fille de quatre ans. En dehors des visites d'Esrom, celles de Patrice et de sa fille, Carol Ann, étaient les meilleurs moments que passait Nat. Une compagnie féminine était stimulante, comme si elle renouait avec un monde qui lui était devenu étranger depuis des lustres.

« Alors, parle-moi de ta vie enchantée, dit-elle à Patrice un matin, en lui servant une tasse de café. Ton mari rentre-t-il tous les après-midi à quinze heures ? Fait-il la vaisselle pendant que tu te reposes enfin ? »

Patrice éclata de rire, tandis qu'elle mélangeait le sucre dans son café avec un délicat petit bruit de cuillère. « Oh, bien sûr, dit-elle. Et il m'offre des fleurs en arrivant et prépare le dîner.

— Vraiment ? Et quelle est sa spécialité ?

— Faisan rôti servi sous cloche, huîtres Rockefeller, et crème brûlée en dessert. » Son accent – elle venait de l'État de Géorgie – donnait aux mots une consonance inattendue, délicieuse.

« Il est extraordinaire ! » dit Nat.

Patrice, avec ses longs cils épais et son allure de blonde glaciale, ne donnait pas l'impression d'avoir beaucoup le sens de l'humour. Pourtant, elle était drôle tout en étant raffinée. Ses yeux pétillaient tandis qu'elle buvait son café.

Le mode de vie des femmes de militaires impliquait de se faire vite des amies. Nat apprenait donc à la dure que, dans l'armée, il n'y avait pas de temps à perdre. Le temps nécessaire à créer de la complicité, de la confiance et à pouvoir blaguer ne se comptait pas en années, mais en semaines. Patrice avait déjà raconté à Nat qu'une fois, à peine arrivée à une nouvelle base militaire, elle avait fait une fausse couche qui avait failli lui coûter la vie. Elle avait dû faire appel à une voisine – avec laquelle elle n'avait bu le café qu'en deux occasions – pour garder Carol Ann toute une semaine pendant qu'elle était à l'hôpital. « Une semaine ! » s'était écriée Nat, stupéfaite. Mais quel autre choix avait-elle ? Les larmes aux yeux, elle avait confié à Nat qu'elle ne pouvait plus avoir d'enfant. C'était comme ça dans l'armée : des amitiés profondes, presque immédiates, précieuses. « Quand nous avons déménagé pour Belvoir, lui avait alors confié Patrice, et que j'ai dû quitter ma meilleure amie, qui restait en Géorgie, j'aurais presque préféré laisser Bud partir seul. » Cet aveu l'avait mise mal à l'aise. « Ne le répète jamais, avait-elle dit. J'aime Bud. » Et Nat avait répondu : « Bien sûr, évidemment. »

Ce jour-là, Sam et Liddie jouaient avec Carol Ann dans leur chambre, et, seule avec Patrice dans la cuisine, du café chaud et des muffins aux graines de pavot devant elles, tandis qu'un vent frais faisait vibrer les fenêtres, Nat se sentait bien, plus heureuse qu'elle ne l'avait été depuis des mois. Soudain, sa vie lui apparut pleine de bonnes choses : des filles en parfaite santé, la gentillesse infaillible d'Esrom, des discussions de filles avec Patrice. Et Paul, il va sans dire ; elle en aurait presque oublié d'être reconnaissante d'avoir Paul. Elle fit le vœu silencieux qu'il soit en sécurité.

« Cette fille n'a toujours pas été retrouvée, dit Patrice. La fille Zeigler. »

Et Nat l'interrompit en hochant la tête : « Je sais. Je n'arrête pas d'y penser. Parfois, je me réveille la nuit en me demandant où elle est.

— Vraiment ?

— Oui, je ne peux pas m'en empêcher. »

Patrice évita de s'attarder sur cette bizarrerie. « Moi, je crois qu'elle a fugué. Dis donc, dit-elle en changeant de sujet, à qui est cette voiture garée devant chez toi ? La voiture verte ?

— Oh… » En regardant la voiture d'Esrom, Nat se raidit intérieurement. Elle était dans un état d'esprit propice aux confidences et non aux pieux mensonges.

« Tu n'avais pas une voiture jaune avant ?

— Si, en effet. C'est notre… notre nouvelle voiture.

— Où est l'autre ?

— Je ne te l'ai pas dit ? Au garage. Je suis rentrée un jour avec un pneu éclaté. J'économise pour payer la réparation, mais on m'a prêté celle-là en attendant.

— Qui peut bien se permettre d'avoir une voiture qui ne lui sert pas ? Ton amie est en vacances, ou quoi ? »

Nat hésita. « Oui. »

Patrice haussa les épaules. « Bon, débrouille-toi pour que la voiture jaune soit réparée avant le retour de Paul, et il ne pensera même pas à t'en parler. Il sera si excité de te revoir et de faire la connaissance du bébé qu'il se moquera totalement des quelques dollars dépensés pour la réparation. Il laissera tout passer.

— Tu as raison, dit Nat. Merci. » Et elle tendit l'assiette de muffins à Patrice, après s'être elle-même servie. Elle n'aimait pas mentir, mais il était impossible d'expliquer d'où venait la voiture sans éveiller les soupçons de Patrice. La voiture était à elle, et Esrom, qui la lui avait donnée, lui appartenait aussi, tant qu'elle ne parlait pas de lui et qu'elle s'assurait que personne ne l'éloigne d'elle.

Le lendemain, la fille Zeigler fut retrouvée. Au grand soulagement et étonnement de tout le monde, elle était installée dans la maison d'un veuf de quarante-six ans que son père avait recruté au printemps dernier pour castrer les moutons. L'homme était en garde à vue et Marnie de retour chez ses parents, qui la sortaient occasionnellement, vêtue d'un pull écossais, pour faire de brèves déclarations, et expliquer, d'un ton détaché, qu'elle allait très bien et que toute cette histoire n'avait été qu'un terrible malentendu.

Le soir même, Nat appela sa mère. Elle s'ennuyait et ne tenait pas en place. Ce qu'elle venait d'apprendre au sujet de la fille Zeigler la rendait nerveuse, et poser des questions d'ordre pratique pour préparer l'arrivée du bébé était une excuse comme une autre pour lui téléphoner, même si leurs conversations n'étaient jamais faciles. Elle espérait que sa mère se proposerait de venir jusqu'en Idaho, mais Doris n'avait jamais évoqué cette éventualité. Ce qui perturbait Nat, car Doris Radek se portait toujours volontaire pour presque tout.

Tout allait bien à San Diego, lui dit Doris, leur petit commerce familial de fournitures médicales ronronnait, les enfants des frères de Nat grandissaient et participaient aux activités requises (base-ball, scoutisme). Doris gardait ses petits-enfants et jouait à la canasta avec sa belle-fille Marva. Le père de Nat était pris par son rôle de chevalier loyal et estimé de l'Ordre bienveillant et protecteur de la loge des Elks, et son frère George avait lui aussi rejoint la loge en tant que, le supposait Nat, simple chevalier.

Alors que la conversation était sur le point de se terminer, Nat lâcha : « Il se passe des choses bizarres ici. Une jeune fille de seize ans a été portée disparue pendant un mois avant d'être retrouvée chez un homme d'une cinquantaine d'années.

— Mon Dieu, s'écria Doris, comment peux-tu être aussi morbide ?

— Elle a été retrouvée vivante, précisa Nat. Mais c'est bizarre. Quand on voit le père à la télévision, on se demande s'il est affligé ou complice.

— Pourquoi tu parles de ça maintenant ? demanda Doris.

— Je ne sais pas. » Nat répondit précipitamment, le cœur battant. Elle s'était doutée que sa mère ne voudrait pas entendre parler d'une chose pareille, mais elle ne put s'empêcher d'ajouter : « Comme c'est une histoire locale, on ne peut pas y échapper. Tu sais comment sont les gens dans ce cas-là.

— C'est malsain.

— Peut-être, oui.

— Bon. Je te verrai en décembre. » Il y eut un silence entrecoupé de grésillements et Doris conclut : « Prends soin de toi et sois sage, Nat. »

Sois sage, Nat. C'est ainsi que sa mère mettait fin à leurs échanges depuis des temps immémoriaux. Nat avait toujours pensé qu'elle était sage – ou, tout au moins, assez sage ; il lui revint en mémoire une période floue où tout le monde disait qu'elle était sage, l'époque où elle était une enfant choyée, adorée, soulevée dans les airs par son père, ou restant patiemment assise, tandis que sa mère la coiffait à l'aide du fer à friser. Ses frères, de douze et treize ans plus vieux qu'elle, fringants, la peau gorgée de soleil, les muscles dessinés, l'appelaient Princesse, et, devant leurs petites amies, lui réclamaient des baisers, comme si l'affection toute féminine que leur accordait Nat était le gage qu'ils mériteraient plus tard l'admiration des femmes.

Mais quand Nat eut onze ou douze ans, elle sentit un changement d'attitude de la part de ses parents à son égard ; ils semblaient la considérer avec suspicion. Avaient-ils toujours été sur leurs gardes, ou bien la regardaient-ils vraiment comme une nouvelle personne, une pâle copie, peu digne de confiance, de leur innocente petite fille qui avait mystérieusement disparu ?

À l'époque où elle était entrée au lycée, elle était le plus souvent seule. Ses frères, déjà à l'université, avaient quitté la maison, puis s'étaient mariés ; sa mère était très occupée par un grand nombre d'activités bénévoles et autres clubs qui lui prenaient tout son temps ; son père, lui, était très investi dans sa petite entreprise et ses obligations en tant que chevalier de la loge des Elks, sans compter les activités paroissiales en l'église Saint-Ignace (ou Iggie, comme les paroissiens la surnommaient, un lieu aussi lumineux et fantasque que la boutique d'un marchand de glaces).

Juste avant que ne commence l'année de première de Nat, sa voisine Meredith Petterson avait organisé chez elle une soirée au bord de la piscine. La famille Petterson était aisée et fréquentait aussi l'église Saint-Ignace, et Meredith était une vraie beauté, avec ses cheveux blonds mi-longs, ses socquettes et ses cardigans ajustés, modestement provocants. Leur maison était construite au pied de la colline ; la piscine nichée au milieu des chênes était éclairée par des torches tahitiennes, le buffet avait été dressé par un traiteur (les Petterson faisaient toujours les choses en grand) : des crevettes sauce cocktail et des petits-fours sur un grand plat ovale. En parents parfaits, les Petterson avaient payé et organisé le tout, puis s'étaient discrètement retirés à l'arrière de la maison.

Nat avait nagé avec ses amis Heidi et Ed, des jumeaux qu'elle connaissait depuis l'enfance ; l'air était doux, elle s'était prélassée et avait mangé beaucoup de crevettes. À un moment, elle avait regardé de l'autre côté de la piscine et avait repéré, assis à une table sous les torches étincelantes, le jeune pasteur Tim. Il riait, torse nu, au milieu d'un groupe de lycéennes. À part être torse nu, il n'y avait là rien d'étonnant. Le pasteur Tim avait une vingtaine d'années, il jouait de la guitare en chantant des cantiques d'une voix de fausset exagérément chargée d'émotion, et avait des pectoraux, désormais révélés au grand jour, dessinés par la main de Dieu.

Nat en avait elle-même eu la primeur quelques semaines auparavant ; un incident avec lequel elle essayait de composer. Elle avait l'impression que ce n'était pas d'elle qu'il s'était agi. Il était de notoriété publique que le pasteur Tim courtisait de jeunes paroissiennes dans l'espoir de trouver une madame Tim. (« Il a un bon poste, avait un jour murmuré Doris sur un banc d'église, comme si elle rédigeait une petite annonce, et tu sais que, en tant que pasteur, il est exempté du service militaire. ») Tous les parents observaient ces agissements, non pas avec désapprobation, mais emplis d'espoir : beaucoup souhaitaient que leur fille soit choisie, mais ils n'avaient pas envie d'entendre parler des autres postulantes en lice.

Nat avait figuré parmi les premières postulantes ; flattée et nerveuse, elle avait fait du roller avec lui, était allée au restaurant italien puis au cinéma en plein air. Au cours de ces trois rendez-vous, il lui avait tenu la main, la paume légèrement moite et molle, les phalanges aussi imberbes que celles d'un bébé. Après le cinéma, il l'avait emmenée à la plage en prétendant connaître parfaitement les constellations : il lui avait montré du doigt la Grande Ourse et Orion puis il avait enlevé sa chemise. « Je veux voir tes constellations à toi », avait-il dit. Nat s'était figée, se demandant, un peu paniquée, s'il parlait de ses mamelons, comme elle le supposait, puis elle s'était dit, timide, qu'il faisait probablement allusion à ses grains de beauté. La chose avait été bouclée en moins de cinq minutes. Nat n'avait opposé aucune résistance et s'était même montrée active ; elle ne pouvait pas dire le contraire. L'espace d'un instant, elle avait même été excitée, mais elle s'était vite rendu compte que c'était humiliant. Elle avait eu l'impression d'être un bon petit soldat, dont sa mère serait fière. L'idée de le rejeter et de l'offenser lui avait paru trop horrible ; sur le moment, elle n'avait pas exclu la possibilité de devenir l'épouse du pasteur Tim. Mais quand ce fut fini, elle s'était sentie nauséeuse et elle avait su qu'elle ne pourrait plus jamais le regarder dans les yeux. Après ça, elle n'avait plus répondu aux invitations de Tim. Sa mère en avait été tourmentée, mais il n'avait fallu au pasteur qu'une semaine ou deux pour jeter son dévolu sur Meredith Petterson.

Et ils étaient donc là, Meredith et le pasteur Tim, qui marchaient ensemble. Le pasteur dans son caleçon de bain avec de gigantesques fleurs d'hibiscus rouges. Meredith portait une sortie de bain en tissu-éponge qui la faisait ressembler à une parfaite matrone. Ils avaient l'air de se prendre pour Le Couple Modèle de la paroisse de Saint-Ignace.

Ignore-les, se dit Nat, l'estomac noué. Le pasteur Tim croisa son regard, mais elle tourna aussitôt la tête. Elle n'avait pas l'impression d'avoir été trahie tant ce qui s'était passé avait été ridicule et embarrassant. Au contraire, elle avait désormais acquis une certaine clairvoyance tandis que les autres continuaient à aller à l'église et laissaient le pasteur Tim les guider et les conseiller, comme s'il incarnait la sagesse même. Mais elle était invulnérable, elle avait été vaccinée contre lui.

« Le pasteur Tim a des tablettes », dit Heidi.

Nat se tourna vers elle. Ce que venait de dire Heidi n'avait pas de sens. « Comment ça, des tablettes ? demanda-t-elle en pensant que Heidi devait plaisanter et faire allusion au torse sculpté du pasteur.

— Des pilules, de l'ecsta », chuchota Heidi. Elle fronça le nez comme si elle tentait de concilier l'image légèrement glauque, mais toujours conforme à la morale, du pasteur Tim avec ce fait audacieux, illicite.

Nat rejeta ses cheveux mouillés en arrière et, allongée, croisa les jambes, parfaitement consciente qu'elles étaient bronzées, longues et fines ; elle s'étira, pied pointé, d'un geste langoureux uniquement destiné à asticoter le pasteur.

Il se pencha vers elle, il sentait l'Aqua Velva. Sous l'effet de l'excitation, les pupilles de ses yeux bleus étaient dilatées, et sa mèche de devant formait une houppette au sommet de son crâne. « Sécobarbital, dit-il en ouvrant la main. Ces bébés vont nous faire planer si haut que plus personne n'aura envie de redescendre. »

Meredith fut secouée d'un petit rire nerveux.

« Il dit qu'on va bien s'amuser.

— Qui en veut ? demanda Tim en regardant autour de lui, la bouche entrouverte. Personne ?

— Moi, je veux bien essayer », dit Ed. Mais Tim ne sembla pas l'entendre. Il interrogea du regard Heidi, puis Meredith et enfin Nat.

Nat ne sut pas vraiment ce qui lui prit. Peut-être était-ce l'agacement qu'elle éprouvait à l'égard des autres, qui faisaient cercle autour de Tim, comme fascinés par le pouvoir de ces pilules ridicules ; à moins que ce ne soit cette récente supériorité qu'elle ressentait à l'égard du pasteur ou encore le rire inquiet de Meredith qui l'exaspérait.

« Je me lance la première, dit-elle.

— Une seule, dit le pasteur. C'est très fort. »

Alors, le regardant droit dans les yeux, Nat en prit deux. « Waouh, bravo ! » s'écria-t-il en riant et en lui tendant une bière.

Aussitôt après, tout le monde essaya, et Nat commença à se sentir flottante. Le pasteur Tim posa une main sur son genou et, étonnamment, elle s'en moqua et se blottit contre son épaule. Mais, soudain, le rire du pasteur la ramena à la réalité et elle s'éloigna, longeant le bord de la piscine sur la pointe des pieds telle une équilibriste. Au-dessus d'elle, le plongeoir se découpait sur la nuit noire. Elle parvint jusqu'à l'échelle qu'elle entreprit de grimper.

Arrivée tout en haut, elle hésita. Les flammes des torches tahitiennes tremblaient et semblaient lécher la piscine, le ciel. Quelqu'un cria : « Vas-y, Nat ! »

Elle tomba en piqué et heurta violemment la surface – le visage, la poitrine et les cuisses à plat – comme si une tonne de briques la frappait à l'abdomen.

Étourdie pendant plusieurs secondes, elle coula. Les ondes de choc se répercutèrent dans tout son corps et elle resta immobile, comme un oiseau arrêté en plein vol par une vitre. Ses poumons la brûlaient, elle manquait d'air. Elle avait l'esprit embrumé, elle était inconsciente de son immobilité, alors qu'elle aurait dû entreprendre un battement des pieds pour remonter à la surface.

Elle inspira profondément et ses poumons se remplirent d'eau, paraissant rétrécir. *Non, non, non.* Un cri qui résonna dans tout son corps, Dieu merci, un cri de survie qui la propulsa vers les marches qu'elle remonta en titubant ; des étoiles explosèrent devant ses yeux avant qu'elle ne vomisse dans les buissons.

Personne n'avait remarqué le temps qu'elle avait passé sous l'eau, les trente secondes qu'il lui avait fallu avant qu'elle n'ait le réflexe de remonter. Elle ne s'était jamais sentie si seule.

Elle ne resta que quelques minutes de plus à la soirée. Elle en oublia son vélo chez les Petterson et rentra à pied chez elle. Embarrassée, elle revint le récupérer le lendemain. Mais, à ce moment-là, personne n'y prêta attention, car on venait d'apprendre que Meredith Petterson et le pasteur Tim avaient disparu.

La panique ne fut que de courte durée, cependant : à peine vingt-quatre heures plus tard, ils furent retrouvés, dormant comme des loirs, et nus comme des nouveau-nés, dans un cabanon abandonné, en haut de la colline. Meredith était recouverte de vaseline de la tête aux pieds. M. Petterson racontait qu'il les avait trouvés ronflant tandis qu'une couleuvre d'un mètre cinquante de long les observait, tapie dans un coin de la pièce. Les détails étaient précis et scabreux.

Dans la tête de Nat, ils se confondaient avec ceux rapportés par les journaux concernant l'histoire de la fille Zeigler ; elle avait du mal à se rappeler laquelle avait été retrouvée nue dans un cabanon, si c'était Meredith Petterson ou Marnie Zeigler (c'était Meredith, bien sûr). Qu'elle soit obnubilée par cette disparition et ce qui s'ensuivit la décida soudain à rouler le journal régional pour le jeter à la corbeille.

À l'époque, elle n'aurait pas repensé au pasteur Tim s'il n'avait pas continué de hanter sa famille. Dès que la nature de sa relation avec Meredith avait été dévoilée au grand jour, la moitié de la congrégation – encouragée par le vicaire – avait souhaité sa révocation immédiate. Bien avant cette histoire, certains devaient déjà se douter que la nature de ses relations avec les filles allait bien au-delà de se tenir par la main, moite pour ce qui était de celle du pasteur, le temps d'une prière, en signe de communion. Apparemment, ils ne s'en étaient pas offusqués tant que le pasteur était resté discret ; mais s'être fait prendre la main dans le sac, voilà qui était impardonnable. Sans compter la drogue ; c'en était trop.

L'autre moitié de la congrégation – les parents et les frères de Nat inclus, ce qui l'horrifiait – se rangea du côté du pasteur tombé en disgrâce. Cette faction quitta la vénérable chapelle de pierre pour un ancien petit magasin de disques où ils se retrouvaient, au milieu de vieilles étagères, pour assister aux offices religieux, désorganisés et pauvrement éclairés, en buvant du vin sucré dans des gobelets en plastique.

Le pasteur Tim conduisait cet ersatz de congrégation, appelée l'Église Améliorée de Saint-Ignace ; le père de Nat et son frère George y servaient en tant que ministres du culte laïcs.

« Nous connaissons Tim depuis qu'il était haut comme ça, lui avait expliqué sa mère, en mettant la main à hauteur de son genou, quand Nat avait fini par la confronter au sujet de la loyauté absurde de sa famille. C'est un gentil garçon, et les Cloone sont des gens bien, Mike Cloone est né ici, et sa femme est infirmière en pédiatrie.

— Mais ils ne vont même pas à l'église de Tim ! s'était insurgée Nat. Je l'ai vu, maman. Je l'ai vu donner de la drogue aux filles pendant la soirée.

— On ne sait pas ce que c'était. C'était tout aussi bien des bonbons.

— Maman ! Il ne distribuait certainement pas des placebos ! s'étrangla Nat.

— D'accord. Je répète juste ce que j'ai entendu.

— De la part de qui ?

— Meredith et lui ont rompu, tu sais.

— Ça ne m'intéresse pas », dit-elle en la regardant droit dans les yeux.

Sa mère, qui ressemblait soudain à une vieille femme, posa les mains sur ses genoux. « "L'homme de bien est pécheur et doit être pardonné. Les créatures du diable ne cherchent que la rébellion." C'est extrait des Proverbes.

— Je ne cherche pas à me rebeller », dit Nat. Ce n'était pas le cas, en effet. Mais elle était poussée dans ses retranchements.

Elle obtint son bac, prit des cours de dactylo pendant un an, puis les sécha, en sortant avec des garçons ici et là. Elle n'était pas chaste. Ce qui s'était passé avec le pasteur Tim, la grande révélation, lui avait prouvé que toute la pression, le mystère, le cirque autour de la chose n'avaient aucun sens. C'était si simple ! Il suffisait de le faire une fois, puis une autre fois, et encore une autre fois, sans compter que cela pouvait être plus agréable et plus drôle qu'avec le pasteur Tim. De plus, le monde n'explosait pas en une boule de feu sortie de l'enfer. Vous n'étiez pas consumée instantanément pendant que des démons psalmodiaient votre nom. C'était tout à la fois un soulagement et une déception mais, au moins, une réalité dénuée d'hypocrisie. Nat comprit que les hommes étaient attirés par son allure athlétique et qu'il lui suffisait d'un rien, un simple geste ou un sourire, pour les posséder. Ils étaient aussi malléables que des enfants et aussi impatients que des chiens affamés. Ce qui permettait de prendre du bon temps, mais, quand c'était fini, elle se sentait seule ; car ces relations ne duraient jamais bien longtemps. Ses parents ne voulaient pas lui payer ses études – ils estimaient que chacun devait gagner sa vie, comme cela avait été le cas pour eux, et voler de ses propres ailes – et, même si Nat trouvait que c'était normal, elle n'était pas pour autant suffisamment motivée pour gagner l'argent nécessaire. Elle se comportait en enfant gâtée, rien d'admirable. Comment pouvait-elle s'opposer à ses parents alors qu'elle dépendait encore d'eux et qu'elle vivait toujours sous leur toit, dans sa chambre d'enfant ?

C'était Paul qui l'avait sortie de cette léthargie, cet immobilisme adolescent. Juste quand elle avait pensé, avec cette tendance à l'exagération propre à l'adolescence, que sa vie se résumerait à l'Église Améliorée de Saint-Ignace et à la désapprobation de ses parents, et qu'elle n'était destinée à rien d'autre qu'à de piètres et banales relations occasionnelles sans lendemain, dont il ne faudrait rien attendre, Paul avait surgi dans sa vie de manière tout à fait inespérée. C'était un miracle, il était merveilleux – si différent de tous ceux qu'elle connaissait : calme, mélancolique, galant, respectueux, si éloigné des surfeurs niais et immatures qu'elle fréquentait. Il était réservé, prévenant et sérieux. Il écoutait attentivement tout ce qu'elle disait ; tandis qu'elle semblait ne pas avoir beaucoup compté aux yeux du pasteur Tim ou des autres garçons qui avaient suivi, pour Paul, elle était tout. Il était comme un émissaire venu d'un lieu et d'un temps immémoriaux, un pays où les hommes étaient affectueux et attentionnés, en toute sincérité, où ils se comportaient plus scrupuleusement que les hommes modernes.

Elle avait voulu partir au plus vite ; elle avait pensé que se marier avec un militaire (un homme qu'elle aimait vraiment, de surcroît) lui permettrait de s'éclipser rapidement et facilement. Mais la vie se révéla un peu plus compliquée et, jusqu'à ce que Paul ait pu intégrer l'école des techniciens en sûreté nucléaire de Fort Belvoir, elle s'était retrouvée seule avec deux petites filles, vivant encore chez ses parents, où sa mère la traitait comme une enfant ayant elle-même des enfants.

Cependant, elle garda des traces de la foi dans laquelle elle avait été élevée et selon laquelle Dieu était quelqu'un à qui l'on pouvait occasionnellement recourir et qui voulait ce qu'il y avait de mieux pour ses ouailles, mais qui ne se mêlait que rarement des affaires du quotidien, de sport ou de politique. Et, de fait, bien qu'elle ait fait un peu n'importe quoi, elle s'en sortait dignement. Elle avait une maison à elle ou, tout du moins, une maison qu'elle louait, avec une cour et trois plants de tomates, sans compter un bac à sable boueux où les filles pouvaient jouer. Elle avait le luxe, épuisant, d'être femme au foyer et de pouvoir rester à la maison avec ses enfants car elle avait un époux qui subvenait à leurs besoins. Mais, parfois, dans des moments de mélancolie et de solitude, elle se demandait si elle ne s'était pas mariée trop tôt. Tout s'était passé très vite : Paul lui avait fait la cour, ils s'étaient mariés, avaient eu un bébé, un autre bébé, et un troisième était en route. Ne venait-elle pas d'avoir dix-neuf ans ? N'était-ce pas hier encore qu'elle se tenait debout en haut des Sunset Cliffs, agrippant le bord de la falaise de ses orteils nus et bronzés ? Pendant des années, elle avait été convaincue que Paul l'avait sauvée de quelque chose, de cette tristesse, de cette complaisance qu'elle avait observées chez les gens lors de la soirée organisée par Meredith, cette part d'eux-mêmes dont il était facile de profiter. Mais, dans ces moments sombres, elle se demandait si ce qu'elle avait pris pour de la clairvoyance n'avait pas été qu'une simple impression due à la jeunesse, au sens du défi et à la bière. Peut-être ne s'était-elle pas donné une chance. Peut-être qu'elle avait, certes, compris quel était le problème, mais n'avait-elle pas opté trop vite pour la solution de facilité ?

Non. Elle aimait ses filles, elle adorait sa famille, ce qu'elle éprouvait pour Paul était au-delà de l'amour, au-delà de cette vie qu'ils partageaient, de l'intimité choquante du mariage et de la reproduction. Comment pouvait-on s'accommoder d'une chose pareille ? C'était comme de mêler ses entrailles à celles de l'autre ; c'était tout à la fois beau et affreux et, par conséquent, de temps à autre, cette situation provoquait des pensées négatives. Or, sous prétexte qu'elles étaient plus difficiles à vivre, elles n'étaient pas plus réelles, pas plus justifiées que les pensées heureuses. Toutefois, elle ne pouvait pas s'empêcher de s'apitoyer un peu sur elle-même, d'être tendue et triste, et d'avoir l'impression que ses parents avaient essayé de se débarrasser d'elle et que Paul les y avait aidés alors qu'il était maintenant à des milliers de kilomètres de là, et qu'elle se retrouvait seule, tandis que l'été touchait à sa fin, et qu'à la pendule accrochée au mur, et recouverte d'un torchon, les secondes s'égrenaient doucement, désespérément.

Elle n'avait aucune idée de ce que Paul faisait désormais, de ce à quoi ressemblait son monde, tandis que lui savait tout du sien : c'était lui qui l'avait construit. Ce n'était pas juste. Mais elle se dit que c'était un monde fondé sur l'amour, et elle se calma.

Elle se laissa distraire en pensant à Esrom. Que faisait-il par une nuit si chaude et venteuse ? Peut-être réparait-il une voiture dans la cour de son immeuble, éclairé par le faisceau d'une grosse lampe à réflecteur chromé, ou peut-être jouait-il aux cartes à la caserne, en débardeur. Bon, d'accord, l'idée du débardeur n'était pas indispensable. Donc, peut-être jouait-il aux cartes. Le cheminement de ses pensées la rendait heureuse ; mais, soudain, l'idée – venue de nulle part – lui apparut qu'elle n'était peut-être pas l'unique femme esseulée à qui Esrom rendait des visites amicales. Elle se ressaisit quelques minutes plus tard, après avoir, sous le coup du désespoir, froissé sauvagement sa jupe entre ses mains.

Elle écouta la radio tout en rangeant la cuisine : les Everly Brothers, les Five Satins qui lui brisaient le cœur avec leurs chansons. Pourquoi la musique était-elle toujours si douce et les paroles si tristes ? D'un geste, elle balaya les miettes sur la table de la cuisine pour les faire tomber dans sa main et les jeter à la poubelle. Elle essuya le plan de travail à l'aide d'un torchon et accompagna Toni Fisher qui se languissait de son homme.

Tandis qu'elle se couchait seule, si seule, le vent souleva les rideaux au-dessus du lit. Si ses calculs étaient bons, elle était enceinte de vingt-sept semaines. Paul serait de retour dans quinze semaines. Deux nombres qu'elle se répétait la nuit, des petits repères dans son cerveau.

Alors qu'elle était sur le point de s'endormir, fatiguée de compter, son imagination s'envola vers d'autres horizons. Elle était dans une petite pièce aux murs nus, et entendait le bruissement de l'herbe et le pépiement des oiseaux dehors, elle sentait l'odeur des chênes, voyait une lueur vaciller au loin. Le bruit des pneus d'un camion qui ralentissait le long du trottoir pour se garer de l'autre côté du mur ; une silhouette se détachant de l'ombre et venant se poster près de la fenêtre. L'homme jetait un coup d'œil à l'intérieur, juste pour vérifier que Nat allait bien, pour s'assurer qu'elle dormait paisiblement. Un comportement plein d'attention, et Nat savait qu'elle pouvait compter sur lui, qu'il viendrait, elle avait laissé la fenêtre ouverte, les rideaux battant au vent. Elle aimait ce rêve embrumé et elle le convoquait nuit après nuit, quand elle avait trop chaud sous les draps, trop bouleversée pour être embarrassée malgré son pouls qui s'accélérait, ses mains caressant son ventre tendu, rebondi, et cet endroit chaud tout en bas ; les cinq dernières secondes de ce rêve, la sensation était si forte, l'émotion si violente que, comme droguée, elle pensait que ses mains, sa respiration n'étaient plus seulement les siennes.

À la fin du mois d'août, les jeux Olympiques d'été se déroulèrent à Rome. Au grand étonnement de Nat et des filles, ravies, ils étaient retransmis à la télévision. C'était la première fois, et tout le monde en parlait, que ce soit en faisant les courses au magasin de l'armée, ou lors des trajets en bus : *Avez-vous vu la cérémonie d'ouverture ? Avez-vous vu les images du Colisée ?* Les épreuves sportives étaient filmées dans la journée et envoyées au studio CBS à New York au cours de la nuit et, chaque matin, Nat et ses filles, à peine réveillées, fonçaient droit sur leur boîte magique pour regarder la retransmission et les images enregistrées des athlètes. Avec un tel divertissement, elles n'avaient plus du tout besoin d'une voiture.

Nat était fascinée par les nageuses et, en particulier, par l'Australienne Dawn Fraser. Dawn Fraser était un Superman au féminin. En vêtements de tous les jours – une chemise, un simple pantalon en polyester et des escarpins, prenant la pose pour les photos –, elle ressemblait à n'importe quelle autre jeune femme, le visage couvert de taches de rousseur, gaie, la mâchoire carrée avec, peut-être, les épaules légèrement plus larges que la plupart des filles ; mais dans l'eau, c'était une fusée, un avion à réaction, un phénomène scientifique ou magique. Fraser avait remporté toutes les médailles d'or et d'argent aux Jeux de 1956, quatre ans auparavant, et on lui prédisait encore un bel avenir.

Esrom arriva un après-midi juste au moment où le présentateur télé s'apprêtait à commenter, excité, l'épreuve féminine du 100 mètres nage libre. Il restait là, à la porte, à bavarder de manière décontractée, comme d'habitude. Pendant un instant, Nat, embarrassée par les pensées secrètes qu'elle avait eues pour lui – tout en essayant de se rassurer à l'idée qu'il ne pouvait pas les avoir devinées –, eut du mal à le regarder dans les yeux. Puis elle se rendit compte qu'elle allait rater l'épreuve et elle lui attrapa le bras pour l'entraîner à l'intérieur.

« Quoi ? Que se passe-t-il ? demanda-t-il en riant. Quelqu'un essaie de se faufiler derrière moi, je suis suivi ?

— Je suis désolée, dit-elle, mais aujourd'hui je n'ai pas le temps d'écouter vos *La vache a mis bas cette nuit* et *on a récolté un melon énorme !*

— Ce n'est pas ce que j'allais dire », protesta-t-il.

Les filles arrivèrent en sautillant et en piaillant *Monsieur Esrom, Monsieur Esrom.*

« C'est une journée pyjama ? interrogea-t-il. Où sont passées toutes vos jolies robes ? »

Nat jeta un œil autour d'elle et prit conscience que la situation avait un peu dégénéré, que les choses allaient à vau-l'eau. Il y avait de la vaisselle sale dans l'évier, les filles étaient encore en chemise de nuit, les cheveux aplatis par le sommeil, les dents noircies par les rouleaux de réglisse qu'elles venaient de manger, tandis qu'elles passaient la moitié de leur temps à suivre les performances des athlètes les plus célèbres du monde.

« Vous ne regardez pas les jeux Olympiques ? demanda-t-elle.

— Nous n'avons pas de télévision.

— À l'appartement, ou au ranch ?

— Nulle part.

— Vous aimez le sport ?

— Oui, bien sûr, répondit-il en haussant les épaules. Qu'est-ce que c'est, une compétition de natation ? » Il s'assit sur le sol, Nat s'installait sur le canapé près de lui, et les filles les escaladaient et leur donnaient des coups de genou et de pied involontaires, sans que Nat prenne même la peine de leur dire de se calmer et de le laisser tranquille.

« C'est l'épreuve féminine de natation, dit-elle. Et là, c'est l'Australienne Dawn Fraser.

— C'est difficile de les reconnaître avec leurs bonnets et leurs maillots de bain.

— Couloir quatre. Tout le monde espère qu'elle va gagner.

— On devrait pas plutôt soutenir les Américaines ?

— Vous pouvez, si vous voulez, dit Nat avec un sourire. Ce serait amusant, d'ailleurs, de soutenir chacun une nageuse.

— Bon, d'accord », dit-il. Et quand le signal du départ fut donné, Nat acclama Dawn Fraser tandis que Esrom et les filles, sans même savoir sur quel couloir ils devaient porter leur attention, criaient : « Vive les États-Unis ! Vive les États-Unis ! » en s'époumonant.

C'était idiot – c'était vraiment ridicule – mais, en la regardant nager, Nat souhaitait la victoire de Dawn Fraser avec une ferveur démesurée, comme si le succès de l'Australienne pouvait influer sur sa propre vie si tranquille. Elle serrait les poings, et retint son souffle en voyant Fraser et Chris von Saltza au coude à coude se disputant le mur d'arrivée, y mettant toute leur énergie. Une douzaine d'hommes en costume, chronomètre à la main, étaient penchés au-dessus de leurs têtes. Le monde s'était arrêté pour regarder nager ces deux femmes.

Fraser et von Saltza parurent toucher le mur au même moment, et, comme un seul homme, les arbitres filèrent pour débattre. L'épreuve n'avait pas duré plus d'une minute et une seconde. Nat se prit la tête dans les mains en attendant le verdict. Esrom se leva et lui toucha le bras : « Ça va ? »

Une minute plus tard, la tête et les épaules du présentateur du journal télévisé apparurent à l'écran et il annonça d'une voix docte que, pour la deuxième fois consécutive, Fraser avait gagné le 100 mètres nage libre, et Nat bondit en hurlant de joie.

Immédiatement, Sam et Liddie reprirent l'exaltation de Nat à leur compte. Pendant quelques minutes, la pagaille régna, jusqu'à ce qu'elles se calment toutes les trois. Les filles sautaient dans tous les sens sur le canapé, aussi Nat se glissa-t-elle par terre à côté d'Esrom, bien qu'il protestât, arguant que le sol était trop dur, que c'était inconfortable, etc.

« Je ne suis pas en sucre », répliqua-t-elle. Elle pointa un doigt en direction du téléviseur ; on installait les podiums pour la remise des médailles.

« Vous l'avez vue ? Vous avez vu comme elle est impressionnante ?

— Oui.

— C'est si difficile de nager comme ça.

— En fait, j'ai cru qu'elles allaient faire encore six ou huit longueurs de plus. »

Nat tourna la tête vers lui pour voir s'il plaisantait. « Non, dit-elle, c'est une course sur deux longueurs. Mais elles nagent à fond sur toute la distance. Ce doit être l'équivalent d'un sprint d'un kilomètre. » Soudain, elle fut émue aux larmes devant cet exploit, et en pensant à combien ce devait être extraordinaire de nager ainsi, d'entrer dans l'eau et de solliciter tous vos muscles à la fois, le souffle court, manquant d'air au point d'avoir l'impression de mourir. Avec tous les spectateurs qui vous encouragent comme des fous, qui vous observent à la jumelle depuis les gradins, en retenant eux aussi leur souffle tant ils souhaitent que vous remportiez la victoire.

« Vous savez quoi ? J'ai une idée, dit Esrom. Quand le bébé sera un peu plus grand, vous pourriez être maître nageur à la piscine. »

Elle se tourna de nouveau vers lui après un petit temps de réflexion, en essayant de remettre de l'ordre dans ses idées. « Je pourrais être maître nageur ? »

Il commença à bégayer comme s'il craignait qu'elle ne trouve son idée risible ou déplacée.

« Eh bien, vous savez, ils ont toujours besoin de personnel. Et les maîtres nageurs peuvent profiter gratuitement de la piscine quand ils ont fini leur journée.

— Oh, merci », dit Nat qui, le temps d'une seconde de folie, avait eu envie de se pencher vers lui pour l'embrasser. Elle était toujours exagérément émue par la victoire de Dawn Fraser, mais aussi par son propre sort, son sentiment de solitude, et cette atmosphère délétère de fin d'été, avec les feuilles mortes qui commençaient à tomber et à s'entasser sur les rebords de fenêtres et le seuil des maisons.

Il la regarda attentivement. « Est-ce que ça va ? » lui demanda-t-il. Sa voix était d'une telle douceur et d'une telle gentillesse qu'elle ne put s'empêcher de se glisser sous son bras, reposant la tête sur son épaule, et attrapant sa main dans la sienne. Il se figea ; elle sentit son cœur battre la chamade sous sa chemise et il garda son bras suspendu en l'air, comme si on le menaçait d'une arme. Puis il le laissa doucement retomber pour en entourer les épaules de Nat, ce qui provoqua en elle une telle sensation d'intimité et de plaisir qu'elle ne cessa de changer légèrement de position afin d'effleurer chaque fois une partie différente du corps d'Esrom : sa joue sur l'épaule du jeune homme, son menton sur sa clavicule, son front contre la chaleur qui se dégageait de sous sa chemise. C'était l'expression silencieuse et enivrante d'une affection extatique. Bien que contenue, elle faisait battre son cœur à tout rompre car elle aspirait tellement à ça. Et en même temps, ce n'était rien. Ils restèrent ainsi pour regarder Dawn Fraser, Chris von Saltza et Natalie Steward grimper sur le podium dans leurs peignoirs de bain, et pour écouter l'hymne australien, inélégant et tapageur, qu'aucun d'eux n'avait jamais entendu.

Jeannie

Jeannie aimait particulièrement être chez elle quand son mari n'y était pas. Elle ne fut donc aucunement déçue d'apprendre qu'il partait une semaine au Groenland pour visiter cette affreuse base militaire ; sur le calendrier, cette semaine à venir ressemblait à la promesse de jolies petites vacances. Certaines choses toutes simples étaient devenues un luxe : ne pas passer l'aspirateur pendant plusieurs jours ; dîner de soupe de tomate en boîte plusieurs soirs de suite, toute seule, une fois Angela couchée ; pouvoir regarder la télévision jusqu'à la fin des programmes, à minuit, quand l'écran devient noir.

Cependant, chaque fois qu'il était parti, Mitch semblait éprouver le besoin d'appeler chez lui. Jeannie en était agacée et surprise puisque, bien qu'il vive sous le même toit qu'elle, souvent, il ne ressentait pas le besoin de lui parler pendant des semaines. Mais, à l'occasion, c'était donc un homme sentimental ; et être loin de chez lui était probablement la seule occasion qui lui permettait d'apprécier sa famille. À moins qu'il aime surtout que les soldats le voient téléphoner à sa femme, ce qui le faisait passer pour un homme convenable, bien élevé et responsable. Elle ne savait pas ce qu'il en était et s'en moquait.

Comme elle s'y attendait, il appela le vendredi, à l'heure du dîner.

« Mitch », dit-elle. Elle essaya de répondre d'une voix chaleureuse, bien qu'elle fût énervée car le cordon du téléphone était trop court pour qu'elle puisse atteindre le minibar et se servir un autre verre pour passer le temps.

« Bonsoir, chère madame ! s'exclama Mitch joyeusement. Comment ça va sur le continent ?

— Tout va bien, mon cher. Nous finissons de dîner.

— Qu'avez-vous mangé ? »

Jeannie soupira. Il se comportait comme un détenu mourant d'envie de savoir ce que les gens du monde extérieur mangeaient. Il n'était absent qu'une semaine, pour l'amour de Dieu, et, qui plus est, dans un endroit où on lui préparait de bons repas.

« De la soupe de tomate », répondit-elle. Toutefois, seule Angela avait dîné et, en réalité, elle avait eu des haricots blancs à la sauce tomate et une tranche de pain de mie. Mais c'était trop long à raconter. Jeannie jeta un coup d'œil à sa fille qui, silencieusement, repoussait ses derniers haricots sur le bord de son assiette.

« Angela, lança-t-elle dans un soupir, si tu as fini de manger, tu peux sortir de table.

— Quoi ? brailla Mitch.

— C'est comment le Groenland ?

— Aussi froid qu'un téton de sorcière ! s'esclaffa Mitch. On vit sous la glace. Dans des tunnels.

— Est-ce que c'est beau ? demanda Jeannie, par politesse. J'aurais tendance à penser que le Groenland est beau.

— Putain, non, dit Mitch. Est-ce qu'un glaçon est beau ?

— Pourquoi pas ? dit Jeannie.

— Eh bien, ici, ce n'est pas le cas. Et les hommes deviennent fous à vivre enfermés dans des tunnels, ils sont bizarres. Il n'y a pas de femmes à moins de trois cents kilomètres.

— C'est probablement préférable pour tout le monde.

— Au fait, je suis tombé sur un de nos vieux amis. »

L'attention de Jeannie fut piquée au vif. « Comment va cet horrible Collier ?

— Toujours aussi charmant. » Il y eut un petit silence ; Mitch essayait de faire de l'esprit, et il voulait que Jeannie s'en rende compte. Elle laissa échapper un petit rire contraint pour lui faire plaisir. Ce qui sembla suffire à l'encourager pour qu'il poursuive sur le sujet. « Il se tient comme s'il avait un balai dans le cul. Ses vêtements semblent tenir debout tout seuls ; personne n'a dû le prévenir d'enlever le cintre. »

Jeannie éclata d'un rire sincère. « Mitch !

— C'est l'endroit parfait pour un gars comme lui. Impossible pour moi d'imaginer un paysage plus adéquat.

— Bon, dit-elle, au moins tu ne restes là-bas que quelques jours. Ensuite, tu ne reverras pas ce triste sire avant un bon moment. »

Il continua sur sa lancée en couvrant les derniers mots de Jeannie : « Quel gâchis qu'il ait une si charmante épouse qui l'attende à la maison. Qu'est-ce qu'elle peut bien lui trouver ? Tu peux me le dire ?

— Ça reste un mystère pour moi aussi », répondit Jeannie qui, maintenant, se sentait moins indulgente à l'égard de son mari. Elle baissa les yeux sur ses ongles puis regarda par la fenêtre. La rue était tranquille ; à l'heure du dîner, tout le monde rentrait chez soi, réglé comme une horloge. « Il n'a pas l'air de beaucoup lui manquer.

— Pourquoi tu dis ça ?

— Oh, pour rien. » Jeannie fit un brusque signe de tête en direction du couloir. « Angela ! Qu'est-ce que tu fais là ? »

Angela laissa échapper une suite de mots étouffés, incompréhensibles, et Jeannie en déduisit que si elle pouvait parler, c'est que tout allait bien.

« Pourquoi tu as dit qu'il n'avait pas l'air de beaucoup lui manquer ? insista Mitch.

— Je voulais juste dire : comment *pourrait*-il beaucoup lui manquer ?

— Je ne comprendrai jamais comment des hommes comme lui réussissent à conquérir des femmes comme elle. »

Jeannie sentit des ondes d'agacement se répandre dans tout son corps comme sous l'effet d'une décharge électrique.

« Mitch, me parler d'une autre femme alors que tu es à plus de six mille kilomètres, c'est grossier. Tu es tout seul ? (Elle soupira et décida de lui donner ce qu'il voulait.) Je ne crois pas qu'il ait réussi à la conquérir, dit-elle. On la voit partout en ville depuis qu'il est parti.

— Ah bon ?

— Oui. Elle fréquente un cow-boy du coin. Il est chez elle chaque fois que je passe devant. Il lui a offert une voiture.

— C'est fascinant ! dit Mitch. Elle aurait donc laissé tomber Collier le Revêche ?

— Bon, parlons d'autre chose.

— Je n'aurais pas cru ça d'elle, dit Mitch. Vraiment pas.

— Tu ne la connais pas le moins du monde, s'exclama-t-elle. Comment peux-tu savoir ce dont elle est capable ou pas ?

— C'est juste que je n'aurais jamais...

— Il faut que je couche Angela, l'interrompit Jeannie. Tu veux lui parler d'abord ?

— Oui, bien sûr.

— Angela ! » appela Jeannie.

La petite fille se précipita dans la pièce en courant comme si elle craignait d'être réprimandée pour une bêtise qu'elle aurait faite.

Jeannie percevait la voix brouillée de Mitch à l'autre bout de la ligne, qui se lançait dans de longues bribes de conversation avant de s'arrêter et de recommencer. Angela l'écoutait patiemment, avec beaucoup d'attention, la bouche ouverte. Mitch devait s'attendre à ce qu'elle lui réponde car Jeannie l'entendit poser avec insistance quelques courtes questions avant qu'elle ne récupère gentiment le combiné et dise : « Elle est un petit peu fatiguée ; c'est presque l'heure de se coucher pour elle. Il doit être très tard là où tu es, non ?

— Elle était vraiment au téléphone ? demanda-t-il. Je n'arrivais pas à l'entendre.

— Oui. Tu aurais dû voir son sourire quand elle a reconnu ta voix, mentit Jeannie.

— Ah, bien. Bon, je serai de retour à la maison lundi matin. J'ai un vol qui dure toute la journée dimanche.

— D'accord.

— Il paraît qu'il y a un peu d'animation ici le samedi soir. Tu y crois ?

— Alors, amuse-toi bien.

— Ouais. » Il y eut un long silence. Pour le combler, Jeannie dit d'un ton malicieux : « Transmets mes amitiés à Collier. » Mais elle s'en voulut immédiatement. Elle détestait jouer le jeu de Mitch. De toute évidence, il s'excitait chaque fois que l'on évoquait Collier.

« Je n'arrive toujours pas à croire ce que tu m'as dit à propos de sa femme. Je n'aurais jamais pensé que c'était ce genre de fille. »

Jeannie se sentit mal à l'aise et, en même temps, éprouva du dégoût pour son mari. « On ferait sans doute mieux de ne pas en parler, ajouta-t-elle, emplie brusquement de pieuses intentions. Ça ne nous regarde pas.

— Oh, je sais bien. C'est juste que je suis surpris, je…

— Mitch, il faut que je couche Angela. Bonne nuit. À lundi.

— Tu te rends compte que c'est déjà l'automne ? dit Mitch. Putain, ce sera Noël avant même qu'on s'en aperçoive. » Noël le rendait toujours heureux.

« Allez, Mitch », dit Jeannie en raccrochant doucement le téléphone. Ce n'est que quelques heures plus tard, bien réveillée, assise toute droite dans son lit, qu'elle comprit ce qu'elle avait fait et qu'elle envisagea les possibles conséquences à venir.

Nat

« Si jamais tu as en vue une babiole qui te ferait plaisir, il faut demander à Paul de te l'offrir dès son retour », dit Patrice en buvant une gorgée de café dans la cuisine de Nat, tandis que des flocons de neige tourbillonnaient devant la fenêtre. « De nouvelles chaussures, un sac à main ?

— Je n'ai besoin de rien.

— Oh, Nat, profites-en ! De quoi aurais-tu envie ? » Une étincelle s'alluma dans les yeux bleus de Patrice.

Nat hésita. Quelques mois plus tôt, elle aurait souhaité avoir une voiture. Mais, maintenant, elle n'avait plus vraiment besoin de quoi que ce soit. Contre toute attente, elle se satisfaisait de cette nouvelle vie mais bien sûr elle ne serait vraiment comblée que lorsque Paul serait de retour.

« Bon, tant pis. Je n'insiste pas. Je vais te dire ce que je demanderais, moi : un sac à main Chanel, un de ceux qui sont matelassés avec de petites chaînes en guise de bandoulière. » Elle pointa son doigt : « Oh ! J'ai vu ton bébé donner un coup de pied.

— Oui, je l'ai senti », dit Nat. Son ventre était énorme et continuait à grossir, son nombril ressortait, pareil à une langue impertinente.

« Ce sera un garçon, déclara Patrice, en allumant une cigarette. J'en suis sûre. Il sera aussi gentil qu'il est possible de l'être et il adorera sa maman. Exactement comme mon mari », ajouta-t-elle en roulant des yeux. La belle-mère de Patrice vivait avec eux depuis six mois.

« Je n'ai jamais rencontré mes beaux-parents, dit Nat. Ils sont morts. C'est bizarre, non ?

— Pourquoi ? Ils sont morts de quoi ?

— Non, ce que je veux dire, c'est que c'est bizarre de ne jamais les avoir rencontrés. Tout le monde a rencontré au moins l'un de ses beaux-parents, non ?

— Estime-toi heureuse, dit Patrice. Tu pourrais avoir une belle-mère qui vivrait avec vous, qui remplirait ton réfrigérateur de jus de pruneau, qui laisserait son dentier sur le rebord du lavabo et gaverait tes enfants de bonbons à longueur de journée. (Elle se retourna en direction du couloir.) Qu'est-ce que vous faites les filles ?

— On déguise Liddie », répondit Sam en criant.

Patrice s'adressa de nouveau à Nat. « Ta mère a-t-elle décidé des dates pour venir te rendre visite ? »

Nat hocha la tête en ressentant un soupçon d'inquiétude. « Tout de suite après Thanksgiving, dit-elle. Elle restera jusqu'à l'arrivée du bébé.

— Pourquoi ne vient-elle pas pour Thanksgiving ?

— Elle passe toujours les fêtes chez George et Marva. On ne change pas les habitudes.

— Oh ! Je vois. » Patrice fronça les sourcils.

Nat sourit, reconnaissante de ce discret soutien. Elle se leva pour remplir la tasse de Patrice. Alors qu'elle tournait le dos à la table, elle aperçut le camion garé le long du trottoir et Esrom qui remontait l'allée à grandes enjambées. Son sang ne fit qu'un tour : elle adorait le voir arriver de loin mais, cette fois, il tombait mal. Il enleva son chapeau en s'arrêtant devant la porte.

« Attends une seconde, dit-elle à Patrice, reposant sa tasse de café. Reprends un pain aux raisins.

— Oui. C'est moi qui les ai apportés après tout », dit Patrice. Elle se tourna sur sa chaise pour voir où allait Nat.

« Esrom, salut, dit Nat en ouvrant la porte avant même qu'il n'ait eu le temps de frapper.

— Je passais dans le coin. Pourquoi vous chuchotez ? Vous cachez un fugitif ?

— Non, j'ai une amie qui est là.

— Hé ! fit Esrom. C'est super. »

Nat se sentit gênée – pourquoi avait-elle toujours l'impression d'être la gentille idiote du village ? *Vous savez quoi ? Hourra ! Nat Collier a une amie !* Mais elle savait qu'il était sincèrement content pour elle.

« Maman, c'est M. Esrom ? » demanda Sam.

Comment a-t-elle fait pour nous entendre ? songea Nat. C'était déconcertant.

Des petits pas se précipitèrent dans le couloir, et les trois enfants firent leur apparition. Esrom s'agenouilla pour saluer Sam et Liddie. Elles crièrent son nom et se jetèrent dans ses bras. Il les étreignit toutes les deux en même temps. Voyant Patrice apparaître, curieuse, dans l'encadrement de la porte de la cuisine, il les lâcha et se releva. Carol Ann s'élança vers sa mère pour lui attraper la main.

« On a des pains aux raisins ! Viens manger un pain aux raisins, dit Sam. C'est Mme Patrice qui les a apportés.

— Oh, bonjour. Vous devez être Mme Patrice », dit Esrom, soulevant son chapeau en guise de salut. Patrice, sa tasse de café à la main, lui adressa un sourire pincé, prudent.

« Entre ! Viens ! s'exclama de nouveau Sam.

— Je ne voudrais pas vous interrompre.

— Oh, non, insista-t-elle. Moi, je m'amuse pas beaucoup avec Carol Ann.

— Sam, la tança Nat. Si, tu t'amuses bien. Il suffit de voir comment vous avez déguisé Liddie. »

Tout le monde se tourna vers Liddie, engoncée dans un maillot de bain passé par-dessus une robe à volants qui dépassait de l'échancrure du maillot, déversant des flots de tulle sur ses petites hanches.

« Et est-ce que Liddie s'amuse, elle ? » demanda Esrom. (Ses yeux croisèrent ceux de Patrice qui le regardait fixement.) « Je vérifiais juste que Nat allait bien. La voiture fonctionne toujours correctement ? s'enquit-il, d'une voix un peu trop compassée.

— Oui, c'est une véritable aubaine. Merci.

— Formidable, répondit-il avec un sourire timide, avant de s'adresser aux filles : Désolé d'avoir interrompu votre jeu. » Il fit un clin d'œil à Liddie, rayonnante.

« Oh... fit Sam, au bord des larmes.

— Chut, chérie, dit Nat. Merci, Esrom. Prenez soin de vous. »

Il jeta un coup d'œil furtif à son ventre, avec son nombril proéminent. Elle s'en aperçut et rit, posant les mains dessus.

« Je sais, j'ai grossi du jour au lendemain ! s'écria-t-elle. Et mon nombril ressort. Sam joue avec comme si c'était une sonnette. » Elle se rendait compte qu'elle parlait trop fort, avec une trop grande familiarité mais, avec Patrice et Esrom dans la même pièce, elle avait du mal à se comporter normalement.

Esrom le comprit et rougit. « Prenez soin de vous, vous aussi. »

Nat referma la porte d'entrée et poussa les filles vers leur chambre. Elle s'affaira à arranger les pains aux raisins sur une assiette. Patrice, adossée contre le chambranle de la porte de la cuisine, la regardait.

« S'il te plaît, ne me dis pas que c'est lui "l'amie" qui t'a donné la voiture. »

Nat ne répondit pas.

« Oh, Nat ! Tu as perdu la tête ?

— Il est très gentil, répliqua Nat. Quand la voiture est tombée en panne, il est venu pour la réparer.

— Et elle est toujours au garage ?

— Oui. J'économise pour payer les réparations et il s'en occupe quand il a du temps libre. Les filles et lui s'entendent à merveille, et il vient de temps en temps voir si tout va bien.

— Il vient voir comment vont les filles ?

— Oui.

— Non, je ne crois pas que ce soit ça.

— Si. »

Patrice croisa les bras sur sa poitrine. « Premièrement, tu laisses un homme jouer avec tes filles alors que tu ne le connais même pas ? Ça pourrait être un malade, un sale type.

— Ce n'est pas un sale type.

— Bon, tant mieux ! Et deuxièmement, il sait que ton mari est absent !

— C'est un homme généreux », dit Nat. Elle attrapa un torchon qu'elle avait posé sur le dossier d'une chaise et essuya machinalement la table.

« Ben tiens, je n'en doute pas ! s'écria Patrice. C'est une belle voiture. Quoi, il te l'a donnée, juste comme ça ? Sans rien demander en retour ? Et s'il te plaît, arrête de répéter qu'il est gentil. Tu sais à quoi ça ressemble ? »

Nat se raidit. Patrice retroussa les lèvres et secoua la tête.

« À rien de bon.

— Patrice, je te jure, on ne fait rien de mal », dit Nat. Toutefois, elle ressentit un soupçon de culpabilité, et les erreurs qu'elle avait prétendument commises lui apparurent clairement. La touche supplémentaire de maquillage quand elle savait qu'il devait passer. Les rêves qu'elle faisait mais aussi qu'elle convoquait…

« Il vient souvent ?

— Plusieurs fois par semaine.

— Et tu le laisses entrer ?

— Oui.

— Et il t'a donné une voiture. »

Nat hocha la tête, se tordant les mains.

« Il répare ta voiture depuis, quoi, deux mois ? Nat, il aime l'idée que tu conduises celle qu'il t'a donnée. »

Cette remarque était à la fois accusatrice et perspicace et Nat dut reprendre son souffle. « À t'entendre, c'est horrible…

— Combien de temps reste-t-il quand il vient ?

— Je ne sais pas. Une heure ou deux.

— Est-ce que quelqu'un dans le voisinage l'a vu entrer ou sortir ? »

Nat avait la gorge sèche et il lui fut difficile de répondre.

« Probablement.

— Et que crois-tu qu'on raconte ? s'écria Patrice. Tu comptais me dire qu'il ne t'était jamais venu à l'esprit que tout ça pouvait avoir l'air inconvenant aux yeux des gens du quartier, qui voient cet homme aller et venir chez toi ?

— Si, ça m'est venu à l'esprit, dit Nat.

— Mais tu ne l'as pas empêché de venir pour autant.

— Non. Je sais que les gens jasent peut-être, puisqu'ils passent leur temps à ça. Mais ses visites me semblaient plus… plus importantes que ce qu'on peut bien raconter.

— Et tu crois que c'est honnête vis-à-vis de Paul ?

— Je ne vois pas pourquoi ça ne le serait pas, répondit-elle, obstinée. Patrice ! Ce n'est pas ce que tu crois. Je ne tromperais jamais Paul. Je voulais juste avoir un ami.

— Si. Tu trompes Paul. »

Nat ouvrit grands les yeux, horrifiée.

« Écoute. Je comprends que tu te sois sentie seule après le départ de Paul. C'est difficile de se faire des amies. C'est difficile de changer d'endroit en permanence, de devoir tout le temps déménager et de se sentir partout comme une étrangère. »

Nat hochait la tête, les larmes aux yeux, reconnaissante que quelqu'un la comprenne.

« Mais je suis là, maintenant. Je suis ton amie. Tu ne devrais donc plus avoir besoin de le voir, non ?

— J'imagine, dit doucement Nat.

— Et donc ? »

Nat regarda par la fenêtre. La voiture verte était garée le long du trottoir. Elle se rappela comme elle était impeccable quand Esrom l'avait conduite jusqu'ici, elle le voyait astiquer chaque centimètre avec un chiffon, un geste tellement attentionné.

« Et donc ? demanda de nouveau Patrice. Son amitié t'apporte autre chose que ce que je peux te donner ? Parce que, si c'est le cas, alors je pense que tu t'aventures sur un terrain glissant. »

Nat ne put se résoudre à répondre quoi que ce soit.

Patrice croisa de nouveau les bras sur sa poitrine. « Ça me dérange, Nat. Ça me dérange vraiment, c'est tout. Je ne… je te souhaite que tout se passe bien, mais je ne sais pas si je peux…

— Patrice, je t'en prie, la supplia Nat.

— Les gens penseront que je suis complice de ton secret, et ce n'est pas le cas.

— Je n'ai pas de secret. C'est d'ailleurs ça le problème ! De toute évidence, je n'ai pas essayé de garder tout ça secret. (Elle agita les bras en signe de frustration.) Qu'est-ce qui ne tourne pas rond chez vous tous ? Pourquoi vous voyez le mal partout ? Les bonnes choses ne privent le monde de rien, elles ne font qu'ajouter du bon… »

Patrice la regarda droit dans les yeux. Son joli visage était maintenant déformé par la colère. Elle secoua la tête et parla lentement, comme si Nat était stupide.

« Je suis, moi aussi, une femme de militaire, dit-elle. Et ça ne se fait pas. On ne se comporte pas comme ça quand nos maris partent. Tu enfreins les règles.

— Oh, j'emmerde les règles, au diable les convenances, répondit Nat avec insolence.

— Les règles ne sont pas là par hasard. En les méprisant, tu signifies que tu te moques de ton mari, s'indigna Patrice.

— Cesse de me prendre de haut, cria Nat.

— Eh bien, tu fais tout pour, je crois ! »

La colère de Nat laissa place à un horrible sentiment de vide, et elle éclata en sanglots.

« Je ne peux plus venir, dit doucement Patrice. Je suis désolée.

— Je ne crois pas que tu sois désolée, dit Nat en pleurant, la tête entre les mains. Tu es cruelle. »

Patrice se radoucit un instant. Elle prit une profonde inspiration et essaya de croiser le regard de Nat. « Pourquoi n'arrêtes-tu pas de le voir à partir de maintenant ? demanda-t-elle gentiment. Ce serait si facile. Tu ne le laisses plus entrer chez toi. Tu peux faire ça ? »

Nat leva la tête vers elle. Son cœur se fit plus léger ; on lui offrait une seconde chance.

Patrice attendait sa réponse.

Dis oui, pensa Nat. *Ne sois pas stupide !* Elle ouvrit la bouche pour la refermer aussitôt.

« Très bien », dit Patrice d'une voix que la colère rendait froide. Elle attrapa son manteau et son écharpe accrochés au dos d'une chaise et fonça dans la chambre des filles.

« Carol Ann ! Nous devons y aller, mon cœur.

— Pourquoi vous partez déjà ? demanda Sam.

— Sam, ce n'est pas le moment de discuter ! » s'écria Nat. Une seconde plus tard, Sam, déconcertée, apparut à la porte de la cuisine. Patrice passa devant elle, tirant Carol Ann par la main. En moins d'une minute, elles avaient quitté la cuisine, traversé la salle de séjour, et un courant d'air frais signifia leur départ quand elles claquèrent la porte derrière elles.

Liddie arriva, toujours affublée de couches de vêtements ridicules, elle traînait des pieds et pleurait.

« Pourquoi elles sont parties, maman ? » demanda-t-elle.

Nat fonça sur le téléviseur comme si c'était un dispositif de sauvetage, tourna le bouton pour l'allumer et, en une seconde, la magie opéra ; les filles se postèrent devant l'écran, la bouche entrouverte, leurs larmes avaient séché. Puis elle fila dans la chambre à l'arrière de la maison afin de pouvoir pleurer en paix. Elle s'allongea sur le côté, essuya son nez plein de morve avec ses doigts et bourra l'oreiller de coups de poing pendant que, dans son ventre à la peau tendue, le bébé se retournait, en poussant dans tous les sens, comme s'il était à l'étroit.

La soirée lui parut ne jamais devoir finir ; malgré tout, elle réussit à faire manger les filles, à les mettre au lit et à leur raconter une histoire. La pendule ronde sur le mur égrenait lentement les secondes, amplifiant sa solitude. Elle décida de la mettre définitivement hors d'état de nuire, retira les piles et l'enfouit au fond d'un placard après l'avoir glissée entre de vieilles couvertures, étouffant son cadran immobile sous un édredon. Elle se sentit mieux mais, quand elle revint dans le salon, elle eut de nouveau le cœur serré.

Elle finit par s'endormir sur le canapé, allongée sur le dos, son ventre rond proéminent ; installée là, elle se sentait en quelque sorte plus en relation avec le monde, comme si elle n'était plus aussi seule.

Peu après minuit, elle entendit le bruit d'une voiture qui ralentissait dans la rue. Sonnée, elle se redressa pour s'asseoir. Un moteur ronronnait doucement juste à côté de la maison. Elle se leva, se couvrit les épaules d'une couverture et jeta un coup d'œil par la fenêtre de devant. Quelques flocons épars tourbillonnaient dans la nuit.

Son cœur fit un bond quand elle aperçut le camion d'Esrom, faiblement éclairé par la lune, qui commençait à s'éloigner.

Que faisait-il là ? Elle enfila ses pantoufles et sortit, agitant le bras au-dessus de sa tête. Le vent s'engouffra sous la couverture et elle frissonna, se dépêchant de descendre l'allée. Il se retourna pour la regarder, hésita et fit demi-tour pour s'arrêter devant la maison.

« Salut », chuchota-t-elle, jetant des regards furtifs aux fenêtres éteintes du voisinage. Si on les voyait maintenant, qu'est-ce qu'on penserait encore ? « Que se passe-t-il ? Tout va bien ? »

Il ne pouvait se résoudre à croiser son regard. « Ça va, dit-il. Il gèle. Vous devriez rentrer.

— Pour l'amour de Dieu que faites-vous ici ?

— Je suis désolé, murmura-t-il.

— Pourquoi ? »

Il gardait les yeux baissés. Ses joues étaient rosies par le froid, ses narines comme recouvertes de givre ; les petites rides fines au coin de ses yeux paraissaient avoir été dessinées par la pointe d'une aiguille.

« Je reviens du centre de recherche et je rentre chez moi, dit-il. J'ai pris cette habitude…

— Quelle habitude ? demanda gentiment Nat, troublée, mais flattée.

— Eh bien, j'ai pris cette habitude, quand je rentre tard, quand je travaille de nuit, de passer devant chez vous pour m'assurer que tout va bien, et puis je rentre.

— Oh », fit Nat. Sa maison n'était même pas sur son chemin ; il devait donc faire un détour et non des moindres. Mais il avait l'air si gêné qu'elle ne voulut pas le heurter.

« Ne vous excusez pas, dit-elle. Il n'y a rien de mal à ça. » À la vérité, c'était bien mieux que ça. Cette habitude qu'il avait prise lui plaisait. Elle ne pouvait plus nier le désir qu'il lui inspirait : c'était comme si ses rêves avaient provoqué cette habitude ; elle était excitée, elle eut l'impression qu'on s'occupait d'elle, ce qui, d'une certaine manière, lui procura un sentiment de puissance. « Depuis combien de temps faites-vous ça ? demanda-t-elle.

— Quelques semaines. Je suis vraiment désolé. Ça doit paraître bizarre. Je ne voulais rien faire de mal.

— Je sais. Je sais. C'est juste que… Je dois bien l'avouer, j'ai tout à coup l'impression d'être spéciale, en fait. »

Il esquissa un sourire qui s'évanouit aussitôt.

« Bon ! dit-elle brusquement, se rendant compte que la conversation prenait un tour particulier. Comment ça s'est passé ce soir au travail ?

— Ça allait. Plusieurs fausses alertes sur l'un des réacteurs. » Il lui jeta un bref coup d'œil avant de poursuivre et elle se demanda si cette hésitation signifiait qu'il s'agissait du réacteur sur lequel travaillait Paul. De toute façon, au moins deux douzaines de réacteurs étaient implantées sur le site du centre de recherche ; il était donc fort probable que certains soient aussi défaillants que le CR-1. Elle n'avait aucune raison de lui poser la question, ce qui fut un soulagement car, même si elle détestait avoir à l'admettre, elle non plus ne voulait pas mentionner Paul.

« Bon, j'ai réfléchi à quelque chose, dit-elle. Je sais que ça peut paraître idiot, et ce n'est pas forcément nécessaire, ce n'est rien en fait… Mais pensez-vous qu'à partir d'aujourd'hui vous pourriez venir en bus ?

— Oh, fit-il. Pour que mon camion ne soit pas toujours…

— Oui.

— Est-ce que, je veux dire, quelqu'un a…

— Non. Non, pas du tout. Mais c'est juste qu'il est souvent garé là, vous savez.

— Je comprends.

— Les gens sont idiots, ils peuvent mal interpréter des trucs comme ça.

— D'accord.

— Les gens sont ridicules. »

Nat se sentit rougir ; elle repensa au jugement froid de Patrice, aux questions sournoises de Jeannie, et son estomac se serra. Que ces pensées déplaisantes viennent ternir son bonheur la mettait en colère. Cependant, elle avait l'intuition que ce bonheur n'avait pas le droit d'exister, ce qui d'ailleurs devenait de plus en plus évident même si elle ne voulait pas l'admettre.

« Est-ce que ça va ? demanda Esrom.

— Oui.

— Est-ce qu'il s'est passé quelque chose ? Est-ce que je vous ai causé des ennuis ?

— Non », mentit-elle. Il fronça les sourcils, préoccupé.

« Les gens sont idiots s'ils pensent à mal. Quoi ? Ils n'aimeraient donc pas que quelqu'un s'occupe de leur femme ou de leur sœur en leur absence ? »

Nat blêmit en se disant qu'il ne s'agissait peut-être de rien de plus, en effet, que d'une sollicitude toute fraternelle, ce qui aurait dû la rassurer mais l'agaçait. Penser qu'elle prenait ses visites plus à cœur que lui la mortifiait.

Mais non, ce n'était pas le cas. Il était là, à minuit passé. Bon sang. Et Nat était quelqu'un de convenable, elle ne faisait rien de mal, au diable Patrice, au diable Jeannie Richards, au diable toutes celles qui viendraient s'attaquer à son bonheur ! Tant pis pour elles si elles menaient une vie banale, si leurs relations manquaient de piquant, et qu'elles ne faisaient jamais d'écart, gardant le petit doigt sur la couture du pantalon…

« Nat, ça va ?

— Esrom, bredouilla-t-elle. Répondez-moi honnêtement. Vous ne voyez en moi vraiment rien d'autre qu'un membre de votre famille, une sœur ? »

Elle comprit immédiatement qu'elle n'aurait pas dû poser la question. Elle était sur le point de tout gâcher, car, une fois qu'ils définiraient leur relation, il faudrait alors y mettre fin. Qu'espérait-elle qu'il lui réponde ? Qu'attendait-elle de lui ?

Les bras ballants, il frottait ses mains sur les jambes de son jean, les épaules contractées. Il était visiblement très mal à l'aise et, de toute évidence, tellement affligé, qu'elle fut désolée d'avoir pensé tout haut.

« Je ne sais pas comment répondre, finit-il par dire.

— Oh, ce n'est pas grave. Ne vous en faites pas.

— J'aime bien être avec vous, dit-il. J'aime bien ça. » Il hésita, prit une grande inspiration et poursuivit : « Bon, vous savez, la plupart du temps, je trouve que les gens ne se font pas de cadeaux. Mais nous, c'est comme si on pouvait se montrer gentil l'un envers l'autre et prendre soin l'un de l'autre et, oui, je vous trouve belle, et c'est presque comme, je ne sais pas, un conte de fées. » Il blêmit à son tour et ajouta : « J'ai l'air d'un sacré con. »

Nat ne l'avait jamais entendu jurer ainsi et elle laissa échapper un petit rire en signe de sympathie, même si elle était au bord des larmes. « Vous n'avez pas l'air d'un con », dit-elle.

Elle le regarda attentivement, les yeux posés sur son visage séduisant à sa manière, et comprit à quel point elle ressentait de l'affection pour lui. Elle essaya de se raconter des histoires en repensant à son laïus sur *ces choses qui ajoutent du bon, et rendent le monde meilleur.* Mais en vain. Elle n'avait pas réussi à convaincre Patrice et elle n'était guère convaincue elle-même. Elle avait posé la question et il y avait répondu, et elle avait tout gâché. Il était impossible de revenir en arrière.

« Esrom, je pense que vous êtes un homme merveilleux », commença-t-elle, se haïssant déjà.

À peine eut-elle prononcé ces mots qu'il rejeta légèrement la tête en arrière. « Ne vous inquiétez pas. Je m'en vais.

— Non. Je ne voulais pas…

— Je sais ce que vous allez dire, et vous avez raison. Je n'aurais jamais dû vous rendre visite aussi souvent. Je n'aurais jamais dû traîner dans le coin avec mon camion. J'ai été égoïste. J'aurais pu vous causer des ennuis, vous faire du tort bien plus qu'à moi. Votre… » Il bredouilla. « Votre mari sera bientôt de retour. Et il n'aura sûrement pas envie de me voir rôder dans les parages. »

Nat aperçut un rai de lumière à travers la fenêtre d'Edna Gerald. Elle se retourna et se pencha vers Esrom, en espérant qu'il fasse suffisamment sombre pour qu'elle reste invisible quelques minutes de plus.

« Vous pourrez dire au revoir aux filles pour moi ? lui dit-il. Je ne voudrais pas qu'elles croient que je les ai oubliées.

— Oh ! Les filles. Vous allez tellement leur manquer.

— Je passerai demain et je reprendrai la voiture. » Parler lui demandait un gros effort, elle s'en aperçut à la manière qu'il avait d'occulter son chagrin avec cette liste absurde de choses à faire. « Vous n'aurez pas à vous inquiéter. Je m'en occupe. Mais pourrez-vous venir au garage pour récupérer l'autre ? »

C'était bien là le cadet de ses soucis.

« Bien sûr. Oui, répondit-elle néanmoins.

— Appelez d'abord, pour être sûre qu'elle soit prête. »

Elle entoura son ventre de ses bras, pleine d'amertume, perdue, triste, en colère contre Jeannie et Patrice et ses voisines, en colère, sans raison, contre Paul. Elle n'avait qu'une envie : supplier Esrom de continuer à venir la nuit. Pour entendre le crissement des pneus, tout droit sorti de ses rêves, et savoir que quelqu'un pensait à elle. *Je vous en prie*, avait-elle envie de dire, *gardez cette habitude, tout au moins quelque temps, ainsi je ne me sentirai pas si seule et je ne haïrai personne.* Mais il n'y avait aucun moyen de dire une chose pareille, tout au moins aucun moyen convenable, car c'était inconvenant de se sentir seule ; c'était inconvenant de s'ennuyer ; et, plus que tout, c'était inconvenant d'être emplie de désir. Et même si vous étiez quelqu'un de bien, que vous restiez à la maison, que vous aimiez vos enfants et votre mari – et, oui, elle aimait son mari –, les gens sentaient ce désir en vous. D'aussi loin qu'elle s'en souvienne, on l'avait souvent montrée du doigt en disant d'une voix sifflante : *Celle-là, elle n'est jamais satisfaite.* Il n'y avait aucun remède et ressentir ce désir était pire que tout.

Il dit : « Je n'arrive pas à croire que vous allez accoucher et que je ne vous reverrai jamais. »

Il dit : « Si vous avez besoin de quoi que ce soit, vous voyez, si vous êtes dans le pétrin, vous pouvez toujours m'appeler. »

Il dit : « J'aurais dû être plus prudent, car je n'ai jamais pensé que vous puissiez être ma sœur. »

Paul

Assis à l'une des tables du réfectoire, penché au-dessus d'un bol de soupe de pois cassés, Paul fut le premier à apercevoir la délégation de visiteurs – des Américains membres du Congrès qu'il ne connaissait pas et deux officiels danois. Ils se traînaient derrière le lieutenant-colonel qui leur présentait le site, tous engoncés dans des parkas, des gants et des casquettes avec cache-oreilles identiques. Le sergent-chef Richards était facile à reconnaître à cause de sa stature et de son air renfrogné sous cet accoutrement.

Bien évidemment, ils ne tarderaient pas à arriver à la hauteur de la table de Paul, et il devrait se lever avec les autres pour saluer. Le colonel présenta rapidement les membres de la délégation, puis il repéra Paul et le désigna du doigt : « Ah, voici un autre gars du nucléaire », dit-il en poussant Richards devant lui, d'un geste brusque, comme quelqu'un essayant d'organiser un rendez-vous galant entre deux personnes réticentes. Paul et Richards se retrouvèrent donc nez à nez pendant une minute pour le moins embarrassante.

« Bonjour, sergent-chef Richards », dit Paul. Du coin de l'œil, il put voir Mayberry qui bondissait d'excitation.

Les yeux bleus de Richards s'attardèrent sur Paul. « Comment allez-vous, Collier ? » demanda-t-il, impassible, et ils se serrèrent la main.

« Ça va. » *J'aime être ici à Camp Century.*

Le colonel s'avança vers eux et les interrompit : « Je pense, sergent-chef Richards, que vous serez ravi de voir par vous-même à quel point votre CR-1 a contribué au développement de notre PM-2A qui fonctionne à merveille. »

Paul et Richards ouvrirent de grands yeux. « J'espère bien être ravi », dit Richards, et il se dirigea vers la sortie, à la suite des autres.

Le lendemain, Paul réussit à éviter Richards, mais ils se croisèrent le soir au milieu du tunnel. Paul se fit violence et l'interpella en accélérant le pas.

Richards se retourna avec une expression qui pouvait s'apparenter à de l'indifférence ou à du mépris. Il se désigna du doigt : « Moi ?

— J'aimerais vous parler », dit Paul.

Richards l'observait en gardant ses distances.

« Je voulais m'excuser pour ce que j'ai fait à Idaho Falls, déclara-t-il, se forçant à regarder Richards dans les yeux. Cet incident, chez vous. J'étais hors de moi. Je pense que nous devrions faire de notre mieux pour oublier tout ça car nous allons bientôt retravailler ensemble quand nous serons de retour au CR-1...

— Nous n'aurons pas à travailler ensemble bien longtemps, répondit Richards.

— Pardon ? »

La réponse de Richards semblait contenir une menace ; se pouvait-il qu'il y ait du changement et que Paul ne soit pas au courant ?

« Je vais être transféré à Fort Belvoir en février, dit Richards.

— Oh, fit Paul, essayant de cacher la joie que lui procurait cette nouvelle.

— Je vais superviser une formation sur le simulateur qui est là-bas.

— Félicitations. » Paul se demanda si cette nouvelle donnée rendait caduque sa proposition de paix.

Richards haussa les épaules et adressa un vague sourire à Paul. « Ce sera facile. Que peut-il se passer en travaillant sur un simulateur ? Quand tu seras de retour à Idaho Falls, il ne nous restera pas plus de six semaines à passer ensemble sur ton précieux réacteur. Après quoi, je partirai pour ne jamais revenir. »

Pour Paul, c'était inespéré

« Oh ! Bon, tout va bien alors. Et comment se comporte le réacteur ? J'imagine que le nouveau cœur est installé maintenant et qu'il est en état de marche. C'est probablement un soulagement de savoir que tout fonctionne bien.

— Le nouveau cœur ? fit Richards. Il ne sera pas installé avant le printemps.

— Ah bon ? Je pensais que c'était déjà fait », s'exclama Paul, dépité.

Richards secoua la tête. Il avait presque l'air de se réjouir de cette nouvelle, aussi décevante que scandaleuse.

« Ils vont repousser l'échéance jusqu'à la fin des temps. Nous aurons de la chance si on le reçoit pour le printemps. Harbaugh est mort, tu le savais ?

— Non, je n'étais pas au courant, répondit Paul, sincèrement attristé. Je suis désolé.

— Ouais, bon, en même temps, ce n'est pas une surprise.

— Non, c'est sûr. Comment vont les membres de sa famille ?

— Je ne sais pas, dit Richards. Je crois qu'ils ont déménagé.

— Et donc, le réacteur… s'enquit Paul qui essayait de reprendre le fil de la conversation. Les barres de contrôle se coincent toujours autant, est-ce que…

— Bordel, Collier, arrête de jouer les emmerdeurs. Est-ce que tu essaies de me mettre en rogne une fois de plus ou bien tu préfères arranger les choses comme tu semblais parti pour le faire ? »

Paul déglutit. Peut-être que rester là, à insister et à titiller Richards à propos du réacteur, n'était pas la meilleure manière de s'y prendre.

Richards regarda autour de lui. « On m'a donc montré votre réacteur, fit-il avec un grand geste du bras. J'ai vu votre observatoire météorologique et votre réfectoire, dont vous semblez tous être bizarrement très fiers, et un grand gars m'a même fait visiter une pièce remplie de glaçons. Vous êtes tous devenus fous, ici, voilà mon avis.

— C'est possible.

— Qu'est-ce que vous faites le soir ? Vous pleurez dans les bras de l'aumônier ?

— On va au club.

— Oh, j'ai entendu parler du *club*.

— C'est comme ça qu'on l'appelle en tout cas.

— Et vous y faites quoi ? Vous dansez ? Entre mecs ?

— Ça va peut-être finir comme ça.

— Et c'est ouvert ce soir, c'est ça ?

— Oui », répondit prudemment Paul.

Accompagner Richards dans un débit de boissons n'évoquait pas de bons souvenirs.

« Tu penses que le connard qui m'a envoyé son poing dans la gueule pourrait m'offrir une bière ? »

Paul ne sut pas quoi répondre. Rien que l'idée l'accablait mais, en même temps, il fut soulagé : ils n'étaient pas ennemis. Mais ils en étaient revenus au point de départ.

Richards lui tapa sur l'épaule. « Pauvre gosse ! Tu es vraiment paumé, hein ? Écoute, si ça ne tenait qu'à moi, tu serais devant un bureau d'aide sociale, à pleurer pour qu'on te donne du boulot. Alors tu peux bien me payer une bière. Plusieurs, même. »

Il souriait. Sa main était posée sur l'épaule de Paul, comme s'ils étaient amis. Mais il aurait pu tout aussi bien être en train de tenir Paul par les pieds, la tête en bas, et de le secouer pour faire tomber des pièces de vingt-cinq cents de ses poches, tout en lui racontant qu'il venait d'être promu.

« Je peux vous offrir une bière », dit Paul.

Il n'avait pas franchement envie de boire une bière en compagnie de cet homme, encore moins « plusieurs », mais il ne voyait pas comment y échapper. Il ne savait pas si le fait de s'être excusé avait eu une incidence sur leur relation ou si, en silence, Richards le détestait toujours, à moins qu'il ne considère que pour se faire offrir un verre, n'importe qui faisait l'affaire. Mais sachant qu'une bière, au club, ne coûtait que cinq cents, il s'agissait d'un geste symbolique. Richards et lui redescendirent ensemble le tunnel de glace.

« La famille va bien ? demanda Richards.

— Tout le monde va bien, répondit Paul, bien qu'il n'ait guère envie d'en parler avec le sergent Richards. Nat va bientôt accoucher, comme vous devez le savoir. Elle est enceinte de huit mois.

— Un autre bébé ? Vous baisez comme des lapins, ma parole ! » beugla Richards. Il était surprenant de voir que rien que l'idée de boire quelques bières influait sur le comportement de Richards autant que s'il les avait déjà bues. « Elle doit être ronde comme une pastèque.

— Sûrement », dit Paul. Il se retint d'ajouter *je ne l'ai pas vue depuis cinq mois*, par crainte de paraître accusateur.

« Je t'ai déjà parlé des pastèques qu'on cultivait à Nanumea ? demanda Richards. À l'intérieur, c'était de l'or pur. Tu n'as jamais rien goûté d'aussi sucré. Pas très grosses, de la taille d'un ballon de foot. On les jetait à l'eau et on les faisait exploser avec nos mitraillettes. Putain, elles explosaient comme des porcelets farcis de confettis. »

Après avoir parlé de sa femme, la transition était pour le moins surprenante, mais Paul ne voulait pas se montrer difficile quant au choix du sujet de conversation. Il désigna du doigt un baraquement, en rien différent des autres, et dit : « C'est là le club. »

Le bâtiment était bondé car c'était le seul endroit où aller, et, dès que la porte se referma derrière eux, ils eurent l'impression de manquer d'air. Ils furent submergés par des effluves de corps agglutinés, d'haleines chargées et de vestes qui pendaient, telles des peaux de phoques, le long du mur. Comme dans tous les autres baraquements, les murs étaient aveugles, un tunnel de planches clouées les unes aux autres. Le sol était recouvert de moquette beige maculée de taches. Le lieu était meublé de quelques pauvres canapés et autres chaises disposés autour de la pièce, et le bar était tenu par un serveur philippin. Une chaîne stéréo passait de la musique, c'était le seul élément sur lequel il fallait compter pour mettre de l'ambiance.

Le serveur, un homme calme, qui répondait au nom de Palacios et tirait une tête de six pieds de long, tendit une San Miguel à Paul. « Je dois une bière à ce monsieur », dit Paul en faisant un geste en direction de Richards, qui annonça qu'il avait changé d'avis et qu'il préférait un whisky.

Paul fit un signe de tête à l'adresse de Mayberry et Benson qui les observaient, ouvrant de grands yeux, sans chercher à se cacher. Mayberry n'était visiblement pas très doué pour tenir sa langue. Benson, un grand sourire aux lèvres, serra les poings et fit mine de balancer un coup dans le dos de Richards.

« Bonsoir, chef, firent-ils d'une même voix.

— Collier m'a prévenu qu'ici le whisky était dégueulasse, dit gaiement Richards, avant de porter un toast : Au Camp Century ! Mon cœur saigne pour vous, pauvres fils de putes. » Il leva son verre, le vida d'un

trait et fila en direction du bar pour en commander un autre.

« Et le loup s'est couché avec l'agneau, s'étonna Benson quand il se fut éloigné.

— Lequel des deux est l'agneau ? demanda Mayberry.

— Merci de nous avoir amené le sergent-chef pour notre soirée.

— Désolé, fit Paul en haussant les épaules. Il m'a suivi. Laissez-le parler et il sera content. Et toi, déconne pas », ajouta-t-il à l'adresse de Mayberry.

Richards revint vers eux d'un pas alerte en compagnie des deux officiels danois. « Allô », salua le premier. Richards le présenta sous le nom de Sorensen ; un homme rougeaud, à la peau luisante, presque cireuse, avec une houppette de cheveux blond vénitien.

« Je vois que vous vous adonnez au passe-temps préféré des Danois, dit-il.

— S'ennuyer dans un igloo ? demanda Benson. Avec tout le respect que je vous dois, chef, ajouta-t-il en rougissant.

— Je suis un civil. Pas besoin de m'appeler "chef" », dit Sorensen. Benson se décala pour faire de la place aux deux Danois.

« Il voulait parler de boire, expliqua Hansen. Cul sec. »

La conversation allait bon train, plutôt amicale, avec des pauses à intervalles réguliers pour vider les verres ; la plupart des hommes avaient déjà entendu les histoires racontées par les uns et les autres. Richards se lança dans des récits datant de l'époque où il vivait

à Nanumea et semblait vraiment s'amuser. Paul avait sommeil mais, étonnamment, il était content. Peut-être qu'à son retour à Idaho Falls les choses changeraient. Ils commenceraient la nouvelle année avec un nouveau superviseur, quelqu'un qui prendrait des décisions afin que la situation s'améliore. Et peut-être même que les relations entre Richards et lui repartiraient sur de bonnes bases.

Le bruit des verres qui s'entrechoquent, le brouhaha des voix, la radio qui diffusait des chansons. Paul renversa la tête en arrière et ferma les yeux. Il entendit *Only the Lonely* de Roy Orbison, les soubresauts de la grosse caisse, tels des coups frappés à la porte, puis les chœurs qui accompagnaient la voix de Connie Francis : *There are no exceptions to the rule/ Yes, everybody's somebody's fool*[1].

« Alors, Collier, quelle est la première chose que tu vas faire en rentrant chez toi ? » demanda Benson.

De là où il était assis, Richards lança : « Je vais skier. Les pistes sont parfaites en ce moment. La neige ressemble à une couche de glaçage sur un gâteau. »

Il y eut un silence et, quand Paul pensa que c'était le bon moment – sans paraître irrespectueux –, il répondit à la question qui lui était posée.

« Eh bien, j'embrasserai ma femme et mes filles, dit-il, puis je fumerai un cigare.

— Tu fumes le cigare ?

— Exceptionnellement.

---

1. « Il n'y a pas d'exception à cette règle : tout le monde est la dupe de quelqu'un. » *(N.d.T.)*

— Et moi, j'offrirai un chiot à mes garçons, dit Benson. Un petit cocker noir avec un nœud rouge.

— Prends plutôt un berger allemand, murmura Richards depuis son fauteuil. Tout le monde l'ignora.

— Nous pourrions l'appeler Sookie, dit Benson, toujours sur la lancée du chiot imaginaire. Ou Sooty. Qu'est-ce qui est mieux ?

— Et pourquoi pas Blackie ? demanda Richards, puisqu'il sera tout noir.

— Ou bien Quatre-Pattes, chuchota Mayberry, puisqu'il aura quatre pattes. »

Paul étouffa un rire dans sa bière. Le groupe se tut un instant et il lui vint une idée. « Je vais acheter une nouvelle voiture pour Nat, dit-il, se sentant inspiré. Flambant neuve et rien que pour elle. Elle pourra aller faire les courses, se rendre au réservoir, là où il lui plaira. » Il ne put s'empêcher de sourire. C'était la meilleure idée qu'il avait jamais eue.

« Au réservoir ? demanda Benson, qui ne connaissait pas la région d'Idaho Falls. Pourquoi ta femme irait-elle au réservoir ?

— Pour nager. Elle pourra partir en voiture là où il lui plaira », répéta Paul, tout excité par cette idée. Il pensa combien Nat serait ravie le jour où il arriverait à la maison avec une nouvelle voiture rien que pour elle. Elle se jetterait à son cou, elle sourirait jusqu'aux oreilles. À partir de maintenant, il serait tous les jours généreux avec elle. Il essaierait de donner le meilleur de lui-même, tout le temps.

« Vous avez vraiment besoin de deux voitures ? » demanda Mayberry. Il était fier de s'en sortir avec une seule, alors que chez lui ils étaient sept. Mais

Paul se dit que Mme Mayberry ne devait jamais sortir de chez elle.

« Elle a déjà une voiture », dit Richards.

Paul se tourna vers lui, croyant qu'il faisait allusion à l'épouse de Mayberry et ne comprenant pas très bien pourquoi il disait ça, mais il avait trop sommeil pour demander des explications.

« Je prendrai la Fireflite et elle aura une voiture neuve, continua Paul. Comme ça, je pourrai aller seul au travail, elle n'aura plus à m'accompagner à l'arrêt de bus si elle en a besoin dans la journée. » Paul se rendait compte qu'il parlait un peu trop. Il était peu probable que ce genre de détails domestiques intéressent le groupe.

Richards regardait Paul avec de grands yeux, comme surpris. « Non, dit-il. Je parlais de ta femme : elle a déjà une nouvelle voiture.

— Pardon ? fit Paul.

— Une Dodge Wayfarer verte. »

Paul se redressa, le regardant droit dans les yeux. « *Qui* a une nouvelle voiture ? » lui demanda-t-il.

Les Danois jetèrent des coups d'œil en direction de Paul puis de Richards, ayant du mal à suivre correctement la conversation.

« Ta femme, fit-il sèchement, en parlant fort comme si Paul était sourd ou lent à la comprenette. Elle conduit une nouvelle voiture. C'est son ami qui lui a donné.

— Quelle amie ? » demanda Paul. Il essaya de penser aux personnes que connaissait Nat : Chrissie, la voisine d'à côté, ou Edna, dont la fille gardait de temps en temps Sam et Liddie ; une femme qui s'appelait Patrice avec laquelle Nat était sortie quelquefois quand Paul travaillait. Elles étaient toutes gentilles, mais de là à ce qu'elles offrent une voiture à Nat...

« Son ami, répéta Richards, en buvant une gorgée de bière, le cow-boy. »

Tous les regards étaient maintenant tournés vers Paul, et il sentit qu'il avait les joues en feu. « De quoi vous parlez ? »

Richards se pencha en avant sur sa chaise, l'air vaseux. « Je suis désolé, dit-il.

— Désolé de quoi ?

— Je ferais mieux d'aller me coucher, dit Richards en se frottant les yeux. C'était sympa, les gars. Mais il fait froid et c'est bizarre ici.

— Chef, s'exclama Paul d'une voix qui lui parut lointaine et désespérée. C'est de ma femme que vous parlez, Nat Collier ?

— Je m'excuse, dit Richards. C'est juste une chose que m'a racontée Jeannie. Il y a un type qui traîne par chez toi depuis que tu es parti. Genre cow-boy, un gars du coin. Il a donné une voiture à ta femme.

— C'est ridicule.

— Doucement, doucement. Je suis sûr que c'est rien de plus qu'un ami. Mais les gens l'ont remarqué, c'est tout. »

Benson et Mayberry se regardèrent. L'un des Danois observait la scène, bouche ouverte, son verre de bière à la main, comme figé.

Le pouls de Paul s'accéléra ; il transpirait, il était horrifié. Tout le monde le regardait avec commisération. Il dit à Richards : « Si vous mentez, je vous tuerai.

— Waouh ! s'exclama Mayberry en posant la main sur l'épaule de Paul. On a tous un peu trop bu. Je ne crois pas que le sergent-chef sache vraiment ce qu'il raconte. »

Richards se leva, en titubant légèrement, et attacha les rabats de sa casquette sous son menton. Il avait l'air ridicule. Il arborait une expression solennelle, presque larmoyante. « J'aimerais vraiment avoir menti, Paul », dit-il.

Il n'avait encore jamais appelé Paul par son prénom, et qu'il le fasse maintenant tendait à prouver que la rumeur était vraie : Richards se sentait suffisamment désolé pour Paul pour l'appeler par son prénom.

Paul bondit.

« Vous restez là, cria-t-il. Vous savez ce que vous venez de dire ? Vous savez de quoi vous venez d'accuser ma femme ?

— Ils vont se battre, fit l'un des Danois, à voix basse, stupéfait.

— Non, certainement pas », intervint Mayberry qui se mit debout, juste derrière Paul, et posa la main en travers de sa poitrine. « Tout le monde dit n'importe quoi, ici. Vous ne savez pas ce que vous racontez, fit-il en s'adressant à Richards qui battait en retraite ; et toi non plus, c'est sûr, » ajouta-t-il à l'adresse de Paul.

Il attendit que Richards quitte le club, puis il guida gentiment Paul vers la sortie et le poussa dans la direction opposée, sur Main Street. « Bonne nuit, messieurs », lança-t-il, avant de refermer la porte derrière lui.

Le froid saisit Paul. C'était un endroit horrible. « Tu as entendu ce qu'a dit Richards ? cria-t-il. Tu crois qu'il est fou ? Mais merde, qu'est-ce qui se passe ici ?

— N'y pense même plus, tu perds ton temps. (Mayberry l'entraînait vers leur baraquement.) Ce type ne dit que des conneries, tu le sais. En plus, il est à moitié soûl, et sûrement encore en colère contre toi. Inventer une histoire pareille, c'est une manière peu reluisante de se venger.

— Mais ce qu'il a dit était tellement précis. Une Dodge Wayfarer verte ? Il ne peut pas l'avoir inventée.

— Tu as entendu toutes ses histoires grandioses à propos de Nanumea. S'il est capable d'inventer une fille de dix-sept ans qui faisait du 52 de tour de taille et qui en pinçait pour les militaires, il est bien capable d'inventer une Dodge Wayfarer verte.

— Peut-être, dit Paul, d'une voix éteinte. Je ne suis pas soûl. Tu n'as pas besoin de me guider comme si j'étais un putain de cheval, dit-il en se dégageant de son emprise. Je vais être malade. Je vais vomir.

— Tu veux aller aux toilettes ? »

Paul s'arrêta, avala sa salive. « Non.

— C'était qu'un tas de conneries, continua Mayberry. Il veut se venger. Il te cherche, à moins qu'il ne soit complètement idiot. Pour quelle raison ta femme se promènerait-elle dans la voiture d'un autre homme ? Tout le monde la verrait. Aucune femme au monde ne serait assez folle pour faire une chose pareille. C'est rien que des ragots, alors sors-toi ça de la tête. »

Ils arrivèrent au dortoir où quelques gars dormaient déjà. Mayberry ouvrit la porte, grimpa sur sa couchette et laissa tomber ses bottes sur le sol, deux bruits sourds.

Paul enleva lui aussi ses bottes et se jeta tout habillé sur sa couchette. Il avait la tête qui tournait. Il ferma les yeux pour s'obliger à dormir, en espérant que les bières qu'il avait bues l'y aideraient. Mais tout l'alcool absorbé agitait ses pensées et lui donnait le mal de mer. Était-il possible que Nat se soit liée d'amitié avec un trou du cul du coin, un cow-boy, et qu'elle conduise la voiture de ce gars, au vu et au su de tout le monde ? C'était ridicule, mais Paul ne pouvait jurer que Nat était incapable d'une chose pareille. Peut-être que tout avait commencé innocemment ; peut-être ne s'était-elle pas rendu compte de ce que les gens diraient. Il était horrifié. Il se représentait Nat en train d'ouvrir la porte de leur maison à ce gars, avec son sourire timide mais accueillant qui dessinait une fossette sur sa joue gauche : il voyait clairement le tableau. Et, chaque fois qu'il pensait avoir imaginé le pire – Nat posant la main sur le bras de ce type, Nat s'asseyant, sans faire attention, sur le canapé à côté de lui, en ayant oublié de rabaisser le bas de sa jupe –, il s'apercevait qu'il pouvait aller encore plus loin ; jusqu'à ce que son esprit semble débouler le long d'un couloir avec des douzaines de petites portes qui s'ouvraient et se refermaient sur son passage, après lui avoir laissé entrevoir des images qui l'obnubilaient.

« Dors, Collier, lança Mayberry du haut de sa couchette.

— Fous-moi la paix, dit Paul.

— Fermez-la, vous deux », grommela quelqu'un.

Nat l'aimait ; elle aimait leurs filles. Mais il savait – ce qui l'ulcérait – que Nat, parfois, ne faisait pas attention, et qu'elle ne respectait pas toujours les règles auxquelles les autres se pliaient.

Elle ne prenait pas garde à sa réputation. Quand il l'avait rencontrée la première fois, Nat lui avait semblé être une jeune femme facile. Ce mot le heurtait, mais c'était le seul qui convenait. Sur cette plage de San Diego, c'est elle qui lui avait proposé d'aller nager. Ils étaient sortis du cercle rassurant des amies de Nat et s'étaient éloignés des hommes qu'elle connaissait déjà. Personne dans le groupe n'avait paru s'inquiéter pour sa réputation ; et ce que Paul avait pris pour un manque d'attention de leur part n'était peut-être que la preuve que Nat n'avait plus grand-chose à perdre quant à sa réputation. Elle l'avait invité à nager avec elle dans le noir. Et quand il l'avait embrassée, elle avait répondu à son baiser.

Richards s'était penché vers elle et lui avait effleuré le cou lors de ce fameux dîner, il avait déplié la serviette de table sur ses genoux, et elle n'avait pas cillé, ne l'avait pas rabroué. Un bouffon, complètement soûl, l'avait caressée devant son mari et l'ensemble des invités, et elle l'en avait remercié.

Paul se retourna, donna des coups de pied dans le sommier. Quand Nat était censée être à la maison pour s'occuper des filles, en bonne épouse et mère de famille pendant l'absence de son mari, que faisait-elle en réalité ? Elle passait du bon temps avec un de ces types qui se jetaient sur l'épouse, enceinte, d'un soldat absent ? C'était le genre de situations sordides que ses parents auraient pu vivre, mais là on parlait de sa famille, de sa femme.

Il ne savait pas comment il allait supporter les semaines à venir, son exil et maintenant ses doutes à l'égard du comportement de Nat : ce qu'elle faisait ou avait fait pendant son absence. Il roula sur le côté et serra les dents. La chambre sombra dans un profond silence. Une couchette grinça et, au-dessus de lui, Mayberry se racla la gorge. À l'autre bout du dortoir, quelqu'un ronflait.

Jeannie

Les petites vacances de Jeannie étaient terminées et elle se préparait pour le retour de Mitch. Un filet de porc enveloppé dans du papier sulfurisé reposait à température ambiante sur le plan de travail dans la cuisine ; une bouteille de whisky Old Smuggler attendait sur le minibar. Penchée au-dessus de la cuisinière, enveloppée d'un doux fumet, Jeannie blanchissait des oignons grelots. Ils rebondirent doucement dans la poêle, et la faisaient penser à des globes oculaires.

Puis Martha emmena Angela chez le coiffeur tandis que Jeannie profitait d'une sieste sans Mitch. Quand elle se réveilla, elle sentit l'odeur des oignons persistant sur le bout de ses doigts. Elle roula sur le côté, sans trop savoir pourquoi elle se sentait triste. Le retour de Mitch n'était pas une surprise. Mitch finissait toujours par rentrer. Elle jeta un coup d'œil à côté d'elle, là où le lit n'était pas défait, et eut envie qu'Eddie se matérialise. Mais non : il était plus probable qu'Eddie se promène en compagnie de son épouse, enceinte de son enfant. Et donc, Jeannie avait Mitch. Et il en serait toujours ainsi.

Le vent faisait vibrer les vitres : Jeannie se glissa hors du lit en frissonnant. Un froid glacial persistait depuis deux semaines. Les jours précédant son départ au Groenland, Mitch avait passé beaucoup de temps enfermé dans son « cabinet de travail », sa cachette secrète à l'arrière de la maison, chauffé par un radiateur d'appoint. Jeannie avait une relation d'amour-haine avec le bureau de Mitch. Malgré l'image qu'il cultivait d'un lieu de travail, elle savait qu'il s'agissait surtout d'un endroit tranquille, d'une planque, où Mitch pouvait passer son temps à bayer aux corneilles et à éviter, poliment, sa femme et sa fille. Sachant que la plupart de ses documents de travail étaient confidentiels et ne pouvaient pas sortir de son bureau officiel sur la base militaire, à quoi s'était-il donc occupé tout ce temps ?

Apparemment, il avait rapporté des dossiers à la maison ; il avait passé beaucoup de temps assis à son bureau, à taper à la machine. Chaque touche frappée résonnait comme une petite victoire, suivie d'un long silence. Il avait monopolisé le radiateur d'appoint, et Jeannie décida que, au moins jusqu'à son retour, elle pourrait l'utiliser pour chauffer les autres pièces.

Peut-être écrivait-il ses Mémoires, ironisa Jeannie en boutonnant son gilet. Elle n'avait pas mis les pieds dans le bureau de Mitch depuis des semaines ; il n'aimait pas qu'elle y fasse le ménage car, se plaignait-il, elle changeait les choses de place et il n'y retrouvait plus rien. S'il entendait par là qu'elle déplaçait sa bouteille de scotch d'un côté ou de l'autre de son bureau, eh bien, il ne lui était pas difficile de remettre la main dessus.

La pièce, découvrit-elle, était fermée à clé. Ce qu'elle considéra comme une attitude puérile destinée à marquer son territoire, à moins qu'il ne s'agisse d'un acte manqué, typique de Mitch. Elle alla chercher le double de la clé rangé dans sa boîte à bijoux et poussa la porte qui résista, coincée par la moquette épaisse. Dès qu'elle l'ouvrit, elle se mit à tousser. Une odeur âcre la prit à la gorge. Ses yeux la piquèrent et elle agita la main devant son visage pour chasser la puanteur.

Elle eut un moment de surprise en voyant la fenêtre ouverte. Le rebord était recouvert d'une fine couche de neige et la moquette, juste au-dessous, était mouillée.

« Mitch, c'est pas vrai ! » grommela-t-elle, bataillant pour fermer les vitres à moitié gelées. Elles cédèrent brutalement, dispersant des paillettes poudreuses sur la moquette. Elle s'agenouilla et ramassa la neige qui fondit immédiatement au creux de sa main. Elle l'essuya sur sa jupe, jetant un regard circulaire dans la pièce.

La machine à écrire de Mitch était installée sur son bureau. C'était une Sterling blanche portative avec des finitions ouvragées et des touches bleu-vert, une merveille. Elle la lui avait offerte à l'occasion de sa dernière promotion et, bien qu'il ne s'en soit pas vraiment servi jusqu'à présent, elle ajoutait un soupçon de modernité à cet environnement masculin déprimant. En observant la machine à écrire, Jeannie se remémora la fois où Mitch, quelques mois plus tôt, avait assis Angela sur ses genoux pour la laisser appuyer sur les touches. Angela avait été ravie de faire glisser le papier sur le rouleau et de voir les marques qui s'y inscrivaient en tapant. Bien évidemment, ce jour-là, Jeannie était agacée par Mitch, et elle s'était demandé, narquoise, si les marques sur le papier le surprenaient et l'amusaient autant que la petite. C'était tout de même un bon souvenir : Mitch, penché sur Angela, l'entourant de ses bras et l'encourageant à donner de grands coups sur les touches.

Peut-être est-ce la vivacité de ce souvenir qui incita Jeannie à s'attarder dans la pièce. Autant elle méprisait souvent Mitch, autant il était son mari, et son travail la concernait. L'odeur qui lui brûlait la gorge, la fenêtre ouverte, cette nouvelle habitude de taper furtivement à la machine : il mijotait quelque chose et elle avait besoin de savoir de quoi il retournait.

D'un pas léger, elle retraversa la pièce et ferma la porte derrière elle. Elle était seule à la maison, mais sait-on jamais. En quelques gestes rapides et efficaces, elle fouilla les tiroirs du bureau. Cigares, briquet, agrafeuse, trombones, stylos Scripto. L'inspection des tiroirs les plus profonds était plus compliquée ; ils étaient remplis de dossiers, de papiers et, enfouis tout au fond, d'une collection de magazines qui firent rougir Jeannie. Apparemment, Mitch avait un faible pour une certaine Paula Page, une dame à l'allure plutôt digne, voire maternelle, assise sur un lit, si ce n'est qu'elle avait oublié de boutonner son chemisier et laissait voir un sein, énorme, mou, en forme de poire.

Ces images contrarièrent Jeannie : ce n'était pas l'une de ces jeunes effrontées qui soufflaient des baisers destinés aux troupes militaires ni une demoiselle de vingt ans toute fraîche, en maillot de bain, s'ébrouant dans les vagues, une saine distraction. Non. Ces photos étaient crues, dérangeantes. Était-ce ce que voulait Mitch, ce que voulait Eddie ? Elle se sentit soudain ridicule. Elle était guindée, toujours tirée à quatre épingles et affublée d'une petite poitrine. Ses soutiens-gorge étaient minuscules, tels de petits coffres-forts bien fermés. Mais non, c'étaient ces images qui étaient ridicules, pas elle. Elle fourra les magazines tout au fond d'un tiroir, et empila dessus tous les autres livres et journaux qu'elle y trouva.

De toute façon, elle n'était pas là pour ça. Il ne s'agissait pas de juger Mitch et ses obsessions bizarres. Ce qu'elle voulait savoir, c'était d'où venait cette odeur chimique, raison pour laquelle il gardait la fenêtre entrouverte en plein hiver.

Rien dans le bureau n'ayant cette odeur particulière, Jeannie fouilla donc dans le placard. Dès qu'elle en ouvrit les portes en accordéon, elle sut que ce qu'elle cherchait n'était pas loin. Elle s'agenouilla et plongea directement dans le fond, contournant une rangée de chaussures cirées, une boîte d'élastiques et un vieux ballon de football avec lequel elle ne l'avait jamais vu jouer. Coincé dans un coin à droite, elle trouva un bocal en verre rempli de boules de coton, une petite coupelle avec ce qui se révéla être de l'eau, et un flacon pharmaceutique blanc. « Esprit de sel », disait la petite étiquette et, au-dessous, on pouvait lire en petit : « Acide muriatique » ; il était précisé, en lettres cursives comme pour faire joli : « Pour les maux d'estomac ou le nettoyage industriel ».

Que mijotait Mitch ? De soigner des maux d'estomac ou d'entreprendre un nettoyage industriel ?

Il ne s'était jamais plaint de douleurs à l'estomac. Jeannie observa attentivement le flacon et en desserra avec précaution le bouchon : une odeur puissante s'en dégagea, asséchant aussitôt ses muqueuses. Cette odeur âcre lui rappelait vaguement quelque chose. Son grand-père, qui toute sa vie avait souffert de maux d'estomac, buvait ce truc, dilué, en toutes petites quantités. Elle se souvenait d'avoir vu le flacon sur la table de nuit de ses grands-parents et d'en avoir dévissé le bouchon pour sentir – ce qu'elle avait immédiatement regretté – pendant que sa grand-mère préparait le déjeuner. (Le flacon à la main, elle prit conscience qu'elle avait toujours été une fouineuse.) Ingénieur pour Boeing, son grand-père appelait le liquide par son nom scientifique, acide chlorhydrique. Il avait finalement arrêté d'en boire quand il s'avéra que ça ne l'aidait en rien, et il mourut peu de temps après.

Jeannie tint le flacon à bout de bras. Se pouvait-il que Mitch ait un ulcère ? Subissait-il au travail une pression qu'elle n'aurait pas remarquée ? Elle ressentit un soupçon d'inquiétude. Mitch n'était pas du genre à souffrir en silence, mais peut-être était-il malade et avait-il peur de lui en parler.

Pourtant… Connaissant Mitch… Elle reporta son attention sur le bocal de boules de coton et la coupelle d'eau. Elle attrapa un morceau de coton qu'elle retourna entre ses doigts. Il était sec, mais sa texture, son aspect de laine feutrée, impliquait qu'il avait été mouillé, et il était effilé en une fine pointe. Elle le leva à hauteur de ses yeux. Une trace grise en recouvrait la pointe, semblable à un coup de stylo, ou encore à une tache d'encre de journal sur les doigts.

Elle eut un pressentiment.

Jeannie posa le flacon sur la moquette et retourna se planter devant le bureau, à fixer des yeux les tiroirs. Avait-elle manqué quelque chose ? Elle se repassa en esprit le contenu de chacun des tiroirs. Le coin d'une feuille de papier dépassant de sous la machine à écrire attira son regard. En soulevant la Sterling, elle découvrit un petit tas de feuilles comme mises sous presse ou, plus exactement, cachées dessous. Elle parvint à les en extraire en tirant dessus, les sourcils froncés.

C'était une série de formulaires rébarbatifs, l'habituelle paperasserie administrative à laquelle Mitch était confronté chaque jour. Il s'agissait surtout de rapports concernant l'entretien du réacteur, sortis d'un classeur à trois trous. En haut de chaque page, il était inscrit « Entretien du réacteur ». D'autres pages provenaient apparemment d'un journal de bord, leur côté gauche était déchiré. Elle les examina minutieusement. Pourquoi avaient-elles été arrachées ? Des notes écrites à la main par les opérateurs et leurs signatures formaient une colonne sur le côté droit. Elle se rappela que Mitch se comportait de façon étrange depuis que Derek Harbaugh était mort. Pourquoi ce décès l'avait-il autant affecté ? Il réagissait comme si seul Harbaugh pouvait comprendre certains aspects de son travail, ce qui était absurde ; après tout, ce n'était qu'un réacteur nucléaire de l'armée. Les opérateurs n'étaient-ils pas tous à même de comprendre les mêmes choses ?

Elle parcourut l'une des feuilles, qui ne lui parut ni particulièrement intéressante ni particulièrement significative. On y listait plusieurs petites interventions mineures effectuées sur le réacteur, sur une période de trois semaines au printemps dernier. Jeannie alluma la petite lampe de bureau et rapprocha la feuille de l'ampoule. Elle plissa les yeux et remarqua une légère différence de l'aspect du papier sur quatre lignes. La surface y était comme brouillée, et en regardant de près les caractères tapés à la machine, elle se rendit compte qu'ils paraissaient plus récents et plus noirs que sur le reste de la page. Les entrées en question, pour chacune de ces lignes, mentionnaient l'intervention de l'opérateur Collier sur des barres de contrôle à trois reprises et celle de l'opérateur Webb à une autre occasion.

C'était donc ça. Mitch en était donc arrivé là. Elle l'imaginait assis à son bureau, trempant un morceau de coton dans de l'acide dilué, avant d'en frotter la page jusqu'à ce que les caractères imprimés s'effacent. Puis secouant la feuille et soufflant dessus avant de la glisser dans le rouleau de sa belle machine à écrire – qu'elle lui avait offerte – pour falsifier ce qui avait été écrit.

Elle ne connaissait pas les tenants et les aboutissants des informations qu'il avait maquillées, mais elle s'en moquait. Le nœud du problème, c'est qu'il n'avait pas fait du très bon travail. Les mots qu'il avait retapés étaient un poil au-dessus ou au-dessous des autres sur la ligne, leur couleur plus foncée et, même si le papier avait été subtilement abrasé, en regardant de près, elle pouvait le détecter. Bien sûr, la paperasse concernant le réacteur devait être abondante – ce qui la rassura un peu – mais, malgré tout, si Mitch avait recherché des informations pour les modifier, quelqu'un d'autre ne pouvait-il pas en faire autant ? Et ne serait-ce pas très facile de voir à quels endroits les documents avaient été falsifiés ?

Bon sang, Mitch ! Quel imbécile ! Tout ce qu'elle voulait, c'était que son mari termine sa carrière sans faire de vagues. Il était en poste depuis dix-sept ans, il ne lui en restait plus que trois à tirer ; encore une mutation et ce serait bon. Il toucherait une pension, ils s'installeraient à Saint-Louis, et cette vie entière de sacrifices et de patience, à l'égard de Mitch et de sa quête incessante du plaisir en compagnie de jeunes femmes désirables, serait enfin récompensée. Elle avait toujours craint qu'un événement malencontreux ne les empêche d'atteindre ce but, mais sans savoir lequel exactement. Lors d'une soirée, elle avait engagé la conversation avec l'épouse d'un militaire qui était mort tout juste trois mois avant la retraite. Il était tombé d'une falaise pendant une randonnée. Dans le cas de Jeannie, elle pouvait compter sur Mitch pour qu'il ne se tue pas – il était assez doué pour ça –, en revanche, elle ne savait pas si elle pouvait lui faire confiance pour prendre les bonnes décisions, protéger sa carrière, son honneur et celui de sa femme. Chaque nouvelle promotion la rendait superstitieuse ; à chaque échelon franchi sur l'échelle sociale, elle se demandait s'ils n'allaient pas en dégringoler. S'il fichait tout en l'air maintenant, il serait impossible de rattraper le coup.

Elle replaça les papiers sous la machine à écrire puis, à la réflexion, elle la souleva de nouveau et en retira une page. La machine retomba sur le bureau avec un bruit sourd. Jeannie parcourut des yeux les mots inconnus et se demanda à quel point c'était important. Serait-ce efficace ? Cela lui suffirait-il à sauver la face ? Quelqu'un d'autre serait-il incriminé ? En reculant, son pied heurta le flacon posé sur le sol, elle se retourna et vit une petite flaque d'acide qui se répandait sur la moquette.

Avec un cri étranglé, elle se pencha pour ramasser la bouteille, mais elle ne pouvait pas la toucher à main nue ; elle se rua dans le couloir, où elle faillit entrer en collision avec Martha et Angela et, cette fois, surprise, elle poussa un cri perçant. Martha, qui eut la peur de sa vie, glapit elle aussi, et les deux femmes se figèrent sur place.

« Je suis désolée ! s'exclama Jeannie, il faut que je m'occupe vite de quelque chose. » Elle fila pour attraper un gant de toilette dans la salle de bains et repartit à toute vitesse dans le bureau de Mitch, refermant la porte derrière elle. Elle n'eut pas le temps de se préoccuper de son comportement étrange. Elle enfila le gant de toilette pour prendre le flacon et revisser le bouchon, puis elle mit le gant en boule pour tamponner la moquette. Elle fut soulagée de constater que l'acide n'avait pas fait de trou mais, quand elle tira sur les fibres, elles s'arrachèrent facilement, s'éparpillant telles les aigrettes d'un pissenlit.

« Nom de Dieu ! jura-t-elle

— Maman ? appela Angela depuis l'entrée.

— Nous allons à la boulangerie ! » cria Martha, paniquée.

Jeannie rangea le flacon d'acide dans l'armoire et posa le bocal rempli de coton à côté. La pièce sentait vraiment mauvais et, se sentant idiote, aussi ridicule que Mitch, elle rouvrit la fenêtre. La feuille de papier coincée sous le bras, elle se précipita dans l'entrée. Elle dut foncer pour rattraper Martha, qui emmitouflait Angela avec tant de zèle que seuls les yeux et les nattes de l'enfant étaient visibles.

« Martha, dit Jeannie, hors d'haleine, vous n'avez pas besoin de ressortir. »

Martha hésita, l'écharpe d'Angela à la main, prête à l'enrouler autour du cou de l'enfant. « Vous êtes sûre ? demanda-t-elle sur un ton insidieux.

— Bien sûr. Il fait un froid de canard dehors. Angela doit déjeuner. Comment ça s'est passé chez le coiffeur, ma chérie ? »

Jeannie attrapa l'écharpe et, pendant quelques secondes, elle et Martha la tinrent chacune par un bout comme si elles se préparaient pour un jeu de tir à la corde. Jeannie tirait dans un sens et Martha dans l'autre.

« Bien, fit Angela d'une voix étouffée.

— Tes nattes sont jolies et parfaitement tressées.

— J'ai faim.

— Martha va te préparer une soupe de tomate. » Jeannie avait gagné au jeu du tir à la corde et elle pressa l'écharpe contre elle.

« Vous êtes sûre, madame ? bredouilla Martha. Je ne savais pas... Je croyais que c'était peut-être votre ami ? »

Jeannie en resta sans voix. Elle regarda Martha droit dans les yeux, se ressaisit et lui dit, avec un grand sourire : « Pardon ? Vous croyiez que c'était peut-être *quel* ami ? »

Martha détourna le regard. « Rien, murmura-t-elle. Rien du tout. Angela, je vais préparer ta soupe. »

Nat

Nat n'avait pas vu sa mère depuis presque deux ans, et elle ne savait pas trop à quoi s'attendre. Elle avait essayé de se préparer à un changement notoire : une perte, ou peut-être une prise de poids considérable, une légère arthrite. Elle fut donc surprise quand elle vit sa mère, rondelette, les lèvres pincées, descendre avec aisance la passerelle en fer du petit avion, agrippée à un sac à main aussi grand qu'un cabas. La seule chose qui frappa Nat fut son épais manteau, en pied-de-poule noir et blanc. Doris Radek était de cette génération de retraitées qui aimaient s'asseoir au soleil, en feuilletant le *Ladies' Home Journal*, et elle ne portait habituellement que des robes sans manches.

« Vous vous souvenez de grand-mère Doris ? demanda Nat, d'une voix que la nervosité rendait doucereuse, tandis qu'elle poussait gentiment ses filles en avant.

— Elles sont adorables, dit sa mère en souriant aux filles. Je préfère "grand-mère Radek", Doris n'est pas vraiment convenable.

— Oh, d'accord, répliqua Nat. Votre grand-mère Radek, donc. »

La mère de Nat se baissa pour embrasser les filles chacune son tour. Elles se tenaient tranquilles, stoïques, suivant les instructions de Nat. Puis Doris se redressa pour embrasser sa fille. Nat fut rassurée, mais légèrement écœurée par l'odeur de sa mère, la même depuis toujours, un mélange de rouge à lèvres, de tabac froid et de talc pour bébé dont elle se poudrait après la douche. Une fragrance déconcertante : celle d'une enfant avec des habitudes d'adulte.

« Oh, regarde-moi ça ! » fit-elle d'un ton difficile à déchiffrer, le regard fixé sur le ventre de Nat.

« Comment s'est passé Thanksgiving, dis-moi ? demanda Nat tandis qu'elles portaient toutes les deux les bagages de Doris jusqu'à la voiture. Il faisait gris, et le ciel bas et lourd pesait comme un couvercle froid.

— C'était formidable ! dit Doris. Un temps magnifique. Il n'y a pas de plus bel automne qu'à San Diego. Et, comme toujours, Marva a fait des merveilles. Tu sais comment elle est, rien, pas même le plus petit détail, n'est laissé au hasard.

— Oui, dit Nat.

— Et les garçons, ils sont si beaux !

— Lyle et Stephen ?

— Oui. Ils ont dix et douze ans, maintenant. On n'a jamais vu d'enfants aussi bien élevés.

— C'est sûr, admit Nat.

— Stephen a été invité à prononcer le sermon à l'église ! s'extasia Doris. À douze ans ! »

Le sermon de Stephen avait probablement été bien meilleur que ceux du pasteur Tim au nom de la très Améliorée Église Saint-Ignace, songea Nat. Tim devait bien avoir la trentaine maintenant ; Nat l'imaginait bronzé, le torse bombé, le front dégarni (elle le vieillissait par pure méchanceté), prêchant dans son ancien magasin de disques à peine éclairé. Elle hissa la valise de sa mère dans le coffre et se redressa, s'arrêtant pour s'étirer le bas du dos.

La voiture s'affaissa quand Doris se glissa avec difficulté sur le siège passager. Ce fut une gageure que d'installer les filles à l'arrière. Nat força pour caser Liddie, puis Sam qui grogna mais qui, sur un regard d'avertissement de Nat, accepta son sort, coincée contre le dossier devant elle.

Nat s'attendait presque à ce que sa mère lui fasse une remarque à propos de la voiture, du genre : « Oh, je vois que tu as récupéré la Fireflite », ou quelque chose dans ce goût-là. Mais elle se souvint que sa mère n'avait jamais rien su à propos de la réparation, et elle fut rassérénée. Il en serait de même quand Paul rentrerait. Elle pouvait aussi bien oublier son mensonge, et tout serait comme avant. Ce matin-là, elle s'était faufilée dans la chambre des filles et avait empaqueté toutes les babioles d'Esrom – les pointes de flèche, les petits cailloux avec des empreintes de fossiles et la peau de serpent maintenant aplatie et en lambeaux – et, à contrecœur, elle les avait jetées. Heureusement, ces objets tombés derrière une étagère de livres étaient oubliés depuis déjà quelques semaines, malgré l'intérêt qu'y avaient d'abord porté les filles – à l'exception de la peau de serpent que Liddie traînait partout avec elle, la caressant d'un air absent, machinalement, comme un doudou occulte –, et Nat espérait qu'en les soustrayant à leur vue, ils leur sortiraient de l'esprit.

« Marva fait partie du comité d'art floral », racontait Doris, toujours focalisée sur le même sujet de conversation : sa belle-fille adorée. La femme de George était une femme collet monté, au double menton, qui, un jour, avait laissé entendre que Paul était de basse extraction et que Nat, en épousant un militaire et en déménageant, avait abandonné sa famille. C'était une opinion intéressante dans la mesure où elle-même avait quitté Tucson où habitait sa famille pour épouser George, un homme qui, à trente ans, était déjà si ennuyeux qu'il en paraissait le double. Nat n'avait jamais vraiment connu son frère, mais la servilité dont faisaient preuve Doris et Marva à son égard – elles étaient folles de lui et elles gâtifiaient – la mettait hors d'elle. Marva coupait même la nourriture de George !

Ce n'est pas gentil, se dit Nat. *Fais un effort.*

Le trajet jusqu'à la maison se déroula sans incident, si ce n'est que chaque fois que Doris ébauchait un semblant de conversation, Sam semblait soudain inspirée et se mettait à parler depuis la banquette arrière. Ces interruptions agaçaient Doris. « Sam, chut ! » fit Nat sur un ton plus péremptoire qu'elle ne l'aurait voulu. Elle aurait aimé s'en excuser, mais savait que sa mère trouverait cela ridicule.

Quand elles arrivèrent à hauteur des chutes, Nat se réjouit. Voilà qui valait le coup d'œil. Doris se pencha pour voir à travers le pare-brise et parut impressionnée, comme il se devait. Nat ralentit et regarda, elle aussi, la cascade. Tout en haut, le temple mormon brillait d'une telle blancheur qu'il paraissait éclairé.

« C'est un sacré bâtiment », dit Doris. Et Nat espéra qu'elle tiendrait sa langue et ne ferait aucune remarque déplacée à propos des mormons. Elle ne voulait pas que les filles puissent entendre des propos équivoques. Dieu merci, Doris se contenta d'un « Ils doivent avoir les poches pleines » et Nat hocha la tête, haussant les épaules, ce qui ne l'engageait en rien.

Elles étaient presque arrivées quand Nat fut prise de crampes dans le dos et le ventre. Elle gara la voiture le long du trottoir et se concentra sur la contraction. Doris sortit de la voiture, et Nat sentit la douleur affluer dans le creux des reins et progresser lentement. Elle savait ce que c'était, mais elle ne savait pas si elle devait être terrifiée ou soulagée. Elle s'occupa des filles puis les coucha et fit les cent pas dans le couloir, telle une lourde bête de somme gravide.

« Tu devrais aller à l'hôpital, lança sa mère qui fumait, assise à la table de la cuisine.

— Tu as probablement raison, répondit Nat.

— Je suis arrivée juste à temps, n'est-ce pas ? (Sa mère souffla un nuage de fumée, lentement, en jetant un coup d'œil autour d'elle.) Tout se passera bien ici. Je laverai le sol avant ton retour.

— D'accord.

— Mais je ne sais pas ce que je vais faire des filles pendant toute une semaine.

— Elles adorent colorier. » Nat se traînait d'un bout à l'autre du couloir, aller et retour, se soutenant avec un coude le long du mur à chaque pas. « Elles peuvent aussi regarder la télévision.

— Et je fais quoi si Sam est insolente ? »

Nat grinça des dents. Puis la douleur diminua et elle reprit suffisamment ses esprits pour s'agacer de cette remarque.

« Quand Sam n'est pas sage, je l'envoie dans sa chambre, dit-elle.

— Tu as un martinet sous la main ?

— Non, mentit Nat. J'y vais, maintenant. »

Dehors, elle vit la buée que formait chacune de ses respirations. Elle installa son sac sur le siège passager. Mais, dans un élan de sentimentalité, elle décida de retourner à l'intérieur et d'embrasser ses filles pour leur dire adieu, au cas où elle ne reviendrait jamais. Elle traversa le couloir et passa devant sa mère qui leva les yeux, curieuse.

Les filles dormaient profondément. Elle se pencha sur chacune d'elles : Liddie, toute molle, respirait fort, et ses cils noirs épais reposaient sur ses joues, comme éparpillés ; Sam, quant à elle, était étendue sur le dos, les bras et les jambes écartés, les cheveux en désordre, comme si elle était tombée directement du plafond sur le matelas. Nat sentit soudain une profonde affection pour ses filles, ses grandes petites filles.

Elle retraversa le couloir et repassa devant sa mère. Elle sentit la sueur perler à son front.

« Tu es sûre de pouvoir conduire ? demanda Doris, toujours assise à la table de la cuisine.

— Ça va. À cette heure-ci, il n'y a pas de circulation.

— Attends », fit sa mère tandis que Nat ouvrait la porte. Elle se retourna, dans un mouvement d'impatience. À sa grande surprise, sa mère s'approcha et lui tapota l'épaule. Nat lui fut reconnaissante de cette manifestation de gentillesse, bien qu'elle eût à respirer par la bouche pour éviter que l'odeur de cigarette et de talc mêlés ne lui soulève le cœur.

« Sois gentille avec mes filles, implora Nat, ne plaisantant qu'à moitié.

— Bien sûr. Bonne chance, ma chérie. »

Doris se pencha pour embrasser Nat mais, par timidité et manque d'habitude, rata sa cible et lui planta un baiser mouillé dans le cou. La sensation de ce baiser persista sur la peau de Nat jusqu'à ce qu'elle s'en débarrasse d'un haussement d'épaules après avoir refermé la porte derrière elle. Elle descendit lentement les marches de ciment et se dirigea vers la voiture, garée dans le noir.

La route était recouverte d'une fine couche de neige, juste assez pour garder les empreintes de pneus. Nat conduisit pendant quelques minutes avant de devoir s'arrêter à un stop, bien qu'il n'y ait personne, pour laisser passer une contraction. Quand la douleur se calma, elle reprit le volant. Elle avança jusqu'à ce qu'une autre contraction ne l'oblige à s'arrêter de nouveau. Son ventre à la peau tendue devint dur comme de la pierre. Les freins couinèrent tandis qu'elle se garait sur le bas-côté, agrippée au volant, se tordant de douleur sur son siège. *C'est bientôt fini, c'est bientôt fini,* chantonna-t-elle dans sa tête. Et ce fut le cas, la douleur disparut aussi vite qu'elle était apparue. Quand la souffrance reflua, elle s'en aperçut à peine, c'était comme si elle s'était tout simplement envolée. Nat gagna encore deux kilomètres, sentit de nouveau la douleur affluer et attendit qu'elle devienne insupportable avant de se garer une nouvelle fois sur le bas-côté. Pendant un moment qui lui parut interminable, son corps ne fut plus que souffrance, puis elle se remit en route et roula aussi vite qu'elle le put, non parce que l'arrivée du bébé était imminente mais parce qu'elle voulait désespérément arriver à l'hôpital. Cependant, elle n'était pas encore prise de tremblements, elle n'avait pas encore la sensation écœurante que son corps s'ouvrait en deux. Elle avait encore une heure ou deux devant elle, ce qui était à la fois un soulagement et décourageant.

Devant l'hôpital, toutefois, elle eut soudain l'idée, absurde, que si elle n'entrait pas elle éviterait ce qui devait suivre. Son corps oublierait ou choisirait un autre moment. Mais non, elle dépendait de lui, elle était la proie d'une chose qui la transformait en animal : impossible de négocier, de converser, de réciter de la poésie.

Une fois, au cours d'une soirée feu de camp avec des amis, alors qu'elle était encore au lycée, elle était allée se promener sur la plage, quand elle s'était retrouvée devant une large forme plate. C'était une tortue de mer, la moitié du corps enfouie dans un trou. Nat s'était agenouillée à côté d'elle et avait observé les œufs mous, palpitants, qui atterrissaient les uns après les autres dans le petit puits creusé habilement dans le sable. La tortue regardait droit devant elle, immobile, comme si elle était seule. L'une de ses pattes avant était sculptée de cicatrices profondes. Quand Nat s'était approchée de trop près, la tortue avait ouvert son bec en forme de tulipe et Nat était allée s'asseoir un peu plus loin en guise d'excuse. C'était la première fois qu'elle était témoin d'un acte aussi parfait et crucial, d'une beauté aussi brute et naturelle.

Elle s'agrippa à la poignée de la portière, mais elle ne put se relever. Elle resta là, à moitié assise. Paul était si loin, il n'avait d'ailleurs jamais été autorisé à être à ses côtés pendant l'accouchement des filles. Alors elle laissa libre cours au fantasme apaisant et réconfortant d'avoir Esrom à ses côtés. Sa gentillesse rendrait les choses supportables. Elle supposait qu'il avait aidé des poulains et des veaux à venir au monde en douceur, qu'il les avait accueillis chaleureusement, chuchotant des mots d'encouragement à leurs mères haletantes, et elle pensa qu'il serait normal qu'il en fasse autant pour elle. Elle imaginait sa main sur son front, sa joue contre la sienne tandis qu'il lui parlerait pour apaiser chacune des vagues de douleur.

Quand elle arriva à la porte de l'hôpital, un gardien en uniforme blanc la remarqua, il l'installa dans un fauteuil roulant et lui demanda si son mari garait la voiture. Elle lui répondit que non. On l'emmena dans une salle toute blanche qui lui parut familière comme pouvaient l'être les pièces dont on faisait un usage particulier : trois lits alignés, séparés les uns des autres par des rideaux de douche. Une femme, à l'autre bout de la salle, appela son mari ou tout au moins un certain M. Jackson, d'une voix rauque, la gorge desséchée, comme au supplice. En l'entendant, Nat fut presque paralysée de peur : ce serait son tour dans une heure ou deux. Elle se déshabilla pour enfiler une fine et inutile blouse d'hôpital et tendit le bras pour qu'on lui prenne la tension. Son ventre devint très dur, la peau plus tendue encore qu'elle ne le croyait possible, et elle ressentit l'envie pressante de s'en débarrasser, tout en souhaitant se rouler en boule autour, comme s'il s'agissait d'un monstre sensible qui répondrait si on lui montrait de l'affection. Mais il n'y répondit en rien. La douleur s'intensifia et la cloua sur le lit. Quand la contraction se calma, elle reposa la tête sur le matelas dur et imagina que, si elle ouvrait les yeux, Esrom serait là, à lui dire qu'elle était formidable et courageuse.

« Ce n'est pas la peine d'en faire toute une histoire », grommela l'infirmière. Elle enfonça une aiguille dans le bras de Nat et lui promit que tout deviendrait bientôt cotonneux.

Le lendemain matin, M. Jackson, que la femme à l'autre bout de la salle avait appelé si souvent, fit son apparition, accompagné de trois enfants. Il passa en vitesse devant le lit de Nat, mais ses deux plus petits se retournèrent pour y jeter un coup d'œil. La robe de la fillette était de travers et elle semblait avoir été coiffée avec un batteur à œufs. C'est ce qui arrivait quand la mère était à l'hôpital.

Nat était tranquillement allongée dans son lit, un rideau de douche de chaque côté, sans ouverture sur l'extérieur. Elle écoutait M. Jackson parler à sa femme et s'extasier sur le bébé qui, devina-t-elle, était un garçon. La petite fille se retourna de nouveau et Nat leva les doigts pour lui faire coucou.

Une voisine s'était proposée pour accompagner Doris et les filles à la maternité le lendemain, mais cela lui parut loin. Pour le moment, on donnait le bain à sa petite avant de la nourrir au biberon. Elle était née à trois heures du matin, sortie du ventre de Nat par le médecin accoucheur. Nat sentait encore l'immense soulagement de l'expulsion, l'arrivée au monde du petit corps ferme, tandis que son ventre dégonflait, comme un soufflé. Pendant quelques secondes, le bébé était resté silencieux avant de pousser trois petits cris tels les piaillements d'un oiseau exotique. Et, enfin, l'exclamation « c'est une fille ! ». Nat, après un court instant de déception à l'idée de ne jamais avoir de garçon, s'autorisa à se réjouir d'avoir mis au monde un beau bébé en bonne santé. Fripé, ses petits poings violets serrés, ses cheveux noirs plaqués sur son crâne mou, recouvert de croûtes de sang, le nourrisson, exposé à la lumière, eut un mouvement brusque de la tête avant d'être emmailloté. Nat la tint dans ses bras, elle lui embrassa ses petits doigts aux ongles transparents couleur lavande, et lui caressa le nez semblable à une goutte de rosée.

« Vous allez l'appeler comment ? » demanda l'infirmière.

Paul et Nat en avaient vaguement parlé un jour, il y avait déjà plus d'un an. Nat avait annoncé que si elle avait une autre fille, elle aimerait l'appeler Sadie et Paul avait acquiescé, en disant que c'était un beau prénom. Et Nat tabla donc sur cet accord prématuré.

« Sadie, je crois, répondit-elle à l'infirmière qui regardait par-dessus son épaule et souriait au bébé dans l'un de ses rares moments de bienveillance.

— Elle a bien l'air d'une Sadie, acquiesça l'infirmière. Avec des yeux pareils, si noirs.

— C'est très bien alors », avait conclu Nat. Et il lui sembla qu'on lui ôtait un énorme poids des épaules. Le bébé était né et avait un prénom.

Maintenant qu'on était venu chercher la petite pour lui donner son bain, Nat somnolait. Quand une autre infirmière vint lui annoncer qu'elle avait de la visite, elle l'entendit à peine. « Quoi ? » demanda-t-elle, groggy, en se redressant dans le lit.

Quelle ne fut pas sa surprise en voyant Esrom passer la tête dans l'entrebâillement du rideau ! Son cœur fit un bond.

« Oh, bonjour ! s'exclama-t-elle. Qu'est-ce que vous faites là ?

— Je venais juste voir si tout allait bien, dit-il, toujours caché derrière le rideau. J'ai eu raison ou bien vous préférez être seule ?

— Non, je vous en prie, venez. » Elle remonta maladroitement le drap jusqu'à son cou ; ses seins étaient bandés avec de la gaze pour empêcher la montée de lait. Elle essaya de sourire comme si tout était parfaitement normal.

« J'ai accouché, dit-elle. Elle est très belle. Vous vous cachez ? » Il entra. « Qu'avez-vous fait de votre chapeau ? » demanda-t-elle. Ses cheveux partaient dans tous les sens et elle se surprit à éclater de rire.

« Je l'ai laissé dans mon camion, dit-il. Vous allez bien ?

— Très bien. Comment saviez-vous que j'étais ici ?

— J'ai vu hier soir que votre voiture était partie.

— Oh, fit-elle, en rougissant. Mais comment êtes-vous entré ?

— J'ai dit que j'étais votre frère. » Cette réponse les réduisit tous deux au silence pendant un instant. Nat craignait qu'ils ne soient mal à l'aise pendant toute sa visite mais, soudain, il laissa échapper un rire comme s'il venait de comprendre : « Encore une fille ! C'est incroyable.

— N'est-ce pas ?

— Vous êtes venue toute seule en voiture alors que vous étiez sur le point d'accoucher ? demanda-t-il, changeant soudain de sujet.

— Oh, oui. J'avais le temps. » Elle s'éclaircit la voix et fit un petit geste de la main. « Ça allait. » Et, maintenant que c'était fini, elle le pensait vraiment.

« J'aurais aimé que vous m'appeliez.

— Eh bien, dit-elle, je ne pouvais pas.

— J'ai eu le sentiment que quelqu'un devait venir vous voir, dit-il, d'un air agité. Je me souviens de ma mère, chaque fois qu'elle a eu mes frères et sœurs. Bon, on devait rester à l'écart, dans la pièce à l'avant de la maison, mais je pouvais entendre ce qui se passait. Quand c'était fini et que la toilette était faite, on pouvait aller la voir, elle était assise dans son lit, ses cheveux tressés, avec le bébé dans les bras. »

Nat hochait la tête en l'écoutant.

« J'ai pensé que quelqu'un devait venir admirer ce que vous avez fait. Sinon, c'est comme si c'était, je ne sais pas… un miracle gâché. »

Nat hésita. Elle se souvint des deux fois où Paul était venu voir Sam et Liddie, juste après ses accouchements, de la crainte et du respect mêlé d'admiration qui se lisaient sur son visage tandis qu'il les tenait dans ses bras si tendrement. Abrutie de fatigue, le coude de Paul reposant près d'elle, Nat sentait l'odeur de la cigarette et de l'air frais sur sa manche de chemise – une odeur vive, comparée à l'air confiné de la salle dans laquelle elle était restée pendant de longues heures. Il lui avait demandé si elle allait bien et elle lui avait répondu « oui », ce qui était vrai, bien qu'elle ait surtout eu envie que quelqu'un la prenne dans ses bras pour pleurer tout son soûl.

Esrom la regardait. Elle se ressaisit et sourit.

« Comment allez-vous ? demanda-t-elle. Et la caserne des pompiers, comment ça se passe ?

— Oh, ça va. Ils m'ont engagé à plein temps. Mais peut-être que je pourrai faire d'autres petits boulots à droite à gauche, je ne sais pas.

— C'est formidable. » Elle ne cessait de sourire, se réjouissant de la compagnie d'Esrom, ne souhaitant pas qu'il parte.

L'infirmière arriva, réajustant sa coiffe.

« Oh, monsieur Collier, dit-elle. Bienvenue ! Le bébé sera de retour dans un instant, juste après le bain. »

Esrom leva les mains. « Je ne suis pas…

— C'est votre premier enfant ? Vous allez vous y habituer très vite. Mais, maintenant, je vais vous demander de sortir quelques minutes. Madame Collier, j'ai besoin de vérifier – elle baissa la voix – vos saignements.

— Vraiment ? demanda Nat. Il est obligé de partir ?

— Eh bien, fit l'infirmière, je pense que vous serez plus à l'aise avec un peu d'intimité. Monsieur Collier, vous permettez ? »

Bien évidemment qu'Esrom devait partir. Bien évidemment qu'il ne pouvait pas rester là. Nat se rappela, vaguement, qu'elle était censée ne plus le revoir. Mais c'était si merveilleux qu'il soit venu qu'elle ne pouvait se résoudre à le renvoyer. C'était tout simplement impossible.

« Je suis heureux de voir que vous allez bien, Nat, dit Esrom. Vous avez besoin de quelque chose ? Vous voulez que je vous rapporte quelque chose de la maison ? »

L'infirmière lui jeta un regard interrogateur, déconcertée, mais elle ne perdit pas pour autant son sourire.

« Tout va bien. Merci beaucoup. Ça m'a vraiment fait plaisir de vous voir », et soudain, sans plus se soucier de rien, elle ajouta : « J'aimerais tant que vous n'ayez pas à partir. »

Il eut l'air de vouloir dire quelque chose, mais son regard croisa celui de l'infirmière et il se contenta de hocher la tête et d'adresser un au revoir à Nat, avant de disparaître derrière le rideau.

Elle ne le reverrait peut-être jamais. Et son absence semblait cruelle. Elle se laissa aller contre l'oreiller tandis que l'infirmière soulevait le drap et lui écartait les genoux.

« Aussi solide qu'un cheval, dit-elle en retirant une serviette de toilette de sous Nat pour la remplacer par une propre. Oh, ce n'est rien. Ça arrive à tout le monde. C'est les hormones. Vous vous sentirez mieux une fois que la montée de lait sera passée.

— Je suis désolée, dit Nat en reniflant.

— Ne vous inquiétez pas. Je vais vous donner quelque chose pour vous aider à dormir.

— Sadie me manque. On a fini de lui donner le bain ?

— Je vais voir. Reposez-vous. » L'infirmière borda Nat, comme si elle était une enfant et, elle aussi, disparut derrière le rideau.

Nat ferma les yeux. M. Jackson et sa progéniture étaient partis. Le silence était assourdissant. Il lui parut pesant, jusqu'à ce que l'infirmière revienne avec le bébé emmailloté si serré qu'il avait la forme d'un losange. Nat se redressa brusquement et tendit les bras avec avidité. « Bonjour, dit-elle, bonjour, mon amour. » Elle aurait aimé qu'Esrom la voie. Elle aurait aimé que Paul soit là. Mais ce n'était pas un miracle gâché car elle avait été là pour y assister.

Sadie se tortilla, ses yeux n'étaient plus que deux petites fentes fermées. Elle laissa échapper un bref soupir. Son poids dans les bras de Nat était parfait : elle ne pesait rien et, pourtant, c'était beaucoup.

IV

RETOUR À LA CIVILISATION

Paul

L'arc que dessinaient les montagnes encerclant l'est de l'Idaho ressemblait, vu d'avion, aux mâchoires carnassières d'un piège à loups. À cette époque de l'année, les massifs étaient recouverts d'une épaisse couche de neige, et leur couleur oscillait entre le blanc bleuté et des teintes plus sombres. À leur pied serpentait la vallée. Paul avait eu la chance d'être installé à l'arrière de l'avion-cargo de l'armée près d'un petit hublot pas plus grand que sa main. Le monde, en bas, était froid et très beau, presque désert, parcouru de routes minuscules qui menaient à quelques villes clairsemées, aux habitations regroupées, puis qui disparaissaient à nouveau. Difficile de croire qu'il avait laissé sa famille là pendant de longs mois, de petits points au milieu de ce qui s'apparentait à des régions sauvages.

En amorçant sa descente, l'avion fut secoué par une turbulence. Paul jeta un coup d'œil autour de lui, aux neuf autres passagers silencieux assis à l'intérieur de la carlingue grise. Leurs visages arboraient des expressions soit de légère inquiétude, soit d'impatience : tout dépendait de qui les attendait et depuis combien de temps ils étaient partis.

Peu à peu, les formes de la civilisation, en bas, devinrent plus nettes et Paul put voir des voitures se déplacer le long des routes, des cours fermées par des clôtures et, de temps à autre, des aires de jeux recouvertes de neige. L'avion poursuivait sa descente chaotique, rudoyé par le vent, et, soudain, le sol se précipita vers eux, et ils planèrent, moteur éteint, au-dessus des champs enneigés, en jachère. Les roues de l'avion heurtèrent la piste dans un bruit sourd, avant de rebondir et de toucher à nouveau le sol ; Paul sentit les moteurs décélérer, l'appareil luttant contre le vent.

Il n'avait pas reçu de nouvelles de sa famille depuis des semaines, hormis un court télégramme envoyé par Doris disant que Nat avait accouché d'une petite fille le 7 décembre et que la mère et le bébé se portaient bien. En lisant ce message, les mains tremblantes, il avait pris conscience de combien il avait été inquiet. Les semaines précédant l'accouchement, il n'avait pas cessé de faire des cauchemars. Son père, énorme, qui le poursuivait, lui jetait une chaussure et lui ordonnait d'arrêter de pleurnicher. Il avait rêvé de nouveau de Nat ouvrant le four et se retournant vers lui avec les mains brûlées. Dans l'un de ces rêves, elle s'approchait de lui, avec les mains pareilles à deux morceaux de chair qui pendaient au bout de ses bras, et il s'était réveillé avec l'envie de vomir.

Mayberry lui avait fait remarquer qu'il avait l'air patraque.

Tous les soldats à bord se levèrent d'un bond, essayant d'étouffer l'envie, inhérente à leur esprit de compétition, d'être chacun le premier à sortir de l'avion. Paul, mal à l'aise, resta tranquille et avança lentement vers la sortie, ne voulant pas en rajouter. Nat et les filles seraient dans le hall de l'aéroport, avec les autres familles.

À l'extérieur, le vent mugissait. « Oh, mon Dieu ! » s'exclama le premier homme à sortir. Ils courbèrent tous les épaules pour lutter contre le vent en descendant la passerelle, puis ils patientèrent jusqu'à l'arrivée de leurs bagages. Paul jeta un coup d'œil par-dessus son épaule en direction de la baie vitrée de l'aéroport, mais la vitre brillait et réfléchissait la lumière. L'estomac noué, il se retourna vers la soute à bagages, en attendant qu'on l'appelle.

Il y eut un moment inconfortable où chacun espérait lire son nom sur le bagage qui arrivait tout en s'efforçant de ne pas pousser des cris de joie quand, enfin, il se présentait. Paul repéra le sien qui tomba de la soute – un des coins était enveloppé d'adhésif –, mais il laissa l'homme le plus proche de la soute vérifier le nom sur l'étiquette avant d'annoncer, déçu, « Collier ». Paul avança pour attraper son sac et le jeter par-dessus son épaule. Il marcha à grands pas vers le hall des arrivées.

« Tu y crois, toi ? demanda l'un de ses compagnons d'une voix forte tandis qu'ils franchissaient la porte de l'aérogare. On nous a envoyés en Arctique quand c'était le début du printemps ici, en Idaho, et on rentre juste à temps pour y passer l'hiver. C'est le putain de plus long hiver de toute l'histoire de la création. »

Un homme derrière eux leur rappela de surveiller leur langage car ils seraient désormais entourés de femmes et d'enfants. En entendant ces mots, Paul reçut une décharge d'adrénaline et il leva les yeux, balayant du regard les familles alentour dans l'espoir d'apercevoir la sienne.

Une voix sur sa gauche cria « Paul ! ». Il se tourna et aperçut Nat qui agitait le bras au-dessus de sa tête.

« Excusez-moi », dit-il, se faufilant parmi les autres soldats absorbés par leurs propres retrouvailles ou par leur solitude. Il se cogna à l'épaule d'un autre homme, s'excusa, échappant à la foule, et se retrouva nez à nez avec sa famille.

« Paul ! » Nat l'accueillit avec un grand sourire, rayonnante, et se jeta à son cou comme si elle avait de nouveau dix-neuf ans. Il la serra dans ses bras, les cheveux de Nat pressés contre son menton. En la tenant ainsi, il éprouvait les mêmes sensations que par le passé et, l'espace d'une seconde, il eut les larmes aux yeux. Elle recula et lui sourit. Il voulait l'embrasser, il avait envie d'embrasser cette bouche si douce dont il avait rêvé pendant des mois ; il avait envie de prendre son visage dans ses mains, de laisser ses mains la caresser dès qu'ils seraient seuls. À quoi bon être muté si, à votre retour, vous n'aviez même pas ça ? C'était votre droit de vous déchaîner pendant au moins une semaine, pour que vos rêves si longtemps inassouvis deviennent réalité, et que vous en retiriez une sorte de pouvoir ridicule et excitant. Mais il se remémora les propos de Richards et il ne put se résoudre à embrasser sa femme. Il desserra son étreinte et s'agenouilla près de ses filles.

Sam et Liddie, vêtues de robes légères totalement inappropriées pour la saison et coiffées chacune d'un nœud dans les cheveux, grimpèrent sur ses genoux. Il les serra dans ses bras et les embrassa tandis que Nat se retournait pour attraper quelque chose. Elle prenait le bébé dans les bras de sa mère ; il avait complètement oublié que Doris serait là. « Bonjour, Doris », dit-il en se relevant rapidement pour l'embrasser sur la joue, ce dont elle ne parut pas s'émouvoir outre mesure.

« Bienvenue à la maison, déclara-t-elle.

— Je te présente Sadie May », dit Nat, lui mettant dans les bras un petit paquet ovale. Elle souleva le bord de la couverture et le visage rond, endormi du bébé apparut. Le cœur de Paul fit un bond. « Elle a deux semaines aujourd'hui, ajouta Nat.

— Bonjour », murmura Paul, et il ne put s'empêcher de sourire. Sadie était un bouton de rose. Ses petits doigts fripés, brillants, s'agitaient sur le dessus de la couverture. Paul en sentit un qui se glissait entre son pouce et son index et il eut de nouveau les larmes aux yeux. Elle était parfaite. Une peau immaculée, comme de la soie.

« Elle vient juste de s'endormir, dit Nat.

— Tu te rends compte, au milieu de tout ce bruit, c'est incroyable, fit remarquer Doris.

— Bonjour, Sadie May, chuchota Paul. Je suis ravi de te rencontrer. »

Un homme qu'il ne connaissait pas apparut à leurs côtés et les photographia au flash. Paul cligna des yeux avant de reporter son attention sur sa petite fille.

« Le journal du coin est là, dit Nat. Nous avons papoté avec le reporter pendant que nous t'attendions. Il dit que parler du retour des soldats permet au centre de recherche d'avoir bonne presse. (C'était typique de Nat, de juguler ses émotions en bavardant.) Enfin, tu es le seul à te retrouver avec un nouveau-né à ton retour. Sinon, le chien d'un des soldats est mort pendant son absence. C'est triste, non ?

— Bien, coupa Paul, indifférent à ce qu'elle racontait. Elle est parfaite, Nat. Elle est très belle.

— N'est-ce pas ? rétorqua-t-elle en souriant.

— Et toi ? Comment te sens-tu ?

— Ça va.

— Tu es solide, dit Paul, incapable de masquer son admiration. On peut y aller ? J'aimerais rentrer à la maison.

— Bien sûr, acquiesça Nat en récupérant Sadie.

— Liddie, monte dans ta poussette, intervint Doris.

— Je veux pas », dit Liddie. Elle et Doris se mesurèrent du regard, une bataille qui allait sûrement mal finir.

Nat s'agenouilla près de Liddie et la regarda droit dans les yeux : « Liddie, chuchota-t-elle, monte dans ta poussette. Tout de suite.

— *Je veux pas* », répéta-t-elle.

Paul se pencha et la souleva pour la faire grimper sur ses épaules.

« Tu n'as pas besoin de cette poussette parce que je vais te porter, lui dit-il, s'étonnant de sentir à quel point elle était plus grande et plus lourde qu'avant.

— C'est vrai ? » demanda Liddie, ravie. Le bonheur se lisait sur son visage, et ses yeux, cachés derrière sa frange de cheveux châtains, brillaient. « Pour toujours ?

— Eh bien, pour maintenant, en tout cas.

— Et qui va me porter, moi ? demanda Sam, renfrognée.

— Tu es la plus grande, dit Nat. Tu peux marcher. »

Sam se traîna derrière eux en pleurnichant, tandis que Nat portait le bébé et que Doris, en soupirant, poussait la poussette vide. Paul eut de la peine pour Sam. Oui, elle était l'aînée, mais elle n'avait que quatre ans et demi. Il se mit brusquement à sa hauteur et l'attrapa, la calant sous un bras. Ravie, elle poussa un petit cri tandis qu'il lui faisait traverser l'aéroport, parallèle au sol ; de l'autre main, il agrippa la cuisse de Liddie qui lui colla la main sur le visage en riant.

« Paul, fais attention ! » s'exclama Nat. Du coin de l'œil, il vit son visage rayonnant.

Devant la sortie, il leur fallut emmitoufler les filles. Paul réfléchit un instant et dit : « Je peux aller chercher la voiture et revenir ici avec. Inutile de faire marcher les filles dans un froid pareil.

— Bonne idée, répondit Nat. Vous voyez, les filles ? Voilà ce que c'est que d'avoir de nouveau un homme avec nous. »

Paul se crispa. Il avança en direction des portes et se tourna vers Nat. Son sourire semblait tellement sincère qu'il était difficile de croire ce que Richards avait raconté.

« Paul, les clés, dit-elle. Je suis garée sur la gauche. »
Le parking, comme l'aéroport, était petit.

« Tu es venue avec quelle voiture ? » demanda Paul.

Le sourire de Nat disparut, et elle parut se replier sur elle-même. « Quoi ?

— Quelle voiture ?

— La Fireflite, évidemment.

— Je me demandais juste », dit-il. Il prit les clés qu'elle lui tendait, tourna les talons et traversa le parking battu par les vents.

Il n'y avait pas de Dodge Wayfarer garée devant la maison. Paul jeta un regard en coin à Nat, qui tenait le bébé sur ses genoux.

La vue de la petite fille le radoucit. Elle était si belle, si incroyablement petite ; elle dormait profondément comme si rien n'existait autour d'elle, pas même le vacarme que faisaient ses deux sœurs ou sa grand-mère grincheuse.

« La maison est bien entretenue.

— Oh, je suis contente ! » dit Nat d'une voix forte pour couvrir le bruit du vent. Il lui ouvrit la portière et elle fila en direction de la maison. « J'ai fait appel à quelqu'un pour tailler la haie, ajouta-t-elle. Ça poussait dans tous les sens. Allez, les filles, dépêchez-vous.

— Qui ça ? » demanda Paul en ouvrant la portière de Doris qui s'extirpa de la voiture, le plus dignement possible.

Nat se retourna, perplexe.

« La haie, qui est-ce qui l'a taillée ?

— Le fils d'Edna qui habite un peu plus loin dans la rue. »

Paul la devança pour ouvrir la porte d'entrée de la maison. « Celui qui a neuf ans ?

— Il en a quinze. Il est petit, c'est tout.

— Bien », fit Paul. Cette conversation autour du fils d'Edna, petit pour ses quinze ans, lui parut absurde et Paul ressentit une bouffée de colère contre Nat ; il dut faire des efforts pour se contrôler. Il tint la porte jusqu'à ce que Doris s'empresse d'entrer en se recoiffant et en pestant contre le mauvais temps.

La maison était telle que dans le souvenir de Paul, la cuisine peinte en jaune bouton-d'or et le petit salon au sol recouvert de moquette. Il ne faisait aucun doute que Nat et Doris s'étaient tuées à la tâche pour faire un grand ménage avant son retour. Un bouquet de fleurs fraîches était posé sur la table de la cuisine, près d'un gâteau. Ses pantoufles avaient été rangées près de son fauteuil comme s'il les avait quittées le matin même, avant de partir au travail. La scène, avec ses chaussons qui l'attendaient bien sagement, tels deux chiots silencieux et fidèles, lui fit une drôle d'impression et, en passant devant, il les poussa sous le fauteuil ; mais quand il revint dans le salon, après s'être lavé les mains et aspergé le visage dans la salle de bains, il vit qu'ils étaient de nouveau en évidence. Apparemment, pour Nat, il était important qu'ils y restent.

L'après-midi lui parut très long. Heureusement, Paul eut les filles pour s'occuper l'esprit. Il s'assit sur le sol du salon avec elles pendant qu'elles lui montraient leurs poupées. Il n'était pas du genre à se rouler par terre avec ses enfants, mais il put lire la joie dans leurs yeux ; elles lui avaient manqué. Liddie lui demanda de brosser les longs cheveux blonds, presque blancs, d'une poupée censée être un bébé – bien que Paul trouvât étonnant qu'un aussi petit enfant eût les cheveux qui lui arrivent aux pieds. Pendant ce temps, Nat changea les couches de leur vrai bébé, prépara quelques biberons et tenta de faire un brin de conversation. Il s'aperçut que sa joie s'évanouissait et que, peu à peu, la tristesse l'emportait sur la bonne humeur dont elle s'était efforcée de faire preuve tout au long de la journée.

Elle prépara un bœuf braisé pour le dîner. Même en colère, Paul n'eut pas le cœur de lui dire la quantité de bœuf qu'il avait avalé à Camp Century, ni combien il serait content de ne plus jamais en manger. Puis elle donna leur bain à Sam et Liddie tandis qu'il s'asseyait dans son fauteuil en enfilant docilement ses pantoufles et en tenant Sadie, endormie, dans les bras. Il ne se souvenait plus s'il était normal, pour un nouveau-né, de dormir autant. Il étudia de près son visage, à la peau rosée et satinée, les petits boutons blancs sur le bout de son nez et les veines bleu pâle sur ses tempes, pendant que Doris, avec quelques grognements, lavait le sol de la cuisine et que les filles s'aspergeaient, riaient et pleurnichaient dans la baignoire à l'autre bout du couloir.

Il entendit le gargouillement de l'eau siphonnée dans les canalisations et vit Sam et Liddie débouler de la salle de bains dans un souffle d'air chaud et une odeur de shampoing, leurs robes de chambre battant leurs mollets roses et propres.

« On veut que ce soit toi qui nous lises une histoire avant d'aller au lit, papa ! » s'écria Sam en grimpant sur ses genoux. Liddie, moins assurée, resta en retrait, collée à Nat ; elle avait toujours été la petite fille à sa maman.

« Attention au bébé, dit Paul en écartant légèrement Sadie.

— Papa va vous lire l'histoire et vous pourrez vous asseoir sur mes genoux », proposa Nat.

Le bébé couché dans son berceau en osier dans leur chambre, ils allèrent dans celle des filles ; Liddie se blottit contre Nat. Paul leur raconta l'histoire d'un éléphant orphelin qui partait à Londres et se liait d'amitié avec une vieille dame, avant de rentrer en Afrique pour devenir roi, son prédécesseur étant mort empoisonné par un champignon vénéneux. Les filles l'écoutaient avec attention, ravies, et Sam voulut étudier de près l'illustration qui représentait le premier roi éléphant, virant au vert, le visage chiffonné, après avoir avalé un champignon empoisonné.

« Allez, au lit, dit Paul.

— Attends ! Les prières ! claironna Liddie en s'agenouillant près du lit de Sam, les mains jointes.

— Pourquoi on doit faire ça, grommela Sam, juste parce que grand-mère Radek est là ?

— Sam, gronda Nat. À genoux. Tout de suite. »

Paul se tut, assis à l'écart, tandis que Nat s'agenouillait avec les filles, leurs trois têtes baissées, à l'unisson. Nat demanda à chacune ce pour quoi elles étaient reconnaissantes ce soir-là.

Sam dit : « Parce que papa est de retour à la maison ! » en regardant Paul avec un grand sourire, avant de replonger son visage dans ses mains. Liddie expliqua : « À cause du bébé, Sadie », ce qui parut inattendu car Paul n'avait pas remarqué qu'elle eût prêté une attention particulière au bébé de toute la journée. Sam, elle aussi, trouva cette réponse absurde. « Tu devais dire que c'était pour papa, fit-elle entre ses dents.

— Sam, intervint gentiment Nat, on ne peut pas décider des prières des autres. »

Sam jeta un regard noir à Liddie : « Maman a dit qu'on devait être reconnaissantes du retour de papa. Tu te rappelles ? »

Le gros effort de volonté que fit Liddie se lut sur son visage : « Tais-toi », dit-elle. Sam, vexée et surprise, éclata en sanglots.

« Tu dis toujours les prières les plus idiotes ! cria-t-elle.

— Les filles, lança Nat. Votre père n'a pas fait tout le trajet depuis le Groenland pour rentrer à la maison et vous entendre vous battre comme des chiffonniers.

— Qu'est-ce que vous croyez que Dieu pense, quand il entend des petites filles égoïstes se disputer alors qu'elles sont censées prier ? » rétorqua Doris, apparue si soudainement dans l'embrasure de la porte qu'ils sursautèrent tous.

Paul fut désolé pour Nat. Elle devait se douter que, de toute façon, il n'approuvait pas ce numéro ; et elle devait penser qu'assis là, il les regardait avec un petit air narquois. La bataille était perdue d'avance, entre sa mère qui trouvait les prières de ses filles inappropriées et Paul qui les trouvait inutiles. En réalité, il ne désapprouvait pas tant les filles qu'il les plaignait d'être contraintes de prier.

Nat leur fit rapidement réciter le Notre Père, réprimanda Sam, qui refusait d'y participer, et les expédia au lit.

« Bonne nuit, fit Paul en les étreignant puis en les embrassant chacune son tour.

— Je suis contente que tu sois rentré, papa, dit Sam.

— Vous m'avez manqué, les filles, répondit-il en lui tapotant le genou.

— Allez, on dort, maintenant, ordonna Nat. Il est très tard. »

Le salon était plongé dans le silence, à l'exception du bruit intermittent du radiateur. Doris était assise dans le petit fauteuil, les mains croisées sur les genoux, les yeux clos. Soit elle priait, soit elle dormait, soit elle faisait semblant de prier ou de dormir, ce qui était une manière de donner à Paul et à Nat un peu d'intimité. Elle était coiffée de bigoudis et son visage luisait, recouvert de crème épaisse pour la nuit.

« Tu veux quelque chose ? demanda Nat à Paul. Du gâteau ? De la glace ?

— Non, merci », répondit-il.

Elle hocha la tête, debout près du canapé. Des mèches de cheveux s'échappaient de sa queue-de-cheval, et ses yeux étaient cernés. Elle avait accouché tout juste deux semaines plus tôt. Sous sa jupe, son ventre ressortait, un petit mont rempli de fluide ; Paul avait aperçu du papier taché de sang dans la poubelle de la salle de bains, même si, quand il y était retourné, la poubelle avait été vidée.

« Tu devrais aller te coucher, dit-il.

— Je sais, répondit-elle en s'efforçant de sourire. Mais j'ai envie que tu me parles du Groenland.

— Il n'y a pas grand-chose à raconter. J'allais travailler sur le réacteur tous les jours. C'était comme pour le CR-1, mais en mieux.

— À quoi ressemblaient tes collègues ?

— Ça allait. Des soldats, rien d'extraordinaire.

— Est-ce que la nourriture était horrible ?

— Pas vraiment. »

Une fois encore, Nat hocha la tête. Elle posa les mains sur son ventre comme pour se donner de l'assurance. « Bon, on va se coucher ?

— Vas-y, toi, répondit Paul après une hésitation. Je vais peut-être rester là et regarder un peu la télévision.

— Ah bon ? Tu aimes regarder la télévision, maintenant ? »

Il haussa les épaules. « Oui, pourquoi pas ?

— Formidable. Je vais m'asseoir avec toi. »

Paul resta silencieux. Il n'avait pas envie qu'elle s'asseye avec lui sur le canapé. Il ne voulait pas avoir à la regarder et à lire le flot continu de ses émotions sur son visage. Il ne voulait pas être forcé de reprendre le fil de leur conversation comme si de rien n'était. Mais, par ailleurs, l'idée d'arrêter de faire semblant le terrorisait car, s'ils commençaient à parler de ce qui s'était passé pendant son absence, il ne savait pas comment ça finirait ni quelles décisions il lui faudrait prendre.

Nat fit le tour du canapé et vint se glisser à ses côtés ; elle posa la tête au creux de son épaule. Il sentait qu'elle était mal à l'aise, tendue, mais qu'elle faisait des efforts. Être si près d'elle, après six mois passés à rêver d'elle et à être torturé par des pensées érotiques, le mettait au supplice. Chaque partie de son corps distillait un pouvoir diffus : son bras contre le sien, sa poitrine qui se soulevait doucement à chaque respiration, sa lèvre supérieure légèrement retroussée. Son désir d'intimité et, après tout ce temps, la possibilité de l'assouvir enfin se heurtaient à sa peine et à sa colère. Il s'efforça de respirer lentement. Il inspirait par le nez, expirait par la bouche. Il était en proie à une grande agitation. Il craignait de se lever et de se mettre à crier après elle. Il n'allait pas pouvoir tolérer une seconde de plus aux côtés de Nat.

Il fut sauvé par Sadie qui commença à gazouiller dans la chambre. Nat écouta pour voir si elle allait se calmer, mais ses petits cris et gémissements se firent plus insistants, jusqu'à devenir les pleurs rauques et poignants si caractéristiques des nouveau-nés.

Doris se redressa dans son fauteuil, en face d'eux. Après avoir fait semblant de dormir, elle ouvrit les yeux et dit d'une voix claire : « Le bébé pleure.

— Merci, maman, répliqua Nat, mais si tu peux l'entendre pleurer alors que tu es assise juste en face de nous, ne crois-tu pas que nous pouvons l'entendre nous aussi ?

— Ne t'en fais pas, siffla Doris, je repars mardi et tu n'auras plus à me supporter. »

Les deux femmes étaient restées en tête à tête trop longtemps.

« C'est pas ça, dit Nat, agacée. Mais bien évidemment que nous pouvons, nous aussi, entendre le bébé…

— Je voulais juste être utile.

— Bien sûr, et tu l'es », assura Nat, d'une petite voix.

Doris ferma de nouveau les yeux. Son visage, sous la couche de crème, reflétait la lumière, tel un petit lac tranquille.

Nat se leva et alla dans la chambre. Quelques minutes plus tard, Paul l'entendit qui parlait à Sadie, d'une voix apaisante, tendre, et il crut que son cœur allait se briser. Il se leva, éteignit les lumières du salon, attrapa la couverture sur le dossier de son fauteuil et s'en enveloppa en la remontant jusqu'au menton.

De l'autre côté de la pièce, Doris ouvrit un œil.

« Vous pouvez vous installer dans mon fauteuil, lui dit Paul. Vous serez plus à l'aise.

— Pour rien au monde je ne voudrais prendre votre précieux fauteuil, répliqua Doris, comme s'il était un enfant possessif.

— C'est moi qui vous le demande.

— Vous n'allez pas dormir dans…

— Bonne nuit, Doris. »

Elle resta là où elle était, telle une gargouille assise dans l'ombre. Paul était allongé, immobile, et sembla presque l'oublier. De là où il était, il pouvait voir les étoiles à travers la vitre, qui paraissaient incroyablement hautes dans le ciel et froides. Quelques flocons de neige tourbillonnaient devant la fenêtre mais pas suffisamment pour tenir au sol. Malgré lui, Paul ne put s'empêcher de repenser à Nat avec un autre homme, en train de lui parler, de rire et de l'inviter à s'asseoir dans le salon. Il visualisa la porte d'entrée et imagina Nat l'ouvrir, vêtue d'une jolie robe, souriant à un autre homme que lui. Elle était heureuse de voir quelqu'un qu'il ne pouvait pas se représenter. Peu importait que quelque chose soit ou non « arrivé ». Passer du temps avec un inconnu, accepter qu'il vous prête une voiture, tout ça pendant que votre mari est à des milliers de kilomètres, était déjà une trahison. Cela signifiait qu'il avait eu tort de lui accorder sa confiance et que la vie qu'il s'était imaginée en rentrant chez lui, la seule chose sur laquelle il avait compté, était en partie un leurre. Sa jalousie laissa place au dégoût et il eut soudain mal à l'estomac presque au point de se tordre de douleur.

Nat revint dans le salon et se figea quand elle s'aperçut que les lumières étaient éteintes. Elle l'appela en chuchotant : « Paul ? » Elle attendit sur le pas de la porte et répéta son nom une fois encore. Puis il l'entendit battre en retraite dans la chambre et tirer la porte derrière elle ; celle-ci se referma doucement en un petit bruit sec.

La respiration de Doris ralentit enfin et s'accompagna d'un bruit rauque. Il fut soulagé qu'elle ait fini par s'endormir même si le bruit de sa respiration – suivi, à chaque inspiration, d'un gargouillement mouillé, pareil à celui d'une cafetière – le rendait fou. D'un geste agacé, il enfouit sa tête sous un petit coussin. À travers la fente laissée entre la couverture et l'oreiller, il pouvait apercevoir un coin de fenêtre tapissée de givre dessinant des toiles d'araignée et, en fond, un ciel d'encre noire.

« Tiens, regardez qui est de retour ! s'exclama Franks tandis que Paul entrait dans la salle où ils prenaient leurs repas. Nanouk l'Esquimau. »

Tout était exactement comme avant, les gars assis là avec leur casse-croûte, la télévision allumée, l'odeur du café.

« Collier. » Webb le salua d'un signe de la main et parut sincèrement heureux de le revoir. À côté de lui, un jeune homme – le remplaçant de Paul – se leva.

« Tu te souviens de Webb ? » le taquina Franks.

Paul roula les yeux et traversa la pièce pour serrer la main de Webb.

« Comment pourrais-je oublier Webb ?

— Et je te présente Sidorski. Il vient de Chicago. »

Ils se serrèrent la main.

« C'est donc toi qui tiens le fort ?

— De justesse, répondit Sidorski.

— Dis donc, Webb, lança Paul, tu as une dent neuve. »

Webb rougit. Il tapota du doigt sa nouvelle dent, plus blanche que les autres. Sans ce trou dans sa dentition, il paraissait plus vieux. « C'est de la porcelaine, expliqua-t-il. C'était pas aussi cher que je le croyais. » Soudain redevenu timide, il se tut et sourit, bouche fermée.

« C'est du beau travail, dit Paul.

— Ouais, vous êtes beaux tous les deux, se moqua Franks. Collier, tu as entendu parler des congés ? Ils coupent complètement le réacteur à partir de Noël.

— Tiens, c'est bizarre, fit Paul. Qu'est-ce que ça cache ? »

Ils faisaient, occasionnellement, des essais d'arrêt d'urgence, interrompant l'activité de la machine en lâchant toutes les barres de contrôle dans le cœur du réacteur, mais pour quelques heures seulement, jamais pour plus d'une semaine.

« Les ingénieurs pensent qu'il serait bon de laisser les barres de contrôle au repos, dit Franks, à la suite de tous les incidents passés.

— On espère tous qu'ils le laissent au repos jusqu'à ce que le nouveau cœur arrive, renchérit Webb.

— Le 21 décembre, c'est notre dernier jour avant les congés. Nous reprendrons après le nouvel an, le 3 janvier, lui expliqua Franks.

— Deux semaines de repos, dit Webb en haussant les épaules, ce n'est pas si mal.

— Et quelle équipe aura le plaisir de redémarrer la machine ? demanda Paul.

— L'équipe de nuit, répondit Franks. Ne t'inquiète pas, nous serons dans l'équipe de jour, cette semaine-là. C'est eux qui feront le plus dur.

— On a du bol, fit remarquer Sidorski.

— Je me sens un peu coupable », dit Webb.

Franks tendit à Paul la liste des opérations à accomplir pour remettre en marche le réacteur. Des tâches qui lui étaient familières car il avait déjà eu à appliquer la procédure. Il n'enviait en rien les gars de l'équipe de nuit chargés du redémarrage. *Vérifiez les valves d'alimentation en eau afin d'isoler les joints des barres de contrôle. Déconnectez les conduits d'alimentation et d'évacuation d'eau de l'ensemble des joints des barres de contrôle. Retirez les goujons à la jointure des barres de contrôle. Retirez le bras de l'arbre de l'enrouleur*, etc., etc. : ça durerait toute la nuit. Si toutes les instructions étaient suivies à la lettre, et si tout se passait bien, au moment où l'équipe de jour arriverait au petit matin, le 4 janvier, la machine ronronnerait, après de froides semaines de silence.

« Ce putain de truc est pire qu'avant, dit Franks. Même Richards admet que c'est ridicule. Il compatit presque, quand il n'est pas planqué à boire dans son palace en contreplaqué.

— Et si on ne le redémarrait tout simplement pas ? fit Paul sans réfléchir. Si on refusait en attendant que le nouveau cœur arrive ? Si on ne relançait pas ce putain de réacteur ? »

Les gars le regardèrent avec de grands yeux. L'imprudence de ses propos accélérait ses battements de cœur.

« Nous disparaîtrions de la circulation, avança Franks.

— Ils nous renverraient avec un coup de pied au cul et embaucheraient d'autres gars, renchérit Sidorski. Ils sont justement en train de former de jeunes opérateurs à Belvoir.

— Il a raison, acquiesça Webb, à contrecœur.

— J'aimerais être avec toi sur ce coup-là, dit Sidorski, vraiment, mais…

— Je crois qu'il blague, l'interrompit Franks. Tu faisais juste le malin, pas vrai ? »

Paul hésita. « Oui. Mais… quand on y pense. Réfléchissez-y.

— Il n'en est pas question, rit Sidorski.

— D'accord, se rétracta Paul. Je comprends. » Il avait le feu aux joues ; il aurait voulu qu'ils cessent de le regarder avec de grands yeux ronds comme s'il avait perdu la boule quelque part là-bas au Groenland.

En bon camarade, Webb essaya de changer de sujet. « On a finalement compris ce qui s'était passé entre toi et Richards, lança-t-il en mimant un coup de poing dans la mâchoire.

— Oh, mec, s'exclama Franks, t'aurais dû voir ça ! Il est resté planqué dans son bureau pendant environ trois jours. Et, quand il est finalement venu nous voir, sa mâchoire était noir et bleu. Je ne t'aurais pas cru capable d'une chose pareille. T'es complètement dingue, mon salaud.

— Je n'en suis pas fier, marmonna Paul.

— Et comment se sont passées vos retrouvailles, là-bas, au Groenland ? demanda Franks. Je parie que tu as adoré le voir débarquer.

— Un rêve devenu réalité. Écoutez, dit Paul, je vais encore devoir travailler avec ce type jusqu'en février, alors pas la peine de mettre de l'huile sur le feu. (Il se tourna vers Webb.) Dis donc, ça y est, t'es marié ? »

Il regretta immédiatement sa question en voyant Webb se décomposer. « Nan, répondit Webb. C'est terminé.

— Oh, je suis désolé. »

Webb haussa les épaules, mal à l'aise, et regarda ailleurs. « Peut-être qu'on se remettra un jour ensemble, Vanna et moi. Enfin, peut-être qu'on réessaiera. J'en sais rien », dit-il d'une voix morne.

Paul aurait tant voulu lui dire quelque chose de réconfortant, mais il se rendit compte qu'il n'était pas taillé pour ça. « Laisse passer du temps, suggéra-t-il. On ne sait jamais ce qui peut arriver.

— Excusez-moi, chère Abby[1], dit Franks, mais il faut s'occuper des barres de contrôle maintenant. Tu es allé voir Richards ?

— Officiellement, je ne reviens ici que demain, dit Paul.

— Mais tu ne prends pas quelques jours de congé ? demanda Franks. Pourquoi tu ne restes pas chez toi jusqu'au redémarrage du réacteur ? »

Paul grimaça. Il se doutait qu'on mettrait le sujet sur le tapis. Habituellement, les militaires, après une mutation, prenaient quelques jours de congé pour se réadapter à la vie de famille.

« Je garde mes congés pour un autre moment, dit-il. Cet été, peut-être.

— J'ai l'impression que c'est justement le bon moment, dit Franks. Tu es parti six mois et le bébé vient de naître.

— Eh bien, désolé. Mais vous allez devoir me supporter de nouveau, et dès demain.

— D'accord, dit Franks, déconcerté.

— À demain, les gars, dit Paul en se dirigeant vers le portemanteau. Bon courage ! »

Les deux plus jeunes retournèrent à leur poste de travail, mais Franks le regarda partir, les sourcils froncés et, hochant la tête, il ajouta : « À toi aussi. »

Paul s'arrêta au retour chez J. C. Penney's pour acheter leurs cadeaux de Noël aux filles, les écrans

---

1. Dear Abby fait référence à la rubrique courrier des lecteurs fondée en 1956 par Pauline Phillips sous le nom de plume « Abigail Van Buren ». *(N.d.T.)*

magiques qu'elles avaient réclamés et dont Nat lui avait parlé. Puis, dans un élan de générosité, il acheta aussi un ours en peluche pour Liddie et une poupée Barbie pour Sam.

Il n'était presque jamais allé dans un grand magasin et découvrit qu'en un jour maussade comme celui-là, où il se sentait seul, il appréciait plutôt l'intensité de l'éclairage, et ces vastes espaces où traîner. On y avait installé une forêt d'arbres blanc et argenté décorés de guirlandes lumineuses, où s'étaient rassemblées des mères de famille avec leurs enfants. Paul sourit, un peu tristement, et cala ses paquets sous le bras. Il n'avait pas su quoi acheter à Nat, et avait fini par opter pour un tablier élégant et un fouet de cuisine car le sien était abîmé.

La nuit était presque tombée quand il ralentit devant la maison et il vit que Nat avait allumé les bougies dans le salon, sur le rebord de la fenêtre. C'était là l'une de leurs rares décorations de Noël, et qui plaisait tellement à Paul qu'ils entretenaient ce rituel même après les fêtes, jusqu'à la fin de l'hiver. Il avait toujours aimé qu'elle allume les bougies non seulement pour rendre la maison plus chaleureuse pendant cette période, mais aussi pour lui, pour l'accueillir quand il rentrait du travail au milieu de la nuit. Pour Paul, ces bougies allumées avaient une signification particulière, comme un petit sourire qu'elle lui adressait au moment où il apercevait la maison depuis la rue, une chose que tout le monde pouvait voir mais qui n'était destinée qu'à lui seul.

Pourtant, ce soir-là, la vue des bougies l'attrista. Il s'arrêta et gara la voiture, enveloppant soigneusement les cadeaux des filles dans une couverture de pique-nique sur le siège avant, en attendant de pouvoir les cacher plus tard à l'intérieur de la maison.

« Papa ! s'écrièrent-elles en courant vers lui dès qu'il eut ouvert la porte.

— Salut, vous deux. » Il les embrassa tour à tour. De la chambre du fond, il pouvait entendre les petits cris de Sadie – elle ne pleurait pas encore tout à fait mais n'allait pas tarder.

« Où est votre mère ?

— Avec le bébé, dit Liddie.

— Maman m'a grondée aujourd'hui, raconta Sam, les larmes aux yeux. Elle a été méchante.

— Votre mère n'est pas méchante. Elle est juste fatiguée, dit Paul.

— Moi, j'aime ma maman, déclara Liddie, en signe de loyauté, après avoir jeté un coup d'œil à sa sœur.

— Où est grand-mère Radek ?

— On l'a conduite aujourd'hui à l'aéroport, répondit Sam. Elle est rentrée chez elle.

— C'est vrai ? » demanda Paul en essayant de cacher son soulagement. Mais il se sentit coupable de ne pas lui avoir dit au revoir. « Elle est rentrée chez elle pour de bon ?

— Oui. Elle est rentrée au Bon Vieux San Diego. » Pour quelque obscure raison, Sam semblait croire que c'était là le nom de la ville et elle n'en démordait pas.

« Je reviens tout de suite », dit Paul. Il fila à l'autre bout du couloir et s'arrêta sur le seuil de la chambre du fond. La porte était tout juste entrouverte. Il y eut un court moment de silence avant que Sadie ne se remette à pleurnicher. Paul poussa la porte.

« Salut », fit-il.

Nat, assise sur le lit, où elle berçait le bébé en lui parlant doucement pour l'apaiser, leva la tête.

« Salut », chuchota-t-elle.

Paul tendit les bras. « Donne-la-moi. Allonge-toi.

— Tu es sûr ?

— Oui.

— Merci. »

Paul prit le bébé dans ses bras et la cala au creux de son épaule. Il entendit Nat se glisser sous les draps tandis qu'il quittait la chambre.

De retour dans la cuisine, il vit qu'elle avait commencé à préparer le dîner : des blancs de poulet reposaient dans un plat, recouverts d'épices rouges. Le four était programmé sur 180 °C ; il enfourna le plat et se dit qu'il réveillerait Nat un peu plus tard.

« Les filles, ne touchez pas aux bougies, dit-il en relevant la tête pour voir que Liddie s'en était approchée.

— D'accord, papa, dit-elle.

— On joue au papa et à la maman », dit Sam. Elle attrapa Liddie pour lui passer un petit tablier autour de la taille. « Je fais le papa, c'est moi qui commande. »

Paul s'installa sur le canapé avec Sadie sur la poitrine, tandis qu'elle gigotait en gémissant. « Chut », fit-il en l'enveloppant d'une couverture et en lui tapotant le dos. Il lui souleva un peu la tête pour la caler sous son menton et lui fredonna une chanson.

« Prépare quelque chose pour le dîner, ordonna Sam à Liddie. Comme ça. Mélange des choses dans le saladier. » Liddie imita sa sœur en la regardant faire.

« C'est bien, je pars au travail, maintenant », dit Sam en disparaissant derrière le canapé. Elle attendit un instant et réapparut. « Bonjour ! fit-elle. Je suis rentré du travail ! » Elle le répéta encore et encore, en arborant un sourire triomphant. Liddie, apparemment, ne savait pas comment réagir. Elle mélangeait les aliments imaginaires dans son saladier et souriait. « Je suis rentré du travail ! » répéta encore Sam, jusqu'à ce que, finalement, Liddie réplique, reprenant ce qu'elle avait entendu sa sœur aînée lui dire des douzaines de fois : « Tant mieux. »

Nat

Le bonheur qu'exprimèrent les filles pendant les vacances de Noël suffit presque, pendant un jour ou deux, à compenser tout le reste. Nat voyait bien que sa relation avec Paul battait de l'aile, mais elle ne savait pas quoi faire pour y remédier. Elle se réjouissait donc du spectacle de Sam et Liddie, vêtues de leurs chemises de nuit, qui arrachaient le papier de leurs cadeaux les yeux brillants et passaient deux jours entiers en chemise de nuit à manger des caramels jusqu'à en avoir mal à la mâchoire. Assis dans son fauteuil, distant, Paul les regardait faire l'expérience d'émotions qu'il n'avait lui-même jamais ressenties. Nat débarrassa les restes et empila les assiettes vides, avant de donner à manger au bébé, et, vus de l'extérieur, ils auraient pu apparaître comme une famille heureuse.

Puis, soudain, les vacances se terminèrent.

Le matin du 4 janvier, Paul retournerait travailler, pour prendre la suite de l'équipe de nuit après le redémarrage du réacteur. La veille, Nat se sentit à la fois soulagée et inquiète : soulagée, car elle avait souffert de la mélancolie de Paul qui passait ses journées assis à la maison, et inquiète, car elle ne pouvait se résoudre à croire qu'il était rentré depuis deux semaines sans qu'elle soit parvenue à trouver une solution pour mettre fin à leur discorde.

Que Paul reprenne le travail impliquait d'autres tâches ménagères pour Nat, ce qui l'angoissait un peu, mais lui offrait aussi une distraction bienvenue. Ses uniformes devraient être lavés et repassés, avec tous les insignes épinglés, et il faudrait faire des courses pour préparer les repas à emporter de la semaine à venir. Nat s'affairait, le sèche-linge vrombissait, un poulet rôtissait dans le four. Après dîner, elle sortit jeter les ordures et le froid cinglant lui fit l'effet d'une gifle, les températures étaient descendues au-dessous de – 15 °C. Pendant les vacances, les températures avaient été polaires, on avait battu des records de froid. Mais Nat commençait à s'y habituer, c'était le deuxième hiver qu'elle passait en Idaho. L'année précédente, à la même époque, tandis qu'elle s'apprêtait à monter en voiture, elle avait failli marcher sur le cadavre gelé d'un chat tigré. Paul s'en était occupé, et avait dû détacher du sol la bestiole rigidifiée comme un vestige de l'âge de glace. Les coyotes, avaient-ils pensé.

Elle força sur le couvercle à moitié gelé de la poubelle et y jeta le sac d'ordures. Tandis qu'elle retournait à la maison, elle aperçut la voiture de Jeannie Richards qui descendait la rue.

Nat fronça les sourcils et s'avança jusqu'au bout du trottoir, mais Jeannie avait déjà tourné au coin du pâté de maisons. Que Jeannie ne s'arrête plus pour bavarder avec elle ne contrariait Nat en rien, car, bien sûr, Jeannie avait d'autres chats à fouetter dans le quartier – après tout, elle était chargée du bureau de liaison –, mais c'était, d'une certaine manière, suspect.

Peut-être que Nat devenait paranoïaque. Pendant l'été, ses sentiments à l'égard de Jeannie avaient définitivement viré à l'animosité ; l'incident de la gouttière avait été la cerise sur le gâteau. Cette femme était une fouineuse, une fouille-merde, une sorcière. En d'autres temps plus cruels, elle aurait été perçue comme un oiseau de mauvais augure et, en fait, ce n'était pas si éloigné de ce que pensait Nat.

Elle repartit en direction de la maison et vit que le petit drapeau de leur boîte aux lettres était relevé. Ce qui était étrange, car le matin même il ne l'était pas. Elle s'approcha pour ouvrir la boîte aux lettres et découvrit une petite enveloppe à l'intérieur. En s'en emparant, elle remarqua qu'elle n'était pas timbrée et que l'enveloppe était faite d'un papier épais, toilé. Elle glissa le doigt sous le rabat. L'enveloppe contenait une seule page, incompréhensible aux yeux de Nat : une feuille bleu pâle quadrillée qui s'avéra être en rapport avec le travail de Paul, avec une liste de dates et de notes concernant le réacteur.

C'était probablement Jeannie qui avait déposé l'enveloppe ; mais il était surprenant qu'elle n'y ait pas ajouté un mot d'explication. Et il était certain que ce document n'était pas destiné à Nat – mais pourquoi Jeannie adresserait-elle un courrier à *Paul* ? Cette idée était bizarre et presque déplacée. À moins que ce ne soit une course que Mitch avait demandé à sa femme de faire à sa place, un document que Paul devait remplir ; peut-être que Paul reprendrait le travail avant

Mitch. Dans tous les cas, cela ne paraissait en rien urgent.

Nat fourra l'enveloppe dans la poche de son manteau et rentra. Elle pensait demander des explications à Paul mais, quand elle passa devant le salon, elle le vit assis par terre en train de lire un livre d'images avec Sam et Liddie, et elle ne voulut pas les interrompre. Elle enleva son manteau sans faire de bruit et l'accrocha près de la porte. Elle resta là à regarder son mari et ses filles.

Ils étaient adorables. Paul, absorbé dans sa lecture, entouré de deux têtes penchées ; Sam, suçant son pouce, Liddie, bouche ouverte, comme subjuguée par l'histoire. Paul était un si bon père. Il prenait toujours le temps de s'occuper des filles, il ne leur parlait jamais durement, et il paraissait sincèrement ravi chaque fois qu'il les voyait.

Soudain, cet amour entre Paul et les filles lui fit ressentir son propre manque. Il avait été si amoureux d'elle ; l'était-il encore ? Que s'était-il passé depuis qu'il était rentré du Groenland ? À son retour, les choses avaient changé. Il avait du mal à la regarder dans les yeux ; quant à la toucher, n'en parlons pas. Il gardait ses distances comme s'ils étaient encore au temps de l'Ancien Testament, qu'elle était dans cette période du mois où elle était impure, et qu'elle mangeait du porc cru juste sous ses yeux en exhibant ses plaies. Oh, elle pouvait toujours essayer d'en rire, mais elle souffrait : elle l'avait approché à plusieurs reprises mais, chaque fois, il l'avait rejetée. Pourquoi l'évitait-il ?

Il ne pouvait, en aucun cas, être au courant de sa relation avec Esrom. C'était impossible ; et quand bien même : elle s'était gardée d'aller trop loin. Oui, elle se sentait coupable d'avoir pensé à Esrom plus qu'elle ne l'aurait dû, et de penser encore à lui souvent. Mais elle était restée fidèle à Paul, elle l'aimait.

Mais lui, avait-il rencontré quelqu'un ?

Les brochures de l'armée mettaient en garde contre les difficultés de la réadaptation à la vie de famille. L'article « À quoi s'attendre après un retour de mission ? » faisait la liste de toutes les réactions auxquelles s'attendre de la part d'un mari à son retour (silencieux, renfermé, irritable) et des diverses raisons possibles (le sentiment d'être exclu, les camarades qui lui manquent, etc.). *Vous ne pouvez savoir ce qu'il a vécu et peut-être ne le comprendriez-vous pas même s'il vous le racontait. N'insistez pas, ne posez pas de questions. Soyez à l'écoute, mais ne parlez pas sans arrêt des épreuves que vous avez traversées en son absence. Il ne peut, de toute façon, rien y faire.*

Pourquoi avait-elle choisi Paul ? Il y a six ans, quand elle vivait encore à San Diego, plusieurs garçons s'intéressaient à elle, mais Paul était arrivé sur la plage et elle l'avait remarqué. Les autres garçons étaient heureux et désinvoltes. Ils aimaient une fille le temps d'une minute ou d'un mois, et tombaient parfois amoureux, mais cela ne les changeait en rien.

Assise près du feu de joie, en parlant à Paul, elle avait tout de suite vu qu'elle lui avait fait de l'effet. Il était beaucoup plus silencieux et sérieux, mais aussi bien plus facile à impressionner, d'une certaine manière, que tous ceux qu'elle connaissait. Quand elle le touchait, elle pouvait presque voir la marque de ses doigts sur sa peau.

Ses yeux s'emplirent de larmes et elle étouffa ses pleurs, tandis qu'elle l'écoutait lire une histoire pour les filles : *Si tu t'échappes, je te courrai après, car tu es mon petit lapin.* Il l'avait aimée, mais ce n'était plus le cas. Elle l'avait considéré comme acquis, il le savait et en avait assez.

Ce devait être possible que l'amour d'un époux se tarisse, et qu'il passe à autre chose. Les autres femmes ne s'en plaignaient-elles pas ? La voiture, son travail, les enfants : l'amour d'un homme pouvait surgir comme un séduisant voyageur de commerce, soudain vous étiez éprise, et vous vous faisiez avoir comme un bleu.

Paul

Le soir précédant le redémarrage du réacteur, Paul, installé dans son fauteuil, s'assoupit après le dîner. En se réveillant, il aperçut du coin de l'œil Nat qui s'affairait entre la buanderie et la chambre du fond. Elle frottait ses bleus de travail, accomplissant cette tâche avec une ardeur redoublée, à coups de brosse vigoureux. À la suite de quoi elle sortit du sèche-linge son uniforme kaki (qu'il portait dans le bus et lors des réunions, tandis que les bleus de travail étaient destinés à l'enceinte du réacteur et à ses moments de pause dans la salle de repos), elle le secoua, le défroissa et le repassa. Puis, paraissant se détendre un peu, elle posa l'uniforme sur le lit et épingla les insignes, consciencieusement, chacun à sa place à l'aide d'un mètre à ruban. Elle lui donnait l'impression de se battre avec quelqu'un, mais sans même s'en rendre compte. Quand elle eut fini avec son uniforme, elle ressortit de la chambre, légèrement en sueur, souriante. Elle lui signala, penaude, que l'évier était bouché. Paul n'en fut pas surpris. Nat ne faisait pas attention et y jetait des graisses ; elle cuisinait toujours dans la hâte. Et, plusieurs fois par an, le siphon était obstrué.

Il essaya de déboucher la canalisation à l'aide d'une ventouse, en vain. Alors, en voyant les deux centimètres d'eau grasse, grisâtre, il décida de démonter les tuyaux sous l'évier. Il alla chercher dans la buanderie une bassine en fer, un furet et sa clé à molette. Il enleva sa chemise, sortit tous les produits ménagers de sous l'évier et les aligna sur le côté, tels de petits spectateurs silencieux. Quand Nat revint dans la cuisine après avoir couché les filles, Paul, allongé sur le dos, desserrait les écrous en métal.

« Oh, je suis désolée, dit-elle en soupirant. J'espérais que tu n'aies pas à faire ça.

— C'est rien », grommela-t-il.

Elle tira une chaise de sous la table et s'assit près de lui. « Je vais t'encourager, dit-elle.

— Je n'en ai que pour une minute.

— D'accord », fit Nat, qui n'en resta pas moins assise là où elle était. Paul desserra le culot du siphon et tourna la tête pour éviter l'eau grasse qui tomba dans la bassine. Ce n'était pas bouché, il n'avait donc qu'à faire fonctionner la tige de la bonde.

« Tu es en colère contre moi ? finit-elle par demander.

— Je préférerais que tu ne jettes pas la graisse dans l'évier.

— Non. Je parle d'autre chose. »

Il se figea. Son cœur fit un bond. « Non. »

Elle se pencha vers lui et articula, espérant le faire réagir enfin : « Est-ce que j'ai fait quelque chose qui te met en colère ? »

Il enfonça un tournevis à l'intérieur du siphon. Des épluchures de pomme de terre et du marc de café en ressortirent. Il insista et, cette fois, des amas de graisse pleins d'eau s'en échappèrent. Il nettoya le siphon avec un chiffon.

« Paul ? fit Nat.

— J'essaie de réparer l'évier. Est-ce que tu pourrais arrêter de m'asticoter avec tes questions ? »

Elle se tut un instant, blessée. « Je ne t'asticote pas. Je veux te parler. Je veux savoir pourquoi tu es si froid avec moi depuis que tu es rentré. Tu es parti six mois et c'est comme si tu ne pouvais même plus me regarder dans les yeux, pourquoi ?

— Il faut que je me réhabitue. Je suis fatigué. Tout semble différent d'avant.

— Rien n'est différent. Tout est exactement comme avant. Bon, Sadie est née. Mais c'est un changement positif. Qu'est-ce que je peux faire pour te rendre la vie plus facile ? J'ai cuisiné tes plats préférés. J'ai essayé d'occuper les filles. J'ai essayé de faire la conversation.

— Ça prend du temps, c'est tout, dit Paul.

— Je crois qu'il n'y a pas que ça, que ce n'est pas seulement une question de temps.

— Si. » Il n'aimait pas se sentir observé ; le visage de Nat, pâle, reflétait l'humiliation comme s'il l'avait giflée. Il attrapa le furet. Il tremblait, non pas à cause de l'effort physique, mais parce qu'il avait l'impression qu'elle lui forçait la main.

Il enfila l'extrémité du furet dans le siphon et serra les vis d'arrêt. Il le fit tourner en poussant jusqu'à ce que ça lâche et en retira un bouchon d'immondices, ce qui lui apporta une certaine satisfaction.

« C'est fait, dit-il en récupérant les déchets dans la bassine.

— Tu as reçu ma dernière lettre ? demanda Nat.

— Je crois, oui.

— Je n'ai reçu que quatre lettres de toi, pendant tous ces longs mois, et rien vers la fin. Tu étais très occupé ?

— En quelque sorte. Tu sais que je n'écris pas beaucoup. En fait, nous n'avons pas beaucoup écrit ni l'un ni l'autre.

— Tu aurais pu m'appeler. Patrice m'a dit – elle flancha un instant puis se ressaisit –, elle m'a dit que son mari l'appelait de temps en temps quand il était en mission. J'étais si embarrassée ; je ne savais même pas que c'était autorisé.

— Je ne pense pas que ça en valait la peine, avec toute cette distance. » Elle le regarda, sceptique, et il soupira. « Avec toutes les interférences, il aurait fallu crier ; et il y a toujours un gars du service des renseignements qui s'ennuie et qui écoute les conversations. J'ai pensé que ça ne valait pas le coup. » Il sut que ce n'était pas la réponse qu'elle espérait, et il fut de nouveau en colère contre elle : après ce qu'elle avait fait, ce n'était pas juste, de la part de Nat, de le juger et de l'assaillir de questions comme elle le faisait. Il jeta un coup d'œil dans le tuyau et y enfonça le furet.

« Tu es déçu de ne pas avoir eu un garçon ? lâcha-t-elle. Et de n'avoir que des filles ? »

Il leva la tête brusquement. « Bien sûr que non.

— Vraiment ? » Nat mâchouillait l'ongle de son pouce. « Je me suis juste posé la question, parce que ma mère m'a dit que c'était peut-être…

— Ça ne m'a jamais traversé l'esprit, dit Paul, sincèrement pris de court. J'adore nos filles.

— Oh, je suis contente. Moi aussi, je les adore, dit-elle en souriant tristement. Parfois, j'ai le sentiment que tu les aimes plus que tu ne m'aimes. »

Elle partait dans tous les sens, ce qui rendait Paul nerveux.

« Et j'aurais aimé que ta famille puisse un jour les rencontrer, continua-t-elle.

— Quoi ? Pourquoi ? »

Son sourire s'effaça. « Eh bien, parce que… ça aurait été bien pour eux de connaître leurs petits-enfants. Et j'aurais aimé rencontrer tes parents. »

Paul ricana. « Non, je ne crois pas. De toute façon, ils sont tous morts depuis des années. Ma mère, mon père.

— Je sais, Paul. Je suis désolée.

— Ce n'est pas la peine. C'est mieux comme ça.

— Comment peux-tu dire une chose pareille ?

— C'étaient des gens malheureux.

— Mais ce n'est mieux pour personne d'être mort.

— Pour certains, si.

— Tu me fais peur, Paul, parfois. Tu peux être si froid.

— Je viens de te dire que j'aimais nos filles.

— Oui, mais pour le reste…

— Eh bien, répondit Paul en haussant les épaules, tu savais comment j'étais quand tu m'as épousé. Et *moi*, est-ce que je savais comment *toi* tu étais quand je t'ai épousée ?

— Qu'est-ce que tu veux dire ? »

Il resserra l'écrou en poussant un grognement. « Tu crois que je savais vraiment comment tu étais quand je t'ai épousée ?

— Pourquoi tu me poses cette question ?

— Oh ! Merde. » Il s'était égratigné la main sur le bord tranchant de l'écrou. Il aspira le dessus de sa phalange, violemment.

« Pourquoi est-ce que tu ne continues pas plus tard ? C'est difficile de te parler comme ça.

— J'ai presque fini. » Il se releva et s'essuya les mains sur un torchon. Il ouvrit le robinet d'eau chaude et vit que l'eau s'évacuait. « C'est bon, dit-il.

— Formidable ! » s'exclama Nat en bondissant. Elle faisait preuve d'une bonne volonté remarquable. Elle essaya de jeter un coup d'œil à la main de Paul. « Tu t'es fait mal.

— Une égratignure idiote, dit-il en s'esquivant. Ça va. »

Essuyant cette rebuffade, elle hocha la tête. Elle ouvrit et ferma les robinets, comme dans un effort de participation.

« J'aimerais savoir bricoler, moi aussi. Ainsi, j'aurais été mieux préparée à ton départ. Tu pourrais peut-être m'apprendre.

— Mais tu te sentirais seule alors. »

Nat fronça les sourcils. « Quoi ?

— Quand je ne suis pas là, tu te sentirais seule, dit-il un peu plus fort. Si tu n'as plus besoin de demander à quelqu'un de venir t'aider. Peut-être que je devrais d'ailleurs reboucher l'évier ? Comme ça, tu pourrais appeler quelqu'un d'autre.

— C'est ridicule, dit Nat, surprise.

— Et comme ça, peut-être que tu te sentirais moins seule quand je travaille.

— Paul, arrête de crier.

— Je sais que tu détestes être seule, renchérit Paul. (Il s'aperçut qu'il se répétait.) J'ai entendu dire que tout le monde était au courant d'ailleurs.

— Qu'est-ce que tu veux dire ? Qu'est-ce qu'on t'a raconté ? Paul, écoute. Les gens sont idiots. Ils peuvent dire n'importe quoi.

— Les gens inventent ? Les gens ont inventé une histoire à propos de cet homme qui venait te voir tout le temps quand je n'étais pas là ? » En disant ça, Paul eut la nausée. Il regardait fixement le plan de travail, pour éviter de croiser le regard de Nat.

« Les gens voient quelque chose de totalement innocent et ils crient aussitôt au scandale…

— Je ne parle pas “des gens”. Je parle de ce que tu as fait. C'était convenable ? C'était convenable de recevoir cet… cet homme à la maison pendant que j'étais parti ? As-tu imaginé ce que je pouvais ressentir ? Est-ce que tu as pensé à moi ?

— J'ai pensé à toi chaque seconde.

— Eh bien, c'est pas l'impression que ça donne, Nat », dit Paul. De la bile lui remonta dans la gorge et il cracha dans l'évier.

« J'ai été stupide. Mais je n'ai rien fait de mal. Je n'ai rien fait avec cet homme. Il est très gentil, c'est quelqu'un du coin, il m'a juste aidée, il a fait quelques réparations. Je te le jure.

— Je suis sûr qu'il est très gentil, ironisa Paul. Il a l'air d'être merveilleux, un gentil gars du coin.

— Paul, s'il te plaît.

— Ne t'en fais pas, dit-il en levant une main tremblante. C'est ma faute. J'aurais dû m'en douter. Tous les signes étaient là, et je les ai ignorés.

— Quels signes ? » demanda Nat d'une toute petite voix.

Paul regardait fixement le trou de l'évier encombré de nourriture et de mousse savonneuse. « J'ai essayé de me convaincre que tu étais une fille pure et innocente, mais je savais que ce n'était pas vrai. J'ai compris maintenant. Je n'étais pas là et tu t'es comportée comme une putain. »

Nat suffoquait, les yeux remplis de larmes.

« Écoute, dit Paul, d'une voix à peine audible. Nous ne reparlerons plus jamais de ça. Tu m'entends ? Nous ferons comme si rien ne s'était passé. Et si jamais tu y fais allusion, je partirai. Je ne pourrai plus jamais te faire confiance. Tu comprends ? ajouta-t-il en la regardant droit dans les yeux.

— Ne dis pas ça.

— Tu vas devoir m'aider…

— D'accord, dit-elle précipitamment.

— Tu vas devoir m'aider à faire semblant, poursuivit-il. Mais n'en parle plus jamais.

— Je n'ai jamais voulu…

— Nat ! Ferme-la ! »

Elle pleurait. « Je n'ai rien fait. Tu dois me croire… »

Il l'attrapa par le bras et elle en parut presque soulagée. « Tu as compris ce que j'ai dit ? Je veux que tu la fermes. »

Il la relâcha en la repoussant. La nausée le reprit. Il cracha une dernière fois dans l'évier et fonça dans la chambre. Son costume kaki impeccable pendait sur un cintre accroché à la porte de l'armoire comme une silhouette plate. Il le décrocha et le balança par-dessus son épaule et, après réflexion, il attrapa aussi ses bleus de travail. Il passa devant Nat et rejoignit l'entrée sans même la regarder, il enfila tranquillement ses chaussures et les laça comme s'il avait tout son temps, ne souhaitant pas paraître pressé ni irréfléchi. Il voulait qu'elle comprenne qu'il savait ce qu'il faisait et qu'il ne changerait pas d'avis.

Nat était toujours dans la cuisine, elle sanglotait bruyamment, de manière insupportable. Il ne se sentait pas le moins du monde désolé pour elle. Il sortit dans le froid et referma la porte derrière lui.

Après quelques essais infructueux, la voiture finit par démarrer. Il s'éloigna en direction du centre-ville désert, traversa la Snake River Plain aussi vite qu'il le put, comme si la ligne jaune de la nationale symbolisait le fil de sa pensée, et que la voiture pouvait revenir en arrière et tout effacer.

Dans les champs, les yeux des chevreuils s'éclairaient d'une lueur verte et, alentour, le monde était plongé dans le noir. Paul sentit la voiture déraper sur une plaque de verglas et redressa le volant. Il avait l'impression d'être désincarné. Il ne voulait pas rentrer chez lui.

Il pouvait peut-être aller chez Franks ; quoique, avec sa femme et ses quatre enfants à la maison, Paul serait embarrassé. Ils le regarderaient en se demandant qui il était et comment il avait réussi à foutre ainsi sa vie en l'air.

Ou alors, il pouvait se faire héberger par Webb. Il avait un colocataire, mais ce n'était pas si mal. Paul dormirait sur le canapé, en supposant qu'ils en avaient un, ou par terre, sinon. Webb serait surpris de le voir débarquer – il paraissait croire que Paul avait une vie parfaite, une famille parfaite –, mais il ne le laisserait pas tomber.

Il se rappela, cependant, que l'équipe de nuit s'apprêtait à redémarrer le réacteur et que Webb était là-bas, pour pallier l'absence de Kinney. L'idée de faire un tour du côté du centre de recherche, pour tuer le temps avec les gars, lui traversa l'esprit mais, dans l'état dans lequel il était, il savait que c'était impossible. En parlant quelques secondes avec lui, ils croiraient qu'il avait une ceinture d'explosifs sous sa veste. Ses pensées le rongeaient, il n'arrivait pas à les chasser. Il avait envie de secouer Nat, de la jeter hors de chez eux, de lui dire qu'*elle* ne devait plus mettre les pieds à la maison. Il voulait trouver ce gentil gars du coin et l'étriper. Il voulait disparaître pour toujours.

Il était perdu dans ses pensées et il lui fallut un moment pour remarquer l'ambulance qui arrivait au loin. Ce ne fut d'abord qu'un arc de cercle lumineux projeté sur la route, des points de lumière qui grossissaient à mesure que le véhicule approchait, jusqu'à ce qu'il le croise, gyrophare allumé, mais silencieux. Une minute plus tard, l'ambulance fut rejointe par deux camions de pompiers, sirène éteinte eux aussi, et le break du capitaine.

Cette procession ne signifiait peut-être rien. Mais l'effet sinistre, au cœur de la nuit, et le fait que tous les véhicules se dirigeaient vers le centre de recherche l'alertèrent. Il fit demi-tour et les suivit, avec réticence, tandis qu'ils filaient sur la route nationale.

Ils ne s'enfonçaient pas au cœur du site, dans le désert, ils venaient de s'arrêter à côté de la poche de lumière jaune que dessinait le CR-1. Il sentit son pouls battre plus vite. *Ce n'est qu'une fausse alerte*, pensa-t-il. Rien qu'une fausse alerte, dans la chaufferie ou quelque chose comme ça, comme d'habitude ; les pompiers inspecteraient les lieux en grognant, ils râleraient, puis repartiraient et tout irait bien.

Mais c'était la nuit du redémarrage ; la nuit la plus risquée de l'année.

Il n'y avait personne pour ouvrir la barrière. Les deux camions de pompiers étaient alignés l'un à côté de l'autre. Les hommes faisaient des allers-retours entre les deux, et le capitaine patrouillait autour, mais personne ne venait leur ouvrir. Habituellement, dès que l'alarme se déclenchait, l'un des opérateurs descendait en courant afin de ne pas faire attendre les pompiers, déjà très énervés. Ce soir, les gars prenaient leur temps, peu pressés de s'attirer des ennuis peut-être, ou à cause du froid – peu importait la raison, c'était inadmissible. Avec le vent, la température était descendue à – 27 °C, c'est ce que Paul avait entendu à la radio. On ne laissait pas les pompiers dehors par un temps pareil.

Allez, les gars, envoyez quelqu'un ouvrir.

Dans sa tête, il passa en revue l'équipe de nuit : Webb en compagnie de Sidorski et Slocum ; Kinney s'était défilé : qu'il aille se faire foutre. Il avait prétendu partir faire du ski avec sa famille ; mais qui va skier par un froid pareil ? Tout le monde s'était dit qu'il ne voulait rien tant qu'éviter la corvée du redémarrage. Paul n'avait jamais aimé Kinney et, maintenant, il ressentit de la haine à l'égard de cet homme qui passait son temps à lécher les bottes de Richards.

Un pompier – le plus jeune de la brigade, qui devait rester à l'arrière du camion, exposé au vent glacial – sauta à terre en soufflant dans ses mains et se dirigea vers le poste de garde pour appeler la salle des commandes. Où était Slocum ? C'était lui, le chef d'équipe ; il aurait dû venir ouvrir. Paul pensa à Webb et fut pris d'une bouffée d'angoisse : *Allez, Webbsy, ramène-toi et dis-nous que ce n'était rien qu'un putain d'incident sous contrôle, le truc habituel avec ce foutu CR-1.*

Le capitaine des pompiers, Sechrist, laissa sa voiture tourner au ralenti et alla vérifier le poste de garde. Il s'approcha de la voiture de Paul. Ses épaisses moustaches se teintaient de rouge et de blanc sous la lumière des gyrophares. Paul descendit sa vitre.

« Bonsoir, monsieur.

— Ces bons à rien ne répondent pas, dit Sechrist, en indiquant le réacteur d'un geste du menton. Je comprends pas pourquoi vous êtes là alors que vous seriez mieux chez vous.

— Je passais par là.

— En pleine nuit ?

— Je suis sûr qu'ils ne vont pas tarder.

— Oui, ben dès que j'aurai mis la main dessus, ils vont voir de quel bois je me chauffe. »

Un autre pompier rejoignit le plus jeune au poste de garde, comme s'il fallait deux hommes pour téléphoner. Le capitaine Sechrist alla les retrouver pour faire le point et revint vers la voiture de Paul.

« Qui s'occupe de la sécurité ce soir ? demanda-t-il.

— Mullins, répondit Paul après un temps de réflexion. J'ai oublié son prénom. Il s'arrête de temps en temps pour boire un café avec nous.

— C'est sympa. À votre avis, il est où ?

— Je vais essayer de vous le trouver. » Il fit une marche arrière et partit faire le tour du site. Il avait travaillé de nuit des centaines de fois, mais ne s'était jamais aventuré au-delà du bâtiment ou de la grille du CR-1. Ça lui faisait une drôle d'impression de traverser le site en voiture, cahotant sur des mottes de terre gelées, dans un paysage aussi sombre que les ténèbres le jour de votre mort. Il devait conduire le nez sur le pare-brise, ou presque.

Quelques kilomètres plus loin, il repéra des phares sur sa gauche et klaxonna deux fois. Le camion répondit, ralentit à la hauteur de la voiture de Paul et quelqu'un baissa la vitre de la portière côté passager.

« Mullins ! s'exclama Paul.

— Ouais ?

— C'est Collier. »

Le faisceau d'une lampe de poche aveugla Paul avant de se poser plus bas. Mullins, costaud, la cinquantaine, passa la tête par la vitre.

« Qu'est-ce que tu fais là ? demanda-t-il.

— T'es allé au CR-1 ? répliqua Paul.

— Non. Une canalisation a explosé dans le bâtiment d'essais de matériaux et je suis parti aider les gars. Quel putain de froid. Qu'est-ce qui se passe ?

— L'alarme incendie s'est déclenchée au CR-1 et personne ne répond. » Paul se rendit compte que ses mains tremblaient et il agrippa fermement le volant. « Mais je suis sûr qu'à l'heure qu'il est, un des gars est descendu pour ouvrir aux pompiers et les faire entrer.

— Sans doute », dit Mullins qui fila en dépassant Paul. Il roulait vite. Quand ils arrivèrent, deux des pompiers secouaient la clôture grillagée et s'apprêtaient à l'escalader. « Désolé, cria Mullins en sautant de son camion et en agitant les clés au-dessus de sa tête, j'arrive. »

Il déverrouilla la grille et l'ouvrit en grand ; les véhicules entrèrent, suivis de la voiture de Paul. Ils se garèrent tous sur l'aire de stationnement. Les pompiers se rassemblèrent en cercle et Paul les rejoignit.

« On va faire équipe par deux, dit Sechrist. Esrom, tu viens avec moi, on va vérifier la salle du réacteur. Vous deux – il désigna du doigt deux autres pompiers –, vous allez à la chaufferie voir si cette putain de veilleuse clignote et, si c'est le cas, vous la débranchez. Si elle ne clignote pas, allez voir dans le bâtiment administratif.

— Il n'y aura personne là-bas, déclara Paul.

— Collier, tu peux venir avec nous », dit Sechrist.

À la mention de ce nom, le plus jeune des pompiers se retourna brusquement pour regarder Paul, mais celui-ci n'eut pas le temps d'y prêter attention car le capitaine fonçait déjà dans l'escalier.

Le jeune pompier et Sechrist portaient des détecteurs de radiations, des boîtiers jaunes rectangulaires équipés de compteur. Paul les entendait cliqueter, la vitesse de leurs vibrations s'accélérant à chaque marche. Au milieu de l'escalier, le signal s'emballa en un vrombissement d'hélice.

« Et merde ! gueula Sechrist. Esrom, le tien fait la même chose ?

— Ça s'emballe, dit le jeune pompier, avec ce léger accent nasillard, typique des gens du coin.

— C'est pareil pour les deux », dit Paul, qui écoutait. Le signal lui fit dresser les cheveux sur la tête.

« Le mien indique 200 R, murmura Esrom.

— Bon, y a plus qu'à espérer qu'ils soient déréglés », dit Sechrist.

Jusque-là, Esrom n'avait pas quitté des yeux le capitaine, comme s'il ne pouvait se résoudre à regarder Paul. Mais, maintenant, il lui lançait des regards furtifs, comme un appel silencieux. « Vous en pensez quoi ? demanda-t-il.

— Je vois pas comment les deux se seraient déréglés en même temps », fit remarquer Paul.

Le capitaine était visiblement abattu. « C'est le froid, répliqua-t-il. Putains de machines. » Il agita son détecteur en direction de Paul et d'Esrom et leur dit : « Il y en a d'autres dans le camion. Prenez-en un. »

Ils redescendirent à toute vitesse, Esrom courut jusqu'au camion, y balança son appareil et fouilla pour en trouver un autre.

« Pas étonnant qu'ils se dérèglent, Ez, si tu les jettes comme ça dans le camion. » Le capitaine attrapa trois détecteurs qu'ils allumèrent chacun son tour. Les appareils restèrent d'abord silencieux puis, tranquillement, commencèrent à émettre des signaux réguliers. « Bien, dit Sechrist. Parfait, allons-y. » Ils foncèrent tous les trois vers l'escalier en respirant péniblement.

« Je veux monter devant », lança Paul, d'une voix désespérée, qui sonna à ses propres oreilles comme celle d'un petit garçon. Il ne pouvait pas les dépasser, l'escalier était trop étroit. « Laissez-moi voir ce qui se passe là-haut. Laissez-moi y aller en premier. J'ai besoin de voir les gars… »

Le capitaine, à mi-chemin, leva la main, intimant le silence. Les trois hommes s'arrêtèrent. Les détecteurs de radiations s'emballèrent jusqu'à émettre un long bourdonnement monotone.

« Deux cents, affirma Esrom. Les deux indiquent 200 R, de nouveau. » Le capitaine et lui se regardèrent. Paul les vit blêmir. Il eut la certitude qu'un accident avait eu lieu. Il fonça dans l'escalier. « Webb ! cria-t-il. Webbsy ? Sloke ? Hé, répondez-nous !

— Collier, redescendez ! ordonna le capitaine.

— Allez vous faire foutre », rétorqua Paul. Il força le passage, se heurta aux vestes épaisses et rugueuses des pompiers, trébucha, se rétablit et courut aussi vite qu'il le put.

« Hé, cria Sechrist. Hé ! »

Paul montait les marches quatre à quatre. Ses poumons le brûlaient. Il atteignit le palier et mit sa main en visière pour regarder à travers la vitre de la salle du réacteur.

Il ne comprit tout d'abord pas ce qu'il voyait : c'était insensé. Il ne reconnaissait pas la salle. Les matériaux étaient les mêmes, de l'acier et du béton, mais rien n'était à sa place, tout était décalé, découpé, réorganisé, comme s'il regardait à travers un kaléidoscope. La salle paraissait ne plus avoir la même forme.

Le réacteur avait explosé au centre de la pièce et avait creusé un cratère au niveau du cœur. Des morceaux de béton de la taille d'un homme recouvraient les bords du trou. Des pièces de métal avaient volé à travers la salle – de gros morceaux de métal déformés, comme si une tornade les avait soufflés, des perforatrices en acier et du papier buvard jonchaient le sol, au milieu d'autres débris, comme des confettis lugubres.

Il aperçut deux corps qui reposaient par terre, l'un allongé sur le dos et l'autre sur le ventre. Leurs bleus de travail, sous l'effet de la vapeur bouillante et du sang, leur collaient à la peau. Paul cherchait frénétiquement des yeux le troisième homme sans le voir ; tout à coup, le corps le plus proche, celui allongé sur le ventre, esquissa un mouvement qui attira son attention.

Il tourna brusquement la tête, doutant de ce qu'il venait de voir. Mais, soudain, l'homme rampa sur le côté et tendit le bras devant lui ; Paul put voir son visage mutilé. Cette vision lui coupa le souffle : cet homme, bouche ouverte, avait les lèvres retroussées, figées en une grimace, comme si elles avaient été plaquées sur son visage ; sa peau, brûlée, boursouflée, se détachait, la chair était à vif et un voile paraissait recouvrir ses yeux qui n'y voyaient plus.

L'homme allongea le bras non pas vers Paul, mais vers quelque apparition. Il se tint là, le bras tendu et le torse légèrement relevé, comme si son corps était resté paralysé dans un sursaut.

« Il est vivant », se dit Paul, qui redescendit en courant. Une volée de marches plus bas, il entra en collision avec Sechrist et Esrom. « L'un d'entre eux est vivant, l'un d'entre eux est vivant », hurla-t-il. Le capitaine ouvrit de grands yeux et fit demi-tour. Arrivé en bas, il cria à Paul d'aller chercher une civière.

L'ambulance, une Pontiac flambant neuve, s'était rapprochée du bâtiment ; une infirmière, assise à l'arrière, regardait au loin. Quand Paul et Sechrist surgirent devant elle, elle sursauta. Esrom sortit une civière. Ils entendirent qu'on les appelait et virent Charlie Vogel, technicien en radioprotection, courir vers eux. Il était en civil, ses lunettes rectangulaires de guingois, le visage déformé par l'inquiétude.

« J'appelle un classe Un, dit-il. Nous avons besoin de renfort. Il faut mettre en place un barrage. Si quelqu'un est vivant, nous devrons en passer par la décontamination… » Il s'arrêta et attrapa Paul par le bras. « Je prends le relais, ajouta-t-il. Vous ne devez pas retourner là-bas. Vous ne faites pas partie de l'équipe de secours.

— Mais c'est l'un de mes coéquipiers qui est à l'intérieur, dit Paul, paniqué. Il faut le sortir de là ! »

Vogel essaya de le regarder droit dans les yeux. « Vous vous rendez compte du champ de radiations là-dedans ? Ces hommes sont là depuis peut-être plus d'une heure. Il est hors de question… Je… je ne peux pas, en mon âme et conscience, laisser un homme en bonne santé secourir quelqu'un qui… »

Paul se dégagea de l'emprise de Vogel. « On a des combinaisons ? » demanda-t-il. Le capitaine Sechrist fouillait déjà dans le camion et leur tendit des tenues de protection qu'ils enfilèrent en se contorsionnant ;

ils respiraient fort, de la buée s'échappait de leur bouche.

« Ces tenues n'offrent qu'une protection limitée », expliqua Vogel.

Le capitaine posa un masque sur son visage et en fourra un dans les mains de Paul et Vogel. Paul passa l'élastique par-dessus sa tête, se retourna et attrapa l'une des extrémités de la civière. Un pompier tint ouverte la porte du bâtiment, et Paul et Sechrist se ruèrent dans l'escalier, suivis de Vogel et Esrom.

« Nous devons faire aussi vite que possible ! leur cria Vogel. Retenez votre respiration en entrant dans la salle du réacteur. Une fois que vous serez à l'intérieur, ne respirez plus ! Mettez-le sur la civière le plus vite possible et foutez le camp ! »

Ils arrivèrent en haut et le capitaine ouvrit la porte. Paul et lui s'engouffrèrent à l'intérieur, la porte se referma sur la civière et Paul dut la retenir d'un coup d'épaule. « Ne respirez plus ! » cria de nouveau Vogel, juste avant d'enfiler son masque.

La vapeur embua immédiatement celui de Paul. Il n'y voyait rien. Sans prendre le temps de réfléchir, il le souleva pour essayer de l'essuyer, finit par renoncer et courut auprès de l'homme qu'il avait vu bouger. Avec Sechrist, ils posèrent la civière juste à côté. L'homme était maintenant parfaitement immobile, sur le ventre, les bras tendus par terre devant lui. Il était si grand et mince que Paul sut, à son grand désespoir, qu'il s'agissait de Webb.

Paul regarda Sechrist mais, à travers le masque, il voyait flou. D'un geste de la main, le capitaine expliqua qu'il fallait retourner le corps. Paul hocha la tête, ses poumons le brûlaient. Il venait de monter un escalier en portant une civière et il lui était difficile de retenir sa respiration. Il glissa ses mains sous les jambes de Webb.

Le capitaine répéta le même geste et ils le retournèrent. Webb était si abîmé que Paul crut soudain qu'il allait se disloquer entre leurs mains. Mais le corps était lourd, et ses composantes – muscles, graisse, tissus – le tenaient tout d'une pièce. Ils parvinrent à l'allonger sur le dos. En un seul mouvement, ils le hissèrent sur la civière. Paul tâtonna pour en attraper les poignées, poussa sur ses pieds, et ils coururent en direction de la porte.

Ses poumons semblaient sur le point d'exploser, comme s'il nageait sous l'eau. Il essaya de retenir sa respiration jusqu'à ce qu'ils sortent. Il savait que l'air autour de lui était toxique, chargé de radiations. Aucun moyen d'y échapper. Les éléments lourds qui provenaient du cœur du réacteur s'étaient mêlés à l'air, et chaque molécule inhalée était contaminée. Mais il ne put se retenir plus longtemps. Pour courir jusqu'à la porte, il fut obligé de souffler – une respiration étouffée –, et il vit aussitôt des étoiles danser devant ses yeux. Il essaya d'avancer de plusieurs foulées sans inspirer mais, juste avant d'atteindre la porte, il dut reprendre de l'air. Il tituba, plongea en avant, manqua lâcher la civière, puis se redressa.

Vogel était agenouillé près de l'autre corps allongé sur le sol ; quand ils passèrent près de lui, il secoua la tête, *non*. Ils dévalèrent les marches, le capitaine Sechrist à l'avant de la civière, Paul à l'arrière, suivi d'Esrom, et de Vogel qui fermait la marche. Paul reprit son souffle dans l'escalier, absorbant de grandes goulées d'air, et des étoiles, de nouveau, dansèrent devant ses yeux. Quand sa vue s'éclaircit, il crut que la vision du sergent-chef Richards qui tenait la porte en bas n'était qu'une hallucination. Mais il reconnut la voix : « Qu'est-ce que Collier fout ici ? »

Paul l'écarta du passage. Le capitaine et lui se dépêchèrent de glisser la civière à l'arrière de l'ambulance où l'infirmière, agenouillée, démêlait les tubes d'un masque à oxygène. En apercevant le visage de Webb, ses yeux s'ouvrirent en grand.

« Il s'appelle Webb, lança Paul.

— Nom de Dieu, fit Richards derrière lui.

— Le corps... Cet homme est hautement radioactif, expliqua Vogel à l'infirmière. Vous comprenez ? » Elle paraissait ne pas y prêter attention ; elle essayait de placer le masque à oxygène de manière à recouvrir la bouche et le nez de Webb tout à la fois.

« Il faut que je parte avec lui, dit Paul.

— Ce n'est pas une bonne idée, répliqua Vogel, toujours circonspect même dans une situation d'urgence. Savez-vous le taux de radiation auquel vous avez été exposé ?

— Il faut que quelqu'un qui le connaît reste avec lui !

— Ne fais pas le con, Collier, lâcha Richards. Ne meurs pas pour un type déjà mort. » Il recula, comme il se devait, pour s'éloigner le plus possible des radiations.

« Vous devriez avoir honte, Richards », siffla Paul. Il grimpa dans l'ambulance et se faufila entre la civière et la paroi de l'habitacle, ce qui le contraignit à s'agenouiller et à se courber, le visage penché juste au-dessus de celui de Webb. L'infirmière se rencogna contre la paroi opposée pour libérer de la place.

« Je ne peux pas vous laisser faire ça, déclara Vogel. Pas en mon âme et conscience. » Mais Paul put voir dans le regard du technicien qu'il s'agissait d'une simple protestation de principe. Il était compréhensif. Le capitaine Sechrist ferma le hayon arrière de l'ambulance. Ils démarrèrent en trombe, les pneus crissant sur le gravier. Paul et l'infirmière, de chaque côté de Webb, étaient ballottés au gré des embardées du véhicule.

« Webb », murmura Paul, se forçant à s'approcher du visage de son ami. Il avait envie de pleurer. Il essaya de trouver quelque chose à dire qui ramènerait Webb à la vie, qui lui redonnerait des forces. « Webbsy, on te conduit à l'hôpital. Je vais appeler ta mère. Pense comme elle sera heureuse de te voir quand tu rentreras dans le Michigan. Et ton chien… » *Merde, comment s'appelait son chien ?* Webb avait une photo de ce chien, qui datait de son enfance, dans son casier à côté de celui de Paul ; il devait avoir adoré cette bête qui vivait avec sa mère dans le Michigan. « Ton petit chien marron, le chien. » Il se répétait, bêtement, *le chien*, *le chien*, s'en voulant de ne pas se souvenir de son nom, comme si c'était important, comme s'il s'agissait d'une incantation qui sauverait Webb. « Freddie ! s'écria-t-il finalement. Freddie sera si heureux de te voir. »

L'ambulance fit une embardée, et l'infirmière et Paul agrippèrent les bords de la civière pour la stabiliser. Par la vitre arrière, Paul regarda le réacteur qui rapetissait au loin, les grilles grandes ouvertes, encadrées par les véhicules clignotants, silencieux. Ses yeux repérèrent le nuage de vapeur qui sortait par bouffées du conduit d'aération, silhouette pâle s'épanouissant et se propageant dans le ciel noir. Une manche à air claquait en haut d'un poteau. Et même quand le nuage se disperserait et deviendrait invisible, il continuerait à grossir, à s'étendre sans se soucier des limites du centre de recherche ni même des frontières de l'Idaho. Paul pensa à Nat et à ses filles à Idaho Falls, à quatre-vingts kilomètres de là, et au bébé avec ses poumons pas plus gros que deux abricots secs.

« Je ne sens plus son pouls », dit l'infirmière. Et Paul reporta son attention vers elle. « Je commence les massages cardiaques. » Elle se tint au-dessus de la poitrine ensanglantée de Webb. La cage thoracique du jeune homme semblait enfoncée, et ses vêtements étaient si imbibés de sang que Paul ne pouvait deviner aucune blessure dessous. Elle posa les mains sur le sternum de Webb et commença les compressions. L'ambulance brinquebalait, le véhicule fit un écart qui envoya l'infirmière contre la paroi de l'habitacle, mais elle retrouva vite son équilibre et continua, impassible. Des flacons de liquide pour perfusion s'entrechoquaient au-dessus de leurs têtes, mais on n'avait pas eu le temps d'intuber le blessé ; que personne n'y ait songé laissait croire à Paul que Webb était perdu.

« Nous sommes presque arrivés, Webb, mentit Paul. Nous sommes presque arrivés à l'hôpital. »

L'infirmière arrêta les compressions un instant pour repositionner ses mains. « Allez, tiens bon, mon chéri, murmura-t-elle. Allez, Webb. »

Paul, reconnaissant, sentit les larmes lui monter aux yeux, comme si l'infirmière et lui aimaient tous les deux cet homme. Il essaya de rejeter l'idée qu'après avoir passé autant de temps dans un champ aussi radioactif personne ne pouvait survivre à de telles blessures. Puis il s'en voulut car, même dans un moment pareil, il était incapable d'avoir la foi.

L'infirmière comptait en silence, les doigts posés dans le cou de Webb. Elle recommença les compressions, les bras crispés, rouge écarlate. L'ambulance prit un virage serré et elle atterrit de nouveau contre la paroi, mais ne s'arrêta pas pour autant.

Elle continua pendant quelques minutes encore. Le masque à oxygène ne cessait de glisser sur le côté du visage défoncé de Webb, et Paul le remettait en place. Il avait le sentiment de le poser sur un trou béant, que ce geste était inutile, mais c'était pourtant la seule chose qu'il avait la présence d'esprit de faire. L'infirmière se rassit et lui prit de nouveau le pouls.

Elle eut un mouvement de recul, et Paul aussi, quand la poitrine de Webb se souleva en laissant échapper un râle. L'espace d'un instant, Paul s'autorisa à espérer que l'infirmière l'avait ranimé et qu'il pourrait recommencer à respirer. « Allez, Webbsy. » Paul attendit, mais ce fut tout.

« Je suis désolée », dit l'infirmière. Elle s'essuya les yeux d'un revers de la main. Elle attrapa la radio portative et parla à l'ambulancier à l'avant du véhicule. « Le patient est décédé, dit-elle.

— Il y a un barrage, répliqua-t-il. Ils ont installé un poste de contrôle. Je m'arrête ici. »

L'ambulance s'immobilisa et quelqu'un souleva la porte du hayon. L'infirmière descendit du véhicule. Paul jeta un dernier coup d'œil à Webb qui fixait le plafond de ses yeux morts. À vingt ans, c'en était fini pour lui. L'histoire de sa vie s'arrêtait ici.

« Sortez de là ! » cria une voix. Paul se précipita à l'arrière et s'extirpa de l'ambulance. L'homme qui avait parlé devait être médecin. Il était habillé en civil, mais un stéthoscope pendait autour de son cou. Tandis que Paul s'éloignait de l'ambulance, il vit que plusieurs voitures les avaient rejoints au poste de contrôle. Paul fut désorienté par le cercle de lumières qu'elles dessinaient dans le désert gelé, noir comme de la poix, et il s'approcha du groupe, aux côtés de l'infirmière.

Le médecin prit la place de Paul à l'arrière de l'ambulance, mais ressortit très vite et referma brutalement le hayon.

« Heure de la mort, 23 h 14.

— Vous lui avez au moins pris le pouls ? » demanda Paul.

Le médecin s'arrêta et le regarda avec un léger mépris, puis son attention se reporta sur la route. « Quelqu'un arrive », dit-il.

Ils se retournèrent. L'ambulancier poussa un cri et courut en direction de la voiture qui avançait vers eux, agitant les bras au-dessus de sa tête.

« Attendez, déclara le médecin, vous ne pouvez pas monter avec un bon Samaritain. Vous êtes toxique. »

Cette remarque prit de court l'ambulancier et il sembla s'affaisser, toujours au milieu de la route.

Paul reconnut l'homme derrière le volant : « C'est Vogel », dit-il. La voiture ralentit en arrivant à leur hauteur et, quand Paul vit Richards sur le siège passager, il se crispa.

La portière du conducteur s'ouvrit à toute volée et Vogel se dirigea vers eux.

« Comment va-t-il ? »

Le médecin secoua la tête.

« Oh, merde, fit Vogel qui remonta ses lunettes sur son nez et, lui aussi, secoua la tête. Putain. Bon. Merde ! Ça va ? demanda-t-il à Paul et à l'infirmière.

— Oui », répondit Paul.

Richards restait en retrait, debout près de la voiture. Il semblait ne pas savoir quoi faire et il ne faisait aucun doute qu'il évitait Paul.

Vogel retourna à sa voiture et revint avec un détecteur de radiations. Dès qu'il s'approcha, l'appareil se mit à vrombir et à cliqueter comme un petit avion au décollage. Il tint le détecteur dans la lumière des phares. « Rien que l'ambulance est à 400 R émis par le corps. Vous, dit-il en désignant le conducteur du doigt, il faut que vous éloigniez ce véhicule le plus possible du chemin. Allez le garer et revenez en courant. »

Le chauffeur le regarda, les yeux écarquillés, emplis de terreur.

« Ça va aller, dit Vogel. Mais faites vite et revenez en courant. »

L'homme fouilla dans ses poches pour attraper les clés et fonça. Tandis qu'il s'apprêtait à démarrer,

Vogel lui cria : « Attendez ! » Il récupéra une couverture de plomb à l'arrière de sa voiture et courut la donner au conducteur qui s'en enveloppa maladroitement, en la coinçant sous ses bras comme une femme le ferait avec une serviette-éponge, et claqua la portière. L'ambulance démarra en trombe, les vitesses craquèrent, le véhicule fit une embardée, s'éloigna, le gravier crissant sous les pneus tandis qu'il filait vers les buissons. Quand il fut suffisamment loin, que seuls les feux arrière demeurèrent visibles – deux petits points rouges dans le noir –, il s'arrêta brusquement, les feux de stationnement s'éteignirent, et l'homme fut éclairé une seconde par la lumière de l'habitacle au moment où il en sortait. Il referma la portière et, de même que le véhicule, disparut dans le noir. Quelques minutes plus tard, Paul entendit des bruits de pas qui avançaient à petites foulées. Le bruit s'intensifia jusqu'à ce que l'homme apparaisse, courant à perdre haleine, ses bras se balançant le long du corps. Il accéléra en parcourant les derniers mètres et s'effondra dans la lumière des phares ; il s'assit alors sur le sol, la tête entre les genoux, pour reprendre son souffle.

« Bravo, dit Vogel. Collier, infirmière Brenner, vous (il fit un geste vers l'ambulancier), montez dans ma voiture, je vous emmène au poste de décontamination.

— C'est où ? demanda l'infirmière d'une petite voix.

— C'est ce que j'essaie de savoir », répondit Vogel.

Paul claquait des dents – il avait donné sa veste à l'infirmière. Il se retourna pour rejoindre la voiture de Vogel et, d'un geste, encouragea l'infirmière à le suivre. Il lui ouvrit la portière et fut sur le point de monter dans le véhicule quand il se souvint que Richards attendait de l'autre côté de la route, en pleine discussion avec Vogel. « Excusez-moi », fit-il à l'intention de l'infirmière. Il referma la portière et alla les rejoindre.

« Il faut mettre le corps dans un cercueil de plomb, disait Vogel, et le remplir d'alcool et de glace. On ne peut pas l'enterrer et on ne peut pas rendre le corps à sa famille. »

Quand il vit Paul, il se tut.

« Chef, dit Paul en s'adressant à Richards.

— Collier, répondit Richards en reculant.

— Opérateur Collier, déclara Vogel, nous allons vous demander de ne pas vous approcher à moins de trois mètres. Je suis désolé. »

Paul s'arrêta net et hocha la tête : « Je comprends. » C'était lui qui avait été le plus exposé aux radiations, il risquait donc de contaminer tous ceux dont il s'approchait. Il vit Richards qui s'éloignait de Vogel, comme s'il se rappelait soudain que le technicien était, lui aussi, entré dans la salle du réacteur. Richards était le seul à ne pas être souillé, pas une tache, rien.

« Je m'inquiète pour nos familles. » Paul haussa la voix pour se faire entendre.

« Ne t'inquiète pas, rétorqua Richards. Tu ne seras pas autorisé à rentrer chez toi avant d'avoir été décontaminé.

— C'est pas seulement ça. Le nuage. Les radiations. Le nuage radioactif continue à se propager.

Ça va durer encore plusieurs jours avant que le truc refroidisse et se calme.

— On ne veut pas que les gens paniquent », intervint Richards.

Vogel lui jeta un coup d'œil. « Je ne sais pas ce qui va se passer ni ce qu'ils vont faire, dit-il en parlant des directeurs du site. S'ils pensent que c'est dangereux, ils évacueront les familles.

— Je crois que c'est dangereux, dit Paul. Je pense qu'il faut évacuer les familles maintenant. Il faut évacuer tout le monde.

— Tout le monde ? Tu imagines ? s'esclaffa Richards. Les gens qui rassemblent leurs affaires, le grand exode, les embouteillages sur les routes, tout ça dans les cris.

— Allez vous faire foutre. Ils ne crieront pas.

— Collier, le tança Vogel.

— Je sais que tu es bouleversé par la mort de ton copain, déclara Richards – et Paul fit un gros effort pour ne pas lui sauter à la gorge. Mais on ne peut pas affoler tout le monde. On ne peut pas laisser les gens croire que c'est dangereux de vivre près d'un centre de recherche nucléaire. Nous savons que c'est sans danger. Sans aucun danger.

— C'est ce que vous dites maintenant », rétorqua Paul d'une voix morne, emplie de dégoût. Il s'obligea à garder son sang-froid : s'il pétait un câble, ils ne l'écouteraient pas. Il écarta les pieds de la largeur de ses épaules, bien plantés, et pesa chacun de ses mots : « Je connais ce bâtiment. Le conduit d'aération donne directement sur l'extérieur. Il va y avoir un nuage de fumées radioactives ; elles sont invisibles, mais elles ne disparaîtront pas pour autant, elles seront emportées par le vent.

— On ne sait pas s'il y a tant de radiations que ça qui se dispersent à l'extérieur du bâtiment », protesta Richards. Mais Vogel acquiesça aux propos de Paul.

« Le vent dominant souffle en direction du sud-est, reprit Paul. C'est dans cette direction que le nuage radioactif va se déplacer, probablement sur des centaines de kilomètres. Il passera juste au-dessus de la ville. Et ça, on le sait. » Il se tourna vers Vogel. « Les répercussions ne seront pas immédiates, vous le savez bien. Les gens ne vont pas tomber raides dans la rue. Ça prendra des années, mais ils développeront des cancers du poumon, des leucémies. Pensez aux enfants. Et ceux qui ne sont pas encore nés – vous le savez bien, Vogel. Les bébés contaminés avant la naissance sont deux fois plus atteints. »

Richards se tourna vers Vogel qui regardait par terre.

« J'ai un nouveau-né à la maison », dit Paul qui, soudain, comprit et eut presque envie d'éclater de rire. « Oh, je vois. Vos familles sont déjà au courant. »

Ils restèrent tous deux silencieux. Puis Richards flancha : « Oui. Ma famille et moi allons quitter la région dès qu'ils me laisseront partir d'ici. Ce qui ne devrait pas tarder. Je ne suis pas monté dans l'ambulance.

— Non, fit Paul d'une voix glaciale, non, en effet. Et votre femme ? demanda-t-il à Vogel en essayant de croiser son regard, malgré l'obscurité et la distance.

— Je l'ai prévenue, reconnut-il à voix basse.

— Et vous lui avez demandé de faire quoi ?

— De conduire les enfants chez sa sœur à Seattle.

— Merci pour votre franchise. » Paul se retourna vers Richards. « Et vous, qu'avez-vous dit à Mme Richards ? De partir en voyage quelques jours, une semaine ? Ou bien de rester où elle était, avec votre petite fille, parce que ce n'est pas dangereux ?

— Tu dépasses les bornes, Collier. Ce que ma femme fait ne regarde que moi. » Il fronça les sourcils. « Et je suis sûr que tu aimerais en dire autant. »

Vogel regarda Richards d'un air interrogateur.

Paul fut si décontenancé par la cruauté de ces propos qu'il resta cloué sur place.

« Je peux appeler ma femme ? demanda-t-il d'une voix éraillée, luttant pour se contrôler. Vous pouvez l'appeler ? Je vous en prie, quelqu'un peut-il au moins prévenir les familles des opérateurs ? »

Vogel et Richards se regardèrent sans rien dire.

« D'accord. On s'en occupe, dit Richards, faisant soudain preuve de générosité. On te doit bien ça. On va appeler ta femme.

— Et celles des autres opérateurs.

— N'en demande pas trop, le coupa Richards. On a dit qu'on appellerait ta femme.

— Vous le ferez, personnellement ? Ou vous, Vogel ? Lequel de vous deux ? » Il avait haussé le ton, et ses yeux ne cessaient d'aller de l'un à l'autre.

« Nous devons vous emmener au poste de décontamination, dit Vogel, d'une voix presque enjouée. Venez, maintenant. Le sergent-chef va appeler votre femme. N'est-ce pas, Richards ?

— Oui, je vais l'appeler. »

Paul eut l'impression que ses tendons avaient soudain été coupés, comme les ficelles d'un pantin, et ses épaules s'affaissèrent. « D'accord », soupira-t-il, et il repartit en direction de la voiture de Vogel. Il vit l'infirmière qui regardait dehors, apeurée, et il eut honte de ne pas avoir su garder son sang-froid. « Il va l'appeler ? demanda-t-il à Vogel dans un murmure. Il va appeler Nat de ma part ?

— Oui, répondit Vogel sur un ton jovial en s'installant sur le siège avant. Il a dit qu'il le ferait. On va vous laver, tous les trois, pour vous débarrasser des radiations.

— Et comment vous allez faire ? » demanda l'infirmière en laissant Paul s'asseoir à l'arrière. Ses yeux se posèrent sur lui comme pour se rassurer, mais Paul regardait droit devant lui. Il songeait à quel point tous ces efforts en matière de sécurité étaient ridicules et incohérents : ainsi Vogel, par exemple, qui voulait rester à l'écart quand ils étaient dehors et qui, maintenant, s'asseyait avec lui dans la voiture. Quelqu'un savait-il vraiment ce qui se passait ?

« Ne vous inquiétez pas. » Vogel se voulut rassurant. « Plus vite vous serez décontaminés et plus vite vous pourrez rentrer chez vous.

— Mais ce n'est pas dangereux de s'approcher de nos enfants ? demanda l'infirmière.

— En fait, non.

— C'est moi qui suis resté le plus longtemps dans le véhicule, lança l'ambulancier. Mon cas est pire que le leur.

— Mais nous, nous étions juste à côté du corps », fit remarquer l'infirmière. Ce qui, Paul le savait, était très préoccupant.

« Vous nous emmenez à l'hôpital ? demanda l'ambulancier.

— C'est impossible, affirma Vogel qui dut attendre qu'un policier les laisse passer pour rejoindre la nationale. On doit d'abord vous décontaminer et vous garder quelque temps à l'écart de la population.

— J'ai les intestins malades, dit l'ambulancier, qui avait haussé le ton et parlait d'une voix chevrotante. Je le sens. Ils sont en train de fondre comme des glaces à l'eau.

— Calmez-vous, grogna Paul. C'est impossible.

— Je vais mourir à cause de cet imbécile. Et d'abord, pourquoi fallait-il le transporter en ambulance ? Il était déjà mort. Vous avez vu sa tête ? » Il se tourna vers Paul, pointant vers lui un doigt accusateur. « Vous vous en foutez, vous, de mourir ! »

L'infirmière regarda Paul, essayant de deviner si cette accusation était vraie. Il fouilla dans sa poche pour attraper son paquet de cigarettes, en tendit une à l'ambulancier qui avait les yeux dans le vague, des filaments de salive au coin des lèvres, le doigt toujours pointé vers Paul. « Tenez », insista Paul ; l'ambulancier lui prit finalement la cigarette des mains. Paul l'alluma et en alluma une autre pour l'infirmière. L'ambulancier se retourna sur son siège et fuma en reniflant. Par respect pour lui, Paul prétendit ne pas l'entendre sangloter.

Mais non, il ne se foutait pas de vivre ou de mourir. Il comprit tout à coup qu'il s'était mis lui-même dans le pétrin, même si, sur le moment, c'était involontaire. Il donnerait n'importe quoi pour être de retour chez lui avec sa femme et ses enfants : sa petite Sadie si mignonne, emmitouflée dans du coton ; ses grandes filles qui faisaient les pitres en sautant du canapé et en dansant chaque fois qu'il rentrait à la maison ; Nat, les yeux pleins de larmes, en colère : lui pardonnerait-elle seulement ? Mais Paul n'aurait pas pu laisser Webb, il fut ému aux larmes en pensant à ce garçon de vingt ans, sans père, qui lui ressemblait tant s'il avait été lui-même moins dur, moins sur ses gardes, meilleur. Comment Paul aurait-il pu vivre en paix avec lui-même s'il l'avait abandonné là, couché sur le ventre sur ce sol en ciment mouillé, en le laissant rendre son dernier souffle seul ?

Il tapota son paquet de cigarettes aplati dans sa poche. Ce poids, léger, dans sa main, était rassurant. Il lui restait deux cigarettes. Et même s'il mourait d'envie d'en fumer une, il sut qu'il était préférable de les garder pour plus tard. Soudain, mettre sa patience à l'épreuve lui parut important.

Il regarda derrière lui tandis qu'ils s'éloignaient. Les phares des quelques voitures arrêtées au barrage dessinaient un cercle lumineux et, beaucoup plus loin, on apercevait l'ambulance, son unique passager, sans vie, émettant des radiations dans la nuit désertique.

De l'eau froide coulait sur le pain de savon que Paul tenait à la main. Il frissonna. Il était sous la douche depuis deux longues heures maintenant, et le savon était devenu translucide ; en appuyant au milieu, il y creusa un trou.

Un technicien dans une combinaison antiradiation passa la tête dans l'embrasure de la porte ; coiffé d'une charlotte, il avait presque l'air ridicule. « Continuez à vous laver, dit-il. Je reviens faire les tests dans dix minutes. » Ses yeux s'attardèrent un instant sur Paul. Paul avait passé la première heure à vomir et à évacuer ses miasmes dans le trou d'évacuation de la douche, ce qui semblait inquiéter l'expert sanitaire.

L'ambulancier, debout près de Paul, sortit de son inertie et plaqua le pain de savon sur sa poitrine avant de se frotter le corps en de larges mouvements circulaires. Paul, quant à lui, se savonna les épaules. Il était gelé. Le savon moussait à peine. C'était un genre de savon gras, aussi détersif qu'un savon industriel, jaune et qui sentait mauvais. En un geste machinal, il se savonna la tête, la poitrine, les aisselles, les couilles, les pieds et recommença des pieds à la tête, et de la tête aux pieds, tandis que l'ambulancier faisait de même. Ils se lavaient sans échanger un mot.

Se frotter ainsi, Paul le savait, ne servirait qu'à éliminer une infime partie des radiations. Leurs corps continueraient à en émettre longtemps avant qu'elles ne finissent enfin par se dissiper. Il se demanda, amer, si la raison pour laquelle on leur disait de se laver encore et encore n'était pas plutôt de les garder occupés.

Pourtant, il obéissait. À certains moments, se laver lui permettait d'effacer de son esprit le visage défoncé de Webb. À d'autres, cette image le hantait, comme si cette vision était la seule chose sur laquelle il pouvait se fixer.

On entrouvrit la porte et il sursauta. Un autre expert entra, lui aussi recouvert d'une combinaison Hazmat antiradiation, accompagné de trois hommes : le capitaine Sechrist, le pompier Esrom et le sergent-chef Richards. Paul repéra Richards et un sourire amer se dessina sur ses lèvres. Il continua à se savonner, comme si de rien n'était et qu'il était possible d'ignorer quelqu'un quand on était nu, debout dans une pièce vide, en s'astiquant comme un singe.

« Déshabillez-vous », dit l'expert sanitaire en s'adressant aux nouveaux arrivants, tandis qu'il déballait trois pains de savon avant de les aligner sur un banc, comme de petits cadeaux. « Lavez-vous, frottez bien, jusqu'à ce que je vous dise d'arrêter. » Il ramassa toutes leurs affaires, y compris leurs portefeuilles et leurs clés, et les jeta dans un grand sac-poubelle. « Nous allons devoir les enterrer », ajouta-t-il d'un air de défi, comme si les hommes risquaient de se rebeller et de se battre pour des briquets et des stylos-bille. Chacun d'entre eux prit son savon et se dirigea vers les douches. Puis l'expert fit un geste en direction de Paul et de l'ambulancier : « Vous deux, venez ici. »

Paul, suivi de l'ambulancier, de l'eau jusqu'aux chevilles, passa devant les trois hommes, puis devant le lavabo. L'expert se pencha vers eux et alluma son détecteur de radiations. L'appareil bourdonna tandis qu'il effleurait leurs flancs, le sommet de leur crâne, leur dos et leurs jambes. Paul, maintenant, grelottait sans aucune honte ; l'eau était froide depuis plus d'une heure. Il entendit l'un des nouveaux arrivants pousser un petit cri en entrant sous la douche :

« Merde, c'est gelé ! » s'exclama Richards. Paul eut envie d'attraper son chef par la peau du cou et de lui taper la tête par terre. Au lieu de quoi, il regarda fixement le détecteur de radiations qui émettait des sons de plus en plus rapides. À l'approche de ses mains et de ses poignets, l'appareil s'emballa en une sorte d'extase, comme pour annoncer une quelconque victoire que Paul aurait remportée.

« Savez-vous s'ils évacuent Idaho Falls ? » demanda-t-il. Il essaya de parler à voix basse, mais les trois hommes sous la douche tournèrent la tête vers lui.

« Je n'ai aucune information à ce sujet », répondit l'expert sanitaire.

Paul jeta un coup d'œil par-dessus son épaule et aperçut le cul nu, blanc et poilu de Richards. « Chef, lança-t-il. Vous avez appelé ma femme ?

— Quoi ? cria Richards, les mains au-dessus de sa tête, pour se savonner.

— Faites attention où vous mettez les pieds, le prévint l'ambulancier, Collier a vomi à cet endroit. »

Richards lança un regard plein de dégoût à Paul, comme s'il l'avait fait exprès. Il se retourna et se rinça les cheveux.

L'expert sanitaire éteignit son détecteur, le posa et sortit un pain de savon neuf. Il le tendit à Paul. « Continuez à vous laver », dit-il.

Des heures plus tard, plus propre et pourtant plus vicié qu'il ne l'avait jamais été, Paul se retrouva à traîner dans une salle d'attente sans fenêtres. Ses cheveux étaient peignés, une raie au milieu, et il était habillé d'une chemise blanche et d'un pantalon de ville noir, qui provenaient d'il ne savait où. Il avait l'impression d'être un petit garçon endimanché pour aller à l'église. Sa peau était à vif ; le frottement du tissu lui démangeait. Toutes les trente secondes, son corps se crispait, parcouru d'un violent frisson, comme s'il ne pourrait plus jamais se réchauffer. Il s'écroula sur une chaise pliante, les mains sur ses genoux. Le sol, les murs et le plafond étaient peints en gris. Il était seul dans la pièce.

« Vous », fit une voix derrière lui, et Paul faillit tomber de sa chaise. Il se leva.

C'était un autre expert sanitaire ; il sortit un dosimètre de sa combinaison blanche. Les experts sanitaires changeaient sans cesse, afin qu'aucun d'entre eux ne soit exposé trop longtemps aux radiations. « Retroussez vos manches », dit-il en remontant les lunettes sur son nez d'un geste du poignet.

Paul le suivit jusqu'au lavabo près du mur et roula ses manches jusqu'aux coudes.

« Où sommes-nous ? » demanda-t-il. L'ambulancier était maintenant arrivé dans la pièce ; il y faisait les cent pas, longeant le mur opposé.

« Vous êtes dans la salle de refroidissement d'un réacteur », dit l'expert sanitaire, sans lever les yeux. Il paraissait triste ou bien il s'ennuyait. Ses yeux étaient grossis par les verres convexes de ses lunettes.

« Pourquoi ici ? » demanda Paul.

L'expert haussa les épaules. « Ce n'est pas plus mal qu'ailleurs. » Il posa le détecteur et sortit un grand flacon plastique contenant un liquide violet. « Permanganate de potassium », expliqua-t-il. Il aspergea les avant-bras de Paul, en versa entre ses doigts, en répandit autour de ses poignets, d'un grand geste comme s'il décorait un gâteau. « Frictionnez », dit-il.

Paul regarda le liquide couler au bout de ses doigts et disparaître dans l'évacuation du lavabo. Ce qui lui rappela Nat, un jour où elle avait bêché le jardin pour faire des plantations et qu'elle avait bavardé avec lui en se rinçant les mains au jet, des traces de boue dégoulinant le long de ses bras. Elle semblait si fière des tomates plantées dans l'arrière-cour. En pensant à Nat, il eut l'estomac noué. Il secoua la tête, une fois, deux fois, violemment ; ce que l'expert prit pour un léger tic. Il lança un regard surpris à Paul mais ne dit rien.

Paul essayait de se tenir tranquille. Il savait qu'il avait déjà trop attiré l'attention sur lui dans les premières heures qui avaient suivi l'accident, rabâchant les mêmes questions, pathétiques, concernant la possibilité d'évacuer la ville, et ne cessant de s'enquérir du moment où il serait autorisé à appeler sa famille. Il devait la boucler et attendre que le moment se présente. Il pourrait alors peut-être demander que quelqu'un appelle Nat de sa part, quelqu'un qui partirait d'ici avant lui. Les experts ne voulaient pas qu'il s'approche d'un téléphone. Ils paraissaient avoir peur de ce qu'il pourrait raconter, comme s'ils le soupçonnaient d'être du genre à semer la pagaille pour rien. Paul était le plus contaminé de tous, et ils le surveillaient.

« La gorge, dit l'expert.

— Comment ?

— Ouvrez la bouche. » Il se saisit d'un abaisse-langue et l'agita devant le visage de Paul.

Paul ouvrit grande la bouche, se demandant ce qu'il espérait trouver au fond de sa gorge.

« Les yeux. » L'homme alluma une petite lampe torche. Paul tressaillit puis se concentra, regardant droit devant lui, dans le vide, s'efforçant de ne pas cligner des yeux. La lumière balaya sa cornée avant de s'éteindre.

« Vous vous sentez comment ?

— Ça va.

— Vous avez vomi de nouveau ?

— Pas depuis les deux dernières heures.

— La diarrhée ?

— Non.

— Vous avez avalé la teinture d'iode sans la rejeter ?

— Oui.

— Bien.

— Je devrais pouvoir rentrer bientôt chez moi, non ?

— Pas tant que vous présentez un danger.

— Et vous ? Vous êtes là, avec nous tous. » L'expert sanitaire savait aussi bien que Paul que la combinaison blanche ne servait pas à grand-chose.

Il hésita avant de répondre. « C'est mon métier. Et on ne travaille que pendant des quarts d'une demi-heure. » Il demanda à Paul de mettre les mains à plat, sans bouger. Puis il ajouta : « Ils ont trouvé le troisième gars.

— Quoi ? demanda Paul, le souffle coupé.

— Mort. Désolé. Il était debout sur le bouchon de protection du réacteur quand il a explosé. » Il ouvrit le robinet et fit comprendre à Paul qu'il pouvait se rincer.

Paul frémit, visualisant la longue et épaisse capsule de métal, aussi grosse qu'un poteau.

« Ça lui a traversé l'aine, précisa l'expert sanitaire, en fronçant les sourcils. Et il a été propulsé au plafond, embroché de bas en haut, jusqu'aux épaules. Épinglé tout en haut du réacteur comme une punaise sur un tableau en liège. Affreux.

— C'était qui ?

— Un nom polonais.

— Sidorski, murmura Paul, le cœur au bord des lèvres.

— C'est ça. Ne dites rien à sa femme, ajouta l'expert.

— Je ne parle pas à sa femme », rétorqua Paul, d'un ton vif. Il prit une grande inspiration pour se calmer. L'homme lui tendit une serviette ; il essuya ses bras à vif. C'était comme si chacun de ses poils était profondément ancré dans ses muscles. Il s'ébroua en frissonnant à la manière d'un cheval.

L'expert sanitaire se baissa pour ramasser son détecteur, le ralluma et le passa de nouveau sur les avant-bras de Paul. Ce faisant, il claqua la langue et regarda dans le vide. C'était comme si Paul avait un trésor enfoui sous la peau, de discrètes pépites d'or, et qu'elles attendaient que la machine les révèle en gazouillant. À la place de quoi, la machine se contenta de s'emballer, en laissant échapper un long souffle monotone, comme si elle était déçue de ce qu'elle découvrait.

« On est censés rester vagues à propos des types qui étaient là-bas, dit l'expert sanitaire. Le gars dont je vous parlais, il est pendu tout en haut de la pièce. Ils ne peuvent pas aller le chercher à cause des radiations. Ils sont en train de construire une sorte de grue pour le décrocher. C'est pour ça qu'ils ne veulent pas prévenir sa femme. Pas maintenant, en tout cas.

— D'accord », fit Paul, doucement, d'une voix étranglée. Il dut se racler la gorge.

Cela voulait dire que le deuxième homme couché par terre, mort, était Slocum. Au moins, maintenant, on les avait tous retrouvés.

L'expert sanitaire leva les yeux vers lui. Le détecteur continuait à stigmatiser les bras et les mains de Paul en bipant. « Ils ne peuvent même pas enterrer les corps dans des conditions normales. Ils sont confrontés à un dilemme. Il faudra sûrement les enterrer plus loin sur le site avec les déchets toxiques. »

Paul, écœuré, fit une grimace de dégoût, mais il savait qu'il était préférable de ne rien dire.

L'expert sanitaire inclina son détecteur et secoua la tête. « Pas encore, conclut-il avant d'aller rejoindre l'ambulancier. C'est à vous », dit-il. Et en s'adressant à Paul : « Essayez de vous reposer un peu. »

Paul entendit à peine ce qu'on lui disait tandis qu'il retournait s'asseoir. Il ne pouvait s'empêcher de penser que, pendant que lui et le capitaine des pompiers entraient et ressortaient en courant de la salle du réacteur – emmenant Webb sur une civière, prenant le pouls de Slocum, mort –, Sidorski était là, en haut, pendu au-dessus de leurs têtes.

Plusieurs heures plus tard, Paul était toujours assis sur sa chaise pliante dans la salle de refroidissement d'un réacteur, et il était sur le point de péter les plombs. Mais il ne semblait pas être le seul : Esrom, pour une raison qui échappait à Paul, le regardait avec insistance. Chaque fois que Paul levait la tête, il voyait Esrom sursauter et détourner le regard mais, tout de suite après, les yeux du jeune pompier revenaient se poser sur lui. Paul commença à s'en agacer.

Ils se ressemblaient désormais ; les mêmes vêtements, la peau rougie, récurée, dans l'attente, chacun assis sur une chaise pliante, l'un en face de l'autre. L'infirmière était là aussi. Paul se demandait où on l'avait emmenée se doucher, sachant qu'aucun des bâtiments n'avait de vestiaires pour femmes. Peut-être avaient-ils installé une petite douche de décontamination quelque part, avec une chaînette pour l'eau, dans laquelle elle était restée seule pendant des heures. Il la plaignait, mais il ne semblait pas convenable de lui poser la question. L'ambulancier, nerveux, était là, lui aussi, debout puis assis, marmonnant, avant de finalement s'endormir d'un sommeil miséricordieux et profond, comme un enfant.

Richards avait été autorisé à traîner ailleurs à l'intérieur du bâtiment. Ce qui était probablement une bonne chose, vu l'état d'esprit dans lequel était Paul. L'infirmière avait posé la tête sur la couverture pliée en guise d'oreiller contre le mur ; l'ambulancier dormait, et Esrom jetait des coups d'œil furtifs à Paul comme s'il s'attendait à le voir muer ou entrer en éruption : ce petit manège dura un moment avant que Paul finisse par craquer.

« Ça suffit », lâcha-t-il. Il se sentit devenir violent. « Je sors. »

Un médecin sorti de nulle part apparut à ses côtés et lança : « Monsieur Collier, non, vous devez rester à l'intérieur du bâtiment. »

Paul leva les yeux vers le visage gris de cet homme à l'air réprobateur et le regarda comme s'il allait le dévorer.

« Je sors pour fumer une cigarette, dit-il.

— Vous pouvez fumer ici. Bien sûr, c'est possible. Bien sûr…

— Bien sûr, taisez-vous ! cria Paul. Je vais sortir et rester dehors dix minutes pour fumer cette putain de cigarette. Il est hors de question que vous me suiviez. Vous ne vous approchez pas de moi jusqu'à ce que je revienne de mon plein gré. Compris ? »

C'était là la part d'ombre de Paul qu'il essayait habituellement de contrôler. Il sentit que l'infirmière le regardait ; il la soupçonna de vouloir une cigarette et de s'apprêter à lui en demander une. Il était entouré de foutus zombies.

Le médecin hocha la tête. « Dix minutes, monsieur Collier. Et ensuite vous rentrez immédiatement. »

Paul tourna les talons et se dirigea vers la sortie, fouillant ses poches d'une main tremblante. Grâce à cette cigarette, il allait pouvoir sortir d'ici. Il allait retrouver sa famille et l'emmener quelque part, au nord, pour trois jours, une semaine, aussi longtemps qu'il en aurait envie. Le seul problème, c'est qu'il ne pouvait s'approcher ni de Nat ni des filles sans les mettre en danger.

Dehors, le vent était cinglant. D'après le soleil, pâle, Paul devina qu'il était déjà aux environs de dix heures du matin. Le site du centre de recherche s'étendait devant lui, plat, parsemé ici ou là par des parcelles de neige. Paul sortit une cigarette de son paquet avec un indicible soulagement. Il tapota sa poche gauche pour y trouver son Zippo. Putain ! Le Zippo ! Ils lui avaient pris son Zippo. Il était radioactif, bien sûr, mais, soudain, cette décision lui apparut comme une violation de ses droits si humiliante que Paul vit rouge. On ne confisque pas le Zippo d'un soldat. Ça ne se fait pas, un point c'est tout. Quand un homme est mourant, qu'il est coincé dans les montagnes une jambe arrachée, en Corée, il doit pouvoir fouiller dans ses poches et fumer une dernière cigarette. Il le méritait, et tout le monde était d'accord avec ça.

Il repartait en direction du bâtiment et s'apprêtait à pousser la porte quand l'ombre qui le suivait, Esrom, en surgit.

« Putain ! s'exclama Paul, surpris. Qu'est-ce que vous foutez ? »

Esrom sortit une cigarette de sa poche. « On vient me chercher pour rentrer à la maison. Habituellement, je ne fume pas. » Il sembla éprouver le besoin de dire « mais », et il marmonna quelque chose qui était bien le cadet des soucis de Paul. Il aurait tout aussi bien pu réciter une recette ou une prière ; les mots se mêlèrent les uns aux autres et s'évanouirent. Paul ne quittait pas des yeux la pochette d'allumettes qu'Esrom tenait à la main. Il n'eut même pas besoin de demander, Esrom comprit tout de suite.

« Bien sûr », dit-il en tendant l'allumette à Paul. Pour protéger la flamme du vent froid, ils se penchèrent au-dessus comme s'il s'agissait d'une chose d'une exceptionnelle fragilité, un bébé colibri. La flamme vacilla, faiblit, prête à s'éteindre, puis se ranima suffisamment pour allumer la cigarette que Paul glissa entre ses lèvres. Il tira sa première bouffée et ce fut comme si une main invisible caressait son cerveau comme pour calmer une petite bête affolée.

Esrom toussa et se frappa la poitrine. « Hé, il y a un avion », lança-t-il.

Paul plissa les yeux. Esrom avait raison. Au loin, un petit avion à hélice décrivait des cercles dans le ciel. Ils ne pouvaient pas l'entendre.

« Qu'est-ce qu'il fait ? » se demanda Esrom. Son visage plissé sous l'effort de concentration retroussait ses lèvres et dévoilait des incisives poussées de travers, inclinées vers l'intérieur.

« Contrôle de la qualité de l'air », comprit Paul. Il s'éloigna d'Esrom. « J'avais oublié. Personne ne doit m'approcher.

— Ça n'a pas beaucoup d'importance », dit Esrom avec un petit sourire forcé. Il tira sur sa cigarette en regardant l'avion tournoyer.

« Vous l'avez vu, lâcha Paul. Vous l'avez vu, le haut du cœur du réacteur. Il n'y avait pas de filtre. Vous avez vu la vapeur s'en échapper. »

Esrom s'éclaircit la gorge. Il hésita. « Ouais. En même temps, je ne suis pas un scientifique.

— Le salaud, il n'a pas appelé, dit Paul.

— Pardon ?

— Richards. Il n'a pas appelé. J'en suis sûr. Je lui ai demandé d'appeler ma femme de ma part et de lui dire d'emmener les gosses loin d'ici pendant quelques jours. Il ne l'a pas fait. Personne ne m'autorise à m'approcher d'un téléphone. Ils pensent que je vais semer la pagaille. Ils ne veulent pas créer un mouvement de panique. Putain, pourquoi est-ce que je ne peux pas téléphoner ? »

Esrom en parut peiné. « Vous pensez vraiment qu'on n'est pas en sécurité ici, que c'est dangereux ? » demanda-t-il. Paul laissa échapper un grognement de dégoût.

« Les gens croient que les scientifiques, ou les opérateurs, sont si bien préparés. Qu'est-ce que j'en sais, si c'est dangereux ou pas pour la population de rester ici ? J'en sais rien. Je ne sais rien de rien. Ils m'empêchent de faire quoi que ce soit... » De frustration, la voix de Paul se brisa presque. Il était mortifié. Il regarda par-dessus son épaule et aperçut le visage inquiet du médecin passer derrière la petite fenêtre.

« Ils m'ont neutralisé. Ils me surveillent. Je ne peux même pas téléphoner. » Il se tourna de nouveau vers Esrom et le regarda droit dans les yeux. « Vous appelleriez chez moi de ma part ? Vous appelleriez ma femme ? Pour lui raconter ce que je viens de vous dire ?

— Vous voulez que je lui raconte ça ? demanda Esrom.

— Sans lui faire peur.

— Où faut-il qu'elle aille ?

— À l'hôtel. Quelque part au nord. Le vent souffle vers le sud maintenant.

— D'accord. Je vais l'appeler de votre part. » Ils entendirent une voiture approcher et Esrom leva la tête. « On vient me chercher. Vous devriez rentrer. Il gèle dehors.

— Je ne vous ai pas donné mon numéro de téléphone », objecta Paul. Il leva les yeux et vit la Dodge Wayfarer vert foncé qui avançait vers eux.

Il se figea sur place et sembla interroger Esrom du regard. « Bonne chance », lui dit Esrom en ouvrant la portière.

En voyant la voiture, Paul perdit la tête. Il fonça sur la portière du conducteur, en attrapa la poignée gelée et l'ouvrit à toute volée. L'homme au volant fut si surpris qu'il n'opposa aucune résistance quand Paul le prit à bras-le-corps, et il le délogea aussi facilement que s'il s'agissait d'un enfant.

« Qu'est-ce que… s'exclama-t-il.

— T'es qui ? cria Paul. C'est quoi cette voiture ? »

L'homme entre ses mains n'était qu'une petite chose graisseuse, il était vêtu d'un pantalon de travail sale et d'une chemise défraîchie. Il se tortillait, prisonnier de la poigne de Paul, terrifié.

« Comment tu t'appelles ? » cria Paul.

Le regard du gars passa de Paul à Esrom, qui était descendu de voiture et se précipitait vers eux. « Moi ? demanda-t-il en pleurnichant. Je m'appelle Russ. Qu'est-ce que vous me voulez ?

— Je veux savoir quel genre de personne tu es, lança Paul.

— Quoi ?

— Quel genre de personne tu es pour te jeter sur une femme quand son mari n'est pas là. Et faire jaser tous les voisins.

— Je ne sais pas de quoi vous parlez, bredouilla Russ. Ez, dis-lui de me lâcher. »

Paul le plaqua dos contre la voiture ; Russ en eut le souffle coupé. Ce qui réjouit Paul, mais le mit aussi mal à l'aise. Le sang pulsait derrière ses oreilles, le cerveau enfin reconnecté, enfin capable de passer à l'action. Comment en rester là ?

« Écoute, Russ, gronda-t-il, tu m'as fait passer pour un con. À quoi tu jouais ? Ça t'amusait ?

— Collier, arrêtez, dit Esrom.

— Tu t'es cru malin ? cria Paul. Je parie que tu es content de toi.

— S'il vous plaît, dit Russ d'une voix sourde en se débattant. Je ne comprends pas de quoi vous parlez.

— Ce n'était pas lui, cria Esrom. C'était moi. »

Paul se retourna. Il dévisagea Esrom pendant si longtemps que le jeune pompier lui parut changer de forme sous ses yeux. Il reporta son attention sur la poule mouillée pleurnicharde qu'il avait empoignée et relâcha sa prise.

« *Vous ?* » s'étonna-t-il.

Esrom hocha la tête. Paul, en proie à une nouvelle confusion, embrassa du regard la coupe de cheveux ringarde d'Esrom, sa cicatrice au menton, profonde, typique des enfants élevés à la ferme, ses dents qui semblaient avoir échoué par hasard là où elles étaient.

« Vous ? » Il désigna Esrom du doigt et faillit en rire. « Aucun de vous deux ne ressemble, même de loin, à celui que j'imaginais.

— Foutons le camp d'ici, dit Russ, toujours affalé contre le capot de la voiture. Ez, on y va. »

Esrom leva les mains, paumes retournées. « J'étais de bonne foi. J'ai aidé votre femme en bricolant pendant que vous n'étiez pas là. Les gouttières. Je lui ai prêté une voiture. Il n'y avait absolument rien de…

— Les gouttières ? ricana Paul. La voiture. Les gouttières. Vous avez passé beaucoup de temps chez moi. Les gens parlent. Vous savez ce que ça veut dire ? Vous savez ce que ça fait dans un couple ? Les gens parlent. Vous les avez entendus, vous savez ce qu'ils disent ? »

Il y avait presque de quoi rire. Pendant tout ce temps, il s'était imaginé quelqu'un comme Richards, qui aurait de l'argent et serait bien habillé. Et c'était tout l'inverse, ce type avait encore moins à offrir que Paul.

Esrom restait là, sans bouger, sans se dérober, les mains en l'air. Disant que ce n'était rien. On parlait de la femme de Paul, et ce n'était rien.

Du coin de l'œil, Paul vit la porte du bâtiment gris s'ouvrir en grand. Le médecin s'approcha de lui. « Collier, Collier. Il faut rentrer maintenant. »

Le sang battait à ses tempes et sa vue devint floue. Une pensée lui traversa l'esprit. Esrom s'apprêtait à partir. Il n'était pas contaminé, il était libre. Paul était coincé ici, souillé, sous surveillance. Il ne pouvait pas aider sa famille. Mais il y avait peut-être une solution.

« Monsieur Collier. Vous devez venir avec moi… »

Paul devait prendre sa chance. Cela ruinerait peut-être tout ce qu'il avait bâti, mais s'il ne la saisissait pas maintenant, cette chance ne se représenterait peut-être jamais.

« Écoutez, dit-il, je dois vous demander une faveur.

— Une faveur ? » Esrom le regarda, méfiant.

Paul s'éclaircit la gorge et rassembla son courage.

« Allez chez moi, dit-il. Racontez à Nat ce qui s'est passé et emmenez-la quelques jours avec les filles. Vous pouvez faire ça pour moi ?

— Non, répondit Esrom après un instant de silence.

— J'ai besoin que vous le fassiez.

— Je ne peux pas faire ça.

— Pour les filles, vous devez le faire. »

Esrom regarda Paul dans les yeux. « Si vous croyez que les gens jasent déjà, imaginez alors ce qu'ils raconteront.

— Nat va être dans tous ses états, dit Paul. Notre voiture est restée sur le site du réacteur ; ils ne me laisseront jamais m'en approcher. Elle est toxique, ils vont la détruire. Nat n'a donc aucun moyen de s'enfuir. Je suis un poison ambulant et personne ne m'autorise même à téléphoner. Mais si vous pouviez les conduire, elle et les filles, loin d'ici – elle vous fait confiance. Elle le fera si elle sait que c'est pour les filles et le bébé. Vous pouvez faire ça pour moi ? S'il vous plaît.

— Monsieur Collier. » Le médecin l'avait maintenant attrapé par le coude. « C'est l'heure de rentrer à l'intérieur. Ça ne va pas ? Vous vous sentez mal ?

— Une seconde, aboya Paul.

— Vous êtes sûr ? demanda Esrom.

— Oui.

— Ce n'est pas un piège ? Ce n'est pas pour…

— C'est le moins que vous puissiez faire pour moi, non ?! le coupa Paul. S'il vous plaît. »

Le médecin s'agaçait. « Monsieur Collier, il faut que vous rentriez. » Il s'adressa aux deux autres hommes. « M. Collier a une saute d'humeur ? »

Pendant quelques secondes, Esrom, Russ et Paul se tinrent immobiles, comme si cette question les avait réduits au silence.

« Je fous le camp d'ici, dit Russ, qui s'installa au volant. Vous êtes taré, ajouta-t-il à l'adresse de Paul.

— Promettez-le-moi, dit Paul. Promettez-moi que vous allez le faire.

— Je vous le promets », répondit Esrom en montant en voiture.

Paul regarda le véhicule s'éloigner. Comme c'était étrange d'imaginer Nat au volant de cette voiture, pendant tout l'été, les filles installées sur la banquette arrière, et chantant de vieilles chansons du temps où elle était éclaireuse. C'était comme de regarder un film sur sa vie qu'on lui aurait volée, comme s'il avait été effacé du paysage.

« Rentrons, maintenant, monsieur Collier », dit le médecin.

Paul se retourna et le suivit à l'intérieur du bâtiment, en ayant le sentiment d'être un ours dressé.

Il imaginait la voiture arriver pour emmener Nat. Esrom qui lui expliquait la situation. Il serait rassurant, protecteur. Il lui dirait que c'était pour le bien des filles ; il les installerait sur la banquette arrière, calerait le couffin du bébé et demanderait si personne n'avait froid. Vous êtes si gentil, dirait Nat. Esrom partirait donc avec la famille de Paul. C'était une scène qu'il avait déjà imaginée ; ce ne serait pas plus terrible que d'autres moments. Le pire avait eu lieu il y a longtemps déjà.

Nat

Nat n'avait pas fermé l'œil de la nuit. Au lever du jour, elle comprit qu'il s'était produit quelque chose de bien plus grave qu'une simple dispute avec son époux. Les voisines s'étaient rassemblées dans la rue pour échanger des informations erronées. Un avion à hélice volait bas au-dessus de la ville, décrivant des cercles dans le ciel. Elle ne cessa d'appeler le standard téléphonique, mais on lui dit qu'il était impossible de la mettre en communication avec le CR-1 et elle ne savait d'ailleurs pas si Paul était allé là-bas. La peur l'envahit. Il pouvait être n'importe où, avoir eu un accident de voiture, avoir dérapé sur une plaque de verglas, et être inconscient, frigorifié, sur le bord de la route, ou bien avoir passé la nuit chez un collègue, ou encore être allé sur le site du réacteur et avoir été victime de la supposée catastrophe dont on parlait.

Nat faisait les cent pas, son cœur semblant tour à tour s'emballer puis s'arrêter de battre. Elle priait, en désespoir de cause, par réflexe : *Mon Dieu, faites que Paul aille bien. Et je ferai tout ce que vous me demanderez.* Elle réussit à préparer des biberons et à nourrir le bébé. Des toasts découpés en triangle apparurent sur les assiettes de Sam et Liddie, pour finir en espèce de parenthèses émiettées, recouvertes de beurre, avant que les filles ne glissent de leurs chaises et ne s'égaillent dans la maison.

Cet isolement effrayant cessa finalement à la vue du camion d'Esrom garé devant la maison. Elle coucha Sadie, sortit comme une flèche et courut vers lui. Elle l'agrippa par le bras et essaya de lui expliquer ce qui s'était passé avec Paul tout en lui posant des questions.

« Il est parti en voiture », dit-elle. Elle sentit le vent froid s'engouffrer sous sa chemise de nuit ; il était midi. Elle était jambes nues. Du coin de l'œil, elle put voir un petit groupe de voisines rassemblées derrière la fenêtre d'Edna ; elle savait qu'elle était dans leur champ de vision, mais elle s'en moquait.

Esrom l'attrapa par les épaules pour lui faire faire demi-tour. « Allez, rentrons », ordonna-t-il.

Nat le laissa la guider à l'intérieur de la maison. « Asseyez-vous », lui dit-il gentiment en désignant le canapé. Sam et Liddie s'accrochaient à ses jambes, lui posant des questions. Il les entoura de ses bras, ce qui les calma immédiatement, et elles restèrent silencieuses tandis qu'il s'adressait à Nat.

« Vous voulez votre robe de chambre ? demanda-t-il.

— Non, répondit-elle avec impatience.

— D'accord. » Il s'éclaircit la gorge. Elle le regardait pendant qu'il lui expliquait ce qui s'était passé avec le réacteur, la mort des trois hommes de l'équipe en poste – pauvre Webb, elle pouvait à peine y croire – et qu'il lui racontait qu'on les avait emmenés au centre de décontamination. Il lui raconta aussi avoir retrouvé Paul à l'extérieur. « Vous avez parlé à Paul ? » s'écria-t-elle, tout à la fois soulagée et horrifiée. Il lui annonça qu'ils avaient conclu un arrangement : Paul voulait qu'il les emmène, elle et les filles, loin d'ici.

Elle le regardait avec de grands yeux, ne sachant quoi penser. Paul allait bien, Esrom l'avait vu et lui avait parlé. Il était vivant, il parlait, marchait et était conscient de ce qui s'était passé. Libérée de cette angoisse, elle sentit son corps se détendre et s'affaler dans le canapé ; elle tremblait de tous ses muscles comme si elle avait fait un effort physique extrême. Paul savait-il ce qu'il disait en demandant à Esrom de partir avec elle et les filles ? Pensait-il vraiment qu'elle accepterait ?

Après les propos terribles de Paul la veille et sachant à présent qu'il n'avait été ni blessé ni tué, une part d'elle était excitée à l'idée de partir avec Esrom. Une semaine entière en sa compagnie, après s'être interdit de le voir, lui apparut comme un cadeau du ciel. Mais elle savait que c'était un cadeau empoisonné, qu'il y aurait un prix à payer.

« Ça va ? demanda Esrom.

— C'est vraiment ce que veut Paul ?

— C'est ce qu'il m'a demandé, oui. Votre mari en sait plus que moi sur cette explosion. Je pense que s'il dit que c'est la chose à faire, il faut lui faire confiance.

— Où irons-nous ?

— Mes cousins ont une cabane de chasse au nord.

— Mais les gens d'ici ?

— Je ne sais pas vraiment. À la radio, ils n'arrêtent pas de dire que personne n'est en danger dans l'immédiat. Mais peut-être que votre mari en sait plus qu'eux. Il s'inquiétait pour les filles et les effets à long terme.

— Mais pendant les quelques heures qui se sont déjà écoulées depuis l'accident ? Est-ce que nous ne sommes pas…

— On ne peut plus rien y faire.

— Vous êtes inquiet ? demanda Nat.

— Maintenant, je crois, oui. Mais pas pour moi.

— Et votre famille ?

— Je les ai prévenus. Ils préfèrent rester ici.

— Vraiment ?

— La ferme, expliqua-t-il. Ils sont comme ça.

— Et vous ? S'il n'y avait pas les filles, vous resteriez ?

— Probablement », dit-il.

Nat ouvrit les bras pour y accueillir Sam et Liddie et les embrassa sur le dessus de la tête. Leurs petits corps étaient doux et chauds ; elle leur pressa les mains. Puis elle se leva et partit dans leur chambre pour rassembler quelques affaires, des chaussettes, des pantalons, des pulls roses et mauves, et un petit sac en toile pour chacune d'elles. Elle remplit un autre sac avec des vêtements de bébé pour Sadie, des couches en tissu et des épingles de sûreté.

Puis elle prit quelques vêtements pour elle. Elle portait encore des robes de grossesse mais maintenant, au moins, elle pouvait les ceinturer. Elle s'arrêta devant son armoire, pensive. Un jour, elle avait imaginé ce qu'elle porterait si Esrom l'invitait à la ferme avec les filles, pour y passer la journée avec sa famille : un pur fantasme. (Elle avait prévu de mettre un pantalon noir, un chemisier vert pâle et d'attacher ses cheveux avec une barrette en nacre. Mais pour le moment, elle ne rentrait même plus dans ce pantalon.) Elle était de nouveau en proie à ce sentiment de culpabilité devenu familier au cours de ces derniers mois, comme si ses pensées incontrôlables avaient, en quelque sorte, abouti à tout ce gâchis. *Tu es contente, Nat ? Tu as ce que tu voulais ?*

Elle revint au salon. En passant la porte, elle s'aperçut qu'Esrom avait déjà enfilé leurs manteaux, leurs gants et leurs bonnets aux filles. C'était tout à la fois surprenant et naturel.

« On part en voyage ! On va faire un tour ! dit Sam, ravie. J'espère que le bébé ne va pas pleurer. »

Nat installa Sadie dans son couffin. Esrom se pencha dessus en souriant : « Bonjour, petit bébé », dit-il. Il tendit un doigt rêche à Sadie, qui s'en empara de ses minuscules doigts ; excitée, elle agita ses petits pieds. Elle était si éveillée, maintenant ; ses yeux faisaient le tour de la pièce. Nat et Esrom la regardèrent en souriant pendant quelques secondes.

« Eh bien, dit-il à Nat, elle est parfaite, il n'y a pas de doute.

— Je suis heureuse que vous soyez là », lui répondit-elle.

Elle resta là, debout, s'essuya les mains sur le devant de sa jupe, avant de s'attaquer à un lourd carton rempli de boîtes de lait en poudre. Esrom attrapa le carton et le porta jusqu'au camion ; chemin faisant, les boîtes cliquetaient les unes contre les autres. Il fut vite de retour.

« On va bien s'amuser les filles, pas vrai ? demanda-t-il, les bras chargés de couvertures J'espère que vous aimez les petits chevaux ?

— Quels petits chevaux ? » demanda Sam.

Il sourit.

« Maman vient aussi ? questionna Liddie.

— Yep, fit Esrom. On part tous ensemble loin d'ici pendant quelques jours.

— C'est des vacances, Liddie, affirma Sam, comme si elle connaissait ce genre de choses. Les gens font ça, et ils s'amusent, et ils ont des petits chevaux et vont à la plage.

— Il n'y aura pas de plage, ma chérie. Seulement des arbres, intervint Esrom.

— Ça fait rien », dit Sam. Mon Dieu, comme les filles aimaient Esrom ; où qu'ils aillent, elles seraient heureuses.

« Je prends vos sacs, déclara-t-il en les attrapant de sa main libre. Vous avez préparé le vôtre ? » demanda-t-il à Nat.

Elle hésita. Elle avait du mal à reprendre son souffle.

« Non », dit-elle.

Il la regarda, étonné. Il était déconcerté et son visage s'assombrit. Il hocha la tête et partit avec les sacs des filles.

Nat se sentait misérable. Elle était là, debout, comme plombée, et, finalement, elle s'obligea à réagir. « Sam, Liddie, on y va. » Elle poussa Sam gentiment en avant. Les filles descendirent l'allée en trottinant, le vent violent les malmenait.

Esrom revint vers elles et les prit dans ses bras pour les porter jusqu'au camion. Il les installa sur le siège, l'une à côté de l'autre. Nat nicha précautionneusement le couffin de Sadie à leurs pieds.

« Restez bien assises, les filles, dit-elle à Sam et à Liddie. Surveillez le bébé. » Elle referma la portière et se tourna vers Esrom qui attendait, les bras croisés sur sa poitrine.

« J'ai des ordres, dit-il.

— Je sais.

— Qu'allez-vous faire, Nat ? »

Elle posa les mains sur les bras croisés d'Esrom. « Il faut que vous emmeniez les filles…

— Bien sûr, dit-il en hochant la tête. Elles ne peuvent pas rester ici. Mais vous non plus. C'est votre mari qui m'a demandé de…

— Je vais avoir besoin de vous emprunter de nouveau votre voiture verte, l'interrompit-elle. S'il vous plaît. »

Il se taisait en la regardant.

« Esrom, s'il vous plaît. »

Il détourna les yeux, mâchouillant le coin de sa bouche, et finit par acquiescer. Ses lèvres étaient gercées et sa peau grise paraissait froide. Elle perçut sa déception, un désespoir silencieux : ses épaules s'étaient affaissées, il semblait s'être vidé de son air.

La part d'elle-même qui voulait partir avec lui se rebiffait, la mettait au défi : ils ne feraient rien de mal. Ils resteraient l'un près de l'autre et vivraient un rêve éveillé, empreint d'affection et de douceur, éprouvant le plaisir rare de l'empathie : *Je peux faire ça pour toi ? Allez, laisse-moi t'aider.* Dans un monde devenu fou, leur famille de fortune ne serait que gentillesse et amour. S'il y avait bien une chose que Nat savait à propos d'Esrom, c'est qu'il ne serait jamais, au grand jamais, cruel envers elle ; il ne lui crierait jamais dessus et ne la ferait jamais se sentir honteuse. Il ne lui cacherait jamais rien juste par principe, même s'ils restaient ensemble pendant cent ans. Elle s'imaginait déjà là-bas, ils seraient tous réunis, dans la cabane de chasse des cousins d'Esrom, un feu allumé dans la cheminée, les filles faisant des cabrioles ; ils dîneraient dans un petit restaurant du coin, un couple âgé sourirait en regardant cette adorable famille, un tableau charmant, le gentil Esrom aux yeux bleus, Nat et les filles aux cheveux noirs.

Mais c'étaient les filles de Paul, et Nat, elle aussi, était à Paul. Et Paul était quelqu'un de bien : sa colère à l'égard de Nat n'était pas totalement injustifiée, comme le prouvaient les pensées qu'elle avait eues encore quelques secondes plus tôt. C'était normal, Paul était blessé et il s'était renfermé comme une palourde à l'intérieur de sa double coquille. Il pensait qu'ils surmonteraient tout ça s'ils ne parlaient plus jamais de ce qui s'était passé : c'était comme s'il avait perdu sa dignité, une blessure de guerre tragique, et qu'il pouvait en récupérer des morceaux à droite, à gauche afin de la retrouver. *Je vais devoir prétendre te faire confiance*, avait-il dit. Eh bien, qu'il aille au diable, elle méritait plus que sa confiance feinte, elle méritait une confiance sincère. Elle avait été soumise à la tentation et elle n'avait pas succombé ; elle avait subi sa colère et pourtant elle l'aimait.

Esrom semblait dévasté. « Tout part en vrille, cracha-t-il, sur un ton désespéré, évitant de croiser son regard. C'est un tel gâchis. Je vous regarde, je regarde les filles et je me dis *ça pourrait être un éclat de lumière, tout le temps.* »

Nat le regardait sans ciller.

« Je suis désolé, ajouta-t-il, comme s'il se dégoûtait lui-même. Je n'aurais pas dû dire ça.

— Je sais que ça va aller, dit-elle tout en sachant que ce n'étaient que des mots.

— Ça va, rétorqua-t-il d'une voix morne.

— Vous êtes quelqu'un de bien, Esrom. Vous êtes la meilleure personne que je connaisse. Vous voyez bien à quel point je vous fais confiance, non ?

— Merci. » Il dégagea doucement son bras. « Je vous en prie, montez dans le camion. Vous allez geler sur place. » Il la contourna pour ouvrir la portière côté passager et elle lui attrapa de nouveau le bras.

« Je vais prendre soin… » commença-t-il. Mais elle se pencha vers lui, elle prit son visage dans ses mains et l'embrassa. Les lèvres d'Esrom étaient froides et sèches, et son cœur s'emballa quand elle y déposa un baiser. Elle resta un moment sans bouger, son visage contre celui d'Esrom, sensible à son odeur, à la texture de sa peau sous ses doigts ; elle pensa : *Comme c'est étrange, il pourrait être à moi, ce pourrait être une odeur et une peau qui me seraient familières.* Elle s'y habituerait, elle en remarquerait la moindre nuance, le moindre changement et, avec le temps, ce ne serait plus qu'une autre version d'elle-même. Mais la possibilité qu'ils puissent s'appartenir était tout à la fois miraculeuse et inconcevable.

« Nat », dit-il. Elle desserra son étreinte ; il lui ouvrit la portière et, quand elle fut installée à côté de ses filles, il la referma et fit le tour pour s'asseoir au volant. Ils ne dirent pas un mot durant tout le trajet jusque chez lui. Nat, penchée sur le couffin, caressait le ventre de Sadie à travers la petite couverture, Sam parlait joyeusement de la neige et Liddie, silencieuse, regardait par la vitre, émerveillée et excitée. L'immeuble où habitait Esrom paraissait s'être détérioré depuis la fois où Nat était venue. La brique semblait humide, effritée, des débris au sol se mêlaient à la neige. Esrom se gara près d'un auvent à voitures.

« Les filles, dit Nat en se tournant vers elles, comme elle le put, coincée dans cet espace étroit, M. Esrom va vous emmener à la cabane car je dois rester ici. J'aurais aimé partir avec vous, mais je ne peux pas. »

Sam la regarda, surprise, et Liddie fit de même, une seconde plus tard.

Sam dit : « Je veux que tu viennes aussi, maman…

— Je ne peux pas, mon cœur, répéta Nat. Mais vous allez quand même partir en voyage avec M. Esrom. Vous serez gentilles avec lui, d'accord ?

— Oui, dit Liddie.

— On emmène aussi Sadie ? » demanda Sam.

Nat eut un pincement au cœur. « Oui, Sadie aussi. Mais je vous reverrai bientôt. » Elle les embrassa, tour à tour, les larmes lui brouillaient la vue.

« Prenez bien soin de mes filles, dit-elle à Esrom.

— Bien sûr. Je vais en prendre soin comme de la prunelle de mes yeux. »

Il lui tendit les clés de la Dodge. Nat referma la portière du camion, recula d'un pas et, les clés pressées dans la paume de sa main, elle regarda les têtes des filles et le profil d'Esrom rétrécir à mesure que le véhicule s'éloignait le long de la route enneigée.

Paul

L'ambulancier fut autorisé à partir, puis ce fut au tour de l'infirmière. Paul, toujours assis sur sa chaise pliante dans un coin de la pièce, les regarda s'en aller. Il observa de loin le petit groupe de nouveaux arrivants qui venaient juste de sortir des douches. En écoutant leur conversation, il apprit que certains d'entre eux faisaient partie de l'équipe de secours qui avait été chargée de parcourir à toute vitesse la salle du réacteur pour, en trente-cinq secondes, trouver le corps de Sidorski – temps pendant lequel ils absorbèrent l'équivalent d'un an d'exposition aux radiations – avant de ressortir en courant. L'un d'eux revendiqua être celui qui avait repéré le premier le troisième opérateur. « Je l'ai vu, moi aussi, fit une autre voix, mais j'ai cru que c'était un tas de chiffons. »

La prochaine étape serait de récupérer Sidorski. Des opérateurs du centre de recherche avaient été appelés en renfort. Ils essaieraient, à tour de rôle, d'attraper le corps à l'aide d'une perche équipée d'un crochet jusqu'à ce qu'ils parviennent à le descendre sur une civière géante. On craignait que le corps ne rate la cible et ne tombe dans le cœur du réacteur, ce qui risquait de provoquer une nouvelle réaction en chaîne.

En surprenant cette bribe de conversation, Paul frémit. Il avait bien fait d'envoyer sa famille loin d'ici, même s'il avait l'impression d'avoir donné Nat à un autre homme. Imaginer Nat et les filles avec Esrom, en voiture, qui se baladaient dans la campagne comme si elles partaient en vacances, le rendait malade. Il était incapable de rester en place, incapable de se concentrer. Il ne pouvait empêcher certaines parties de son corps de bouger – tantôt c'était son pied, qui tapait contre le barreau de chaise en métal, tantôt son bras qu'il ramenait le long de son corps, ou encore sa tête agitée de tics. Il lui fallait se libérer de cette nervosité qu'il sentait grandir en lui. C'étaient comme des milliers de minuscules insectes qui rampaient depuis ses épaules jusque dans son dos, et ce n'est qu'en se secouant qu'il parvenait à s'en débarrasser. Puis cela revenait et il était obligé de se secouer à nouveau.

Il revoyait des images de Webb, pas seulement son visage en gros plan dans l'ambulance, une vision éprouvante, mais le premier choc : Webb allongé sur le sol dans la salle du réacteur, se redressant à moitié, en gémissant, le bras tendu vers quelque chose qu'il ne pouvait pas voir ; ses vêtements qui lui collaient à la peau. Il était horrible à voir mais, au moins, il était encore vivant, même si c'était un dernier sursaut. Et puis le transport en ambulance avec l'infirmière qui lui prenait le pouls et tentait de le ramener à la vie ; le visage de Webb réduit à une masse molle affaissée. Webbsy au grand cœur, âgé de vingt ans. Quel gâchis.

Les insectes rampants se manifestèrent à nouveau. Il essaya de se maîtriser, mais eut l'impression qu'un poing lui écrasait les poumons. Finalement, il ne put résister et secoua les épaules, gigotant sur son siège. Puis il se détendit et se laissa aller contre le dossier de sa chaise, soulagé.

Quand Nat surgit dans l'encadrement de la porte, il fut persuadé de rêver. Il ne réagit même pas, jusqu'à ce qu'il la voie s'élancer vers lui en courant. Il se redressa, complètement perdu. Elle cria son nom et, tout à coup, elle fut à ses côtés, les bras enlacés autour de son cou. Elle lui embrassait le front, les joues, les épaules, ses lèvres comme des papillons virevoltants. Il la regarda, sidéré, tandis qu'elle s'agenouillait près de lui, lui caressant les cheveux.

« Tu es là », murmura-t-il. Le monde avait changé en une seconde.

« Tu as une sale mine, dit-elle.

— Madame », cria une voix derrière elle tandis que le médecin s'agitait en faisant de grands gestes avec les bras. Nat se retourna, sa joue contre le front de Paul, dévisageant le médecin comme si elle n'avait aucune idée de qui il s'agissait et que son rôle était dénué d'importance.

« Tu ne peux rester ici, chuchota Paul. Tu ne devrais pas t'approcher de moi, tu dois partir. »

Elle secoua la tête.

« Madame ! » Le médecin était dans tous ses états. « Madame, c'est une zone interdite. »

Nat se releva, attrapa Paul par la main et coinça son bras sous le sien. « Je suis désolée. Il part maintenant. »

L'homme pointa un doigt vers elle, les cheveux dressés sur la tête. « Vous le tenez par la main ! Les mains des hommes qui sont ici sont les parties de leur corps les plus irradiées. Madame ! Vous voulez que je vous montre avec le détecteur ? Vous verrez que…

— Ça m'est égal. » Nat tira Paul par le bras. Hébété, il se leva. « On y va », lança-t-elle.

Paul la suivit à travers la pièce, zigzagant au milieu des chaises pliantes sous le regard des autres gars. Arrivée à la porte d'entrée, elle fonça.

La portière de la Dodge Wayfarer verte était ouverte pour lui et, l'espace d'une seconde, il hésita. Mais elle resserra son étreinte et le conduisit jusqu'au siège passager. Elle fit le tour de la voiture en courant.

« Je vais appeler la police ! » cria le médecin.

Nat pinça les lèvres et démarra sur les chapeaux de roues. La tête de Paul heurta le dossier de son siège. Son cœur se gonfla de peur, de soulagement et d'amour pour Nat.

« Où sont les filles ? demanda-t-il.

— Avec Esrom. »

Il hocha la tête. La route filait sous les roues de la voiture.

« Je vais rester avec toi, dit-elle. On va garder les filles loin de la maison jusqu'à ce que tu penses qu'il n'y a plus de danger et qu'elles peuvent revenir. Mais moi, je reste là. Nous ne serons plus jamais séparés, tu m'entends ? Nous sommes ensemble.

— Je ne veux pas te faire de mal.

— Ce ne sera pas le cas.

— Tu n'en sais rien. Chaque seconde avec moi, c'est comme si tu passais à travers des rayons X.

— C'est si dangereux que ça, les rayons X ? dit-elle, accompagnant sa question d'un geste désinvolte de la main. Les pieds des filles sont passés aux rayons X chaque fois que nous leur achetons de nouvelles chaussures.

— Mais ça ne dure qu'une seconde. »

Elle secoua la tête et ne répondit pas. Elle lui prit la main et la serra dans la sienne. « C'est affreux pour Webb, dit-elle, les larmes aux yeux. Et pour les deux autres aussi. Tu les as vus ?

— Oui », répondit-il. Il n'en avait vu qu'un mais il n'eut pas le cœur à lui expliquer.

Il balaya des yeux le site du centre de recherche nucléaire, désertique et glacé. Une manche à air flottait au sommet d'un poteau. Il distinguait à peine la silhouette du CR-1 qui se découpait à l'horizon, encerclé par de nombreux véhicules.

« Pendant tout le trajet jusqu'ici, j'ai essayé de voir des signes, dit-elle, presque pour elle-même. Tu sais, des flammes géantes, un champignon rose dans le ciel, ou un truc comme ça. Quand je suis arrivée en disant que je venais te chercher, un gardien m'a laissée entrer d'un simple geste de la main. Et tout ce que j'ai vu, ce sont quelques hommes habillés avec des combinaisons de protection sur la grand-route et une ambulance abandonnée sur le bas-côté, dans les broussailles. »

Des images de l'ambulance lui traversèrent l'esprit : le véhicule fonçant dans l'obscurité, ses seuls feux arrière visibles ; les bruits de pas de l'ambulancier qui courait vers eux. Il frissonna. Webb était peut-être encore là-bas, réduit à néant, seul.

« Qu'y a-t-il ? »

Il secoua la tête. Voyant que Nat le regardait toujours d'un air interrogateur, il expliqua : « Je suis content que les filles aient pu partir.

— Moi aussi, murmura-t-elle.

— Une part de moi voudrait être là-bas, poursuivit-il. Sur le site du réacteur. J'ai l'impression que je *devrais* être là-bas pour aider à récupérer les corps des gars. Je suis déjà foutu.

— Qu'est-ce que ça veut dire, tu es déjà foutu ? demanda-t-elle d'une voix cassante, indignée.

— Excuse-moi.

— Ne parle pas comme ça. Ça va aller maintenant. Tu as juste besoin de te reposer. »

Paul appuya sa tête contre le dossier de son siège et ferma les yeux. « Sidorski devait probablement être aux commandes de la barre de contrôle, murmura-t-il en essayant de se le représenter. Je parie qu'elle est restée coincée, et qu'il a dû forcer. Il a dû dépasser accidentellement les dix centimètres.

— C'est quoi ces dix centimètres ? demanda Nat.

— On nous a dit de ne jamais lever la barre de contrôle de plus de dix centimètres. On a toujours fait très attention, même si on ne savait pas exactement ce qui pouvait arriver si la barre de contrôle dépassait cette mesure. Sidorski était nouveau. Il avait été recruté pour me remplacer pendant que j'étais au Groenland. Il avait vingt-deux ans ; il a un fils. Si j'avais été là-bas, j'aurais peut-être pu maîtriser la barre de contrôle.

— Ou peut-être aurais-tu été tué, coupa Nat. Dieu veillait sur toi.

— Pourquoi est-ce que Dieu veillerait sur moi ? » Il n'avait jamais réussi à convaincre Nat de l'absurdité de cette croyance.

Elle fronça les sourcils et poursuivit : « On doit se réjouir que tu sois vivant. Pense à ça : tu vas rentrer à la maison. Tu vas serrer tes filles dans tes bras très bientôt. Tu ne dois pas te sentir coupable, mais seulement reconnaissant. »

Paul regardait par la vitre. Il était reconnaissant d'être vivant, oui. Mais il ne le méritait pas plus que les autres opérateurs.

« Tu étais là-bas quand il le fallait, Paul. Esrom me l'a dit. Tu ne pouvais rien faire de plus. »

Ses yeux se remplirent de larmes et il les chassa d'un battement de cils. « Merci », murmura-t-il.

Esrom lui avait donc raconté l'histoire. Il en fut soulagé. Mais il savait que Nat voulait que ce soit lui qui lui explique ce qui s'était passé, cette manière qu'elle avait de toujours vouloir qu'il lui parle des choses, or il craignait de ne pas en être capable. C'est ainsi qu'il la décevait ; il aurait pourtant dû lui être facile d'y remédier : *Parle, nom de Dieu ! Parle et rends ta femme heureuse !* Mais il en était incapable, tandis qu'Esrom, lui, y parvenait apparemment.

Elle fouilla dans sa poche comme si elle venait juste de se souvenir de quelque chose et en sortit un morceau de papier bleu pâle quadrillé. « Paul, j'ai oublié de te demander, c'est quoi ça ? »

Avant même de le déplier, il sut que c'était une page arrachée au journal de bord du réacteur, mais il ne comprenait pas comment elle avait atterri entre les mains de Nat.

« Où as-tu trouvé ça ? demanda-t-il.

— C'était dans la boîte aux lettres. »

Toutes les dates remontaient à plus d'un an, quand les barres de contrôle avaient commencé à sérieusement se bloquer.

« Quelqu'un l'a déposé dans notre boîte aux lettres ? Qui ?

— Jeannie Richards, je crois.

— Jeannie Richards ? répéta-t-il, perplexe. Comment sais-tu que c'est elle ?

— Hier, quand je suis sortie pour jeter les ordures, j'ai vu Jeannie qui descendait la rue en voiture. Elle avait relevé le petit drapeau de la boîte aux lettres. Et quand je suis allée vérifier, j'ai trouvé ça.

— Tu es donc sûre que c'était elle qui…

— Presque certaine.

— Elle ne peut pas l'avoir pris elle-même dans la salle du réacteur, dit Paul. Elle n'est jamais allée au CR-1 et, même si elle y était allée, elle n'aurait pas pu mettre la main dessus. Richards a dû le rapporter à la maison.

— Pourquoi aurait-il fait une chose pareille ?

— Je ne sais pas », dit Paul. Quel que soit le raisonnement de son superviseur, Richards ne devait pas vraiment savoir non plus ce qu'il faisait. C'était un geste désespéré, presque puéril : arracher une page du livre de bord ; comme si effacer des preuves ici et là pouvait édulcorer l'histoire d'une machine aussi défectueuse que le CR-1.

« Est-ce une sorte de camouflage ? demanda Nat.

— Une tentative, peut-être, oui, dit Paul. Ce jour-là, Franks avait noté que la barre de contrôle numéro 9, la barre de contrôle la plus puissante, s'était bloquée. Richards et Harbaugh avaient fait pression sur lui pour qu'il ne mentionne pas par écrit les gros pépins techniques, dans l'espoir, j'imagine, de s'accrocher jusqu'à l'arrivée du nouveau cœur de réacteur.

— Mais regarde ce qui s'est passé !

— Oui. Mais si le réacteur avait tenu bon jusqu'à l'arrivée du nouveau cœur, personne ne s'en serait douté. Personne n'aurait regardé et le dossier de Richards n'en aurait pas été entaché. Je pense qu'il espérait une promotion, encore une.

— Il a pris tous ces risques pour une promotion ?

— J'ai pas l'impression qu'il ait mesuré les risques qu'il prenait. Il n'a jamais travaillé avec nous dans la salle du réacteur. Et dans son esprit, le jeu en valait la chandelle. Une fois arrivé à ce niveau de responsabilité, c'est plus difficile d'obtenir une promotion. Les gens vont maintenant examiner toutes les pages du livre de bord, ligne par ligne. Je parie qu'en ce moment même, des experts du Commissariat de l'énergie atomique arrivent de Washington.

— Ce qu'avait raconté Harbaugh pendant la soirée chez les Richards était donc vrai ? Votre réacteur avait des problèmes depuis tout ce temps-là ? Tu aurais pu te faire tuer chaque fois que tu es allé travailler ?

— On ne voyait pas les choses sous cet angle-là ; on se débrouillait. Il y a toujours une part de risque. On attendait que le nouveau cœur arrive... ils en ont commandé un pour le printemps.

— Paul, pendant tout ce temps, tu n'as rien dit à personne. Tu ne m'as rien dit à moi.

— C'était difficile à expliquer.

— Mais c'est horrible. Trois hommes sont morts !

— Je sais », marmonna-t-il, écœuré.

Elle secoua la tête mais n'ajouta rien de plus, se rendant compte à quel point il souffrait. Ils s'engagèrent sur la nationale, laissant le réacteur derrière eux et, l'espace d'un instant, Paul eut envie de bondir hors de la voiture et d'y retourner ; trop de choses s'y étaient passées, c'est là-bas qu'il devait être, comment pouvait-il partir ? Mais Nat continuait d'avancer, sans se retourner.

Arrivés sur la nationale 20, ils ralentirent, tandis qu'autour d'eux les champs enneigés disparaissaient et qu'ils approchaient de la ville, repliée sur elle-même, grise aux toits blancs. Il était difficile de dire si les gens partiraient ou non. Paul n'avait aucune idée du discours officiel concernant l'accident du réacteur et de ce que M. Tout-le-monde avait entendu.

Puis Nat lui indiqua quelque chose du doigt et s'écria : « Regarde. » Paul leva la tête et vit une femme dans la quarantaine, bien emmitouflée, debout au coin d'une rue, un panneau presque aussi grand qu'elle à la main. On pouvait lire, écrit en lettres rouges majuscules : DITES-NOUS LA VÉRITÉ, MESSIEURS LES INGÉNIEURS. Elle brandit le panneau dans leur direction, et le chauffeur d'un camion lui cria de rentrer chez elle et de s'occuper de ses affaires.

Paul avait déjà vu des gens protester ou manifester, à la télévision ou en couverture du magazine *Life*, mais jamais en vrai, et c'était fascinant. Il n'aurait su dire s'il y voyait l'expression du courage ou celle d'un esprit dérangé. « Elle a raison », dit Nat, calmement, ce qui tout à la fois le surprit et ne le surprit pas.

Ce n'est que quelques pâtés de maisons plus loin que Paul aperçut la voiture du sergent-chef Richards devant eux. « Nom de Dieu », marmonna-t-il. Dans une petite ville telle que la leur, il était impossible de ne pas croiser quelqu'un que vous connaissiez et, du CR-1 jusqu'ici, il n'y avait qu'une seule route. Pourtant, voir la Cadillac de Richards qui filait juste devant eux, les signaux lumineux des ailerons et les feux de stop se réfléchissant sur l'asphalte et la neige, lui fit l'effet d'une gifle. Il reconnut le crâne de Richards avec ses mèches grisonnantes et le joli cou et les boucles rousses de Jeannie assise à côté de lui. Richards avait probablement compris qu'il serait vite relâché, n'ayant été que peu exposé aux radiations, et avait appelé sa femme pour qu'elle vienne le chercher.

Au même moment, Nat se redressa sur son siège, les mains crispées sur le volant. « Tu les vois ? marmonna-t-elle entre ses dents. Tu vois leur voiture ?

— Laisse tomber, dit Paul. Ils n'auront que ce qu'ils méritent. *Il* n'aura que ce qu'il mérite. Une procédure sera…

— Ce n'est pas juste.

— Je sais.

— Ce n'est pas juste, répéta-t-elle, en colère. Il aurait pu te tuer ! Toi. Mon *toi* à moi. » Il avait du mal à la comprendre, mais elle continua : « Et ces pauvres gars ! Non mais regarde-le, fuyant je ne sais où pour aller se la couler douce ! » Elle tapa du poing violemment sur le klaxon et Paul sursauta. « Arrêtez-vous ! cria-t-elle.

— Il ne peut pas t'entendre. »

Ils arrivaient à l'entrée du pont. Les chutes gelées étaient suspendues immobiles, comme si on leur avait jeté un sort. De l'eau noire stagnait à leur pied.

« Il aurait pu anéantir ma famille, dit Nat.

— Mais ce n'est pas le cas. Nous sommes là, Nat. Tout va bien.

— Et de quoi va-t-il écoper, il va passer devant un tribunal militaire ? Et quoi : on va lui sucrer un mois de salaire ? Ils n'ont pas cessé de nous persécuter, sans raison, depuis que nous sommes arrivés dans cette ville !

— Qu'est-ce que tu veux dire ? » Pour autant qu'il le sache, Nat n'avait parlé à Richards et à sa femme qu'une seule fois, lors du dîner organisé chez eux peu après leur arrivée à Idaho Falls.

Elle accéléra brutalement et la Wayfarer fit un bond, dans un rugissement de moteur. En quelques secondes, elle rattrapa la voiture des Richards, freina juste derrière eux et klaxonna de nouveau. Richards jeta un coup d'œil dans le rétroviseur, sa femme se retourna, et Paul vit le dédain dans leurs yeux, le regard de gens puissants et irréprochables jeté à quelqu'un de déséquilibré. Il eut presque envie d'encourager sa femme.

Mais il se contenta de dire : « Nat.

— Je veux leur parler », lâcha-t-elle, enragée, écartant sa main d'un coup de coude. Richards était arrêté à un feu ; nerveux, il se retourna pour regarder

Nat tandis qu'elle baissait sa vitre et criait, dans l'air glacé : « Garez-vous ! Je veux vous parler. »

Richards se pencha par la vitre de sa portière. « Je vois que vous avez récupéré la voiture de votre petit copain », lança-t-il.

Paul blêmit et se raidit sur son siège. « Rentrons », dit-il. Mais dans sa tête, il se disait bien d'autres choses. Et, avant qu'il ne s'en rende compte, Nat accéléra, les pneus dérapèrent et la Wayfarer fonça droit dans le pare-chocs de la Coupe de Ville, dans un bruit assourdissant.

Les têtes de Nat et Paul rebondirent sur le dossier de leur siège.

« Nom de Dieu », fit Paul qui se pencha en avant pour voir à travers le pare-brise. La carrosserie en acier étincelant autour de la plaque minéralogique était enfoncée. « Tu as défoncé son pare-chocs. Tu es devenue folle ? » cria-t-il, sur un ton moins désapprobateur qu'il n'y parut, mais aussi le cœur serré, car Richards hurlait par la vitre que Nat allait le payer, que sa voiture valait plus de cinq mille dollars, qu'elle était une pute qui se trimballait en ville dans la voiture de son petit copain, etc. Quand le feu passa au vert, il hurlait encore ; Jeannie, qui avait l'air sur le point de mourir de honte, lui tapota le bras et il redémarra en trombe. Il les distança et se retourna pour faire un doigt d'honneur à l'intention de Nat, le visage convulsé par la colère. Dans cet état, il ne pouvait en aucun cas voir le piéton.

Le piéton, qui n'apparut tout d'abord que comme une forme vague, une ombre mouvante : un homme, grand, chaussé de bottes, traversant la rue d'une démarche souple, juste devant l'entrée du pont. Vêtu d'un épais manteau de flanelle et coiffé d'une casquette à oreillettes, il portait un sac de toile empli de livres, aurait-on dit. Il s'arrêta pour remettre en place le sac qu'il tenait dans ses bras. Paul eut la sensation que la scène se déroulait au ralenti – la voiture de Richards se précipitant sur le piéton, l'homme tournant la tête vers la voiture, les yeux écarquillés, avant de plonger sur le bas-côté.

Richards donna un coup de volant et coupa la route aux voitures qui venaient en sens inverse avant de faire une sortie de route. Le véhicule parut chuter, comme une illusion d'optique, par-dessus la berge de la rivière. Paul regardait la scène, les yeux ronds. Nat freina brutalement en poussant un cri et leur voiture dérapa, tournant lentement sur elle-même avant de s'immobiliser sur la voie d'en face. Paul eut l'impression que cette scène était le fruit de son imagination et que, lorsqu'ils se retourneraient, la voiture des Richards serait toujours devant eux. Au lieu de quoi, lui et Nat étaient confrontés au flot de voitures qui arrivaient en face d'eux et s'écartaient au dernier moment pour les éviter. Du coin de l'œil, Paul vit le piéton figé sur place, en pleine confusion, le regard fixe ; son sac était tombé et les livres éparpillés coloraient la neige de taches brunes, vertes et bleues. Nat réussit à traîner la voiture sur le bas-côté. Elle coupa le moteur et resta assise, sans bouger ; sous le choc.

« Est-ce que ça va ? lui demanda Paul en l'attrapant par les épaules.

— Ça va, dit-elle. Paul, ils vont bien ? »

Il ouvrit sa portière et descendit de voiture, faisant crisser la neige couverte d'une fine couche de glace, pour se diriger vers la rivière ; Nat s'extirpa du véhicule et le suivit. Quand Paul arriva en haut du talus, il découvrit que la Coupe de Ville avait glissé en marche arrière le long de la berge avant de tomber dans l'eau : le coffre était déjà en train de s'enfoncer dans la rivière gelée, tandis que l'avant du véhicule restait encore accroché tant bien que mal à la rive. Sous l'épaisse couche de glace, les feux arrière rougeoyaient faiblement dans l'eau. Avec soulagement, Paul aperçut les silhouettes de Richards et de Jeannie. Richards agrippé à la portière avant de la voiture et Jeannie qui commençait à gravir la berge. Elle avait dû réussir à s'extraire de l'habitacle avant qu'elle n'atterrisse dans l'eau.

Il entendit Richards hurler : furieux pour sa voiture, supposa Paul. Mais Jeannie leva la tête, très agitée, criant à l'aide et, dans sa voix, Paul perçut autre chose que de la peur. Elle le fixa des yeux et leva les bras dans un geste de panique : « Ma fille est coincée à l'intérieur ! »

Paul comprit ce qui se passait. Richards essayait de remonter en voiture ; il réussit à grimper à moitié sur le siège passager, avant que la Cadillac – dans un grognement – ne s'enfonce un peu plus dans l'eau. Paul, atterré, se demanda pourquoi il n'avait pas pensé un seul instant que l'enfant pouvait être dans la voiture. Cette éventualité ne lui avait pas même effleuré l'esprit, et il était horrifié, espérant que la petite fille n'avait pas été blessée dans l'accident, espérant que Richards émergerait d'un instant à l'autre, la tenant dans ses bras comme un trophée. Paul dévala la pente en courant, trébucha – sur les cailloux rendus glissants par le gel – et finit presque par ramper jusqu'à la voiture.

Il vit que Richards se démenait pour atteindre la banquette arrière, par-dessus le siège passager. Il avait attrapé la fillette par les cheveux et la tirait par le bras en essayant de la soulever pour la faire passer à l'avant. De l'eau glacée emplissait rapidement la voiture.

« Attrape-la ! » cria Richards. Paul se glissa derrière lui, tandis que la voiture continuait à s'enfoncer dans l'eau. Ses pieds dérapèrent sur une pierre gelée. Une vague s'engouffra dans l'habitacle, et Paul vit l'eau recouvrir la tête de l'enfant ; il écarta Richards du coude, se faufila entre les deux sièges à l'avant, attrapa la fillette sous les bras et lui souleva la tête hors de l'eau. Quelques secondes interminables passèrent avant qu'il ne parvienne à se redresser, un genou posé sur le siège passager, l'autre pied tendu derrière lui. Il parvint finalement à la tirer à l'avant et, en trébuchant de nouveau sur les pierres glissantes, il s'extirpa de la voiture, l'enfant dans les bras.

Il s'agenouilla sur la rive, la tenant serrée contre sa poitrine. L'absence de réaction de la fillette était terrifiante et il lui tapa dans le dos, de plus en plus fort. Jeannie redescendait vers lui en hurlant ; mais bien qu'elle ne fût plus qu'à quelques pas de lui, ses cris apparurent à Paul comme un bruit de fond, à peine perceptible, lointain, jusqu'à ce que la fillette se mette enfin à tousser, hoqueter et recracher de l'eau, avant de pleurer.

« Oh, merci, mon Dieu, dit Paul. Merci, mon Dieu. » Sa gorge se serra. L'enfant n'était pas plus grande que Liddie et il embrassait ses cheveux mouillés et froids comme il l'aurait fait avec ses propres filles tout en remontant la berge pour la confier à Jeannie.

« Prenez-la, dit-il. Je crois qu'elle n'a rien. »

Jeannie éclata en sanglots. Elle enveloppa sa fille de son manteau de fourrure et la berça, en pleurant, la tête penchée vers elle pour la regarder et s'assurer qu'elle allait bien.

Paul se retourna pour jeter un coup d'œil à Richards et le vit agenouillé près de la voiture, les mains sur les cuisses, respirant difficilement.

« Est-ce qu'elle va bien ? » demanda Nat en descendant vers eux. Paul voulut lui dire de faire attention, mais il était incapable de parler. Il vit qu'elle avait récupéré une vieille couverture trouvée sur la banquette arrière de la Wayfarer, et, avec l'aide de Jeannie, elle en enveloppa l'enfant qui, maintenant, pleurait à gros sanglots. Elles étaient penchées sur elle, la caressant, la réconfortant, l'apaisant. À la vue de ces deux femmes entourant la fillette, sa gorge se serra de nouveau et il se tint à l'écart, submergé par un tel soulagement que ses jambes faillirent se dérober sous lui. Une large tache mouillée marquait sa poitrine, de la forme de l'enfant qu'il avait tenue serrée contre lui : il l'avait sauvée.

« La police arrive », cria quelqu'un du haut de la berge.

Richards avançait vers eux en boitant, claquant des dents, le visage gris-bleu. « Angela ? » lança-t-il d'une voix rauque. Son pied arrière glissa ; il se retrouva à quatre pattes, poussant sur ses mains et ses genoux pour grimper sur un rocher.

« Elle va bien, lui cria Jeannie, sans quitter la fillette des yeux. Elle n'a rien, pas une égratignure, elle a froid et elle est mouillée, c'est tout. » Angela s'était calmée à présent, blottie contre Jeannie, elle suçait son pouce. Jeannie chancela et ferma brièvement les yeux.

« Merci, mon Dieu », fit Richards en les rejoignant. Il se releva, grimaça et se passa la main sur le visage. Ses dents de devant étaient tachées de sang. Il cracha et les regarda les uns après les autres, désorienté.

Paul entendit les sirènes au loin qui approchaient. Puis un bruit de succion suivi d'un terrible grondement leur parvint d'en bas. La voiture s'enfonça encore plus profondément dans la rivière. Le pare-brise disparut sous l'eau, puis le capot, seule la calandre dépassait encore, tel un large sourire découvrant les dents. Autour du véhicule, un trou noir s'élargit dans la glace, accueillant.

« Nom de Dieu ! s'écria quelqu'un, d'en haut. C'est votre voiture ? »

En un dernier grincement sourd, les phares de la Cadillac disparurent sous l'eau.

« Oui, répondit Richards, c'est ma voiture. »

Jeannie ricana doucement. Elle reposa son menton sur le sommet du crâne emmitouflé d'Angela. « Enfin, dit-elle, tout en berçant sa fille, c'*était* ta voiture. »

La Coupe de Ville avait glissé dans un monde fantomatique, empli d'ombres, juste sous la surface de l'eau. Des petites bulles d'air s'en échappaient, une par une.

« Cette putain de voiture, dit Paul en secouant la tête.

— Ses feux sont encore allumés », gémit Richards, juste avant qu'ils ne s'éteignent.

V

LA MAISON VIDE

Nat

Janvier 1961

Paul quittait l'armée. Il avait pris sa décision subitement, alors que les filles étaient encore avec Esrom. Il était entré dans le salon où Nat était assise et avait déclaré : « Je crois qu'il faut que je démissionne. »

Elle avait hoché la tête sans poser de questions ; prendre une telle décision, pour Paul, n'était pas une mince affaire. Elle savait que, depuis l'accident, il n'avait cessé d'y penser. Il accepterait les conditions imposées par l'armée, quelles qu'elles soient ; mais, en raison du rôle qu'il avait joué lors de l'accident sur le CR-1, on lui avait dit que l'armée ne lui ferait aucune difficulté. « Qu'est-ce que tu vas faire ? » demanda-t-elle.

On construisait et on mettait en service de nouvelles centrales électriques tous les jours partout à travers le pays, avait-il dit ; l'énergie nucléaire suscitait l'enthousiasme de la nation, mais l'armée revoyait son programme à la baisse. La rumeur courait selon laquelle l'accident du CR-1 avait sonné le glas de ce programme. Quand Paul avait téléphoné au bureau de la toute nouvelle centrale nucléaire civile implantée dans l'Illinois, il avait été surpris par l'empressement du superviseur à son égard. Si peu de gens avaient une réelle expérience dans le domaine du nucléaire qu'on lui avait proposé un poste au salaire bien plus élevé que celui qu'il avait actuellement. Il avait suggéré à Nat qu'ils partent dès maintenant à l'est, en s'arrêtant d'abord dans le Michigan, où ils iraient présenter leurs condoléances à la mère de Webb et rendre un dernier hommage au jeune homme lors de ses funérailles (qui avaient été différées en raison de l'enquête et de la procédure de décontamination de ses restes), puis ils continueraient leur route jusqu'en Illinois et feraient du repérage près de la ville de Morris, où se trouvait la centrale nucléaire de Dresden.

Nat eut un bref pincement au cœur : ce serait étrange de quitter l'armée, malgré ses sentiments partagés à l'égard de ce monde. Elle aimait leur maison ; elle commençait à s'habituer à Idaho Falls. Et, surtout, il y avait Esrom. Les jours précédents, des pensées coupables lui avaient traversé l'esprit, des fantasmes étonnamment précis où elle le croisait, par hasard, dans leur petite ville (car s'ils étaient restés un an de plus, le temps que Paul finisse sa mission, il ne faisait aucun doute qu'elle l'aurait rencontré de temps en temps), et ressentait un profond bonheur en le voyant. Parfois, elle s'imaginait en train de l'attendre devant chez lui, pour le surprendre quand il sortirait. La joie soudaine qui se lirait sur son visage serait quelque chose de précieux.

Mais, si elle ne pouvait s'empêcher d'y penser même après tout ce qui s'était passé, alors il fallait bien l'admettre, elle n'avait d'autre choix que de s'éloigner d'Esrom. Elle devait refermer cette petite porte dans son esprit. Une porte qui ne serait peut-être pas verrouillée, mais qui, si elle partait loin d'ici, finirait par être rongée par la rouille.

Les déménageurs de l'armée vinrent s'occuper de leurs affaires. Un déménagement prenait toujours deux jours : le premier pour tout emballer et dormir au milieu des cartons ; le deuxième pour charger le camion. Ils passeraient alors une dernière nuit dans leur maison avant de partir pour le Michigan tôt le lendemain matin.

Et, soudain, la petite maison fut de nouveau vide. Il était douloureux de voir à quel point une maison, avant de la quitter, pouvait être pleine de charme. Nat jeta un coup d'œil autour d'elle et se dit : *J'aurais aimé vivre ici*, comme si cela n'avait pas été le cas.

Deux jours avant leur départ, sur le chemin du retour après avoir fait quelques courses dans le centre-ville, Nat aperçut Jeannie Richards qui descendait du bus. Emmitouflée dans un long manteau de fourrure, ses hauts talons s'enfonçant dans la neige ; elle était la seule à conférer un charme certain aux transports en commun.

La première impulsion de Nat fut de l'éviter et d'arrêter la voiture (un break Chevy d'occasion que Paul avait acheté pour pas cher, car, après l'accident du CR-1, la Fireflite avait été détruite). Elle pourrait attendre que Jeannie soit hors de vue, ou bien faire demi-tour, mais, dans les deux cas, elle se ferait remarquer. Et, par ailleurs, qu'avait-elle à perdre maintenant ?

Elle ralentit et baissa sa vitre. « Je peux vous raccompagner ? » demanda-t-elle.

Jeannie hésita, resserrant son manteau autour d'elle. Ses cheveux roux ressortaient sur le gris de la neige et du ciel.

« C'est seulement à deux pas d'ici, protesta-t-elle.

— Je vous en prie, montez », fit Nat en ouvrant la portière côté passager. Elle souleva le couffin de Sadie pour le poser à l'arrière ; le bébé dormait à poings fermés. « Faites attention à ne pas la réveiller », chuchota-t-elle en s'adressant à Sam et Liddie, qui poussèrent gentiment leurs pieds pour faire de la place au bébé.

Jeannie monta dans la voiture et alluma une cigarette.

« Merci, dit-elle.

— Vous avez du pop-corn ? » demanda Sam.

Nat se retourna, un doigt sur les lèvres. Mon Dieu ! C'est tout juste si Sam ne lui braquait pas un pistolet sur la tempe. Elle n'avait jamais oublié cette fameuse soirée chez les Richards.

« Comment va Angela ? questionna Nat.

— Elle va bien, répondit Jeannie, parvenant à esquisser un sourire. Ils l'ont mise dans de l'eau bien chaude à l'hôpital et elle a immédiatement repris des couleurs. Une heure plus tard, elle avalait un bouillon. Le médecin m'a demandé de surveiller si elle toussait, mais ça n'a pas été le cas.

— Oh, je suis heureuse d'entendre ça, dit Nat. Je m'inquiétais pour elle. Je suis désolée qu'elle ait été… dans l'accident.

— Nous avons eu de la chance, répondit finalement Jeannie après un court silence, jetant un regard furtif à Nat. Toutes les deux. »

Elles restèrent silencieuses une partie du trajet. Ce que Nat voulait demander à Jeannie, c'était pourquoi elle avait déposé la page du livre de bord dans leur boîte aux lettres. C'était peut-être un geste désintéressé, mais l'altruisme ne paraissait pas être un trait de caractère propre à Jeannie Richards. Bien que cette question lui démangeât, il lui semblait difficile de la formuler.

« Je peux vous poser une question ? » finit-elle par dire.

Jeannie la regarda, méfiante. « Allez-y.

— Pourquoi avez-vous déposé ce papier dans notre boîte aux lettres ? »

Jeannie réfléchit. Sa cigarette à la main, elle regardait droit devant elle à travers le pare-brise, et finalement souffla. « J'étais inquiète à l'idée que Mitch se retrouve encore plus dans le pétrin, expliqua-t-elle. En arrachant des pages du journal de bord. En falsifiant des documents, même. J'ai pensé que si Collier, votre mari, était au courant, eh bien, sa conscience le travaillerait. Et qu'il pourrait faire quelque chose. J'espérais qu'il pourrait arrêter mon mari avant qu'il n'aille trop loin. J'ai mis le papier dans votre boîte aux lettres le soir du redémarrage du réacteur, mais l'accident a eu lieu la nuit même, je pense donc que c'était déjà trop tard.

— Vous avez voulu manipuler Paul, en quelque sorte, dit Nat.

— Je suppose, oui. C'est le seul à avoir jamais réagi. »

Nat se sentit fière et triste à la fois. « Je suis désolée, pour votre voiture », dit-elle finalement.

Jeannie haussa les épaules. « C'était la voiture de mon mari. C'est une fin plutôt poétique. Et probablement qu'il a préféré la voir finir ainsi plutôt que de devoir me la laisser après le divorce. »

Nat se raidit.

« Ne prenez pas cet air choqué, dit Jeannie. Mon Dieu, vous êtes une jeune personne bien innocente. C'est légal maintenant. Je prends l'avion pour Reno jeudi. Vous avez entendu parler de la législation à Reno ?

— Oui, en effet, répondit Nat en jetant au coup d'œil à la banquette arrière dans le rétroviseur.

— Six semaines assignée à résidence à Reno et vous pouvez divorcer, peu importe les raisons. Je voulais le faire ici, mais c'est trop compliqué. Il faut établir une liste des fautes et vous devez avoir des preuves solides. À Reno, pas besoin de tout ça.

— Waouh ! fit Nat doucement.

— Mitch est destitué de ses fonctions. » Elle se gratta délicatement la tête, d'un doigt, et baissa la voix, comme si c'était le mot qu'elle ne voulait pas que les filles, à l'arrière, entendent, celui qu'elles risquaient de répéter plutôt que les syllabes aiguisées du mot *divorce*. « Je pensais qu'il serait renvoyé avec pertes et fracas mais, heureusement, il s'en sort honorablement. De toute évidence, ils ne savent pas tout. Cependant, il perd trois ans, juste avant la retraite, et il ne touchera pas de pension. N'est-ce pas risible de penser que j'ai tenu bon pendant tout ce temps en espérant une retraite qui ne viendra jamais ?

— Mais qu'allez-vous faire ?

— Mon frère travaille encore chez Boeing à Saint-Louis. Ils ont besoin de secrétaires, de standardistes. Je lui ai parlé hier soir et il m'a dit qu'il me trouverait un travail. Je partirai là-bas avec Angela. Mitch a prévu de s'installer non loin pour la voir quand il le souhaiterait.

— Mon Dieu. Vous êtes courageuse. » Nat était stupéfaite.

« Oh, parfois on n'a pas le choix, n'est-ce pas ? » Jeannie se tourna vers Nat et lui sourit. Puis elle ouvrit la portière, la fourrure de son manteau glissant sur le siège tandis qu'elle descendait de voiture. Se tenant bien droite, ses cheveux cuivrés soulevés par le vent, elle traça son chemin dans la neige.

Nat

Elvira, Michigan

La petite cérémonie des funérailles se tenait aux abords du cimetière, loin des rangées de pierres tombales grises, dans un coin non délimité où le sol était recouvert de neige. Ils étaient rassemblés autour d'une grue montée sur roues qui tournait au ralenti, envoyant de petits nuages de fumée dans le ciel, et tous suivaient des yeux la chaîne brinquebalante qui se balançait au-dessus d'un trou rectangulaire. Au fond reposait un énorme cercueil plombé, pesant des tonnes, enchaîné.

Nat tenait Sadie dans les bras ; elle souleva doucement le bord de la petite couverture pour jeter un coup d'œil au visage endormi du bébé avant de la recouvrir. Paul portait Liddie, et Sam était debout entre eux deux, l'air solennel, le nez rouge, coiffée d'une petite toque de fourrure ; il ne faisait aucun doute qu'elle s'ennuyait.

On entendit un grincement suivi d'un craquement quand le cercueil fut lentement remonté à côté de la tombe où il avait été placé quelques heures auparavant ; la mère de Webb avait demandé à ce qu'il soit sorti pour le service religieux. Les deux hommes du Commissariat à l'énergie atomique, dépêchés sur place pour surveiller la cérémonie, avaient annoncé que le cercueil ne pouvait être sorti de terre que pour quelques minutes seulement car le corps de Webb émettait encore des radiations. Les cliquètements de la chaîne attirèrent l'attention de Sam qui se pencha en avant, sur la pointe des pieds.

Nat essayait de ne pas penser à ce que Paul avait marmonné entre ses dents, un soir au lendemain de l'accident (après avoir lu un article de journal émettant l'hypothèse que Webb ou Sidorski avait volontairement soulevé la barre de contrôle trop haut, comme en une sorte de mission suicide) : qu'on avait dû découper les parties du corps de Webb les plus radioactives, y compris sa tête et ses mains, pour les enterrer séparément sur le site des déchets radioactifs d'Idaho Falls. À peine avait-il lâché ces informations qu'il avait regardé Nat et s'était excusé, horrifié. *Tu n'avais pas besoin de savoir ça. Je suis désolé.* Nat s'était contentée de le prendre dans ses bras. Elle était reconnaissante du fait qu'il n'ait pas été autorisé à retourner au centre de recherche pour être le témoin direct de cette procédure ; il ne l'avait appris que par le compte rendu qu'en avait fait Franks. Mais, aujourd'hui, c'était difficile de ne pas imaginer le contenu du cercueil, qui n'avait plus rien à voir avec le jeune homme paisible, charmant, dont ils essayaient tous de garder le souvenir. Elle priait pour que la mère de Webb n'en sache rien.

« Peut-on couper le moteur ? » demanda le prêtre en levant les yeux vers la grue. Il fit un geste explicite en direction du conducteur de l'engin, ne voulant pas crier. Quand, finalement, le silence se fit, il sourit, les lèvres pincées, au petit groupe de fidèles, et murmura, comme s'ils avaient eux-mêmes coupé le moteur : « Merci. »

Sam commença à pleurnicher. Nat se baissa pour lui attraper la main.

Le prêtre lut un passage de la Bible, son accent nasillard du nord du Midwest surprit Nat, comme chaque fois qu'elle l'entendait. On aurait dit une drôle de voix radiophonique, incarnant une commère à la supérette ou une voisine qui fourrait son nez partout. Mais ce qui déconcerta le plus Nat fut d'apprendre que le prénom de Webb était Johnny ; chaque fois qu'il fut prononcé, elle dut s'efforcer de penser au visage souriant de Webb pour ne pas se sentir perdue. Paul lui dit qu'il devait l'avoir su mais que, ne l'ayant jamais entendu prononcer, il l'avait oublié.

La mère de Webb était debout à côté du prêtre, vacillant légèrement, les yeux fermés. C'était une femme menue, aux cheveux coupés court, âgée de quarante ans à peine, le visage parsemé de quelques gros grains de beauté, avec de petites poches sous les yeux.

« Devenu parfait en peu de temps, récita le prêtre, Johnny Webb a fourni une longue carrière, car son âme était agréable au Seigneur. »

Sam leva un pied, le secoua, le reposa et fit de même avec l'autre ; ses chaussures étaient trop petites et ses orteils devaient être gelés. Nat lui pressa gentiment la main en signe de réconfort.

Vint le moment où Paul devait lire. Il fit un pas en avant ; il avait déjà enlevé ses gants et il tenait un petit papier avec un texte écrit à la main qui gondolait sous l'effet de l'humidité ; l'air était chargé de neige. Mme Webb lui avait demandé de choisir un verset dans la liste que le prêtre avait donnée. Nat n'avait jamais entendu Paul lire à voix haute et encore moins un psaume ; elle avait l'impression étrange de regarder un inconnu, séduisant et croyant. Il secoua doucement le papier pour le tenir droit.

« L'Éternel est compatissant et juste, lut-il, bredouillant légèrement avant de trouver le bon rythme. Notre Dieu est miséricordieux. » Il jeta un coup d'œil furtif à Mme Webb comme pour s'assurer qu'elle allait bien et continua : « J'avais foi, même en disant “Je suis par trop malheureux” ; moi qui disais dans mon trouble “Tout homme est menteur”. »

Dans sa couverture, Sadie poussa un petit cri, et Nat la berça tout en regardant Paul. « Oh, Seigneur, finit-il de lire, tu as brisé mes chaînes. »

Mme Webb ouvrit les yeux et lui sourit, avant de les refermer.

Le prêtre lut deux autres passages de la Bible et, de sa voix nasillarde, leur fit réciter en chœur le psaume XXIII. Puis il recula d'un pas et, aussitôt, les deux hommes du Commissariat à l'énergie atomique, en costume sous un long manteau noir, se détachèrent du groupe pour s'approcher de la tombe. Ils firent un signe au conducteur de la grue qui reporta son attention sur la tâche à accomplir et remit en marche le moteur de l'engin dans un nuage de fumée. Le corps de Webb, sous ses multiples couches de protection, se balança doucement en descendant au fond de sa tombe, et sa mère s'accroupit pour gratter une poignée de terre boueuse et la lancer sur le cercueil.

Après quoi, les deux hommes en costume ouvrirent grands les bras afin de rassembler et d'éloigner les fidèles. « Par ici, s'il vous plaît, murmura l'homme le plus proche de Nat. Traversons le champ, maintenant. » Il se retourna pour faire signe à une bétonnière portée garée à l'extérieur du cimetière près de la clôture ; le cercueil serait vite enseveli sous deux mètres cinquante de béton.

Le prêtre prit Mme Webb par les épaules et l'entraîna dans la direction opposée, d'où ils étaient arrivés, piétinant leurs propres traces de pas laissées dans la neige.

« C'est fait, dit l'un des deux hommes en regardant sa montre. Bon boulot. » Ils suivirent la petite assemblée jusqu'aux pierres tombales bien alignées, puis s'arrêtèrent pour s'assurer que personne, par sentimentalité, curiosité ou distraction, ne revenait sur ses pas.

La petite maison sentait le café, la moquette poussiéreuse et les vieilles tentures de brocart. Sharon Webb posait sur la table basse, d'une main tremblante, tasse après tasse d'un liquide noir, les remplissant dès qu'elles étaient vides, disant à Nat et Paul que cela ne la dérangeait pas du tout. Elle apporta une assiette de biscuits, un saladier plein de chips et des crackers au fromage. Sam et Liddie regardaient la télévision, à plat ventre, elles balançaient leurs pieds joyeusement, les fesses en l'air. De temps à autre, elles se redressaient brusquement pour attraper des chips à pleine main avant de se rallonger.

« C'est si gentil à vous d'être venus, dit Sharon, avec son accent du Michigan : avec le "si" à moitié avalé, et le "venus" dont les syllabes s'étiraient. Johnny m'a parlé de vous. Il m'a dit qu'il y avait un des gars de son équipe avec lequel il s'entendait vraiment bien, et que vous étiez comme un grand frère pour lui.

— Merci, madame, fit Paul.

— C'était une belle cérémonie, renchérit Nat.

— Un peu écourtée quand même, déclara Mme Webb en soupirant. Je crois que je devrais m'asseoir. Je ne peux pas m'affairer tout le temps. Je devrais me reposer un peu. »

Elle s'assit finalement sur le canapé à côté de Nat et alluma une cigarette en les regardant manger. Nat se resservait afin de faire honneur à leur hôtesse. Mais elle craignit que Mme Webb ne se relève pour remplir les assiettes et elle ralentit le rythme, grignotant un cracker en berçant Sadie endormie. Elle embrassa la pièce d'un coup d'œil, repérant les tableaux aux murs : une vieille peinture de fleurs dans un vase, et une autre représentant des enfants assis près d'une barrière blanche en bois, quelques photos de famille, le portrait de Jésus, de profil, les joues fardées. Mme Webb se mit à égrener ses souvenirs, ce que Nat savait être sain et utile ; elle était donc contente de pouvoir l'écouter. Elle l'entendit évoquer Johnny Webb se bagarrant avec un garçon plus vieux que lui dans le jardin ; Johnny, relevant le défi de manger un ver de terre ; Johnny, en quatrième, repérant un petit chien marron qui boitait sur le bord de la route et n'hésitant pas à descendre du bus scolaire pour attirer l'animal avec un sandwich au beurre de cacahuète et le ramener à la maison, et l'appeler Freddie. Freddie était toujours là, soufflant, couché sur le flanc, pour ne pas reposer sur le gros lipome graisseux dont il souffrait.

« Quand Johnny avait onze ans, je suis sortie avec un type pendant quelque temps », dit Sharon en exhalant un nuage de fumée. Elle marqua une pause pour arracher une petite peau autour de l'ongle de l'un de ses pouces. « Il avait une petite fille, de neuf ou dix ans. Elle et Johnny sont devenus très proches. Il voulait qu'elle soit sa sœur, il détestait être enfant unique et, quand ce type et moi avons cessé de nous voir, Johnny était si en colère contre moi qu'il est resté enfermé dans sa chambre pendant plusieurs jours.

— Oh ! fit Nat, ne sachant pas quoi dire.

— Vous êtes au courant de ce que les gens racontent, n'est-ce pas ? » demanda Sharon. Ses traits se durcirent et elle regarda Paul à la recherche de réconfort. « Que l'explosion n'était pas un accident mais que c'était un acte délibéré ?

— C'est des conneries, dit Paul. N'en croyez surtout pas un mot. »

Nat, mal à l'aise, se tourna vers Paul. Rien ne le mettait plus en colère que ces rumeurs colportées avec tant d'insistance par les journaux que les gens finissaient par y croire. La presse faisait des gorges chaudes de la rupture récente de Webb avec sa petite amie pour insinuer qu'il avait soulevé la barre de contrôle au-delà de la limite autorisée en toute connaissance de cause. D'autres évoquaient la possibilité d'un triangle amoureux, deux des opérateurs se disputant la même femme. Ces ragots avaient le don de rendre Paul fou. « C'est cruel, avait-il dit, quand ils étaient encore à Idaho Falls. C'est de la calomnie, ils salissent son nom. Il faut que je parte de cette maudite ville. »

Sharon baissa les yeux, puis releva la tête, au bord des larmes. « Si ce n'est pas vrai, pourquoi tout le monde le dit ?

— Les gens ne veulent pas croire que c'est le réacteur lui-même qui est en cause, répondit Paul. Ils pensent que ce n'est pas possible. Car sinon, cela voudrait dire que le nucléaire n'est pas sans danger comme on le prétendait jusqu'à maintenant. Alors que si c'est l'acte d'un cinglé – excusez-moi, madame Webb, vous savez que ce n'est pas ce que je pense –, les gens croiront que le réacteur était hors de cause, sans danger. »

Les yeux de Sharon se remplirent de larmes, et Nat lui prit la main pour la serrer dans la sienne. « Et vous, *vous* croyez que l'accident aurait pu être évité ? » demanda Sharon.

Paul avait l'air peiné. « Je n'en suis pas certain. Mais je suis sûr que votre fils n'a rien fait de mal. Il n'aurait jamais fait de mal à personne. Et c'est ce que je dirai à tous ceux qui mettront le sujet sur le tapis. »

Elle hocha la tête et s'essuya les yeux. « Merci. »

Paul lui tendit un petit sac en papier kraft. « Ce sont les affaires qui étaient dans son casier. Je sais qu'il aurait aimé que vous les récupériez.

— Oh ! fit Mme Webb. Comme c'est gentil. » Elle en sortit une photo d'elle sur le perron de la maison, affublée d'un tablier à carreaux, ses cheveux attachés à l'aide d'un foulard noué sur le dessus de sa tête. « Oh, regardez-moi, dit-elle. J'ai l'air si jeune. »

Sharon insista pour que les Collier passent la nuit chez elle ; il était hors de question de les envoyer dormir dans un motel. Nat eut l'impression qu'ils étaient trop nombreux pour la petite maison mal aérée – il n'y avait que deux chambres, et il lui semblait inconcevable de dormir dans la chambre d'enfant de Webb où l'on trouvait encore son gant de base-ball et ses petites voitures –, mais elle ne voulait pas paraître ingrate et, par ailleurs, c'était bien qu'ils puissent économiser de l'argent. Après avoir dîné d'un plat de lasagnes qu'une voisine avait déposé sur le perron, Sharon exhuma un tas de couvertures d'un placard secret empli de linge de maison, qu'elle posa sur le sol : des édredons, des couvertures en laine, et une vieille housse de couette avec des joueurs de base-ball qui avait appartenu à Webb. Nat installa les filles, leur expliquant que oui, ces couvertures étaient différentes de celles dans lesquelles elles dormaient à la maison, mais que, bien sûr, elles dormiraient tout aussi bien, et que non, elles devaient cesser de répéter qu'elles étaient pleines de poussière, et que, de toute façon, tout le monde prendrait la route le lendemain matin pour l'Illinois. Elle repensa à leurs premiers jours dans l'Idaho et fut prise de nostalgie. Elle se souvint de l'atmosphère de cette nuit d'été, les crapauds qui coassaient, les filles qui dormaient par terre dans leur nouvelle maison, et Paul et elle dans le patio. Cela lui parut remonter à une éternité, avant la chute et l'expulsion du paradis, quand les hommes étaient innocents.

Dans la lumière diffuse, Paul assoupi par terre près des filles, Nat alla s'asseoir pour donner un biberon à Sadie. Elle aimait beaucoup ces moments où elle était seule avec le bébé, sans être sollicitée par ailleurs. Elle pouvait se concentrer sur les petits doigts remuants de Sadie, sa bouche qui tétait de bon cœur, sa manière d'explorer la pièce de ses yeux sombres, aux aguets, pendant qu'elle buvait, comme si elle s'efforçait de mémoriser les angles des portes et l'inclinaison des tringles à rideaux.

Nat pensait que Sharon Webb était allée se coucher, mais elle apparut à la porte du salon, dans sa chemise de nuit et son peignoir, chaussée de vieilles pantoufles sans forme. « Tout le monde est bien installé ? demanda-t-elle à Nat.

— Oui, nous sommes très bien. Venez vous asseoir, répondit Nat en indiquant la place à côté d'elle sur le canapé.

— Oh, dit Sharon en s'installant à côté de Nat et en souriant au bébé. Regardez-moi ça. N'est-elle pas ravissante ? Elle fait ses nuits ? »

Il ne restait plus que quelques bulles de lait dans le biberon et Nat cala Sadie contre son épaule en lui tapotant le dos. « Pas encore, répondit Nat. Elle réclame un autre biberon vers trois ou quatre heures.

— Ce n'est pas si mal.

— Non, je ne peux pas me plaindre », acquiesça Nat. Et elle grimaça car, bien évidemment, elle n'était pas à plaindre.

Sharon se contenta de sourire. « Je peux la tenir dans mes bras ? demanda-t-elle.

— Bien sûr. »

Sadie sembla se réveiller, ayant senti quelque chose de différent, mais son ventre plein eut raison de son agitation. Elle s'endormit, un petit poing serré à hauteur de sa tête et son autre main reposant délicatement sur son ventre emmailloté d'une couverture. Sharon Webb la berçait encore et encore, en souriant, comme si elle ne s'en lasserait jamais. Elle semblait au bord des larmes.

« Ça passe trop vite, soupira-t-elle. En un clin d'œil, tout est fini. Je me souviens des moindres détails concernant Johnny à cet âge-là. Ça me rend triste de savoir que je n'en aurai jamais d'autres. »

Nat tendit la main pour lui frotter gentiment le bras, ne sachant quoi dire.

« Vous ne trouvez pas ça bizarre ? Que tout le monde, un jour, ait été l'enfant de quelqu'un ? demanda Sharon. Toutes les vieilles dames que l'on croise, tous ces hommes grands et maladroits ont été le précieux bébé de quelqu'un.

— Je n'avais jamais vraiment pensé à ça », dit Nat en jetant un coup d'œil à Paul, avec son enfance mystérieuse dont elle ne savait rien, et sa famille, disparue. Sa mère l'avait-elle aimé ainsi, l'avait-elle bercé en pleine nuit, en le regardant dans les yeux ? Cela paraissait impossible et pourtant ce devait être le cas comme pour n'importe qui d'autre.

« Je vous ai raconté, demanda Sharon, une étincelle dans les yeux, ce qui s'est passé l'été dernier ?

— Non, je ne crois pas.

— Oh, excusez-moi. Je ne veux pas réveiller le bébé, dit-elle en baissant la voix. Eh bien, l'été dernier... pas celui qui vient de passer, celui d'avant, juste avant que tout le monde s'installe dans l'Idaho. Je n'avais pas vu Johnny depuis qu'il s'était engagé dans l'armée, vous savez, pas depuis qu'il avait réussi les examens du camp d'entraînement. Il était parti d'ici en traînant une certaine réputation – il faisait pas mal la fête, il se bagarrait. Elvira est une petite ville, voyez-vous.

— Je m'en doute, dit Nat.

— Et donc, ce jour-là, je travaillais au Best Western. Ça fait huit ans que je suis employée dans cet hôtel, depuis que j'ai arrêté de boire. Je n'ai pas touché une goutte d'alcool depuis. C'est pour ça que je bois des douzaines de tasses de café par jour. » Elle sourit avec autodérision, et Nat, qui aimait les confidences innocentes, rit. « Et donc, j'étais là-bas, à faire les chambres avec les autres filles ; c'était l'heure de la pause, pour aller fumer une cigarette et manger les restes de muffins du petit déjeuner. Quand il y en a en plus, ils sont gratuits pour nous. Donc, on était assises là quand, soudain, cet homme, grand, cet *homme*-là, en uniforme de l'armée est arrivé. Je lui ai dit : "Je peux vous aider ?" Et il m'a répondu : "Je cherche Sharon Webb", il a souri, bêtement, et je me suis demandé si les filles étaient dans le coup et si ce gars était là pour me faire une blague. Mais Marcella m'a dit : "Shari, c'est ton fils, c'est Johnny !"

— Oh ! » s'exclama Nat.

Sharon s'essuya les yeux. « Il avait l'air de quelqu'un qui était né comme ça – né en étant déjà fini. Vous comprenez ? Comme s'il n'avait jamais été un petit garçon aux genoux couverts d'égratignures. J'arrivais pas à croire que j'avais quelque chose à voir avec cet homme-là, debout dans notre vestiaire, son calot à la main.

— Mais vous aviez tout à voir avec lui, dit Nat.

— Oh, c'était dingue. Il avait apporté une bouteille de champagne et on en a tous bu un peu. Même moi ! Après tant d'années d'abstinence. Les filles ont adoré. C'était l'époque où Johnny arrivait de Belvoir pour partir dans l'Idaho. Vous devez être tous partis à peu près au même moment.

— Je suppose, oui.

— Ah, fit Sharon en repassant Sadie à Nat, sans rien dire pendant un moment, le visage souriant. En le voyant arriver comme ça, je ne l'ai d'abord pas reconnu. Mais, en même temps, je savais. Dès l'instant où j'ai vu son profil, j'ai su que c'était Johnny. Je ne voulais pas l'admettre, c'est tout. Et j'ai voulu garder en mémoire ce moment où il était devenu adulte, et si parfait, que je n'étais pas tout à fait sûre que c'était vraiment lui. J'ai voulu garder cette image en mémoire comme si ce moment pouvait durer encore et toujours.

— Il durera toujours.

— Oui. » Sharon se leva brusquement, se frottant les mains l'une contre l'autre. Elle regarda autour d'elle, les filles qui dormaient, Paul allongé sur le ventre, la tête tournée de l'autre côté. « Vous êtes bien ? Vous n'avez besoin de rien ?

— De rien du tout, dit Nat.

— Bonne nuit, alors.

— Bonne nuit, Sharon. »

Nat posa Sadie dans son petit berceau et retint sa respiration en sc demandant si le bébé n'allait pas se réveiller. Mais non. Elle ôta sa robe et enfila sa chemise de nuit avant de se glisser sous les couvertures au côté de Paul et de se retourner plusieurs fois. La moquette n'était pas de prime jeunesse, pleine de poussière dans les coins, et elle se retourna une fois encore pour s'allonger sur le dos. Paul, d'un geste endormi, l'attira à lui.

« Je croyais que tu allais dormir sur le canapé, murmura-t-il.

— Non. Je vais dormir par terre avec toi.

— D'accord. » Et il la serra contre lui, son nez dans les cheveux de Nat qui se soulevaient à chacune de ses respirations. Les aiguilles d'une pendule sur le mur cliquetaient. Dans son berceau, Sadie laissa échapper un petit soupir ; Sam repoussa Liddie avec sa jambe et Liddie roula sur elle-même en grognant ; Paul expirait et inspirait à côté d'elle, un souffle normal et rassurant, et ce fut comme si Nat entendait son corps respirer dans cinq endroits différents à la fois.

Elle n'avait revu Esrom que deux fois depuis l'accident ; une première fois, quand il était revenu avec les filles, après avoir passé cinq jours dans la cabane de ses cousins. Leur absence avait failli rendre Nat à moitié folle. Les trois enfants lui avaient manqué mais surtout Sadie, un manque viscéral, une réaction hormonale qui défiait toute explication logique. Quand Esrom avait garé son camion devant la maison, elle avait eu l'impression que son cœur était secoué par les ondes de choc d'une explosion sous-marine. Elle avait descendu en courant la petite allée tandis que Paul regardait la scène depuis le seuil de leur maison. Elle avait embrassé et câliné Sam et Liddie jusqu'à ce qu'elles gigotent trop et qu'elles se libèrent de son étreinte, intimidées par ses pleurs. Sadie paraissait avoir grandi ; ses bras à la peau satinée avaient forci et son regard était plus assuré. « Oh ! » ne cessait de répéter Nat, des « oh » qui pouvaient laisser penser qu'elle ne s'était jamais rendu compte de la beauté et de la vigueur du bébé.

« On s'est bien amusés, avait dit Esrom, mais vous leur avez manqué.

— Elles m'ont tellement manqué », avait-elle répondu, enfouissant son visage contre le petit corps de Sadie. Esrom aussi lui avait manqué, mais elle ne pouvait pas le dire.

Il avait déjà fait demi-tour pour rejoindre son camion, ses doigts tripotant nerveusement l'ourlet de sa veste. « Merci de m'avoir fait confiance avec les filles. Vous n'avez qu'à laisser la Dodge le long du trottoir, avec les clés sous le siège avant. Je viendrai la récupérer d'ici un jour ou deux.

— Je peux trouver un moyen de vous…

— Non, ce n'est pas une bonne idée. » Nat savait qu'il avait probablement raison ; Paul n'apprécierait pas qu'elle connaisse l'adresse d'Esrom, ni qu'elle reconduise la voiture là-bas. « Je ne ferai que passer pour prendre la voiture. Je ne vous rendrai pas visite.

— Merci », avait dit Nat. Le cœur battant à tout rompre, elle était repartie retrouver Paul. Il lui était insupportable de les savoir tous les deux en même temps dans les parages ; l'intensité des sentiments qui circulaient entre eux trois était presque insoutenable.

Mais Paul n'était pas resté dehors à la surveiller : il avait fait entrer les filles au chaud. Nat en fut étonnée et reconnaissante. Quand elle avait ouvert la porte, elle l'avait vu assis sur le canapé avec Sam et Liddie et, même si elle s'était rendu compte qu'il lui était difficile de la regarder dans les yeux, elle avait compris qu'il n'était pas en colère. D'une certaine manière, il paraissait s'être radouci. Elle lui avait mis Sadie dans les bras et il avait été aussitôt absorbé par la présence du bébé ; et si jamais il avait remarqué la façon qu'avait Nat de faire les cent pas dans la cuisine – se tordant les mains en faisant craquer ses phalanges et en s'efforçant de retenir ses larmes – jusqu'à ce qu'elle soit suffisamment calmée pour revenir vers lui, il n'en avait rien montré.

La dernière fois qu'elle avait vu Esrom, c'était à la veille de leur départ d'Idaho Falls, dans l'après-midi. Elle était allée en ville pour faire les dernières courses avant le grand voyage : du lait en poudre, des crackers salés et des cigarettes pour Paul. En revenant à la voiture, elle avait hésité puis, au lieu de rentrer directement à la maison, elle était partie en direction de l'atelier de réparation.

Il était situé en bordure de la ville, dans la même rue qu'un concessionnaire automobile, deux autres garages (l'un, européen, et l'autre, américain), et un grand magasin devant lequel trônait une statue de coq géant qui, maintenant qu'il était recouvert de neige, avait l'air particulièrement sérieux. L'atelier était une petite boutique avec quelques voitures sales sur cales garées devant, en attendant leur tour comme à l'époque la Fireflite. La porte du garage était fermée, ce qui suffit presque à dissuader Nat et à la convaincre de rentrer chez elle, mais elle fut cependant irrésistiblement attirée par une petite porte sur le côté de la boutique.

Elle frappa et, quelques secondes plus tard, un vieil homme au visage revêche ouvrit. Il avait les yeux larmoyants, le blanc jaunâtre strié de rouge, et il regarda Nat d'un air bourru.

« Est-ce qu'Esrom est là ? demanda Nat.

— C'est pour récupérer une voiture ? »

Nat hésita. Pourquoi aurait-elle menti ? « Non », répondit-elle.

Il la regarda de la tête aux pieds. « C'est pour quoi, alors ? »

Elle ne s'était pas attendue à cette question et, du coup, aurait préféré lui avoir raconté des bobards. « Je veux juste lui dire au revoir », dit-elle.

L'homme parut sur le point de lui demander son nom et les liens qu'elle avait avec son neveu, et elle prépara mentalement sa réponse, mais, avec une grimace désobligeante, il fit demi-tour et disparut dans l'atelier. Un instant plus tard, Esrom apparut : l'expression sur son visage était exactement celle qu'elle avait tout à la fois redouté et espéré y lire, il s'illumina et tressaillit en même temps. Son cœur se gonfla de joie, mais elle s'en voulut et pensa qu'elle n'aurait pas dû venir.

« Tout va bien ? demanda-t-il en fermant la porte derrière lui.

— Nous déménageons, lui annonça Nat sans attendre, comme si elle voulait cracher ces mots le plus vite possible.

— Oh ! fit-il. D'accord. Je me doutais que vous alliez quitter Idaho Falls.

— Nous nous installons dans l'Illinois. Nous partons mercredi.

— L'Illinois ?

— Paul a trouvé un poste dans une centrale nucléaire implantée là-bas.

— Il n'est pas vacciné pour le restant de ses jours ?

— Non, dit Nat en esquissant un sourire. J'imagine que non.

— Eh bien, merci de m'avoir prévenu.

— C'est affreux de te quitter », s'écria Nat, soudain submergée par les émotions, en s'avançant pour l'enlacer. Et même à travers le tissu froid et épais de sa veste, la perception de son être gentil et inquiet la chavira. « J'aurais aimé vivre près de chez toi pour toujours, dit-elle. Comme ça, j'aurais pu te voir tous les jours. » Mais elle sentit le corps d'Esrom frissonner et elle aurait aimé ravaler ces paroles grandiloquentes.

Il s'éclaircit la gorge comme pour dire quelque chose, mais Nat en avait déjà trop fait. Elle avait dit ce qu'elle voulait dire. Et elle s'éloigna en direction de la voiture, les mains crispées devant son ventre. Elle guetta le bruit de la porte de l'atelier mais ne l'entendit pas, tout au moins pas avant qu'elle ne soit montée dans la voiture et ne soit déjà loin.

Le jour où ils quittèrent Idaho Falls, il fit aussi froid que les jours précédents. C'était presque comique

que leur première destination soit le Michigan, parmi tant d'autres lieux, en plein mois de janvier. Paul fit tourner le moteur et fourra un morceau de moquette et un sac de sel de voirie dans le coffre. Nat avait bien emmitouflé les filles et enveloppé Sadie dans des couvertures bien serrées, avant de les installer dans la voiture, les filles à l'arrière, et le couffin de Sadie devant, avec elle.

« On est prêts ? demanda Paul en redescendant l'allée, une grosse valise dans chaque main.

— On est gelées ! » dit Sam.

Paul sourit. « On ferait mieux de partir alors. »

Paul souleva les valises l'une après l'autre pour les arrimer sur le toit. Il tira sur la corde qui les retenait pour en tester la solidité, puis il fit un nœud à chaque extrémité et secoua légèrement les valises pour s'assurer qu'elles restaient bien en place. Apparemment satisfait du résultat, il se pencha pour regarder les filles à travers la vitre. « C'est l'heure du départ, les exploratrices », dit-il. Il adressa un petit salut militaire à Sam, et, croisant le regard de Nat, éclata de rire, presque timidement.

En le regardant, Nat sentit son cœur se serrer. Paul disait qu'il se portait plutôt bien depuis l'accident, même s'il admettait avoir une sorte de grippe bénigne. Mais il ne voulait plus voir de médecins. Ce qui l'inquiétait. Il lui avait avoué que quand ils étaient encore en formation, un médecin leur avait expliqué que les effets des radiations pouvaient ne se faire sentir que des années plus tard. Et le corps humain était imprévisible – Paul pouvait développer un cancer tant qu'il était encore jeune, ou bien ne manifester aucun signe de maladie et vivre jusqu'à cent cinq ans. Il lui avait dit que cette situation ne l'empêchait pas de dormir. « C'est comme ça la vie, de toute façon, non ? On peut vivre jusqu'à cent ans comme mourir demain. » Nat avait hoché la tête et décidé qu'elle ne lui en parlerait plus.

Des années plus tard, ils apprendraient que des gens – l'infirmière, Vogel l'expert sanitaire – avaient développé des cancers rares, des problèmes au niveau des os et du sang, et qu'ils étaient morts jeunes et rapidement. Nat passerait les années à venir à compter le temps qui leur restait, en guettant Paul, comme si elle pouvait déceler l'instant précis où tout basculerait. Cet instant où elle lèverait la main et donnerait l'alerte. Mais il n'y avait aucun moyen de savoir.

Il s'était installé sur le siège conducteur, avait réglé le rétroviseur. Nat assise à côté de lui était penchée sur le berceau de Sadie pour lui parler en murmurant. Le bébé leva son poing pour l'attraper dans sa bouche et le sucer.

Nat avait jeté un dernier regard à leur petite maison jaune, désormais vide. Elle se dit que tandis qu'au fil des années cette ville se développerait la maison jaune commencerait à paraître plus petite, plus ordinaire, comme si elle rapetissait alors que ce serait le monde autour d'elle qui grandirait. Tous les deux ou trois ans, une nouvelle famille de l'armée viendrait s'y installer et laisserait ici et là des traces de son passage : un pot de fleurs près du perron, un drapeau. Ces objets apparaîtraient et disparaîtraient avec le temps, laissant derrière eux une brève présence. Les gens qui passeraient devant la maison les remarqueraient ou pas, car ces familles feraient partie d'une longue lignée de fantômes dont les gens du coin se souviendraient à peine.

Paul descendit l'allée en marche arrière. Les pneus cahotèrent sur le caniveau enneigé et crissèrent sur la route parsemée de sel de voirie. Nat regarda les filles dans le rétroviseur : toutes deux avaient les doigts accrochés au rebord de la vitre, Sam avec ses cheveux noirs en bataille et Liddie ses courtes nattes soyeuses.

Pendant une seconde, tandis qu'ils longeaient le centre-ville avant de récupérer la nationale, Nat crut reconnaître une silhouette familière près du salon de coiffure pour hommes : Stetson, veste en toile et bottes de cow-boy. Elle se retint de se retourner sur son siège et se contenta de bouger les yeux, mais ce n'était pas lui. L'homme se tourna vers eux pour les regarder passer, son visage était plus vieux, moins doux, la barbe grisonnante. Ce pouvait être l'oncle d'Esrom, un rejeton peu avenant de la famille. Elle repenserait à cet instant quelques jours plus tard chez Sharon Webb. Ce n'était qu'un réflexe mais quand même : une pulsation, un graffiti inscrit dans ses cellules. Elle se souviendrait de ce que Mme Webb lui avait dit : *J'ai voulu garder en mémoire ce moment où je n'étais pas tout à fait sûre que c'était lui.*

Elle se tourna vers Paul ; il était concentré sur la route, sur cette tâche à accomplir qui faisait partie de sa responsabilité sans limites et sans faille. Chaque fois qu'ils quittaient un endroit, il regardait droit devant lui, mais Nat serait toujours celle qui regarderait en arrière.

Note de l'auteur

The Longest Night est une œuvre de fiction. Mais l'explosion d'un petit réacteur nucléaire appelé SL-1, à Idaho Falls dans l'État de l'Idaho, a bel et bien entraîné la mort de trois opérateurs le 3 janvier 1961. L'explosion a eu lieu après qu'une barre de contrôle a été levée trop haut et que le réacteur s'est retrouvé en état supercritique en quelques secondes. Pourtant, la menace qu'a représenté Three Mile Island a envahi plus largement l'esprit des Américains et occulté de notre mémoire collective la tragédie du SL-1. En effet, l'accident de Three Mile Island a eu lieu plus récemment, mais aussi dans une région plus peuplée et à une époque où la population était peut-être plus sceptique quant au nucléaire. Dans nos esprits, la menace parut alors si grande que la plupart de mes contemporains furent étonnés d'apprendre que, heureusement, personne n'était mort sur le site de Three Mile Island en mars 1979.

En m'efforçant de donner un sens à ce que je considère comme l'un des aspects les plus fascinants de l'histoire des débuts du nucléaire aux États-Unis, j'ai rapproché quelques événements historiques ; par exemple, Camp Century au Groenland a été terminé quelques mois après que j'y ai envoyé Paul.

Si vous souhaitez en savoir plus sur l'accident du SL-1 et le Laboratoire national de recherche nucléaire de l'Idaho dans les années 1950 et 1960, vous devriez lire le livre exceptionnel de Todd Tucker, *Atomic America*, et celui de William McKeown, *Idaho Falls*. Même s'il y a nécessairement une part d'interprétation, les trois seuls témoins des événements ayant malheureusement trouvé la mort, contrairement à mon livre, il s'agit dans les deux cas d'œuvres de non-fiction.

REMERCIEMENTS

Ce livre n'aurait jamais pu voir le jour sans les efforts de mon exceptionnelle agente, Sylvie Greenberg, qui l'a défendu dès le début. Son instinct vaut de l'or, elle a réussi l'impossible, et a rendu tout le processus d'écriture plus amusant que je n'aurais osé l'espérer. Je remercie aussi Jordan Carr d'avoir lu ce manuscrit très tôt.

Ce fut un plaisir et un honneur de travailler avec l'adorable et talentueuse Andrea Walker chez Penguin Random House. Merci à toute l'équipe de Penguin et à tous ceux de l'agence littéraire Fletcher & Company.

Je veux aussi exprimer toute ma reconnaissance à Aaron Gwyn, David R. Gillham, David Abrams, Siobhan Fallon, Celeste Ng, Nina McConigley, Molly Antopol, Frederick Reiken, Peter Molin, Vincent La Scala, Michelle Daniel et Kaela Myers.

Je dois beaucoup à mes amis du MFA Program à l'université du Minnesota pour leurs encouragements, pour m'avoir donné l'exemple de leur talent et de leur travail acharné. Rob McGinley-Myers, tu es le meilleur premier lecteur dont je pouvais rêver. Je dois beaucoup aussi à Kate Hopper, Suzanne Rivecca, Alex Lemon, Richard Hermes,

Kevin Fenton, Amanda Fields, Bryan Bradford. Sans oublier Valerie Miner et Julie Schumacher, mes conseillères.

Merci à Terri Barett, Britta Hansen (et Eric et Kenny), Dave et Anne Johanson, Alfred Faro (et Alexis !), Sarah Williams, Gail Buteau, Paul Wyman (l'homonyme de mon personnage principal) et tous les Williams, les Faro, les Money, les Barett, et les Johanson pour leur affection et leur amour. Vous n'imaginez pas à quel point je vous suis reconnaissante !

Erin Wilcox et Lisa Crawford, vous avez été mes premières profs d'écriture et les personnes avec lesquelles j'ai partagé mon amour des livres, de l'imagination et de l'esprit d'aventure. Comment mériter des amies telles que vous (et vos merveilleuses familles) ? Merci infiniment à Erin pour avoir – trente ans plus tard – travaillé avec moi sur le premier jet de mon manuscrit dans le cadre de Wilcox Editing Services.

Un grand merci aux « Alaskains », à savoir (encore) Erin Wilcox, Leslie Hsu Oh, Signe Jorgenson et Shehla Anjum pour avoir lu quelques-uns de ces chapitres dans leur première version, et pour toutes les soirées passées à échanger sur Skype.

Julie Shadford Odato, si tout le monde aimait les livres autant que toi, les écrivains n'auraient plus à s'inquiéter de rien.

J'ai eu la chance non seulement d'avoir des professeurs de lettres merveilleux, en particulier Hilary Zunin et Justin Aaron, mais aussi des étudiants qui m'ont appris plus que je ne leur ai appris : Pete Meidlinger, Andy Uzendoski, Matt Bruce, Jaz Roemer et Shawn Swanson.

On dit que les braves gens ne courent pas les rues, mais j'en ai rencontré trois : Mark Schultz, Mike MacMahon et Adam Warthesen.

Merci à tous les gens du Bad Ass Café à Rancho Penasquitos, là où j'ai fait presque toutes les corrections pour ce roman – plus particulièrement Danny, Nicole et Savannah. Merci à Becky Cardoso, Nancy Bergman et le PQ Book Club.

Et de l'époque où j'étais nouvelle dans la Navy, et que je n'étais qu'une étrangère dans un étrange pays, je remercie : Meg Riley Hutchinson, Jane Hill-Gibson, Rachel Duncan, Tricia et Martin Walsh et Nereyda Gonzalez.

Et aux épouses de militaires : merci pour l'esprit d'équipe.

Dave Johanson, quand tu as recopié à la main le poème de Ginsberg *Song* avant de le coller sur mon pare-brise sur le parking du lycée, j'ai su qu'il ne fallait pas te laisser t'échapper. Nora, Soren et Susanna, merci pour savoir rendre la vie si amusante. Je vous aime plus que tout.

Et, enfin, je ne serais rien sans mes parents, si sincèrement généreux, drôles et aimants, Bob et Elaine Williams, et mon frère, Nick Williams. Maman, merci de m'avoir dit que c'était bien de rester enfermée et d'écrire pendant que les autres enfants jouaient dehors. Tu m'as toujours comprise. Nick, si jamais on te met encore au coin, je te passerai du chocolat.

Maman, papa, vous êtes tout pour moi et j'espère que vous le savez.

PAPIER À BASE DE FIBRES CERTIFIÉES

Le Livre de Poche s'engage pour l'environnement en réduisant l'empreinte carbone de ses livres. Celle de cet exemplaire est de :
500 g éq. CO_2
Rendez-vous sur
www.livredepoche-durable.fr

Composition réalisée par NORD COMPO

Achevé d'imprimer en mai 2017, en France sur Presse Offset par
Maury Imprimeur – 45330 Malesherbes
N° d'imprimeur : 217864
Dépôt légal 1re publication : juin 2017
LIBRAIRIE GÉNÉRALE FRANÇAISE – 21, rue du Montparnasse – 75298 Paris Cedex 06

28/4951/5